FOLIO JUNIOR

Phænomen

1. Phænomen
2. Plus près du secret
3. En des lieux obscurs

Phænomen, © Éditions Gallimard Jeunesse, 2006
Plus près du secret, © Éditions Gallimard Jeunesse, 2007
En des lieux obscurs, © Éditions Gallimard Jeunesse, 2008

© Éditions Gallimard Jeunesse, 2019, pour la présente édition

Erik L'Homme

Phænomen

L'Intégrale

1. Phænomen
2. Plus près du secret
3. En des lieux obscurs

GALLIMARD JEUNESSE

À Marie et à Lorène, à Sélénia,
à Jean-Philippe et à Thierry.
À tous ceux qui ont compris que l'amitié
est un super-pouvoir capable de régler
beaucoup de super-problèmes.

Phænomen

Prologus, i, m. : prologue

D'Hydargos à Minos, par courrier électronique crypté.

Mon cher Minos. Un homme que nous pensions disparu depuis plus de trente ans vient de refaire surface. Cet homme n'a aucun intérêt en lui-même, mais il possédait des documents de grande importance. J'emploie le passé car il aurait confié ces documents à l'un de ses amis, un médecin du nom de Barthélemy. Or ce sont des documents que notre Grand Stratégaire tient absolument à récupérer. Je t'en dirai plus dans un autre message, si tu acceptes le travail.

Je t'espère en bonne forme, mercenaire !

De Minos à Hydargos (même canal).

Je prends, aux conditions habituelles plus vingt pour cent. La vie augmente, patron, c'est comme ça. J'attends de tes nouvelles. Et ne te presse surtout pas : le compteur tourne, c'est tout bénéf' pour moi...

1
Draco, onis, m. : serpent fabuleux

Elle était couchée, recroquevillée sur le sol froid de la caverne. Derrière, au fond, tapis dans l'ombre, les dragons feulaient doucement et leurs écailles crissaient contre la pierre. Leurs yeux luisaient, jaunes et vides, avides. Ils l'observaient, ils attendaient. Elle avait envie de crier mais en était incapable. Un étau serrait sa gorge. Elle haletait. Elle sentit la terreur l'envahir. Elle essaya de bander ses muscles, pour ramper vers la sortie, vers la lumière qu'elle apercevait, loin, trop loin. Pour aller à la rencontre du soleil, de la chaleur. Mais elle ne pouvait pas. Ses membres étaient paralysés. Elle n'arrivait pas non plus à ouvrir la bouche ni à fermer les yeux. Son esprit seul était en vie. Alors la panique la submergea...

Violaine émergea de son cauchemar en hurlant, trempée de sueur. Le sang martelait ses tempes. Elle aurait dû s'habituer, depuis le temps. Depuis qu'elle était en âge de rêver, elle faisait le même rêve, toutes les nuits ! Mais chaque fois, la peur était la même, viscérale, abominablement réelle. Elle repoussa les couvertures et s'assit au milieu de son lit. Le réveil indiquait l'heure en chiffres luminescents. C'était déjà le matin et elle fut soulagée. Elle n'aurait pas à se rendormir. Elle allait bientôt pouvoir se lever, se doucher, descendre dans le réfectoire pour prendre son petit déjeuner. Et puis elle se rendrait à la convocation du docteur. Une convocation qu'elle appréhendait. Elle avait beau se dire que rien ne pouvait être pire que son cauchemar, le ton du Doc, hier, était inhabituellement dur…

– Entre, Violaine, je suis à toi tout de suite.

La jeune fille poussa la porte qu'elle venait d'entrouvrir et pénétra dans le bureau. Elle la referma derrière elle, en hésitant, comme si elle craignait de se trouver enfermée dans la pièce. L'absence de sourire de la part du docteur, par-dessus le combiné du téléphone, renforça ses craintes. L'homme lui fit signe de s'asseoir.

Violaine avait quatorze ans et demi mais c'était déjà une grande fille, solidement charpentée. Elle se tenait voûtée et observait les gens par-dessous, baissant fréquemment ses yeux bleu foncé et s'abritant derrière de longs cheveux châtains. Elle portait un jean bleu, une paire de tennis usées, et un pull noir, trop grand pour elle, dépassait d'un blouson beige.

Elle promena son regard dans la petite pièce. Les murs étaient couverts de livres et de dossiers. À droite de la fenêtre, décorant l'un des rares espaces laissés libres, la photo d'une montagne, rocher gris jaillissant de la verdure et se découpant sur un ciel bleu, apportait une touche de couleur inattendue. Renforçant l'impression de vertige donnée par la photo, une corde d'alpinisme râpée et un antique piolet étaient suspendus à un crochet, juste à côté.

Son attention se porta ensuite sur l'homme assis derrière le bureau. Le docteur Pierre Barthélemy avait la soixantaine. Ses rares cheveux épargnés par la calvitie étaient blancs. Derrière de fines lunettes au dessin moderne, des yeux vifs annonçaient une grande intelligence. Le docteur portait une chemise à carreaux, aux manches retroussées sur des avant-bras maigres mais bronzés. Violaine l'avait toujours vu habillé comme cela. Ce qu'elle préférait, chez lui, c'était son sourire. Il invitait à la confiance. Et faire confiance, Violaine n'en avait pas l'habitude ! Seulement aujourd'hui le Doc, comme ils l'appelaient entre eux, eh bien, le Doc ne souriait pas du tout.

L'homme finit par raccrocher. Il se tourna vers la visiteuse.

– Je vais aller droit au but, dit-il après un silence qui parut interminable à Violaine : le docteur Cluthe a demandé ton renvoi de la clinique.

La jeune fille se tassa dans son siège.

– Je voudrais savoir, Violaine, pourquoi on en est arrivés là.

– Je ne sais pas…

Le regard de Pierre Barthélemy se fit plus dur.

– Je t'ai toujours défendue. Je veux que tu me donnes une bonne raison de le faire encore. Je peux essayer de fléchir le directeur. Ça ne dépend que de toi.

Violaine restait estomaquée. Elle n'en revenait pas

du coup en traître porté par la mère Cluthe ! Il y a six mois de cela, elle aurait accueilli l'annonce de son renvoi avec indifférence. Mais l'arrivée dans la clinique du Doc avait bouleversé sa vie, sa vie et celle des autres qui étaient devenus ses amis. Des amis qu'elle n'avait pas du tout envie de perdre.

– Tant pis, soupira le docteur en se levant. Je t'aimais bien, Violaine. Je pense que nous aurions pu changer pas mal de choses si…

– Attendez ! Je… Je vais essayer de vous expliquer.

Le Doc se rassit. Son visage se détendit et il esquissa un sourire.

– Alors dis-moi : pourquoi fais-tu enrager le docteur Cluthe ?

– Je ne la fais pas enrager, Doc. C'est sûr, je ne l'aime pas, c'est une méchante femme. Mais c'est elle qui trouve toujours un prétexte pour me persécuter ! C'est la vérité !

Barthélemy resta silencieux. Après une hésitation, Violaine poursuivit.

– En fait, la mère Cluthe a peur de moi. C'est pour ça qu'elle m'en veut.

– Le docteur Cluthe a peur de toi ?

– Oui.

– Elle te l'a dit ?

– Non.

Un sourire encourageant de Barthélemy invita Violaine à continuer.

– Je sais qu'elle a peur. Je le sens.

Le sourire du Doc se changea en moue dubitative.

– Mon premier renifle, mon deuxième grimace, mon troisième se bouche le nez, mon tout est une jeune fille qui juge une prairie entière sur l'odeur d'une bouse de vache ! Violaine, allons, tu me déçois…

Le Doc et ses sempiternelles énigmes pourries ! La jeune fille fit un effort sur elle-même pour ne pas rire. La mère Cluthe, une bouse de vache ? Elle n'aurait jamais osé y penser !

– Donc le docteur Cluthe a peur de toi, reprit Barthélemy. C'est pour cela que tu lui as renversé un seau d'eau sur la tête, hier…

– Avec les autres, on voulait faire une blague à Arthur, se récria Violaine. On avait mis un seau en équilibre sur la porte de sa chambre. Mais c'est Cluthe qui est entrée et qui l'a pris sur la tête. Elle m'a vue dans le couloir et elle m'a tout collé sur le dos !

Le docteur Barthélemy se renversa en arrière, comme pour prendre du recul. Il observa la visiteuse.

– Laissons tomber cette histoire de seau et revenons au docteur Cluthe. Tu ne me dis pas tout, Violaine. En fait, depuis que tu es là, dans mon bureau, tu me parles de tout sauf de l'essentiel. Est-ce que j'ai raison ?

Violaine prit une mèche de ses cheveux et joua avec. Ses gestes étaient saccadés. Elle hocha la tête.

– Parle-moi, Violaine.

– Je… Je ne veux pas partir, Doc. Je n'ai aucun autre endroit où aller !

Elle était au bord des larmes.

– Je ferai tout pour que ça n'arrive pas, Violaine. Je t'écoute, dis-moi.

La jeune fille prit une inspiration.

– La mère Cluthe… commença-t-elle sur le ton de la confidence. Quand elle s'approche de moi, il y a une lumière sombre enroulée autour d'elle, un peu comme un… un dragon, vous voyez ? Je n'aime pas les dragons noirs, ils sont avec les gens qui ont de mauvaises pensées. Heureusement, j'ai un bouclier blanc et une épée. Cluthe ne les voit pas, bien sûr, elle ne voit pas le dragon non plus. Mais elle recule quand même, et le dragon devient gris. Ça veut dire qu'elle a peur. Mais tant que je reste derrière mon bouclier et que je brandis mon épée, je ne risque rien. Avant, je n'avais pas de bouclier, alors les dragons se jetaient sur moi et ils me faisaient mal. Je hurlais, je hurlais !

Violaine s'était recroquevillée sans s'en rendre compte. Le docteur se pencha et l'attrapa par le bras.

– Tout va bien, Violaine. Il n'y a pas de dragon ici. Tu n'as pas besoin de bouclier ni d'épée, tu ne dois pas avoir peur.

La jeune fille sembla émerger d'un rêve. Ses yeux papillonnèrent et se posèrent sur la main du Doc qui la tenait toujours. Barthélemy s'en aperçut et la retira doucement.

– Tu as déjà raconté ton histoire de dragons à quelqu'un ?

– Vous ne me croyez pas, hein ?

– En fait, ce que je pense n'est pas très important. Je pourrais te dire que je te crois, mais ce ne serait pas vrai. Je ne veux pas te mentir. Tu m'as fait confiance en me parlant de tes dragons et c'est tout ce qui compte.

Le visage de Violaine reprit des couleurs.

– Vous savez, j'ai déjà parlé des dragons à mes amis. Mais ce n'est pas pareil. Vous êtes le seul adulte à savoir.

– Tes amis t'ont crue ?

– Bien sûr !

Barthélemy resta un moment silencieux.

– Je vais aller voir le directeur, et arranger les choses avec le docteur Cluthe. Mais tu dois être plus gentille avec elle. J'ai ta promesse ?

– Vous l'avez, Doc. Merci…

Elle quitta sa chaise et se dirigea vers la porte. Au moment de sortir, elle regarda Barthélemy.

– Vous savez, docteur, vous vous trompez. Il y a un dragon dans cette pièce. Mais le vôtre est blanc, c'est une bonne couleur. Je n'ai pas besoin de bouclier avec le blanc.

Puis elle disparut dans le couloir.

Pierre Barthélemy essaya de se concentrer sur son travail mais dut bientôt renoncer. Trop de choses le préoccupaient. Il y avait d'abord Violaine et ses dragons. Sa formation de psychiatre lui commandait d'aborder le problème sous un angle symbolique. Mais une vie entière passée au contact de malades atteints de troubles du comportement le poussait à garder l'esprit ouvert. D'autant que les individus auxquels il était confronté depuis son arrivée à la Clinique du Lac, quelques mois plus tôt, ne ressemblaient en rien à ceux qu'il avait déjà rencontrés.

Pauvres gosses ! Ils étaient tous abandonnés ici par des parents dépassés et effrayés. L'agrément de la clinique par les institutions leur permettait de sauver la face et de garder bonne conscience.

Barthélemy avait été étonné par la rigidité du personnel, par sa dureté à l'égard des pensionnaires qui se voyaient fréquemment traités de « monstres » ou de « phénomènes de foire ». Il avait rapidement compris que personne ne se souciait de les soigner. Les jeunes gens confiés à la Clinique du Lac étaient considérés comme irrécupérables. La clinique se contentait de gérer leur présence et d'engranger mensualités et subventions. Bien sûr, on ne lésinait pas sur les moyens : ceux qui le pouvaient suivaient des cours, faisaient du sport, bénéficiaient de soins médicaux attentifs. Mais c'était en attendant. Car il arrivait toujours un moment où, prisonniers de leur folie, les pensionnaires restaient prostrés et ne quittaient plus la chambre, se murant dans un silence définitif.

Pierre Barthélemy savait qu'il était illusoire de vouloir guérir de tels troubles. Cependant, rien n'empêchait d'essayer de les soigner. Il espérait même que l'évolution des pensionnaires n'était pas inéluctable. Sa méthode était simple, et avait quelques fois porté ses fruits. Il cherchait à comprendre, à établir des relations, poussant les malades à résister aux démons qui les hantaient. Le directeur avait émis de sérieux doutes sur son travail, mais il lui laissait malgré tout les coudées franches. À condition qu'il ne gêne pas la bonne marche de l'établissement. Barthélemy avait concentré ses efforts sur les quatre plus jeunes pensionnaires : Violaine et ses amis. Ceux-là n'avaient pas encore décroché, n'avaient pas succombé à leurs… déséquilibres.

Le médecin ouvrit un tiroir de son bureau et en sortit une enveloppe. C'était cette lettre, plus encore que Violaine et ses jeunes patients, qui le tourmentait. Il croyait son expéditeur mort, et voilà qu'une semaine plus tôt, le mort avait eu la mauvaise idée de lui écrire ! L'avertissement que lui envoyait cet homme surgi du passé, d'un passé qu'il pensait enterré, était inutile : il avait pris ses précautions depuis longtemps. Mais il resterait vigilant. Non, il ne se laisserait pas surprendre.

Il laissa ses pensées vagabonder encore un moment. Il tendit le bras jusqu'à la cafetière et remplit sa tasse de liquide fumant. Il rangea la lettre dans le tiroir puis décida de n'aller voir le directeur qu'après le repas, quand celui-ci serait mieux disposé à entendre son plaidoyer pour Violaine. Il prit sur son bureau l'épais dossier consacré à ses protégés, qui portait sur le côté le mot latin *Phænomena*, raccourci faute de place en *Phænomen*. Phénomènes. Oui, ces enfants étaient bien des phénomènes. Pas des créatures de foire ni de cirque ! Ils avaient envie de s'en sortir, voilà tout, et dans le contexte de la clinique, c'était énorme. Il inscrivit sur la chemise réservée à Violaine le mot *Draco*, pour dragon. Depuis son bref passage au séminaire, longtemps auparavant, il avait coutume d'utiliser le latin. Cette langue ancienne possédait un charme mystérieux qu'il aimait. Puis il rangea le classeur et, chassant de son esprit la lettre annonciatrice de malheur ainsi que la jeune fille aux dragons, il se remit au travail.

Violaine s'assit dans l'herbe humide et ramena contre la poitrine ses genoux qu'elle entoura de ses bras. L'hiver avait plumé le feuillage des arbres et la brise en provenance du lac agitait les branches, qui ressemblaient à des mains de squelette. La jeune fille contempla l'immense étendue d'eau dans laquelle se reflétaient les montagnes enneigées. Cette vision l'apaisait. Isolée au milieu d'un parc, à quelque distance de Genève, la clinique avait cet avantage d'être un endroit tranquille. Elle enfonça les mains dans les poches de son blouson.

Elle s'en voulait d'avoir parlé au Doc aussi franchement. Mais cette fois-ci, Violaine n'avait pas eu le choix. Si elle ne lui avait pas livré son secret, il aurait refusé de la défendre, et elle aurait dû quitter cet endroit où elle avait fini par se sentir chez elle.

À chaque fois qu'elle s'était confiée à un adulte, elle l'avait amèrement regretté. Ses parents n'avaient pas fait exception à la règle, au contraire. Sinon, se serait-elle retrouvée ici le jour de ses treize ans ? Certes, avec la puberté, ses malaises avaient significativement augmenté, en même temps que l'inquiétude autour d'elle. À la clinique au moins, personne ne la traitait de folle, puisque tout le monde était fou !

Et puis elle avait rencontré Claire, qui n'arrêtait pas de tomber et de se cogner partout, Arthur qui dessinait des singes sur les murs de sa chambre, et Nicolas qui ne quittait jamais ses grosses lunettes de soleil ridicules. Ils étaient devenus ses amis, des amis à qui elle pouvait tout dire sans déclencher des sourires entendus et moqueurs. Elle s'était sentie mieux.

Enfin, le Doc était arrivé, avec son humour et sa façon bien à lui d'établir le contact. Elle avait compris qu'ils avaient un allié dans la clinique. Arthur, Nicolas et Claire avaient partagé cette impression. Le Doc avait l'air de les aimer, c'était nouveau. Nouveau et effrayant. Elle avait très vite senti, également, la désapprobation du reste de l'équipe, médecins et surveillants. Cela n'avait pas empêché le Doc de faire un pas vers eux. Puis beaucoup d'autres.

Une cloche se fit entendre. C'était l'heure des soins. On allait leur distribuer des pilules calmantes. Pas moyen d'y couper, sous peine d'être consigné dans sa chambre. Ce qu'elle ne voulait pour rien au monde car cela la priverait du dîner. Du dîner et de ses amis.

Elle se leva et regagna le bâtiment qui abritait les pensionnaires.

Votre enfant est étrange, votre enfant vous dérange ! Votre enfant manifeste des troubles, votre enfant vous trouble ! Vous ne parvenez plus à faire face…

Située dans le cadre enchanteur de la campagne suisse, à moins d'une demi-heure d'une gare européenne et d'un aéroport international, la Clinique du Lac est LA solution à vos problèmes. Elle vous propose ce que vous n'avez pas trouvé et ne trouverez pas ailleurs. Ici, une équipe médicale constituée des plus grands spécialistes assure le suivi personnalisé de chaque enfant. Des éducateurs parfaitement formés l'épaulent dans ses apprentissages et tous les moments de sa vie.

Là où tous les autres baissent les bras, nous relevons le défi ! Là où tous les autres échouent, nous réussissons depuis vingt-cinq ans ! Alors, n'hésitez plus. Pour son bien et pour le vôtre, confiez-nous votre enfant. Agréé et encouragé par de nombreux ministères européens, notre établissement n'est pas la clinique du dernier espoir : elle est celle d'un nouvel espoir !

(Extrait de la plaquette de présentation de la Clinique du Lac.)

2
Simius, ii, m. : singe

Achille est sourd. Le monde pourrait s'écrouler autour de lui, il n'entendrait rien. Sauf s'il décidait d'entendre. Mais le silence est un nectar, y goûter c'est boire avec les dieux. Car les dieux ne parlent pas. Pas besoin. Ils sont sages... Celui qui est aveugle, c'est Alfred. Enfin, il n'est pas vraiment aveugle. C'est juste qu'il ne veut pas de la lumière. Qu'il aime la sérénité du noir. L'obscurité est peuplée de démons, dit-on. Quelle importance si on ne peut pas les voir... Anatole, enfin, est muet. Disons qu'il est muet parce qu'il préfère ne pas parler. Les phrases que l'on ne dit pas n'existent pas. Si tout le monde ressemblait à Anatole, Achille n'aurait pas besoin d'être sourd...

L'infirmier entra dans la chambre sans frapper. Il trouva le garçon occupé, comme d'habitude, à dessiner des singes sur le mur blanc, avec un feutre noir. Des groupes de singes, trois par trois. Le premier deux mains sur les oreilles, l'autre deux mains sur les yeux, le dernier deux mains sur la bouche.

– T'en as pas marre de toujours dessiner la même chose ?

Le garçon ne répondit pas. Il se contenta de laisser pendre le feutre au bout de son bras. L'infirmier se rendit dans la salle de bains et coupa l'eau qui coulait du robinet dans le lavabo.

– Tu as encore oublié de fermer le robinet, Arthur.
Oublier...

– C'est l'heure de la pilule, continua l'homme en s'approchant du garçon. J'espère que tu n'as pas oublié !

Oublier ? Quelle ironie ! Mais c'était son vœu le plus cher. Sans avoir besoin de se retourner, Arthur savait que Francisco avait un bouton au coin de la lèvre, une joue moins bien rasée que l'autre. *La droite.* Des lacets de chaussure marron. *L'un plus long que l'autre d'un centimètre.* Et l'ongle du pouce rongé. *Le gauche.* Du moins, c'était comme ça hier. Un rapide coup d'œil lui confirma que c'était pareil aujourd'hui. Son regard enregistra quelques nouveaux détails, sans qu'il s'en rende compte. Détails qui resteraient imprimés dans sa mémoire pour toujours. Comme tout ce qu'il voyait. Comme tout ce qu'il entendait.

Arthur tendit sagement la main et prit le comprimé. Sous la surveillance attentive de Francisco, il l'avala et but une gorgée du verre d'eau posé sur la tablette près de son lit.

– C'est bien, Arthur. Je ne sais pas si tu t'en souviens,

mais c'est l'anniversaire du docteur Cluthe ce soir. Il y aura du gâteau au dessert.

Arthur s'était souvent demandé si l'infirmier le provoquait ou se moquait de lui en lui parlant comme à un bébé. Puis il avait compris que, malgré ses quatorze ans, il était un bébé pour Francisco. Un attardé. Comment en vouloir à cet homme à qui il ne parlait jamais et qui le découvrait, tous les soirs, en train de dessiner des singes sur les murs ?

Le premier à qui il avait adressé la parole, c'était Nicolas, arrivé en même temps que lui dans la clinique, deux ans plus tôt. *Et trois jours*. Pourquoi, il ne le savait pas. Peut-être parce qu'il portait le jour de leur rencontre des chaussettes dépareillées. *Une blanche et l'autre verte*. Ça l'avait amusé. Et puis Nicolas avait l'air encore plus perdu que lui.

La deuxième personne qui avait réussi à lui tirer quelques mots était Claire. Claire l'avait eu par surprise : elle avait trébuché et s'était écroulée dans ses bras, alors qu'il passait dans le couloir menant au réfectoire. Elle avait balbutié des excuses et il s'était senti obligé de la rassurer. Les choses avaient suivi leur chemin.

La troisième et dernière personne à avoir entendu le son de sa voix s'appelait Violaine. Violaine avait pris sa défense contre un surveillant qui le taquinait, et il était allé la remercier. C'était la première fois qu'on se rangeait ouvertement de son côté. Ensuite, ils avaient pris l'habitude de se retrouver, tous les quatre, dans un coin du parc ou de la salle commune. Ces derniers temps, le principal sujet de leurs conversations était le

Doc. Ils s'interrogeaient sur ses motivations. Violaine pensait qu'on pouvait lui faire confiance, les dragons le lui avaient dit. Lui Arthur, comme Claire et Nicolas, il avait confiance en Violaine. Alors peut-être que le Doc serait le prochain à qui il parlerait.

Arthur entendit Francisco qui s'en allait. Il marcha jusqu'au lavabo et ouvrit le robinet. Le bruit de l'eau l'apaisait. Puis il reprit le feutre dans sa poche et, s'accroupissant pour atteindre une portion du mur encore vierge, commença le dessin d'un singe. Concentrer son attention sur des gestes mécaniques, des figures familières. Il lui fallait cela pour se calmer. C'est pour cette même raison qu'il s'habillait toujours en noir, parce que le noir, comme le blanc, gommait plus de détails que les couleurs. Il ne se souciait pas de son apparence, et s'il avait une idée approximative de l'individu auquel il pouvait ressembler, maigre, grand pour son âge, les cheveux bruns en bataille, le visage pâle et les yeux marron, il détestait se voir dans un miroir. Ça, l'infirmier ne le comprendrait jamais, le docteur Cluthe non plus. Toutes ces choses qui entraient dans sa tête et n'en sortaient jamais ! Qui parfois se bousculaient et tourbillonnaient, jusqu'à le faire hurler et s'évanouir ! Sa main ne dessinait plus. Il tremblait. Il respira profondément et se concentra sur le premier singe. Ne pas voir. Et puis ne pas entendre. Pour que le monde se taise, enfin.

Lorsque Violaine se présenta dans le réfectoire, elle était la première. Elle prit place à la table où ils se mettaient toujours, Claire, Nicolas, Arthur et elle, puis jeta un regard circulaire. La clinique hébergeait une soixantaine de pensionnaires, mais la moitié d'entre eux prenaient leur repas dans leur chambre. À la petite cuillère, avec une infirmière. Les autres descendaient dans la salle à manger, accompagnés par un surveillant qui les guidait, ou bien seuls quand ils en étaient capables. Même dans ce cas, ils ressemblaient davantage à des zombies qu'à des malades. Violaine frissonna. C'était le sort qui l'attendait, qui les attendait tous les quatre. Ils étaient encore jeunes. Mais un jour viendrait, elle le savait, où ses cheveux ne dissimuleraient plus qu'un regard vide, un visage absent…

– C'est l'anniversaire du docteur Cluthe, dit une voix derrière elle. Tout le monde doit s'asseoir à la grande table.

Violaine se tourna et aperçut Ted, un surveillant bâti comme une armoire à glace, qui lui adressait un sourire mauvais. Elle ne l'aimait pas et il ne l'aimait pas non plus. Elle adopta aussitôt une position défensive.

– Je préfère rester là. C'est notre table. On nous a dit qu'elle était à nous.

Ted ricana. Il était debout, elle était assise, et il avait l'air d'un géant dans sa blouse bleue.

– Cette table, comme toutes les autres, est au directeur. Et le directeur a décidé que ce soir, tout le monde mangerait sur la grande.

Violaine se recroquevilla mais ne bougea pas de sa chaise. Ted se pencha et l'attrapa par le bras pour l'obliger à se lever. Violaine cria de surprise. Elle ne supportait pas qu'on la touche, ça la rendait folle. Ted le savait, il le faisait exprès. Elle se débattit, en vain. Le surveillant la tenait solidement. Une femme, grande et osseuse, le chignon tiré au-dessus d'un visage sévère, s'approcha à grands pas.

– C'est encore Violaine, n'est-ce pas ?

La jeune fille sentit plus qu'elle ne vit le docteur Cluthe. Elle se rappela la promesse faite au Doc, quelques heures plus tôt. Mais elle n'y pouvait rien. Encore une fois, ce n'était pas sa faute ! Pourquoi ne la laissait-on pas tranquille ?

Alors que Ted l'avait ceinturée et que le docteur Cluthe s'approchait d'elle, le propre ectoplasme de Violaine, fait de brume invisible, se redressa. Il n'avait pas la forme d'un dragon, comme chez tous les autres, mais celle d'un chevalier. Un chevalier qu'elle avait patiemment créé au cours des années, en arrachant des fils à son esprit et en les tissant, sur le modèle de saint Georges dont elle avait vu un jour une gravure. *Le chevalier vaporeux se détourna du serpent noir de Ted et fit face à Cluthe. Il était temps.* Le docteur lui attrapa la main pour la calmer. *Le dragon du docteur heurta le bouclier de plein fouet. L'animal de fumée et de lumière, furieux, se replia autour du grand corps de Cluthe, attendant l'occasion de frapper encore et de percer ses défenses. Mais le bouclier était solide. Brandissant une épée énorme, le chevalier menaça le dragon de Cluthe qui feula. C'est alors que le dragon de Ted attaqua par traîtrise. Profitant de l'occasion, il mordit le chevalier dans le dos.*

Violaine en eut le souffle coupé. Elle crut que son cœur allait s'arrêter de battre. Cela faisait si longtemps qu'elle n'avait pas laissé un dragon la toucher ! Quand cela arrivait, elle faisait la morte jusqu'à ce que le dragon se lasse et s'en aille, la laissant meurtrie et choquée pour des heures. Cette fois, c'était différent. Elle en voulait à Ted. Elle était en colère. Elle ne se laisserait pas faire.

Sans baisser sa garde face à Cluthe, le chevalier se pencha vers l'ectoplasme qui avait planté ses crocs en lui et ne voulait pas lâcher prise. Il laissa tomber son épée et l'attrapa par le cou. Le dragon gronda puis gémit. Le chevalier sentit de la faiblesse en l'animal. Violaine fut stupéfaite. Jamais elle n'aurait imaginé qu'un dragon puisse être faible ! Obéissant à son instinct, elle n'essaya pas de s'en débarrasser. Elle fit même tout le contraire. *Le chevalier lâcha son bouclier et, de ses deux mains, caressa la tête du dragon de Ted. Le dragon se mit à ronronner et changea de couleur. Il devint blanc !*

Voyant le chevalier sans défense, le dragon noir de Cluthe lança une nouvelle charge. Une vague de panique, incontrôlable, submergea Violaine. *Le chevalier regarda le dragon de Ted d'un air suppliant. Aussitôt, celui-ci abandonna sa couleur blanche et se chargea de rayures noires.* Violaine eut juste le temps de voir celui de Cluthe virer au gris avant de s'évanouir.

Lorsque je suis arrivé dans le réfectoire, il y avait un attroupement autour de la table occupée habituellement par ma petite bande. J'ai couru, pensant que l'un des enfants avait eu un malaise. Mais j'ai vu le gros Ted qui ceinturait Violaine devenue hystérique, et Cluthe qui essayait de la calmer. Je m'apprêtais à intervenir à mon tour quand Ted a brusquement lâché Violaine pour empoigner Cluthe et la pousser contre une table. Aussitôt, trois autres surveillants se sont jetés sur Ted pour le maîtriser. Ted est costaud, c'est même une brute, mais ses collègues ne sont pas des mauviettes non plus. Eh bien, ils ont eu toutes les peines du monde à le retenir et à l'empêcher de se ruer sur la pauvre Cluthe qui gémissait par terre ! Deux infirmiers se sont rapidement occupés d'elle et l'ont emmenée dans une salle de soins, tandis qu'un troisième injectait à Ted une double dose de tranquillisant. J'ai ensuite tenté de ramener le calme. Pas facile ! Tout le monde était surexcité. J'ai dû renvoyer les pensionnaires dans leurs chambres. Enfin, je me suis occupé de Violaine. Elle gisait évanouie près d'une chaise renversée. Dans l'affolement, personne ne s'était occupé d'elle, ou plutôt, presque personne : quand je me suis approché de Violaine, Arthur était à côté d'elle et lui caressait les cheveux. Nous nous sommes défiés du regard, à la façon des bêtes qui se jaugent. Je me suis obligé à tenir bon. Arthur a fini par détourner les yeux. Et là, j'ai eu un choc : il s'est adressé à moi. Lui qui n'a jamais parlé, il m'a dit, d'une voix que j'ai sentie confiante (sentie... quand je pense que j'ai reproché à Violaine de sentir les choses, alors que c'est ce que je fais, moi, tout le temps !) :

– Il faut prendre soin d'elle, Doc.

Sur le coup, je n'ai rien trouvé à répondre. J'ai simplement hoché la tête. Puis, avec l'aide d'un infirmier, j'ai ramené Violaine dans sa chambre. Elle a commencé à s'agiter quand nous l'avons couchée. Je suis resté près d'elle jusqu'à ce qu'elle se calme et dorme d'un sommeil normal.

Mon premier est une fille aux nerfs à fleur de peau, mon deuxième un gros costaud bête mais pas méchant, mon troisième une femme méchante mais pas bête, mon tout un cocktail explosif qui a explosé et fait trois victimes !

Que s'est-il réellement passé ce soir-là ? Dans quelques jours, l'incident sera oublié, Ted restera un moment confus et Cluthe détestera Violaine davantage. Quant à moi, j'en serai encore à m'interroger, et à essayer de protéger ces enfants contre les autres et contre eux-mêmes…

(Page du carnet d'observations du docteur Pierre Barthélemy.)

3
Colorari : prendre des couleurs

On a longtemps dit que le monde était plat comme une crêpe. Quand ils ont eu le droit d'en rigoler, certains ont affirmé qu'il était rond comme un ballon. Puis d'autres ont certifié que le ballon était aplati sur les pôles. D'autres encore se sont esclaffés et ont clamé que la Terre n'était ni plate ni ronde mais bleue, bleue comme une orange. Ce sont eux qui sont le plus près de la vérité. La Terre n'est pas ronde, elle n'est pas plate : elle est ronde et plate, constituée de couches plates qui font le gros dos. Surtout, elle est bleue, bleue et orange. Bleue là où c'est profond, orange où ça affleure. Et puis violet, ocre, jaune, rouge partout, ça dépend des couches, de la cuisson des crêpes du monde ! Pour comprendre la Terre, il faut en voir les tranches. Voilà : la Terre est un gâteau, une charlotte pleine de fruits…

La neige était tombée durant la nuit et recouvrait l'herbe du parc. Nicolas bondit hors de son lit, chaussa ses lunettes de soleil épaisses et ouvrit les rideaux en grand. L'afflux de lumière l'aveugla malgré la protection des verres fumés. Il plissa les yeux et se força à regarder dehors. Il vit la couche de neige, le soleil qui la faisait scintiller, les branches couvertes de givre des arbres bordant le lac.

Puis sa vision se brouilla. Il résista à l'envie de fermer les yeux. C'était ce qu'il aurait fait, une semaine plus tôt. Mais depuis, Violaine avait découvert le secret des dragons.

« Les dragons sont partout, leur avait-elle confié après l'incident du réfectoire. Ils sont effrayants mais ils ne sont pas dangereux, enfin, pas vraiment. Il faut juste les apprivoiser ! »

Lui, Nicolas, il ne voyait pas les dragons que voyait son amie. Mais il connaissait bien ceux qui se cachaient dans sa propre tête. Grâce à Violaine, il était en possession d'un secret : pour cesser d'avoir peur, il fallait oser, oser « gratter son monstre derrière les oreilles », comme elle disait !

Nicolas garda donc les yeux ouverts derrière ses lunettes noires. Et la neige changea de couleur. *Il distingua des plaques rouges, immobiles sous le manteau blanc, et des taches jaunes sous les plaques rouges.* Il était allé vérifier, plusieurs fois, et maintenant il savait que les plaques étaient des parties du sol plus chaudes que la couche de neige. Les taches, elles, signalaient des êtres vivants, des animaux réfugiés sous la terre, mulots ou vers, selon leur grosseur.

Il s'était amusé, à partir de là, à donner du monde une autre définition, une définition qui correspondait davantage à ce qu'il en voyait. Un monde de couleurs. Arthur avait trouvé ça génial !

La vision du garçon se brouilla à nouveau et la neige redevint blanche.

Nicolas se détourna de la fenêtre, le cœur palpitant, mais content de lui. Encore une fois, il était allé jusqu'au bout. Il n'avait pas reculé, il avait approché son dragon. Il était sur la bonne voie. Il ôta ses lunettes et entra dans la salle de bains, éclairée par une ampoule blanchâtre de faible intensité. Il n'avait pas besoin de plus pour y voir comme en plein jour. Il se regarda dans la glace. Il avait treize ans mais en paraissait dix. Ses cheveux, tombant à mi-cou, étaient blonds, presque blancs. Ses yeux sans pupille étaient gris, un gris uniforme, presque métallique. Il mettait des lunettes pour s'abriter de la lumière qui le blessait, mais il en aurait aussi porté pour se protéger du regard des autres.

Il se doucha, s'habilla rapidement et descendit dans le réfectoire pour le petit déjeuner.

– Attention, Nicolas !

Le garçon se baissa juste à temps. La boule de neige lancée par Violaine se perdit dans la pente. D'un geste, il remercia Arthur de l'avoir averti. Puis il confectionna à son tour un projectile, qu'il envoya sur Violaine. Il la rata également. Il s'assit dans la neige, essoufflé, et fut bientôt rejoint par les autres.

– Brrr ! dit Violaine en ôtant ses moufles et en soufflant sur ses doigts. C'est glacé !

– C'est de la neige, répondit laconiquement Arthur. Quatre centimètres de bonne neige bien fraîche.

– Tu n'as pas froid, toi ? demanda Violaine à une fille diaphane, aux cheveux blonds et aux yeux délavés.

Claire ne portait qu'un pull. Elle ne frissonnait pas.

– Non. Ça va.

Violaine respira à fond en regardant le ciel.

– On est vraiment bien, ici, tous les quatre.

– On est très bien, confirma Arthur en réajustant son bonnet sur la tête. J'aime la neige. Elle efface, elle étouffe, elle tue le moindre détail et assomme les sons. Le monde entier devrait être blanc et pur comme la neige.

– Moi, le blanc me flanque des angoisses, dit Nicolas. Ça me rappelle trop la blouse des infirmiers !

– Justement, reprit Violaine. Ici, pas d'infirmiers ni de surveillants. On a presque l'impression d'être libres !

Arthur tourna vers Violaine son regard sérieux.

– Tu penses vraiment qu'on est prisonniers de cette clinique ?

– Je pense qu'on est prisonniers, répondit-elle, les yeux toujours perdus dans le ciel. Mais pas de la clinique : de nous-mêmes…

Un silence accompagna la dernière phrase de Violaine.

– La mère Cluthe t'en veut encore ? demanda Nicolas.

– Elle m'en veut depuis le début, tu le sais bien. Elle m'en voudra jusqu'à la fin.

– Ce n'est pas juste, s'insurgea Arthur, même si tu as trafiqué le dragon de Ted, ce n'est pas tout à fait ta faute si cette brute s'est jetée sur elle ! Tu ne lui as pas dit de le faire.

– Non, c'est vrai. Mais cette femme me collerait sur le dos la responsabilité du prochain typhon aux Philippines ! Regarde, cette histoire de graffiti trouvé dans le réfectoire : je n'y étais pour rien et on m'a quand même accusée ! C'est comme ça tout le temps, maintenant.

— Elle se venge de n'avoir pas réussi à te faire renvoyer.

— Sûrement. Je sais qu'elle en veut aussi beaucoup au Doc. Il a encore pris ma défense devant le directeur.

— J'ai une explication pour justifier le comportement de Ted, dit tout à coup Nicolas en arborant un sourire moqueur. Ted éprouvait depuis longtemps pour Cluthe une terrible passion. Il n'a pas pu y résister, c'est tout !

— Très drôle ! En attendant, moi, tous les soirs, j'ai double dose de ces horribles pilules.

— Ne te plains pas, il paraît qu'avant on enfermait ceux qui avaient des crises dans une cellule capitonnée. Pendant des semaines.

Violaine jeta un regard étonné à Claire.

— Tu crois à ce genre d'histoires, toi ?

— Je ne sais pas, peut-être, répondit-elle de sa voix douce qui ressemblait à un murmure.

— En tout cas aujourd'hui, assura Violaine, le Doc ne permettrait jamais qu'on nous enferme.

— Je commence à avoir froid aux fesses, se plaignit Nicolas.

Ils se levèrent et firent quelques pas.

— Le surveillant, Ted, comment est-ce qu'il a expliqué son geste ? reprit Arthur.

La respiration de Violaine s'accéléra. Elle se revit dans le bureau du directeur, serrée dans une camisole, tandis que la mère Cluthe rapportait dans le détail – et à sa manière – les événements.

– Ted a cru que le docteur Cluthe me voulait du mal, répondit Violaine. Il a cherché à me protéger. C'est ce qu'il a dit, en tout cas.

– Il n'a pas parlé des dragons ?

Elle haussa les épaules.

– Il n'y a que moi qui les vois.

– À propos de dragons, dit Nicolas, leur secret, le secret que les dragons t'ont confié…

– Que je leur ai volé !

– Comme tu veux, continua Nicolas, imperturbable. En tout cas, il marche. Au lieu de fermer les yeux, je les garde ouverts maintenant. Je n'ai plus peur de ce que je vois, même si j'ai encore mal. Mais ces douleurs, dans ma tête, je crois que je vais m'habituer.

– Moi, grogna Arthur, ça fait longtemps que je m'entraîne et que je m'habitue. J'appelle ça « dessiner des singes ».

– Je m'entraînais aussi, répondit Violaine. Avec une épée et un bouclier. Je me suis longtemps abritée derrière. Je n'avais pas compris.

– La première priorité, c'est de survivre, se justifia Arthur. Sans mes singes, je serais devenu fou. Et toi aussi, ma vieille, sans ton bouclier !

– Tu as sûrement raison, reconnut Violaine. Mais un jour, survivre ne suffit plus. Et toi, Claire ?

La fille blonde n'eut pas l'occasion de répondre. Leur attention fut attirée par un bruit de moteur en contrebas, près du lac, derrière le bois.

— De nouveaux pensionnaires, prédit Arthur. C'est inhabituel, en cette saison. Quatre-vingt-trois pour cent des admissions ont lieu en septembre.

Arthur ne put s'empêcher de penser aux deux malades, presque adultes, qui étaient arrivés cette année. *L'un portait des sandales en cuir, l'autre un pantalon trop court et…* Il secoua furieusement la tête.

— Cette fois, ce ne sont pas des pensionnaires, annonça Nicolas.

— Comment tu le sais ?

— Je le sais, c'est tout.

Aussi clairement que si elle était sous ses yeux, le garçon voyait la voiture derrière les arbres. *Rouge et chaude, surtout à l'avant, près du moteur.* À l'intérieur se tenaient trois adultes. *Trois formes vivantes et jaunes, assises sur des sièges en cuir, violet.*

— J'annonce une… une Mercedes, une grosse voiture en tout cas, et trois personnes à bord, dont un géant !

Ses amis le regardèrent, médusés.

— Personne ne veut parier avec moi ? proposa Nicolas. Allez, on joue nos desserts !

Une voiture puissante se rangea sur le parking, en face du bâtiment administratif, et trois hommes en sortirent. Le premier, grand et maigre, avec une moustache, alluma une cigarette. Le deuxième, une montagne de muscles, enfouit ses mains dans les poches de son blouson de ski et inspecta les alentours. Le troisième, vêtu d'un élégant manteau de chasse noir, prit la tête du groupe et se dirigea vers l'entrée du bâtiment. Ils formaient un étrange trio, hétéroclite et inquiétant.

Nicolas fit un grand sourire à Arthur qui maugréa quelque chose à propos des desserts qui, de toute façon, n'étaient jamais bons le midi.

L'individu de tête, qui devait être le chef, boitait de la jambe droite. Il tourna le visage dans la direction des quatre jeunes gens. Son regard, pénétrant, les détailla l'un après l'autre. Ils frissonnèrent inexplicablement. Puis la porte vitrée à double battant avala les trois hommes.

– Ils foutent les jetons ! dit Nicolas qui exprima ce qu'ils ressentaient tous.

– On les dirait tout droit sortis d'un mauvais film policier, ajouta Arthur.

Les deux filles ne dirent rien. Claire parce qu'elle parlait peu. Violaine parce qu'elle s'interrogeait sur ce qu'elle avait vu, ou plutôt pas vu.

Elle avait clairement aperçu deux dragons, des dragons noirs, l'un autour de l'homme à la cigarette, l'autre à côté du géant au blouson de ski. Mais leur chef, celui qui les avait longuement regardés, n'en possédait aucun. Il était comme… nu. Peut-être qu'elle avait mal regardé, qu'elle s'était trompée. C'était possible, après tout, il était passé vite ! Cela ne lui était jamais arrivé de croiser la route d'un homme sans dragon. Elle éprouva un sentiment de malaise et se rapprocha de ses amis, de leurs flammes blanches, familières et rassurantes.

Cluthe = vieille peau

(Graffiti trouvé sur un mur du réfectoire, immédiatement attribué à Violaine. Une analyse graphologique ayant définitivement mis hors de cause la jeune pensionnaire, les soupçons du directeur se sont portés sur Ted, le surveillant, qui continue à manifester depuis sa crise de démence une incompréhensible hostilité à l'encontre du docteur Cluthe.)

4
Aura, æ, f. : vent léger

Je suis une sylphide. Mes parents m'ont trouvée un jour de grand vent au pied d'un roseau, j'étais encore bébé, je ne me souviens de rien. Ils m'ont toujours caché la vérité et j'ai dû la découvrir seule. Le jour de mes douze ans, je suis allée les voir et je leur ai dit que je savais tout. Je savais qu'ils m'avaient volée aux esprits de la brise et des grands souffles, que c'était pour cela que j'aimais tant fermer les yeux à ma fenêtre et laisser le vent caresser mon visage. Ils étaient éberlués mais j'ai continué, j'ai essayé de leur expliquer que c'était parce que je vivais au sol que j'étais si maladroite, que s'ils pouvaient me voir dans les airs, ils verraient combien je suis gracieuse. J'ai terminé en concluant qu'il fallait me ramener là où ils m'avaient prise, au pied du roseau, près du lac. Quelques semaines plus tard, ils m'ont effectivement emmenée près d'un lac. Mais il n'y avait pas de roseau, juste une autre maison et des hommes en blouse blanche ou bleue qui ne ressemblaient pas à des sylphes…

Claire ne prit pas le chemin du réfectoire avec les autres. Elle les rejoindrait plus tard. Le Doc lui avait demandé de passer dans la journée, quand elle voulait. « Quand elle voulait. » Des mots inhabituels jusqu'à l'arrivée de Barthélemy dans la clinique ! Elle avait donc décidé, malgré la désapprobation de ses amis qui n'aimaient pas la laisser seule, d'aller voir le Doc tout de suite puisque son bureau était à deux pas. Ou à mille. Elle grimaça à cette pensée.

La jeune fille s'engagea résolument dans la pente menant au parking. Elle écarta de ses longs doigts les cheveux blonds qui tombaient, légers, devant ses yeux. Des yeux bleu pâle immenses. On distinguait nettement sous sa peau blanche le fin réseau des veines qui lui donnait une apparence fragile. L'apparence d'une porcelaine translucide, prête à se briser.

Elle fit un pas, puis deux, puis trois. Comme d'habitude lorsqu'elle marchait toute seule, sans quelqu'un pour la soutenir, elle fut saisie de vertiges et chancela. Mais au lieu de se laisser tomber sur le sol, comme elle le faisait normalement pour que ça s'arrête, elle s'obligea à rester droite et à faire un pas de plus. *Bouger à l'intérieur d'une enveloppe. L'espace est une enveloppe que les autres portent sur eux, comme un vêtement. Mais moi, moi je marche dedans, dans un couloir de vent.* Le parking devint flou, on aurait dit un paysage défilant à travers la vitre d'un train. *Je marche hors du temps, un temps qui s'arrête aux contours de l'enveloppe. En indépendance. Faire un pas au lieu de trois et trois au lieu de neuf. Puis s'arrêter et recoller à l'enveloppe.* La sensation de déséquilibre s'estompa.

Elle regarda derrière elle : pour se trouver où elle était à présent, elle aurait dû avoir fait trois pas et non un.

Elle ne comprenait rien. Cela faisait quinze ans que c'était comme cela. À chaque fois qu'elle croyait être à un endroit, elle n'y était pas. Elle en était plus proche ou plus loin. Alors forcément elle tombait, se cognait, trébuchait. Comment ne pas se sentir folle ? Comment ne pas avoir envie de rester toute la journée sur son lit, sans bouger ? C'était pareil quand il s'agissait de prendre un objet. D'attraper le ballon que lançait un camarade, ou de ranger la vaisselle. Combien de tasses et d'assiettes avait-elle cassées sous le regard exaspéré, puis résigné de sa mère ? Beaucoup trop sans doute puisque, peu après le soir où elle avait eu la brillante idée de parler à ses parents de son origine fée, on l'avait conduite ici. Ici, un endroit où on ne rangeait pas la vaisselle et où on ne vous lançait pas de ballon.

C'était Arthur qu'elle avait rencontré d'abord. Un peu par hasard, il fallait bien l'avouer. En fait elle était tombée... dans ses bras ! Enfin, elle était tombée et il l'avait rattrapée. Elle s'était sentie si seule pendant un an que cette rencontre fut une véritable bouffée d'air. Pourtant, il n'était pas drôle, Arthur. Toujours sérieux, toujours fatigué. Et puis ses yeux, ses yeux sombres paraissaient si vieux ! Mais c'était le premier malade de son âge qu'elle voyait dans la clinique.

Ensuite, forcément, elle avait fait la connaissance de Nicolas. Forcément parce qu'ils étaient inséparables, Arthur et lui. Nicolas était plus jeune et Arthur jouait au grand frère. Ils étaient aussi paumés l'un que l'autre.

Mais Nicolas était plus gai. Il plaisantait volontiers. Elle avait fini par beaucoup l'aimer.

Enfin, Violaine avait fait son apparition. Une apparition tardive. Violaine, sauvage et taciturne, qui aurait pu ne jamais devenir leur amie. Renfermés, ils l'étaient tous. Mais elle, elle était en colère. Elle refusait les règles de la clinique. La clinique aurait pu la briser. Et puis un jour qu'ils s'étaient retrouvés par hasard à la même table, au réfectoire, Violaine leur avait parlé des dragons qu'elle voyait sur les gens. Elle leur avait raconté, à Arthur, Nicolas et elle, comment elle les combattait. Eux, ils n'avaient pas fait de commentaires. Ils l'avaient écoutée. Ensuite, Arthur avait dit que son crâne était parfois si plein qu'il s'arrêtait de fonctionner. Nicolas avait dit que s'il était plus courageux, il se crèverait les yeux. Elle, elle avait balbutié quelque chose sur sa maladresse et ses malaises. Cette conversation décousue les avait soudés. Les avait libérés et les avait liés. Ils n'avaient jamais reparlé de ça. Jusqu'à la semaine dernière, quand Violaine s'était évanouie dans le réfectoire. Le lendemain, elle les avait réunis, les yeux brillants, pour leur expliquer ce qu'elle avait fait, ce qui lui était arrivé. Elle avait triomphé de ses dragons. Elle les avait apprivoisés.

Claire avait pu constater ensuite comme son amie avait rapidement changé, comme elle était devenue plus forte. Plus… normale. Elle avait vu Nicolas suivre la route montrée par Violaine et s'exercer à comprendre ce que lui montraient ses yeux. Alors elle aussi, elle avait essayé. Elle choisissait un endroit et s'y rendait, sans personne pour lui tenir la main : quand on la tenait ou qu'on la touchait, ses vertiges cessaient. Momentanément.

Au début, les entraînements ne s'étaient pas très bien passés. Elle s'était fait mal, même très mal. Elle avait failli renoncer. C'est une phrase du Doc qui, involontairement, l'avait mise sur la bonne voie. Elle était dans son bureau, seule avec lui, enfermée dans son mutisme, et il avait dit : « Le monde n'existe que parce que tu le regardes, Claire. C'est pareil avec les gens : si tu leur souris, ils s'ouvrent, si tu les ignores, ils se ferment. » Elle avait réagi tout de suite à la deuxième partie du conseil et avait adressé un sourire timide au Doc, qu'elle aimait bien. Mais elle avait gardé le reste pour elle : elle se blessait parce qu'elle s'obstinait à bouger dans le monde des autres, qui n'était pas le sien. Peut-être qu'elle était vraiment la sylphide qu'elle s'imaginait être plus jeune. Pas pour de vrai, bien sûr ! Encore que... Enfin, son univers était ailleurs malgré tout. Elle devait apprivoiser ses propres dragons, son environnement et son espace.

C'était ce qu'elle avait fait et la situation s'était nettement améliorée.

Elle posa le pied sur le goudron du parking. Un pas, deux et... *un flottement, une faille sous mes pieds, que j'enjambe en tremblant.* Trois. *L'air se trouble autour de moi. Je peux presque le sentir vibrer sur mon passage, comme si je dérangeais quelque chose. Comme si j'entrais par effraction dans un lieu trop petit, trop étroit pour moi.* Quatre et... *Cette fois, je saute carrément par-dessus le vide*. Cinq. Claire pouvait toucher la porte d'entrée. Cinq pas au lieu de vingt. Waouh ! Elle ressentit une inexplicable fierté. Elle n'était pas tombée, elle ne s'était pas cognée !

Il était midi passé et la secrétaire avait abandonné son poste pour aller déjeuner. Le bâtiment était désert. Claire savait que le Doc déjeunait dans son bureau, au fond du couloir, avec la seule compagnie de ses dossiers, pour gagner du temps. Du temps qu'il aimait ensuite consacrer aux pensionnaires, dans l'après-midi ou la soirée.

Claire s'arrêta devant la porte fermée et s'apprêta à frapper. Elle se réjouissait à l'idée de lui faire une surprise. Même s'il était dérangé, le Doc préférait toujours une visite à un dossier. Elle écoperait sans doute en retour d'une mauvaise plaisanterie, au pire d'une énigme débile ! Mais elle retint son geste : de l'intérieur provenaient des éclats de voix. Claire resta interloquée. Jamais elle n'avait entendu le Doc crier ! Il devait se passer quelque chose de vraiment grave. Quel était le pensionnaire qui mettait le Doc hors de lui ? Poussée par la curiosité, elle colla son oreille contre le bois.

– Nous voulons ces documents, Barthélemy, dit une voix au fort accent américain.

– Qu'avez-vous fait à Harry pour qu'il parle ? Vous l'avez torturé, n'est-ce pas ? Vous l'avez même peut-être tué !

– Les documents, docteur.

– Quel intérêt ? Depuis tout ce temps... Allez au diable !

— Ne nous obligez pas à vous faire mal, continua une deuxième voix, rauque, abîmée par le tabac.

Claire mit une main devant sa bouche pour étouffer un cri. C'était sûrement les trois hommes de tout à l'heure. Ils étaient venus pour le Doc, ils allaient lui faire mal !

— Il ne dira rien, intervint le troisième.

Celui-là parlait un français sans accent. Son timbre, calme et grave, était infiniment plus inquiétant que celui de l'Américain ou du fumeur. Claire supposa que cette voix appartenait à l'individu qui les avait dévisagés de façon si désagréable, sur le parking.

— Vous vous faites l'artisan de vos propres malheurs, docteur Barthélemy. Il serait si simple de nous rendre ces encombrants documents, des documents qui, d'ailleurs, ne vous appartiennent pas. Nous pourrions tous tirer un trait définitif sur le passé. Vous avez trouvé une bonne place, ici. Ce serait dommage.

— Mon premier mange trop de hamburgers, mon deuxième devrait arrêter la cigarette, mon troisième…

— … vous conseille de tenir votre langue, à moins que vous ne souhaitiez vous retrouver avec un moignon sanguinolent dans la bouche. Allez, messieurs, on emmène le docteur en promenade !

Les trois hommes s'apprêtaient à sortir. Affolée, Claire recula précipitamment et heurta le mur derrière elle. Le silence se fit dans le bureau. L'Américain – un colosse – sortit dans le couloir, arme au poing. La rapidité et la fluidité de ses gestes trahissaient un professionnel.

– Personne, boss.

Le couloir était désert. L'homme au manteau de chasse sortit à son tour et jaugea les lieux. Il n'y avait aucun endroit pour se cacher. Et personne n'aurait pu s'enfuir si vite. Rassuré, il se tourna vers Pierre Barthélemy qui le défia du regard. Le docteur était fermement tenu par l'autre gorille.

– En route.

Le petit groupe regagna le véhicule sans croiser personne. L'Américain prit le volant. Le moteur démarra dans un rugissement.

Claire sortit en tremblant de sous le comptoir de l'accueil. Elle vit la voiture disparaître sur le chemin longeant la forêt et le lac. Quelle frousse ! Lorsque la porte du bureau s'était ouverte, elle n'avait pas réfléchi. Elle avait couru vers la sortie. Une enjambée, deux enjambées. Elle avait sauté par-dessus le comptoir. Elle s'était blottie derrière. Le premier homme avait surgi hors du bureau à ce moment-là. S'il avait été plus sensible, il aurait pu voir l'air vibrer encore de sa course à elle. Mais il n'avait rien vu, et celui qu'il avait appelé « boss » non plus. Tant mieux. Car ils l'auraient emmenée aussi, elle en était sûre. Et puis sans doute tuée, comme le Doc allait l'être.

Elle rassembla ses esprits. Il fallait absolument qu'elle rejoigne les autres pour les mettre au courant, leur raconter tout ce qu'elle avait vu et entendu.

Claire quitta le bâtiment et se dépêcha de gagner le réfectoire.

Le cas de la petite Claire est particulièrement intéressant. Bien sûr, comme de nombreux pensionnaires, elle dissimule ses problèmes derrière des explications abracadabrantes, fondées sur une mythologie délirante. Mais contrairement à ses principaux camarades, Violaine, Nicolas ou encore Arthur, dont le trouble central est de s'imaginer victimes de troubles – divagations entraînant un comportement paranoïaque pour la première, obsessionnel pour le deuxième et autiste pour le troisième –, il semblerait que les désordres dont souffre Claire reposent sur une forme de réalité. Certains de ces *mouvements*, en effet, ont plongé les témoins, tous médecins, dans la perplexité. C'est comme si elle se déplaçait, sans en avoir conscience, *autrement* que nous. Il m'est impossible d'en dire davantage, faute de compétences en ce domaine. C'est pourquoi je suggère que cette enfant fasse l'objet de tests approfondis, en présence d'une équipe de spécialistes.

(Rapport remis par le docteur Cluthe au directeur de la clinique et classé sans suite par celui-ci pour ne pas attirer l'attention sur un établissement parfaitement rentable, fonctionnant depuis des années dans la grande et estimable tradition suisse de discrétion…)

5
Liber, bri, m. : livre

Le sol de la caverne était toujours aussi froid. Elle en souffrait moins depuis qu'elle était assise. Elle ne parvenait toujours pas à se mettre debout, mais au moins, elle avait réussi à bouger. Ses bras pendaient, inertes, le long du corps. Dans un effort qui fit naître des gouttes de sueur sur son front, elle parvint à tourner la tête et laissa son regard se perdre dans la grotte. Pour la première fois, elle prenait conscience de l'endroit où elle se trouvait. La salle, faiblement éclairée par la lumière en provenance de l'entrée, était immense. Des stalactites pendaient du plafond comme d'étranges cierges noirs. Elle remarqua, au-dessus du nid de dragons, une voûte qui n'était pas naturelle. On aurait dit un ajustement de pierres formant des arcs-boutants. Sur ces pierres étaient gravées des inscriptions. Mais elle ne parvint pas à les déchiffrer...

Violaine ouvrit la porte du bureau du Doc sans faire de bruit. Les visiteurs étaient partis. Cependant, la jeune fille avait l'impression d'être elle aussi une intruse.

— Tu avances ou quoi ? chuchota Nicolas derrière elle.

Violaine entra carrément, suivie par les autres.

Ils s'étaient attendus à trouver une pièce ravagée, mise à sac comme dans les films. Mais tout était en ordre. Il ne manquait que le Doc.

— Tu n'as pas dit qu'ils cherchaient quelque chose ?

— Si, des documents, répondit Claire.

— Ils n'ont même pas fouillé la pièce !

La fille blonde haussa les épaules.

— Ils n'ont pas eu le temps, ou alors ils ne voulaient pas faire de bruit.

— Possible, reconnut Violaine.

— Ils étaient renseignés, en tout cas, dit Nicolas. Ils sont venus à midi, sachant que tous les bureaux seraient vides sauf celui du Doc. À votre avis, c'est qui, ces types ?

— Aucune idée, marmonna Violaine en faisant le tour de la pièce.

— Peut-être la police, ou des agents secrets, proposa Claire.

— Vu leur dégaine, plutôt des types échappés d'un cirque !

— Qu'est-ce qu'ils peuvent bien vouloir au Doc ? s'étonna Arthur. Vous croyez que c'est un criminel en fuite ?

— Le Doc, un criminel ? dit Violaine. Son seul crime est de vouloir nous aider, envers et contre tous ! Trouve autre chose.

— Claire a parlé de documents. Et s'il s'agissait de

preuves mettant en cause un parrain de la mafia, que le Doc détiendrait par un concours de circonstances, et que les mafiosi voudraient récupérer ?

— Mouais, ça se tient, dit Nicolas.

— C'est ridicule et vous êtes grotesques, soupira Violaine.

Les deux garçons se regardèrent, offusqués.

— C'est une hypothèse comme une autre, se défendit Arthur.

La jeune fille fit mine de ne pas avoir entendu.

— Tu penses que les documents sont encore dans ce bureau ? lui demanda Claire.

— C'est l'endroit où le Doc passait le plus de temps.

— Avec sa chambre, ajouta Nicolas.

— Les chambres sont rangées tous les jours par une femme de ménage. Ce n'est pas le meilleur endroit pour cacher de précieux documents ! Par contre, le Doc ferme toujours son bureau à clé.

— Ton raisonnement fonctionne, dut reconnaître Arthur.

— Ça ne serait pas plus simple d'aller tout raconter au directeur ? lâcha Claire après une hésitation.

— Ben voyons… ironisa Violaine. Monsieur le directeur, des agents du KGB ont enlevé le docteur Barthélemy, j'étais là, j'ai tout vu ! Tu sais ce qu'il te répondra ?

Claire secoua la tête.

— Il te dira : « Mais oui, ma petite, et ta copine a vu des dragons dans les airs, et ton copain des singes sur les murs ! »

Nicolas lui prit la main.

— Violaine a raison, Claire. Personne ne nous croira. Le directeur pensera même qu'on a fait le coup !

— Et s'il ne le pense pas, dit Violaine, la mère Cluthe le lui soufflera.

Arthur regarda sa montre et manifesta des signes d'impatience.

— La secrétaire est très ponctuelle. Elle sera revenue à l'accueil dans dix-huit minutes. Il faut partir !

— On a encore du temps, répondit Violaine. Essayons de chercher.

Claire et Nicolas s'approchèrent des rayonnages et commencèrent à compulser les dossiers.

— Il faudrait une journée entière pour tout regarder, se désespéra Claire.

— Je vous rappelle qu'il nous reste seize minutes.

— Au lieu de nous taper sur les nerfs, viens plutôt nous aider !

Arthur soupira.

— Je ne sais pas si cette information peut vous être utile mais il manque un livre dans la bibliothèque.

Ils s'arrêtèrent de fouiller dans les papiers.

— Tu peux répéter ?

— Depuis ma dernière visite au Doc, c'est-à-dire hier après-midi, *à quatorze heures douze*, un livre a disparu de la bibliothèque. Le reste n'a pas bougé.

Violaine réfléchit. Un livre. Pourquoi pas, après tout !

— Tu te rappelles à quoi il ressemblait ?

Arthur ne put s'empêcher de sourire tristement. Bien sûr qu'il se rappelait !

— Un livre à la couverture en cuir clair. *Vingt-deux*

centimètres de hauteur et un centimètre et demi d'épaisseur. Il n'y avait pas d'inscription sur le dos.

– Ils l'auraient pris, vous croyez ? demanda Nicolas.

– Je ne pense pas, dit Claire. Ils ne semblaient pas avoir trouvé ce qu'ils étaient venus chercher.

– Dans ce cas, ce livre doit encore être là, suggéra Violaine.

– Je ne le vois pas, dit Arthur en balayant la pièce du regard.

– Le Doc l'a peut-être caché.

– Pourquoi l'aurait-il caché entre hier et aujourd'hui ?

Violaine s'approcha de la fenêtre. Dehors, on apercevait une partie de la route menant à la clinique.

– Il a dû voir la voiture arriver et se méfier. Il n'a pas voulu prendre de risque.

– Pour être aussi prudent, il devait s'attendre à une visite.

– Ou bien la redouter. Ça ne colle pas, cette histoire.

– Bon, dit Arthur qui voyait les minutes défiler, de toute façon il n'a pas eu le temps de cacher le livre ailleurs que dans le bureau.

Ils recommencèrent leur prospection. Violaine serra rageusement les poings.

– Le Doc n'est pas idiot. La planque doit être dure à trouver !

– Onze minutes, annonça Arthur.

Violaine souleva le tapis devant le bureau. Évidemment, il n'y avait en dessous ni trappe ni coffre, juste de la poussière qui les fit éternuer.

— On ne repartira pas bredouilles, dit Nicolas, goguenard. On a la preuve que personne ne vient faire le ménage ici !

Brusquement, sous ses yeux, la couche de saleté s'estompa, ainsi que les lattes du plancher. *Révélant le bleu glacé d'une dalle en béton, uniforme.* Ça recommençait ! Son regard glissa sur la bibliothèque. Les livres étaient jaunâtres, animés d'une vie propre. *Ils luisaient faiblement sur les rayonnages de bois orangés.* Les murs de parpaing, derrière, étaient aussi froids que le béton du sol. Il baissa à nouveau les yeux et son attention fut attirée par un détail. Il fronça les sourcils, mais sa vision se brouilla et redevint normale.

— Non, pas tout de suite, grommela-t-il entre ses dents.

— Qu'est-ce qui se passe, Nicolas ?

Le garçon fit signe à Arthur de se taire. Il se concentra sur ce qu'il avait vu, près de la porte, au niveau du seuil. Un plancher. Et sous le plancher... Les images hésitèrent devant ses yeux. Il fit un effort intense et sa vision bascula à nouveau. *Le bois du parquet devint transparent, révélant un creux dans la chape de béton.*

Il tituba. C'était la première fois qu'il décidait de forcer sa vision. D'ordinaire, cela se faisait malgré lui. L'effort mental l'avait épuisé. Arthur l'aida à s'asseoir.

— Ça va ?

— Il y a quelque chose sous le plancher, à l'entrée, dit Nicolas en désignant un endroit précis.

Sans perdre de temps, Violaine et Claire s'accroupirent et tâtèrent les planches, à la recherche d'un mécanisme.

– J'ai trouvé ! s'exclama Claire.

Elle fit glisser un morceau du parquet, à la façon d'un casse-tête chinois, dégageant une prise pour la main. Puis elle souleva une latte.

– Ingénieux, dit Violaine. On reste généralement debout à l'entrée quand on vient voir quelqu'un. On ne regarde pas sous ses pieds.

Claire tira de la cache, creusée grossièrement au burin dans le béton, un livre à la couverture de cuir clair.

– Bingo ! Bien joué, Nicolas. Arthur, c'est le livre qui a déserté la bibliothèque ?

– Oui… Quatre minutes.

– On remet le plancher en place et on s'en va, commanda Violaine.

Ils quittèrent le bâtiment au moment où un crissement de pas sur le gravier annonçait l'arrivée de la secrétaire. Ils s'éloignèrent rapidement.

– Et maintenant ?

Ils s'étaient réfugiés sur la pente au-dessus du parking, là où ils jouaient aux boules de neige tout à l'heure.

– Maintenant, dit Violaine, voyons ce livre.

L'ouvrage sentait fort le cuir. La couverture était souple, agréable au toucher.

– Le livre d'Ézéchiel le prophète, déchiffra-t-elle sur la première page.

– C'est une partie de la Bible, de l'Ancien Testament, précisa Arthur.

– Ces hommes auraient enlevé le Doc pour un livre même pas complet ?

– C'est peut-être un livre ancien qui vaut très cher.

Violaine fit une moue dubitative. Elle inspecta l'objet, le tourna et le retourna entre ses mains.

– Ce livre n'est pas si vieux que ça. Les pages ont été reliées récemment : on voit des traces de colle.

– Je pense que l'on peut aussi abandonner la piste de la mafia, suggéra Nicolas, remis de son malaise.

– Ce n'est pas le plus important pour l'instant, dit Violaine. Ce qui compte, c'est que nous l'ayons trouvé avant les autres.

– Je suis sans doute bête, dit Arthur, mais... pourquoi est-ce que ça compte ?

– Parce que nous avons une monnaie d'échange pour tirer notre bon vieux Doc de ce mauvais pas.

Arthur poussa un soupir exaspéré.

– Tu ne sais plus ce que tu dis ! Quand ils auront fait parler le Doc, ces hommes vont revenir, raconter des salades au directeur et nous obliger à rendre le livre. Sans aucune contrepartie. Si on s'en tire avec une baffe et double ration de pilules pendant un mois, on pourra même s'estimer heureux !

Violaine tourna vers lui un visage triomphant.

– Tu as raison, Arthur. Mais ce livre, c'est sans doute le seul moyen de sauver la vie du Doc. Quant aux pilules et aux baffes, moi non plus, ça ne me dit rien du tout. C'est pourquoi nous allons quitter la clinique...

Arthur, Nicolas et Claire la regardèrent, estomaqués.

Mon cher Minos. Le Grand Stratégaire accepte tes exigences. Le docteur Barthélemy, en possession des documents, se trouve en Suisse, à la Clinique du Lac près de Genève (je te balancerai les coordonnées précises pour paramétrage de ton GPS). Son bureau se trouve dans le bâtiment administratif face au parking, au fond de l'unique couloir, à droite (une fenêtre, mais ne sautera pas, trop vieux !). Il a pris l'habitude de déjeuner sur place. Une secrétaire officie à l'accueil, part à midi et revient à treize heures trente (attention, elle est ponctuelle). Il n'y a personne d'autre dans les lieux à ce moment-là. L'opération Ézéchiel est lancée. Ce sera une partie de plaisir ! J'attends de tes nouvelles. Hydargos.

(Message crypté reçu sur son ordinateur portable par l'homme au manteau de chasse, quelques heures avant son irruption dans le bureau de Pierre Barthélemy.)

6
Fuga, æ, f. : fuite

Je sais maintenant qu'il y a d'autres enfants volés au Petit Peuple. Des enfants enlevés à leur naissance au pied des arbres, des sources et des rochers. Arrachés à leur véritable existence. J'ai longtemps cru être la seule, pauvre sylphide perdue au milieu des hommes essoufflés. Et puis j'ai rencontré le fils d'un triton et d'une naïade, né pour vivre dans le silence des vagues, dense comme est dense la mémoire de l'eau. J'ai aussi trouvé un fils de farfadets, pénétré des secrets de la Terre, drôle et gai comme un lièvre de mai ! Enfin, j'ai croisé la route d'une fille de sorcier et de salamandre, dompteuse de ces dragons qui crachent la cendre…

– Les voilà ! dit Claire.
– Vous en avez mis du temps, chuchota Violaine sur un ton de reproche.
– On a fait ce qu'on a pu, répondit Arthur en aidant Nicolas à sauter le fossé. Des surveillants fumaient une cigarette dehors, juste devant la porte !

Les deux garçons secouèrent la neige accrochée au bas de leur pantalon. Ils avaient dû traverser le bois pour échapper aux rondes.

— En attendant, on se gèle avec Claire depuis vingt minutes !

Le ciel s'était chargé au cours de la soirée, et la température avait brutalement chuté. Des flocons tombaient, épars. Heureusement la lune serait bientôt pleine, et sa lumière, même masquée par les nuages, les éclairait faiblement.

— On a bien choisi notre moment, ironisa Nicolas.

Violaine haussa les épaules.

— J'espère que le mauvais temps n'effraiera pas les automobilistes, dit Arthur, parce qu'il va falloir faire du stop.

— Tu n'as pas eu de mal pour établir l'itinéraire ? demanda Claire.

— J'ai trouvé ce que je voulais à la bibliothèque. Une fois sur la grande route, nous devons aller jusqu'à Nyon, puis Saint-Cergue, puis Les Rousses, puis…

— Tout ça dans la nuit ?

— Le plus vite possible, en tout cas, dit Violaine. On aura bientôt les ravisseurs du Doc aux trousses.

— Et la police, quand la clinique signalera notre disparition ! rappela Nicolas.

— Ne perdons pas de temps, alors.

Ils ajustèrent leurs sacs sur les épaules et s'éloignèrent de la clinique d'un bon pas. Nicolas tenait la main de Claire pour qu'elle puisse marcher normalement.

Violaine promena un regard attentif sur ses amis.

Tout le monde avait pris soin de se vêtir chaudement, troquant même les habituelles tennis contre de solides chaussures de marche. Il faut dire qu'ils avaient trouvé tout ce qu'ils voulaient dans la réserve jouxtant la salle de sport ! Un abondant et luxueux matériel, jamais utilisé, y était entassé. Ils s'étaient servis sans hésiter, empruntant chaussures et vêtements d'hiver, sacs à dos, duvets et même une tente, pour le cas où. Puis ils avaient chargé les sacs avec des habits de rechange, de quoi boire et grignoter, ainsi que les quelques objets auxquels ils tenaient. Toute une vie dans le dos, derrière eux ! Ou plutôt, au bout de leurs chaussures. Violaine n'avait pas oublié le livre avec lequel elle comptait sauver la vie du Doc. Elle ne savait pas encore comment, mais elle trouverait une solution.

Ils parvinrent sur la grande route alors que la neige tombait à gros flocons. Une neige qui tenait et qui commençait à recouvrir le goudron.

– Dans une heure, il y aura quatre bonshommes de neige sur le bas-côté, soupira Nicolas.

– Ne sois pas pessimiste, le gronda gentiment Claire. C'est une route importante, quelqu'un va forcément passer.

En effet, une première voiture surgit devant eux sans s'arrêter, ainsi qu'une deuxième qui ne leur prêta pas la moindre attention. La troisième mit son clignotant et stoppa à leur hauteur. Une vitre se baissa et le visage d'un homme apparut.

– Tiens ! Vous êtes tout seuls ? De loin je t'ai pris pour un adulte, mon garçon ! dit-il en regardant Arthur.

Et vous allez où, comme ça, équipés comme des montagnards ?

– À Nyon, monsieur.

– Alors montez vite. Il fait un temps à ne pas mettre un bonhomme de neige dehors !

Il rit tout seul de sa plaisanterie. Violaine monta à côté de lui, les autres s'entassèrent avec leurs sacs à l'arrière. La chaleur à l'intérieur était agréable. Les essuie-glaces, battant follement, peinaient à chasser la neige du pare-brise.

– Moi, je vais à Versoix, annonça le conducteur. J'aurais mieux fait de prendre l'autoroute ! Qu'est-ce que vous faites ici par un temps pareil ?

– C'est une longue histoire, monsieur, répondit Claire en le fixant dans le rétroviseur.

– Mais nous, on ne sait pas bien raconter, continua Arthur.

– Il faut demander à notre amie, dit encore Nicolas.

L'homme glissa un regard vers Violaine qui se réchauffait en soufflant dans ses doigts.

– Très bien. Je t'écoute.

Violaine commença par poser une main sur le bras qui tenait le volant, puis elle prit une voix douce, légère comme un murmure :

– Des gens veulent nous faire du mal, monsieur. Il faut nous aider.

Les autres retinrent leur souffle à l'arrière. Le conducteur semblait étonnamment concentré sur Violaine.

– Pauvre petite ! Mais c'est affreux !

— C'est pour cela qu'on doit partir, vous comprenez ? On doit aller à Nyon, et puis après à Saint-Cergue, et puis aussi…

— Aux Rousses et à Morez, lui souffla Arthur.

— Oui, aux Rousses et à Morez, répéta Violaine. Seriez-vous assez gentil pour nous conduire là-bas ? S'il vous plaît, monsieur !

Claire observait la scène, fascinée. Elle ne voyait rien car rien n'était visible, mais elle savait que le chevalier-fantôme de Violaine tenait entre ses mains astrales le dragon de l'automobiliste, et qu'elle le grattait entre les oreilles. Avec de l'imagination, elle aurait pu l'entendre ronronner !

— Mais bien sûr que nous allons y aller, s'enthousiasma le chauffeur. Je ne vais quand même pas vous abandonner au bord de la route en pleine nuit !

La voiture laissa plusieurs bourgades derrière elle et entra bientôt dans Nyon. Au lieu de continuer vers Genève, l'homme prit la direction du centre-ville, traversa une interminable zone commerciale et s'engagea enfin sur la route qui s'élançait, sinueuse, à l'assaut du Jura.

— Heureusement que je suis équipé de pneus neige, dit-il en négociant un virage difficile. Mais j'ai peur que la route soit bloquée après Saint-Cergue.

Le silence régnait à présent dans l'habitacle. Bercé par le ronflement du moteur, Nicolas s'était assoupi.

Ils pénétrèrent dans Saint-Cergue, endormi à cette heure tardive. Comme l'homme l'avait prévu, la route qui grimpait au-delà, en direction de la France, était envahie par la neige. Ils continuèrent malgré tout aussi loin que possible. Lorsque le véhicule patina, ils descendirent.

— C'est très gentil de nous avoir conduits jusque-là, dit Violaine au chauffeur qui semblait infiniment malheureux de les laisser.

— Vous êtes sûr de ne pas vouloir venir chez moi ? Ma femme vous préparera un chocolat chaud et j'allumerai un joli feu !

— Non merci. Et puis à Nyon, vous nous aurez oubliés.

Elle appuya fermement le dernier mot. L'homme n'ajouta rien. La voiture fit demi-tour et bientôt ses feux arrière disparurent dans la nuit.

Il y eut un moment de silence. Puis les regards se fixèrent sur Violaine.

— Qu'est-ce qu'il y a ? s'étonna-t-elle.

— Non, rien. C'est juste... incroyable, ce que tu as fait à ce type.

— Hallucinant, tu veux dire.

— C'est ça qui est arrivé à Ted ?

— L'autre soir, dans le réfectoire, tout s'est déroulé malgré moi. C'était instinctif. Là, j'ai choisi de le faire. C'était comme si... comme si j'avais fait ça toute ma vie !

— Drôlement efficace, en tout cas, conclut Nicolas.

— Et maintenant ?

— Maintenant on marche, tiens ! Tu as une meilleure idée ?

— Il y a combien de kilomètres jusqu'aux Rousses ?

– Dix kilomètres et deux cents mètres. Environ.

Ils se turent, contemplant la route et les sapins qui la bordaient, blanchis par la neige.

Ils progressaient plus vite qu'ils l'auraient cru. La couche n'était pas si importante, et seules de larges congères interdisaient le passage des voitures. Ils glissaient par contre fréquemment sur le sol gelé. Les flocons cessaient de tomber par moments, et le ciel laissait voir alors une lune ronde et lumineuse. Ils passèrent devant des maisons blotties en contrebas de la route. Le froid s'intensifiait. Personne ne regrettait d'avoir pris gants et bonnet.

– Je suis crevé, répéta Nicolas pour la cinquième fois. Cette fois, mes pieds sont morts. Je ne les sens plus. C'est sûr, on va m'amputer.

– Si on pouvait t'amputer la langue, ce ne serait pas un mal, rétorqua Violaine.

– Ce n'est pas la peine d'être agressive, intervint Arthur qui avait remplacé Nicolas au côté de Claire.

– On a tous très froid, on est tous fatigués, on a tous très hâte d'arriver. Est-ce qu'on se plaint ? Non, il n'y a que Monsieur Nicolas pour geindre. Et on dit des filles...

Nicolas se renfrogna.

Ils continuèrent à marcher, s'arrêtant de temps en temps pour boire une gorgée d'eau glacée. Après avoir laissé de nombreux chalets hermétiquement clos derrière eux, ils finirent par en découvrir un, tout près de la route, flanqué d'un appentis rudimentaire dont la porte béait.

Ils s'y engouffrèrent avec soulagement et s'effondrèrent sur les restes d'un bûcher.

– Moi, je ne bouge plus, annonça Nicolas d'une voix éteinte. Tant pis pour le Doc, tant pis pour le bouquin, tant pis pour la police. Tout ce que je veux, c'est dormir.

– Tu te réveilleras au dégel, alors. Si tu t'endors maintenant, le froid te prendra et il te tuera!

Un courant d'air glacé entrait par la jointure des planches. L'haleine de leur respiration se transformait en vapeur. Ils sentaient bien qu'ils se refroidissaient à toute vitesse.

– Violaine a raison, dit Arthur. La meilleure solution, c'est de manger quelque chose et de reprendre la route.

– À ton avis, on est encore loin?

– Je pense qu'on a fait la moitié du chemin.

– Super! grommela Nicolas.

– On avance bien, dit Violaine. Si on continue comme ça, on arrivera en France dans la nuit. Ce sera plus facile pour passer la frontière.

Personne ne lui répondit et ils mangèrent en silence les portions volées au réfectoire. À la fin, Violaine soupira et prit la parole:

– Je suis désolée. C'est ma faute, tout ça. C'est moi qui vous ai entraînés dans cette galère.

Elle baissa la tête pour mordre dans une pomme, mâchant nerveusement derrière ses cheveux. Ses amis se sentirent mal à l'aise. Ils n'avaient pas l'habitude de voir Violaine dans cet état. Pour tout dire, ils la préféraient forte plutôt que faible, même si ça la rendait parfois pénible ! Claire réagit immédiatement et posa sa main sur l'épaule de son amie.

— Tu n'es coupable de rien, Violaine. Tu ne nous as pas obligés à venir, on a choisi de t'accompagner. Et… on te détestait déjà avant, ajouta-t-elle dans un sourire.

— Ça c'est vrai, dit Nicolas.

— Cette aventure n'est pas ordinaire, reconnut Arthur. Mais les probabilités de s'en sortir sont quand même bonnes.

Violaine releva la tête. Ses yeux humides brillaient de reconnaissance.

— Bon, ronchonna Nicolas en sautant sur ses pieds, dépêchons-nous de partir, sinon on va se transformer en blocs de glace.

Lorsqu'ils sortirent du bâtiment, la lune faisait étinceler le manteau de neige.

Ils aperçurent bientôt le panneau signalant le col de la Givrine. Arthur se concentrait sur ses pieds. La fatigue tétanisait ses muscles. Un pas. Puis un autre. Et encore un. Le petit groupe marchait de plus en plus lentement. Ils avaient présumé de leurs forces, c'était évident. À la clinique, ils faisaient rarement du sport. Ils n'avaient aucune condition physique. Arthur releva la tête. Des flocons tombèrent sur son visage, comme des cendres délicieusement brûlantes. Il les accueillit avec bonheur. Malgré le caractère désespéré de leur situation, il se sentait bien. Peut-être parce que son esprit au moins était en paix. Seul le bruit de leur marche troublait le silence. L'univers s'était couvert de ouate. Un pas. Puis un autre. Et encore un.

Nicolas marchait derrière Arthur. Il plissait les yeux derrière les verres fumés de ses lunettes. La lumière de la lune était attisée par la neige qui l'éblouissait comme un miroir. Jamais il ne s'était senti si faible, si petit, si... dérisoire. Au début, il s'était amusé à mettre ses pas dans ceux de son ami, de façon à ne laisser qu'une seule trace. Puis le jeu s'était transformé en affaire très sérieuse. Maintenant, il se raccrochait à Arthur et à ses empreintes foncées. Sous l'effet de la fatigue, sa vision se brouillait souvent et l'univers blanc devenait affreusement bleu. Bleu-gris, métallique. Les marques de pas d'Arthur, en tassant la neige, formaient une piste en pointillé bleu foncé. Des dalles sur un jardin glacé. Des cailloux sur un sentier glissant. Nicolas ne quittait pas des yeux les pas de son ami transformé en Petit Poucet.

« Enfin le col ! » se dit Violaine qui marchait en tête. Elle se retourna et observa avec inquiétude ses amis peinant dans la neige. Elle hésita à crier un encouragement puis renonça, préférant raffermir sa main dans celle de Claire et repartir, en serrant les dents. Ils y arriveraient ! Pas le choix. Elle avançait en donnant des coups d'épaule, comme si elle se frayait un chemin au milieu d'une foule.

– C'est de la descente, maintenant ! grogna-t-elle pour les autres. Encore un effort ! On y est presque !

« Chère Violaine, on ne te changera pas... songea Claire en esquissant l'ombre d'un sourire. Le plus dur reste sûrement à faire, mais tu trouves encore la force de nous faire croire le contraire ! »

Elle glissa. La poigne ferme de Violaine la retint. Une pression des doigts l'encouragea à aller de l'avant. Claire marcha bravement. Puis elle glissa encore.

– Qu'est-ce qui se passe, Claire ? s'alarma Violaine.
– Je... C'est ce blanc. Je perds mes repères avec la neige.
– Mais ça allait jusque-là !
– Je suis fatiguée. Je n'y arrive plus.

Elle s'effondra sur la route. Arthur et Nicolas, s'arrachant à leur marche mécanique, se précipitèrent vers elle.

– Claire !
– Elle n'en peut plus. Je vais la porter, annonça Violaine.
– Tu n'y arriveras jamais. Elle est trop lourde !

Sans écouter Arthur, Violaine enleva son sac et celui de Claire, et les tendit aux garçons. Puis elle prit son amie sur le dos. Ses jambes fléchirent mais elle tint bon.

– Laisse-moi, souffla Claire.
– Tais-toi et cramponne-toi, ordonna Violaine d'une voix rendue rauque par l'effort.

Ils reprirent la progression. Au bout de quelques centaines de mètres, Arthur proposa de prendre le relais. Violaine et lui convinrent d'un roulement et ils repartirent, gagnant chaque mètre au prix d'efforts terribles. Des lumières en contrebas leur redonnèrent courage.

Ils franchirent silencieusement le poste-frontière de la Cure. Deux douaniers bavardaient à l'intérieur du bâtiment vitré sans penser une seule seconde à regarder dehors. Par un temps pareil, quel fou se risquerait à pied ?

Lorsqu'ils virent un panneau indiquant Les Rousses à deux kilomètres, Claire exigea d'être déposée à terre. Ils terminèrent leur équipée serrés les uns contre les autres, s'aidant mutuellement à avancer. Ils atteignirent finalement les premières maisons du village peu avant l'aube, complètement exténués.

Les Rousses, c'était surtout une station de sports d'hiver qui vivait à cette époque au rythme des vacanciers. Ils eurent cependant la chance de trouver un café ouvert malgré l'heure matinale et s'effondrèrent autour d'une table en bois, près d'un radiateur sur lequel ils posèrent leurs doigts raidis par le froid. Ils commandèrent des chocolats chauds et des croissants à une femme entre deux âges qui ne s'étonna pas de les voir. En France, les vacances battaient leur plein et drainaient dans les montagnes quantité de touristes plus fêlés les uns que les autres. Elle se contenta de râler après les chaussures pleines de neige qui faisaient des flaques en s'égouttant. Ils burent le meilleur chocolat de toute leur vie, et même les croissants, pourtant vieux de la veille, leur parurent délicieux.

– Ça va mieux, Claire ? demanda Violaine.

– Oui. Je suis désolée de… Merci, en tout cas. Du fond du cœur.

Ses yeux brillaient. Il n'y avait rien de plus à dire.

– C'est quoi maintenant, le programme ? demanda Nicolas en s'essuyant la bouche d'un revers de manche.

– Arrête, tu es dégoûtant, soupira Claire.

– Nous allons descendre à Morez, annonça Arthur, un bourg qui est à huit kilomètres et demi des Rousses. Là-bas, on prendra le train. Il y en a un à 8 h 42.

Ils s'attardèrent un long moment dans le café, profitant de la chaleur et du calme, seulement troublé par quelques habitués venant boire un café au comptoir ou acheter des cigarettes. Questionnée par Arthur, la patronne leur apprit qu'un autocar partait pour Morez à 8 h 15. Cette information les tira de leur torpeur.

Au moment de payer les consommations, ils firent les comptes. Chacun avait cassé sa tirelire en quittant la clinique. Nicolas avait trente euros, Arthur cent, Violaine cinquante et Claire… presque deux mille.

– Waouh ! Dis donc, ma vieille, t'as cambriolé le bureau du directeur ?

– Depuis que je suis à la clinique, mes parents m'envoient cinquante euros tous les mois. Fais le calcul. Ils se sont toujours imaginé qu'il y avait des choses à acheter où j'étais. Ça doit les aider à se sentir mieux.

– En tout cas, réagit Arthur, ça règle la question des billets de train.

– Surtout, ça évitera à Violaine de faire des papouilles au dragon du contrôleur !

Nicolas évita de justesse une tape de Violaine sur la tête.

Les muscles douloureux, ils se dépêchèrent d'aller à la rencontre du car, devant l'office de tourisme. Pour rien au monde, ils n'auraient fait un kilomètre de plus à pied aujourd'hui !

Pierre a disparu. J'aurais pu dire : Pierre est parti, mais je sais que ce n'est pas vrai. Il n'aurait pas quitté son bureau, pas quitté la clinique sans me le dire. Sans m'expliquer. Sans un au revoir ! Je suis inquiète. J'ai essayé d'en parler au directeur, mais cet imbécile refuse de m'écouter. « Attendons, m'a-t-il répondu, le docteur Barthélemy est un grand garçon ! Il va revenir, il va donner des nouvelles… » Celui-là, alors ! Il étoufferait sa mère avec un oreiller pour qu'on ne l'entende pas ronfler ! Pas de bruit, pas de vague. Les choses se feront toutes seules… Mon œil ! C'est décidé, si Pierre n'a pas réapparu demain soir, j'appellerai moi-même la police. Tant pis pour le directeur !

(Extrait du journal intime de Sonia, la secrétaire chargée de l'accueil à la Clinique du Lac, rédigé chez elle le soir même de l'enlèvement du docteur Barthélemy.)

7
Lupus, i, m. : loup

Dans ma promotion, il y avait un Indien. Parce qu'il était tout le temps dernier au classement, je l'appelais « le Mohican ». Il ne comprenait pas, personne d'ailleurs ne comprenait. J'ai l'habitude. Bref, cet Indien me disait : « J'ai vu ton animal totem dans mes rêves, Clarence. C'était un loup. Un grand loup noir. » Et moi, je lui répondais : « Si tu m'avais vraiment vu dans tes rêves, Mohican, ils se seraient transformés en cauchemars ! » On en rigolait avec Black, le seul de la promotion qui parvenait parfois à me battre, et qui du coup était presque devenu un ami. Mais cette idée de loup me plaisait. J'aurais pu être un loup, endurant et tenace dans la traque, rapide et impitoyable dans l'attaque. Un grand loup solitaire...

– Roule moins vite, commanda l'homme au manteau sombre.

– Mais je ne roule pas vite, boss ! répondit le colosse qui tenait le volant.

– Ralentis, je te dis. Tu soulèves de la poussière qui se dépose sur la carrosserie. Du blanc sur du noir, ça fait tout de suite sale…

Sonia Vandœuvre, comme tous les matins, ouvrit la porte vitrée du bâtiment administratif avec sa propre clé. Elle posa son sac et son manteau sur la chaise de son bureau, derrière le comptoir, puis mit en route la cafetière posée à côté de l'évier. La secrétaire fronça ses sourcils roux qui surplombaient un joli visage parsemé de taches de rousseur. Elle était soucieuse. Le docteur Barthélemy avait disparu la veille, sans prévenir quiconque, sans explication. Cela ne lui ressemblait pas du tout. C'était un homme cordial, attentif, qui n'aurait jamais plongé ses collaborateurs dans l'embarras. Elle avait plusieurs fois éprouvé un trouble agréable en sa compagnie. C'est peut-être pour cette raison qu'elle avait tant insisté – en vain – pour que le directeur prévienne la police.

Une puissante voiture noire aux vitres teintées se gara sur le parking. Sonia jeta un regard par la porte vitrée, en face d'elle. Trois hommes se dirigeaient vers le bâtiment.

– Bonjour mademoiselle, dit le premier en s'approchant du comptoir.

Il était grand, maigre, portait un catogan de cheveux

bruns et arborait une moustache soigneusement taillée. Il avait la voix rauque des grands fumeurs et un léger accent espagnol. Le col de sa chemise, sous le blouson de cuir, était serré par une cravate mexicaine. Il avait des santiags aux pieds. La secrétaire éprouva une répulsion instinctive.

– Fedpol, continua le deuxième homme.

Il exhibait une plaque que Sonia reconnut parfaitement pour avoir fait un stage, des années auparavant, dans les services administratifs de Genève. Elle s'étonna. C'est la police cantonale qui aurait dû se déplacer, pas l'Office fédéral.

– Nous avons des questions à vous poser.

L'homme mesurait au moins deux mètres et était bâti comme une armoire. Ses cheveux blond-roux étaient coupés très court, et son visage, joufflu, avait un côté poupon. Il portait un jean, des baskets, un pull à col roulé et un blouson de ski rouge et bleu. Elle tiqua à cause du fort accent américain du colosse. Les autres s'en aperçurent. Elle s'empressa de dire, pour chasser sa gêne :

– Vous êtes venus pour le docteur Barthélemy ? Je suis inquiète, vous savez. Il n'est pas du genre à disparaître sans prévenir ! C'est moi qui ai insisté pour que le directeur…

– Vous avez bien fait, coupa le troisième homme. Je suis l'officier Clarence Amalric. Mes adjoints sont Agustin Najal et Matt Grimelson. Matt est un agent de la CIA, il est chez nous comme observateur.

Sonia Vandœuvre considéra l'officier avec étonnement. De taille moyenne, il pouvait avoir quarante ans, mais ses cheveux grisonnants et la dureté de ses traits lui en faisaient paraître davantage. Sa voix était grave, calme, avec dans le timbre quelque chose d'inquiétant. Comme une ironie permanente. Elle essaya de soutenir le regard bleu acier qui la dévisageait, mais elle renonça vite devant son intensité. Elle avait remarqué qu'il boitait. L'un de ses bras également était raide. Il gardait les mains dans les poches de son manteau de chasse aux plis impeccables. La secrétaire dut pourtant reconnaître que, des trois, c'était celui qui ressemblait le plus à un policier.

– Nous donnons un coup de main à nos collègues du canton, reprit l'officier, comme s'il avait perçu les doutes de la secrétaire. Ils sont débordés en ce moment. Pourrions-nous voir le bureau du docteur Barthélemy ?

– Bien sûr ! Suivez-moi.

Elle les précéda dans le couloir et ouvrit la porte du bureau. Elle s'effaça pour les laisser entrer.

– Si vous avez besoin de moi, je suis à l'accueil.

– Merci beaucoup, mademoiselle, la remercia Clarence Amalric en refermant derrière elle.

Agustin alluma une cigarette et attendit.

– Matt... dit simplement Clarence.

Le colosse, resté sur le seuil, se baissa et tâta les lattes du plancher à la recherche d'une prise. Il ne tarda pas à la trouver et dégagea bientôt la cache aménagée par le Doc. Il lâcha un juron.

– Barthélemy s'est moqué de nous !

Clarence considéra calmement la niche vide.

– Non, je ne crois pas. Les produits que nous lui avons

administrés sont efficaces. Il nous a dit la vérité, il ne pouvait pas faire autrement.

– Alors, chef ? demanda Agustin. Quelqu'un est passé avant nous ?

– Exactement. Je crains qu'il nous faille déranger le directeur de cette clinique décidément pleine de surprises.

Sonia Vandœuvre tapa contre le bois d'une porte vernie. Elle attendit qu'une voix agacée lui dise : « Entrez » pour la pousser.

– Monsieur le directeur ? La police est là et voudrait vous parler.

Le directeur était assis derrière un immense bureau de style Art nouveau. De petite taille, presque chauve, il aimait la barrière psychologique que le meuble imposant constituait pour les visiteurs. Occupé à écrire une lettre aux membres du conseil d'administration de la clinique, il foudroya la secrétaire du regard. Mais celle-ci s'était déjà éclipsée, et les trois hommes qui la suivaient pénétrèrent dans la pièce.

– Je suis l'officier Clarence Amalric, dit le premier d'entre eux qui ne parut pas le moins du monde impressionné par le bureau. Je suis chargé par Genève de l'enquête sur la disparition de Pierre Barthélemy.

Le directeur fronça les sourcils. Comment la police était-elle déjà au courant ? Ce devait être Mlle Vandœuvre… La peste soit de cette sotte ! Un homme pouvait très bien s'absenter un ou deux jours, même sans prévenir, sans qu'il s'agisse forcément d'une disparition ! Il soupira.

– À mon avis, il est un peu tôt pour parler de disparition mais…

Un éclair dans le regard du policier l'incita à se montrer coopératif.

– … Mais vous êtes là. Alors je vous écoute !

– Merci. Le docteur a-t-il des amis dans la clinique, ou bien à l'extérieur ?

– Pas à ma connaissance. M. Barthélemy est estimé par ses collègues, mais peu aimé, je ne crains pas de le dire. Quant à des relations hors de la clinique… j'en doute. Il est arrivé chez nous il y a quelques mois seulement, il n'a pas eu le temps de nouer des amitiés. Et puis c'est un homme solitaire, obnubilé par son travail et ses patients.

– Je vois. Votre clinique s'occupe exclusivement de jeunes malades ?

Le directeur reprit de l'assurance. Il débita les phrases convenues dont il gratifiait les parents, parents qui étaient prêts à tout entendre pourvu qu'ils puissent repartir sans leurs enfants :

– Nous traitons de jeunes pensionnaires dont les troubles n'ont pu être soignés ailleurs. Ils bénéficient d'un suivi éducatif et médical, dans une atmosphère familiale. Nous sommes un peu le pensionnat de la dernière chance !

Clarence Amalric hocha la tête avec un demi-sourire qui glaça le directeur. Celui-ci s'épongea machinalement le front.

– Serait-il possible de voir les patients dont s'occupait plus particulièrement le docteur Barthélemy ?

Le directeur eut l'air gêné.

– En réalité, les surveillants m'ont signalé ce matin la disparition de quatre pensionnaires, les plus jeunes, ceux-là mêmes que le docteur Barthélemy soignait en priorité. Mais il s'agit certainement d'une mauvaise farce. Ils se cachent sans doute quelque part, attendant l'heure du repas pour réapparaître. Une équipe fouille en ce moment le parc. J'attends leur rapport. Je ne veux pas déranger la police pour rien, vous comprenez !

– Vos scrupules vous honorent, répondit Clarence avec un ton de voix démentant ses propos. Mais la police est déjà dérangée, alors autant en profiter. Seriez-vous assez aimable de fournir à mes adjoints les dossiers des fugueurs, et de me montrer leurs chambres ?

– Cela ne pose aucun problème. Mais je suis sûr que nous les retrouverons cachés dans un coin du parc avant que vous repartiez !

– J'en suis certain également. Qui aurait envie de quitter l'atmosphère familiale de votre clinique ?

Le directeur fut à nouveau saisi par l'intonation détachée et empreinte d'ironie de l'officier. Il frissonna et se dépêcha d'obéir aux souhaits des policiers.

Lorsque la voiture noire banalisée quitta le parking, le directeur, qui avait raccompagné les visiteurs, sentit un poids s'envoler de ses épaules. Sa première réaction fut d'aller gronder Sonia Vandœuvre pour avoir agi sans son autorisation. Mais en fin de compte, il était plutôt content d'avoir pu régler rapidement et d'un seul coup les formalités concernant ces invraisemblables disparitions. Il ne restait plus qu'à contacter les parents des fugueurs, et à leur promettre de les tenir informés des progrès de l'enquête. Dès que les surveillants auraient fini leurs recherches dans le parc...

Il tripota la carte que le policier lui avait donnée, avec ses coordonnées. Rarement il s'était senti aussi petit devant un autre homme. Pour cela, il le détestait. Mais au moins, cet officier avait l'air efficace. Il ne tarderait pas à boucler l'enquête.

– Alors, boss ? demanda l'Américain qui conduisait.
– Une des chambres avait les murs couverts de dessins, toujours les mêmes, des singes. Les trois petits singes. Une autre était sombre, avec des rideaux épais et des ampoules de faible intensité. Une autre encore était nue, sans mobilier, avec un simple matelas sur le sol. Seule la dernière était à peu près normale.
– Cette clinique, c'est un asile de cinglés, bougonna Agustin. J'ai parcouru les dossiers des gamins. Ils ont tous un grain, c'est sûr.
– Ils sont partis hier soir ou cette nuit, continua Clarence songeur. Les lits étaient défaits, comme s'ils avaient voulu faire croire qu'ils y avaient dormi. Mais les draps n'étaient pas marqués par les plis que font les dormeurs.
– Pourquoi est-ce que Barthélemy leur aurait donné les documents ?
– Je ne sais pas, Agustin, je ne sais pas.
– On va où maintenant, boss ?
– On retourne poser quelques questions à ce bon

docteur. Ensuite, on boit tous les trois un café très, très serré, parce que la journée risque d'être très, très longue. Enfin, on me laisse réfléchir.

Un mince sourire naquit sur les lèvres de Clarence. Une forme d'excitation l'envahit. L'opération Ézéchiel, comme s'était amusé à l'appeler le Grand Stratégaire, qui s'annonçait facile et ennuyeuse, commençait enfin à prendre un tour intéressant !

La NSA (National Security Agency). Si tout le monde en a déjà entendu parler, peu de gens savent de quoi il s'agit vraiment. Qui se cache derrière ces trois lettres ?

Ce n'est pas une organisation secrète. C'est un organisme américain officiel, qui possède même un site internet. Son siège se situe à Fort Meade, près de Washington. On dit qu'elle emploie entre 20 000 et 100 000 personnes dans le monde et qu'elle dispose d'un budget annuel de 9 milliards d'euros. Au siège de Fort Meade il y a des cinémas, des restaurants, des salles de sport, et il est fortement conseillé de se marier avec un employé de la maison.

C'est une directive secrète du président Harry Truman, en 1952, qui est à l'origine de la NSA. Son but est le contre-espionnage, la protection des communications gouvernementales et militaires, mais aussi l'espionnage. Aujourd'hui, la NSA se consacre également à la recherche et au développement. Ses services s'intéressent à toutes les technologies de l'information militaire et civile : cryptologie, interception des signaux électromagnétiques, sécurité des réseaux informatiques et satellites d'observation. Elle héberge même une énigmatique division « Combat, nucléaire et espace » !

Aujourd'hui, de nombreuses personnes se mobilisent contre l'opacité de cette organisation, jusqu'aux sénateurs américains qui se posent même la question de sa constitutionnalité. Mais la vraie question n'est pas : faut-il arrêter la NSA ? C'est surtout : qui en serait capable ?

(Extrait du livre *Le Monde sous surveillance*, par Phil Riverton.)

8
Tumulus, i, m. : butte, hauteur

Je me rappelle la première fois que mes parents m'ont emmené chez l'ophtalmologiste. J'avais cinq ans. Je me plaignais de douleurs aux yeux, des taches de couleur qui troublaient ma vision. L'homme était en blouse blanche. Je crois que c'est depuis ce jour que les gens en blouse blanche me font peur. Il m'a demandé de m'asseoir sur un tabouret. Il a fait tomber des gouttes dans mes yeux, qui m'ont brûlé comme de l'acide. J'ai refoulé un hurlement de douleur. Quand il a braqué le faisceau de sa lampe dans mon œil, ma tête a explosé à l'intérieur. J'ai hoqueté et je suis tombé du siège, évanoui. On m'a conduit à l'hôpital, aux urgences. J'y suis resté trois jours. Quand j'ai eu l'autorisation de sortir, les médecins avaient diagnostiqué une hypersensibilité à la lumière, et conseillé à mes parents de me faire porter des lunettes teintées. Quels pauvres nuls...

– Tu peux jeter ton ticket maintenant, Nicolas. Les contrôleurs ne poursuivent pas les gens dans la rue.

– Tu crois que je suis idiot ? Je le sais bien ! Mais c'est la première fois que je prends le métro, je garde mon ticket en souvenir.

Claire haussa les épaules et tourna son attention vers la volée de marches qui grimpaient à l'assaut du quartier de la Butte aux Cailles. Violaine marchait devant, comme la veille sur la route enneigée des Rousses. Comme toujours. Avec quelle facilité leur amie les avait entraînés dans cette aventure ! Dans cette folie ? Peut-être. Mais une folie en valait bien une autre. Elle lui faisait confiance. Violaine avait largement prouvé, hier, qu'elle le méritait. Il restait à espérer qu'elle savait ce qu'elle faisait.

Elle agrippa la main de Nicolas et ils se lancèrent à l'assaut de la butte.

Le ciel de Paris était couvert et ici aussi il faisait froid. Arthur traînait à l'arrière, plus pâle encore que d'habitude, et il titubait légèrement.

Violaine s'en aperçut et redescendit aussitôt à sa hauteur. Elle lui saisit le bras.

– Ça va, Arthur ?

Le garçon ne répondit pas. Il respirait bruyamment. Dans sa tête se pressait une foule de gens inconnus, générant un insupportable brouhaha. Une invraisemblable quantité de détails, venus trop vite et trop nombreux pour qu'il ait le temps de les refouler dans les débarras de sa mémoire.

– Arthur ?

— Ça ira, grogna-t-il en se prenant la tête entre les mains. C'est juste qu'il y a eu trop de bruit dans cet horrible métro. Et trop de gens.

— On va arriver. Tu pourras te reposer, là-bas.

Entraînant Arthur, elle reprit la tête du groupe. Pourvu qu'Antoine n'ait pas déménagé ! Pourvu qu'il ne la rejette pas…

Ils longèrent un square puis retrouvèrent la rue. Un restaurant faisait l'angle. Des odeurs de cuisine rappelèrent brutalement à leurs estomacs affamés qu'ils n'avaient rien mangé depuis le croissant des Rousses.

— Je dévorerais un lion, moi, bougonna Nicolas.

Ils s'engagèrent dans une ruelle puis dans une rue.

— Voilà, on y est, annonça Violaine en désignant un immeuble moderne.

— Tu es sûre qu'il habite encore ici ? s'inquiéta Claire.

— Je ne sais pas, on va voir ça tout de suite.

Une femme sortit de l'immeuble avec un cabas. Ils en profitèrent pour se glisser dans le hall d'entrée. Violaine chercha fébrilement un nom sur l'interphone.

— Il est toujours là, déclara-t-elle, soulagée.

Elle appuya sur le bouton. Personne ne répondit.

— Il est 14 heures, dit Arthur d'une voix fatiguée en se massant les tempes. Il est sans doute sorti.

— Quand il vivait avec ma sœur, c'est l'heure à laquelle il se levait. Il travaille très tard le soir.

Elle insista sur l'interphone.

— Je suis désolée, dit Claire en secouant la tête, mais je ne comprends toujours pas pourquoi l'ancien petit copain de ta sœur accepterait de nous accueillir.

– D'abord, on s'est toujours bien entendus tous les deux. Ma sœur a été stupide de le quitter, elle n'est pas près de retrouver un type aussi bien. Ensuite, on ne viendra pas nous chercher là. Enfin, je vous rappelle que personne n'avait de meilleure idée !

Violaine appuya encore plusieurs fois sur le bouton. Finalement, une voix ensommeillée se fit entendre dans le haut-parleur.

– Qui est là ?

– C'est Violaine ! Allez, debout, fainéant, viens ouvrir à ton ex-petite sœur !

Il y eut un silence étonné. Le cœur de la jeune fille se mit à battre la chamade.

– Violaine ? Attends, j'ouvre ! C'est au troisième.

– Je sais.

Un déclic libéra la porte vitrée du hall. Un sourire s'épanouit sur les lèvres de Violaine. Antoine ne l'avait pas oubliée, il avait même l'air heureux de l'entendre !

– Tu vas lui faire le coup du dragon ? demanda Nicolas.

– Pas la peine. Antoine, il n'y a jamais rien qui l'étonne.

Ils gravirent les escaliers sans parler, Violaine soutenant encore Arthur par le bras.

Un homme d'une trentaine d'années les attendait sur le palier du troisième étage. Il avait enfilé un jean et un pull à col roulé. Grand, sportif, les cheveux bruns en désordre et les yeux noirs chiffonnés, il avait les traits de quelqu'un qui vient de se réveiller. Violaine lâcha Arthur et se planta devant lui.

– Bonjour, Antoine. Ça me fait drôlement plaisir de te voir !

Elle fit claquer deux bises sur ses joues.

– Moi aussi, Violaine, mais… C'est une sacrée surprise ! Tu as changé, dis donc. Évidemment. Ça fait combien de temps ?

– La dernière fois qu'on s'est vus, c'était pour mes dix ans, tu étais venu à mon anniversaire. On serait mieux à l'intérieur pour parler, non ?

– Bien sûr ! Tu te déplaces en meute, maintenant ? Allez, entrez !

– C'est Arthur, Claire et Nicolas. On est dans la même… école.

– Ce sont déjà les vacances scolaires ? Je plane, tu sais ! reconnut Antoine en souriant et en refermant la porte derrière eux. Mais tu aurais dû me prévenir, je me serais organisé.

– On a décidé de notre escapade au dernier moment, expliqua Violaine, gênée. Si ça t'ennuie, pas de problème : on avait prévu d'aller chez le grand-père de Nicolas. Pas vrai, Nicolas ?

– Heu, bien sûr, mon grand-père ! Mais…

– Mais il est très vieux et pas toujours drôle, alors je me suis dit qu'on allait d'abord essayer chez toi.

– Parce que je suis très drôle et pas toujours vieux, c'est ça ? Allez, les montagnards, quittez vos sacs à dos, défaites vos blousons, enlevez vos chaussures et profitez du confort de mon refuge, dit-il en désignant de gros coussins disposés autour d'une table basse posée sur un tapis. Mon salon sert aussi de chambre d'amis. Vous serez un peu serrés mais c'est le lot de tous les Parisiens !

— Ne t'inquiète pas, ce sera parfait.

Violaine se mordit les lèvres. C'était la première fois qu'elle mentait à Antoine. Elle détestait ça.

— Vous êtes à Paris pour combien de temps ?

— Quelques jours, éluda-t-elle.

— C'est dommage, j'ai beaucoup de travail en ce moment. Vous devrez jouer aux touristes tout seuls.

— Qu'est-ce que vous faites comme travail ? demanda Nicolas.

Antoine se tourna vers le garçon et constata qu'il avait gardé ses lunettes de soleil à l'intérieur. Mais il ne fit aucune remarque.

— Je suis architecte. J'ai un bureau, à deux pas d'ici.

— Merci beaucoup pour votre accueil, dit Claire. C'est très gentil. On débarque un peu à l'improviste.

— Bah, c'est ça être jeune. Après, on est prisonniers de tout un tas de conventions. Profitez-en !

Il fit quelques pas en direction de la cuisine.

— Je vais faire du café. Quelqu'un en veut ?

— Vous n'auriez pas plutôt à manger ?

— C'est vrai, je vis complètement décalé ! Je vais préparer des pâtes : ça fera l'affaire ? J'irai faire de vraies courses plus tard.

Le plat qu'Antoine déposa fumant sur la table du salon fut englouti à grands coups de fourchette. Nicolas racla même la sauce tomate avec un morceau de pain sec.

— Ça va mieux ?

Ils acquiescèrent bruyamment. Pendant qu'ils mangeaient, Antoine s'était douché et changé. Il était prêt à sortir.

– Je vous ai laissé une clé de l'appartement sur la porte. Je rentrerai tôt, ce soir, avec de quoi remplir le frigo. Bon après-midi !

– À toi aussi, Antoine, merci ! répondit Violaine.

Lorsque la porte claqua, ils se dévisagèrent en silence.

– Ouais, pas mal ton plan, dit Nicolas qui s'était tassé sur un coussin.

– Il est génial, ce gars ! s'exclama Claire. Violaine, ta sœur est une idiote.

– Ça, je sais.

– Alors, on va se balader ?

– Il y a mieux à faire, répondit Violaine à Nicolas. Il nous faut un plan d'action. Et puis, Arthur a besoin de repos.

Arthur hocha la tête. Il aurait pu décrire chaque fauteuil des wagons dans lesquels ils avaient voyagé, chaque passager que son regard avait accroché. Et tout cela tourbillonnait dans sa tête, dans sa pauvre tête. À la clinique au moins, certaines choses ne changeaient jamais. Aujourd'hui, cela avait été un festival de nouveautés ! Horrible. Il se mit à trembler.

– Tu veux te mettre sous la douche ? proposa Nicolas, inquiet.

Arthur secoua la tête.

– Je préférerais dessiner…

– Je peux trouver des feuilles blanches quelque part ? demanda Nicolas à Violaine.

— Essaie dans le meuble, juste à côté de toi.

Nicolas sortit d'un tiroir un bloc-notes vierge et un stylo noir. Il les tendit à son ami. Arthur, d'une main maladroite, commença à dessiner des singes.

— On devrait se reposer nous aussi, proposa Claire. On ne décidera rien de bon dans cet état.

Arthur tira lui-même ses amis de la sieste dans laquelle ils avaient sombré. Travailleurs lents mais efficaces, les trois singes avaient libéré son esprit des souvenirs les plus vivaces, les balayant comme des saletés sous l'un des nombreux tapis de sa mémoire.

— Ça s'est calmé, les rassura-t-il. Je n'ai plus mal.

Ils s'ébrouèrent. Violaine alla chercher dans la cuisine du jus d'orange, qui les aida à sortir de leur torpeur.

— Alors ? dit Arthur en reposant son verre.

— Ça s'annonce plutôt bien, commença Violaine en se frottant vigoureusement les yeux. Nous sommes à l'abri pour quelques jours. Antoine nous croit en vacances, il nous laissera tranquilles.

— D'accord. Et ensuite ?

— Ensuite, on verra. Ce qui est important, c'est maintenant. Il faut penser au Doc.

Arthur fronça les sourcils.

— Tu as réfléchi à quelque chose ? De mon côté, je n'ai pas eu le temps.

— J'ai pensé à deux ou trois trucs, dans le train. Une annonce dans plusieurs journaux, pour proposer un échange…

— Le Doc contre les docs ! s'amusa Nicolas.

— Très drôle, dit Claire avant de s'adresser à Violaine : qui te dit que les ravisseurs la verront ?

— À mon avis, ils vont guetter les moindres indices, ces jours-ci.

— Je suis d'accord avec Violaine, confirma Arthur. L'idée de l'annonce publiée pendant plusieurs jours et dans plusieurs journaux pour proposer un échange et fixer un rendez-vous est bonne. Mais il faut réfléchir sérieusement à notre façon d'opérer. Ces gars-là ne sont pas des rigolos.

— Vous oubliez quelque chose, intervint Nicolas.

Ils se tournèrent tous les trois vers lui.

— Quoi ?

— Les documents. Est-ce qu'on est sûrs d'avoir vraiment ce qu'ils cherchent ?

Cette évidence les frappa de plein fouet. Avaient-ils pris bêtement tous ces risques, manqué mourir d'épuisement et de froid pour rien ? Ce livre n'avait peut-être aucun lien avec l'enlèvement du Doc !

— Non, affirma Violaine en secouant la tête. Je suis sûre qu'ils en ont après le livre.

— On devrait jeter un coup d'œil, histoire d'être sûrs, proposa Nicolas, buté.

Violaine saisit son sac et en tira le volume. Elle l'ouvrit et le tendit au garçon qui le feuilleta. Nicolas le passa à Claire, puis à Arthur.

— C'est bien un passage de la Bible, dit Claire.

— De l'Ancien Testament, précisa à nouveau Arthur.

— Ça ne nous avance pas à grand-chose !

— Attendez une minute... Il y a quelque chose qui ne colle pas !

Arthur faisait défiler les pages à toute allure devant ses yeux.

– Là !

Il tint le livre ouvert aux trois quarts. Dissimulés au milieu du récit biblique, des feuillets manuscrits avaient été habilement intégrés dans la reliure. Ils étaient de même taille et de même texture que les autres pages. De sorte que si l'on ne prenait pas la peine de lire l'ensemble, à moins d'un coup de chance, on passait à côté.

– C'est l'écriture du Doc, dit Arthur.

– Je crois qu'on tient ce qu'ils cherchent, annonça Violaine d'un ton grave. Ce n'est pas la bible qu'ils veulent, c'est ce que le Doc a caché dedans…

Cher Antoine,

J'espère que tu vas bien. Moi je vais bien. J'ai été très contente de te voir, à mon anniversaire. Dix ans, ça compte ! J'ai adoré ton cadeau. Hier, je suis allée avec maman cueillir des cerises chez madame Louise. Elle a baissé une branche avec un crochet. J'ai pu en attraper des tas ! Seulement je me suis tachée et on a dû mettre ma robe à laver en rentrant. Sinon demain je vais à l'école et je suis triste. Je n'aime pas l'école. Les autres sont méchants avec moi. Je suis pressée d'être grande pour ne plus aller à l'école. Sinon j'espère que ma sœur est gentille avec toi. Parce que avec moi elle est pas gentille. Adèle, elle se fâche contre moi, elle dit que j'ai les cheveux comme un pétard, alors elle veut me coiffer et moi je veux pas. C'est pas ma faute. C'est juste que j'aime pas qu'on me

touche. Bon, je dois aller manger, maman m'appelle. Je te fais de gros bisous. J'espère que tu reviendras à la maison cet été. Tu me construiras encore une cabane ? Bon, il faut vraiment que j'y aille.
Bisous !
Ta petite sœur, Violaine.

(Lettre de Violaine à Antoine écrite quelques jours après son dixième anniversaire.)

9
Captare : donner la chasse

Lorsqu'on m'a demandé ce que je voulais faire, tout le monde s'attendait à ce que je demande l'École de guerre, ou Simulations et Théories. J'étais le premier de ma promotion, avec des notes que personne n'avait vues depuis trente ans. Je pouvais tout demander et tout obtenir. J'ai observé les hommes en uniforme qui me faisaient face de l'autre côté de la table, cliquetant sous les médailles, les épaules alourdies par le poids des grades qui mangeaient leur manche. En choisissant l'une ou l'autre voie, j'étais colonel à trente ans et général à quarante. À cinquante ans, je pouvais me trouver à leur place, de l'autre côté, la moue désabusée et le regard mort. J'ai esquissé un sourire, un sourire de loup, et j'ai demandé les Unités spéciales. Celles qui vont sur le terrain, qui bouffent de la sueur et de la poussière, qui savent quel goût a le sang. Celles où l'on n'a guère de chance de dépasser le grade de colonel en fin de carrière, si l'on s'en tire. Il y a eu des murmures étonnés, un flottement de malaise dans le bureau. On a essayé de me convaincre de renoncer à ma folie, mais j'ai tenu bon. J'ai toujours tenu bon. Endurant et tenace, comme un loup…

Clarence Amalric avait déplié une carte d'état-major sur le bureau de la suite qu'ils occupaient, dans un hôtel cossu de Genève. Penché dessus, il réfléchissait. Matt Grimelson était vautré dans un fauteuil et nettoyait pièce par pièce son pistolet de marque américaine. Agustin Najal, lui, fumait devant une fenêtre entrouverte.

– Tu ferais quoi, Agustin, si tu étais un gosse et que tu cherchais à fuir la Clinique du Lac ?

– J'irais prendre le train, je crois.

– Exact. Le train. Et où irais-tu le prendre ?

– Au plus proche, chef. À Genève ?

Clarence arrêta d'un geste son comparse qui s'apprêtait à téléphoner.

– Non, Agustin. Parce que si tu fuis, c'est que tu as peur. Peur de qui ?

– De nous, boss, gloussa Matt depuis son fauteuil.

– Oui, Matt, de nous. Donc, tu te méfierais. Tu éviterais la gare où nous nous rendrions tout de suite. Je pense qu'il est inutile d'interroger les services de sécurité de la gare de Genève, nous ne trouverions rien.

Agustin reposa le combiné.

– Par contre, reprit Clarence en promenant son doigt sur la carte, moi, j'aurais essayé de prendre un train à cet endroit.

Il pointa le bourg de Morez. Matt et Agustin s'approchèrent.

– En France ?

– Oui, en France. Pour brouiller les pistes.

– Ou alors, risqua Matt, parce qu'ils se rendent tout simplement en France !

Clarence dévisagea le colosse.
— Il t'arrive donc de réfléchir !
Matt haussa les épaules et retourna s'asseoir.
— Alors, chef, on fonce à Morez ?
— Pas tout de suite. Nous n'avons pas répondu à la deuxième question : quand on fuit, on va quelque part. Où sont partis ces gamins ? Agustin, tu prends leurs dossiers, le téléphone, et tu harcèles les parents, les amis, les chats et les chiens ! Je veux des résultats dans une demi-heure. Le temps de faire nos bagages.

Une demi-heure plus tard, Agustin surgit de la pièce où il s'était isolé pour téléphoner.
Il avait l'air renfrogné.
— Négatif, chef. Personne ne semble même au courant de la disparition des gamins !
Un sourire éclaira le visage de Clarence. Ces gosses, en quittant la clinique comme des voleurs, avaient paniqué. Mais ils n'étaient pas idiots. Ils ne prenaient pas de risques. La traque s'annonçait belle.
— Quatre jeunes renards fuyant à couvert…
— Vous dites, chef ?
— Rien. Apporte-moi les dossiers.
Clarence reconnut immédiatement les fuyards en découvrant les photos d'identité épinglées sur la première feuille. C'étaient les quatre gosses qu'il avait vus sur le parking de la clinique. Un garçon de petite taille, cheveux blond pâle, avec des lunettes de soleil. Une fille mince et fragile, blonde aussi. Un autre garçon, grand et brun. Une autre fille encore, aux cheveux longs, robuste. Forte.

– Nicolas, Claire, Arthur, Violaine… Où vous cachez-vous ? Clarence va venir vous chercher ! murmura-t-il en parcourant attentivement les pages de chaque dossier.

La voiture noire attaqua d'un pneu rageur l'asphalte encore blanc par endroits de la route menant à Saint-Cergue. Le ciel était couvert mais il avait définitivement cessé de neiger. Les engins de déblaiement étaient passés dans la matinée, dégageant la chaussée.
– Vous croyez qu'ils ont fait du stop jusque-là, boss ?
– Ce n'est pas impossible. La neige est tombée dans la nuit, la route était sûrement encore praticable lorsqu'ils sont partis. Avec de la chance, ils auront trouvé un automobiliste compatissant.

La voiture qu'Agustin pilotait avec assurance traversa Saint-Cergue et prit la direction de La Givrine. La neige, poussée sur le bas-côté par la lame de la déneigeuse, était plus compacte.
– À mon avis, ils ont marché à partir d'ici.
– Comment vous savez ça, boss ? s'étonna Matt.
– Le vent a déjà commencé à reformer des congères sur la route. Hier, elles étaient sûrement trop importantes pour qu'une voiture puisse s'aventurer au col.

Soudain, l'attention de Clarence fut attirée par un chalet aux volets clos flanqué d'un bâtiment en planches, sur le côté de la route. C'était le premier abri utilisable par des fuyards qu'il voyait depuis Saint-Cergue.
– Arrête-toi.

Il descendit du véhicule. L'air était vif. Il enfouit ses mains dans les poches de son manteau. Les gamins avaient dû en baver, cette nuit. Quand même, ce n'était pas courant à cet âge, cette rage, cette volonté ! Suivi par Matt, il dévala le talus neigeux et marcha jusqu'à l'abri. Il avait de la neige jusqu'aux mollets mais il s'en moquait. Aidé par le colosse, il déblaya l'entrée et ouvrit la porte. Son œil exercé distingua bientôt à l'intérieur des empreintes de pieds et de sacs, sur le sol, à côté de quelques bûches sur lesquelles on s'était assis.

— Ils se sont arrêtés là pour se reposer, exulta-t-il. On est sur la bonne piste !

L'employé au guichet de Morez se rappela sans mal les enfants qui lui avaient acheté des billets pour Paris, sur le train de 8 h 42.

Agustin n'eut même pas besoin de sortir la carte de policier français qu'il possédait, rangée à côté de nombreuses autres identités. L'homme était bavard et s'ennuyait. La gare était déserte.

— Quatre jeunes, oui. Ils sont descendus du bus qui venait des Rousses. Ils avaient l'air crevés ! Ils ont payé en liquide. C'est une fille qui parlait pour le groupe.

Clarence rangea l'information dans un coin de sa mémoire. Il s'agissait sûrement de la fille aux cheveux châtains, Violaine. La meneuse. Il avait remarqué qu'elle s'était légèrement portée en avant lorsqu'il les avait observés, hier. Comme pour protéger les autres. À la façon d'un chef de meute.

Agustin remercia le guichetier et ils regagnèrent la

voiture. Matt avait pris le volant. Agustin et lui se tournèrent, interrogatifs, vers leur patron.

– S'ils sont à Paris, et s'ils décident de se cacher dans un endroit neutre, on ne les retrouvera pas, dit Clarence. Beaucoup trop grand.

– Les caméras de la gare ? Du métro ?

– Ce serait une solution. On pourrait remonter leur piste de caméra en caméra. Mais une fois sortis du métro, on les perdrait à nouveau. Non, nous gaspillerions beaucoup de temps. Par contre… Ils vont se croire en sécurité, ils vont se relâcher. Je préfère miser sur une erreur de leur part ! En route, Matt.

Clarence jeta un coup d'œil rapide sur la carte routière.

– Tu traverseras Lons-le-Saulnier. J'ai besoin d'un réseau, je ne veux pas prendre le risque d'une liaison satellite. Ma nouvelle ligne n'est pas encore sécurisée.

Matt roulait lentement dans les rues de la ville. Clarence gardait les yeux rivés sur le témoin de connexion de son ordinateur.

– Bon sang, ce n'est pas possible ! Ils ne connaissent pas le haut débit, en France ? Ah, ça y est, j'ai un contact.

La voiture se rangea le long du trottoir.

Ce fut un jeu d'enfant pour Clarence de pirater la borne de l'internaute qui habitait l'immeuble. Il se connecta à distance et, après avoir enclenché le brouilleur, envoya un message crypté. Puis ils se cala confortablement dans le siège en cuir.

– Bien. Maintenant, on roule vers Paris, on trouve

un autre réseau et on attend des nouvelles. Fais attention aux radars, Matt. Ça m'embêterait de devoir montrer nos fausses cartes de police à de vrais policiers ! De toute façon, on n'est pas pressés.

De Minos à Hydargos.
Ézéchiel réclame quelques échelons pour grimper au ciel. Zonage et criblage suivent. Merci de faire vite.

Le visage taillé à coups de serpe du colonel Black s'illumina en découvrant le nouveau message sur son écran. Clarence lui demandait de mettre Paris et sa banlieue sous couverture et de réagir aux mots-clés dont il donnait la liste…
— La fripouille ! rugit-il. Toujours à faire le malin avec son intuition, mais quand ça bloque, on appelle qui ? Monsieur Grandes-Oreilles !
Son éclat attira quelques regards surpris, qui se détournèrent aussitôt. Le patron de la division « Combat, nucléaire et espace » était unanimement redouté au sein de l'Agence, dans l'enceinte de Fort Meade jusqu'aux bureaux du Pentagone.
Black déplia son grand corps osseux. C'était un géant, longiligne mais musculeux, tout en nerfs. Son regard, vert, semblait porter un dédain constant.
— Bones !
— Oui, colonel !
L'officier de liaison lui arrivait à l'épaule.
— Du grain à moudre pour nos ordinateurs, dit-il en tendant la liste envoyée par Clarence. Niveau de priorité

et de confidentialité « Umbra ». Les résultats sont à me communiquer immédiatement et personnellement. C'est bien compris, Bones ?

– Oui, colonel !

– Brave petit, conclut Black en regardant l'officier s'éloigner à toutes jambes.

Mis en place dans les années 1970, le système Échelon est un formidable réseau de surveillance planétaire qui s'appuie sur les cinq pays anglo-saxons membres du pacte Ukusa. Les États-Unis, par l'intermédiaire de la NSA et de ce réseau Échelon, ont la capacité d'espionner la planète entière.

Ainsi, chaque jour, qu'elles soient radioélectriques, électroniques ou câblées, toutes les communications sont écoutées, et des millions de télécopies, télex, mails et appels téléphoniques sont interceptés. Chaque jour, ce sont 4,5 milliards de communications qu'intercepte Échelon, soit presque la moitié des 10 milliards qui s'échangent quotidiennement dans le monde ! Cette énorme masse d'informations est ensuite triée par de puissants ordinateurs, en fonction de mots-clés sélectionnés selon les préoccupations du moment. Échelon est capable d'analyser 2 millions de conversations par minute.

Il ne s'agit pas d'écoutes classiques, soumises à la loi et dirigées vers quelqu'un de particulier : avec Échelon, tout le monde peut être surveillé ! Il suffit que sa conversation soit jugée intéressante par les logiciels de Fort Meade.

Où s'arrête la nécessité du renseignement, antiterroriste par exemple, et où commence la violation des vies privées ou de l'espionnage industriel ? On sait que de nombreuses entreprises européennes ont déjà raté d'importants marchés internationaux à cause des informations divulguées par Échelon à leurs concurrents américains.

Étonnamment, l'Europe, qui devrait considérer Échelon comme une menace extrêmement grave, ne réagit pas. Pourquoi ? D'abord, pour ne pas contrarier les Américains. Ensuite, l'implication des Anglais dans Échelon (la station de Menwith Hill est l'une des plus grosses du réseau) paralyse les instances européennes. Sous la pression du Royaume-Uni en effet, le projet d'une commission d'enquête est régulièrement repoussé. Enfin, qui sait quels embarrassants secrets les grandes oreilles américaines ont pu surprendre pour obliger les dirigeants européens à se tenir tranquilles ?

(Extrait du livre *Le Monde sous surveillance*, par Phil Riverton.)

10
Introrsus : à l'intérieur

Je vais dire un secret à Achille. Et à Anatole. Comme ça je suis sûr qu'ils ne le répéteront pas ! Je ne suis jamais allé à l'école. Enfin si, seulement une journée et j'étais tout petit. La maîtresse parlait tout le temps, il y avait de la musique en bruit de fond. Et mes camarades de classe riaient, criaient, ne restaient pas en place. J'ai senti comme une rivière m'envahir, une rivière de bruits et d'images qui emportait mon esprit loin de moi. Je me suis bouché les oreilles de toutes mes forces, j'ai fermé les yeux à souder mes paupières. Mais ça n'a pas suffi. J'ai préféré m'évanouir. Après, Maman s'est occupée de moi à la maison. Puis c'est un précepteur qui est venu. Mais là où j'ai le plus appris, c'est à la bibliothèque où je me rendais l'après-midi. J'aime les bibliothèques, on n'a pas le droit de faire de bruit et il n'y a jamais beaucoup de monde. J'ai lu des rayonnages entiers, qui sont encore là dans ma pauvre tête. Mais je ne sais pas toujours quoi en faire. C'est le problème : savoir, et utiliser son savoir, sont deux choses très différentes !...

Arthur parcourut à toute vitesse les pages écrites par le Doc. On aurait dit qu'il les photographiait. Clac, une page ; clac, une autre. Ce n'était pas la première fois que Violaine le voyait faire, mais ça l'impressionnait toujours autant.

– Alors ? s'enquit-elle après qu'Arthur eut terminé.

– C'est une sorte de carnet de bord. À mi-chemin entre le registre médical et le journal intime.

– Tu ne peux pas être plus clair ? demanda Nicolas.

Arthur referma le livre et le posa sur la table basse du salon où ils étaient vautrés.

– Le Doc parle de son travail et de ses patients, expliqua-t-il.

– Des patients ? Quels patients ?

– À en croire ces pages, notre Doc est un psy brillant. Des études en France puis en Allemagne et enfin aux États-Unis. Spécialisé dans les troubles du comportement. Il a surtout travaillé auprès d'individus traumatisés. Mais…

– Mais ?

– Franchement, je n'ai pas vu dans ces notes de quoi justifier un enlèvement !

– Il y a peut-être des éléments qui t'ont échappé, dit Violaine en fronçant les sourcils et en lui prenant le livre des mains.

Elle se rendit immédiatement à la fin de la partie manuscrite.

– Le carnet est incomplet, remarqua-t-elle. La dernière page se termine brutalement, en plein milieu d'une phrase.

Elle lut rapidement.

— À la fin de ses études, résuma-t-elle, le Doc avait été embauché par une clinique privée sous contrat avec le gouvernement américain. Le Doc parle d'agents de la CIA et cite plusieurs techniciens de la NASA parmi ses patients.

— Ce n'est pas étonnant, dit Arthur. 1969, c'était la période des missions Apollo. Tout le monde devait être sur les nerfs !

— Le Doc est si vieux que ça ? s'étonna Nicolas.

— Il a plus de soixante ans aujourd'hui. Il avait donc moins de trente ans à l'époque.

— C'est quoi, les missions Apollo ? demanda Claire.

— C'est un programme spatial américain. Il y a eu dix-sept missions Apollo entre 1968 et 1972. Elles ont permis à douze astronautes de marcher sur la Lune et à 381,7 kg de roches lunaires de revenir sur terre, répondit Arthur.

— Bon, résuma Violaine, le Doc a soigné des agents du gouvernement américain à l'époque où les États-Unis envoyaient des hommes dans l'espace. Ce n'est toujours pas suffisant pour justifier un enlèvement !

— Sauf si ces hommes lui ont révélé une information top secrète !

Ils se tournèrent vers Nicolas.

— Ben oui, se justifia-t-il, le Doc et eux, ils ont bien dû bavarder, non ?

— C'est possible, oui, reconnut Arthur.

— C'est certain ! Vous connaissez le Doc comme moi, il arracherait des confidences à une momie.

– D'accord, d'accord ! Seulement, il n'y a pas trace de ce fameux secret dans le livre, dit Violaine déçue.

– Il doit être dans les pages manquantes.

– Et on les trouve où, monsieur Je-sais-tout ? s'énerva-t-elle.

– Je n'en sais rien, avoua Nicolas. Le Doc est malin !

– Un peu trop, visiblement.

Le bruit d'une clé tournant dans la serrure coupa court aux spéculations et aux disputes. Antoine fit son apparition, les bras chargés de sacs.

– Hé, les gnomes, un coup de main, vite !

Ils se précipitèrent pour l'aider.

– Nicolas, range un peu le salon, tu veux bien ?

Claire avait une façon si adorable de demander les choses !

Nicolas remit les coussins à leur place et la table au centre. Il remarqua un bout de papier plié en quatre sur le sol. Tombé d'une poche, à coup sûr. De laquelle ? Il demanderait plus tard. Il ramassa le papier, le glissa dans sa propre poche et s'empressa de rejoindre les autres à la cuisine.

Il faisait presque nuit. La voiture roulait sur le périphérique parisien quand Clarence reçut par son ordinateur connecté au réseau satellite la réponse qu'il attendait. Il tiqua. Ce n'était pas prudent.

Mon vieux Minos. Pour commencer, rassure-toi : toutes nos liaisons sont désormais sécurisées.

Il fut soulagé. Cela allait faciliter les choses.

Ensuite, réjouis-toi : on a localisé tes cibles. Elles sont hébergées par un certain Antoine dont tu trouveras les coordonnées en pièce jointe. Cet imbécile a téléphoné dans l'après-midi depuis son bureau pour décommander une soirée avec des amis. Il a prétexté l'arrivée surprise chez lui de son ex-belle-sœur Violaine et de trois de ses amis. En deux minutes de conversation, il a utilisé cinq des mots-clés que tu avais listés. Un jeu d'enfant... Enfin, fais bon usage de ce renseignement ! J'attends impatiemment de tes nouvelles. Hydargos.

Clarence releva l'adresse donnée par Black et déplia une carte de Paris.

— Matt, tu sortiras porte d'Italie et tu prendras la direction de la place du même nom.

Bien. Ses intuitions s'étaient révélées exactes, une fois de plus. Sauf qu'il s'était trompé sur un point. Un point qui avait son importance : les gamins n'avaient pas commis d'erreur. Sans l'imprudence de celui qui les hébergeait, il ne les aurait jamais retrouvés. Déjà, le choix de cet Antoine qui ne figurait sur aucun de leurs dossiers révélait une vraie réflexion, une habileté qu'il avait sous-estimée.

— Bien joué, mes renardeaux, murmura-t-il pour lui-même.

— Vous dites, boss ?
— Rien.

Un peu plus tard, ils abordèrent la place d'Italie et tournèrent autour du rond-point.

— Va te garer devant le Mercure, là-bas, dit Clarence qui étudiait le plan. C'est assez proche de notre objectif. Nous y établirons nos quartiers.

Matt rejoignit le boulevard Blanqui et se rangea

devant l'entrée de l'hôtel. Clarence se rendit lui-même à l'accueil, réserva deux chambres et fit ouvrir le garage.

— Pourquoi deux chambres, chef ?

— Parce que après avoir repéré les fugitifs, cette nuit vous monterez la garde devant leur planque, Matt et toi. Je ne veux pas être réveillé par vos relèves.

Les affaires montées dans les chambres, les trois hommes sortirent et, guidés par Clarence, prirent la direction de la Butte aux Cailles.

— Bizarre, ce nom, releva Matt. C'est à cause des oiseaux ?

— À cause des anciens propriétaires du quartier qui s'appelaient Cailles.

L'Américain ne sut pas si son patron plaisantait. Il n'arrivait jamais à savoir. Dans le doute, il abandonna le sujet.

— Voilà, nous y sommes, dit Clarence en s'arrêtant au pied d'un immeuble moderne.

— C'est amusant, ce dragon, fit remarquer Matt en montrant une sculpture métallique enchâssée dans le mur.

— Très amusant, confirma Clarence sans même se donner la peine de regarder.

Il jeta un coup d'œil à la liste de noms, sur l'interphone, à travers la porte vitrée.

— C'est bien là. Ils sont au troisième. Agustin, Matt, faites un tour du bâtiment.

Les deux hommes revinrent rapidement.

— Pas d'autre entrée, chef.

— Parfait. Vous allez me surveiller discrètement cette porte jusqu'à demain matin. Garde alternée, débrouillez-vous pour la fréquence. Si les gamins sortent, vous les filez et vous me prévenez sur le portable.

— Pourquoi on ne monte pas tout de suite les cueillir, boss ?

— Parce qu'il est trop tard. Ils s'étonneront de voir débarquer des policiers à cette heure et n'ouvriront pas. Je les imagine méfiants... Et puis parce que j'ai sommeil et que j'ai faim.

Clarence rentra seul à l'hôtel. Matt avait décidé d'aller chercher de quoi manger pour Agustin et lui dans le centre commercial tout proche. « Réflexe d'Américain », ne put-il s'empêcher de penser.

Lui-même commanda un repas à la réception et dîna en silence dans sa chambre. Puis il s'assit dans le fauteuil près de la fenêtre et ferma les yeux en soupirant. Il aimait bien ses deux comparses. Il les avait lui-même recrutés et avait l'habitude de travailler avec eux. Mais il savourait ce moment de solitude. Il n'y pouvait rien, il restait un loup. Un loup solitaire...

Depuis six mois que je travaille dans cet établissement, j'ai croisé de nombreux hommes et femmes qui ont voué leur vie au bon fonctionnement de l'État. Eh bien je peux dire maintenant qu'être un rouage n'est guère épanouissant !

La plupart d'entre eux accusent une simple fatigue et sont heureux de trouver une oreille attentive. Je crois que je n'aurais pas eu plus de confidences dans un confessionnal ! Mais certains sont atteints de troubles profonds, qui nécessiteraient plus qu'un séjour d'une semaine dans nos murs.

L'un de mes patients, Harry Goodfellow, un technicien occupant un poste élevé à la NASA, est de ceux-là.

Il ne m'a pas encore parlé, je veux dire qu'il ne m'a encore rien dit d'important. Mais je sens qu'il porte en lui quelque chose qui l'étouffe…

(Extrait du carnet du docteur Barthélemy, écrit dans sa jeunesse et trouvé dans le livre d'Ézéchiel par Arthur.)

11
Incendere : mettre le feu

Mon destin s'est scellé un jour de juillet, dans une vallée d'altitude perdue à la frontière nord-est de l'Afghanistan. Cela faisait quinze ans que je promenais ma carcasse sur tous les points chauds du globe, et que j'y perdais mes rares illusions, les unes après les autres. La réalité du monde correspond rarement à l'idée que s'en fait un état-major ! J'avais été parachuté dans ces montagnes afghanes avec pour mission de retrouver et d'éliminer un vieux chef de tribu tadjik qui gênait les Talibans pachtouns, alliés alors de la grande Amérique. Le vieillard était seul dans sa grande tente de feutre. Je suis entré sans bruit, à pas de loup. « Je t'attendais », a-t-il dit en farsi. « Tu savais que j'allais venir ? Alors, tu dois savoir aussi que tu vas mourir », ai-je répondu moi aussi en persan. Il a ri. « Oui, mais pas tout de suite. » Puis il m'a regardé d'un air grave. « Je te propose un marché, homme-loup. » J'ai sursauté. « Je suis vieux, la mort ne me fait pas peur. Mais ma vie est encore précieuse pour mon peuple. Si tu l'épargnes, je te révélerai un grand secret. » Quelque chose m'a poussé à hocher la tête, sans réfléchir. L'instinct, sans doute, mon indéfectible instinct...

Clarence rejoignit Agustin dans la salle de l'hôtel qui servait les petits déjeuners.

– Alors, comment s'est passée la nuit ?

– Calme, chef. Et froide. Matt nous attend devant l'immeuble.

– Nous agirons à 9 heures, dans une demi-heure. Le temps de boire un café. Ou deux. Tu as mangé ?

– Avec Matt, tout à l'heure, sur le trottoir.

– Bien. Descends les bagages et sors la voiture. Gare-la sur zone, hors de vue. On se retrouve là-bas à l'heure dite.

Violaine se réveilla avant les autres. Elle sortit de son sac de couchage et passa à la salle de bains. Elle en rapporta un verre d'eau qu'elle versa en partie sur la tête d'Arthur, la seule qui émergeait des duvets.

– Hé, tu es folle ou quoi ? s'insurgea le garçon en se redressant d'un bond.

– Debout, fainéant ! Allez les autres, debout aussi, continua-t-elle en donnant de petits coups de pied dans les corps allongés de Nicolas et de Claire.

Ils s'étaient couchés tôt, la veille, fatigués encore de leur longue marche dans la neige. Ni la sieste ni les heures de train passées à dormir n'avaient suffi à les remettre d'aplomb. Le repas préparé par Antoine avait été délicieux. Ils n'avaient pas beaucoup parlé, se contentant de plaisanteries, de commentaires sur la nourriture, le temps et Paris. L'ambiance avait pris, cependant. Nicolas avait même réussi à les plonger dans une crise de fou rire en racontant comment il avait montré son ticket de métro à un mendiant en le prenant pour un contrôleur.

Lorsqu'ils avaient commencé à bâiller, Antoine les avait envoyés se coucher. Il avait dit en riant que c'était la soirée la plus courte qu'il avait passée depuis longtemps !

Ce matin, Violaine se sentait reposée. Indifférente aux cris qui lui reprochaient de faire du bruit, elle rangea rapidement ses affaires, comme Arthur avant elle. Puis, en compagnie du garçon qui sortait de la salle de bains, elle alla préparer le petit déjeuner.

Claire et Nicolas se levèrent enfin. Imitant leurs amis, ils firent leurs sacs et les rejoignirent à la cuisine. Antoine aussi était debout, en tee-shirt et caleçon, une tasse de café à la main.

– Bien dormi ?

– Comme des pierres, répondit Nicolas.

– Rendez-vous utiles, dit Violaine en chargeant ses amis de tout un tas de choses. Mettez ça sur la table du salon.

Antoine se retrouva bientôt seul avec elle.

– Je ne t'en ai pas parlé hier, commença-t-il gêné, mais… Comment va Adèle, comment va ta sœur ? Cela fait très longtemps que je n'ai pas de nouvelles.

Violaine ne sut pas quoi répondre. Elle pensa un moment rester évasive, encore une fois. Mais elle lui avait déjà suffisamment menti.

– Tu sais, Antoine, je suis en pension, je ne la vois plus beaucoup. Je crois qu'elle s'est trouvé un mec, du genre blaireau, qui ne t'arrive pas à la cheville.

– Merci pour le compliment ! encaissa-t-il avec un sourire. J'espère au moins qu'elle est heureuse. Elle me manque beaucoup.

— Ma sœur ne me fait pas de confidences, bougonna Violaine. Je ne sais pas pour elle, mais moi, tu m'as manqué.

Ému, Antoine faillit la prendre dans ses bras, mais il se rappela à temps qu'elle détestait qu'on la touche. Il s'approcha juste et déposa un baiser furtif sur son front. Elle réussit à sourire. Son menton tremblait.

— Ma petite sœur, murmura-t-il.

— Alors, vous venez ? appela Nicolas. On commence sans vous !

Ils s'assirent sur les coussins, autour de la table. Claire avait disposé une nappe blanche et même allumé une bougie, pour faire joli.

Ils commençaient juste à manger lorsqu'on frappa à la porte.

Antoine eut l'air surpris.

— Ce doit être une lettre recommandée. Aucun de mes amis n'est debout à cette heure-là !

Il se leva et se dirigea vers sa chambre en criant un : « J'arrive ! » pour faire patienter le visiteur. Les quatre amis se regardèrent, inquiets.

— Nicolas, tu vois quelque chose ?

Le garçon retira ses lunettes, fixa la porte et se concentra. Le problème, c'est que ça ne marchait pas tout le temps. Mais sa vision se brouilla très vite. Ses entraînements portaient leurs fruits ! *Le monde n'était plus que couleurs.* Il poussa un cri de stupeur. *Derrière le brun de la cloison, trois silhouettes se découpaient, rouges et jaunes. Une mince, une normale et une énorme.*

— Ce sont eux, balbutia-t-il.
— Tu es sûr ? s'étrangla Arthur.
— Oui.
— Comment ont-ils fait ? s'exclama Claire. C'est impossible !
— Possible ou pas, il ne faut pas rester les bras croisés, grogna Violaine. Mettez vos blousons et vos chaussures, sacs sur le dos, vite ! On guette une ouverture, on se faufile dehors et j'expliquerai à Antoine plus tard.
— Le livre du Doc ! On allait l'oublier, dit Nicolas qui se précipita vers le meuble où il était posé.
Déjà, Antoine revenait, habillé. Il ouvrit la porte.
— Police, dit un homme moustachu au visage émacié, en montrant sa carte. Nous venons, à la demande des parents, récupérer les fugueurs qui sont chez vous.
— Fugueurs ? répéta Antoine qui ne comprenait pas.
— Ne les écoute pas, hurla Violaine. Ce ne sont pas de vrais policiers !
Les trois hommes forcèrent le passage.
— Qu'est-ce que… Vous n'avez pas le droit ! s'indigna Antoine. Je veux voir votre commission rogatoire !
Le moustachu lui asséna une manchette sur la tempe. Antoine s'effondra, assommé. Violaine poussa un cri d'horreur.
— Restez où vous êtes, les gosses, dit l'homme d'une voix rauque.
Il s'avança dans leur direction.
Claire prit une inspiration. Violaine était paralysée, Arthur ressemblait à un bloc de marbre et Nicolas restait crispé sur le livre, bouche ouverte. Elle était la seule

à avoir gardé son sang-froid. Il fallait qu'elle agisse. Elle vit la grosse bougie ronde sur la table. *Tendre simplement le bras. Voilà.* La bougie était dans sa main. *Maintenant, je fais un pas vers le faux policier. Je prends le temps de maîtriser un tremblement et j'écrase la bougie contre sa figure. Je refais un pas en arrière. J'étais où je suis, je suis où j'étais.* Personne ne l'avait vue bouger, elle était allée trop vite. La cire s'était enflammée et crépitait sur le visage du moustachu. Pour tout le monde, le feu avait jailli de nulle part.

– Ahhhhhh ! Ça me brûle !

– Du calme, Agustin, dit l'homme au manteau noir, qui s'était précipité pour lui essuyer le visage avec sa manche.

Violaine sortit brusquement de son apathie. Elle avala une grande goulée d'air, comme on fait lorsqu'on remonte à la surface après être resté trop longtemps au fond de l'eau. Qu'est-ce qui lui prenait ? Qu'est-ce qu'elle attendait, bon sang ? Antoine gisait sur le sol, inconscient. C'est ça qui la bouleversait. Antoine était fort, il était invincible. Il aurait dû les protéger, pas se faire assommer ! Est-ce qu'il avait mal ? Était-il seulement encore en vie… Elle lutta pour ne pas céder à la panique. Un regard qu'elle échangea avec Claire lui rendit une partie de sa lucidité. Claire, Claire avait agi. Il fallait qu'elle fasse quelque chose à son tour. Un dragon ? Oui, elle devait s'attaquer à un dragon et le vaincre.

Elle se força à bouger et avança vers l'homme en noir qui lui tournait le dos. Elle s'arrêta aussitôt, interdite. Cet homme était lisse, sans prise. Elle n'avait pas rêvé, l'autre jour, à la clinique. Si inconcevable que cela puisse être, il n'avait pas de dragon ! Elle aurait voulu comprendre, mais elle n'avait pas le temps d'approfondir le mystère. S'il se retournait maintenant, elle ne pourrait plus rien faire. Elle recula, désarmée.

Le troisième homme, un colosse au visage rond, s'approcha d'elle pour l'attraper. Celui-là était normal. Il possédait un dragon, un bon gros dragon. Devançant son intention, Violaine se jeta dans ses bras.

– Au secours ! dit-elle au géant stupéfait. Ces hommes sont méchants, ils veulent nous faire du mal, à mes amis et à moi ! Il faut nous protéger !

Clarence contempla la scène, interloqué. Cette fille avait complètement disjoncté !

– Très bien, Matt, commanda-t-il, attache-lui les mains. Agustin et moi, on s'occupe des autres.

Agustin s'était débarrassé de la cire, qui lui avait occasionné des brûlures douloureuses mais superficielles. Il jeta un regard assassin à Claire. C'était elle qui avait lancé cette boule de feu sur lui, il en était certain ! Puis il avisa le livre à la couverture en cuir que Nicolas serrait contre lui. Il correspondait à la description qu'en avait faite le docteur. D'un bond, il fut sur le garçon et lui arracha l'ouvrage des mains. Puis il le brandit triomphalement en direction de Clarence.

Violaine serra les dents. La situation devenait catastrophique. Vite, plus vite ! *Le dragon de Matt avait posé sa tête sur l'épaule du chevalier et il ronronnait.* Enfin, ça y était ! *Son corps puissant, de noir, était devenu blanc.*

– S'il vous plaît, monsieur, il faut faire quelque chose…

Brusquement, le colosse repoussa Violaine et la mit à l'abri derrière lui, avant de faire face à ses comparses.

– Matt ! Qu'est-ce que tu as, tu es fou ?

– Faut les laisser tranquilles, boss.

Clarence n'en crut pas ses oreilles. Agustin, en proie à la même surprise, s'avança vers le géant. Les trois jeunes gens, à nouveau libres de leurs mouvements, vinrent se placer sous la protection de l'Américain.

– Hé, Matt ! Qu'est-ce que tu nous fais, là ? Je…

Matt lança son poing en avant. Agustin, rompu lui aussi aux arts martiaux, l'évita de justesse. Le colosse était un combattant redoutable.

– On fonce ! hurla Violaine en se précipitant vers la porte, suivie par la bande.

Clarence jura. Il avait récupéré le livre, mais comptait poser quelques questions aux gamins. Or ceux-ci étaient en train de lui échapper ! Matt s'était placé de façon à couvrir leur fuite.

Agustin sortit un pistolet et le pointa vers les fuyards.

– Pas de ça, dit sèchement Clarence.

– Mais, chef…

– Pas dans le dos, Agustin.

Cette histoire commençait à l'agacer. C'était la deuxième fois que les mômes lui filaient entre les doigts. Il s'avança vers Matt qui l'attendait, les poings levés.

– Faites gaffe, chef, il a l'air en colère ! le prévint Agustin.

– Moins que moi, tu peux le croire, répondit Clarence entre ses dents.

Il évita le premier coup en s'effaçant sur le côté, para le deuxième du plat de la main. Puis, rapide comme l'éclair, il frappa le colosse au plexus. Matt s'effondra, foudroyé. L'affrontement avait duré moins de dix secondes. La porte enfin dégagée, Agustin s'engouffra dans les escaliers.

Il revint un quart d'heure plus tard, bredouille.

– Introuvables, chef. Ils peuvent être n'importe où.

– Je sais. Ce n'est pas très grave, nous avons récupéré le livre. Aide-moi à porter cet imbécile jusqu'à la voiture.

Matt gémissait. Il reprenait peu à peu connaissance.

– Qu'est-ce qui lui est arrivé ? Vous comprenez, chef ?

– Je crois que ce pauvre Matt n'y est pour rien.

Agustin se demanda si le patron n'était pas devenu fou à son tour. Il soupira et glissa son épaule sous le bras du géant.

– Et l'autre, qu'est-ce qu'on en fait ? demanda-t-il en désignant du menton Antoine étendu sur le sol.

– On le laisse. Le temps qu'il émerge et qu'il appelle la police, on sera loin.

Ils étaient trois. J'ai surtout vu celui qui m'a frappé : grand, maigre, une moustache, de type sud-américain. Sa voix était rauque, avec un accent espagnol. Pour les deux autres, l'un semblait quelconque, l'autre énorme, du genre lutteur de foire. Le premier a sorti une carte de policier. Je n'en ai vu que dans les films, mais c'était ressemblant. Il a dit que ma belle-sœur et ses amis avaient fugué, et qu'ils étaient chargés par leurs parents de les retrouver. Je ne l'ai pas cru. Je sais que Violaine m'a crié de faire attention, juste avant qu'on m'assomme. Je pense que ces hommes se sont fait passer pour des policiers. Ils cherchaient peut-être à enlever les enfants. Ils ont dû réussir, je n'ai pas eu de nouvelles d'eux depuis.

(Procès-verbal de l'audition d'Antoine, retrouvé inanimé dans son appartement par des policiers alertés par les voisins, au commissariat du XIIIe arrondissement.)

12
Subterraneus, a, um : qui est sous terre

Elle s'adossa du plus confortablement qu'elle put contre la paroi. Elle observa le fond de la grotte où, dans la pénombre, les dragons s'agitaient plus encore que d'habitude. Se rendaient-ils compte qu'elle recouvrait peu à peu sa liberté ? Sentaient-ils son désir de fuir ? Elle chuchota dans leur direction. « Vous pouvez crier tant que vous voulez, je crois que je n'ai plus peur maintenant. Allez, montrez-vous ! » Mais les dragons reculèrent encore plus loin. Elle en ressentit une joie farouche. Les rôles étaient inversés ! Et bientôt, elle serait suffisamment forte pour quitter cet horrible endroit...

– Pas ici, trop voyant, dit Violaine à Nicolas et Arthur qui s'étaient effondrés, hors d'haleine, devant l'église.

Sa voix était enrouée par l'effort de la course. Sans lâcher la main de Claire, elle les entraîna plus loin, le long de l'édifice. Ils s'assirent sur les marches d'une entrée secondaire, fermée par une grille, et purent enfin reprendre leur souffle.

Après une cavalcade dans les escaliers de l'immeuble, ils avaient d'abord pensé à gagner le métro avant d'opter, finalement, pour une fuite à pied dans les rues. Des rues à sens unique, de préférence, pour échapper à la voiture noire.

— Ouf! Ce n'est pas facile de courir avec un sac à dos. Mais on n'a pas été suivis, je crois, annonça Violaine.

— Tu es sûre ? demanda Nicolas en regardant derrière eux.

— Il y a de grandes chances. Où est-ce qu'on est, Arthur ?

— Place Jeanne-d'Arc.

Personne ne lui demanda, à lui, s'il en était sûr. Ils avaient tous ensemble regardé, la veille, le plan de Paris qu'Antoine leur avait laissé.

Mais Arthur était le seul à s'en souvenir précisément.

— *Domus Dei*, déchiffra Claire au-dessus de la porte en bois, à travers la grille cadenassée. Qu'est-ce que ça veut dire ?

— « La maison de Dieu », en latin, dit Arthur. C'est une église !

— C'est pour ça que c'est fermé, ironisa Violaine. Le propriétaire se protège des démons dans notre genre !

— Ne dis pas des choses pareilles, frissonna Claire. Ça porte malheur.

Violaine haussa les épaules.

– Je ne vois pas ce qui pourrait nous arriver de pire. Allez, on bouge !

Malgré leur fatigue, ils repartirent sans rechigner. Ils ressentaient tous le besoin de mettre encore de la distance entre eux et leurs poursuivants.

Ils empruntèrent les rues Xaintrailles et Domrémy jusqu'à tomber sur un réseau de voies ferrées.

– C'est quoi, ces bâtiments tout en verre, là-bas ? demanda Nicolas.

– C'est la Bibliothèque nationale, enfin, l'annexe principale. Elle a la forme de quatre livres ouverts. La Seine coule juste derrière. Il y a 395 kilomètres de livres, 10 millions de volumes dont 200 000 livres rares et 575 000 en libre accès.

– Arthur, tu es effrayant parfois, tu le sais, ça ?

– Je croyais que les livres n'aimaient pas la lumière, s'étonna Violaine.

– Alors je devrais peut-être songer à devenir bibliothécaire ! dit Nicolas.

– J'aime bien les bibliothèques, ajouta Arthur. Elles sont silencieuses.

– C'est un signe, dit calmement Claire.

– Tu veux aussi devenir bibliothécaire ?

– Mais non, idiot. Regardez : un livre nous a conduits à Paris, nous le perdons et nous en retrouvons quatre. Comme nous.

Ils décidèrent de s'approcher de l'édifice. Ils longèrent des immeubles défraîchis et empruntèrent des escaliers pour rejoindre la rue de Tolbiac.

Les murs, gris, étaient couverts par endroits de tags

et servaient de support à des affiches collées de travers. L'une, passablement délavée, annonçait le concert d'un groupe de rock au nom indéchiffrable. Sur une autre à moitié déchirée, un www.phae.org semblait inviter à quelque rendez-vous secret.

Une fois franchi le pont qui enjambait l'enchevêtrement de rails, ils bifurquèrent sur l'imposante avenue de France.

Une voiture sombre les dépassa et les fit brusquement sursauter. Ils se rendirent compte qu'ils étaient visibles de très loin.

– Mettons-nous à l'abri dans un de ces cafés, dit Violaine. Je commence à avoir froid.

La proposition fut acceptée à l'unanimité. Ils poussèrent la première porte et s'installèrent autour d'une table, dans le fond, d'où ils pouvaient observer l'extérieur. Les bâtiments imposants de la bibliothèque étaient tout proches. Ils commandèrent à boire ; leur course éperdue les avait mis en sueur et ils avaient la gorge en feu.

– Il y a une chose que je ne comprends pas, dit Claire après avoir bu d'un coup la moitié de son verre. Comment ont-ils fait pour nous retrouver ? Nous n'avons dit à personne où nous allions !

– En plus, dit Arthur, nous avons toujours payé en liquide. Impossible de nous suivre en pistant une carte bancaire.

– Même dans ce cas, il faudrait que ces hommes soient très forts et qu'ils aient des appuis importants.

– Ils sont peut-être de la police, après tout.

– Des policiers qui enlèvent et qui assomment des gens ? Oublie ça.

– Peut-être que le nom d'Antoine figurait dans mon dossier, à la clinique, dit Violaine.

– Ce serait la meilleure explication, reconnut Arthur. Et toi, Nicolas, tu en penses quoi ?

Nicolas ne répondit pas. Un mal de crâne atroce l'avait saisi au moment de boire son jus de fruits et il se tenait la tête entre les mains. Sa vision changeait sans arrêt, en fondu enchaîné, comme les images d'un économiseur d'écran sur un ordinateur. Le verre, la table. *Une tache bleu pâle, une couche brune, et en dessous le jaune d'un parquet, le bleu foncé du béton.* La table. Le jus de fruits. *Bleu.* Une main. *Orange.* La main d'Arthur qui le secouait par l'épaule.

– Ça va, Nicolas ?

Le ton inquiet de son ami, plus encore que son geste, le tira de son étourdissement.

– Oui, grogna-t-il. C'est juste que je suis fatigué. Tout va bien.

Il l'espérait, sans trop y croire. En s'entraînant, en s'efforçant de maîtriser sa vision, il pensait comprendre la logique particulière de ses yeux. Mais il n'avait fait qu'accroître leur dysfonctionnement. Autrefois, les taches et les couches de couleur apparaissaient furtivement, comme des flashs, sans qu'il le décide. Puis il avait réussi à les contrôler. Maintenant, ça recommençait comme avant, sauf que c'était plus long, plus intense aussi. Que devait-il faire ? Tout arrêter ou bien s'exercer, encore et encore ?

– Maintenant que les… les bandits ont récupéré le

livre du Doc, dit Claire, nous n'avons plus de monnaie d'échange.

— Oui, dit Arthur, mais au moins nous n'avons plus rien à craindre. Ils ont ce qu'ils voulaient, non ?

— On peut rentrer à la clinique, alors ? hasarda Nicolas d'une voix pâteuse.

— À la clinique ? s'étrangla Violaine. Sûrement pas ! En tout cas en ce qui me concerne.

— Et qu'est-ce que tu comptes faire ? Tu vas fuir toute ta vie ? reprit le garçon.

— Pourquoi pas ? répondit-elle crânement. Tout plutôt que de rentrer en cage !

— Tu dramatises toujours, soupira Arthur.

— Et nos parents ? suggéra encore Nicolas. Ils pourraient peut-être nous aider. Après tout, ils nous doivent bien ça.

Claire regarda le garçon, stupéfaite.

— Tu veux reprendre contact avec tes parents ? Après ce qu'ils t'ont fait ? Ils t'ont abandonné, Nicolas, ils t'ont laissé pourrir dans cette clinique !

Nicolas fit une grimace pour masquer sa gêne.

— Je disais ça comme ça. En y réfléchissant, je pense que ça les embêterait bien de me revoir.

— À la première occasion, continua Claire, hop, ils te ramèneraient à la Clinique du Lac. Tu sais, la clinique du nouvel espoir !

— Tu en veux tant que ça à tes parents ? lui demanda Arthur, surpris par la virulence inhabituelle de Claire.

— Mes parents ? Je crois que je ne les ai jamais connus, répondit-elle, sibylline.

— Moi, reprit Arthur en haussant les épaules, je les aime bien, les miens. Mais je crois qu'aujourd'hui on n'aurait rien à se dire. Il y aurait entre nous un énorme silence, un grand vide creusé par leur honte de s'être débarrassés de moi. Et toi, Violaine ?

— Il n'y a rien à dire sur mes parents, bougonna-t-elle. Seulement que je n'ai aucune envie de les revoir.

— Alors ?

— Alors il faut se cacher. Même si les trois autres n'en ont plus après nous, on reste des fugueurs. La police, la vraie, est déjà sûrement à nos trousses !

— Violaine a raison, renchérit Claire. Si on décide de ne pas rentrer, il faut trouver un endroit où se cacher. Un endroit connu seulement de nous.

— Je sais où, annonça Nicolas. Et c'est tout près d'ici !

Ils le regardèrent avec des yeux ronds.

— Je croyais que tu n'étais jamais venu à Paris, dit Claire.

— C'est vrai.

— Je ne comprends pas.

— En fait, je viens juste de voir cet endroit, sous nos pieds. Le quartier est construit sur du vide. Il y a de l'espace souterrain partout. Je pense qu'on y trouvera ce qu'on cherche.

— Pourquoi pas ? dit Violaine après un moment de silence. C'est une idée comme une autre.

— C'est même la seule, pour l'instant, intervint Arthur. Et comment on y accède, à ces souterrains ?

— Je n'ai pas eu le temps de bien voir, mais je pense qu'on peut entrer du côté des voies ferrées.

Ils méditèrent sur la proposition de leur ami.

– C'est jouable, conclut Violaine. Avec ce temps et à cette heure-ci, il n'y a pas grand monde dehors. Essayons.

Claire régla les consommations et ils regagnèrent l'avenue. Celle-ci était déserte. Ils furent obligés de revenir sur leurs pas jusqu'à la rue du Chevaleret qui longeait les rails de l'autre côté. Des matériaux de construction et une casemate d'ouvriers leur permirent d'escalader sans problème le grillage. Ils coururent à travers les voies jusqu'à l'aplomb de l'avenue de France qu'ils venaient de quitter. De grands piliers de béton étayaient le vide sur lequel elle était construite.

– Alors, j'avais raison, non ? triompha Nicolas.

Ils sortirent des sacs les lampes de poche.

– Il y a un mur au fond, dit Violaine en promenant son faisceau autour d'elle.

Elle frissonna. Le monde souterrain la mettait mal à l'aise. Non, ce n'était pas tout à fait vrai. En fait, il la terrifiait !

– J'aperçois une porte, là-bas, compléta Arthur.

C'était une porte métallique dont la serrure avait été défoncée.

– On n'est pas les premiers à avoir eu cette idée, constata Claire.

Ils pénétrèrent dans un vaste couloir sentant l'humidité et l'urine. Des cartons et de vieilles couvertures étaient étalés contre le mur.

– Des clochards, dit calmement Arthur. Ils doivent venir ici de temps en temps.

Violaine se rapprocha de ses amis. Cette fois, Nicolas

avait d'autorité pris la tête du groupe et cela lui convenait parfaitement. Ils s'enfoncèrent dans les ténèbres et sa respiration s'accéléra.

Le couloir se divisa bientôt en plusieurs branches.

– C'est un vrai gruyère !

– Ce sont des fondations, dit Nicolas.

– Les fondations de la bibliothèque ?

– Les fondations de tout le quartier, Claire. C'est un quartier neuf, construit sur rien. Et on est dans ce rien, justement !

– Tu sais où aller ? demanda Violaine en faisant un énorme effort pour maîtriser sa voix.

– Non. Tu as raison, on ne peut pas continuer au hasard. Je vais essayer de… de voir. Il faut me laisser un peu de temps.

Nicolas se concentra sur sa vision. Elle le submergea avec une force et une rapidité qu'il n'attendait pas. Il tituba.

– Ça le reprend ! cria Arthur qui se précipita.

– Ça va, ça va, grogna Nicolas. C'est juste que… Non, laissez tomber. C'est à gauche.

– Qu'est-ce que tu as vu ?

– Des creux, des pleins, beaucoup de couloirs, quelques salles. Impossible d'expliquer. Faites-moi confiance, c'est tout.

Ils reprirent leur marche. Arthur ne quittait pas Nicolas d'une semelle.

– Pourquoi tu me colles comme ça ?

– Pour te retenir si tu t'évanouis. Je sais ce que c'est, tu peux me croire !

– Moi aussi, dit Claire qui tenait la main de Violaine.

– Ouais, dit celle-ci d'une voix anormalement forte, eh bien, on le sait tous. Et ici Nicolas, à gauche encore ?

Elle aurait tout donné pour apercevoir un bout de ciel. Et encore plus pour se trouver à cent lieues de là !

– Non, c'est tout droit. On est sous la bibliothèque, maintenant.

Le couloir était à présent faiblement éclairé par des ampoules rouges, disposées régulièrement au mur dans des appliques étanches.

– Il doit y avoir une maintenance, expliqua Nicolas. Sans doute à cause du parking souterrain, à côté. Il faut prendre à gauche de nouveau.

Arthur surveillait son ami du coin de l'œil. Nicolas n'était pas au mieux de sa forme, c'était évident. Mais qui l'était parmi eux ? Claire, qui n'avançait que si on lui tenait la main ? Violaine, que le noir terrorisait ? Lui ? Lui qui avait été, hier, sans que ses amis s'en doutent, à deux doigts d'un bug fatal, d'une déconnexion définitive de son impitoyable cerveau ? Il ne put s'empêcher de sourire tristement. Ils formaient une équipe d'éclopés sur laquelle le plus taré des parieurs n'aurait jamais misé un centime ! L'équipage d'une sombre galère où c'était le moins amoché du moment qui prenait le quart et veillait sur les autres… Pitoyable.

Ils s'engagèrent dans une galerie étroite, sur une trentaine de mètres. Nicolas s'arrêta bientôt devant une porte, en métal elle aussi. Là encore, l'ouverture avait été forcée. Ils entrèrent et découvrirent une pièce de vastes dimensions, déserte comme tout le reste.

— Ça sent beaucoup moins mauvais que dans les couloirs, remarqua Claire.

— C'est parce qu'il y a une aération, dit Nicolas en montrant avec sa lampe une grille au plafond.

— C'est bizarre, quand même, une pièce ici.

— Elle servait peut-être à ranger du matériel fragile au moment du chantier, d'où l'aération, suggéra Arthur.

Violaine se détacha du groupe et inspecta l'endroit. Étrangement, elle se sentait moins oppressée ici. La surface ne devait pas être loin.

— Ça me plaît, dit-elle enfin. Quelques meubles et ce sera parfait !

Son angoisse était encore terriblement présente, lovée comme un serpent au fond de son ventre. Plaisanter lui faisait du bien. Ses amis le sentirent et lui adressèrent un sourire. Claire lui reprit la main et la pressa affectueusement.

— On est obligés de refaire tout le parcours pour sortir ?

— Non, la rassura Nicolas, j'ai vu tout à l'heure une porte donnant sur le parking souterrain.

— Allons-y, proposa Violaine.

Ils rebroussèrent chemin. Peu avant la dernière intersection, en effet, une porte ouvrait sur le parking. Ils la poussèrent.

— C'est drôle, ça, qu'elle ne soit pas fermée à clé.

Claire montra à Arthur l'inscription SORTIE DE SECOURS éclairée au-dessus. Ils étaient tout au fond du parking. Sur la porte était écrit : À N'UTILISER QU'EN CAS D'URGENCE, ISSUE STRICTEMENT RÉSERVÉE AUX PERSONNES AUTORISÉES.

— C'est pour ça, les ampoules rouges dans le couloir, comprit-il.

— Génial ! s'exclama Nicolas en ouvrant une autre porte, à quelques mètres. Il y a des toilettes et un lavabo !

— Les gars du parking en avaient sans doute marre que l'on pisse contre les murs ! se moqua Arthur.

— En tout cas, ça fait bien notre affaire, dit Violaine que la proximité de l'extérieur rendait presque joyeuse. J'avais raison : quelques meubles et on sera chez nous !

Depuis longtemps, les sous-sols de la capitale abritent une population marginale et inquiétante. Bêtes de la nuit, araignées, rats et chauves-souris grouillent à côté de monstres terrifiants. Fantomas chevauche le crocodile des égouts ! Côté obscur des catacombes...

Mais les sous-sols permettent aussi de fuir les dangers du dessus. Ils offrent ainsi tout au long de l'histoire des refuges et des chemins secrets. Côté lumineux de la caverne !

Aujourd'hui, alors que Paris se déploie tant et plus à la surface, la ville souterraine grignote de nouveaux territoires. Après les carrières, les égouts et le métro, palpitantes et tièdes entrailles, la capitale s'offre des ventres neufs.

De vastes friches, entre soubassements et assises en béton, côtoient dans le fondement de la ville des parkings et des logements.

Réalité des temps anciens, étonnement des temps modernes, promesse des temps futurs, les Paris souterrains sont autant de déclinaisons de la grotte des origines, angoissante et rassurante…

(Extrait de *Mythes et réalités du Paris souterrain*, par Aristide Gruau.)

13
Signum, i, n. : signe, indice

Je me suis assis sur le tapis en face du chef de tribu et j'ai dit : « Je t'écoute, vieil homme. » Il a enfoncé son regard dans le mien. Ses yeux étaient brûlants comme des fers rouges. « Sais-tu comment j'ai deviné que tu arrivais ? Sais-tu comment j'ai vu le loup en toi ? » J'étais stupéfait. Je m'attendais à ce qu'il me confie une information stratégique que j'aurais pu monnayer auprès des étoilés du Pentagone, pas à ce qu'il parle de moi. J'ai secoué la tête. « Tout homme porte la marque de ses émotions, de ses sentiments, de son caractère. Une aura, un halo, comme une écharpe invisible s'enroulant et se déroulant autour de lui. » Je ne perdais pas un mot de ce qu'il me disait. « Tu te crois fort, homme-loup, et tu l'es. Mais certains le sont plus : ceux qui voient cette écharpe dans les brumes de l'invisible. » J'avais la gorge nouée. « Tu me proposes d'apprendre à acquérir cette vision ? » Le vieux sorcier rit encore. « Il faut le don, ça ne s'apprend pas ! Non. Mais je peux effacer ce halo qui te trahit, cacher l'écharpe, pour que tes ennemis ne puissent pas s'en servir. Alors tu seras vraiment fort. » J'ai accepté. Le rituel a duré toute la nuit. Je suis parti le matin sans savoir si le vieux s'était moqué de moi. Mais j'ai tenu ma promesse et il est resté en vie. De retour, j'ai prétexté l'échec de l'opération pour présenter ma démission. On l'a refusée. On avait besoin de moi ailleurs…

Clarence éclata de rire. Sous le coup de la surprise, Agustin fit une embardée avec la voiture. Matt, quant à lui, dévisagea son patron d'un air inquiet. Ils travaillaient pour lui depuis des années et jamais ils ne l'avaient entendu rire de cette façon !
— Ça va, chef ?
— Tu feras demi-tour quand tu pourras, Agustin.
— On retourne à Paris ?
— Oui.
Agustin n'osa pas demander pourquoi et Matt encore moins. Le colosse était encore choqué. Il avait essayé de frapper ses comparses, dans l'appartement de la Butte aux Cailles, et ça lui paraissait fou. Il ne se rappelait rien. Il avait seulement ressenti, avec une force irrésistible, la nécessité de protéger les enfants. Pour un peu il se serait effondré en larmes quand Agustin lui avait raconté la scène. Mais le boss ne lui en voulait pas. Il lui avait même dit que ce n'était pas sa faute. Le boss était génial !
Agustin essaya de savoir ce qui se passait.
— On a oublié quelque chose à l'hôtel ?
— Non. On a oublié quelque chose quelque part. Je vous en dirai plus tout à l'heure. Il faut que je réfléchisse.

– On retourne place d'Italie ? demanda Agustin dans une ultime tentative.

Agustin n'était pas curieux. Mais il supportait de moins en moins les secrets. Attention, il ne remettait pas en doute les compétences du patron, ça non ! Il avait le plus grand respect pour lui, et même, oui, il n'avait pas honte de l'admettre, de l'admiration. Pas cette adoration béate, toutefois, que manifestait Matt et qui l'agaçait. Il en avait parlé plusieurs fois avec cet imbécile qu'il était bien obligé de considérer comme un ami, depuis le temps, mais Matt ne comprenait pas. Quand le chef parlait, c'était Dieu qui parlait. Lui Agustin, il savait que Dieu n'existait pas. Alors il aurait aimé que le patron lui fasse confiance et le mette davantage dans la confidence.

– Non, se contenta de répondre Clarence. Cette fois nous irons au Plaza, comme d'habitude.

Sacré Barthélemy ! Il les avait tous bien roulés, avec son livre d'Ézéchiel ! Les documents que voulait le Grand Stratégaire n'étaient pas à l'intérieur. L'idée que les gosses aient pu les conserver l'avait effleuré un instant. Mais finalement c'était peu probable. Même s'il était fantaisiste, ce bon docteur n'était pas du genre à prendre des risques inconsidérés. Les documents étaient dissimulés ailleurs, et les renardeaux savaient peut-être où. En tout cas, ils étaient sa dernière chance. Barthélemy ne dirait plus rien. Il avait le cœur fatigué et ne supporterait pas un nouvel interrogatoire.

Clarence avait découvert et lu les feuilles du carnet du docteur, retourné le livre dans tous les sens avec le regard de l'habitude. Aucun microfilm n'était dissimulé dans la couverture. Aucune page non plus n'avait été arrachée. Il y avait peut-être eu une feuille volante à l'intérieur, un indice dans la cache du plancher, bref, quelque chose qui permettait d'aller plus loin. Si une telle chose existait, les gosses devaient l'avoir trouvée.

C'est pour cela qu'il avait ri tout à l'heure. De sa naïveté, bien sûr, et de la bonne blague de Barthélemy ! Mais aussi parce qu'il éprouvait de la joie à reprendre une chasse qui l'avait laissé sur sa faim. Ces gamins n'étaient pas du gibier ordinaire. Il y avait cette fille, Claire, qui avait enflammé Agustin à distance ; il l'avait vu de ses propres yeux ! Et puis surtout Violaine, qui voyait les écharpes de brume qui entourent les gens. Ces écharpes dont lui avait parlé le vieux des montagnes, il y a des années, en Afghanistan. Mais ce que le chamane ne lui avait pas dit – et qu'il ignorait peut-être – c'était que l'on pouvait manipuler ces écharpes. Le pouvoir de modifier le comportement des autres... C'était ça que Violaine avait fait à Matt, dans l'appartement, lorsqu'elle s'était jetée dans ses bras ! Il n'y avait pas d'autre explication. Cette fille était redoutable !

– Avant que j'oublie, dit Clarence à haute voix, la prochaine fois que nous rencontrerons les gosses, faites bien attention à la fille aux cheveux longs, celle qui s'est jetée dans les bras de Matt. Ne la laissez vous toucher sous aucun prétexte. C'est bien compris ?

Matt acquiesça sans poser de questions et Agustin grommela son assentiment. Le patron avait de l'instinct pour ces choses-là. Ses conseils leur avaient sauvé la vie plus d'une fois.

Clarence repartit dans ses pensées. Il ignorait ce dont les garçons étaient capables, mais il était sûr de ne pas être au bout de ses surprises. Le problème, dans l'immédiat, c'était de les retrouver. Ils ne commettraient pas une nouvelle fois l'erreur de se réfugier chez un ami. Non, c'étaient des fugueurs, ils allaient se terrer quelque part. Comme de jeunes renards effrayés, des bêtes blessées. Et puis, s'ils possédaient réellement des informations sur les documents du docteur, ils agiraient. Parce que ces documents étaient leur seule possibilité de dénouer la crise. Et là, ils commettraient fatalement une imprudence ! Lui, Clarence le loup, il serait en embuscade.

Il alluma son ordinateur et rédigea un message codé.
De Minos à Hydargos.
Difficultés imprévues. Perdu la main. Besoin des caméras de vidéosurveillance des gares parisiennes. Je t'envoie un scann des individus à identifier. J'attends de tes nouvelles.

La réponse ne tarda pas.
D'Hydargos à Minos.
Dis donc, vieux, tu vieillis ! Je rêve ou ce sont des photos de gosses que tu m'as envoyées ? J'espère que tu ne me fais pas marcher parce que mon sens de l'humour est encore à un stade embryonnaire. Je te tiens informé des résultats quand nous en aurons.

Clarence ne cacha pas son irritation. Il détestait Black quand il prenait ce ton condescendant. Pour qui se prenaient-ils, ces planqués qui ne connaissaient du monde que ce que leurs écrans voulaient bien leur montrer ? Le terrain était imprévisible, la réalité impossible à caler dans des grilles. Rien de pire que les bureaucrates !

Il se calma en s'imaginant au bar de l'hôtel, lisant son livre un verre à la main, dans l'attente d'un appel de Fort Meade.

Violaine entendit avec soulagement des voix dans le couloir. Ils étaient tous les quatre allés faire des courses pour équiper leur planque et s'étaient séparés en deux groupes, pour être moins visibles. Arthur et elle étaient rentrés depuis déjà un moment. La nuit venait de tomber, Violaine commençait à s'inquiéter pour Claire et Nicolas.

— Vous n'avez pas eu de problèmes ? leur demanda-t-elle en ouvrant la porte.

— Non, tout va bien, la rassura Claire qui sentit son trouble. On a juste eu du mal pour trouver certains trucs.

— Pratique, en tout cas, l'entrée par le parking, dit Nicolas. Les gens qu'on croise s'imaginent qu'on vient mettre nos courses dans la voiture des parents !

— Vous avez pensé aux caméras ? Il ne faut pas que les agents de surveillance s'étonnent de nous voir toujours dans le coin !

— On a fait attention de bien longer le mur, la tranquillisa Claire.

— Bon, dit Arthur devant le tas de nouvelles affaires qui trônait au centre de la pièce. On a les matelas...

— Ils ne sont pas bien gros, admit Nicolas, mais il fallait les transporter !

— Ce sera parfait. On mettra dessous les cartons qu'on a récupérés avec Violaine. Nous, on a trouvé le réchaud, des recharges de gaz, des casseroles, des gamelles, un jerrycan pour l'eau. On a fait aussi quelques courses.

— On installera la cuisine où ?

— Où tu veux, Nicolas, répondit Violaine en balayant la pièce d'un geste. Vous avez pensé au cylindre de rechange pour la serrure ?

— Oui, confirma Claire, on aura bientôt une porte qui ferme à clé.

— En plus, Claire a eu l'idée de prendre ça…

Nicolas sortit de son sac un autocollant qui arborait le pictogramme avertissant d'un danger électrique.

— Pour refroidir les curieux, ajouta-t-il en faisant un clin d'œil.

— À propos d'électricité, continua Arthur, j'espère que vous avez bien regardé la liste que je vous ai donnée. J'ai impérativement besoin de tout le matériel pour pirater la lampe de secours du couloir.

— Rassure-toi, on tient autant que toi à avoir le confort électrique dans notre nouvelle maison !

La boutade de Nicolas leur rappela abruptement qu'ils n'avaient désormais plus d'autre endroit que celui-là. Ils échangèrent un regard lourd de sens.

— Vous pensez qu'on va rester ici combien de temps ? osa demander Claire.

— Mais la vie entière ! Pourquoi, tu n'es pas bien ?

— On restera cachés le temps que ça se calme, là-haut,

répondit Violaine, émue, en ignorant la remarque de Nicolas.

— On pourra toujours aller emprunter des livres à la bibliothèque, si on s'ennuie, plaisanta encore le garçon.

— Le temps que ça se calme, dit Arthur en répondant à Violaine, ou bien le temps qu'on trouve une meilleure idée.

— C'est agréable de voir comme je n'intéresse personne !

À peine Nicolas avait-il dit ça que Violaine, exaspérée, se précipita sur lui avec une casserole qu'elle lui vissa sur la tête, tandis qu'Arthur lui fourrait un paquet de spaghettis dans la bouche et que Claire lui glissait une boîte de raviolis sous le pull et une banane dans la poche.

— Tiens, va donc installer la cuisine où tu veux !

— C'est malin, râla-t-il.

En ôtant la banane de sa poche, Nicolas sentit sous ses doigts un morceau de papier. Le morceau de papier qu'il avait ramassé l'autre soir en rangeant le salon chez Antoine. Il l'avait complètement oublié, celui-là ! Il le déplia à la lueur de sa torche et poussa un cri de surprise : c'était une lettre rédigée sur le papier à en-tête de la Clinique du Lac.

— Les gars, dit-il en tremblant d'excitation, j'ai trouvé quelque chose d'important.

Ils s'approchèrent, intrigués.

— C'est un papier que j'ai ramassé dans le salon, chez Antoine. Je pensais qu'il était tombé de l'une de vos poches. Mais je crois plutôt qu'il est tombé du livre quand on l'a feuilleté !

— Qu'est-ce qui est écrit ? Lis vite, allez !

— Il y a des phrases… C'est une énigme ! C'est l'écriture du Doc.

— Alors, tu vas essayer de la traduire tout seul ? s'impatienta Violaine.

Nicolas se mit à lire :

— *Se mettre en route reste le meilleur moyen de réfléchir calmement. Puisque je n'ai jamais eu le choix, ce choix je vous l'offre, un peu comme un bonus de quête ! Dans ma première rêvent les Hollandais. Mon deuxième va vous le faire payer. On priait et on buvait dans mon troisième. Mon tout est trompeur !*

Un silence accueillit la dernière phrase.

— C'est bien une énigme du Doc, je confirme, soupira Claire.

— Il a dû l'écrire rapidement, avant l'arrivée de ses ravisseurs dans la clinique.

— Pourquoi ? s'étonna Arthur. Pourquoi a-t-il fait ça ? Il ne pouvait pas savoir que nous allions la trouver. Ça n'a pas de sens !

— Au contraire, dit Violaine. C'est une manière de dire aux hommes venus l'enlever : « Je suis entre vos mains mais vous êtes malgré tout des idiots ! Et même si vous trouvez le livre, je vous mets au défi de découvrir la vérité ! Ainsi, je reste le plus fort. »

Ses amis l'observèrent, dubitatifs.

— En tout cas, c'est ce que j'aurais fait moi, continua-t-elle.

— Au moment d'être enlevée, tu aurais pris la peine d'écrire une énigme débile ? lui demanda Arthur. C'est une blague ou quoi ?

— Peut-être pas une énigme, mais je les aurais défiés, s'entêta Violaine.

— On savait le Doc capable d'enfantillages, soupira Nicolas, mais là, il a franchement mis le paquet !

— C'est peut-être aussi pour ça, émit Claire, qu'on se sent proches de lui.

— Si cette énigme est destinée à ceux qui lui veulent du mal, dit Arthur en revenant au message, qui nous dit que c'est une vraie piste ?

— C'est une provocation, je vous dis, répéta Violaine. Puérile, tout ce que tu voudras, mais une provocation ! Le Doc les met au défi de comprendre et de trouver.

— Et son histoire de « bonus de quête », le choix qu'il dit offrir ?

— Je pense, dit Arthur, que le Doc veut nous pousser à réfléchir.

— Ah bravo ! ironisa Nicolas. Heureusement que tu es là !

— Je veux dire, réfléchir sur le sens même de la quête.

— Pas très clair, tout ça.

— Que fait-on alors ? Concrètement ?

— Ce qui était prévu : on s'installe et on prend le temps de réfléchir, comme le conseille le Doc.

— Je vais dire une bêtise, lança Nicolas, mais... est-ce que quelqu'un ici a déjà compris une énigme du Doc ?

Ils secouèrent la tête.

— Eh bien, soupira-t-il, mieux vaut s'installer, en effet.

Monsieur. Notre agent choisi pour l'opération Ézéchiel semble rencontrer des difficultés imprévues. Je vous avoue ma déception et surtout mon inquiétude. Minos est un homme de terrain redoutable, c'est même le meilleur. Mais il est imprévisible et surtout très indépendant. Ses explications sont difficiles à croire et touchent au grotesque : il serait désormais confronté à des enfants ! Minos a un sens de l'humour particulier que je comprends rarement. Je me demande s'il ne nous mène pas en bateau. Travaille-t-il pour quelqu'un d'autre ? Ce n'est pas à moi de répondre. Je me contente de vous communiquer des informations et quelques remarques. Hydargos.

Rien de changé, Hydargos. L'opération Ézéchiel continue. Le Grand Stratégaire.

(Échange de courriels entre le colonel Black et un correspondant anonyme, quelques minutes après le dernier message de Clarence.)

14
Argutiæ, arum, f. pl. : jeux d'esprit

Malheureusement nous, enfants de sylphe, de triton, de farfadet et de salamandre, nous ne sommes pas seuls à errer dans le monde des hommes. J'ai vu hier des monstres, des ennemis du Petit Peuple, et ça m'a terrifiée. Je ne sais comment j'ai eu le courage d'affronter le vampire, ni où la dompteuse de dragons a trouvé celui de combattre l'ogre ! Heureusement, nous avons pu fuir avant que le loup-garou ne pose sa main sur l'un d'entre nous. C'est terrible de se savoir seuls, de ne devoir compter que sur nous-mêmes. D'habitude, les parents prennent soin de leurs enfants. Mais qui sont nos parents ? De qui sommes-nous les enfants ? Et qui nous protégera quand nous serons à bout de forces ?...

Claire émergea la première du parking, tenant la main de Nicolas, heureuse de revoir le ciel et de sentir l'air du dehors. Malgré leur crainte encore vive des hommes qui les poursuivaient, ils avaient décidé de quitter le refuge souterrain. En dessous, les heures s'égrenaient, monotones, dans l'indifférence de l'obscurité.

Leur première nuit dans les sous-sols avait été bonne, même si Violaine s'était réveillée plusieurs fois en criant. La porte fermait à nouveau et leur avait permis de se barricader. Après un repas copieux et une discussion enlevée autour de l'énigme du Doc, ils avaient déplié leurs duvets et s'étaient endormis aussitôt. La pièce, grâce à son enfouissement, bénéficiait d'une température très supportable.

Quant à l'aération, encore efficace, elle supprimait les risques d'humidité. C'étaient des soucis en moins car Arthur les avait prévenus : ils ne pourraient pas brancher de chauffage sur le montage électrique qu'il avait bricolé !

La lumière du jour leur fit du bien à tous. Le ciel était gris mais ils s'en moquaient. Sans relâcher leur vigilance, guettant toujours la fameuse voiture noire, ils marchèrent un moment dans les rues, pour le simple plaisir de se dégourdir les jambes. Puis ils entrèrent dans le cybercafé que Violaine avait repéré la veille.

– Ça a du bon, la vie de fugitif, dit Nicolas avec un large sourire. On se lève quand on veut, on fait ce qu'on veut !

– Égoïste, rétorqua Claire. Pense plutôt à notre malheureux Doc, enfermé quelque part, peut-être brutalisé.

Nicolas baissa la tête, bougon. Ce n'était pas la peine de le rabrouer comme ça, tout le temps. Il essayait seulement de dédramatiser des événements qui n'étaient pas très rigolos. Si personne n'y mettait du sien, l'ambiance deviendrait vite insupportable !

La main de Violaine sur son épaule, Claire approcha sa chaise de l'un des ordinateurs. À cette heure-ci, les étudiants ne se bousculaient pas devant les écrans. Prenant sur lui et renonçant à son envie de bouder, Nicolas les rejoignit. Arthur, lui, resta prudemment assis à la table. Il ne voulait pas être submergé par toutes les informations qui allaient défiler sous les yeux de ses amis.

Claire entra le code du jour que le serveur lui cria depuis le comptoir : H2O. Puis elle lança un moteur de recherche autour des mots « rêve » et « hollandais ». Elle fut aussitôt noyée sous les références.

– Je m'en doutais un peu, soupira-t-elle.

– Un ordinateur est logique mais bête. Il ne sera pas intelligent à notre place, dit Violaine. Commençons par lui mâcher le travail. Qu'est-ce qu'on avait trouvé, hier ?

– Que le Doc lui aussi avait sa propre logique, et que ses énigmes n'étaient jamais de vraies énigmes ! se moqua Nicolas.

– Donc ?

– *Dans ma première rêvent les Hollandais* : on a dit que ça pouvait être un endroit. Un endroit où les Hollandais rêvent.

– Ou bien un endroit que les Hollandais apprécient au point d'en rêver.

– Un endroit au féminin. Bon, cherchons une région du monde que les Hollandais aiment bien.

Claire lança la recherche.

– Les Hollandais apprécient tout particulièrement la France, annonça-t-elle.

– La France est la première destination touristique mondiale, commenta Arthur depuis la table.

Claire essaya d'affiner la recherche. Elle dénicha un site recensant les départements les plus fréquentés par les touristes étrangers, par nationalités.

– Ça se précise mais on en est encore loin. Il y a beaucoup de possibilités.

– Cette phrase doit cacher autre chose, dit Violaine en réfléchissant à voix haute. Le Doc est tordu, c'est le genre à glisser deux indications en une seule.

– Il faut peut-être chercher autour du mot « rêve », proposa Arthur.

– Bonne idée. Claire, regarde déjà comment on dit « rêve » en hollandais.

La fille pianota sur le clavier. Le résultat ne se fit pas attendre.

– « Rêve » se traduit par « Droom ».

– Maintenant, continua Violaine qui sentait qu'elle était sur la bonne voie, compare ce mot avec les noms féminins des régions que tu as trouvées.

Claire poussa une exclamation.

– Drôme ! C'est un département, dans le Sud-Est, très fréquenté par les Hollandais.

– Le Doc est prévisible, triompha Violaine.

– Bon, mais ça reste grand, la Drôme, objecta Nicolas.

— *Mon deuxième va vous le faire payer. On priait et on buvait dans mon troisième.* Il faut commencer par le troisième, proposa Claire. Le deuxième est plus abstrait.

— *On priait* : ce pourrait être une église ou un bâtiment religieux, dit Violaine.

— Désaffecté, précisa Arthur, puisque c'est au passé.

— Oui mais : *on buvait* ? Une église qui serait aussi un café, c'est étrange ! s'étonna Claire.

— Qui parle de café ? Les prêtres boivent du vin en célébrant la messe, rappela Arthur.

— Dans un autre ordre d'idées, on peut aussi boire dans un café tout en priant que les verres se remplissent tout seuls, dit Nicolas.

Même s'il exagérait, Nicolas n'avait pas tort. Ils séchaient.

— Je suis sûr que la clé réside dans la deuxième partie de l'énigme, dit Violaine.

— Et le *tout* ? demanda Claire.

— Une bêtise du Doc, à mon avis, répondit son amie. Trompeuse, comme lui ! Concentrons-nous plutôt sur les trois premiers indices.

— On pourrait déjà aller acheter une carte de la Drôme et réfléchir en marchant, dit Arthur.

— Bonne idée, approuva Violaine. Mais avant, Claire, cherche une liste des bâtiments religieux anciens de la Drôme. Je sens bien cette piste. Je vais demander si on peut l'imprimer quelque part.

Puis ils sortirent et se mirent à la recherche d'une librairie.

– Tu ne trouves pas qu'on fait très couple ? dit Nicolas qui tenait la main de Claire.

– On dirait plutôt une grande sœur promenant son petit frère, dit Arthur avec un sourire.

Nicolas lui jeta un regard noir.

Ils ne trouvèrent aucune carte dans les librairies du quartier.

Ils dénichèrent seulement un guide touristique de la Drôme.

– C'est déjà ça, grommela Nicolas.

Arthur continuait à réfléchir.

– *Mon deuxième va vous le faire payer*. Je vois deux sens : vous allez le regretter, et vous allez mettre la main à la poche. Mais ça ne nous avance pas à grand-chose !

– Violaine a vu juste, tout à l'heure, dit Claire. Le Doc aime les jeux de mots débiles. Peut-être qu'il ne faut pas chercher un sens à cette phrase mais aux mots qu'il y a dedans.

– C'est quoi les autres mots pour « payer » ? interrogea Violaine.

– Acquitter, défrayer, financer, indemniser, récompenser, régler, rétribuer, verser...

– Stop, Arthur, on ne va nulle part.

– En argot, il y a des mots plus expressifs : casquer, cracher, raquer.

– Paie ! Défraie ! Crache ! Raque ! s'amusa Nicolas.

– C'est déjà une piste, reconnut Violaine : est-ce qu'il y a des noms de lieux dans la Drôme qui contiennent des allusions à « payer » et à ses synonymes ?

Arthur prit le guide touristique et feuilleta le lexique.

— Il y a un Bourg-de-Péage, un Saint-Restitut, un Aleyrac, tiens, aussi un Saou, ce n'est pas exactement comme « payer » mais c'est drôle !

— Attends, l'arrêta Nicolas, tu as dit quoi juste avant Sou ?

— Saou. J'ai dit Bourg-de-Péage pour « payer », Saint-Restitut pour « restituer », Aleyrac pour « raquer »…

— Voilà, jubila Nicolas, c'est ça ! Aleyrac ! *Mon deuxième va vous le faire payer* : « Allez, raque ! », Aleyrac ! Tu avais raison, Claire, c'est bien un jeu de mots du Doc.

— Arthur, vérifie s'il y a une église désaffectée à Aleyrac, dit Violaine.

— Aleyrac… Voilà, j'y suis. Effectivement, il y a les ruines d'une église et… Écoutez ça : « Un personnage rendit tristement célèbre le village pendant la Révolution française : Jean-Joseph Reymond, curé d'Aleyrac, brigand et détrousseur, qui contribua à répandre la Terreur blanche dans la Drôme… »

— Plus de doute, cette fois. Mon deuxième, qui vous le fera payer dans tous les sens du terme, est bien Aleyrac !

— Bon, dit Violaine en rompant le silence qui avait accompagné le commentaire de Nicolas, rien n'est perdu pour le Doc. On peut reprendre la main. Qui est pour un voyage dans la Drôme ?

— Tout le monde, bien sûr ! répondit Claire.

— La gare la plus proche d'Aleyrac est Montélimar, continua Arthur qui feuilletait le guide. Il faut prendre le train à la gare de Lyon. On a de la chance, c'est tout près de la planque, à pied. Pas besoin de prendre le métro, ajouta-t-il, ravi.

— Très bien, dit Violaine. Je propose que l'on repasse par le cybercafé pour consulter les horaires puis qu'on aille prendre nos affaires.

— On abandonne notre studio grand luxe ? C'est dommage, on commençait à y être bien !

— On n'abandonne rien, Nicolas, le reprit Violaine. On a enfin un chez-nous, on ne le quittera pas comme ça ! Non, on part juste en vacances.

Une icône en forme de tête de loup clignota sur l'ordinateur et une sonnerie de chasse à courre retentit, tirant Clarence du fauteuil où il lisait. La chambre qu'il occupait au Plaza comportait un beau salon et offrait une vue agréable sur le jardin. Matt et Agustin, eux, dans la pièce voisine, avaient préféré le côté rue. Pour regarder les filles passer sur le trottoir ? « À chacun ses occupations », pensa Clarence en s'asseyant devant la table qu'il avait transformée en bureau et en ouvrant sa messagerie.

Mon cher Minos. Nous avons retrouvé tes garnements à la gare de Lyon. Je t'envoie l'enregistrement des caméras de vidéosurveillance. Fais attention à toi, ils ont l'air redoutables ! Ah ah ! Hydargos.

— Imbécile, dit-il à voix haute.

Mais peu importaient les sarcasmes de Black. Il les avait retrouvés, c'était tout ce qui comptait. Et cette fois, il ne s'était pas trompé : les jeunes renards avaient commis une imprudence. Pas une erreur, non. Sans l'aide de

Black, ils lui seraient passés sous le nez. Juste une imprudence.

Il laissa l'ordinateur télécharger les fichiers que lui envoyait Fort Meade et entra sans frapper dans la pièce voisine. Ses deux complices disputaient une partie de cartes, devant la télé allumée.

– Agustin, Matt. On les a ! Préparez-vous et rejoignez-moi.

Matt se leva d'un bond et commença à fourrer ses affaires en vrac dans son sac. Agustin soupira. Pour une fois qu'il gagnait ! Il rangea les cartes avant de sortir ses chemises de la penderie. En les pliant pour les ranger dans sa valise, il se surprit à détester ces gosses. Puis il alla encore s'observer dans le miroir de la salle de bains. Les brûlures reçues la veille n'étaient plus qu'un mauvais souvenir. Tant mieux. S'il avait conservé des traces, il aurait saigné la gamine à leur prochaine rencontre, sans lui laisser, cette fois, le temps de le surprendre.

De retour dans sa chambre, Clarence constata avec satisfaction que les téléchargements étaient terminés. Il lança le premier enregistrement des caméras de surveillance. Claire et Violaine faisaient la queue devant un guichet, puis achetaient quatre billets. Elles jetaient des regards fréquents tout autour, comme si elles craignaient d'être remarquées.

– Vous ne regardez pas au bon endroit, les filles, murmura Clarence.

Il repéra le guichet en question. Agustin arracherait à l'employé toutes les informations nécessaires. Puis il visionna le deuxième film. On y voyait la petite bande, sac au dos, se diriger vers un TGV au milieu d'un groupe scolaire.

– C'est bien d'être prudents, continua-t-il. Mais c'est trop tard.

Enfin, il lança le troisième film. Arthur dormait sur les sacs à dos. Clarence vérifia l'heure de l'enregistrement : au même moment, les filles achetaient les billets. Puis il vit Nicolas devant un distributeur de nourriture duquel il tirait un gros paquet de barres chocolatées. Clarence en reconnut la marque, américaine.

– Deuxième imprudence ! triompha Clarence.

Sans perdre un instant, il ouvrit le logiciel de cryptage qu'ils étaient quelques-uns seulement à posséder dans le monde, et écrivit à Black.

Merci pour ta promptitude, Hydargos. Y a pas à dire, t'es un pro à ta façon ! J'aurais besoin d'un autre coup de main. Il me faudrait les codes d'émission des puces RFID contenues dans les paquets de barres chocolatées que distribuent les automates du hall principal de Paris-Gare de Lyon (caractéristiques ci-jointes). Un jeu d'enfant, pour toi, non ? Minos.

La réponse mit quelque temps à lui parvenir. Matt et Agustin attendaient à la porte, prêts à partir.

Mon vieux Minos. On ne sait jamais avec toi quelle est la part de la flatterie et celle de la moquerie dans tes compliments ! Pour tes codes, je fais le nécessaire. Tu sais bien que nos entreprises n'ont rien à nous refuser. Tu auras ça en urgence prioritaire. Ah, une dernière chose : le Grand Stratégaire trouve que tu commences à nous coûter cher en temps et en argent, pour des résultats décevants. Je ne saurais trop te conseiller de boucler rapidement l'opération. Hydargos.

Un sourire naquit sur les lèvres de Clarence. Black bluffait, il le savait. Le Grand Stratégaire se moquait bien de ce qu'ils pouvaient coûter au contribuable américain ! Il éteignit l'ordinateur et le rangea dans son sac.

– On y va, les enfants !

Il se sentait d'humeur joyeuse.

Sous le prétexte de la sécurité, les caméras de surveillance se multiplient dans les villes. Installées dans les gares, le métro, devant les magasins, les immeubles et les édifices, elles forment un nouveau réseau auquel il est difficile d'échapper. À ces caméras s'ajoutent les appareils photo des radars automatiques sur les routes qui peuvent parfaitement être utilisés pour une identification systématique des conducteurs.

L'identification des individus à partir de caméras a été rendue possible grâce à la mise au point de logiciels de reconnaissance des visages. Le logiciel est également capable de scanner simultanément de multiples visages sur l'image d'une foule en mouvement. Ainsi, le processus de surveillance peut être entièrement automatisé et donc systématisé. Et l'on peut légitimement se demander qui a accès aux ordinateurs contrôlant ces systèmes de surveillance.

Mais il y a plus étonnant encore : des puces électroniques sont incorporées par les multinationales dans certains de leurs produits pour en assurer la traçabilité, pendant leur distribution mais aussi après leur achat. Ce sont les puces RFID. Identifiées au moment du passage à la caisse, elles peuvent être associées à la carte ou au chèque de l'acheteur, et donc à son identité. Des rasoirs jetables, des paquets de biscuits ou bien des couches se transforment alors en redoutables mouchards ! Inventées par les Français, rachetées par les Américains, elles sont fabriquées par une société portant le nom de Matriks. Les puces RFID mesurent moins d'1 millimètre, ont une mémoire d'1 kbit et leur antenne émet dans la bande de fréquence des 2,5 GHz...

(Extrait du livre *Le Monde sous surveillance*, par Phil Riverton.)

15
Esse in via : être en route

L'eau. J'aime l'eau comme on aime une amie, non, comme une mère. Une mère caressante, apaisante, rassurante, chuchotant des mots que l'on entend les yeux fermés. J'aime l'entendre couler, une fontaine, un ruisseau. Je l'aime en pluie, dehors dans l'herbe ou bien dedans, à la fenêtre. J'aime la sentir ruisseler sur ma tête quand je prends une douche. Tic tic tic, rien d'autre ne compte, mon cerveau se repose enfin ! J'aime me laisser couler, dans un bain, le nez dépassant seul. Le silence touche alors à une profondeur inégalée…

Arthur, Claire, Violaine et Nicolas descendirent du train sous un ciel limpide. L'air était frais mais pas froid, et le soleil radieux au-dessus de leurs têtes semblait leur souhaiter la bienvenue.

— Il faut trouver une épicerie ouverte, dit Arthur. Et prendre de quoi tenir quelques jours. Aleyrac, ça a l'air plutôt paumé.

L'attente dans la gare à Paris avait été un cauchemar pour lui. Tous les bruits, tous les mouvements du monde semblaient s'être donné rendez-vous sous le hall métallique !

Pendant que les autres s'occupaient du voyage, il s'était assis sur son sac et avait fait semblant de dormir, enfouissant son visage dans ses bras pour échapper à l'entêtant brouhaha. Heureusement, Nicolas avait eu l'idée géniale de revenir avec un « nécessaire-à-dodo », comme il l'avait appelé. Pendant le trajet, il avait pu se coller un bandeau sur les yeux et des bouchons de mousse dans les oreilles. Grâce à quoi il se sentait maintenant presque reposé.

– Si on pouvait éviter les raviolis qu'on a mangés hier, soupira Nicolas.

– Tout ce que vous voudrez, dit Violaine, mais il ne faut pas oublier les allumettes et les bougies.

Suivant les indications de l'homme à la casquette interrogé sur le quai, ils sortirent de la petite gare, traversèrent la route et s'engagèrent dans un parc en direction du centre-ville.

– Ils ont pris des billets pour Montélimar, dans la Drôme, dit Agustin en montant dans le véhicule garé en double file devant la gare de Lyon. C'est à trois heures, en TGV.

– Et six heures en voiture, répondit Clarence en consultant le GPS. Ne perdons pas de temps.

Matt démarra aussitôt et prit la direction du périphérique.

Clarence sortit un livre de l'une des poches de sa veste et se cala dans le siège en cuir. Il emportait, pour chacune des missions qu'il acceptait, un seul ouvrage avec lui, choisi sur l'unique rayonnage de sa bibliothèque. Un rayonnage qui rassemblait ce qui lui paraissait essentiel en termes d'essais et de littérature. Il avait opté cette fois pour Takuan, un poète japonais du XVIe siècle. Il aimait Takuan pour son insolence salutaire et la fulgurance de ses haïkus. Nets, propres, tranchants comme la lame d'un sabre.

– Tu viens, Claire ?

Claire était tombée en arrêt devant une statue dressée à l'entrée du parc. Elle représentait une femme vêtue à l'antique, dont l'écharpe semblait voler dans le vent. Une inscription sur le socle indiquait seulement : « L'air ».

– Elle est très belle, murmura Claire, émue.

Sa vraie mère, la sylphide, pas celle qui l'avait abandonnée dans la clinique, ressemblait-elle à la dame de pierre ?

– Allez, dit doucement Nicolas en la tirant par la main, il faut y aller.

L'icône à tête de loup clignota sur l'écran d'ordinateur. Fort Meade envoyait les codes d'accès aux puces RFID des barres chocolatées. La voiture roulait à vive allure sur l'autoroute, heureusement peu fréquentée. Clarence activa aussitôt la puissante antenne dissimulée sur le toit, dans un renflement de la carrosserie. Il tapa tous les codes sur son clavier. L'ordinateur prit quelques minutes pour digérer puis traiter les informations. Heureusement, le fabricant des barres avait eu l'obligeance de cibler sa liste en fonction des renseignements fournis par Clarence. Plusieurs paquets faisaient route vers le sud, mais un seul s'était arrêté à Montélimar. Clarence sélectionna son code spécifique. Les barres de chocolat en possession des fugitifs apparaissaient désormais comme un point rouge sur le fond de carte de l'écran.

– C'est magique, commenta simplement Clarence qui, s'il en maîtrisait parfaitement les outils, avait depuis longtemps renoncé à comprendre l'informatique.

Il émit un grognement de satisfaction. Black l'avait averti deux heures seulement après le départ des gosses. Il leur avait fallu une heure pour se préparer et obtenir les dernières informations. Ils avaient donc six heures de retard sur eux, cinq peut-être s'ils continuaient à rouler comme ça. C'était un temps de réaction tout à fait honorable.

La petite bande avait décidé de continuer le trajet en bus. Violaine avait décrété que, puisqu'ils n'étaient plus pressés par rien ni par personne, elle ne voulait pas s'attaquer à un pauvre conducteur. Pour la première fois de leur vie, ils se sentaient en vacances. Ils flânèrent donc tranquillement. Ils prirent même le temps de se disputer dans l'épicerie au sujet des courses. Finalement, ils pique-niquèrent sur un banc du parc.

– On ne devrait pas trop traîner, quand même, dit Arthur. Ce serait idiot de rater le bus. Surtout qu'il nous reste un bon bout de chemin à faire à pied, après.

Ils avaient enfin trouvé une carte détaillée de la région. Aucun bus n'allait jusqu'à Aleyrac. Ils devraient s'arrêter à La Bégude-de-Mazenc et continuer à pied, le long d'une route sinueuse.

Nicolas soupira. La perspective de marcher à nouveau ne l'enchantait guère.

– Avec un peu de chance, on pourra faire du stop, je veux dire du vrai stop, dit Violaine en réponse à ce soupir.

– Le bus nous déposera à La Bégude vers 16 heures. Aleyrac est à sept kilomètres. Si on ne trouve personne pour nous prendre, on y sera vers 18 heures. Il fera presque nuit.

– Ce n'est pas grave, Arthur, relativisa Claire. On plantera la tente et on commencera les recherches demain.

– C'est vrai qu'on a une tente, dit Nicolas. Ça sera la première fois que je dormirai sous une tente !

– Moi aussi, ajouta Violaine. Arthur et Claire également, j'imagine. Bon sang, c'est à se demander ce qu'on a fait de notre vie pendant quatorze ans !

– On a survécu, ma vieille, dit Arthur. Juste survécu.

Le bus les déposa comme prévu sur la place tout en longueur de La Bégude-de-Mazenc. Un panneau au carrefour indiquait Aleyrac à droite, en direction des collines et de la forêt.

– Courage ! lança Violaine en ajustant son sac sur les épaules.

Ils marchèrent au bord d'une interminable ligne droite puis attaquèrent la montée en lacet.

– Pas très fréquentée, la route, constata Claire qui se serait elle aussi volontiers laissé tenter par de l'auto-stop.

– Ne te plains pas, marcher, c'est excellent pour la ligne !

– Très drôle, Nicolas.

Elle exhala un soupir. Pour ses amis, c'était évident : il suffisait de la prendre par la main pour qu'elle avance. Mais ce n'était pas si simple. Le monde ne devenait pas normal comme ça, parce qu'on avait la gentillesse de lui tendre la main ! Elle calquait son rythme sur celui de ses amis, c'était tout. Pour le reste, elle continuait à se mouvoir dans un tunnel, au milieu d'un environnement flou. Ce n'était ni facile ni agréable. C'était comme ça, voilà tout, et ça le resterait jusqu'à ce qu'elle parvienne à maîtriser son espace et à bouger toute seule. Un jour, quand elle serait prête.

Ils s'arrêtèrent plus loin pour souffler.

– J'ai des barres de chocolat dans mon sac, proposa Nicolas.

– Bonne idée, ça va nous requinquer, dit Violaine.

Ils grignotèrent en silence.

– D'après la carte, on a fait les deux tiers du chemin.

Cette annonce d'Arthur les revigora autant que le chocolat. Ils se remirent en route. Le soleil disparut alors qu'ils arrivaient en vue d'un village minuscule, au milieu des prés. Ils marchaient moins vite que prévu.

– C'est notre église ? demanda Nicolas en désignant un bâtiment.

– Non, répondit Arthur. Il faut encore faire un ou deux kilomètres. Ça, c'est le village d'Aleyrac. Une chapelle, une mairie et… une cabine téléphonique !

– Deux kilomètres encore ? soupira Nicolas en plongeant la main dans sa poche. Zut, il ne reste plus qu'une barre. Quelqu'un en veut aussi ?

Nicolas partagea le chocolat avec Claire puis ramassa les papiers de chacun et chercha une poubelle pour les jeter.

– En route, dit-il ensuite avec un air malheureux, puisqu'il faut y aller…

Ils parvinrent à un col, laissèrent sur la gauche une ferme puis quittèrent la route principale pour un chemin goudronné.

La lune ne tarda pas à faire son apparition. Elle était pleine et brillait dans le ciel sans nuages. Ils n'eurent pas besoin de sortir les lampes. En revanche, ils enfilèrent leur blouson. Le froid s'était intensifié.

– Il faut prendre à droite, dit Arthur devant une nouvelle intersection. L'église que l'on cherche est au fond du vallon.

Ils traversèrent un paysage de buis et de chênes. Le bruit des semelles résonnait sur le goudron dans le silence qu'avait apporté la nuit. De temps en temps, l'un d'eux dérapait sur les graviers et brisait la régularité de leur progression. Enfin, la silhouette de l'église surgit en contrebas, au détour d'un virage.

C'était un étrange bâtiment. Il était trop gros pour le

vallon qu'il remplissait, ou plutôt, qu'il barrait complètement. Ce n'étaient plus que des ruines grises, des murs massifs surplombés par un ancien clocher. L'édifice était flanqué d'un cimetière au sud et d'un petit champ de chênes truffiers au nord ; il tournait le dos à la pente et aux buissons, et avait le nez dans un ruisseau.

— Waouh ! dit simplement Nicolas en frissonnant, résumant ce qu'ils pensaient tous.

Éclairée par la lune, la vieille église était à la fois magnifique et menaçante.

La puissante voiture noire s'arrêta sur le bord de la route en faisant crisser les gravillons.

— Ils devraient être là, dit Clarence en vérifiant l'écran de son ordinateur.

Agustin se glissa hors de la voiture, souple et silencieux comme un chat. Il tenait à la main un pistolet-mitrailleur. Il avait décidé de ne prendre aucun risque. Et puis, si les mômes se montraient nerveux, son doigt pouvait très bien glisser et mettre un terme à cette affaire qui commençait à s'éterniser ! Agustin contourna l'église, dos au mur. La porte était fermée. D'un bond, il gagna le bâtiment abritant la mairie, s'effaçant dans l'ombre. La lune éclairait tout comme en plein jour. Son inspection terminée, il revint à la voiture.

— Ils ne sont pas là, chef.

Clarence sortit à son tour. Non, ils n'étaient pas là, ils n'avaient aucune raison d'être là. Pourtant, la puce RFID était formelle ! Clarence remarqua une poubelle. Il s'en approcha et souleva le couvercle.

— Agustin, je les ai trouvés, dit-il en agitant sous son nez un emballage vide.

— Aïe ! Ça n'arrange pas nos affaires.

— Ils sont passés par ici, c'est au moins une certitude. Il y a une ou deux heures selon mes calculs, pas plus.

— On en fait du chemin en deux heures, chef.

Clarence ne répondit rien. Il retourna à la voiture, prit une lampe torche et déplia une carte sur le capot.

— Nous sommes là, dit-il en montrant Aleyrac du doigt. En deux heures, à pied, ils auront fait quatre ou cinq kilomètres. Ils sont fatigués.

— Comment vous le savez, boss ? demanda Matt qui était resté au volant.

— Ils ont mangé leurs barres de chocolat pour reprendre des forces.

— Et s'ils avaient fait du stop ?

— Tu as vu beaucoup de voitures, Agustin, depuis que nous avons quitté La Bégude-de-machin ?

Agustin secoua la tête. Clarence sortit d'une petite trousse un compas d'écolier.

— Cinq kilomètres. Voilà le secteur à fouiller, dit-il en traçant un cercle autour d'Aleyrac.

— Ça fait beaucoup. Surtout s'ils sont allés dans les bois.

— Ils ne sont pas allés dans les bois. Réfléchissons un peu, messieurs : pourquoi sont-ils venus ici ? Parce que notre bon docteur les y a envoyés. Et pourquoi les a-t-il envoyés ici ?

Matt et Agustin firent signe qu'ils n'en savaient rien.

— Il faut toujours prendre le temps de lire les dossiers

des gens. Si vous aviez lu celui de Barthélemy, vous auriez su qu'il a passé son enfance dans la région. Vous auriez alors eu un début d'explication sur la raison de notre présence dans ce coin perdu.

Matt baissa les yeux comme un gosse pris en faute. Agustin, lui, serra imperceptiblement les mâchoires. Il détestait par-dessus tout quand le patron leur rappelait qu'il était le cerveau du groupe et qu'ils n'étaient, eux, que de simples et stupides exécutants !

– Vous auriez également appris que Barthélemy a fait un an de séminaire avant d'obliquer vers la psychologie. Notre docteur voulait devenir prêtre ! Or qu'avons-nous sur la carte ? Nous avons une église en ruine ici, et une chapelle là.

Les deux gorilles manifestèrent leur incompréhension.

– Bref, je me demande pourquoi je vous parle. Enfin, sachez qu'à mon avis nos renardeaux sont certainement en ce moment même à la combe de l'église ou à la chapelle du hameau des Citelles. Nous allons commencer par l'église, c'est plus près.

Violaine s'avança vers l'église, suivie des autres. Ils pénétrèrent dans les ruines par une poterne sur le flanc nord. Le bâtiment, bien que privé de voûte, avait gardé sa majesté.

– Vous avez vu ça ? s'exclama Nicolas en s'approchant de la première travée, sous le mur-clocher.

Un vide séparait l'église de sa façade. Sous leurs pieds, quelques mètres plus bas, une source jaillissait de la roche et gagnait le lit du ruisseau en se faufilant au milieu des pierres tombées des murs alentour. Une porte basse, à l'extérieur, permettait d'accéder à l'ancienne crypte.

– Il devait y avoir un plancher, avant.

– C'est étonnant, cette source qui coule dans une église.

– Ça y est, dit Arthur en se tapant le front, j'ai compris : *On priait et on buvait dans mon troisième*. Le Doc ne parlait pas d'alcool ! Il parlait d'eau ! Dans ce prieuré, on priait, mais on buvait aussi l'eau de la source. Le guide parle d'une source miraculeuse ! Je ne pensais pas qu'elle coulait carrément dans l'église…

– On descend ? s'impatienta Violaine. Avec la lune, on y voit suffisamment pour commencer tout de suite des recherches.

Ils furent stoppés net dans leur élan. Le bruit d'un moteur de voiture emplit brusquement la nuit.

Les buissons frémissent
La lune caresse la terre
Un loup part en chasse

(Haïku tiré du recueil *Vent frais lune claire,* par le poète Takuan.)

16
Fons, fontis, m. : source

Je me rappelle. C'était une fois, une fois d'avant. D'avant la clinique. On était allés marcher, avec mes parents. J'avais mon petit sac sur le dos, avec dedans une bouteille d'eau et mon casse-croûte pour midi. J'étais fier ! On a grimpé un sentier plein de pierres puis on est descendus vers une rivière. C'est là que ça s'est gâté. Quand il a fallu traverser le pont. J'étais le dernier à passer, je me suis engagé courageusement sur les planches de la passerelle. Et puis je n'ai plus vu le bois. J'ai vu une couche brunâtre, mince, trop mince, et en dessous une masse bleue qui grondait, terrible. Je suis tombé à genoux et j'ai sangloté. C'est papa qui a dû me porter dans ses bras pour me faire traverser. Jamais je n'oublierai le regard qu'ils se sont échangé, maman et lui, à cette occasion. C'était un regard inquiet. Un regard effrayé…

Nicolas sentit les regards de Violaine, de Claire et d'Arthur se poser sur lui.
– Tu vois quelque chose ?

Le garçon avait gardé ses lunettes noires. Pour lui, la luminosité de la lune était aveuglante. D'un geste décidé, il les ôta et concentra son attention en direction de la route.

— Je ne vois rien.

C'était exact. Malgré ses efforts, sa vision refusait de se brouiller et de lui ouvrir le monde des simples couleurs.

— En fait, précisa-t-il, je n'arrive pas à voir.

Et cela l'agaçait prodigieusement. Il était bien obligé de constater sa totale ignorance du mécanisme qui lui permettait de passer d'une vision à l'autre ! Il avait le sentiment d'être non pas le maître, comme il l'avait espéré, mais le jouet de son anormalité. Plus grave : il faisait faux bond à ses amis à un moment important où ils avaient besoin de lui. Il n'était pas seulement impuissant : il n'était pas fiable. C'était dur à encaisser.

Le bruit du moteur se fit plus présent. Cette fois, le doute n'était pas permis : une voiture descendait le chemin de l'église.

— On s'en va, dit Violaine.

— Où ça ? demanda Nicolas qui se frottait les yeux.

— Dans les buissons, derrière l'église. Pas la peine d'aller trop loin si c'est une fausse alerte.

— Tu penses que ça pourrait être eux ? s'inquiéta Claire.

Arthur était abasourdi.

— Ils n'ont aucune raison d'être là ! C'est le livre qu'ils cherchaient. Comment ils auraient pu savoir pour le papier du Doc ?

– Ils lui ont peut-être fait avouer…
– Oui, eh bien, on réfléchira aussi bien de là-haut ! les pressa Violaine.

Ils se glissèrent dans le cimetière, cachés de la route par ses murs. Déjà, le faisceau blanc des phares effaçait l'ombre des chênes. Ils coururent se réfugier en hauteur, derrière l'église, jetant leurs sacs et s'aplatissant au milieu des buis. Une grosse voiture noire se gara dans le petit champ. Les portières claquèrent. Trois hommes en descendirent et se dirigèrent vers les ruines. Le premier boitait.

– Ce sont bien eux, gémit Nicolas. C'est un cauchemar !
– L'ogre, le vampire et le loup-garou, murmura Claire d'une voix mal assurée.
– Quel imbécile ! s'exclama soudain Arthur. J'ai oubli… j'ai laissé la carte là-bas ! S'ils la trouvent, ils sauront qu'on est ici et ils fouilleront partout.
– Tu l'as laissée où ? demanda Violaine, qui avait pâli.
– Sur une pierre, à l'aplomb de la source.
– Ils la verront. C'est foutu…

Arthur resta muet. Il avait oublié la carte. C'était dingue. Obnubilé par cette mystérieuse voiture, son cerveau avait dédaigné une information. Comme n'importe quel cerveau. Qu'est-ce que ça voulait dire ? Était-ce un bug de plus ou bien le signe que sa mémoire était capable de fonctionner plus normalement ? Il n'eut pas le temps de s'interroger davantage. À côté de lui, Claire se redressa d'un coup.

– J'y vais, dit-elle.

Avant que ses amis aient eu le temps de la retenir, elle était partie. *Un pas*, le mur du cimetière. *Deux pas*, la porte sud de l'église. *Trois pas*, la pierre où Arthur avait laissé la carte. Claire tituba un moment au bord du vide. Un peu plus et elle se serait retrouvée dans le vide, battant des jambes comme un personnage de dessin animé, avant de s'écraser trois mètres plus bas. Et de se faire mal. Elle n'était pas tout à fait au point... Les trois hommes pénétrèrent à leur tour dans l'église.

Il y eut un flottement.

– Qu'est-ce qui se passe ? Agustin ?

Agustin balayait la nuit avec le faisceau de sa lampe.

– Je ne sais pas, Matt. Il m'a semblé...

– Regardez s'il y a des traces ou d'autres indices, commanda Clarence qui ne se faisait aucune illusion. Sinon, on part à la chapelle.

L'église avait surgi sous les phares de la voiture alors qu'il ne s'y attendait pas. Le GPS s'était avéré imprécis. Après tout, ça lui apprendrait à utiliser la technologie plutôt qu'une bonne vieille carte ! Maintenant, avec le bruit du moteur et la lumière des phares, les gosses avaient largement eu le temps de s'enfuir s'ils s'étaient trouvés là. Même s'il suffisait parfois d'une empreinte, d'un bruit suspect, d'effluves dans l'air frais de la nuit...

Laissant Matt et le patron fureter dans les ruines, Agustin pénétra dans le cimetière, sa torche dans une main, son arme dans l'autre. Tous ses sens étaient aux aguets. Il était sûr d'avoir aperçu quelque chose tout à l'heure. Quelque chose de fugace, comme un courant d'air. Une étoffe légère avalée par le vent. Il se retourna, rapide comme un serpent. Le même phénomène venait de se produire derrière lui, il en était sûr. Mais sa lampe n'éclairait que des ombres.

– Agustin, tu deviens fou, comme ce pauvre Matt, se dit-il à lui-même à voix haute.

Il rebroussa chemin.

Le cœur de Claire cognait dans sa poitrine. Lorsque les hommes étaient entrés dans l'église, elle avait trouvé dans sa peur la force de réagir. Elle avait saisi la carte, fait un bond de *vingt mètres* en direction du cimetière et s'était abritée derrière une pierre tombale. Mais dans sa précipitation, elle avait froissé l'air un peu fort et le vampire s'en était aperçu. Le vampire l'avait suivie dans le cimetière. Tétanisée par cette même peur qui l'avait sauvée, elle s'était attendue à ce qu'il appelle à son aide les morts vivants. Les yeux exorbités, elle avait regardé le sol comme s'il allait s'ouvrir et laisser le passage à un zombie. Elle ne l'avait pas supporté et s'était enfuie en enjambant la tombe. *En enjambant le cimetière.*

Elle entendit quelqu'un ramper dans son dos.

– Claire, ça va ?

Elle ferma les yeux et soupira de soulagement. C'était Violaine, venue à sa rencontre.

– Ça va. J'ai la carte, murmura-t-elle.

Elles se prirent la main et regagnèrent l'abri des buissons.

— Rien, boss. Pas de trace.

— Pareil. Le sol est froid, il ne marque pas.

— Nous aurons peut-être plus de chance à la chapelle des Citelles, conclut Clarence.

Soudain, il huma l'air. Il fit signe à ses acolytes de ne pas bouger. Son regard fouilla l'obscurité en direction de la colline. Cachés dans les buis, les quatre amis retinrent leur respiration. Agustin et Matt jetèrent un regard interrogateur à leur patron.

— Une impression, c'est tout, lâcha simplement Clarence en haussant les épaules et en grimpant dans la voiture.

Violaine attendit que le grondement du moteur s'estompe dans le lointain avant de se détendre.

— Ouf! Bien joué, Claire. Tu nous as sauvés!

— Ouais, renchérit Nicolas en la serrant dans ses bras, on revient de loin! Ce gars que les autres appellent « chef » ou « boss », il me flanque vraiment la trouille. Vous avez vu comme il s'est tourné vers nous, à la fin? J'ai cru qu'il nous avait vus!

— Sentis, corrigea Claire. C'est un loup-garou. Moi, c'est le vampire qui me fait peur.

— Le loup-garou? Le vampire? réagit Arthur. Tu débloques, ma vieille!

— Non, répondit-elle avec douceur, je ne débloque pas, comme tu dis. Ouvre donc les yeux, Arthur: le monde ne se réduit pas aux apparences. Nicolas marche sur une mosaïque de couleurs, Violaine vit entourée de dragons et moi d'un brouillard qui me masque les choses. Selon les critères du monde des apparences, nous sommes fous.

— De là à voir des vampires et des loups-garous, grommela Arthur.

— Tu n'as pas remarqué la façon dont le loup-garou reniflait l'air tout à l'heure avec un regard de prédateur ? Et le vampire, sa maigreur, son teint pâle, ses yeux rouges ?

— Il abuse de la cigarette, c'est tout.

— Et l'autre, le grand, c'est quoi ? demanda Nicolas qui se prenait au jeu.

— Un ogre. Il est gigantesque, et tu as vu ses dents quand il sourit ?

Arthur haussa les épaules. Violaine coupa court à la discussion :

— On devrait se dépêcher de retourner à la source et trouver les documents. La voiture va peut-être revenir.

— C'est parti ! dit Nicolas en se redressant.

Il vacilla, mit ses mains devant les yeux.

— Nicolas ? Qu'est-ce qui t'arrive ? s'alarma Arthur.

— Je… j'ai un problème. Je n'arrive plus à voir normalement. Mes yeux viennent de se bloquer sur l'autre vision. Je ne comprends pas ce qui m'arrive !

— Qu'est-ce qu'on peut faire ? demanda Claire dans un murmure.

— Rien, ça va passer, je pense. Ça finit toujours par passer. Il suffit d'attendre.

— Claire va rester avec toi, proposa Violaine. Elle a besoin de se reposer elle aussi. Je vais aller dans l'église avec Arthur. D'accord ?

Ils acquiescèrent. Nicolas se sentit doublement coupable. Il faisait encore faux bond à ses amis. Il aurait pu les accompagner : se déplacer dans le monde des couleurs ne le gênait plus. Mais c'était le fait de ne pas avoir choisi, de subir cette vision, bref de ne rien contrôler, qui le déstabilisait. Il préféra fermer les yeux et attendre que tout redevienne normal. Quant à Claire, pour rien au monde elle n'aurait remis les pieds dans le cimetière.

Violaine et Arthur reprirent donc tous les deux la direction de l'église.

– J'espère que ça va aller pour Nicolas, chuchota Arthur. Il a l'air très fatigué.
– Tu le connais, dans dix minutes il aura retrouvé son énergie et il recommencera à nous casser les oreilles ! C'est plutôt Claire qui m'inquiète.
– Tu veux parler de son histoire de loup-garou et de vampire ? C'est vrai que c'est bizarre !
– Non, je ne pensais pas à ça. Claire m'inquiète... physiquement. Je l'observe régulièrement. Elle n'arrête pas de glisser, de trébucher. Elle en bave, c'est sûr ! Même si elle ne se plaint jamais. Son monde est si différent du nôtre ! Tiens, même les morts, là, sont plus proches de nous que nous le sommes d'elle.

Ils longèrent les tombes et parvinrent devant la crypte ouverte aux quatre vents. Ils accédèrent à la source par la porte basse qu'Arthur avait repérée tout à l'heure. La lumière de la lune, au-dessus de leur tête, les éclairait imparfaitement. L'espace était empli de zones d'ombre. Ils allumèrent leurs lampes.

– Il faut chercher où ? Tu as une idée ? demanda Violaine.

– À mon avis, le Doc s'est contenté de mettre les documents à l'abri des curieux. Il ne les a pas forcément bien cachés. La principale difficulté, c'était de résoudre l'énigme et de venir ici. Il faut chercher un signe.

Ils explorèrent minutieusement les lieux. Le bruit de l'eau sourdant de la roche et glissant entre les pierres était apaisant.

– C'est quoi, ces signes gravés sur certains blocs ?

– La signature des tailleurs de pierre du Moyen Âge. Ils étaient payés à la pièce et devaient prouver qu'ils en étaient les auteurs.

– Ils connaissaient les éléphants, à l'époque ?

– Oui, mais… les éléphants, tu dis ?

Violaine montra au garçon une pierre dans un angle, à hauteur d'yeux, sur laquelle était gravé un éléphant stylisé.

– Ce n'est pas une marque de tâcheron, s'écria Arthur, c'est le signe qu'on cherchait !

– Pourquoi un éléphant ?

Arthur se mit à réfléchir. Des milliers de pages de livres lus à la bibliothèque défilèrent dans sa mémoire. « Qu'au moins cette tête détraquée serve à quelque chose, pensa-t-il. Et à quelques-uns. » La carte oubliée sur la pierre lui semblait loin. Son cerveau ronronnait comme d'habitude, comme une mécanique huilée. Pour l'éternité. Rien n'avait fondamentalement changé, là-dedans.

– Saint Barthélemy a été l'évangélisateur de l'Inde,

finit-il par dire. Le Doc a dû jouer avec ça. C'est en tout cas dans la logique de ses gamineries.

Violaine se tapa le front du plat de la main.

– Qu'on est bêtes ! Bien sûr ! *Mon tout est trompeur* : c'est l'éléphant, avec sa trompe !

Ils grattèrent fébrilement la pierre. Elle n'était pas scellée. En unissant leurs efforts, ils parvinrent à la tirer et à la faire tomber sur le sol.

– J'ai trouvé ! triompha Violaine en sortant de la cavité un tube de plastique rouge étanche.

– Bravo les gosses, fit une voix au fort accent américain au-dessus de leur tête.

Violaine et Arthur sursautèrent. Ils levèrent les yeux : dans l'église, l'homme qui s'appelait Matt les observait d'un air railleur. Violaine crut que son cœur allait s'arrêter de battre. La lune éclairait sa grosse tête ronde et se reflétait sur l'émail de ses dents. Il avait tout à fait l'air d'un ogre ! Un ogre prêt à les dévorer.

– Le boss avait raison, continua le colosse. Il a toujours raison. Et il a un sacré instinct, ça… Si on avait le temps, je vous raconterais.

Il sortit de la poche de son blouson un téléphone satellite. Violaine comprit alors que Matt était seul. Les autres avaient dû le déposer discrètement en partant. Elle pesta intérieurement contre leur imprudence. Elle aurait dû prévoir. Si seulement Nicolas avait pris la peine d'inspecter les alentours ! Mais non, ce n'était pas sa faute. C'était la sienne. C'était elle qui aurait dû y penser. Maintenant, cet homme allait appeler ses complices et tout serait fini. Fini pour le Doc, fini pour eux aussi. Car ils allaient les tuer, c'était certain. Violaine sentit le désespoir l'envahir.

C'est alors qu'Arthur la prit par la main et l'entraîna en courant vers la porte.

– Stop !

Ils se figèrent en entendant un déclic. Derrière eux, Matt brandissait un pistolet.

– Ne faites pas les imbéciles. Je n'hésiterai pas à tirer, vous savez.

Ils se retournèrent et levèrent les bras, comme ils l'avaient vu faire dans les films. Sauf que ce n'était pas un film. Ce qu'ils vivaient était diablement réel.

Sans les quitter des yeux, Matt pianota sur son téléphone. *Violaine vit son dragon noir, énorme, qui enroulait et déroulait ses anneaux de brume autour de lui. Elle croisa le regard de l'ectoplasme. Le dragon sembla surpris. Puis il se mit à ronronner en la regardant.*

« Se pourrait-il que… que le dragon se souvienne de moi ? pensa-t-elle, estomaquée. Ce serait incroyable ! Incroyable mais pas impossible, en y réfléchissant bien. Après tout, je l'ai pris dans mes bras et cajolé. Je l'ai apprivoisé. Maintenant, ce dragon me connaît. On a peut-être encore une chance de s'en tirer. »

Matt pesta contre l'appareil qui n'arrivait pas à établir le contact avec le patron. Violaine redressa la tête et fixa bravement l'Américain.

– Pose ton téléphone, baisse ton arme et laisse-nous partir ! dit-elle en s'efforçant d'être directive.

Matt lui jeta un regard haineux.

– Je ne sais pas ce que tu m'as fait, l'autre fois, répondit-il d'une voix qui tremblait de colère. Mais c'est fini, tu m'entends, sorcière ? Si tu essaies de m'approcher, je te tue, toi et ton copain !

Le colosse avait raison. Elle ne pouvait manipuler les gens qu'à leur contact, en les touchant. Elle et sa partie astrale – le chevalier-fantôme – devaient tenir les dragons entre leurs mains pour les apprivoiser. C'est comme cela que les choses se passaient d'habitude. Mais cette nuit, c'était différent. *Le dragon de Matt l'avait reconnue ! Et il l'aimait encore, sinon il n'aurait pas ronronné !* Elle décida de ne plus s'adresser au colosse mais directement à son dragon. *Le chevalier jeta au sol son épée et son bouclier. Il tendit les bras vers le dragon et lui fit signe de venir. De venir contre lui. Tout contre lui.* Matt chancela. Son regard s'emplit de stupeur. *Le dragon feula joyeusement. Il déploya ses ailes et s'élança dans les airs à la rencontre de Violaine.*

– *Damned !*

Matt trébucha et partit en avant. Il tomba, perdant l'arme et le téléphone dans sa chute. Il heurta violemment le sol dans un éclaboussement d'eau et hurla de douleur.

– Mes jambes ! *Bloody hell !* Mes jambes !

Arthur arracha Violaine à sa transe et l'entraîna dehors.

– Je ne sais pas comment tu as fait ça, mais merci. J'ai cru qu'on allait y passer tous les deux !

Elle ne répondit pas. Elle avait le souffle court et le regard fixe. Son ami comprit qu'elle était encore sous le choc. Il la tira par le bras et ils rejoignirent Claire et Nicolas dans les buissons.

— Qu'est-ce qu'elle a ? s'exclama Claire en voyant Arthur soutenir leur amie.

— Plus tard. Pas le temps. Nicolas, ça va ?

— Oui, je vois de nouveau normalement. Qu'est-ce qui s'est passé, en bas ? On a entendu des cris.

— Plus tard, je vous dis. Prenons les sacs et partons d'ici.

Nicolas tenant la main de Claire et Arthur celle de Violaine, ils filèrent au milieu des buis, sans se retourner.

— Tu sais, Agustin, avant toi, je n'ai jamais eu d'ami, de vrai ami je veux dire.

— Pourquoi tu me dis ça ?

— Eh bien, je ne sais pas. J'avais envie. On ne parle jamais.

— Jusqu'à présent, ça nous évitait de dire des conneries.

— Tu n'es pas gentil. C'est toujours comme ça avec toi ! Tu…

— D'accord, d'accord ! Matt ?

— Oui, Agustin ?

— Tu sais qu'on peut tout se dire entre amis.

— Oui !

— Alors ferme-la et passe-moi un sandwich.

(Extrait d'une conversation entre Matt et Agustin, tenue devant l'immeuble d'Antoine à la Butte aux Cailles la nuit précédant l'attaque.)

17
Tabernaculum statuere : monter une tente

Quand je n'ai pas de feutre ou de mur pour dessiner mes singes, et que la salle de bains est occupée, je calme ma pauvre tête en la faisant jouer. Comme un adulte essayant d'arrêter les pleurs d'un enfant en attirant son attention sur un objet. Comment je fais ? J'essaie de trouver le plus de synonymes possibles d'un mot, par exemple, ou bien je recherche toutes les pages que j'ai mémorisées et dans lesquelles il apparaît. Parfois, je m'amuse à résoudre des problèmes ou des énigmes. Bref, je me concentre sur un exercice. Du coup, j'ai mal à un seul endroit, ce qui est toujours mieux que rien...

Arthur n'en pouvait plus. Il avait dépensé beaucoup d'énergie à aider Violaine. Heureusement, elle était peu à peu sortie de son abrutissement et à présent parvenait à marcher seule. Les quatre amis ne s'autorisèrent à souffler qu'après avoir mis une bonne distance entre l'église et eux.

Ils ne s'étaient arrêtés qu'une fois, brièvement, pour consulter la carte. Ils avaient opté pour un sentier coupant au milieu des champs, en direction de la forêt. À l'abri des arbres, ils avaient quitté la trace et s'étaient enfoncés au milieu des hêtres, jusqu'à trouver une clairière tapissée de feuilles mortes.

– Vous croyez qu'on est à l'abri ? demanda Claire.

– Oui, répondit Violaine, au moins jusqu'à demain. La nuit nous cache et ils ont un blessé. Quelle heure est-il, Arthur ?

Arthur ne répondit pas. Son crâne s'était transformé en salle de bal et des milliers de fantômes y dansaient la gigue en criant et en se bousculant. Épuisé, il n'avait plus la force de contenir ses souvenirs, de les obliger à rester dans leurs tiroirs ou sous leurs tapis. Il grogna.

– Ses mains tremblent, dit Nicolas. Il fait une crise.

– Je sors une feuille et un stylo ?

– Inutile. C'est trop fort. Il n'y aurait qu'une douche pour le calmer. Il faut l'allonger.

– On monte la tente, alors ?

– Oui. On commence sérieusement à geler !

Tant qu'ils marchaient, en effet, la température restait supportable. En s'arrêtant, ils avaient laissé le froid les rattraper. Leur respiration faisait de la buée et l'humidité de la sueur, surtout dans le dos, provoquait des frissons très désagréables.

Avec la complicité de la lune qui éclairait encore généreusement le ciel, ils dressèrent la tente et se réfugièrent à l'intérieur. Quand ils avaient sélectionné leur matériel, à la clinique, ils avaient opté pour une tente de couleur verte, légère et spacieuse. Des choix judicieux.

Ils aidèrent Arthur à se changer et à se coucher. Le garçon tremblait et répondait d'une voix faible aux questions de ses amis.

– Je crois que je vais essayer de dormir, marmonna-t-il. Ça passera, ne vous inquiétez pas.

Les autres se glissèrent à leur tour dans les duvets et entamèrent une conversation à voix basse, en grignotant des biscuits.

– Je me demande, commença Nicolas, comment ils ont fait pour nous retrouver.

– Ils avaient peut-être des complices qui surveillaient les gares. Après, il leur a suffi d'interroger les bonnes personnes, le chauffeur du bus, par exemple. Je ne sais pas, moi ! Ces gars-là, ils ont l'air capables de tout.

– Moins fort, Violaine. Pense à Arthur, il faut qu'il dorme.

– Je suis d'accord avec elle, reprit Nicolas en s'enfonçant davantage dans son duvet. Ils sont forts. Très forts.

– N'empêche que, pour l'instant, nous sommes encore plus forts, dit Violaine en brandissant le tube récupéré dans l'église.

C'était un cylindre de protection étanche, un vieux modèle, comme on en trouvait dans les magasins de sport au rayon canyoning. Violaine le dévissa à la lueur de la bougie qu'ils avaient allumée pour faire grimper la température. Elle en sortit deux feuilles roulées.

– C'est tout ? s'étonna Nicolas, déçu.

– Une nouvelle page du carnet du Doc et… devinez !

– Une énigme ? hasarda Claire.
– Gagné ! *Mon premier vous fait la charité de l'hôpital. Mon deuxième pourrait être un troisième. Mon troisième est dans le regard du chevalier. Mon tout est heureux de vous savoir en chemin et espère que vous vous posez les bonnes questions.*
– C'est pas vrai, il recommence ! Jusqu'où va-t-on aller, comme ça ?
– Ça ne sert à rien de geindre, dit Claire.
– Ça ne sert à rien mais ça fait du bien, grommela Nicolas.
– Réfléchissons, proposa Violaine. Nous sommes venus à bout de la première énigme, il n'y a pas de raison que nous ne réussissions pas encore une fois.
– On n'attend pas Arthur ? s'étonna Nicolas.
– On peut très bien commencer à réfléchir sans lui.
– Bon, sauf que là, nous n'avons pas Internet pour dégager le terrain, s'obstina le garçon.
– Nous n'en aurons pas besoin, affirma Violaine. Le Doc est malin, on le sait. Il a certainement imaginé les énigmes en fonction du terrain. Et je ne pense pas qu'il y ait de cybercafé à Aleyrac !
– Admettons. Alors ?
– Je crois que j'ai trouvé une logique dans les énigmes. Elles fonctionnent comme un zoom : la première phrase définit un lieu général, la deuxième un endroit localisé et la troisième un emplacement précis. Par exemple : Aleyrac-église-source.
– D'après toi, Violaine, résuma Nicolas, pour savoir où aller, il suffit de résoudre mon premier ?

— Oui.

— Alors allons-y : pour moi, le Doc fait de l'humour avec sa « charité de l'hôpital », du genre de « l'hôpital qui se moque de la charité ». C'est par là qu'il faut chercher.

— Tu as peut-être raison, Nicolas, mais moi, je ne pense pas que l'humour soit la piste.

— Qu'est-ce que tu connais à l'humour ? ronchonna le garçon.

— Violaine nous aide à réfléchir en menant la discussion, intervint Claire. Fais un effort, essaie de jouer le jeu !

— Ah bon, c'est un jeu tout ça ? Je n'avais pas compris...

— Un cadeau ! dit soudain Violaine. C'est ça, le Doc nous fait cadeau de l'information, il nous fait la charité de l'hôpital. Il faut chercher autour d'« hôpital ».

Ils se penchèrent au-dessus de la carte. Aucun hôpital n'y était indiqué. Nicolas prit le guide touristique de la Drôme.

— Il y a un hôpital à Dieulefit. Et puis bien sûr à Montélimar et dans d'autres villes importantes.

Violaine secoua la tête.

— Ça ne va pas. L'histoire du zoom est bien vue, mais insuffisante. Peut-être que chaque élément de l'énigme complète les autres. La deuxième phrase est trop abstraite, il faut se servir de la troisième et du regard du chevalier.

Nicolas acquiesça. Il se replongea dans le guide.

— Tu as raison, Violaine. Je crois qu'on y est : il y a

une ancienne commanderie de l'ordre de Malte à Poët-Laval. Classée par les monuments historiques, en plus.

– Quel rapport avec l'hôpital ?

– À l'origine, les chevaliers de Malte s'appelaient les Hospitaliers. Les Hospitaliers de Saint-Jean-de-Jérusalem.

– Alors là, tu m'épates, reconnut Claire. C'est Arthur qui déteint sur toi ?

– En fait, c'est précisé dans le guide…

– Très bien, on sait au moins où aller demain, dit Violaine d'un ton satisfait en rangeant la carte. En plus, on peut rejoindre Poët-Laval en continuant le sentier, par la montagne. On ne risque pas d'y croiser de voiture noire.

– Et la page du carnet du Doc ? se rappela Claire. Elle dit quoi ?

– Pas grand-chose. Le gars de la NASA s'apprête à lui faire des confidences. Ça s'arrête juste avant.

– Il mise sur notre curiosité pour nous pousser à continuer, soupira Claire. Pourquoi veut-il que nous nous posions les bonnes questions ? Et c'est quoi, les bonnes questions ? Je ne comprends pas où il veut en venir.

– Si c'est à nous empêcher de dormir, c'est raté en ce qui me concerne, conclut Nicolas en se pelotonnant dans son duvet. Bonne nuit !

Violaine se pencha au-dessus d'Arthur. Le garçon semblait s'être endormi. Il ne tremblait presque plus. Rassurée, elle souffla la bougie et s'allongea à son tour sur les blousons qu'ils avaient étalés pour s'isoler du sol.

Elle se blottit contre Claire, profitant de sa chaleur et lui donnant de la sienne.

— Comment tu te sens ? murmura-t-elle à l'adresse de son amie.

— Bien, répondit-elle sans se retourner. C'est gentil de t'inquiéter mais il ne faut pas. Je tiens le coup, je t'assure.

— Je sais. Bonne nuit, Claire.

— Bonne nuit.

Violaine chercha le sommeil mais les événements de la journée envahirent ses pensées. Une première énigme, le train, les moments d'insouciance à Montélimar, le bus, la marche pénible, les trois hommes à leurs trousses, l'Américain en embuscade, sa chute, encore une fuite, et une deuxième énigme... Les jours faisaient-ils soixante-douze heures maintenant ? Sa vie, leur vie, avait changé si brutalement. C'était comme dans un rêve.

L'image du dragon de Matt vint ensuite la hanter. Lorsque l'homme était tombé, l'ectoplasme avait feulé de douleur dans ses bras et elle avait senti cette souffrance. C'est ça qui l'avait choquée. Ça et... le regard de reproche que le dragon lui avait lancé. Elle l'avait utilisé, elle avait trahi sa confiance ! À la clinique, elle avait découvert que les dragons pouvaient être apprivoisés. Elle avait pris conscience de cette force nouvelle avec beaucoup de joie. En oubliant qu'une force, quelle qu'elle soit, impliquait certes des droits mais également des devoirs. Comme celui de la franchise, ou de la loyauté. Que les dragons de brume puissent avoir leurs propres émotions était un concept nouveau et terriblement déstabilisant ! Lorsqu'elle avait retrouvé ses esprits, Violaine avait failli fondre en larmes. Heureusement, la nuit avait dissimulé ce moment de faiblesse aux autres.

Elle finit par s'endormir, vaincue par la fatigue.

– Il est ici, chef !

Matt gisait dans l'eau, au fond de l'ancienne crypte. Clarence s'empressa de rejoindre Agustin.

– Il n'est qu'évanoui, diagnostiqua-t-il avec le regard de l'habitude. Il est en hypothermie parce qu'il est resté longtemps dans l'eau glacée.

En l'absence de nouvelles de Matt, Agustin et lui avaient pris le temps de fouiller les abords de la chapelle du hameau des Citelles, où les gosses auraient pu se trouver. Cela lui avait semblé une bonne idée de laisser un homme à l'église. Si les fugitifs s'étaient cachés en voyant arriver la voiture, ils pouvaient se montrer après leur départ. C'est ce qui s'était passé, visiblement. Quand même, Matt n'était pas un enfant de chœur ! Échaudé et mis en garde, il ne s'était sûrement pas laissé approcher par Violaine. Et il se serait méfié de la lanceuse de feu, Claire. Quelles particularités possédaient les garçons pour être venus à bout du colosse ?

– Il a les deux jambes fracturées, ajouta Clarence. Ce pauvre Matt est bon pour les urgences. On peut être à Montélimar dans trente minutes, si tu conduis bien.

La traque attendrait. Le blessé était prioritaire. Clarence n'avait jamais abandonné un homme derrière lui.

— On y sera dans vingt minutes, répondit Agustin en serrant les dents.

Une colère froide l'avait envahi. Cette fois, quoi que le patron puisse en penser, c'était allé trop loin. Les gamins s'en étaient pris à nouveau à son ami. Ils l'avaient estropié. Peut-être que Matt ne marcherait plus jamais. Ces petits monstres allaient payer pour ça. Lui, Agustin, il les trouverait et il les tuerait, l'un après l'autre. Il mettrait un terme à cette histoire absurde.

— Je te le promets, murmura-t-il au colosse qu'il avait, malgré son poids, chargé sur les épaules.

Laissant Agustin transporter le blessé, Clarence fouilla l'église à la recherche du pistolet et du téléphone que Matt ne portait plus sur lui. Il les trouva dans l'eau, au milieu des pierres. En se relevant, il remarqua dans le mur un trou que les herbes n'avaient pas envahi. Quelqu'un avait cherché — et trouvé — quelque chose. Matt n'était pas tombé dans la source par hasard.

— Vous me donnez deux raisons de plus de vous faire la chasse, mes petits renards, dit-il à voix haute en levant la tête vers la lune : un, je vais vous apprendre que l'on ne massacre pas mes hommes, et deux, je vais vous reprendre un paquet pour lequel on me paie très cher...

Il se hâta de retourner à la voiture. Agustin avait déjà mis le contact.

Arthur se redressa dans son duvet. Il secoua Violaine.

– Hein ? Que… qu'est-ce qu'il y a ?

– Rien, chuchota-t-il pour ne pas réveiller les deux autres. C'est juste que j'ai trouvé le sens de la deuxième phrase !

– Je suis contente de voir que tu vas mieux, soupira la jeune fille à moitié endormie. Ça ne peut pas attendre demain ?

– Tu sais, continua-t-il comme s'il n'avait rien entendu, j'ai écouté votre conversation. J'ai réfléchi à ce « deuxième qui pourrait être un troisième ».

– Et alors ? dit-elle.

– Il faut à nouveau chercher une église ! Le deuxième de la deuxième énigme pourrait être le troisième de la première ! Tu comprends ?

– Rien du tout, grommela-t-elle en lui tournant le dos. Tu me raconteras tout ça demain. Et si tu essaies encore de me réveiller, j'étrangle ton dragon de mes mains astrales. Bonne nuit !

– Bonne nuit, répondit Arthur, contrit, en se recouchant.

Ça lui apprendrait à faire du zèle ! Quant à l'hypothétique normalisation de son cerveau qu'il avait cru déceler dans l'oubli de la carte sur une pierre, eh bien, il pouvait faire une croix dessus ! Il se concentra sur la valeur de *pi* et égrena interminablement des chiffres dans sa tête.

Harry Goodfellow est venu hier. Il a tapé à la porte de mon bureau où j'aime écrire le soir, s'est excusé pour l'heure tardive et est entré. Je l'ai fait asseoir sur une chaise. Il s'est mis à parler. Il a parlé pendant presque deux heures. Je n'ai pas dit un mot. Ce n'était pas nécessaire. Il semblait avoir longtemps réfléchi avant de se décider, et de se confier à moi. Comme je le supposais, il ne parvenait plus à garder ce qu'il savait pour lui seul. Il m'avait choisi pour partager son fardeau. J'en étais heureux et fier. Au début, seulement. Car j'ai rapidement compris qu'il fallait être bien plus de deux pour porter un tel poids…

(Page du carnet du docteur Barthélemy, trouvée dans le tube récupéré dans l'église en ruine d'Aleyrac.)

18
De laude militiæ :
un éloge de la chevalerie

Lorsque Violaine se rendit compte qu'elle arrivait à ramper, son premier réflexe fut de se diriger vers l'extérieur. Cela faisait si longtemps qu'elle en rêvait ! Partir, quitter l'obscurité, offrir son visage au soleil, à la chaleur de la lumière ! Mais au lieu de ça, elle regarda le fond de la grotte. Là-bas, dans la crypte – elle venait seulement de se rendre compte que c'était une crypte – les dragons gémissaient, comme s'ils pleuraient son départ. Elle eut, tout à coup, le sentiment de les abandonner. Alors elle fit une chose folle : tournant le dos à la sortie, elle se traîna sur la roche à leur rencontre…

Violaine se réveilla la première. Elle profita encore un peu de la quiétude de son duvet. Une dure journée les attendait, elle avait bien droit à quelques minutes de répit ! Elle rêvait beaucoup ces derniers temps. Des rêves bizarres qu'elle n'avait jamais faits. Son cauchemar, l'horrible cauchemar qui la poursuivait depuis qu'elle était petite, l'avait abandonnée. D'autres images lui avaient succédé, où il était toujours question de caverne et de dragons. Mais elle avait cessé de trembler. « Maintenant, ce sont les jours qui me font peur ! » songea-t-elle ironiquement. Elle finit par sortir de son sac de couchage et réveilla tout le monde avec un : « Debout les larves ! » qui les fit grogner.

Dehors, il faisait jour et le ciel dégagé annonçait une belle journée. Violaine fit quelques pas. La gelée blanche crissait sous ses pieds. Le froid était mordant et elle enfouit ses mains dans les poches de son blouson. Un calme merveilleux enveloppait les arbres. Elle comprit pourquoi la forêt avait été si longtemps considérée comme un refuge. Voyant que personne ne bougeait dans la tente, elle fit demi-tour, racla sur les feuilles une poignée de neige : il était temps d'utiliser des méthodes plus énergiques pour secouer les paresseux !

Agustin, au volant d'une voiture de location, roulait sur la route qui conduisait à La Bégude-de-Mazenc. Le patron, devant, s'était réservé la Mercedes noire. Agustin avait les traits tirés et affichait une mine renfrognée. Ils avaient tous les deux passé une partie de la nuit au service des urgences, à l'hôpital, attendant des nouvelles de Matt. Clarence avait raconté que leur ami était tombé dans la cave du vieux mas qu'ils louaient, en allant chercher une bouteille de vin. Les médecins avaient craint un traumatisme crânien, mais le colosse s'en tirait avec les jambes fracturées et de multiples hématomes. Ils avaient ensuite terminé la nuit dans un hôtel du centre-ville. Au réveil, le patron avait annoncé qu'ils loueraient une voiture et se sépareraient pour être plus efficaces.

– Pourquoi ne pas demander une recherche par satellite ? s'était étonné Agustin.

– Le satellite manque singulièrement d'efficacité en zone boisée, avait répondu le patron. Il va falloir revenir aux bonnes vieilles méthodes : sortir nos cartes de flics et interroger les gens, dans tous les villages autour d'Aleyrac. On met le paquet, on leur fait peur, on promet une récompense ! Ce sera bien le diable si on ne retrouve pas leur trace...

Agustin n'avait pas protesté. Ça l'arrangeait de ne pas être avec le patron. Parce qu'ils allaient les retrouver, ces petits enfoirés, ce n'était qu'une question de temps ! Et le patron ne serait sûrement pas d'accord pour les buter. Or lui, Agustin, il serait sans pitié. Il en avait fait la promesse à Matt.

Ce qui le dérangeait, dans la nouvelle tournure que prenaient les événements, c'était de ne plus être au volant de la Mercedes et de devoir conduire cette petite voiture qu'il assimilait à une boîte à savon. Une boîte à savon à laquelle on aurait collé des roues.

Arthur, Violaine, Nicolas et Claire marchaient d'un bon pas sur le sentier cailouteux. Arthur était complètement rétabli. Seule Claire semblait toujours à la limite de la rupture.

Le soleil qui brillait généreusement leur donnait, comme la veille à Montélimar, l'impression d'être en vacances.

— Ce sont les plus beaux jours de ma vie, lâcha Nicolas en respirant fort l'air chargé d'odeurs de terre.

— Tu n'étais pas dans l'église, hier soir, avec le type qui voulait nous descendre ! répondit Violaine.

— Avec l'ogre, précisa Claire.

— Je ne parlais pas de ça, dit Nicolas, mais de la tente, de la marche dans la forêt, et puis surtout de vous, les seuls amis que j'ai… Bah, laissez tomber.

— Comment vont tes yeux, aujourd'hui ? lui demanda Arthur.

— Bien, je crois. Mais je n'ai pas réessayé de passer d'une vision à l'autre. Je suis désolé pour hier. Quand j'ai voulu voir la voiture, je n'y suis pas arrivé, et quand je n'ai rien demandé, je suis passé en mode coloré !

— Tu étais fatigué, sur les nerfs, dit Violaine. Il ne faut pas chercher plus loin.

— Et puis, ajouta Claire, on ne prend plus nos pilules.

Sa réflexion attira le silence. C'était pourtant sacrément vrai : depuis qu'ils s'étaient enfuis de la clinique, leurs… pouvoirs se manifestaient différemment. Ils étaient moins contrôlables. Ils étaient aussi plus forts.

— Ces pilules étaient destinées à nous endormir, cracha Violaine. À endormir ceux que nous étions vraiment. Mais c'est fini, nous nous sommes réveillés ! Les pilules avaient un côté rassurant, c'est vrai. Mais elles faisaient de nous des esclaves.

— Je suis d'accord, dit Arthur, il ne faut pas les regretter. Les pilules peuvent expliquer le côté chaotique de nos perceptions. C'est normal d'avoir des ratés si nous sommes encore en période de sevrage.

– Dans tous les cas, renchérit Nicolas, on a assez avalé de pilules !

– Très drôle.

Ils passèrent à côté d'une vieille ferme abandonnée, en cours de restauration. Le chemin les entraîna plein est.

– On sait où on va, finalement ?

– Oui. Arthur a trouvé le sens de la deuxième phrase cette nuit.

– *Mon deuxième pourrait être un troisième* : le deuxième de la deuxième énigme pourrait être le troisième de la première ! Vous comprenez ?

– On te fait confiance, Arthur.

– Mais c'est facile ! Ça signifie que…

– On te fait confiance !!!

Arthur grommela une phrase à propos de la solitude des grands esprits, tandis que le chemin obliquait sur la gauche et grimpait sévèrement. Ils marchèrent sur une crête qui leur livra un panorama somptueux. Ils s'écroulèrent au pied de l'antenne du relais de télévision marquant le sommet.

– On est sur le mont Rachas, annonça Violaine. Regardez, on voit le village de Poët-Laval en bas, dans la vallée.

– Il suffit de descendre, quoi.

– Exactement. Allez, en route !

Ils empruntèrent un chemin dans l'herbe qui se transforma ensuite en sentier en pénétrant dans un sous-bois. La pente s'accentua en même temps que la trace se fit approximative, et ils durent plusieurs fois se rattraper aux arbres pour ne pas tomber. Violaine, qui tenait la main de Claire, la lâcha à deux reprises et elle glissa sur la terre et les cailloux, heureusement sans se faire de mal.

Ils atteignirent enfin le fond d'un petit vallon. Le chemin se perdit dans le lit d'un ruisseau et ils sautèrent d'une rive à l'autre pour ne pas se mouiller.

Un gros rocher, au soleil, leur donna envie de s'arrêter. Arthur vérifia l'heure : il était midi passé. Ils sortirent des sacs de quoi manger, et profitèrent de la pause pour déballer et faire sécher la tente qu'ils avaient pliée encore humide. Puis Violaine regarda Claire ; sans avoir besoin de parler, elles faussèrent compagnie aux garçons.

— On va faire un brin de toilette plus haut, annoncèrent-elles.

— Dans cette eau froide ? Brrr ! commenta Nicolas.

— Continue à puer, si tu préfères !

— Deux jours sans se laver, c'est pas la mort, se défendit-il.

Il prit Arthur à témoin tandis que les filles disparaissaient en amont.

— Elles exagèrent, quand même, on ne sent pas mauvais. Hein ?

— À vue de nez de garçon, non, répondit Arthur avec un sourire. À propos, je voulais te demander...

Il baissa la voix et regarda furtivement autour de lui.

— Si tu essayais ta vision dans la direction où sont parties les filles, qu'est-ce que... qu'est-ce que tu verrais ?

— Heu, des taches rouges, des taches bleues et des taches jaunes. Pourquoi ?

– Non, pour rien !

Claire et Violaine ne tardèrent pas à revenir.

– Houuuu ! Ça fait du bien ! Vous avez tort de ne pas en profiter !

– On a mis la main dans l'eau, ça nous a suffi, dit Nicolas.

– Poules mouillées !

– Sèches, rectifia Arthur.

– Tu vois, Violaine, s'exclama Nicolas, Arthur, lui, il a le sens de l'humour !

Ils ramassèrent leurs affaires et se remirent en chemin. Ils quittèrent le sentier pour une route en terre, qui déboucha sur une voie goudronnée. Le vieux bourg de Poët-Laval, l'un des plus beaux de France, comme l'annonçait fièrement un panneau déjà ancien, dressait sa silhouette de l'autre côté de la vallée.

Clarence sortit du bar où il venait d'interroger le patron et deux ouvriers qui prenaient un café. Sa carte d'inspecteur avait délié les langues, mais personne n'avait vu de gosses traînant sur les routes avec des sacs à dos. Il avait laissé un numéro de téléphone, pour le cas où ils verraient les fugitifs. Il remonta dans la voiture et prit la direction du prochain village.

Agustin et lui s'étaient partagé la zone de recherche, qui comprenait les endroits où la bande aurait pu se rendre depuis Aleyrac. Lui s'occupait du sud et de l'est – Salles-sous-Bois, Taulignan et La Roche-Saint-Secret ; son complice, du nord – La Bégude-de-Mazenc, Poët-Laval et Dieulefit. Si leurs démarches se révélaient vaines, ils agrandiraient le périmètre. Mais Clarence avait confiance, ils finiraient par récolter des informations. Il était heureux de renouer avec les vieilles méthodes. Il retrouvait le terrain, son épaisseur, sa rassurante réalité. Un terrain sur lequel le loup courait plus vite que les renards…

Sous le château fermé l'hiver, au sommet du village, l'église Saint-Jean-des-Hospitaliers offrait ses ruines aux regards. La nef, ancienne, avait perdu son toit. Seul le chœur, que surmontait un clocher tout en hauteur, était intact.

Claire, Arthur, Nicolas et Violaine s'en approchèrent. Il était étonnant, avec sa corniche mal arrondie décorée de figures géométriques et d'étranges gravures, avec ses encorbellements sculptés.

– Tu es sûr que c'est là ?

– Certain, répondit Arthur. Il y a une autre église, mais récente. Si un bâtiment a un rapport avec les chevaliers, c'est seulement celui-là !

– D'ailleurs regardez, confirma Violaine en montrant une sculpture sur le quatrième encorbellement : c'est une tête de chevalier avec son heaume.

– Entourée de croix de Malte, précisa Arthur.

– J'ai toujours aimé les chevaliers, s'enthousiasma Nicolas. Partir sur les routes avec des compagnons d'armes, à la recherche du Graal, vivre des tas d'aventures, waouh, ça devait être génial !

– C'est drôle, ironisa Violaine, je vois exactement ce que tu veux dire !

– Concentrons-nous sur la tête de chevalier, les gronda Arthur.

– Ou plutôt sur son regard. *Mon troisième est dans le regard du chevalier.*

Arthur fit la courte échelle à Violaine pour qu'elle puisse toucher le visage de pierre. La jeune fille s'attarda sur les yeux. Elle essaya même d'appuyer dessus, guettant un clic qui aurait ouvert une cache. Rien.

– Je ne comprends pas, avoua-t-elle en reposant le pied par terre.

Ils changèrent de rôle et Arthur palpa la pierre, en vain.

– On perd notre temps, dit Violaine, agacée. Nicolas, tu peux essayer de voir ?

Nicolas ôta ses lunettes. L'afflux de lumière lui fit cligner des yeux. Il fixa la tête du chevalier. *Qui devint bleue.* Cette fois, c'était venu du premier coup, avec la même facilité que lorsque ses amis, chez Antoine, lui avaient demandé de regarder derrière la porte. Il élargit sa vision au mur autour. *Bleu aussi. Le bleu des pierres et des rochers, palpitant d'une vie froide, vécue à un rythme infiniment lent.* Pas de creux, pas de matière étrangère. *Du bleu, c'était tout.*

– Il n'y a pas de cachette dans ce mur, et rien de caché non plus, dit-il en rechaussant ses lunettes.

– Où est-ce qu'on s'est trompés ? interrogea Violaine.

– Nulle part. Nous sommes dans le village des Hospitaliers, dans une église qui possède une tête de chevalier sculptée. Tout est là ! Il suffit de mieux regarder.

De mieux regarder… Violaine se figea. Évidemment !

Elle se précipita vers l'encorbellement et se plaça juste en dessous de la tête du chevalier.

– Là, en face, dans le mur ! dit-elle. Il faut chercher dans le regard du chevalier, c'est-à-dire là où il regarde !

Ils inspectèrent fébrilement la paroi en face du chevalier.

– Cette pierre, elle porte la marque du Doc !
– On dirait un éléphant stylisé, dit Claire.
– Saint Barthélemy a évangélisé l'Inde, expliqua rapidement Arthur.
– C'est aussi le « tout qui trompe » de la première énigme, ajouta Violaine. Tu connais le Doc et son esprit facétieux !

Le bloc, comme celui d'Aleyrac, n'était pas scellé. Ils le sortirent de son emplacement et le tinrent en l'air, le temps que Violaine récupère dans le fond de la niche un tube semblable à celui trouvé près de la source. Ils remirent la pierre en place.

– Tu l'ouvres ? dit Nicolas, excité.
– Cherchons d'abord un endroit tranquille, proposa Violaine en jetant un coup d'œil sur l'hôtel qui faisait face à l'église. On n'a rencontré personne pour l'instant, mais ça peut changer.

Le mot même de « chevalerie » évoque un univers disparu, brut, parfois cruel et souvent brutal, mais fondé sur les rapports que les hommes bâtissaient entre eux et non avec les choses.

Les chevaliers nous parlent d'un vaste monde de courage et d'honneur, de gratuité et de courtoisie, d'une époque de quêtes et de châteaux forts, d'églises solides assurant le lien entre la terre et le ciel.

Le temps et l'histoire ont fait leur œuvre. La chevalerie a disparu en tant qu'institution. Mais au-delà de sa disparition, ses idéaux et son modèle restent vivants. La chevalerie a déserté nos sociétés mais pas nos cœurs...

(Extrait de *Vivre en chevalier*, par Adrian Pagus.)

19
Vulgare : révéler un secret

J'étais au lycée de Comodoro Rivadavia. C'est la ville où j'ai grandi. Ce jour-là, les militaires du coup d'État nous ont rassemblés dans la cour. Ils ont fait pareil dans tous les lycées d'Argentine, il paraît. J'en sais rien. Moi, j'étais à Rivadavia. Ils ont demandé à tout le monde de relever les jambes des pantalons. Pour voir les genoux râpés. Si on avait un genou râpé, cela signifiait que l'on s'était entraîné à tirer au fusil. Et donc que l'on avait rejoint le camp des terroristes. Traduisez, des opposants à leur coup d'État. Conneries ! Ils ont descendu mon pote Pablo. D'une balle dans la nuque. Parce qu'il avait un genou râpé. Pablo avait joué avec son chien tout le dimanche. Un genou à terre parce que le chien n'était pas très grand. Moi, ils m'ont laissé tranquille. J'en ai tué beaucoup, ensuite. En souvenir de Pablo. Debout, comme j'aime tirer depuis le lycée. Depuis toujours...

Agustin sortit de l'épicerie située au centre de La Bégude-de-Mazenc. Il avait, comme dans tous les magasins de la vallée, débité un mensonge préfabriqué, avant de laisser ses coordonnées téléphoniques aux commerçants, en insistant sur la détresse des parents dont les enfants avaient fugué. Partout il avait été bien reçu. « Pour une fois que la police fait quelque chose de bien, enfin, je veux dire, rester planqué près des radars au bord de la route, je ne dis pas que c'est inutile, mais… » avait même candidement lâché un patron de bistrot. Agustin avait souri. Qu'étaient devenus les policiers, en France ? Des agents du fisc et des pions chargés de surveiller les gens ! Finalement, avec leurs vraies-fausses cartes et leur fausse-vraie enquête, le patron et lui redoraient le blason des forces de l'ordre. Oui, ils leur rendaient service !

Claire, Violaine, Nicolas et Arthur s'installèrent à proximité du cimetière, derrière le château, dans un coin chauffé par le soleil. Violaine dévissa le tube. Comme ils s'y attendaient, deux feuilles roulées en tombèrent.

– Pour changer, commence par le carnet, proposa Claire.

– Comme vous voulez. Je lis la page ?

– S'il te plaît.

– « Le secret de Harry Goodfellow était invraisemblable. La rumeur ne s'en était pas encore emparée et j'en étais étonné. Mais c'était si gros, l'arnaque était si énorme qu'elle ne serait sans doute pas découverte de sitôt. En tout cas pas avant que l'actualité ne rejoigne l'histoire… Harry, technicien de premier plan à la NASA, m'avoua piteusement ce soir-là que **jamais un**

pied d'Américain ne s'était posé sur la Lune. Le film qui avait ému la terre entière, les photos rapportées des missions Apollo, tout n'était, à en croire Harry, que trucage et montage ! J'étais abasourdi. En quittant mon bureau, à l'issue de notre entretien, il me confia que des preuves de tout cela existaient. Et qu'il me les montrerait. Mais Harry disparut le lendemain, et je ne le revis plus... »

– C'est tout ? dit Nicolas en voyant Violaine rouler la feuille.

– Quoi, c'est tout ? Mais c'est énorme ! s'offusqua Arthur. Tu ne te rends pas compte : d'après le Doc, les Américains ne sont jamais allés sur la Lune !

– C'est impossible, dit Claire en secouant la tête. On ne peut pas mentir aussi longtemps à la terre entière.

– C'est peut-être encore une mauvaise blague du Doc, émit Nicolas.

– Et puis, s'étonna Violaine, pour quelle raison ?

– Je ne sais pas, continua Arthur, mais on comprend mieux pourquoi ces hommes en ont après lui. Et après nous ! Les hommes sur la Lune, c'est la version officielle de l'histoire. Si des documents existent prouvant le contraire, c'est... c'est explosif ! Même trente-cinq ans après.

– Il y a un hic, objecta Nicolas : le Doc lui-même le dit dans son carnet, il n'a jamais revu ce Harry. Il n'a donc pas pu voir les fameuses preuves !

– Il faudra aller jusqu'au bout de la chasse au trésor pour avoir une réponse, dit Claire en s'emparant du deuxième feuillet contenant l'énigme. Écoutez : *Mon premier est dans la ligne de la première et de la deuxième. Mon deuxième pourrait être le deuxième de la deuxième ou le troisième de la première mais c'est en dessous de la vérité. Mon troisième préfère l'ouest de la deuxième. Mon tout espère que vous commencez à comprendre !*

– Il s'est déchaîné sur ce coup-là ! commenta Violaine.

– C'est un truc de logique. Heureusement, Arthur est là cette fois. Il va nous résoudre ça en deux minutes, annonça fièrement Nicolas.

– Oui, heu, laissez-moi au moins trois minutes, d'accord ?

Arthur prit la feuille des mains de Claire.

– Voyons, commença-t-il en s'installant confortablement. Mon premier est dans la ligne de la première et de la deuxième. Deux possibilités : un, le Doc veut dire que le premier indice ressemble à la première et à la deuxième énigme. C'est très vague. Deux, le Doc parle vraiment d'une ligne. Je penche pour cette idée. Sinon, il aurait plutôt employé le mot « lignée ».

– Il te reste deux minutes !

Sans prêter attention aux commentaires de Nicolas, Arthur choisit un endroit à peu près plat, le débarrassa des cailloux et déplia la carte. Il défit l'un de ses lacets et s'en servit de règle, l'alignant sur l'église d'Aleyrac et celle de Poët-Laval.

– Bien. Maintenant, le deuxième indice.

Ses amis l'observaient, fascinés.

– Moi aussi j'aurais aimé être intelligent !

– Tais-toi, Nicolas, laisse Arthur se concentrer.

– Voyons, reprit celui-ci. *Mon deuxième pourrait être le deuxième de la deuxième ou le troisième de la première mais c'est en dessous de la vérité.* C'est une reprise du deuxième indice de l'énigme précédente : il faut chercher une église dans l'alignement des autres.

– Et le « dessous de la vérité » ?

– Plus tard. Voilà ! Dans le prolongement du lacet, j'ai une chapelle Saint-Maurice dans la montagne, sur une crête rocheuse au nord-est. Rien d'autre sur la ligne. Oh, attendez ! À côté de la chapelle, il y a écrit « grotte ». Il doit y avoir une grotte en dessous. *En dessous de la vérité* : sous la chapelle qui est une vérité par rapport aux deux énigmes précédentes !

– Ou bien qui représente la vérité chrétienne, proposa Claire. On ne sait jamais, avec l'esprit tordu du Doc.

– Peu importe, déclara Violaine satisfaite. On sait encore une fois où aller !

– Et le troisième indice ?

– Comme d'habitude, on verra sur place. En route !

– En tout cas bravo, dit Nicolas en tapotant l'épaule d'Arthur. Moins de trois minutes, comme promis ! Le Doc a raison dans son *tout* : on commence à comprendre.

– Je ne suis pas sûr qu'il parlait de ça, hasarda Arthur.

– De quoi alors ?

– De l'importance de ce que l'on cherche ? Va savoir.

Le téléphone satellite sonna dans la poche intérieure du blouson en cuir. Agustin changea sa cigarette de main et décrocha.

– Allô ?

— Inspecteur Najal ? demanda une voix hésitante.
— Lui-même. Je vous écoute, madame.

Agustin prit un ton enjoué et rassurant. Se montrer cassant avec des informateurs spontanés ne payait jamais. Se sentant encouragée, l'interlocutrice poursuivit :

— Vous avez rencontré ce matin le directeur de l'hôtel où je loge, à Poët-Laval, pour lui signaler des fugueurs. Je prenais mon petit déjeuner et j'ai entendu votre conversation. C'est lui qui m'a donné votre numéro. Voilà, j'ai vu passer depuis la fenêtre de ma chambre, il y a une heure environ, quatre jeunes gens avec des sacs à dos qui montaient au château. Je suis une maman, moi aussi, vous comprenez ? Si mes enfants fuguaient, je crois que j'aimerais qu'on m'aide.

— Je comprends. Je vous remercie, madame. Vous avez bien agi...

Il posa encore quelques questions puis raccrocha. Il grimpa dans la voiture de location et mit le contact. Mais il ne démarra pas. Il hésitait. S'il appelait maintenant le patron, celui-ci lui dirait de ne pas bouger et de l'attendre. Ils partiraient ensuite tous les deux sur les traces des gosses. Ils les retrouveraient et... et le chef ne voudrait pas qu'il les élimine. Il en était certain. Oh, ce n'est pas qu'il se croyait intelligent, Agustin, mais il avait du flair, comme le patron. Le flair d'un homme habitué au terrain. Qui écoutait et observait plus souvent qu'il ne parlait ou se mettait en avant. Agustin tapota le volant de ses ongles et prit sa décision : il n'appellerait pas. Enfin, pas tout de suite ! Il allait suivre les gamins tout seul. Quand il les rattraperait, il serait bien obligé de se défendre. C'étaient des monstres, qui avaient essayé de le brûler et qui avaient voulu tuer Matt ! Il les saignerait, un par un, comme il en avait fait la promesse à son ami inconscient. Alors seulement il téléphonerait au patron pour tout lui raconter, et le patron serait bien obligé d'accepter ses explications. L'idée de s'affranchir et de prendre ses propres décisions lui plut. Mieux : elle le grisa.

Il quitta le parking et prit la direction de Poët-Laval.

Une fois de plus, Violaine galopait devant avec une énergie inépuisable, entraînant ses amis essoufflés. Ils lui demandèrent grâce en haut de la côte et s'affalèrent dans l'herbe.

Ils avaient emprunté un sentier étroit et caillouteux qui grimpait sur le flanc de la montagne, derrière le cimetière. La jeune fille avait décrété que c'était le chemin le plus court pour rejoindre Saint-Maurice.

– Le plus court chemin vers notre mort, oui, s'était exclamé Nicolas.

Reposés, ils marchèrent sur un immense plateau herbeux et suivirent des traces de Jeep qui louvoyaient entre les buis. Ils s'arrêtèrent à nouveau en vue des premiers arbres, qui étendaient leur ramure majestueuse de part et d'autre de la piste.

– Vous voyez la plus haute des trois collines, là-bas ? dit Violaine. Elle s'appelle Serre Gros. Une fois qu'on l'aura dépassée, ce ne sera presque que du plat et de la descente.

– C'est ce « presque » que je redoute… avoua encore

Nicolas. J'aurai eu ma dose de montagne pour les dix prochaines années !

— Plains-toi, lui rétorqua-t-elle. Il y en a qui paient pour faire ce que tu fais !

Il ne trouva pas le courage d'entrer dans la polémique.

— Heureusement, ce qui me motive, déclara-t-il, c'est la grotte. J'adore les grottes.

— J'en ai une à te louer, peuplée de gentilles petites bêtes, marmonna Violaine.

— Qu'est-ce que tu dis ?

— Rien, Claire. Des bêtises. Allez, on repart. Il faut arriver avant la nuit.

Agustin gara le véhicule sur le terre-plein devant le château. Les informations de la cliente de l'hôtel étaient vagues. Mais il faisait confiance à son flair pour dénicher les détails qui trahiraient les fuyards. Il délaissa volontairement la piste des deux routes bitumées permettant d'accéder au château. Les chemins qui quittaient le village au-delà du cimetière lui paraissaient plus prometteurs.

— Pourquoi ? dit-il à haute voix en imitant son patron. Parce qu'ils se savent recherchés et qu'ils éviteront les voitures !

Il ricana et se pencha sur le sol. Le soleil qui brillait généreusement depuis le matin lui fut d'une aide précieuse. La terre, dégelée et assouplie, avait conservé la marque d'un passage. Des empreintes de pas. Agustin fit quelques mètres pour s'assurer que la piste continuait. Puis il retourna à la voiture en sifflotant.

Il ouvrit le coffre et en sortit un sac de voyage. Il en extirpa une paire de chaussures de type commando ainsi qu'un jean sombre. Et, pour ressembler à un randonneur, une veste de montagne. Dans un sac à dos, il mit en vrac le téléphone satellite, une lampe torche, un duvet pour pouvoir tenir un affût, une boîte de rations militaires, une paire de jumelles et des lunettes de vision nocturne. Il y glissa en dernier son pistolet-mitrailleur. Avec un chargeur de rechange. Il se changea. Enfin, il attacha un poignard à sa ceinture.

Harnaché et équipé, il se lança sur la piste.

Je vais vous révéler un secret, un vrai : un égale dix. Ce que je veux dire, c'est que le nombre n'a jamais rien prouvé. Ainsi, un seul homme peut avoir raison même si dix autres ne pensent pas comme lui. Il faut apprendre à réfléchir – et à vivre – par soi-même. Les masses sont dangereuses, elles sont régulièrement hypnotisées par des charlatans et piégées par les fanatiques.

Il faut donc s'en évader, comme les chevaliers autrefois partaient en quête. Échapper aux manipulations, retrouver son libre arbitre. Mettre les voiles. Partir, sentir le cœur de la Terre battre sous ses pieds, nager dans les champs d'herbe frissonnante, entendre le chant des pierres, le murmure des arbres, lire les messages de l'eau et de la nuit. Se mettre en route, contre le vent.

(Extrait de *Vivre en chevalier*, par Adrian Pagus.)

20
Spelunca, æ, f. : grotte

Quand j'ai compris que rien ne me guérirait jamais, parce que ce n'était pas une maladie mais bien une part de moi, au plus profond, présente depuis le commencement, j'ai paniqué. Je me suis enfermé dans ma chambre. Je suis devenu méchant et taciturne. Je ne quittais plus mes lunettes noires, même à la maison. Bref, une stratégie géniale pour se concilier ses parents ! On peut faire beaucoup de bêtises quand on est jeune. Non pas que je sois très vieux maintenant, mais l'eau a quand même coulé sous les ponts depuis cette époque, l'époque d'avant la clinique, d'avant mes amis. Une chose pourtant n'a pas changé au cours de toutes ces années : mon envie d'aller sous terre, je veux dire, sous la vraie terre. De voir des couleurs au-dessus de ma tête...

— Tu avais dit que ce ne serait plus que de la descente et du plat, se récria Nicolas en découvrant le chemin qui grimpait de plus belle.

— J'ai dit « presque », rappela Violaine. Il fallait bien trouver un moyen pour te faire avancer !

— Et maintenant, qu'est-ce que tu proposes pour me motiver ?

— Pense à ta grotte, se moqua Claire.

— Ou au preux chevalier que tu voulais être ce matin, poursuivit Violaine sur le même ton.

— Je vous hais toutes les deux, grogna Nicolas.

Agustin s'arrêta à la hauteur des abreuvoirs en tôle qui marquaient le début du plateau herbeux planté de buis. Il soufflait bruyamment. Il était monté trop vite. Il fut pris d'une quinte de toux et cracha un peu de sang sur les cailloux. Ses poumons le brûlaient. Il fumait trop. Et puis il avait négligé l'exercice, ces derniers temps. Ce n'était pas bon pour la forme, pas bon pour la confiance. Il s'autorisa une pause et sortit un paquet de cigarettes de sa poche. Au point où il en était, il pouvait bien se le permettre ! De toute manière, il n'était pas pressé. Cela prendrait le temps qu'il faudrait mais il les aurait.

Un sentier de crête à peine visible au sommet de Serre Gros avait déposé le petit groupe au col du Pertuis. L'itinéraire s'accrochait à présent aux rochers de Saint-Maurice, invitant les marcheurs à mesurer leur pas et à serrer les dents.

– On les aura bien mérités, ces documents, dit Claire.
– Si on les trouve un jour, râla Nicolas.
– On les trouvera, répondit Violaine d'une voix déterminée.

« On les trouvera, continua-t-elle pour elle-même, parce qu'on n'a pas d'autre choix. » Aux yeux des autres, elle restait la meneuse, mue par d'obscures et rassurantes certitudes. « S'ils savaient ! » Car quelque chose s'était effondré en elle après l'épisode d'Aleyrac et du dragon blessé. Les autres ne s'en étaient pas aperçus parce qu'elle faisait semblant.

« Quelle erreur… » C'était la certitude d'avoir percé le secret des dragons qui l'avait rendue forte et avait permis tout le reste, leur fuite, leur émancipation. La terrible réaction de l'ectoplasme de Matt lui avait prouvé qu'elle n'avait rien compris et qu'elle faisait fausse route. Est-ce que c'était pareil pour leur folle équipée ?

Seulement, ils étaient allés trop loin, maintenant. Il ne lui restait plus qu'à placer sa foi dans la résolution du mystère qui les tirait en avant. « Ce mystère qui nous a unis et nous a permis de goûter à la liberté », pensa-t-elle, émue, en promenant son regard sur ses amis.

Puis, lâchant la main de Claire, Violaine prit celle de Nicolas et l'entraîna sur le sentier.

– Arrête ! Qu'est-ce que tu fais ?
– Je t'ai trouvé une nouvelle motivation, vieux râleur : moi !

Agustin perdit les traces de la bande sur une colline qui dominait le plateau. Il pesta un moment puis entreprit d'inspecter minutieusement les endroits où ils auraient pu passer. Des pas sur une flaque de sable gris le remirent sur la piste. Il dénicha le sentier au milieu des hêtres et longea à son tour la crête rocheuse. Le soleil entamait la fin de sa course derrière lui. Il se dit qu'il aimerait autant sortir du passage délicat avant la nuit et accéléra le pas. Le patron avait fixé un rendez-vous téléphonique à 19 heures. Cela lui laissait encore du temps. Après, il aviserait, il inventerait une histoire. De toute façon, il avait éteint l'appareil.

Les quatre amis touchèrent enfin le sommet. Ils laissèrent sur leur gauche une installation composée de deux pylônes et de bâtiments cubiques, ceints de grillages.

— Encore un relais de télévision, dit Arthur.

Le sentier débouchait sur une vieille route goudronnée envahie par les herbes. Ils l'empruntèrent, sur les indications de Violaine qui tenait la carte.

— Tu es content, Nicolas ? Ça ne monte plus !
— Tu ne perds rien pour attendre, toi !

Ils marchèrent un long moment sur l'asphalte.

— Vous ne vous êtes jamais demandé d'où vous veniez ? lâcha Claire au milieu du silence.
— D'où l'on vient… Qu'est-ce que tu veux dire ?
— D'où vous venez vraiment. Je ne parle pas de vos parents, qui ne sont d'ailleurs peut-être même pas vos parents.

— Je ne comprends pas, dit Nicolas.

— Claire essaie de te dire que l'on t'a échangé à la naissance, se moqua Arthur.

— C'est ce qui m'est arrivé, répondit sérieusement Claire. Vous, je ne sais pas. Mais je suis sûre qu'aucun de nous quatre n'est d'ici. De ce monde.

— Et moi, ma vieille, je pense que tu délires. C'est comme ton histoire de vampire et de loup-garou ! Tu voudrais que l'on soit d'où ? Et qui ? Des extraterrestres ?

— Pour les autres, on est des extraterrestres, dit Violaine en venant au secours de Claire. Tu ne les as jamais entendus, à la clinique ? Des monstres de foire !

— Tu n'as pas répondu, Claire, insista Arthur. D'où vient-on à ton avis ?

— D'ailleurs. Je ne sais pas exactement. Un ailleurs proche, ou lointain.

Arthur eut un geste d'agacement. À ce moment-là, Violaine leur fit prendre une route en terre dans un virage. Les pierres blanches de la chapelle Saint-Maurice, au bord du précipice, leur apparurent dans la lumière du soleil couchant.

— En face, ce sont les montagnes de Saou, dit Violaine pour changer définitivement de sujet.

Ils furent subjugués par la beauté du panorama.

— Dessous quoi ? ne put s'empêcher de dire Nicolas.

— De-Saou, reprit Arthur avec son sérieux habituel. L'ermite saint Maurice avait là-bas une sœur ermitesse, Colombe, et ils communiquaient comme les Indiens avec des signaux de fumée.

– Il vivait dans l'église, ton saint ?
– Non, dans la grotte au-dessous.
– Allons-y ! proposa Nicolas avec enthousiasme.
Violaine le laissa partir devant. Elle n'était pas du tout pressée de pénétrer sous terre.

Agustin fit halte devant le relais. La piste se perdait sur le goudron. Il s'efforça de réfléchir et parvint à la conclusion que les fuyards l'avaient nécessairement empruntée. Il se mit en route sans se presser, observant avec attention les abords, à la recherche des traces d'herbe couchée ou d'une sente qu'ils auraient pu utiliser.

Nicolas descendit en premier le chemin à flanc de falaise. Il découvrit bientôt la grotte. Elle formait une avancée assez grande pour accueillir le groupe. Dans le fond partaient deux boyaux. L'un était un cul-de-sac. Dans l'autre, il fallait entrer à quatre pattes.
– Je... tu es sûr qu'il faut... aller là-dedans ?
– Tu n'es pas obligée, Violaine, la rassura Claire. Tu peux attendre ici, ou près de la chapelle si tu préfères. On va juste chercher les documents.
– Tu veux que je te tienne la main ? lui susurra Nicolas.
– Et toi, tu veux la mienne dans la figure ?
Violaine prit une profonde inspiration. « Ressaisis-toi, bon sang ! se fustigea-t-elle. Tu devrais être capable de faire la différence entre la réalité et un cauchemar, quand même ! » Elle puisa au fond d'elle-même la force de refouler sa peur, une peur qui ne demandait qu'à

éclore et à la dévorer. Non, elle n'abandonnerait pas ses amis ici, dehors, dans le froid, vaincue une fois encore par les dragons qui peuplaient ses nuits !

— Ça ira, déclara-t-elle en affermissant sa voix. Je viens avec vous.

Ils laissèrent les sacs à l'entrée et en sortirent les lampes torches. Puis ils entrèrent un par un dans le boyau. La lampe de Violaine tremblait au bout de son bras.

Ils débouchèrent assez vite dans une salle étroite où ils purent se redresser. Il y avait un passage dans le fond, plus large. Violaine lança un regard affolé en direction de l'entrée qui laissait passer encore un peu de lumière. Trop tard. Ils s'enfoncèrent plus avant et pénétrèrent dans une deuxième salle plus vaste, tout en pente et en hauteur. Nicolas se glissa dans le boyau minuscule qui continuait au-delà.

— C'est trop étroit, annonça-t-il en revenant sur ses pas, au grand soulagement de Violaine. Le boyau se transforme en fissure et débouche de l'autre côté de la falaise.

Nicolas semblait ravi. Il était dans son élément, Violaine le voyait bien. À la place des parois sombres et humides qui les environnaient, il percevait sans doute de magnifiques tableaux de lumière. Elle, elle s'imaginait de puissants reptiles feulant dans l'obscurité. Ce qui pour lui se révélait un enchantement n'était pour elle qu'un atroce foyer d'angoisse. Elle lutta pour respirer normalement, mais une boule s'était formée dans son estomac et elle suffoquait.

— Reprenons, dit Arthur qui essayait de rester pragmatique : *Mon troisième préfère l'ouest de la deuxième.* Nous avons une direction. Il ne reste plus qu'à trouver ce que le Doc appelle « la deuxième ».

– Ça semble assez facile, dit Nicolas. Il y a deux salles dans cette grotte. Je pense que le Doc, comme nous, préfère la deuxième, plus vaste. Il faut chercher dans la partie ouest de la salle où nous nous trouvons !

Agustin longea l'église pâle bâtie au bord de la falaise. La nuit tombait, enveloppant la montagne d'une obscurité qu'il accueillit avec un sourire qui découvrit ses canines. Les traces, au milieu des cailloux chahutés par les chaussures, descendaient dans la falaise le long d'un sentier étroit. Ils étaient là, tout près, il le sentait si fort qu'il en jubilait. La lune, encore pleine, n'illuminerait le ciel que dans une heure. C'était un moment particulièrement propice pour agir. Agustin cacha son sac derrière l'église. Il en sortit l'arme automatique et la puissante lampe torche, ajusta devant ses yeux les lunettes de vision nocturne. Puis il prit à son tour le chemin de la falaise.

– Et voilà ! triompha Nicolas qui avait escaladé la paroi.

Il éclairait une grosse pierre posée dans une niche, sur laquelle était gravé un éléphant stylisé.

Il la souleva en ahanant et découvrit un tube en plastique caché derrière.

– C'est pas vrai ! s'exclama-t-il, déçu. Le Doc se moque de nous ! Quand est-ce qu'on trouvera un paquet, un vrai paquet derrière les pierres ?

Les autres accusèrent eux aussi le coup. Ils s'étaient attendus cette fois à découvrir les documents, pas le nouveau maillon d'une chaîne interminable.

– Qu'est-ce qu'on fait ? demanda Arthur. On ouvre le tube ici ou on remonte à la chapelle ?

Personne ne répondit. Ils se sentaient saisis par un sentiment de découragement et d'injustice. Ce fut un geste autoritaire de Claire qui réveilla leur attention.

– Vous n'avez rien entendu ? chuchota-t-elle.
– Non…
– Éteignez vos lampes !

Agustin resta perplexe en découvrant l'entrée de la grotte et les sacs à dos posés devant. Les gosses s'étaient réfugiés à l'intérieur. Ça ne faisait pas son affaire. Les lunettes spéciales, sur lesquelles il comptait pour prendre l'avantage, fonctionnaient par intensification de la lumière ambiante. Elles ne lui seraient d'aucun secours dans le noir absolu qui devait régner dans la grotte. Il les posa par terre et alluma sa lampe. Puis, arme au poing, il s'avança en rampant dans le trou.

Dès qu'ils aperçurent la lumière, ils éteignirent leurs propres lampes et refluèrent vers le fond de la salle. Claire et Nicolas prirent tout naturellement la direction des opérations.

– Tu vas rester là avec Arthur, murmura Claire à Violaine qui roulait des yeux effarés. C'est à mon tour et à celui de Nicolas de vous protéger.

– Je veux vous aider ! répondit Arthur.

— En ce cas, fais ce que je te dis. Tu seras bien plus utile en restant avec Violaine.

D'irrépressibles tremblements secouaient en effet la jeune fille. Elle avait réussi jusqu'à présent à se contrôler, mais là, dans le noir, adossée à la roche humide, c'était trop, elle craquait. Arthur s'en aperçut et oublia aussitôt ses velléités héroïques. Il prit la main de Violaine dans la sienne.

— Les dragons ! Ils sont là ! Ils viennent me chercher ! Tu les entends ? Ils arrivent !

— Calme-toi, lui murmura Arthur bouleversé en la prenant dans ses bras, je suis là, je te protège.

En même temps, à la façon d'un flash aveuglant, il comprit instantanément tout ce que Claire essayait de leur dire depuis le début. Les dragons de Violaine, les tourbillons de couleur de Nicolas, les rideaux de brume de Claire, les fantômes danseurs dans sa propre tête... Leur monde, le monde dans lequel ils vivaient n'était pas celui des autres. Il était infiniment plus sombre et terrifiant !

Il serra Violaine fort contre lui et elle s'abandonna, sanglotant silencieusement sur son épaule.

Claire, entre-temps, avait rejoint Nicolas.

— Qu'est-ce que tu vois ?

Nicolas avait naturellement adopté son autre vision. Et tout autour de lui n'était plus que taches et couches de couleur superposées. Il n'eut aucun mal à identifier Agustin, qui venait de pénétrer dans la première salle.

— C'est le gars à la moustache... le vampire. Il est seul. Je crois qu'il a une arme. Il a repéré le boyau, il vient par ici.

— Le vampire, répéta Claire d'une voix atone. Il est venu pour moi. Je dois l'affronter et le vaincre, sinon il nous tuera tous.

— Qu'est-ce que tu racontes ? Je...

— Tais-toi. Va avec les autres, vite !

Nicolas tenait le blouson de la jeune fille dans la main et une fraction de seconde après il n'empoignait plus que du vide. *Un saut. Un saut dans les airs.* Il la chercha des yeux et la trouva au-dessus de sa tête, *mélange de taches jaunes et rouges*, accrochée à la paroi rocheuse, *bleu foncé*.

— Vite, Nicolas, chuchota-t-elle. Je suis la seule à pouvoir l'empêcher de nous faire du mal...

« La seule à les voir tels qu'ils sont, continua-t-elle dans sa tête, la seule à comprendre que derrière cet homme qui approche se cache un vampire avide de sang. Moi qui vois, moi qui sais, j'ai le devoir d'agir. Quoi qu'il m'en coûte. »

Cédant au ton de voix impératif de Claire, Nicolas se dépêcha de rejoindre Violaine et Arthur en contrebas. Juste à temps : l'homme pénétra dans la deuxième salle. Il se redressa et promena le faisceau de sa lampe sur les murs. Il allait bientôt découvrir les trois amis, tapis dans le fond. Ce n'était plus qu'une question de secondes.

— Mais qu'est-ce que...

Agustin jura. Un courant d'air, venu du haut, lui arracha sa lampe qui s'éteignit en heurtant une pierre. Il lâcha aussitôt autour de lui une rafale de son pistolet-mitrailleur. Les balles s'écrasaient sur la roche avec des claquements sourds. Le vacarme était épouvantable. Violaine, Arthur et Nicolas hurlèrent. Soudain, tout s'arrêta. Nicolas ouvrit les yeux, qu'il avait fermés en se recroquevillant. Il vit le corps d'Agustin sur le sol, et derrière lui celui de Claire, droite et immobile. Il se précipita pour la rejoindre, suivi par Arthur qui traînait Violaine. Ils découvrirent un spectacle étrange : Claire brandissait encore la lampe torche d'Agustin avec laquelle elle l'avait assommé. À ses pieds, l'homme gisait sans connaissance.

– Je l'ai tué... balbutia-t-elle, je l'ai tué.

– Non, dit Arthur agenouillé près du corps, il respire. Il aura juste une grosse bosse quand il se réveillera.

La jeune fille parut soulagée. Elle lâcha la matraque improvisée et tituba.

– Qu'est-ce que tu as, Claire ? s'inquiéta Nicolas. Tu... tu saignes !

Elle s'effondra sans avoir pu répondre.

La Terre n'est pas un corps mort, inanimé. Elle est pleine de forces, d'énergies profondes qui remontent à la surface, à la façon des courants et des vagues dans la mer, des thermiques et des vents dans le ciel. Ces forces telluriques, qui affleurent parfois ou bien restent souterraines, sont les manifestations discrètes de la vie de la Terre.

Les hommes aussi, les animaux et même les végétaux, sont parcourus d'invisibles courants et d'énergies subtiles. Certains le savent, d'autres le sentent. Arpenter la crête d'une montagne, ramper dans l'obscurité des grottes, s'adosser au tronc d'un chêne, sont autant de façons de s'approprier un peu des forces de la Terre.

Cette communion n'est pas réservée à quelques-uns. Elle est accessible à tous, à tous ceux qui prennent conscience que le monde n'appartient pas à l'homme mais que celui-ci en fait seulement partie.

(Extrait de *Vivre en chevalier*, par Adrian Pagus.)

21
Ad lunam : au clair de lune

Je me souviens comme si c'était hier de cet après-midi maudit entre tous. La Somalie en guerre, c'était déjà pas beau à voir. J'étais en service commandé, en opération spéciale, à la tête de vingt gars que toutes les armées du monde se seraient damnées pour posséder. Mais on a beau avoir la meilleure unité, les meilleures armes et le meilleur mental, on reste impuissant face à la malchance. À proximité de notre cible, nous sommes tombés sur cinq cents guerriers qui n'auraient jamais dû se trouver là. Peu importe la faction à laquelle ils appartenaient, ils nous sont tombés dessus dès qu'ils nous ont aperçus. Ça a été un massacre. J'ai été laissé pour mort sur le terrain, enseveli sous les cadavres...

Clarence posa son téléphone et fronça les sourcils. Non seulement Agustin ne répondait pas, mais en plus son récepteur était déconnecté. Jamais son comparse n'aurait manqué le rendez-vous. Quelque chose l'en avait donc empêché. Et quoi d'autre, sinon les gosses qu'ils poursuivaient ? Les gosses lui étaient tombés dessus et l'avaient neutralisé, comme ils l'avaient fait avec Matt !

– Bien sûr que non, dit-il à haute voix pour lui-même en s'affalant sur le fauteuil de la voiture.

Agustin était plus malin que Matt. Il ne se serait jamais laissé surprendre, si imprévisibles que puissent être leurs proies. Et puis ces gosses fuyaient, ils n'étaient pas dans une logique agressive. Non. Agustin les avait peut-être repérés. Mais alors, il l'aurait prévenu. À moins que… Agustin avait choisi de faire cavalier seul. Cette évidence l'envahit tout à coup ! Pourquoi ? Pour quoi ? Pour s'approprier la gloire de leur capture ? Pas le genre d'Agustin. Pour venger Matt ? Ça lui correspondait davantage. Pour le doubler ? Mais pour le compte de qui ? Hydargos, peut-être. Dans ce cas, Black jouait un jeu dangereux. Il décida de remettre à plus tard l'examen des motivations d'Agustin. Le plus urgent était de le retrouver, avant qu'il commette une bêtise.

– Une bêtise que tu regretterais, Agustin, dit-il encore tout haut.

Il espérait se tromper. L'Américain et l'Argentin avaient partagé nombre de ses aventures, et l'équipe qu'ils constituaient fonctionnait bien. Mais, au fond de lui, il savait qu'il devinait juste : Agustin l'avait trahi.

« Tout ce qui commence finit forcément un jour, songea Clarence en soupirant. Même une collaboration fructueuse. Si une page doit se tourner, je la tournerai sans remords. Avec seulement quelques regrets. »

Il alluma son ordinateur. Il sélectionna un logiciel parmi les nombreuses applications ultra confidentielles que Black lui avait confiées. Agustin avait commis une erreur en éteignant son téléphone sans retirer la batterie. Même éteint, l'appareil restait en veille, une veille perceptible par les satellites sous l'émulation de programmes précis. Clarence ne tarda pas à localiser le signal du téléphone, signal qu'il coupla immédiatement au GPS. Agustin se trouvait au sommet d'une montagne, au nord de Dieulefit. Une route carrossable permettait d'y accéder. Clarence démarra. Le moteur gronda et la voiture s'enfonça dans la nuit.

Claire fut allongée sur le parvis de la chapelle. Son bras gauche avait été touché par une balle et du sang avait rougi le blouson tout autour.

Violaine n'avait pas encore retrouvé tous ses moyens. Face au drame, elle s'était fait violence pour reprendre le contrôle d'elle-même. L'air libre lui avait ôté un poids terrible des épaules et avait défait les nœuds qui tordaient son ventre. Mais elle tremblait encore en inspectant la blessure de son amie.

– Ça a l'air superficiel, annonça-t-elle sans cacher son soulagement.

– C'est ce que je vous répète depuis tout à l'heure… articula faiblement Claire.

– Toi, tu te tais et tu ne bouges pas, la gronda Nicolas.

Violaine nettoya la plaie de son mieux avec un mouchoir mouillé. Le sang ne coulait plus.

– Tu te sens comment ?

– Ça va, je vous dis ! C'est rien.

– Je veux dire, est-ce que tu peux te lever ? Marcher ?
– Je crois. Si on m'aide.
– On devrait plutôt la laisser se reposer, protesta Nicolas. Elle a subi un choc et…
– Il faut partir, le coupa Violaine, et le plus vite possible. Trois hommes étaient après nous. Si on enlève celui qui est tombé dans l'église d'Aleyrac et celui que Claire vient d'assommer, il en reste un. Je n'ai pas envie d'attendre qu'il vienne voir ce qui est arrivé à son complice.

Nicolas baissa la tête. Il avait parlé sans réfléchir.

Arthur ajouta le poids du sac de Claire au sien tandis que Violaine et Nicolas aidaient la blessée à se lever.

– On part de quel côté ?
– On tourne le dos à la route, dit Violaine. Il y a un chemin qui descend dans la pente, à droite des falaises.
– Non, intervint Arthur. Ce chemin est trop abrupt pour pouvoir l'emprunter de nuit, surtout avec Claire dans cet état. Il faut prendre la route, au contraire. Le goudron masquera nos traces. Au premier bruit de moteur, on grimpera sur le talus ou on plongera dans le fossé.

Violaine hocha la tête. Arthur avait raison. Soutenant Claire de chaque côté, Nicolas et elle suivirent leur ami en direction de la route goudronnée.

Une barrière obligea Clarence à s'arrêter au pied de la montagne de Saint-Maurice, le temps d'aller chercher dans le coffre un coupe-boulon avec lequel il força aisément le cadenas. Le rugissement du moteur emplit à nouveau la nuit. Il se moquait bien d'arriver discrètement. Quoi qu'il ait pu se passer, il arriverait de toute façon trop tard. Il fallait simplement gérer l'urgence, et l'urgence commandait d'aller vite. Il appuya encore sur l'accélérateur, avalant les lacets serrés de la petite route avec l'habitude d'un pilote entraîné.

Il arrêta le véhicule sur le côté, à la hauteur d'un chemin de terre qui obliquait plein nord. Le GPS indiquait la présence d'Agustin – du moins celle de son téléphone – à une centaine de mètres. Clarence se coula dehors sans bruit et se hâta dans la direction du signal. Il découvrit le sac à dos d'Agustin caché derrière une petite église construite sur la crête. L'appareil était dans le sac, en compagnie d'un matériel indiquant que l'Argentin n'avait pas agi dans la précipitation.

– Qu'est-ce qui t'a pris, Agustin ? murmura Clarence pour lui-même. Tu ne me faisais plus confiance ?

Il employa naturellement le passé pour évoquer Agustin.

Il sortit une lampe de sa poche et chercha des traces. Il en trouva sur le sentier de chèvre qui descendait la falaise. Lorsqu'il vit l'entrée de la grotte, il n'hésita pas et se glissa furtivement à l'intérieur. Il avait été formé aux combats en milieu clos et avait obtenu la meilleure note de sa compagnie dans l'épreuve de « nettoyage » des égouts au couteau. Il comprit en capturant le corps inerte d'Agustin dans le faisceau de sa lampe qu'il n'aurait pas besoin de renouveler son exploit.

Son comparse était toujours en vie. Il geignait par moments. Une bosse monstrueuse à l'arrière du crâne et du sang poissant ses cheveux indiquaient qu'il avait été violemment frappé par-derrière.

– C'est bien fait, mon vieux, tu n'as eu que ce que tu méritais, commenta Clarence en le tirant hors de la grotte.

Puis il le chargea sur ses épaules et le remonta jusqu'à la chapelle. Il n'avait pas trouvé d'arme à côté du corps d'Agustin. Les gosses s'en étaient sûrement emparés. Ou bien s'en étaient débarrassés en la jetant dans la falaise. C'était quand même incroyable. Des enfants, c'étaient des enfants qui leur échappaient depuis quatre jours, à eux, des tueurs chevronnés ! Et non seulement ils leur échappaient, mais en plus ils les éliminaient l'un après l'autre ! C'était le monde à l'envers.

Clarence aurait dû se sentir furieux. Au contraire, il ressentait de la joie, comme cela ne lui était pas arrivé depuis très longtemps. Il était rare de rencontrer des adversaires à la hauteur et lui, Clarence, il aimait ça. Il aimait devoir puiser dans ses ressources pour surmonter des difficultés imprévues. Il aimait remettre les compteurs à zéro, aussi. Depuis ce jour, en Afrique, où il aurait dû mourir. Rien n'était acquis, rien n'était éternel. Un cycle s'achevait, un autre commençait. Ces gosses qui n'étaient pas comme les autres, qui disposaient de talents inexplicables, étaient nés pour influer sur son destin…

Le corps d'Agustin piteusement affalé à ses pieds, Clarence éprouva de l'admiration pour Violaine, Claire,

Arthur et Nicolas. S'il était fumeur comme ce pauvre Agustin, il s'en serait volontiers grillé une. Il se contenta de respirer profondément l'odeur de la nuit.

Il était inutile de chercher à retrouver les fuyards. Ils étaient trop malins, il venait d'en avoir une preuve supplémentaire. Les suivre n'était donc pas un bon plan, même s'ils traînaient désormais un blessé : en remontant, il avait vu le sang devant l'église. Pour les attraper, il fallait les précéder, et donc deviner où ils allaient se rendre. Car ils n'avaient pas les documents, pas encore. S'ils les avaient eus, cet endroit aurait été parfait pour négocier. Ils l'auraient attendu et auraient proposé un échange, les documents et Agustin en prime contre la vie de Barthélemy et la leur. Non. Clarence soupçonnait qu'ils étaient seulement sur la trace de ces fameux documents, par l'intermédiaire d'indices peut-être, laissés par le docteur. Il fallait donc arriver avant eux à la prochaine étape.

– Pour gagner, il faut parfois risquer de tout perdre.

Comment cette idée lui était venue, il n'en savait rien. Mais elle s'imposait désormais à lui comme une évidence : la solution de l'énigme se trouvait en Suisse, dans la Clinique du Lac. Dans le bureau du docteur. Il devait y retourner. Perdre le fil de la trace des gamins, perdre le travail effectué auprès de la population de la vallée. Pour peut-être gagner une avance précieuse. Il espérait ne pas se tromper. Si c'était le cas, son instinct ne vaudrait plus rien et cette affaire sonnerait l'heure de la retraite. Mais, il en était certain, celle-ci n'était pas pour demain !

La lune venait de faire son apparition et éclairait le paysage d'une lumière blanche, crue. Clarence la contempla avec ravissement. Il avait toujours aimé la lune. Il ouvrit la bouche et poussa un long cri qui résonna dans la montagne.

— Vous avez entendu ? dit Nicolas.
— C'est le troisième homme, le loup-garou, répondit Claire en s'agitant. Il vient de trouver le corps de son ami le vampire et va nous donner la chasse.
— On dirait qu'elle a de la fièvre, s'inquiéta le garçon qui toucha le front de son amie, roulée en boule dans son duvet.
— Je lui ai donné du paracétamol, essaya de le rassurer Violaine. Je crois surtout qu'elle a besoin de repos.

En effet, les yeux de Claire se fermèrent et elle ne tarda pas à s'endormir.

Ils avaient largement eu le temps de se cacher au passage de la grosse voiture noire. Ils avaient ensuite repris leur marche le long de la route. Puis Violaine avait repéré sur la carte un endroit plat, à l'écart, où ils pouvaient sans risque planter la tente. Le froid était plus intense encore qu'hier et Claire claquait des dents. Ils devaient se mettre à l'abri. En plus, Arthur peinait sous le poids de deux sacs à dos. Ils avaient donc monté leur bivouac en le dissimulant au milieu des buissons et des feuilles. Enfin au chaud, ils avaient obligé leur amie à avaler un peu de nourriture. Puis ils avaient entendu ce hurlement.

— Il va nous retrouver, vous croyez ?

— Pas plus ici qu'ailleurs, répondit Violaine d'une voix fatiguée. Bon, on l'ouvre, ce tube, ou on le fout dehors et on rentre à la clinique ?

— S'il y a encore une énigme à l'intérieur, moi j'abandonne, dit Nicolas. Et tant mieux si ceux qui nous traquent l'étranglent à ma place, le Doc !

Violaine dévissa le cylindre, libérant une nouvelle fois deux feuilles de papier. Elle alluma sa lampe en tamisant le faisceau avec ses doigts.

— « Si vous êtes arrivé jusqu'ici, commença-t-elle, c'est que mes énigmes n'ont plus de secret pour vous ! Inutile donc d'abuser de votre patience. » Tu vois Nicolas, tu es mauvaise langue ! « Les fameuses preuves qui me furent confiées par Harry Goodfellow, un soir de juin 1971, se trouvent dans une anfractuosité du mont Aiguille, une fissure, un sourire que vous ne pourriez pas trouver si vous n'aviez pas déjà accompli tout ce chemin. Car "c'est dans le prolongement de la première, de la deuxième et de la troisième que vous trouverez la justification de votre obstination !" (désolé, on ne se refait pas !). Bonne route, ami ou ennemi, qui m'avez prouvé que vous étiez digne de ces documents ! En espérant que vous ayez mis à profit le temps de cette quête pour prendre une décision... »

— Mais, je croyais que le Doc n'avait plus revu Goodfellow après ses révélations ?

— Attends mon vieux, je crois que l'explication se trouve dans la dernière page du carnet, dit Arthur en saisissant le papier et en lisant à son tour : « ... jusqu'en juin 1971. C'était un soir, le printemps était doux et pluvieux. Harry est arrivé à l'improviste, hagard, jetant en permanence autour de lui des coups d'œil affolés. "Je ne peux pas rester, me dit-il, trop risqué. Vous vous rappelez notre dernière discussion ?" J'ai hoché la tête. "Je vous avais parlé de preuves. Elles sont là, avec moi. Je… je les ai volées. Maintenant ils me cherchent pour me tuer. Je dois partir, me cacher." Puis il me tendit sa mallette avec un air suppliant. "J'ai confiance en vous, docteur." Il s'est ensuite enfui comme un voleur, me laissant dans les mains de quoi prouver au monde entier que personne n'était jamais allé sur la Lune… et bien davantage ! Car la question qui me taraudait l'esprit depuis sa dernière visite était : pourquoi ? Pourquoi n'étaient-ils pas allés sur la Lune, et pourquoi l'avaient-ils fait croire ? Parmi les documents que Harry me confiait se trouvait la réponse. Elle était stupéfiante ! Un mois plus tard, Edwin Aldrin démissionnait du poste important qu'il occupait à la NASA, suivi au mois d'août par Neil Armstrong. Les deux célèbres astronautes de la mission Apollo XI, celle qui déposa pour la première fois des hommes sur la Lune, quittaient la maison mère ! Simple coïncidence ? Je ne crois pas. Je détenais de la dynamite que je devais enterrer, pour ma sécurité. Sous peine de devenir, moi aussi, une bête traquée… »

– Waouh ! Alors ça, ça c'est génial ! s'enthousiasma Nicolas. Ça veut dire que sur le mont Machin on va trouver les preuves du plus grand bluff de l'histoire ?

– On dirait bien, répondit Arthur qui se sentait, lui aussi, très excité. Et surtout, son explication !

— Sur la première feuille, le Doc parle encore d'une décision qu'il faudrait prendre, rappela Claire.

— Je crois qu'il n'y en a qu'une, dit Violaine : aller au bout ou pas. Mettre la main sur les documents ou les laisser où ils sont.

— C'est stupide ! s'étonna Nicolas. Qui aurait envie de ne pas savoir ?

— Des adultes plus sages que nous, peut-être, dit Claire.

— Ou plus trouillards ! Voilà, annonça Arthur, j'ai repéré le mont Aiguille.

Sur la carte générale figurant dans le guide de la Drôme, le mont Aiguille était indiqué sur la bordure, côté Isère, derrière les hauts plateaux du Vercors.

— Ne me dites pas qu'on va devoir y aller à pied, supplia Nicolas.

— Trop loin, rassure-toi. Je séduirai un dragon. Celui du premier automobiliste qu'on croisera demain ! promit Violaine.

— Quand même, répéta rêveusement Nicolas en se couchant, les yeux sur le plafond en toile de la tente, ça fait bizarre de connaître un vrai secret…

Une flaque d'eau
Nouvelle sourit à la lune
La nuit est mystère

(Haïku tiré du recueil *Vent frais lune claire*, par le poète Takuan.)

22
Ascendere : monter, s'élever

J'ai été récupéré quarante-huit heures plus tard par des petits gars d'un groupe d'éclaireurs, qui ont vomi leurs tripes en découvrant le charnier. J'étais l'unique rescapé de mon unité. Du coup, les chirurgiens de la base ont eu le temps de bien faire les choses. Je m'en suis tiré avec un bras et une jambe un peu raides, qui me rappellent à chaque geste, à chaque pas, que je suis un survivant. J'ai été rapatrié en Europe, chez moi. Je suis retourné voir la maison de mon enfance. Elle était abandonnée depuis des années, depuis le départ de mon frère et la mort de mes parents. J'y ai mis le feu. J'ai brûlé le passé comme on brûle des draps de lépreux. La mort m'avait offert une seconde chance, je pouvais renaître. Avec l'aide de mes anciens employeurs, j'ai monté ma propre affaire. Je fais aujourd'hui la même chose qu'avant mais je choisis quoi et avec qui. Je suis aussi beaucoup plus riche…

Le diamant finit de crisser sur la vitre. La ventouse empêcha le morceau de verre de tomber. Une main se glissa à l'intérieur et tourna la poignée de la fenêtre.

Clarence sauta souplement dans la pièce. Entrer dans la clinique avait été un jeu d'enfant. Au-dessus du lac Léman, le ciel était encombré de nuages, et l'épaisseur de la nuit l'avait soustrait à la vigilance molle des surveillants patrouillant entre les bâtiments. Clarence tira le rideau de la fenêtre et bloqua la porte avec une chaise. Il alluma sa lampe torche et promena lentement son faisceau dans le bureau du docteur Barthélemy. Il avait misé la réussite de sa mission sur une intuition. L'intuition que ce farceur de docteur avait placé la solution de l'énigme sous le nez de n'importe qui. À la portée de celui qui savait voir. Comment en était-il si sûr ? Difficile d'expliquer une impression. Un aspect de la psychologie de Barthélemy, peut-être, cette insupportable ironie qui semblait vous mettre au défi d'être meilleur que lui. Cette façon de suggérer qu'il était le plus malin. Eh bien, cette nuit, lui, Clarence, il allait démontrer que ce n'était pas vrai.

L'attirail de montagne qui pendait au mur brilla dans la lumière de la lampe. C'était du matériel désuet, obsolète. Barthélemy avait été un fervent pratiquant de l'alpinisme, dans sa jeunesse ; le dossier dont disposait Clarence était très complet. La photo de montagne accrochée juste à côté attira son attention. Il était certain de l'avoir déjà vue. Un énorme piton rocheux, surgissant de nulle part, au milieu d'un paysage alpin. Clarence fronça les sourcils. Puis il s'intéressa aux livres et aux classeurs de la bibliothèque. Il cessa bientôt de fouiller les papiers. Cette photo, cette photo l'intriguait. Pourquoi ? Parce qu'elle n'avait pas sa place ici. D'abord, c'était la seule image de la pièce. Ensuite, ça n'avait pas de sens d'afficher un poster de montagne alors qu'il suffisait de se pencher au-dehors pour en voir tant et plus ! La mer, des palmiers auraient davantage dépaysé le bureau. Clarence décrocha le cadre du mur et en sortit la photo. Le verso ne portait aucune indication.

– Docteur, dit-il à voix haute en contemplant l'image, docteur ! Les choses les mieux cachées sont celles que l'on a sous les yeux, n'est-ce pas ?

Il quitta le bureau de la même manière qu'il y était entré et regagna la voiture garée à bonne distance. Il brancha le scanner et numérisa la photo en plusieurs fois. Il recolla les morceaux sur son ordinateur puis confia l'image à un logiciel qui la proposa aux différents moteurs de recherche sillonnant la Toile. La réponse ne se fit guère attendre : la montagne fut identifiée à plusieurs reprises comme étant le mont Aiguille. Le mont se dressait dans les Alpes françaises, au sud de l'Isère, entre Vercors et Trièves, à moins de deux cents kilomètres du Léman.

– Bien sûr ! s'exclama Clarence. Le mont Aiguille, l'endroit où commence l'histoire de l'alpinisme. L'ascension d'Antoine de Ville en 1492, sur ordre du roi Charles VIII. Un lieu important, presque sacré pour les alpinistes.

Clarence lui aussi, avant la Somalie, avait pratiqué cette discipline qui réclamait l'excellence et le sans-faute à chaque fois, sous peine d'une sanction… définitive !

C'est pour cela que la photo ne lui était pas inconnue. Il avait mis dans le mille, il n'y avait aucun doute maintenant. En plus, il retrouvait bien là l'humour de Barthélemy : 1492, Christophe Colomb et l'Amérique. Un sourire joyeux illumina le visage de Clarence. Il reprenait la main, le loup allait devancer les renards. De nuit et avec un blessé, ils ne pourraient jamais y être avant lui.

Le moteur ronronna quand il mit le contact.

Violaine se réveilla aux premières lueurs du jour. Elle avait craint le sommeil, mais contrairement à ce qu'elle redoutait, ses cauchemars l'avaient laissée tranquille.

Elle commença par s'assurer de l'état de Claire. La respiration de leur amie était régulière et elle avait repris des couleurs. Ouf. Violaine avait constaté, la veille, la légèreté de la blessure. Mais Claire était si fragile ! Qui savait quel effet l'impact de la balle avait pu avoir sur elle ? Elle secoua tout le monde.

— Debout ! C'est aujourd'hui le grand jour !

— Le grand jour de quoi ? ronchonna Nicolas en se redressant péniblement.

— On va trouver les documents, rentrer à Paris, faire passer des annonces dans les journaux et obtenir la libération du Doc !

— J'aime ton optimisme, ma vieille, dit Arthur. Claire, tu vas bien ?

— Ça va, répondit la jeune fille en leur souriant. J'ai mal au bras mais j'ai bien dormi. Je me sens reposée.

– On va se répartir les affaires de Claire et abandonner son sac, dit Violaine. Ce sera plus facile.

Ils sortirent de la tente et furent saisis par la différence de température. Dehors, il faisait carrément froid.

– Plus les jours sont ensoleillés et plus les nuits sont fraîches, se sentit obligé de dire Arthur.

Ils mangèrent des biscuits et plièrent bagage.

Afin d'éviter de regagner la vallée de Dieulefit qui était peut-être encore surveillée, Violaine leur proposa de couper tout droit dans la pente et de rejoindre une route qui passait en contrebas.

– Ensuite, on fera du dragon-stop.

La descente, abrupte, ne fut pas aisée. Ils découvrirent heureusement une sente animale qui les conduisit, au prix de quelques chutes sans gravité, au bas de la montagne, non loin de la route. Ils se postèrent sur le bas-côté et attendirent la première voiture, prêts à plonger dans le fossé si elle était noire. Mais celle qui se présenta était blanche, rongée par la rouille, et faisait un bruit de bête malade. Elle se rangea à leur hauteur quand Violaine lui fit signe.

– Elle a l'air pourrie, cette voiture, souffla Nicolas.

– Au moins, elle existe… Bonjour, monsieur ! Nous allons au village de Bourdeaux !

Le conducteur était un jeune homme mal rasé, au sourire franc et aux cheveux en bataille.

– Montez, c'est là que je vais aussi !

Violaine soupira en grimpant à l'avant. Elle n'aimait déjà pas faire ça avant, avant l'affreuse expérience d'Aleyrac, mais maintenant c'était bien pire : comment le dragon allait-il réagir, cette fois ? Qu'allait-elle découvrir ? Enfin, ils n'avaient pas le choix.

— En fait, dit-elle en ouvrant le guide de la Drôme qu'Arthur lui tendit, nous n'allons pas vraiment à Bourdeaux. Nous nous rendons au mont Aiguille, en Isère, à environ cent kilomètres. Est-ce que ça vous dérangerait de faire un petit détour ?

Le jeune homme tourna vers Violaine des yeux écarquillés.

— Le mont Aiguille ? Mais ce n'est pas…

Elle posa une main hésitante sur la sienne. *Le dragon se blottit aussitôt dans les bras du chevalier.* Elle souffla, soulagée. Tout se passait normalement. *Le dragon ronronna quand le gantelet d'acier lui gratta les écailles du cou.*

— Ce… ce n'est pas très loin, finalement, termina leur chauffeur avec un large sourire. Allez, je vous emmène en balade ! De toute façon, je suis en vacances, je n'ai rien d'autre à faire.

— Merci, c'est très gentil.

— J'espère que cette poubelle tiendra le coup, maugréa Nicolas à voix basse.

Ils mirent quatre heures pour atteindre Chichilianne, le village le plus proche du mont Aiguille. La voiture avait chauffé, ils avaient dû s'arrêter à deux reprises dans la montée du col. Se fiant aux indications d'un panneau, Violaine demanda à leur chauffeur de continuer jusqu'à La Richardière, point de départ des ascensions. La voiture se rangea sur un vaste parking, en face d'un petit hôtel et des quelques maisons du hameau. La bande n'était pas fâchée d'être arrivée. Violaine remercia le conducteur et le renvoya avec les recommandations d'usage, c'est-à-dire d'être prudent et de vite les oublier.

— Moi, ça m'éclate quand tu fais ça, reconnut Nicolas.

— J'aime autant ne pas avoir à le faire, répondit sèchement Violaine avant de partir en tête à grandes enjambées. Allez, en route ! On n'est pas encore arrivés.

— Ben quoi, qu'est-ce que j'ai dit ? s'étonna-t-il en regardant les autres, qui ne surent quoi répondre.

À partir du parking, il n'y avait plus de goudron. Ils empruntèrent une route forestière pour sortir du hameau. Ils trouvèrent une plaque jaune sur un poteau en bois qui indiquait le col de l'Aupet et le pied du mont à 1 h 45.

— On a de la chance, il n'y a pas eu beaucoup de neige cet hiver, dit Arthur en contemplant l'énorme masse rocheuse qui émergeait de la végétation, au loin.

Le soleil, généreux depuis plusieurs jours, avait fait fondre le peu qui était tombé, et seules subsistaient des plaques blanches dans les endroits les moins exposés. Ils abandonnèrent la route pour une piste grimpant en lacet au milieu des arbres. Le sol, détrempé, était boueux et glissant. Claire tenait bravement la cadence. De sa main libre, elle caressait de temps en temps un tronc et souriait.

Les marques jaunes du balisage les entraînèrent dans un magnifique bois de hêtres. Ils se mouillèrent les pieds en traversant des ruisseaux que la fonte de la neige avait transformés en petits torrents. La disparition progressive des arbres et la présence d'éboulis furent le signe qu'ils approchaient.

— Ouf ! On est au col, là ?

— Il semblerait, répondit Violaine en montrant à Nicolas un autre poteau en bois qui indiquait : « Col de l'Aupet – 1 627 m ». Maintenant, on grimpe vers la paroi. Faites attention de ne pas tomber, le chemin devient franchement périlleux. On devrait laisser les sacs ici. Vu la fréquentation, on ne risque pas de se les faire piquer !

Ils confièrent leurs affaires au poteau indiquant l'emplacement du col. Le chemin les conduisit au pied de l'Aiguille. Là, ils empruntèrent une trace longeant le rocher, au-dessus de pierriers impressionnants.

— Où est-ce qu'il faut chercher, déjà ? demanda encore Nicolas.

— On te l'a expliqué dans la voiture, reprit patiemment Arthur. *Dans le prolongement de la première, de la deuxième et de la troisième, vous trouverez la justification de votre obstination.* Le Doc parlait des énigmes. On a tracé une ligne reliant l'église d'Aleyrac, celle de Poët-Laval, celle de Saint-Maurice et le mont Aiguille. Ça nous a donné un angle précis de recherche.

— Il suffit de trouver la bonne fissure dans la paroi à cet endroit, conclut Violaine.

— Il suffit… Ouais, je vois. C'est pas gagné, quoi !

— Tu es parfois démoralisant, Nicolas.

Ils longèrent le piton en prenant garde de ne pas glisser dans la pente vertigineuse.

— On y est, dit Arthur en consultant sa boussole.

Ils observèrent avidement la roche.

— Vous voyez des fissures, vous ?

— Il n'y a que ça, des fissures et des failles !

— Il faut chercher une fissure qui a la forme d'un sourire, précisa Arthur. C'est comme ça que le Doc la décrit dans sa lettre.

— J'en vois une un peu plus haut, dit Claire.

Cinq mètres au-dessus de leur tête, en effet, une large fente rappelant un sourire apparaissait dans la roche.

— Eh bien, bravo, on est bien avancés ! s'exclama Nicolas.

Une intense déception envahit les visages.

— Ce n'est pas possible, balbutia Arthur, on n'a pas fait tout ce chemin pour rien !

— Bon sang, ragea Violaine, j'aurais dû penser à prendre du matériel d'escalade. La salle de sport de la clinique en était remplie, en plus !

— On ne pouvait pas savoir, dit Arthur, accablé.

— On peut toujours essayer de grimper à mains nues, proposa Nicolas. Il y a des prises partout.

— Tu t'en sens capable ? demanda Violaine, partagée entre l'inquiétude et l'espoir.

— Je ne sais pas. Mais ce serait trop bête de ne pas essayer !

— C'est de la folie, dit Arthur en secouant la tête. Si tu tombes, même de pas très haut, on ne pourra pas te retenir et tu glisseras dans la pente.

— Il y a une autre solution, intervint Claire. C'est que j'y aille moi.

– Tu es blessée !
– Seulement à un bras.
– Non, je refuse, dit Violaine. Tu es fatiguée et encore faible, tu as perdu du sang, je te rappelle ! Un autre ira.
– Je ne suis pas plus fatiguée qu'Arthur, Nicolas ou toi, répondit doucement Claire. La seule différence, c'est que je suis sûre de pouvoir y arriver. Je l'ai déjà fait hier soir dans la grotte. Je sais comment m'y prendre.

Elle eut un sourire qui acheva de désarmer Violaine. Puis elle posa la main gauche sur un renflement de rocher. Ses amis se rapprochèrent, prêts à lui venir en aide si elle tombait. Claire prit une inspiration et se hissa sur la prise, en grimaçant de douleur. *Je suis un plongeur qui remonte le long d'un tombant d'un seul mouvement de palme.* Sa main droite agrippa le bord de la fissure, *à cinq mètres du sol.*

– Vous avez vu ? s'étrangla Nicolas. Elle était là, en bas avec nous, et maintenant elle est là-haut !

Claire trouva un appui pour sa jambe et souffla. Son bras gauche la lançait mais elle glissa quand même la main dans la fissure. Elle tâtonna, gratta, fouilla au milieu des cailloux et même de la terre que le vent avait déposée. Elle allait renoncer, au bord de l'épuisement, quand elle sentit un objet dur et rectangulaire sous ses doigts. Elle s'en empara sans réfléchir et… *et je lâche prise. Je me laisse tomber. Qui est le plus lourd, le kilo de plumes ou le kilo de plomb ? Dans la brume qui m'entoure, le plomb est plus léger que la plume !* Violaine attrapa Claire par la taille avant qu'elle ne vacille et trébuche dans la pente.

– Merci !

– Je n'allais pas te laisser tomber !

– Alors, qu'est-ce que tu as trouvé ?

Claire leur montra l'objet récupéré dans la fissure.

– Une boîte, enveloppée dans du plastique.

– Ce n'est pas le meilleur endroit pour l'ouvrir, dit Arthur. Retournons près des sacs.

Ils regagnèrent le col et se mirent à l'abri du courant d'air glacé, qui soufflait fort à présent. Claire posa la boîte sur le sol, dans l'herbe. Ils la contemplèrent sans rien dire.

– Alors c'est là ? Le secret du Doc, la clé de sa liberté ?

– Si on n'ouvre pas, on ne saura pas.

Arthur sortit la boîte de sa protection de plastique. C'était un coffret métallique, robuste et étanche. Il hésita quelques secondes. Et si le Doc avait piégé la boîte ? Il haussa les épaules en se traitant d'idiot puis actionna le système d'ouverture. Tous retinrent leur souffle. À cet instant précis, ils se demandaient s'ils allaient découvrir autre chose que du vent, à l'intérieur. Mais les preuves, les fameuses preuves étaient bien là ! Ils s'étaient attendus à trouver, dans la boîte, une ultime lettre du Doc. Faux espoir : celui-ci les laissait seuls, seuls avec le poids de cette découverte.

Le coffret métallique contenait des photos d'astronautes sur la Lune, comme celles que l'on a l'habitude de voir dans les livres. Sauf que le cadrage, plus large, laissait voir autour une équipe de tournage, et puis des projecteurs et un décor de sable. Arthur laissa de côté une enveloppe cachetée qui, au toucher, contenait sûrement d'autres clichés. Il feuilleta des témoignages de personnes qui avaient directement participé aux montages ou qui étaient dans la confidence. Et puis des transcriptions de bandes audio, d'enregistrements de conversations qui s'étaient tenues dans les navettes Apollo, hors public.

— C'est fou, je n'arrive pas y croire, dit Arthur dans un souffle en jouant avec les documents comme il l'aurait fait avec les joyaux d'un trésor.

— Moi non plus, mon garçon, fit une voix derrière eux, moi non plus !

Matt. Je ne t'ai jamais écrit. Ce sera la première et la dernière fois, car nos chemins se séparent aujourd'hui. Il faut voir certains événements comme des signes. Ce soir-là, à Aleyrac, dans l'église en ruine, la lune n'était pas avec toi. Tu as eu de la chance. Dans une autre opération, confronté à d'autres adversaires, tu aurais pu y laisser ta peau. Tes jambes se ressouderont vite. Profites-en pour partir loin et commencer une nouvelle vie. Je crois que ton compte en banque est bien approvisionné, après ces quelques années de baroud avec moi ! Ta candeur et ta loyauté me manqueront. Prends soin de toi.

Clarence.

(Lettre confiée par Clarence au médecin de garde de l'hôpital de Montélimar, avant de partir pour la Suisse.)

Agustin. Tu n'avais pas repris connaissance lorsque je t'ai laissé entre les mains du personnel des urgences. Je ne connaîtrai donc jamais les raisons qui t'ont poussé à me trahir et à partir seul dans la montagne, à la rencontre de ce qui fut, finalement, ton destin. Je préfère mettre cette folie sur le compte d'un honneur bafoué. Cela colle, ma foi, assez bien à l'image que je veux garder de toi. Je ne sais pas ce que tu feras ensuite, mais ce sera sans moi. Et loin de moi ! Prends ceci comme un conseil que tu serais avisé de suivre… Peut-être retourneras-tu faire les quatre cents coups dans ton Amérique du Sud propice aux hommes de ta trempe ! Bonne chance.

Clarence.

(Lettre mise par Clarence dans la poche du blouson d'Agustin avant de le déposer à l'hôpital de Valence, sur la route de la Suisse.)

23
Retribuere :
donner en échange

De quoi me souviendrais-je, si je devais mourir maintenant ? Du froid de la neige, des arbres qui se murmurent des secrets dans la forêt, d'une baignade dans l'eau limpide d'un ruisseau, du vent qui caresse et qui gifle, de l'odeur des nuits sous la tente, des longues marches et des pensées qu'elles entraînent dans leur sillage, de biscuits humides et d'éclats de rire, de la main de Nicolas dans la mienne, du sourire d'Arthur, de la force du regard de Violaine, d'églises et de châteaux, de vieilles pierres couvertes de mousse, de la lune bien sûr, de tous les clairs de lune…

Claire ne put retenir un cri. Sur le chemin, à quelques mètres, se tenait le loup-garou. Il portait une paire de jumelles autour du cou et brandissait un pistolet dans leur direction. Arthur, Violaine et Nicolas ouvraient des yeux ronds, comme s'ils ne voulaient pas y croire.

— Très impressionnant, dit Clarence en s'adressant à Claire. Si je ne t'avais pas vue grimper sur la falaise, si on peut appeler ça grimper, je ne l'aurais jamais cru !

Il pointa son arme sur Violaine qui avait fait mine de bouger.

— Inutile d'essayer tes trucs sur moi. Ça ne marche pas et tu le sais. Cela fait longtemps que j'ai moi-même tordu le cou à mon écharpe invisible.

Violaine resta bouche bée. Il savait ! Il savait pour les dragons !

— Vous étiez là depuis le début, dit Arthur entre ses dents. Pourquoi ne pas avoir pris les documents tout de suite, avant qu'on les sorte du coffre ? Vous êtes venu pour ça, non ?

— Oui, mon garçon, je suis venu récupérer ce que tu tiens entre les mains. Pourquoi vous ai-je laissés déballer le paquet ? Mais parce que vous l'avez mérité, bien sûr ! C'est vous qui avez trouvé les documents, je vous devais bien ça. Maintenant que vous avez vu et que vous savez, nous sommes quittes. Donne-moi la boîte.

— Mais c'est un pan de l'histoire qu'elle contient ! Le monde a le droit de savoir la vérité !

— Ah oui ? ironisa Clarence. Je pense que le monde s'en fiche bien. Les gens aiment qu'on leur raconte des histoires. Vraies ou fausses, elles les aident à vivre leur petite vie misérable. Est-ce qu'ils aimeraient seulement l'entendre, cette vérité ? Quant à moi, eh bien, je m'en moque. Quelle importance qu'on soit ou non allés sur la Lune ? De toute façon, avec ce que je vais toucher en échange de ces documents, je vais pouvoir me l'acheter !

En l'écoutant, Claire fut prise de doutes. Elle pensait réitérer avec lui son exploit de la grotte, contre le vampire. Mais elle ne bénéficiait plus de l'obscurité ni de l'effet de surprise. Et puis cet homme dégageait une assurance qui lui faisait peur. Elle se contenta de prendre le coffret des mains d'Arthur, trop vite pour que quiconque puisse réagir.

– Laissez-nous partir ou...

Une idée folle lui avait traversé la tête.

– ... ou je détruis les documents en y mettant le feu. Vous savez que je peux le faire ! Vous étiez là, dans l'appartement, à Paris, quand j'ai brûlé votre copain !

Clarence observa la jeune fille blonde. Il était épaté. Elle était terriblement rapide !

– Oui, tu peux le faire. Ou pas. Après tout, est-ce que je dois me fier à ce que j'ai vu ? Mais surtout, qui te dit que je suis obligé de rapporter ces documents ? Et si on m'avait seulement demandé de les détruire ? Dans ce cas, tu ferais le travail à ma place !

– Vous bluffez, dit calmement Nicolas qui avait retiré ses lunettes noires. Je vois votre cœur dans votre poitrine, il vient d'accélérer.

Clarence tourna son attention vers le garçon. Voilà que celui-là semblait capable de radiographier les gens ! Les objets aussi, sans doute.

Il éclata de rire.

– Quelle étrange petit groupe vous formez, tous les quatre !

Il regarda Arthur.

– Et toi, quels sont tes... talents ?

– Moi, je suis seulement le petit génie de la bande.

– Ouais, n'exagère pas, quand même, ne put s'empêcher de dire Nicolas.

– Ne détournez pas la conversation, reprit Violaine en regardant Clarence droit dans les yeux. Claire vous a mis un marché entre les mains : les documents contre le droit de partir, et la libération du docteur Barthélemy.

Clarence sourit.

– Tu es plus dure en affaires que ta copine. Tu viens d'ajouter une condition ! Tu sais, le problème pourrait se régler autrement...

Il dirigea son arme sur Arthur.

– Celui-là ne s'enfuira pas sans que je le voie, n'essaiera pas de manipuler mes sentiments et ne me lancera pas de coup d'œil assassin ! Si vous ne me remettez pas tout de suite les documents, je l'abats sans hésiter. Je vais compter jusqu'à dix. Un, deux...

Claire jeta à Violaine un regard affolé.

– ... trois, quatre, cinq...

Nicolas tourna vers Violaine un visage suppliant.

– ... six, sept...

– Stop ! dit Violaine en grimaçant de colère. C'est bon, Claire va vous donner ce que vous voulez !

Clarence tendit le bras et s'empara de la boîte.

– Et maintenant ? dit Violaine en croisant les bras d'un air de défi. Vous allez nous tuer ?

Arthur, Nicolas et Claire s'étaient approchés d'elle. Ensemble, ils faisaient bloc face à Clarence.

– Je pourrais, jeune fille. Je devrais, même. Non pas que mes commanditaires m'aient laissé des consignes dans ce sens, mais je ne permets jamais à mes adversaires de garder le souvenir de mon visage. Pour ma propre sécurité. Cependant…

Il laissa le reste de la phrase en suspens, satisfait de voir les gosses trembler derrière leurs airs de gros durs.

– Cependant, je vais vous laisser la vie sauve. Et je vais même faire mieux.

Il sortit de sa poche le téléphone satellite et composa un numéro. Il donna des ordres à voix basse et attendit un instant.

Puis il fit signe à Violaine de venir.

– N'aie pas peur. Quand je dis quelque chose, je m'y tiens. Tu ne risques rien.

Violaine s'approcha d'un pas mal assuré, sans quitter des yeux l'arme que Clarence brandissait toujours.

– Prends, dit-il en lui tendant l'appareil : quelqu'un veut te parler.

Elle attrapa le combiné d'une main tremblante. À quoi jouait cet homme ?

– Allô ? Allô ?

– Qui… qui est à l'appareil ? lui répondit une voix fatiguée.

– Doc ! s'exclama-t-elle. C'est vous ? C'est Violaine ! Violaine, de la clinique !

– Violaine ?

Le Doc avait l'air stupéfait.

– Ce serait trop long de vous expliquer maintenant ! Vous allez bien ?

– Oui, je… je suis à Genève, je crois. Ils ont dit que j'étais libre. Mais comment…

– Plus tard, Doc, le coupa Violaine sur un signe de Clarence. Je n'ai pas beaucoup de temps. Je suis avec Arthur, Claire et Nicolas. On vous rappellera. Reposez-vous, surtout.

Elle rendit le téléphone à Clarence qui l'éteignit. Les yeux de la jeune fille étaient mouillés de larmes. Elle se tourna vers ses amis.

– Le Doc va bien et il est libre !

Elle lut du soulagement et de la joie sur leurs visages. Puis elle regarda Clarence :

– Qui êtes-vous ?

– Je suis une ombre, Violaine, une ombre que la mort a oubliée dans un coin. Les quelques vivants qui me connaissent m'appellent Clarence.

– Je ne comprends pas. Pourquoi avoir libéré le Doc ? Rien ne vous obligeait…

– … à le garder prisonnier, la coupa Clarence. Nous voulions récupérer les documents, c'est chose faite. Nous vérifierons que Barthélemy n'a pas essayé de nous doubler. Mais il n'a plus d'importance pour personne, désormais.

– Si, il en a pour nous, murmura-t-elle.

– Ça veut dire qu'on est libres aussi ? demanda Nicolas. Vous allez vraiment nous laisser partir ?

Clarence rangea le pistolet dans son étui et les observa tous les quatre, l'un après l'autre.

– Je n'ai qu'une parole. Vous m'avez... amusé, oui, amusé. Le monde sera plus intéressant pour moi si vous continuez à en faire partie.

Il s'éloigna en boitant.

– Nous ne sommes pas venus par le même chemin, cela rendra notre séparation plus facile. Mais n'essayez pas de me suivre. Ma promesse de vous épargner ne vaut qu'à l'endroit de ce col... À bientôt, les gosses ! Qui sait ?

Il disparut au milieu des arbres.

Arthur, Violaine, Claire et Nicolas se jetèrent dans les bras les uns des autres, en riant et en criant. Ils avaient perdu les preuves du Doc, mais ils avaient gagné sa liberté, et la leur.

– J'ai cru qu'on allait tous mourir ! soupira Nicolas.

– Tu n'es pas le seul. Quelle peur ! renchérit Arthur.

– C'est un homme étrange, laissa échapper Violaine.

– On dirait que tu l'aimes bien, quand tu dis ça ! s'étonna Nicolas. Moi, il me fait froid dans le dos.

– Ce n'est pas que je l'aime bien, se défendit Violaine, mais il nous ressemble un peu. Il est seul. Comme s'il était le dernier de son espèce.

– Je comprends ce que tu dis, la rassura Claire en posant une main affectueuse sur son bras.

– Eh bien, moi, j'espère qu'on ne le reverra jamais, grommela Nicolas.

Ils s'assirent sur leurs sacs. Ils ne songèrent pas une seconde à rattraper Clarence !

– C'est dommage pour les documents.

— On sait en tout cas que le Doc ne mentait pas, dit Violaine.

— Moi, continua Arthur, il y a une chose que je n'arrive pas à comprendre : à en croire les preuves contenues dans la boîte, les Américains ne sont pas allés sur la Lune, d'accord. Mais d'après ce que j'ai eu le temps de voir et lire, les astronautes des missions Apollo se sont bel et bien rendus dans l'espace ! Ils auraient même survolé la Lune ! Pourquoi ne s'y sont-ils pas posés alors qu'ils étaient si près ? Ça m'échappe !

— On ne le saura jamais, soupira Nicolas, sauf si...

— Sauf si quoi ?

— Sauf si le Doc accepte de nous en parler.

— Clarence aurait pu nous le dire, aussi, affirma Violaine. Il avait l'air d'en savoir beaucoup.

— Tu vois ? triompha Nicolas. Tu l'appelles Clarence. Tu l'aimes bien !

— Idiot ! dit Violaine en ponctuant sa réponse d'un petit coup de poing sur l'épaule du garçon.

Ils jetèrent un dernier regard sur la silhouette majestueuse du mont Aiguille puis dévalèrent le sentier qui retournait dans la vallée.

Salut, mon vieux. Tu pourras annoncer au Grand Stratégaire le succès de l'opération Ézéchiel : j'ai les documents en ma possession. J'ai nettoyé derrière moi, inutile d'envoyer une équipe. On se voit un de ces quatre pour fêter ça en buvant un thé ? Minos.

Mon cher Minos. Je n'ai jamais douté de toi ! Tu suivras la procédure habituelle pour nous remettre les documents. La somme convenue sera disponible demain sur ton compte. Pour le thé, je vais réfléchir. À moins que tu me permettes de l'allonger avec un peu de bourbon ! À la prochaine. Hydargos.

(Échange de courriels entre Clarence et le colonel Black, quelques heures après l'épisode du mont Aiguille.)

Conclusio, onis, f. : épilogue

Pierre Barthélemy essaya de se réchauffer en faisant les cent pas devant l'église Notre-Dame-de-la-Gare. L'hiver touchait à sa fin mais le printemps se faisait encore désirer. Le vent qui balayait le trottoir était glacé.

Il repensa aux quelques jours qui avaient suivi sa libération. L'accueil soulagé que le directeur lui avait réservé et la facilité avec laquelle il avait accepté son mensonge pour justifier son absence. Les retrouvailles presque gênantes avec Sonia, la secrétaire, qui avait pleuré en le revoyant. Son bureau, cambriolé, dans lequel ne manquaient qu'un livre et qu'une photo. La disparition de ses jeunes patients, également. C'étaient finalement Violaine, Arthur, Claire et Nicolas qui lui avaient le plus manqué au moment de son retour. Il gardait des souvenirs flous de sa détention. Il savait qu'il avait été drogué et que ses ravisseurs n'avaient pas réussi à tout obtenir de lui. Il en ressentait de la fierté. Quant au reste des événements, il avait essayé d'en reconstituer le fil en fonction des maigres éléments en sa possession : les enfants avaient déniché le livre, déchiffré ses énigmes et remonté la piste des preuves, qu'ils avaient échangées contre sa liberté. C'est comme cela que les choses avaient dû se passer. Il en ignorait le détail mais comptait bien, aujourd'hui même, apprendre le fin mot de l'histoire ! Barthélemy regarda sa montre. Il était arrivé en avance. Il se remémora la lettre qu'il avait reçue deux jours plus tôt à la clinique :

Dans ma première il fait jour même la nuit. Ma seconde pourrait être la troisième de la première ou la deuxième de la deuxième ou encore la deuxième de la troisième, mais gare ! Mon troisième vaut deux fois cinq cents et se gagne à huit le lundi. Mon tout serait ravi de vous revoir !

Il avait éclaté de rire. Ces gosses avaient un sacré sens de l'humour ! Ils lui fixaient donc un rendez-vous. Il avait rapidement deviné que c'était à Paris (la Ville lumière), devant une église. Il avait eu plus de mal à trouver laquelle mais avait finalement réussi (Notre-Dame-de-la-Gare, sur la place Jeanne-d'Arc). Quant au troisième indice, il l'avait découvert par hasard, en tournant autour de l'édifice : deux fois cinq cents, deux D en latin, comme *Domus Dei*, l'inscription qui figurait sur un côté de l'église ! Il attendait donc devant, à huit heures comme le suggérait la fin de l'énigme.

– Bonjour, Doc. On savait que vous viendriez.

Il se retourna. Arthur, Claire, Nicolas et Violaine avaient surgi de nulle part.

— Je suis content de vous voir, les enfants, dit-il avec un large sourire. Dites, pour l'énigme, vous avez été un peu vaches, quand même !

— Une petite vengeance, c'est tout ! répondit Nicolas.

Ils s'observèrent en silence.

— On est désolés, Doc, dit Violaine. On n'a pas pu garder vos documents. C'était eux ou nous. Et vous.

— Je sais Violaine, la rassura Barthélemy. Ce n'est pas grave. Ces documents n'ont pas d'importance.

— Pas d'importance ? s'étonna Arthur.

— Le Doc veut dire que nous sommes toujours vivants et que c'est ce qui compte, suggéra Violaine.

— Mais ces documents étaient la preuve que...

— Et alors ? dit Barthélemy. Je sais, vous savez, voilà l'essentiel. Les mensonges et les dissimulations ont la vie dure. Vous auriez été déçus par les réactions des gens. Croyez-moi, la disparition de ces preuves est finalement un soulagement.

— Pourquoi les astronautes ne se sont-ils pas posés sur la Lune, Doc ? insista Arthur.

— Moins vous en saurez et plus vous serez en sécurité.

— Trop tard, continua le garçon, on en sait déjà beaucoup. Alors, Doc ?

Barthélemy eut un pâle sourire.

— S'ils ne sont pas allés sur la Lune, Arthur, alors qu'ils en avaient la possibilité, c'est qu'il y avait déjà quelqu'un là-bas.

— Quelqu'un ? Vous voulez dire... des extraterrestres ? s'exclama Nicolas, ravi.

Le vent obligea le Doc à remonter plus haut le col de son pardessus.

– On peut les appeler comme ça. Les premières missions Apollo ont vu des lumières en survolant la Lune. Une vie… non terrienne, disons, nous y avait précédés. Une vie dont on ne sait rien. Enfin, aux dernières nouvelles, qui ne sont pas très fraîches !

La révélation du Doc fut accueillie par un silence.

Claire pâlit, bouleversée par ce qu'elle venait d'entendre. Elle ne rêvait pas : le Doc venait de dire que, quelque part, vivaient des gens d'une autre espèce. Une espèce qui, peut-être, connaissait les dragons, avait des yeux gris métalliques et un cerveau différent. Un quelque part, enfin, où la gravité différente générait des déplacements différents. Pourquoi pas ? Cette perspective était folle ! Trop folle, sûrement. Elle chercha le regard de Violaine pour partager son émotion et trouva celui d'Arthur. C'était justement celui qu'elle aurait voulu éviter ! Mais au lieu d'une grimace moqueuse, le garçon lui adressa un vrai sourire. Un sourire complice. Une vague de bonheur envahit le cœur de la jeune fille.

– Mais pourquoi les Américains ne l'ont-ils pas dit ? insista Nicolas. Ça aurait été un scoop formidable !

– Ils ont peut-être eu peur. Ou bien ils ont conclu un accord avec ces extraterriens, qui sait ? En tout cas, la mise en scène des alunissages par les Américains n'a jamais eu pour but de faire croire qu'ils y avaient été, mais de ne pas avoir à révéler ce qu'ils y auraient vu.

– C'est dingue !

— C'est surtout bien compliqué, dit Violaine en faisant la moue.

— Au fait, demanda Nicolas, surexcité, il faut dire quoi : « extraterrestre » ou « extraterrien » ?

— Comme tu veux, répondit Claire dans un murmure.

Extraterrestres ou extraterriens, leur nom n'avait aucune importance. Seule comptait leur existence...

— Je vais changer de sujet, les coupa brutalement le Doc qui sentait la conversation lui échapper. Mais la question que je veux vous poser maintenant est importante : comptez-vous rentrer à la clinique ? Vous remarquerez que je ne dis pas : je vous ramène avec moi. Vous pouvez vérifier, la police ne cerne pas la place. Je m'adresse à vous comme à des individus responsables.

— On vous remercie pour ça, Doc, dit Arthur. On vous a toujours fait confiance. Et on vous aime bien, c'est pas le problème. Mais...

— Ce « mais », ça veut dire que vous ne viendrez pas ?

— Non, on ne viendra pas, lui confirma Violaine. On sait se débrouiller tout seuls, maintenant. On a un... un endroit à nous, maintenant.

Barthélemy surprit le regard qu'elle lança à ses amis. Il contenait de la détermination mais aussi de l'inquiétude. Ces gosses avaient pris une décision et ils s'y tiendraient, malgré toutes leurs peurs. Leurs peurs, qu'il connaissait bien. Lui aussi devait se décider. Maintenant.

— Est-ce que je vous reverrai ? demanda-t-il abruptement.

— On a pensé à un système, dit Arthur, qui accueillit la question avec une expression reconnaissante. Un message avec les deux D suivis de l'heure, du jour et du mois, pour quand on voudra ou quand vous voudrez que l'on se voie. On a une boîte aux lettres, on vous laissera l'adresse.

Le soulagement d'Arthur n'avait pas échappé au Doc. Il hocha gravement la tête.

— J'ai une dette envers vous. Une dette immense puisque je vous dois d'être en vie. J'en acquitterai une part en acceptant votre choix et en faisant mon possible pour qu'on vous laisse tranquilles. En contrepartie, je veux que vous me promettiez de donner des nouvelles régulières, et de m'avertir immédiatement quand ça n'ira pas. On est d'accord ?

— On est d'accord, Doc, répondit vivement Violaine, avec un sourire joyeux.

— Bon, eh bien... Est-ce que je peux vous offrir un verre, quelque part ? reprit-il en adoptant un ton plus léger. Vous avez beaucoup de choses à me raconter, je crois. Et je commence à avoir les pieds comme des glaçons !

— Avec plaisir, Doc !

— On se demandait si vous alliez nous le proposer !

— Dites, Doc, continua Arthur en lui emboîtant le pas, pourquoi toutes ces énigmes ? Ça n'aurait pas été plus simple de dire tout de suite où vous aviez caché les documents ?

— Plus simple, oui. Mais l'idée de la piste et du secret que l'on découvre petit à petit est fondamentale. Je voulais donner à celui qui se serait lancé en quête de ces preuves le temps de réfléchir. Éventuellement de changer d'avis. On doit avoir le choix. Moi, je ne l'ai pas eu !

— Vous avez écrit la première énigme au dernier moment et vous l'avez glissée dans le livre d'Ézéchiel. C'était pour nous ?

— Et comment aurais-je pu deviner que vous mettriez la main dessus ? Non, Nicolas, je pensais que mes ravisseurs finiraient par trouver le livre. Alors, je leur ai donné leur chance !

— Et pourquoi la Drôme ? Et le mont Aiguille ?

— Oui, et pourquoi toutes ces églises ? Est-ce que…

Le vent emporta le rire du docteur Barthélemy. Il allait répondre, bien sûr, à toutes les questions, et en poser lui-même, sur le ton de la confidence. Mais au fond de lui il était inquiet pour ces enfants, ces enfants qui étaient un peu – beaucoup à présent – les siens. Oui, qu'allait-il advenir d'eux ? Il n'était même pas sûr que les astres le sachent.

Au-dessus d'eux, au-delà des arbres et de la place, des immeubles et des toits gris, la lune à peine visible semblait un œil entrouvert dans le ciel.

[…] Je regardai, et voici, il vint du septentrion un vent impétueux, une grosse nuée, et une gerbe de feu, qui répandait de tous côtés une lumière éclatante, au centre de laquelle brillait comme de l'airain poli, sortant du milieu du feu. Au centre encore apparaissaient quatre animaux, dont l'aspect avait une ressemblance humaine. Chacun d'eux avait quatre faces, et chacun avait quatre ailes. Leurs pieds étaient droits, et la plante de leurs pieds était comme celle du pied d'un veau, ils étincelaient comme de l'airain poli. Ils avaient des mains d'homme sous les ailes. […] J'entendis le bruit de leurs ailes, quand ils volaient, pareil au bruit de grosses eaux […] ; c'était un bruit tumultueux, comme celui d'une armée.

(Extraits du livre d'Ézéchiel, chapitre I.)

Plus près du secret

1
Instare : poursuivre, importuner

Les chiffres. Les chiffres sont comme des gouttes d'eau, qui font ploc ploc à l'intérieur de ma tête. Je ne sais pas combien de fois ils me sont venus en aide, débarquant en renfort quand mes trois singes étaient sur le point de se faire déborder, ou bien au contraire, m'évitant d'avoir à les dessiner, ce qui est parfois pratique quand on ne dispose d'aucun mur blanc ! Je ne sais comment l'expliquer, mais il existe entre les chiffres et moi une complicité, et pourquoi avoir peur de le dire ?, une tendresse. Les chiffres ne me cachent rien, ils se dévoilent à moi totalement nus. En fouinant l'autre jour dans la bibliothèque d'Antoine, Nicolas a découvert un poème qui l'a bouleversé : c'était « Voyelles », d'Arthur Rimbaud. Rimbaud, ai-je commenté, qui aurait pu s'appeler Rainbow tant sa poésie contient de couleurs. Moi, c'est en passant devant un kiosque à journaux que j'ai eu mon illumination. Ne riez pas ! C'est là, en effet, que j'ai acheté mon premier recueil de sudokus…

– On te tient, fouineur !

– Tu croyais nous échapper longtemps ? On connaît ces couloirs mieux que toi !

– Et puis d'abord, tu vas où comme ça ? T'as une planque, là-dessous ? T'es en fugue ? T'aurais dû nous en parler, venir nous voir.

– Ouais, comme qui dirait, c'est à nous ici, tout le coin. Depuis les rails jusque-là, aussi loin qu'on peut aller dans le noir !

Les voix avaient surgi des couloirs alentour. Arthur accusa le choc, les jambes pantelantes. Son cœur faisait des bonds énormes dans sa poitrine. Quelle frousse ! Le parcours était éclairé par des appliques grillagées, mais de trop faible intensité pour dissiper complètement les zones d'ombre. Des ombres ! Voilà, c'étaient des spectres d'en dessous qui le narguaient ! Venus pour se venger de quelque sacrilège... Malgré la fraîcheur qui régnait sous le béton, le garçon sentit des gouttes de sueur perler sur son front.

« Du calme, se répéta-t-il en lui-même. Ce ne sont pas des créatures diaboliques et je n'ai rien d'un profanateur. Bon sang, même Claire ne penserait pas à des idioties pareilles ! Il s'agit seulement de pauvres types à moitié saouls. Sûrement ces gars que l'on voit traîner de temps en temps près des rails. »

Quelqu'un bougea devant lui et, quittant l'abri de l'ombre, se plaça sous la lumière pâle d'une ampoule. Il y eut des frottements contre les murs. Tout à coup, les fantômes s'évanouirent, cédant la place à des êtres de chair et d'os. Arthur vit alors clairement à qui il avait affaire : cinq clochards, dépenaillés mais droits sur leurs jambes, et pas encore ivres.

— Qu'est-ce que vous me voulez ?

Il n'obtint qu'un ricanement en guise de réponse et sentit un frisson glacé l'envahir.

— Ce qu'on veut ? Dis-lui, Pierrot !

— Des excuses. On veut des excuses, loupiot.

Arthur avala péniblement sa salive.

— Des excuses ?

— Ouais. Tu crois qu'on entre comme ça chez les gens ? Je fais que passer, pardon ! Trop facile. C'est comme les gens qui nous croisent, dans la rue, en faisant un écart et en évitant de nous regarder !

Arthur amorça sans même s'en rendre compte un mouvement de recul. Il ne comprenait pas ce que les clochards voulaient mais il ne croyait pas à cette histoire d'excuses. Il avait pénétré sur leur territoire, ça c'était certain. Il s'était aventuré dans le domaine d'une meute... Alors, de l'argent, peut-être ?

— Faites gaffe, il cherche à se défiler !

Arthur entendit derrière lui le souffle rauque d'un homme qui avait couru.

— Ça ne risque pas, grogna le clochard qui arrivait dans son dos.

— Enfin, écoutez-moi, c'est ridicule ! tenta désespérément le garçon. Il doit y avoir un moyen de s'arranger. J'ai de l'argent...

— On s'en fout de ton argent, ricana l'un des hommes en face.

— Tu nous prends pour des voleurs ? hurla un autre.

On veut du respect, voilà ce qu'on veut ! Faut pas faire comme si on n'existait pas !

« Pour une fois, songea amèrement Arthur, je regrette de ne pas être Violaine ou Claire ! À quoi me sert ma matière grise, maintenant ? »

L'espace d'une seconde, il s'imagina les poings fermés, son corps osseux tendu comme un arc, menacer les six hommes avec ses bras trop maigres. Grotesque ! Son seul atout, c'était son cerveau. Et vu les circonstances, c'était plutôt un handicap... Il risquait de passer un sale quart d'heure.

En même temps, Arthur ne pouvait s'empêcher d'éprouver de la pitié pour les hommes qui avançaient vers lui. Quelle avait été leur vie, avant de se retrouver en marge de la société, repoussés peu à peu, sans s'en rendre compte, vers la ligne rouge, frontière invisible mais plus terrible qu'un mur de prison entre ceux qui sont en deçà et ceux qui sont au-delà ? Et eux, eux quatre, où se trouvaient-ils par rapport à cette ligne rouge ? Tout proche ou... déjà de l'autre côté ? Il frissonna à cette pensée. Au moins, les clochards avaient un territoire à défendre. C'était un but, si dérisoire soit-il.

Les six hommes s'étaient arrêtés à moins d'un mètre. Arthur ferma les yeux. Il refusa de se laisser submerger par la peur et pensa très fort à ses amis.

À Violaine, ses longs cheveux châtains, son visage carré et dur, son regard bleu foncé qui vous scrutait par-dessous. Violaine qui, à sa place, aurait souri, empoigné le bras d'un clochard et leur aurait intimé l'ordre de partir.

Il pensa à Claire, belle et fragile comme une fleur de printemps, ses yeux pâles immenses qui semblaient fixés sur d'autres mondes, ses cheveux d'or fins comme de la soie. Claire qui, à sa place, n'aurait eu qu'un pas à faire pour s'en sortir.

Il pensa à Nicolas, ses yeux moqueurs dissimulés derrière les épaisses lunettes noires qu'il ne quittait que pour dormir, ses cheveux blancs à force d'être blonds, sa taille d'enfant de dix ans quand il en avait bientôt quatorze. Nicolas qui, à sa place, n'aurait pas fait beaucoup mieux…

Cette idée le rasséréna. Nicolas s'était proposé, la veille, pour aller relever le courrier sur leur messagerie électronique. Il aurait donc dû être là et affronter les loqueteux. Mais lui, Arthur, il avait insisté pour sortir, malgré le mal au crâne que lui flanquait Internet, et c'est pour cette raison qu'il se trouvait à présent en première ligne. C'était très bien comme ça. Il rouvrit les yeux et se raidit dans l'attente du premier coup.

– Ça suffit ! Laissez-le !

Une voix avait retenti dans les couloirs, vibrante de colère.

– Violaine ! s'écria Arthur.

Les clochards, stupéfaits, se retournèrent. Trois silhouettes se tenaient juste derrière, immobiles, à mi-chemin de l'ombre et de la lumière. Une fille grande et solide tenait par la main une fille blonde qui chancelait. À côté d'elles, un garçon de petite taille croisait les bras et arborait un sourire goguenard.

— Vous devriez lui obéir, dit le garçon en s'adressant aux hommes : conseil d'ami.

Les clochards étaient devenus nerveux.

— Pour qui ils se prennent, ceux-là ?

— Vous sortez d'où, les gosses ? Vous devriez pas retourner chez papa-maman ? C'est dangereux de traîner dans le noir !

— Laisse ! On va tout régler en même temps, comme ça, on sera enfin tranquilles !

— Vous auriez dû m'écouter, soupira Nicolas. Moi, je vous ai prévenus…

Le chef de la bande s'avança vers Nicolas, dans l'intention évidente de le faire taire. Violaine fut plus rapide. Sans lâcher Claire, elle saisit le bras de l'homme qui s'arrêta net.

— Vous n'avez pas entendu ? siffla Violaine entre ses dents. Vous allez vraiment me mettre en colère !

Les yeux de l'homme s'écarquillèrent. Il blêmit.

— Hé, Pierrot, qu'est-ce qui se passe ?

Un deuxième clochard s'était approché, prudemment, et secouait son ami par l'épaule. Il s'arrêta net, brusquement secoué de frissons, puis poussa un gémissement rauque.

— Partez, maintenant ! commanda Violaine d'un ton cinglant, avant de lâcher le bras qu'elle tenait.

Les deux clochards n'essayèrent pas de discuter. Ils décampèrent en hurlant, suivis par les autres qui ne cherchèrent même pas à comprendre.

Nicolas se précipita vers Arthur.

— Ça va ?

– Oui, ça va. Ils m'ont juste fait peur. C'est ce qu'ils voulaient, à mon avis. Je ne pense pas qu'ils m'auraient fait du mal.

– Violaine aussi leur a juste fait peur ! répondit Nicolas.

– Merci Violaine, dit Arthur à son amie qui s'était approchée.

– C'est Nicolas qui nous a conduits jusqu'à toi, c'est lui qu'il faut remercier.

– Je touche du bois, dit Nicolas en se tapotant le crâne, mes yeux ne m'ont pas lâché ! D'habitude, c'est quand j'en ai le plus besoin qu'ils font un caprice.

– Bon, soupira Arthur, puisque ni Violaine ni Nicolas ne veulent de mes remerciements, je vais les offrir à Claire.

– Moi ? s'étonna Claire faiblement. Pourquoi moi ?

– Parce que tu es venue aussi, alors que tu es fatiguée.

Claire lui adressa un sourire.

– Je ne suis pas fatiguée, Arthur. J'ai du mal à marcher en ce moment, c'est tout.

Violaine raffermit sa main dans celle de Claire.

– Rentrons, proposa-t-elle. Je ne pense pas que ces types aient envie de revenir, mais ce n'est pas la peine de prendre des risques.

Nicolas prit avec Arthur la tête du petit groupe. Les deux filles les suivirent, en retrait.

– Je les ai sentis, murmura Claire à son amie, j'ai senti la présence des dragons.

– Tu les as sentis ou... tu les as vus ?

— Sentis. À la façon dont ils froissaient l'air en bougeant.

— C'est parce que je te tenais en même temps, dit Violaine après une hésitation. Oui, c'est sûrement ça.

C'était l'explication la plus plausible et Violaine, tout comme Claire, s'en contenta. Ses rapports avec les dragons changeaient, elle le savait. Sans pouvoir dire pourquoi, ni où cela la conduisait. Quand elle avait pris le bras du premier homme, tout à l'heure, *pour entrer en contact avec son dragon*, les choses s'étaient déroulées normalement. Elle, *son chevalier de brume*, avait menacé le clochard, *l'ectoplasme lové autour de lui*, et celui-ci avait pris peur. Mais le deuxième homme ? C'est le premier, *le dragon du premier*, qui lui avait communiqué sa frayeur ! C'était nouveau : elle pouvait influer sur les autres sans les toucher directement. Par contamination. Il fallait qu'elle intègre ça et qu'elle y réfléchisse. En plus du reste. Elle n'y arriverait jamais…

Combien de temps parviendrait-elle à tout mener de front ? Essayer de comprendre ce qui se passait entre elle et les dragons aurait dû lui demander toute son attention. Elle utilisait des forces qu'elle maîtrisait mal, elle le savait. Mais il y avait Claire qui s'affaiblissait de jour en jour et dont elle devait s'occuper. Et puis Arthur et Nicolas dont elle devait calmer les imprudences. Violaine soupira silencieusement.

Devant, Nicolas sondait les couloirs de sa vision colorée. *Du noir*, du vide. *Du bleu*, des murs en béton, *clair près du sol froid et foncé au plafond, plus chaud*. Il distingua bientôt, derrière le mur d'un virage, une porte en fer, *tache jaune*, ouvrant sur un espace, *rougeâtre* : leur planque, leur endroit secret.

Arthur s'affala dans un fauteuil. Le mal de tête qui s'était emparé de lui devant l'ordinateur du cybercafé, comme chaque fois qu'il consultait la messagerie, commençait à dégénérer en atroce migraine. L'épisode des clochards n'avait rien arrangé. Il ferma les yeux, et se massa les tempes pour essayer de chasser la douleur.

Claire, aidée par Violaine, s'installa en tailleur sur le tapis épais qui recouvrait une partie de la pièce.

– Je vais faire chauffer de l'eau pour un thé, annonça Nicolas en se dirigeant vers le réchaud posé sur une table encombrée de nourriture.

Le garçon avait remis ses épaisses lunettes de soleil. Pourtant, la lumière que diffusait l'unique ampoule de la pièce était tamisée par un abat-jour improvisé.

Violaine s'assit sur l'un des quatre lits de camp disposés en carré autour du tapis. Un vide-grenier dans un arrondissement voisin leur avait permis de meubler leur refuge de façon spartiate mais suffisante, en tout anonymat. Quelques affiches de film sauvées d'une poubelle, quelques singes gribouillés de-ci de-là et plusieurs sentences écrites au marqueur rouge égayaient enfin les murs de béton gris de l'ancien local technique où ils avaient établi leur repaire, dans les sous-sols du quartier neuf de la BNF. Depuis qu'ils s'étaient enfuis de la Clinique du Lac, c'était le dernier endroit qui leur restait. Cela faisait longtemps que leurs parents ne voulaient plus d'eux, enfin, de leurs problèmes. Ils n'avaient nulle part où aller.

— Remis de tes émotions, Arthur ? demanda la grande fille.

— Oui, répondit-il en s'obligeant à ouvrir les yeux. Je me disais, ça serait peut-être bien d'aller voir les types de tout à l'heure et de discuter avec eux, de s'arranger pour avoir un droit de passage…

— Un quoi ? éclata Violaine. On est ici chez nous autant qu'eux ! On va quand même pas s'abaisser à…

— Cela ne nous abaisserait pas, la coupa Arthur d'un ton las. Tu sais, eux, ils n'ont que ça, un territoire, pour se sentir encore exister.

— Et nous, intervint Claire de sa voix douce, on a quoi de plus ?

— Je… enfin, nous…

« Nous on a le futur, on a encore notre vie devant », songea-t-il en occultant la douleur qui lui taraudait le crâne. Mais il ne dit rien. Il n'avait que des mots à offrir à son amie, et les mots, si jolis qu'ils soient, ne suffisaient pas toujours.

Violaine vint le tirer d'affaire :

— Tu as peut-être raison, ça ne coûte rien d'aller voir les clochards. Après tout, ce sont nos voisins les plus proches ! On le fera demain, promis.

— Merci, lui répondit Arthur avec reconnaissance. C'est important, je crois.

— Et le Doc ? demanda Nicolas de l'autre bout de la pièce. Il a répondu à notre message ?

— Le Doc… Ah oui, le Doc ! dit Arthur. Désolé, je pensais à autre chose. Oui, le Doc a répondu à notre message : DD 122303.

— Rendez-vous après-demain, à l'endroit habituel, midi, traduisit Violaine. Parfait !

— Parfait, répéta Arthur dans un murmure.

C'était un mot qu'ils n'avaient pas l'habitude de prononcer…

SE SOUVENIR DE L'AVENIR

(Sentence écrite au marqueur rouge sur l'un des murs de la planque.)

2
In occulto : dans le secret

Il lui sembla que les dragons l'encourageaient. Elle s'arrêta pour souffler. Les sifflements et les feulements se firent plus insistants. Elle serra les dents et reprit sa progression. Sa reptation. Alors qu'elle aurait dû, logiquement, tourner le dos à la crypte et essayer d'atteindre la sortie, la lumière, elle se traînait sur le sol en direction des monstres. Elle cligna les yeux. Est-ce que c'était une illusion d'optique ? La crypte s'était éloignée ! Elle accéléra l'allure, s'écorchant les avant-bras contre la roche. Peine perdue, elle n'avait pas gagné un centimètre. Elle refoula un sanglot. Si elle était partie vers la lumière, la lumière aurait-elle fui elle aussi ? Était-elle condamnée à rester prisonnière de cette grotte ? Elle n'eut pas le temps d'y réfléchir. Un battement d'ailes déchira le silence. Un dragon fondait sur elle…

Violaine ouvrit les yeux en proie à la panique. Elle mit un moment à reconnaître l'endroit où elle se trouvait, plus longtemps encore à calmer les battements de son cœur. Elle bougea dans le lit de camp à la recherche de sa montre, qui avait glissé de sa poche quelque part dans le duvet. Il était encore trop tôt pour se lever et réveiller les autres. Elle resta donc allongée mais avec la ferme intention de ne pas se rendormir.

À force de nuits sans rêves, elle avait cru que ses cauchemars appartenaient au passé. Elle s'était trompée. Ils étaient revenus.

Elle essaya de ne pas y penser, ou plutôt, de réfléchir à ce qu'ils pouvaient signifier. Prendre du recul. Pour ne pas se laisser submerger... L'expérience nouvelle d'hier, voilà, c'était sans doute ça ! Elle recommençait à rêver de dragons parce que les dragons recommençaient à l'inquiéter. Mais quoi faire ? Se tenir à l'écart ? Ne plus toucher personne ? Trop tard. De toute façon, si ça continuait comme ça, elle n'aurait bientôt plus besoin de toucher les gens pour les atteindre.

L'image de l'ogre, de l'Américain qui s'appelait Matt et dont elle avait provoqué la chute en demandant simplement à son dragon de la rejoindre, fit irruption dans son esprit. Tout était parti de là. Elle se remémora la succession des événements.

Un, dans l'appartement d'Antoine, Matt combattait ses propres amis pour la protéger. Parce qu'elle s'était jetée dans ses bras et avait gagné l'affection de son dragon.

Deux, dans l'église en ruine d'Aleyrac, elle avait attiré Matt dans le vide en appelant son dragon. À distance. Le dragon l'avait reconnue ! Elle n'avait pas eu besoin d'un contact physique avec Matt. En tombant, l'Américain s'était brisé les jambes et le dragon avait feulé de douleur. Elle se rappelait cette souffrance, tout comme le regard de reproche que le monstre lui avait lancé. Jusque-là, elle n'imaginait pas que les dragons puissent avoir d'autres sentiments que ceux de leurs maîtres. Cette découverte l'avait bouleversée.

Trois, enfin, dans le sous-sol, elle avait attrapé le bras d'un clochard et donné l'ordre à son dragon de partir. Et ce dragon, tout seul, avait fait passer le mot à son congénère lorsque le second clochard avait touché le premier !

Elle en avait désormais la confirmation : les dragons possédaient une réelle autonomie, même si cette autonomie était limitée. Ou alors… Et si c'était les dragons qui avaient des humains, et non l'inverse ? Les humains visibles incarnant la personnalité des dragons invisibles ? Cela devenait délirant !

— Ma tête va exploser, grogna-t-elle à voix haute.

— Violaine ? Ça va ? chuchota Claire.

Violaine sursauta.

— Oui, répondit-elle sur le même ton. Je suis désolée de t'avoir réveillée ! C'est juste que je réfléchis trop.

— De toute façon, je ne dormais pas.

— Tu ne dors plus beaucoup en ce moment. Qu'est-ce qui se passe, Claire ? Je commence à m'inquiéter sérieusement.

— Rien. Je ne comprends pas ce qui m'arrive. Je me demande si…

— Si ?

— Si ce n'est pas l'influence de la ville qui me fait du mal. Du béton, de l'acier, du verre. Du goudron. De l'air mauvais. Je suis une sylphide, j'ai besoin d'eau vive et de vent vivant. D'arbres libres et de terre qui respire…

Violaine se mordit la lèvre. Leur amie se réfugiait chaque jour un peu plus dans un univers mental où ils avaient du mal à la suivre. Mais cette fois, il se pouvait bien qu'elle n'ait pas tout à fait tort. Claire était si fragile qu'un rien suffisait pour la déséquilibrer.

– Moi aussi, ma vieille, je ressens le besoin d'agir. Arthur et Nicolas, eux, n'ont qu'une envie : qu'il se passe quelque chose ! Ne t'inquiète pas, on va bientôt partir, s'aérer un peu. Ce n'est plus qu'une question de jours, je te le promets.

– Alors tant mieux, dit simplement Claire en se renfonçant dans son duvet.

« Partir, continua Violaine pour elle seule. Mais où ? Arthur pense que ce sera vers le futur, mais moi je crains que ce ne soit vers le passé. Peu importe, après tout, aller de l'avant ou de l'arrière. Aller est déjà beaucoup. »

Elle ne regrettait plus du tout leur décision de revoir le Doc. Un mois de recherches, sur Internet et dans les bibliothèques, n'avait pas donné grand-chose et avait plutôt contribué à brouiller les pistes. C'était incroyable tout ce qui avait été écrit, de farfelu et de sérieux, au sujet des extraterrestres ! Oui, le Doc les aiderait à y voir clair, elle en était persuadée…

Arlington, Virginie – États-Unis. Le général Rob B. Walker gara son véhicule personnel à l'extrémité du parking nord, sur l'une des huit mille sept cent soixante-dix places de stationnement du Pentagone. Bien qu'en grand uniforme pour l'occasion, il effectuait ce déplacement à titre privé et avait préféré se passer de voiture officielle et de chauffeur.

Il ajusta sur son crâne la casquette qui arborait trois étoiles d'argent puis s'engagea sur la pelouse. Tournant résolument le dos à l'entrée principale, il se mit à longer le bâtiment d'un pas rapide.

L'homme était grand, son visage sévère. Il avait les cheveux gris, mais les exercices physiques auxquels il s'astreignait chaque jour lui donnaient encore l'allure d'un officier de terrain. Tout en marchant, le général songeait à l'étrange rendez-vous auquel il avait été convié. Quand même, utiliser le Pentagone pour une réunion pareille, voilà qui était culotté ! Et qui en disait long sur l'influence de ses nouveaux amis.

Il tomba sur un groupe de collégiens munis de badges, encadrés par leurs enseignants et des officiers de la maison.

– Cet édifice devant vous, les enfants, abrite le département de la Défense des États-Unis. Plus de vingt-six mille personnes, civils et militaires, y travaillent. Ashley, tu sais pourquoi on lui donne ce nom ? Eh bien, à cause de sa forme pentagonale, tout simplement ! Pour toi, Kevin, qui aimes les chiffres, cet immeuble de cinq étages comporte vingt-huit kilomètres de corridors. Il a été inauguré le 15 janvier 1943. C'est le plus vaste immeuble de bureaux du monde ! Il est constitué de cinq anneaux concentriques et a été construit avec du béton renforcé par une armature d'acier. Les façades ont été récemment renforcées avec du Kevlar.

Le 11 septembre 2001, rappelez-vous, le Pentagone a été la cible d'une attaque terroriste d'al-Qaida…

La tirade, débitée sur un ton enthousiaste par l'une des enseignantes, une jeune femme au fort accent de Nouvelle-Angleterre, ne semblait intéresser que fort modérément les élèves, qui préféraient chahuter en ricanant ou en gloussant.

« Elle a oublié d'indiquer les coordonnées géographiques du centre : 38° 52' 16" Nord, 77° 03' 29" Ouest, grommela intérieurement le général. Et après ça, on s'étonne que nous soyons vulnérables ! »

Aux États-Unis, tout était accessible à tous, pour le meilleur et pour le pire. Cela énervait le général au plus haut point. Pour lui, moins les citoyens ordinaires en savaient et mieux le pays était protégé.

Le général répondit au salut des militaires qui s'étaient mis au garde-à-vous. Il vit trop tard l'enseignante qui reculait tout en continuant de parler. Le pied de la jeune femme heurta la bordure de ciment. Elle trébucha et se rattrapa à lui pour ne pas tomber.

– Je suis désolée, monsieur ! Quelle maladroite je fais ! Mais… Oh ! Les enfants ! poursuivit-elle ravie, voici un général de l'armée américaine ! Il porte trois étoiles d'argent, ce qui signifie que ce monsieur commande… commande quoi, Ashley ? Kevin ? Vous ne pouvez pas écouter cinq minutes, non ?

Réprimant un geste d'énervement, Rob B. Walker épousseta sèchement la manche de sa veste et continua sa route, sans un regard pour la maladroite et sa bande de gamins indisciplinés.

Dix minutes plus tard, il s'arrêta devant une porte banalisée qui s'ouvrit après qu'il eut frappé selon le code convenu. Dans un hall minuscule, il dut décliner son identité à deux hommes en civil que ses étoiles n'impressionnaient guère. Ils confrontèrent ses empreintes digitales à celles de leur fichier. Ayant satisfait aux contrôles, le général fut autorisé à poursuivre. Guidé par des marques discrètes sur les murs, il s'engagea dans un couloir puis descendit des escaliers métalliques jusqu'au sous-sol. Il marcha encore un moment avant de buter contre une nouvelle porte. Il tapa trois coups secs et elle s'ouvrit.

Le général mit un moment à s'accoutumer à la pénombre. Il découvrit bientôt une salle aux murs de béton brut, sans plâtre ni peinture, uniquement meublée d'une grande table rectangulaire. Dix personnes y étaient assises. Elles portaient toutes un masque, et les masques étaient tournés vers lui.

— Approchez-vous, Rob.

La voix qui venait de s'adresser à lui, même déformée par le masque, ne lui était pas inconnue. Mais il n'aurait su dire où il l'avait entendue. Le général se sentait fébrile comme un collégien à son premier bal...

Il était en face du MJ-12. En face des hommes les plus puissants des États-Unis et peut-être même de la planète. C'était en tout cas ce qui se disait. Et il avait le privilège, lui, d'être invité à l'une de leurs réunions !

Rob B. Walker dissimula tant bien que mal son émotion et avança jusqu'à la chaise vide qui l'attendait en bout de table. Il s'y assit sans dire un mot.

– Vous le savez, Rob, expliqua la voix, le MJ-12 et ses membres, les Majestics, alimentent bien des fantasmes dans ce pays. Mais cette organisation n'existe pas.

« Bien sûr qu'elle n'existe pas, songea le général. C'est la plus belle ruse du diable, n'est-ce pas ? Être arrivé à faire croire qu'il n'existait pas… »

C'était pourtant vrai que le MJ-12, inconnu du grand public, faisait régulièrement parler de lui dans toutes les sphères du pouvoir. À la façon dont on évoquait, mi-sérieux mi-amusé, les monstres des placards ou encore le Père Noël ! On attribuait aux Majestics tout ce qui ne tournait pas rond dans le pays, également tout ce qui paraissait incroyable.

– Le MJ-12 n'existe pas, continua la voix de l'homme masqué, mais il comporte, comme son nom l'indique, douze membres. L'un des nôtres est en mission. Nous sommes actuellement onze Majestics. Nous avons pensé à vous pour être le douzième.

Le visage du général accusa le choc. Ses yeux papillonnèrent un bref instant.

– Cependant, nous ne savons pas encore dans quelle mesure vous faire confiance. Lorsque vous aurez réussi votre première mission, les ombres se lèveront sur notre groupe et vous en ferez entièrement partie. *In occulto*, bien sûr.

– Une mission ? demanda le général après s'être raclé la gorge.

L'un des hommes autour de la table lui passa un mince dossier rouge. Le général s'en saisit. Sur la couverture étaient écrits deux mots au marqueur noir.

— Quatre Fantastiques… C'est une blague ?
— Oui. Mais c'est aussi le nom de code de l'opération dont vous êtes responsable. Il s'agit de retrouver quatre jeunes Européens en fuite. Ceux-ci ont une grande valeur pour nous. Nous les voulons vivants, absolument vivants. Vous trouverez toutes les informations dont nous disposons dans cette chemise.
— Puis-je compter sur des crédits ?
— Illimités.
— Des moyens…
— Ceux que vous jugerez utiles. Officiels et officieux. Ah, une dernière chose : nous ne nous reverrons plus avant la fin de l'opération. Maintenant, Rob, si vous aviez la gentillesse de nous laisser, nous avons encore des choses à nous dire !

Le général paraissait perdu dans ses pensées. Retrouver quatre gamins… À quoi jouait-on, ici ? Pourquoi lui confier une mission aussi dérisoire ? Il éprouva une vive déception. Soudain, il prit conscience que les dix masques le fixaient en silence.

Il se leva précipitamment. Son excitation reprit le dessus.

— Je vous laisse, bien sûr ! Et je vous contacte très rapidement.
— Nous y comptons. Bonne chance, Rob.

Rob B. Walker eut besoin du trajet de retour par les escaliers et les couloirs pour retrouver son calme. Le MJ-12. Les 12 Majestics. Et il allait en faire partie ! S'il réussissait la déroutante mission qu'on venait de lui confier. Il ne savait pas si ces gosses qu'on lui demandait de retrouver avaient une importance réelle ou s'il ne s'agissait que de le tester, lui. Mais, à la réflexion, la réponse pouvait attendre. Il ferait ce qu'on lui demandait et il réussirait.

Une fois à l'air libre, il courut presque jusqu'à sa voiture. Il n'avait qu'une hâte : rentrer à la maison, se servir une bonne bière et éplucher le dossier qu'on lui avait remis. Il enverrait ensuite en Europe des hommes à lui, des hommes loyaux pour régler l'affaire. Il contacterait également, pour le cas où un plan B serait nécessaire, un homme de main capable. L'utilisation de mercenaires par l'armée US était fréquente, il avait l'habitude de ces têtes brûlées. C'est pour cela qu'il ne s'en servirait qu'en cas de nécessité. Le général Rob B. Walker comptait mettre toutes les chances de son côté pour que l'opération soit un succès. MJ-12. Ce nom résonnait en lui comme la promesse d'une fin de carrière palpitante...

Quelque part en Nouvelle-Angleterre – États-Unis. À des centaines de kilomètres d'Arlington, confortablement installé dans une pièce bourrée de matériel informatique dernier cri, un homme enleva de ses oreilles une paire d'écouteurs. La lumière était trop faible pour qu'on distingue ses traits, mais ceux-ci étaient soucieux. L'homme médita un long moment sur la conversation que le micro-mouchard, accroché par l'un de ses agents sur la veste du général Rob B. Walker, lui avait transmise. Puis il prit sa décision. Il écrivit un bref message au clavier de son ordinateur, hésita une fraction de seconde puis appuya sur la touche envoi.

Les dés étaient jetés. Il avait lâché le grain de sable dans les rouages de la mécanique qui venait de se mettre en marche.

Il semblerait que la chasse soit rouverte. Infos suivent. Mot de passe : *In occulto*. Bonne chance…

(Courriel envoyé depuis la Nouvelle-Angleterre à un mystérieux destinataire en Europe.)

3
Comparativo, onis, f. : confrontation

L'autre jour, dans la bibliothèque d'Antoine, je suis tombé par hasard sur un livre. C'est la photo de couverture qui m'a attiré. Elle représentait un jeune homme aux yeux très clairs, des yeux qui regardaient ailleurs. Quand je dis ailleurs, c'est vraiment ailleurs. J'ai commencé à le lire et j'ai compris que c'était un recueil de poèmes. Des poèmes écrits par le type en photo sur la couverture et qui s'appelait Arthur Rimbaud. « Il aurait pu s'appeler Rainbow » (ce qui signifie « arc-en-ciel » dans la langue de Batman, je préfère le préciser pour ceux qui comme moi sont nuls en anglais !), m'a soufflé mon Arthur personnel. Effectivement. J'ai tout de suite accroché à ses poèmes et je me suis retrouvé ailleurs, à la fois loin d'ici et dans un monde très familier. Bref, impossible à expliquer. Mais quand j'ai découvert le poème intitulé « Voyelles », j'ai cru que mon cœur allait s'arrêter de battre. Je n'ai jamais rien lu de si beau. Ni de si vrai. Je pensais que j'étais le seul à mettre des couleurs sur les choses. En fait, je n'étais même pas le premier…

Nicolas s'amusait à balancer d'avant en arrière la sacoche qu'il tenait à la main. Les rues étaient mal éclairées, mais il s'en moquait. Si le quartier avait été moins sinistre, il s'en serait même réjoui : la Ville lumière était beaucoup trop lumineuse à son goût !

— Arrête de jouer avec l'argent, lui dit Arthur tout à coup. Il y a une petite fortune là-dedans.

— Bah, l'argent, on peut en avoir autant qu'on veut !

— Ce n'est pas une raison pour s'amuser avec.

Leurs voix avaient brisé un silence tout relatif. La rumeur des postes de télévision franchissait la barrière des fenêtres. Au loin, on entendait le bruit des voitures roulant sur le périphérique. Nicolas jeta un regard en biais à son ami.

— Et toi, tu ne t'amuses pas avec, peut-être ? le taquina-t-il.

Arthur était toujours sérieux. Ce qui n'était pas drôle tous les jours !

— Ça n'a rien à voir, répondit-il. Et je ne suis même pas sûr de vraiment m'amuser en gagnant mes parties.

— En écrasant tes adversaires, tu veux dire ! Tu vas bientôt ruiner tous les joueurs de sudokus qui s'aventurent sur Internet en se prenant pour des professionnels...

Nicolas se disait qu'il arriverait bien à ouvrir une brèche chez Arthur et à le faire rire. Mais c'est l'inverse qui se produisit. Un pli soucieux barra le front du grand garçon.

— Tu as tout à fait raison, Nicolas. Je pense que je devrais m'arrêter. Je vais finir par attirer l'attention.

Ça serait facile à des gens mal intentionnés de remonter jusqu'au compte bancaire ouvert pour nous par Antoine.

– Ça serait surtout dommage qu'Antoine se fasse encore une fois tabasser à notre place ! ne put s'empêcher de lancer Nicolas. Avec le Doc, c'est le seul adulte sympa qu'on connaisse.

– Sympa, ajouta Arthur, le mot est faible je trouve ! On peut débarquer chez lui n'importe quand, on lui pique son Nutella, il nous a ouvert ce compte pour qu'on soit indépendants… C'est peut-être l'ex-beau-frère de Violaine, rien ne l'oblige à nous aider comme il le fait !

Nicolas s'arrêta soudainement à l'aplomb d'un réverbère.

– Je les vois, chuchota le garçon dont la vision avait basculé sans qu'il le décide, instinctivement, en même temps qu'une décharge d'adrénaline lui avait fouetté le cœur.

Trois hommes, *trois silhouettes rougeâtres*, se dissimulaient dans une ruelle perpendiculaire, *à l'abri d'un mur bleu-gris*.

– Qu'est-ce qu'on fait ? demanda Arthur avec une pointe d'inquiétude.

– Ce qui était prévu, dit Nicolas. Pas de panique, surtout. On applique le plan. Et on ne s'éloigne de ce réverbère sous aucun prétexte. Tu es prêt ?

Arthur acquiesça. Nicolas haussa la voix à l'adresse des trois hommes :

– On a l'argent ! On n'ira pas plus loin !

Les trois hommes apparurent dans la rue et marchèrent jusqu'à leur hauteur. On distinguait à peine les visages sous la capuche de leurs blousons, mais ils semblaient contrariés.

— Y a trop de lumière, ici, c'est dangereux, dit l'un d'eux.

— Ah ! dit Nicolas avec un grand sourire, moi aussi je trouve qu'il y a trop de lumière. On va faire vite, alors. Vous avez l'enveloppe ?

— Vous avez l'argent ?

— L'enveloppe d'abord, insista Nicolas.

Les hommes ricanèrent.

— Qu'est-ce qui nous empêche de vous cogner dessus, là, tout de suite, et de vous piquer l'argent ?

Nicolas fit mine de réfléchir. Puis il claqua des doigts et son sourire s'accentua.

— Je sais ! Ce téléphone portable équipé d'une caméra haute définition, qui vous filme depuis le début ! Et qui transmet les images en temps réel à nos amis !

Trois têtes se tournèrent vers Arthur qui prit un air désolé en exhibant l'appareil.

— Il dit la vérité, confirma-t-il. En cas de problème, nos amis n'hésiteront pas une seconde à aller trouver la police avec cet enregistrement.

— Nos visages sont cachés, ricana l'un d'eux. Il vaut pas un clou, votre film.

— À vous de voir, dit Nicolas calmement. Vous pouvez toujours tenter votre chance.

Les trois hommes se consultèrent du regard.

— Un autre soir, on l'aurait sûrement tentée, grogna le porte-parole en tendant une grosse enveloppe à Nicolas. Mais là, on n'est pas d'humeur à torturer des gosses.

— Trop aimable, répondit Nicolas en lui donnant la sacoche contenant les billets.

Le garçon n'eut pas besoin d'ouvrir l'enveloppe. Ce qu'ils étaient venus chercher se trouvait à l'intérieur.

L'homme, lui, vérifia et recompta rapidement l'argent, toujours à l'abri de sa capuche.

— C'est correct mais on ne fera plus affaire ensemble, dit-il enfin. N'essayez pas de nous contacter et surtout, ne faites pas les idiots avec ce film pourri. Sinon, on vous retrouvera et on vous fera la peau. Vous savez qu'on le fera.

— On le sait, répondit Arthur d'une voix qui se voulait ferme. Ne vous inquiétez pas, vous avez été réglo.

D'un pas pressé, les trois hommes repartirent par où ils étaient venus.

— Ouf ! souffla Arthur. Pas le genre de gars qu'on voudrait comme ennemis, hein ?

— Ouais, acquiesça Nicolas. Ni comme amis, d'ailleurs.

— Comment tu as fait pour garder ton calme ? Moi j'étais mort de trouille !

— C'est facile. Quand tu ne vois que des taches de couleur, tu relativises. Le monde t'apparaît moins… sinistre.

— Je comprends, dit Arthur en hochant la tête. Moi par contre, je reverrai toujours leurs silhouettes patibulaires, j'entendrai toujours le son de cette voix menaçante.

– Bah, tu les rangeras bientôt dans le coin de ton crâne qui te sert de débarras. Et puis, avoue quand même qu'on a rencontré des terreurs plus flippantes !

L'image de Clarence (le loup-garou, l'aurait corrigé Claire) les braquant avec son pistolet au pied du mont Aiguille s'imposa avec netteté dans le cerveau d'Arthur. Clarence fut aussitôt rejoint dans son esprit par le géant américain (l'ogre !) que Violaine avait mis hors d'état de nuire dans l'église d'Aleyrac. Enfin, le tueur à moustache (le vampire…) assommé par Claire au fond de la grotte de Saint-Maurice vint prendre sa place au sein du trio. Arthur se remémora comme si cela se passait en ce moment même le bruit des balles s'écrasant sur la roche, à quelques centimètres de Violaine et de sa propre tête.

– Oui, confirma finalement Arthur, on a rencontré pire.

– Alors tu vois, c'était inutile de s'en faire. Surtout que… je voyais leurs cœurs battre ! Ils bluffaient. Ils n'avaient qu'une envie, partir avec l'argent.

– Et c'est maintenant que tu me le dis ? Idiot, va ! grogna Arthur, soulagé.

Nicolas fouilla dans l'enveloppe.

– On a ce qu'on voulait ?

– Passeports pour tous les quatre, triompha Nicolas en brandissant les faux papiers. Avec des noms d'emprunt, bien sûr.

– Bien sûr… Parfait ! Avec ça, on peut aller sur la Lune, se réjouit Arthur. Enfin, partout où nous conduiront les infos que le Doc voudra bien nous donner.

— On mise tous nos espoirs sur le Doc, dit Nicolas. Tu crois qu'on se goure ?

— On est dans une impasse, répondit Arthur en haussant les épaules. Le Doc sait des choses. Il ne veut pas nous les dire, c'est tout. Il faudra être persuasifs. Lui faire comprendre qu'on est prêts à partir à l'autre bout du monde pour avoir des réponses…

Washington, DC – États-Unis. Rob B. Walker était perplexe. Le dossier rouge que le MJ-12 lui avait confié était ouvert sur la table capitonnée de cuir du bureau qu'il occupait dans un immeuble moderne et discret de la capitale. Un immeuble sous haute surveillance. Le général faisait partie de l'équipe ForChall mise en place par le gouvernement, après le 11 septembre 2001, pour superviser l'évacuation des principales personnalités politiques, en cas de crise majeure, dans des installations militaires protégées.

Rob B. Walker avait consulté le dossier pour la seconde fois et ne savait toujours pas quoi penser. Les Majestics se moquaient-ils de lui ? Il prit un feuillet et lut à voix haute : « Il semblerait que les désordres dont souffre Claire reposent sur une forme de réalité. Certains de ces *mouvements*, en effet, ont plongé les témoins, tous médecins, dans la perplexité. C'est comme si elle se déplaçait, sans en avoir conscience, *autrement* que nous. Il m'est impossible d'en dire davantage, faute de compétences en ce domaine. » C'était l'extrait d'un rapport écrit par un médecin psychiatre du nom de Cluthe. Les « Quatre Fantastiques » qu'on lui avait demandé de retrouver… S'agissait-il d'enfants échappés d'un centre d'expérimentations dirigé par le MJ-12 ? Dans ce cas, on l'avait chargé de jouer le nettoyeur. Il n'aimait pas ça. Il soupira et ouvrit sa boîte à cigares. C'est en fumant que Rob B. Walker calmait ses nerfs.

Clarence se tenait immobile. Immobile mais terriblement concentré. L'homme qui lui faisait face était plus petit, râblé. Il avait le crâne rasé. Un petit bouc et une moustache coupés court lui donnaient un air de mousquetaire. Ses yeux clairs le fouillaient, cherchaient à s'immiscer dans ses pensées, à deviner ses prochains mouvements. Le regard de Clarence était froid comme la glace.

Clarence décida d'attaquer. Son poing avant partit dans un mouvement fluide, suivi avec plus de raideur par le poing arrière. Qui ne rencontra, comme le premier, que le vide. Après avoir esquivé l'assaut, son adversaire contre-attaqua, visant le ventre et les côtes. Clarence bloqua un coup, chassa l'autre tout en se décalant. Il était légèrement fléchi sur ses appuis. Il se dégagea avec un chassé bas de la jambe avant, enchaîna sur un fouetté piqué au foie et un chassé frontal, puis il prit de la distance en boitant de la jambe droite. Cette vieille blessure ne lui permettrait jamais de redevenir le combattant qu'il était autrefois. Elle le gênait, comme le gênait la raideur de son bras droit. Face à un tel adversaire, c'était un handicap considérable.

L'homme avait encaissé souplement le premier coup

de pied, paré le deuxième et presque évité le dernier. Avec un sourire, il bondit en avant et enchaîna coups de poing et de pied, dont Clarence se protégea tant bien que mal. Il transpirait à grosses gouttes. Pourtant, la climatisation marchait à fond dans la salle d'armes enfouie au sous-sol d'un immeuble de la périphérie parisienne. Il vit venir trop tard un coup de pied fouetté. Il choisit de l'encaisser et profita de la surprise pour enchaîner plusieurs coups à son tour, forçant son adversaire à reculer. Le sourire de ce dernier s'élargit : le combat était destiné à durer.

Une sonnerie électronique en décida autrement.

– Aïe ! Je suis désolé, Bernard, dit Clarence en rompant le combat.

– Pas de problème, le rassura le maître d'armes qui n'était même pas essoufflé. J'attendrai. Tu ne me priveras pas de ce combat, Clarence !

– Je me dépêche et je reviens te flanquer une trempe, promis.

Bernard éclata de rire. Ils se saluèrent et le maître d'armes s'en alla malmener un sac d'entraînement au fond de la salle.

Clarence aimait la boxe française, sport délié et exigeant qui lui rappelait l'escrime, avec ses règles et son esprit noble. Il avait rencontré Bernard aux États-Unis, au début de sa carrière, au cours d'un stage réservé aux forces spéciales et consacré aux arts martiaux. L'homme lui avait plu, le sport dont il avait fait la démonstration également. Depuis, ils se retrouvaient régulièrement et passaient, dans la salle d'armes que Bernard dirigeait ou au comptoir d'un bar à bières, quelques très bons moments. Son accident n'avait jamais remis leur amitié en question, bien au contraire.

Clarence enleva ses gants et son protège-dents, récupéra une serviette dans son sac et s'épongea la figure. Sa tenue de sport était humide de sueur. Sur le banc, il ouvrit un ordinateur portable, concentré de technologie non officielle, dans lequel était encastré un téléphone cellulaire. Il activa les protections contre les logiciels « sniffeurs » arpentant le cyberespace et se connecta à l'un des satellites du réseau ClearView, auquel il avait un accès prioritaire. Digital Globe, la société mère, et même la NGA, l'Agence nationale géospatiale américaine, ignoraient certainement l'usage qu'il en faisait ! Le message qui lui parvint était bref mais provoqua une vive émotion chez Clarence. C'était les nouvelles qu'il attendait : la traque reprenait...

Il s'équipa en sifflotant et regagna l'espace de combat, animé d'une énergie nouvelle. Bernard n'avait qu'à bien se tenir !

Internet est aujourd'hui le premier lieu de surveillance du monde. Logiciels-espions ou « sniffeurs », enregistreurs de frappe au clavier, virus « troyens » volant les mots de passe et violant les fichiers, l'espionnage privé ou public ne cesse de prospérer. Les courriels sont interceptés, les corbeilles fouillées, les historiques de navigation consultés. Le système DIRT, d'Intellitech, peut même intercepter à distance l'ensemble des données informatiques de n'importe quel ordinateur !

La téléphonie mobile n'est pas épargnée. On estime aujourd'hui à 2,5 milliards les téléphones mobiles en service dans le monde, la plupart dotés d'appareils photo et même de petites caméras qui permettent l'enregistrement et la diffusion de séquences vidéo.

Moins chère que l'ordinateur, accessible au plus grand nombre, jamais une technologie ne s'est aussi rapidement étendue. Là encore et comme toujours, pour le meilleur et pour le pire.

Le réseau Échelon, grâce aux 52 systèmes informatiques du réseau Platform, aux logiciels spécifiques Mosaic et Oratory, aux 8 satellites et aux 54 stations d'écoute dans le monde, est parfaitement capable d'intercepter n'importe quelle conversation, de la stocker et de l'utiliser au moment opportun.

À cela, il faut ajouter le réseau satellitaire qui rend possible le repérage de n'importe qui n'importe où.

À l'espionnage des paroles s'ajoute celui des actes.

(Extrait du *Monde sous surveillance*, par Phil Riverton.)

4
Locum mutare : se déplacer

Quand j'étais petite, j'avais un lapin. Un lapin en peluche. Je suppose que si j'avais été un garçon j'aurais eu un ours ou un lion. Mais j'étais une fille alors c'était un lapin. Je l'avais appelé Boule-de-poils. Pourquoi, je n'en sais rien, je trouvais que ça lui allait bien. Et puis, il ne faut pas trop demander à une petite fille. Il aurait pu s'appeler Jeannot ou Carotte. Je traînais Boule-de-poils partout avec moi, je lui faisais la conversation, il dormait dans mon lit, je l'ai même assis une fois en face de moi à la table de dînette qu'une cousine devenue grande m'avait donnée. Bref, un souvenir d'enfance plutôt nul et sans intérêt. Sauf qu'un soir, alors qu'on venait de se coucher et que j'allais éteindre la lumière, Boule-de-poils a tourné sa tête vers moi. Ses yeux en plastique se sont éclairés, ils sont devenus jaunes. Sa bouche cousue s'est ouverte dans un grand bruit de couture déchirée. Il a articulé, d'une voix éraillée qui semblait venir de loin, de très loin sous le lit : « Claire, Claiiiiire. Je m'ennnnnuie. Rentrons chez nooooooous... »

— Alors, Œil-de-lynx ? demanda Claire à Nicolas qui, tout en lui tenant la main, scrutait les abords de l'église avec son étrange vision.

— Le Doc est là, répondit le garçon avant de tourner vers elle un regard irrité. Hé, la blonde, tu sais ce qu'il te dit, Œil-de-lynx ?

— Je ne sais pas ce qu'il me dit mais tu devrais remettre tes lunettes noires. Tu ressembles à une taupe quand tu plisses les yeux.

Derrière eux, Violaine émit un gloussement. Claire faisait de l'humour, elle allait mieux ! C'était la perspective de cette rencontre avec le Doc, elle en était certaine. Plus que quiconque, leur amie avait besoin de réponses.

— Qu'est-ce qui t'amuse ? aboya Nicolas, vexé.

— Rien, répondit Violaine. Mais remets tes lunettes, tu ressembles vraiment à une taupe.

Puis elle éclata de rire, et Claire aussi.

— Qu'est-ce qui se passe ? Pourquoi on attend ? s'impatienta Arthur.

Nicolas avait pris le parti de bouder et ne répondit pas.

— On y va, t'inquiète pas, dit Violaine en reprenant la tête du groupe.

Le docteur Pierre Barthélemy se tenait devant le *Domus Dei* gravé au-dessus de la grille qui barrait l'accès de côté à l'église Notre-Dame-de-la-Gare. Il tourna la tête à leur approche et un sourire éclaira son visage.

— Les enfants ! Enfin.

— Bonjour Doc ! On est bien contents de vous voir, dit Violaine pour le groupe.

— Ça a l'air d'aller, finit par dire Barthélemy après les avoir observés attentivement. Mais vous me semblez un peu pâles.

— Le printemps a mis du temps à arriver, Doc, répondit Claire.

— C'est vrai que le ciel était plutôt gris ces jours-ci, renchérit Arthur.

— C'est pas grave, bougonna Nicolas, les taupes ont horreur de la lumière.

Le Doc haussa imperceptiblement les sourcils.

— Je ne pourrai pas rester, annonça-t-il brusquement. Je suis entre deux trains. J'étais dans le sud de la France quand j'ai reçu votre message, et je dois être impérativement à la clinique cet après-midi. La prochaine fois, je m'arrangerai autrement. Mais votre courriel laissait entendre que c'était urgent.

— Oui, hésita Violaine, oui. Merci, Doc.

— Parfait. Je vous propose pour commencer d'aller manger quelque chose. On bavarde mieux le ventre plein !

Violaine hocha la tête, soulagée. Elle remarqua que le Doc portait sous son manteau sa sempiternelle chemise à carreaux et ce détail familier acheva de la rasséréner.

Ils s'engouffrèrent dans le premier café venu.

— Comment cha va, la clinique ? demanda Nicolas auquel un copieux sandwich au jambon avait rendu sa bonne humeur.

— Ni mieux ni moins bien, répondit évasivement le Doc. Mon travail a perdu beaucoup de son intérêt depuis que vous en êtes partis.

– On nous recherche encore ? s'enquit Arthur, pragmatique.

– Officiellement oui. Des affichettes sont encore posées régulièrement dans les gares et les aéroports. En réalité, tout le monde est persuadé qu'un promeneur trouvera un jour vos cadavres dans une forêt du Jura.

– Doc ! protesta Claire.

– Désolé d'être brutal. Cela dit, c'est ce que vous vouliez, non ?

– Et… nos parents ? demanda Violaine à la surprise générale. Ils n'ont pas fait plus de bruit que ça ?

Barthélemy hésita avant de répondre.

– Ils sont venus à la clinique, tous. Ils avaient l'air malheureux, sincèrement malheureux. Mais…

– Mais pas révoltés, n'est-ce pas Doc ? continua Violaine. Résignés, hein ?

– Je suis désolé, Violaine. Tu t'attendais vraiment à autre chose ?

La jeune fille baissa la tête sans répondre. Ils terminèrent leur tasse en silence.

Puis la conversation reprit et aborda des sujets plus légers. Nicolas se permit même de rire à une boutade d'Arthur. Finalement, le Doc consulta sa montre et soupira.

– Il va falloir que j'y aille. Le temps passe vite en bonne compagnie !

Claire jeta un regard de détresse à Violaine.

– Vous allez jusqu'au métro, Doc ? On peut vous accompagner, proposa-t-elle.

– C'est une bonne idée, acquiesça Barthélemy en

réglant le repas au comptoir et en ajustant sur son nez la fine monture de ses lunettes.

Ils sortirent du café et empruntèrent la rue Jeanne-d'Arc, en direction du boulevard Vincent-Auriol et de la station de métro Nationale.

— Bon, dit le Doc d'une voix sérieuse, brisant le silence gêné qui s'était installé. J'imagine que vous ne m'avez pas demandé de venir pour me parler de la clinique ou de vos parents !

— Non, répondit Arthur en se jetant à l'eau. En fait, on a beaucoup réfléchi depuis notre dernière rencontre. Au sujet de ce que vous nous avez appris. On a fait des recherches aussi, mais elles ne nous ont menés nulle part.

— Tu veux parler... de la Lune ? demanda Barthélemy en enfonçant ses mains dans les poches de son manteau.

— De ce qu'il y a sur la Lune, corrigea Nicolas. Vous savez, les extraterriens qui ont empêché les astronautes d'Apollo d'alunir !

Le Doc leva les yeux au ciel.

— Écoutez, je vous l'ai déjà dit, je n'en sais pas plus. Les documents que m'avait confiés Harry concernaient les pseudo-alunissages, leur fabrication et leur mise en scène, rien d'autre. Ils contenaient la preuve d'un mensonge, pas celle d'une vérité !

Claire lâcha la main de Nicolas. Elle s'approcha de Barthélemy, un pied devant l'autre, comme si elle marchait sur une corde raide. Elle lui prit le bras. Ils firent halte tous les cinq sur le trottoir.

— S'il vous plaît, Doc, le supplia la jeune fille, vous ne comprenez pas. C'est capital pour nous d'avoir des réponses. Peut-être que... Peut-être que...

Violaine vint au secours de son amie, trop émue pour poursuivre.

— Ce que Claire veut dire, Doc, c'est que ces extraterriens et nous, enfin, il y a peut-être un lien, quelque chose qui expliquerait pourquoi on est comme ça.

Barthélemy hoqueta d'étonnement.

— Parce que vous êtes un peu... différents, vous vous imaginez que vous êtes des extraterrestres ? C'est absurde, voyons !

Devant la moue désapprobatrice de Violaine et de Claire, le Doc comprit qu'il aurait dû être plus diplomate. Heureusement, Arthur reprit la discussion à son compte.

— On ne dit pas qu'on est des extraterrestres, ou des extraterriens, peu importe. On aimerait juste savoir si on a un lien avec eux. C'est facile à comprendre, non ?

Le Doc aurait voulu asséner un : « Non ! » autoritaire, dire que c'était de la folie, démonter cette logique absurde, mais il se retint.

— D'accord, on se calme. Même s'il y avait un lien entre ces... ces extraterriens et vous, comment comptez-vous le découvrir ? En vous rendant sur la Lune ? En allant cambrioler les coffres de la NASA ?

— Les coffres de la NASA, ça me semble plus accessible, dit Nicolas.

Le Doc secoua la tête. Claire revint à la charge.

— Vous êtes sûr que vous n'avez rien à nous donner ?

Une information qui nous aiderait ? Même toute petite, même qui vous paraîtrait sans importance ?

Barthélemy les regarda tous les quatre, le visage fermé.

— Je me demande vraiment si j'ai bien fait de vous laisser livrés à vous-mêmes. Vous êtes en train de devenir fous. Je devrais peut-être vous ramener de force à la clinique.

— Et oublier votre promesse ? s'indigna Violaine. Vous avez promis de respecter notre choix de ne pas rentrer !

— Oui, c'est vrai, j'ai promis, mais...

— Regardez-nous, Doc, le coupa Arthur.

Sa voix était calme et posée.

— Est-ce que nous ressemblons à ces épaves traînant dans votre clinique ? Est-ce que nous donnons l'impression d'être handicapés ? Malades ? Mourants ?

— Non, mais...

— Cela fait plus d'un mois que nous nous débrouillons seuls, continua-t-il. Et nous allons bien. Très bien, même.

— Donne-moi une preuve, une seule, que vous allez aussi bien que tu me l'affirmes, s'énerva Barthélemy, plus impressionné qu'il voulait se l'avouer.

— Autrefois, répondit Arthur, à la Clinique du Lac, on se contentait de vivre au jour le jour, en priant pour que nos crises ne soient pas trop fortes ni trop rapprochées. Aujourd'hui, nous avons un but, un objectif, si dément qu'il paraisse : comprendre pourquoi nous sommes comme ça. Je trouve que c'est une sacrée évolution, pas vrai, Doc ? Arriver à se détacher du présent pour s'intéresser au futur, c'est pas mal pour des malades incurables, non ?

Un silence d'une rare densité accueillit les propos d'Arthur. Le Doc paraissait soumis à des émotions contradictoires.

— Pierre Barthélemy ne peut s'empêcher de trembler et de s'inquiéter pour vous, dit-il enfin d'un ton grave. Mais le Doc reconnaît la justesse de tes arguments, Arthur. Oui, vous allez mieux, ça serait de la mauvaise foi que de le nier.

— Ça veut dire que vous allez nous aider ?

— Je ne sais pas, Claire.

— Vous ne savez pas quoi ? demanda Violaine, presque agressive.

L'espace d'un instant, elle fut tentée de s'approcher de lui, de le toucher et d'adresser directement leur requête à son dragon. Mais le Doc, comme Antoine, était sacré. Jamais il n'avait abusé de son statut d'adulte et de médecin. Jamais elle ne s'amuserait à le manœuvrer. Une bouffée de honte lui mit le rouge aux joues.

— Je ne sais pas si je suis en mesure de vous aider, répondit Barthélemy. Cependant…

Quatre regards le fixèrent, à nouveau remplis d'espoir.

— Écoutez-moi, dit le Doc qui avait pris sa décision. J'ai été contacté très récemment par un homme qui pourrait répondre à certaines de vos questions. Il s'agit de mon ancien patient et confident, Harry Goodfellow.

— Goodfellow ? s'exclama Nicolas. Il n'a pas été éliminé ?

– Il faut croire que non, dit Barthélemy. Il est même plus vivant que jamais, et même libre de ses mouvements à ce qu'il paraît.

Le Doc s'interrompit le temps de sortir une lettre de sa poche et de l'agiter ostensiblement sous leur nez.

– J'ai reçu cette longue lettre il y a quelques jours à peine et je ne sais pas quoi répondre. Harry me décrit sa vie, une vie de fugitif passée à trembler et à sursauter au moindre bruit. Vous devriez la lire, ça vous ferait peut-être changer d'idée sur la clandestinité !

– Où est-il en ce moment ? demanda Violaine, fébrile.

– Ne comptez pas sur moi pour vous le dire.

– Pourquoi ça ? s'étonna Nicolas. Vous venez de nous promettre de nous aider !

– Justement, répondit Barthélemy, voici ce que je vous propose : lorsque j'écrirai à Harry, je lui poserai les questions qui vous tourmentent. Je vous contacterai quand j'aurai des réponses. C'est tout ce que j'accepte de faire pour vous.

Violaine allait répondre sèchement quand elle sentit Claire lui lâcher la main. Quelques secondes, pas plus. Une inspiration, elle sentait les doigts de son amie dans sa paume. Une expiration, elle ne sentait plus rien. Une inspiration, les doigts étaient revenus. Violaine se tourna vers Claire et retint à grand-peine une exclamation. Le visage de son amie avait pris un teint de cire.

– C'est une proposition honnête, dit Claire d'une voix balbutiante, avant que quiconque ait pu répondre. En tout cas, c'est gentil de continuer à veiller sur nous.

— Ça va, Claire ? s'inquiéta le Doc qui voyait la jeune fille vaciller, prise de malaise.

— Ça lui arrive parfois, répondit Violaine à sa place, quand elle reste longtemps debout. On pourrait s'asseoir quelque part ?

Ils se dirigèrent vers un muret et entourèrent la jeune fille tandis qu'elle s'asseyait.

— Ça va aller, murmura Claire en réussissant à sourire.

— Tu es sûre ? demanda Barthélemy en la regardant droit dans les yeux.

— Oui. J'ai juste besoin de repos.

— On va rentrer, annonça Violaine, elle doit s'allonger. Désolée, Doc.

— Vous ne croyez pas qu'il faudrait plutôt la conduire dans un hôpital ?

Nicolas le regarda fixement et secoua la tête.

— Pour quoi faire ? Vous le savez, vous, que personne ne peut la soigner. Elle n'est pas malade, elle est... comme elle est, c'est tout !

Le Doc ne trouva rien à répondre. Nicolas avait raison. Il se sentait seulement impuissant. Désagréablement impuissant.

— Bon, soupira-t-il en se levant. J'imagine que vous ne voulez pas de mon aide pour la porter jusque chez vous ?

Les quatre secouèrent la tête.

— Cet incident me conforte dans mon choix de ne pas vous laisser partir stupidement à l'aventure, grogna Barthélemy. Vous allez peut-être mieux, mais ce n'est pas encore la grande forme ! Essayez de ne pas faire de bêtises et prenez soin les uns des autres. Je vous donnerai rapidement des nouvelles, je vous le promets.

— Merci, Doc, répondit Violaine. Prenez soin de vous aussi.

Barthélemy s'ébroua puis s'éloigna d'un pas rapide en direction du métro, sans un regard en arrière, comme s'il ne voulait pas avoir à regretter sa décision.

— Qu'est-ce qui est arrivé ? demanda Arthur quand ils furent seuls.

— Claire s'est déplacée, expliqua Violaine.

— Tu veux dire qu'elle a bougé très vite, hop hop et on ne voit rien ? s'excita Nicolas.

— Oui, répondit laconiquement Violaine.

— Tu es folle, dit Arthur en prenant les mains de Claire dans les siennes. Tu sais bien que ça te vide de ton énergie !

— C'est vrai, dit Claire d'une voix encore faible mais qui commençait à s'affermir. Seulement, je veux des réponses et je suis prête à les payer au prix fort.

— Tu sais où ça va te conduire, tes idioties ? grommela Nicolas.

— Au 24 bis Queen's Gate Terrace, South Kensington, Londres, dit Claire.

— Qu'est-ce que c'est ?

— L'adresse de Goodfellow. Je suis allée la lire, pendant que le Doc brandissait la lettre.

Les trois autres restèrent silencieux.

— Tu crois que le Doc t'a vue ? demanda Arthur.

— Non, il ne m'a ni vue ni sentie, j'en suis presque sûre.

Nouveau silence.
– Pas mal pour une blonde, dit Nicolas.
– Merci, Œil-de-lynx.

Mon premier fait des blagues incompréhensibles. Mon deuxième est sérieux comme un pape. Mon troisième est plus bancal qu'un tabouret à deux pieds. Mon quatrième a la délicatesse d'un bull-dozer. Mon cinquième est un médecin qui ne sait pas s'il sauve ou s'il condamne quatre gamins. Mon tout ressemble au *Radeau de la Méduse*…

(Commentaire écrit dans le train de retour à Genève par le docteur Pierre Barthélemy dans son carnet d'observations.)

5
Londinium, ii, n. : Londres

Je n'ai curieusement qu'un souvenir lointain de mes parents. Ma mère était une femme effacée, toujours affairée dans la cuisine ou le salon de la maison que nous habitions dans le Michigan. Du moins, c'est ainsi que je me la rappelle. Mon père était un petit employé de bureau. Il partait tôt le matin et rentrait tard le soir. Il avait toujours l'air soucieux. Nous ne discutions pas beaucoup tous les trois. Mon père nous disait simplement, à ma mère et à moi, ce que nous devions faire. Cela lui paraissait aller de soi, à ma mère aussi. À moi un peu moins... Heureusement, ma liberté, je l'ai trouvée ailleurs. Je me suis en effet enfermé très tôt dans les livres, les livres d'histoire. J'adorais l'Histoire, dont mon pays âgé de deux malheureux siècles était largement privé. L'aventure romaine, la complexité des dynasties égyptiennes, l'épopée du Moyen Âge me fascinaient. J'aurais voulu consacrer tout mon temps à cette passion, mon temps et mes études. Mais mon père avait décidé que je serais ingénieur et, encore une fois, je n'ai pas eu le courage de m'opposer à lui. La mort dans l'âme, j'ai commencé une formation à l'école aéronautique. Quand j'en suis sorti major, mon père m'a simplement serré la main. Une poignée de main comme s'il me disait au revoir, « tu es un homme maintenant, j'ai été content de te connaître ». Est-ce pour rattraper la lâcheté dont j'ai fait preuve avec lui que, des années plus tard, j'ai décidé de dévoiler au monde les mensonges de mon pays ? Peut-être. Mais je préfère croire que c'était par pureté. La pureté d'un historien frustré, scandalisé par les agissements des manipulateurs…

Harry Goodfellow jeta un rapide coup d'œil par la fenêtre. L'immeuble de l'autre côté de la large rue paraissait désert. Mais il savait que c'était là-bas qu'on l'épiait. Trente ans passés à fuir avaient développé chez lui des sens aiguisés. Là-bas, en face, au dernier étage, des hommes surveillaient ses faits et gestes. Avec tous les gadgets offerts par la science, jumelles infrarouges et micro directionnel hypersensible, cela ne faisait aucun doute.

Il remit en place le rideau en dentelle et tourna le dos à la fenêtre.

Son regard balaya la chambre qu'il occupait depuis plusieurs semaines dans cette pension de famille londonienne. Il avait choisi le quartier à cause de sa tranquillité et sa proximité avec Hyde Park, dans lequel il aimait se promener le matin. Pas pour le bon goût de ses hôtes ! Il s'attarda sur le papier peint rose et blanc qui tapissait les murs. L'ampoule de faible intensité, sous l'abat-jour en verre dépoli, y dessinait des ombres grotesques.

Un lit, une table qui lui servait de bureau, une armoire qu'il n'avait même pas ouverte, une salle d'eau petite mais propre, étaient son univers du moment. Les toilettes, comme souvent dans cette ville, étaient sur le palier et communes à plusieurs chambres.

Sa valise était posée par terre. Elle contenait tout ce qu'il possédait en ce monde. Pour subsister, il avait exercé quantité de petits boulots mis à sa portée par ses talents d'ingénieur : réparateur de télés et de transistors, mécanicien automobile… Surtout, il avait appris à se taire. À ne rien révéler de sa vie, pour ne pas se trahir. Gardant enfouies ses pensées, toutes ses pensées. Car jusqu'à preuve du contraire, celles-ci n'appartenaient qu'à lui. C'est en sortant de l'ombre au bout de trente ans, pour se rendre à l'enterrement de sa mère, qu'il avait commis sa première erreur. Oui, penser, seulement penser. Là résidait la seule véritable liberté.

Harry Goodfellow poussa un énorme soupir. Ce n'était pas le premier, ce ne serait pas le dernier. Mais cette fois, celui-là n'était pas machinal. Il venait du fond du cœur. Il avait cru, bien des années auparavant, faire son devoir d'honnête homme. Et agir en homme libre. Oui, il avait pensé se libérer en divulguant le secret auquel on l'avait associé sans lui demander son avis ! Résultat ? Il avait passé son existence à trembler. À fuir, d'une ville à l'autre, d'un pays à un autre, essayant de conserver une longueur d'avance sur ceux qui le traquaient. Oh, il était intelligent et, aiguillonnée par la peur, cette intelligence l'avait sauvé plus d'une fois.

Mais surtout, surtout, il avait bénéficié d'une protection occulte. Une protection puissante que, malgré tous ses efforts, il n'avait jamais réussi à identifier. Sans cette protection, aurait-il pu échapper si longtemps aux agents envoyés sur ses traces par la NASA ?

Seulement, même la plus efficace des protections ne peut rien contre l'imprudence. Il s'était fait prendre en sortant du cimetière. Aujourd'hui, il était aux mains d'individus sans scrupule, sans état d'âme, qui lui avaient imposé leurs conditions.

Il s'assit sur le lit et prit sa tête entre ses mains. Pourquoi avait-il accepté ? Il lui suffisait de se regarder dans un miroir pour connaître la réponse : il n'était plus qu'un vieillard, un vieil homme usé qui voulait qu'on le laisse enfin tranquille. Même au prix d'une ultime lâcheté. Sauf si… Il y pensait sans arrêt. Mais en aurait-il le courage ? Et surtout : ces jeunes gens audacieux le méritaient-ils ?

Washington, DC – États-Unis. Rob B. Walker jeta pour la troisième fois un regard au téléphone qui s'obstinait à rester silencieux. Il n'arrivait pas à se concentrer sur son travail. Pourquoi ses hommes n'appelaient-ils pas ? La piste Goodfellow semblait prometteuse. Bien plus : il n'en avait pas d'autre ! Et il devait le tuyau à son contact du MJ-12, Majestic 3. Enfin, l'affaire pouvait se régler rapidement si les « Quatre Fantastiques » daignaient mordre à l'hameçon…

Depuis qu'il avait accepté cette mission, celle-ci l'obsédait chaque jour davantage. Il ne savait pas si c'était à cause de l'enjeu : devenir membre du MJ-12.

Ou bien à cause de la mission elle-même. Plutôt, de ce qu'il y avait derrière. Et qu'on lui cachait.

Il jeta un dernier regard à l'appareil puis s'obligea à revenir sur une fiche qu'il essayait désespérément de lire.

– Ça y est, on arrive, annonça Nicolas très excité.
– Le chef de train vient de le dire, fit remarquer Violaine.
– C'est la première fois que je viens en Angleterre, répliqua le garçon. Alors laisse-moi à ma joie, d'accord ?
– Je ne comprends pas que les Français aient accepté que l'Eurostar ait son terminus dans une gare portant le nom de Waterloo, dit Arthur en secouant la tête.
– Ah bon ? Pourquoi ? demanda candidement Nicolas.
– Waterloo est une défaite française. La dernière grande défaite de Napoléon.
– Et Waterloo, c'est un nom anglais ?

Arthur sentait le mal de tête le gagner : Nicolas était en train de réussir ce que les deux heures quarante-deux minutes de train (sans compter l'attente à la gare du Nord) avaient échoué à faire. Grâce aux grilles de sudokus sur lesquelles il pouvait se concentrer, et le « nécessaire-à-dodo » offert par ses amis (un bandeau pour les yeux et des bouchons d'oreilles), il parvenait désormais à voyager sans que son cerveau se remplisse trop vite de détails encombrants.

– Non, répondit-il à Nicolas en se massant les tempes, c'est le nom d'une ville en Belgique. L'endroit où Anglais et Prussiens ont battu les Français.

Nicolas haussa les épaules.

– Alors c'est ça qui est stupide, avoir donné le nom d'une ville belge à une gare anglaise.

Arthur choisit prudemment de ne pas se mêler de la logique particulière de son ami.

Violaine, Claire, Arthur et Nicolas débarquèrent en se fondant, comme ils l'avaient déjà fait lors de leur escapade dans la Drôme, au milieu d'un groupe de scolaires de leur âge. Sans lâcher Claire qui faisait de son mieux pour marcher normalement, ils empruntèrent d'interminables couloirs, entourés par un brouhaha grandissant, anxieux de savoir si leurs passeports convaincraient également les autorités anglaises. Mais les policiers présents à la sortie ne se préoccupèrent absolument pas d'eux.

Ils faussèrent compagnie au groupe avec soulagement, dans le vaste hall de la gare.

Arthur prit le temps d'aller changer des euros à un guichet de change.

– Tu as remarqué ? glissa Claire à Violaine en désignant le plafond.

– La caméra ? fit Violaine. Oui, je l'avais vue. D'après Arthur, Londres est truffée de caméras de vidéosurveillance. C'est la ville la plus télésurveillée d'Europe.

– Alors ? demanda Claire en se mordant la lèvre.

– On possède un atout majeur, un joker contre ces foutues caméras : personne ne s'attend à nous trouver ici, donc personne ne nous y cherche !

Ils sortirent. La ville leur apparut sous la grisaille, vieille et laide. Le léger crachin qui tombait accentuait encore cette impression.

Ils hélèrent un cab, un de ces taxis londoniens noirs dans lequel les passagers sont assis face à face.

— *Could you drive us to the Natural History Museum, please?*

Pour faire simple, et peut-être aussi par prudence, Arthur avait demandé au chauffeur de les conduire au musée d'Histoire naturelle : le vénérable édifice était proche de Queen's Gate Terrace. De plus, ils voulaient prendre leur temps pour arriver et inspecter les lieux, avant de débarquer chez Goodfellow.

— Je suis bluffé, s'exclama Nicolas. Tu te débrouilles sacrément bien en anglais !

— Disons que j'arrive à comprendre et à me faire comprendre, expliqua Arthur. Je n'ai pas eu beaucoup de temps ! J'ai lu une grammaire hier, et aujourd'hui j'ai feuilleté un dictionnaire dans le métro, jusqu'à la gare.

— Ben voyons, continua Nicolas plein de fierté pour son ami. Personne n'a une méthode de japonais, que Monsieur Arthur puisse s'occuper l'esprit pendant le trajet et demander notre chemin à des touristes ?

Ils traversèrent des quartiers qui montrèrent, malgré la pluie, un visage de la ville presque sympathique. Ils franchirent la Tamise qui leur parut plus large que la Seine, aperçurent la fameuse abbaye de Westminster, passèrent devant le palais de Buckingham.

Le taxi les arrêta finalement sur Cromwell Road, à la hauteur du musée.

— Je n'arrive pas à me faire à l'idée que les gens roulent à gauche, dit Claire en sortant de la voiture, aidée par Nicolas.

– Justement, les prévint Arthur, faites attention en traversant !

Le garçon prit congé du chauffeur.

– C'est par là, dit Violaine en dépliant un plan du quartier et en prenant la tête du groupe.

Ils remontèrent lentement, à cause de Claire, la paisible avenue de Queen's Gate. La température était douce. La pluie avait cessé mais un léger brouillard envahissait à présent la ville.

– Qu'est-ce qu'on fait s'il est parti ? demanda Nicolas.

– Arrête, dit Violaine, tu vas nous porter la poisse.

– Oui, continua le garçon, mais s'il avait déménagé entre-temps ?

– Il sera chez lui, affirma Arthur. Goodfellow attend une réponse du Doc, il ne déménagera pas avant de l'avoir reçue. Et s'il s'est absenté, on attendra qu'il revienne, voilà tout. Je ne vois pas où est le problème.

Arthur avait une façon bien à lui de ramener la confiance. Il ne le faisait pas exprès, il se contentait d'exposer des faits, de mettre en branle une logique imparable. C'est ce pragmatisme auquel aimaient s'accrocher ses amis, eux qui en étaient dépourvus, à des degrés divers.

Ils arrivèrent enfin à la hauteur de Queen's Gate Terrace. Des immeubles de pierre blanche, tous hauts de quatre étages, conféraient à la rue une majesté très victorienne. Les colonnes des porches et les réverbères à l'ancienne se devinaient plus qu'ils n'apparaissaient dans la brume. La petite bande aurait pu se croire dans un Londres du début du XXe siècle si des voitures n'avaient pas été garées le long des trottoirs.

— Je ne vois rien de particulier, dit Violaine.

— Pas étonnant avec le brouillard ! Tu veux que je regarde moi ? proposa Nicolas.

— Je ne sais pas si c'est très utile. Tu verras quoi ? Des gens chez eux ? Des chats sur les toits, des rats dans les caves ? Non, termina Violaine, il ne faut pas non plus tomber dans la paranoïa. Personne, et même pas Goodfellow, ne s'attend à nous voir ici !

— Comme tu voudras, chef, répondit Nicolas légèrement vexé.

— C'est bon, on y va, dit Claire.

Ils gagnèrent furtivement le numéro 24 bis. Une plaque à côté de la porte, sous le porche à colonnes, indiquait qu'il s'agissait d'une sorte de pension de famille.

— « *The cheerful chaffinches* », déchiffra péniblement Nicolas. Ça veut dire quoi ?

— Quelque chose comme « Les joyeux pinsons », répondit Arthur.

— Mais c'est ridicule ! s'exclama le garçon.

— Et attends, dit Violaine en s'avançant vers le bouton de la sonnette, tu n'as pas encore vu les rideaux à franges roses, les napperons en dentelle et les couvre-théières en patchwork…

Washington, DC – États-Unis. Rob B. Walker s'empressa de décrocher le téléphone. Son visage exprima un réel soulagement lorsqu'il reconnut la voix de l'agent Fowler.

— Ils viennent d'arriver ? Parfait ! Goodfellow va les retenir et leur soutirer des informations. C'est important de lui en laisser le temps, vous avez compris ? Vous les cueillerez quand ils sortiront... Ah, encore une chose, Fowler : ne les ratez pas !

Une jeune femme boulotte vint ouvrir la porte d'un pas traînant. Elle portait un tablier à fleurs aux couleurs criardes et des pantoufles doublées de fausse fourrure.
– *Can I help you ?* demanda-t-elle intriguée.
Arthur expliqua qu'il était le neveu tant apprécié de M. Goodfellow et que ses gentils amis et lui-même étaient venus rendre visite à ce cher homme pour adoucir sa solitude le temps d'un merveilleux après-midi.
Leur hôtesse tiqua devant les tournures précieuses et désuètes utilisées par Arthur, mais les invita néanmoins à attendre dans un salon envahi par les plantes vertes. Abandonnant les quatre jeunes gens aux coussins râpés d'un canapé trop mou, elle se rendit dans le bureau d'accueil et décrocha le téléphone.
Violaine, Claire, Nicolas et Arthur essayèrent d'échanger quelques impressions, mais la télé marchait à fond et ils devaient hausser le ton pour se comprendre. Un vieillard enfoncé dans un fauteuil les foudroya plusieurs fois du regard. Ils se résignèrent et attendirent en silence, observant les détails de la pièce. La jeune femme passa la tête hors de son bureau et leur cria que M. Goodfellow allait descendre. La petite bande commença à se sentir nerveuse.
– Et s'il appelle la police ? hurla Nicolas à l'oreille de Violaine.

— Il serait plus embêté que nous, répondit-elle de la même façon.

— *Shut up!*

— Qu'est-ce qu'il a dit ? cria Nicolas à l'adresse d'Arthur. Il veut du ketchup ?

— Non ! Il voudrait qu'on se taise !

— Ah, ça m'étonnait aussi ! Dis donc, pour quelqu'un de sourd, je trouve qu'il entend plutôt bien !

— *Shut up!*

— Y en a plus, grand-père ! hurla Nicolas les mains en porte-voix.

— Eh, arrête, le gronda Claire. Sois poli, et plus respectueux. Tu verras, quand tu seras vieux toi aussi.

Une silhouette apparut dans les escaliers et mit un terme à l'échange. Ils se levèrent tous les quatre et quittèrent le salon pour le hall d'entrée où se tenait un homme âgé vêtu d'un costume clair. Il était chauve, massif et voûté.

— *Mister Goodfellow ?* dit Arthur en se portant en avant. *We are...*

— Je sais qui vous êtes, répondit l'homme d'une voix grave et fatiguée, dans un très bon français. Et je savais que vous alliez venir.

Ils restèrent muets de stupéfaction.

— Vous saviez que... finit par dire Violaine.

— Pas ici, jeune fille, la coupa Goodfellow. Montons dans ma chambre. Nous serons mieux pour parler.

Sans attendre, il leur tourna le dos et entreprit de remonter les escaliers.

On pourrait croire qu'il reste une chose au moins que les caméras ne peuvent pas enregistrer, que les téléphones et les ordinateurs ne peuvent livrer, si l'on prend soin de les garder pour nous : ce sont nos pensées. Les techniques d'imagerie cérébrale, qui rendent visible le mécanisme de la pensée, n'ont pas accès à son contenu. Les puces électroniques implantées sous la peau enregistrent battements de cœur et tension artérielle et ne donnent d'indications que sur nos émotions. L'humanité peut donc dormir tranquille !

Mais qui connaît le programme ANIC ?

Le programme ANIC (Advanced Neural Implants and Control) est mené à l'université de Providence (Rhode Island) et à celle de l'Arizona. Il est financé par la DARPA (Defense Advanced Research Projects Agency), une organisation dépendant du Pentagone qui poursuit des buts militaires. L'objectif du programme ANIC est de parvenir à lire les pensées du cerveau. Pour les comprendre. Et les contrôler.

Dans d'autres universités, d'autres travaux officiellement indépendants mais en réalité suivis de près par le FBI, la CIA ou la NSA poursuivent le même but : déceler les pensées, prévenir les intentions, influer sur les réactions. Bref, contrôler les individus, pour les transformer en gentils petits soldats ou en citoyens modèles…

(Extrait du *Monde sous surveillance*, par Phil Riverton.)

6
Paries, etis, m. : mur, muraille

Je me suis amusé à composer un quatrain dans le train. Depuis que j'ai découvert Rimbaud, je fais des vers ! Je me sens pousser des ailes de poète… Allez, je me lance : « Nous nous en allions sur les chemins striés de violet, notre ego devenait minéral ; nous allions sous le ciel orangé et nous n'étions pas si mal ; Oh ! là ! là ! quel splendide mois de février ! » Bon, je sais, c'est nul. Et j'ai un peu copié. Mais j'ai une bonne excuse : je m'ennuie. Il faut bien que je m'occupe quand Arthur se réfugie dans ses sudokus, quand Violaine est fatiguée de m'embêter et quand Claire ferme les yeux et s'endort. Pas facile d'être le seul vrai drôle de la bande ! C'est vrai que j'aimais mieux avant, quand on marchait, comme des chevaliers, d'énigmes en énigmes sur la piste d'un trésor de papier. Quand on se prenait la main et moins au sérieux ! Tiens, c'est pas mal ça, je vais le noter…

Nicolas fut le premier à entrer dans la chambre de Harry Goodfellow. Leur hôte s'était placé dos à la fenêtre et les observait les uns après les autres. Violaine referma la porte derrière Claire.

– Alors c'est vous les petits malins ! commença Goodfellow. Vous me paraissez plutôt quelconques.

– Qui vous a parlé de nous ? s'étonna Arthur. Le Doc ?

– Aucune importance. J'en sais sur vous plus que vous le croyez. Je sais par exemple que vous avez eu accès aux documents que j'avais demandé à Barthélemy de cacher. Bande de fouinards !

Le ton de l'homme était sarcastique. Violaine se retint avec peine. Elle lui aurait volontiers sauté à la gorge, en poussant des cris de joie. Mais cela n'aurait pas arrangé leurs affaires. Elle se contraignit au calme. Il serait toujours temps de faire joujou avec son dragon et de lui faire ravaler ses insultes !

– Les fouinards, comme vous dites, ont sauvé la vie du Doc, parvint-elle à articuler.

– Il paraît, commenta Goodfellow sans même la regarder. Alors comme ça vous avez vu dans les documents, ou cru voir, des choses étonnantes. Et maintenant vous êtes venus à Londres pour soutirer des informations à ce brave Harry. Je me trompe ?

– Non, répondit Arthur, aussi déconcerté que les autres par cet accueil. On sait que les missions Apollo, enfin une au moins, ont découvert des trucs bizarres sur la Lune. Des trucs qui auraient un rapport avec les extraterrestres.

Goodfellow ricana.

— Vous ne savez rien, rien du tout.

Il secoua la tête.

— Bon Dieu, pourquoi je vous parle ? C'est aberrant ! Vous avez trouvé des documents que vous ne comprenez pas, vous courez après un mystère dont vous ne saisissez pas les enjeux. Vous êtes pitoyables.

Nicolas s'avança vers Goodfellow. Son visage s'était empourpré sous l'effet de la colère.

— Et vous, vous n'êtes pas pitoyable ? lança-t-il en le menaçant du doigt. Toute une vie à se terrer comme un cafard pour venir échouer dans l'hospice des joyeux pinsons ! Alors vos remarques, vous pouvez vous les garder, avec vos grands airs de monsieur Je-sais-tout !

Claire lâcha la main de Violaine et prit celle de Nicolas, pour le calmer. Le garçon tremblait d'indignation.

— M'enfin c'est vrai, quoi, se justifia-t-il devant son amie, tout ce voyage, tous ces efforts pour… ça, cracha-t-il en direction de Goodfellow.

21 ter, Queen's Gate Terrace, Londres. Un homme portant une cravate noire sur une chemise blanche aux manches retroussées pestait en réglant une caméra posée sur un trépied.

— Il ne peut pas se déplacer, le gros ? Il est dans mon axe, j'ai du mal à distinguer les détails derrière lui !

— Tu vois les gosses, Fisher ? lui demanda son collègue qui portait la même tenue.

— Ouais, tout juste.

— Alors c'est bon, le rassura Fowler en affinant un réglage sur le micro directionnel. Moi, j'entends ce qu'ils disent. C'est le plus important…

Il vérifia encore une fois que tout fonctionnait correctement puis il s'assit sur l'un des lits de camp qui constituaient, avec une table de camping et deux chaises pliantes, l'unique mobilier de la pièce. Il alluma une cigarette et en tira une longue bouffée.

— Tu comprends, toi, à quoi ça rime ? lui demanda Fisher.

— Non, répondit Fowler en soufflant la fumée. Mais le général le sait et ça me suffit. Je fais mon boulot, point final.

— Quand même, insista Fisher, surveiller un vieux et des gosses ! Il y a des missions plus excitantes.

— De quoi tu te plains ? conclut Fowler. Risque zéro, personne sur le dos et bière à gogo !

Ils rirent tous les deux.

Sa cigarette terminée, Fowler prit ses écouteurs et revint s'asseoir à côté du micro directionnel.

— Allons ! dit Arthur qui tentait de calmer le jeu après la sortie de Nicolas. Ça ne sert à rien de s'énerver.

Puis il se tourna vers le vieil homme, toujours vissé devant la fenêtre.

— Mais vous vous trompez, monsieur Goodfellow. Nous nous sommes renseignés, et même si tout n'est pas clair en effet, on a au moins compris que les astronautes avaient été en contact avec une autre forme de vie sur la Lune. Et ça, c'est tout ce qui nous intéresse.

Claire plongea ses grands yeux dans ceux de Goodfellow.

— C'est vital pour nous. Vous comprenez, monsieur ?

Harry Goodfellow détourna la tête et s'abîma dans ses pensées. Il en émergea pour fixer la jeune fille et ses amis avec un regard apitoyé.

— Non, je ne comprends pas. Mais vous non plus, on dirait. J'ai bousillé ma vie pour un secret qui n'en vaut pas la peine : les hommes de la NASA ne sont jamais allés sur la Lune, et alors ? À l'époque, ça me paraissait énorme. Aujourd'hui, ça me semble dérisoire. On m'a obligé à participer au trucage des photos, des films, des résultats, et c'est ça que je n'ai pas supporté. Par une honnêteté, un sursaut mal placés. Les raisons de ce mensonge ne m'intéressaient même pas ! Alors qu'il y ait ou non des extraterrestres sur la Lune, qu'ils s'en servent comme terrain de base-ball, qu'ils y jouent du violon ou des castagnettes, je m'en moque éperdument !

Un silence lourd emplit la chambre. Violaine était à deux doigts de régler l'histoire à sa façon, de chevalier à dragon, pour obliger Goodfellow à se montrer coopératif. Nicolas, lui, était près de lui sauter dessus pour l'étrangler. Claire avait les larmes aux yeux. Seul Arthur n'avait pas l'air affecté.

— Je suis sûr que non, dit brusquement le garçon.

Goodfellow tourna la tête dans sa direction.

— Et je suis certain également que vous avez enquêté à fond sur le problème. Pour comprendre pourquoi on vous traquait, pourquoi on vous en voulait à ce point d'avoir brisé le silence. Vous aimez comprendre, monsieur Goodfellow. Je me trompe ?

Goodfellow sentit brusquement l'espoir l'envahir. Ces enfants avaient du répondant. Et même du caractère ! Après tout, peut-être avaient-ils réellement aidé Barthélemy à s'en sortir ? En tout cas, ceux qui avaient commandité ce guet-apens ne s'étaient pas trompés : les quatre, là, n'étaient pas des gosses ordinaires ! Étaient-ils cependant suffisamment extraordinaires pour se rendre là où lui n'avait pas pu aller ? Pour découvrir ce qu'il n'avait pas pu découvrir ? Mais non ! Ils restaient des enfants et, s'il décidait de leur faire confiance, il les enverrait directement à la mort. D'un autre côté… Qu'est-ce que cela changeait pour eux ? Ils étaient traqués, leur peau ne valait déjà plus rien. Autant qu'ils la risquent en ayant une chance, même infime, de gagner quelque chose. Oui, sa décision était prise. Il n'était pas très fier de négocier comme ça avec sa conscience. Mais ces quatre jeunes étaient un cadeau du ciel, et il ne laisserait pas passer l'occasion de défier une dernière fois ses tortionnaires.

Le vieil homme mit un doigt sur ses lèvres.

– Vous vous trompez sur toute la ligne, reprit-il. Je ne sais rien et vous non plus.

Il insista sur les derniers mots.

Violaine sursauta. Il se passait quelque chose d'anormal. Pauvre idiote ! Aveuglée par la colère, elle n'avait rien vu jusque-là. Mais elle ne rêvait pas : Goodfellow attirait leur attention sur autre chose que ce dialogue de sourds. Il leur adressait un avertissement. D'où le danger pouvait-il venir ? De la fenêtre, peut-être. Goodfellow s'était sûrement placé là où il était sûr de ne pas être vu : le dos à la fenêtre.

— Tu devrais enlever tes lunettes, dit-elle à Nicolas en roulant des yeux. Je crois que le soir tombe. Tu n'as pas vu, par la fenêtre ?

Interloqué, le garçon mit un moment à comprendre. Puis il prit un air innocent et fit comme Violaine lui avait dit. Sauf qu'il ne regarda pas dehors. *Son regard passa à travers Goodfellow, franchit le mur de l'immeuble d'en face et vit deux silhouettes rougeâtres qui les observaient à l'abri des rideaux. L'un penché sur l'assemblage aux tons jaunes des fils d'une caméra dernier cri. L'autre branché à un micro directionnel hypersensible diffusant une vague lueur orangée.*

Nicolas se frotta les yeux et remit ses lunettes.

— Effectivement, ça s'assombrit dehors, annonça-t-il. On devrait y aller avant d'être surpris par la nuit.

Ses mains tremblaient.

Goodfellow avait suivi l'échange sans comprendre. Mais quelque chose d'important venait d'avoir lieu sous ses yeux, il le sentait. Cela le conforta dans son choix.

— Je suis désolé, jeunes gens, continua-t-il d'une voix forte destinée à être entendue au-delà de la chambre. Pour moi, cette histoire s'est arrêtée le jour où j'ai eu la mauvaise idée de voler les documents et de les confier à Barthélemy. Je n'aime pas en reparler. J'en ai assez bavé.

Violaine se leva la première.

— On est désolés, monsieur. On ne voulait pas raviver

de mauvais souvenirs. On comprend que vous vous soyez énervé. C'est dommage, on aurait bien voulu savoir.

— Mais c'est que… voulut protester Arthur.

— C'est que personne ne veut rien nous dire, continua Nicolas en tapotant l'épaule de son ami pour l'inciter à se lever. C'est dur !

— N'ayez pas de regrets, dit Goodfellow en haussant le ton et en s'approchant. L'ignorance est souvent salutaire.

Arthur ne comprenait plus rien. Il avait sûrement raté quelque chose, mais quoi ? Il décida néanmoins de faire confiance à Nicolas et resta silencieux.

Goodfellow devait s'approcher encore pour mettre son plan à exécution. Mais comment, pour que cela paraisse naturel ? Il choisit de leur serrer la main. Quand arriva le tour de Violaine, qui semblait être la meneuse de cet étrange petit groupe, il lui glissa un paquet, enveloppé dans du papier marron et fermé par de la ficelle. La jeune fille n'hésita pas. Elle le prit et le dissimula rapidement sous son pull.

— Je ne vous raccompagne pas, termina-t-il, vous connaissez le chemin. Passez par-derrière, par la cuisine, murmura-t-il de façon presque inaudible avant de reprendre d'une voix normale : à mon âge, on n'aime pas trop les escaliers !

Puis il leur tourna le dos et regagna la fenêtre.

21 ter, Queen's Gate Terrace, Londres.

— Ça y est, annonça Fowler, ils sortent de la chambre. On va les cueillir dans la rue. Prêt à jouer les baby-sitters ?

– C'est parti, répondit Fisher en prenant sa veste et en glissant un pistolet dans l'étui qu'il portait sous le bras.

Violaine, Arthur, Claire et Nicolas dévalèrent les marches, sans respect pour l'écriteau réclamant à chaque étage le silence.

– Quelqu'un pourrait m'expliquer ? demanda Arthur.

– Goodfellow est sous surveillance, répondit Nicolas. C'est un traquenard.

Arrivés dans le hall, ils bondirent en direction de la cuisine.

– On ne sort pas par-devant ?

– Les espions sont dans l'immeuble en face, dit Violaine. Mais si tu veux te jeter dans leurs bras, Arthur, on ne te retient pas !

Une porte vitrée qui grinçait affreusement les mena dans la petite cour. Heureusement, les murs alentour n'étaient pas hauts.

– Allez Claire, ahana Violaine en l'aidant à grimper, courage.

Ils tombèrent dans une seconde cour. Claire serrait les dents. On sentait que ces efforts lui coûtaient beaucoup.

– Là, une porte ! indiqua Arthur.

– Et derrière, un couloir de service, une autre porte et une autre rue, compléta Nicolas.

Les issues n'étaient pas verrouillées. Ils se retrouvèrent bientôt sur le trottoir d'une étroite rue pavée.

– C'est Clarence, à votre avis ? demanda Arthur tandis qu'ils reprenaient leur souffle.

— Non, affirma Violaine. Si c'était lui, on ne serait jamais arrivés jusqu'ici.

— Je ne sais pas si je vais pouvoir aller plus loin, murmura Claire.

— Bien sûr que si, la rassura Nicolas. On va ralentir. Tu pourras t'appuyer sur nous.

Ils marchèrent ainsi jusqu'à Gloucester Road, remontèrent Palace Gate en trottinant et débouchèrent sur Kensington Gardens qui constituaient, avec Hyde Park à l'est, une vaste aire dédiée à la verdure.

— Vous croyez qu'on est à l'abri ?

Claire avait repris des couleurs depuis qu'ils marchaient sous les arbres du parc.

— Oui, répondit Violaine. Ils ne s'attendaient pas à nous voir fuir. On a bénéficié d'un effet de surprise.

— Alors ça recommence ? soupira Nicolas. On nous court encore après, hein ?

— On dirait, dit Arthur en fronçant les sourcils. Mais je ne comprends pas. Cette fois, on ne possède rien qui vaille la peine, ni carte ni document !

— Il y a bien ça, dit Violaine en sortant le paquet de sous son pull. Mais il aurait été beaucoup plus simple d'aller le prendre directement à Goodfellow ! En plus, comment pouvaient-ils savoir que Goodfellow allait nous le donner ?

— Bien vu, acquiesça Arthur. Si on nous traque, c'est pour une autre raison.

— Tu ne l'ouvres pas ? demanda Nicolas à Violaine en montrant le paquet.

— On attendra d'être dans le train... À ton avis,

Arthur, on pourra monter dans le premier qu'on trouvera ?

— Oui. Ça nous coûtera un supplément mais on peut se l'offrir. Il y a un train à 17 h 43, ça sera un peu juste. Il y en a un autre à 18 h 42.

Ils coupèrent à travers une prairie.

— On va où, là ? demanda Nicolas.

— Lancaster Gate, à l'autre bout du parc, dit Violaine en dépliant la carte. Il y a une entrée de métro. Il faudra changer de ligne à Tottenham et après ce sera direct jusqu'à Waterloo.

— Tu ne penses pas qu'on risque de nous attendre à la gare ? demanda Arthur.

— Possible. Mais si on fait vite, c'est jouable. Ceux qui nous pourchassent cette fois-ci n'ont pas l'air très doués.

— Pourquoi tu dis ça ?

— Ils n'ont même pas pensé à sécuriser l'arrière de la pension, dit Violaine avant de faire halte et de chercher Claire et Nicolas des yeux.

Ils s'étaient arrêtés quelques pas en arrière, devant une statue dressée au bord de l'eau. La statue d'un jeune garçon gracile soufflant dans une flûte. Près du socle, une fée semblait jouer à cache-cache.

— C'est… c'est magnifique ! souffla Claire les larmes aux yeux.

— Alors là, reconnut Nicolas, je suis entièrement d'accord. Waouh !

— Peter Pan… murmura Arthur.

Peter Pan qui, s'il était né plus tard et s'il n'avait pas rencontré la fée Clochette, se serait sûrement retrouvé dans la Clinique du Lac et aurait naturellement trouvé sa place au sein de la petite bande ! C'était ce qu'ils pensaient tous, sans avoir besoin de le dire.

Le temps pressait pour les fuyards. Ils sacrifièrent malgré tout quelques instants pour contempler la statue.

Harry Goodfellow prit tout son temps pour aller décrocher le téléphone qui sonnait à se disloquer sur un mur de la chambre.

– Allô ? Ah, c'est vous !... Disparus ? Comment ça, disparus ?... Je ne comprends pas, je n'ai pas quitté cette pièce depuis leur départ et... Vous le savez, bien sûr... Mais alors, où sont-ils passés ?... Écoutez, ce n'est plus mon problème. Le contrat était simple : je devais les attirer et les faire parler. Le reste ne me concerne pas...

Il secoua le combiné. Son interlocuteur avait raccroché.

Goodfellow gloussa de joie. Non seulement il avait aidé ces gosses à fuir, mais il leur avait confié de quoi répondre à quelques questions. Ou s'en poser encore plus, ça dépendait. Cela, s'ils se montraient à la hauteur bien sûr. C'était de la folie ! Ce paquet qu'il gardait toujours avec lui était son dernier atout, sa dernière chance de négocier avec ses bourreaux, de peut-être sauver sa peau. Voilà qu'il l'avait donné à des gamins ! Il était à présent sans défense. Mais il s'en moquait. Harry Goodfellow se sentait léger, comme rarement auparavant. Il avait fini de racheter sa lâcheté par un dernier acte de courage. S'il devait mourir, il n'aurait pas de regret.

La principale entrave à notre programme reste de toute évidence la curiosité publique. Il n'est pas possible de l'empêcher dans un pays comme le nôtre. Mais on peut tout à fait la manipuler, l'envoyer sur de fausses pistes, lui donner du vent à moudre. Nos propositions immédiates sont les suivantes : focaliser l'attention du public sur un site unique sans lien direct avec nos propres activités et créer de faux événements destinés à désamorcer les vrais. Tant que la curiosité de nos concitoyens, si friands d'extraterrestres, sera aiguillée ailleurs, nous continuerons d'avoir les coudées franches.

Nous avons pensé à la base que détient l'armée de l'air à Nellis dans le Nevada. Plus précisément, au complexe de Groom Lake, actuellement utilisé par la compagnie Lockheed pour la mise au point d'un avion espion. Sa proximité avec la zone Yucca Flats où le ministère de l'Énergie procède à des essais nucléaires accentue cette atmosphère de secret. Ce site, qui sera livré aux fantasmes de nos compatriotes, portera le nom de Zone 51.

Les événements qui serviraient de coupe-feu en cas de fuite ? Nous pourrions par exemple exploiter l'incident, déjà connu du public, de Roswell au Nouveau-Mexique. Il suffirait de transformer le malheureux ballon-sonde défectueux en restes de soucoupe volante, et de laisser galoper l'imagination humaine…

(Extrait d'une réunion du MJ-12 tenue dans un lieu secret en 1956.)

7
Cogitare : méditer, remuer dans son esprit

Dans notre métier, on passe beaucoup de temps à attendre. Il faut rester de longues heures dans les entrailles d'un avion avant de pouvoir sauter en parachute sur l'objectif à neutraliser, de longues heures au sommet d'un immeuble avant de caler dans la lunette du fusil la cible à éliminer, de longues heures sur le siège d'une voiture avant de filer sa proie. Le plus difficile, c'est de ne pas pouvoir faire autre chose. Ni dormir ni lire. Il faut rester vigilant, sous peine de commettre une erreur. Une erreur qui se paye toujours au prix fort. En m'exerçant, je suis parvenu à mobiliser ma concentration à la moindre alerte. Ne plus penser est impossible pendant ces trop longues heures d'attente. Aussi je me permets de rêvasser, sachant qu'à tout moment il faut être capable de revenir à son objectif. C'est difficile, mais notre métier est un métier difficile...

Clarence consulta encore une fois le message qu'il venait de recevoir sur son téléphone cellulaire. Il semblait perplexe. Il tapota machinalement le volant de sa

Mercedes noire aux vitres teintées, sagement garée contre un trottoir. Puis son regard accrocha le livre, corné d'avoir été trop souvent ouvert, posé sur le siège passager.

Clarence choisissait toujours un livre pour l'accompagner dans ses missions. Cette fois, il avait jeté son dévolu sur l'écrivain Eduardo Milescu, un intellectuel roumain qui avait passé vingt années de sa vie dans les prisons communistes et qui y serait devenu fou s'il n'avait pu continuer à écrire, utilisant du papier toilette en guise de cahier et, comme encre, de l'eau mélangée à la poussière des briques rouges de sa cellule.

« *Cibles repérées à Londres. Image suit.* »

Qu'est-ce qu'Eduardo aurait pensé de cette information déroutante ?

Clarence sortit l'ordinateur du coffre-fort dissimulé dans la boîte à gants et y inséra le téléphone. Il tapa le code d'accès au réseau ClearView, entra des coordonnées précises et obtint presque instantanément les images-satellites d'une ville. Il zooma et la ville devint quartier, puis rue, puis maison. La définition était parfaite. Il observa attentivement les lieux avant de balayer, aux commandes de son ordinateur, les alentours. C'était trop tard, il le savait, mais il ne fallait rien négliger. Surtout avec eux.

Une icône à tête de loup clignotait dans un coin de l'écran. La photo confirmant l'information venait d'arriver. Il ouvrit le fichier. C'était un cliché, pris un peu plus tôt par l'un des satellites ClearView. Il reconnut immédiatement les quatre jeunes sur le trottoir, devant le 24 bis Queen's Gate Terrace : c'étaient Violaine, Claire, Nicolas et Arthur.

Un sourire naquit sur ses lèvres.

– Coucou mes renardeaux, murmura-t-il presque affectueusement. Clarence le loup est bien content de vous revoir !

Il vérifia l'heure d'enregistrement. Cette photo datait d'une heure environ. Étaient-ils encore à l'intérieur ? Peut-être. Sûrement pas, à la réflexion : l'expérience lui avait appris qu'avec ces gamins, si l'on n'était pas en avance sur eux, on était forcément en retard.

Que faisaient-ils à Londres ? Il échafauda plusieurs hypothèses mais n'en retint aucune. C'était le problème des missions non officielles comme celle-ci : il devait partir de presque rien et pouvait s'appuyer sur pas grand-chose ! Il recala à l'échelle de la rue l'image-satellite qui lui parvenait en temps réel. À tout hasard, il lança une recherche sur la maison et ses occupants. La réponse lui parviendrait dans les minutes à venir.

Clarence s'apprêtait à quitter le réseau quand un événement sur l'écran attira son attention. Deux hommes venaient à l'instant de surgir d'une maison qui faisait face à celle où Violaine et ses amis étaient entrés. Ces deux hommes couraient, regardant de tous côtés comme s'ils avaient perdu quelqu'un. Ou quelques-uns.

– Intéressant, murmura encore Clarence. Alors comme ça, mes renardeaux étaient surveillés. Et ils viennent, visiblement, de tromper cette surveillance.

Il avait tout de suite démasqué les deux hommes. Ils

appartenaient assurément à une agence américaine de renseignements. CIA ou FBI. À y regarder de plus près, il penchait plutôt pour la Sécurité militaire. Mais tout était possible. Ces Américains étaient indécrottables ! Même en civil, leurs agents avaient l'air de porter un uniforme.

Une deuxième tête de loup se mit à tourner dans le coin de l'écran. La réponse qu'il attendait lui parvint sous la forme d'un listing. Le 24 bis Queen's Gate Terrace était une pension de famille répondant au doux nom de « joyeux pinsons ». Clarence éclata de rire. Cela devenait de plus en plus drôle ! Il retrouva tout son sérieux après avoir consulté la liste des pensionnaires du moment.

— Goodfellow, s'étonna-t-il à voix haute.

Goodfellow figurait parmi les joyeux pinsons. Qu'est-ce que ce cinglé venait faire là-dedans ? Et pourquoi s'affichait-il sous son nom véritable ? À moins que... Oui, c'était sûrement cela. Le vieux bouc faisait une chèvre très convenable ! Les renardeaux avaient fouiné, comme à leur habitude. Ils n'avaient pas supporté que lui, Clarence, leur arrache les documents sur le mont Aiguille. Folle curiosité, folle jeunesse ! Dans leur désir de revanche, dans leur obstination à découvrir la vérité, ils étaient tombés dans un traquenard. Mais ils s'en étaient sortis. C'était un bon point, ça voulait dire qu'ils étaient toujours vaillants. Malheureusement, devenir les proies d'un service de renseignements américain, voilà qui hypothéquait gravement leurs chances de survie ! Cela changeait tout. Les événements prenaient une autre tournure et Clarence sentit l'excitation le gagner.

— Bien, bien, susurra-t-il, plus on est de fous et plus on rit !

Il rédigea presque joyeusement son message crypté.

De Minos au Grand Stratégaire, in occulto.

Informations captivantes ! La partie s'annonce serrée, plus compliquée que prévu et tant mieux. J'ai une piste, une idée se dessine. À suivre.

Il rangea le matériel informatique dans son caisson blindé et démarra la voiture. Le moteur ronronna. Il roula tranquillement en direction de l'Athénée Plaza où il avait pris ses quartiers, comme chaque fois qu'il venait à Paris.

Washington, DC – États-Unis. Les doigts crispés sur son téléphone, Rob B. Walker sentit une froide colère l'envahir. Il ferma les yeux et s'efforça de conserver tout son calme.

— Vous les avez laissés filer. Je suis très déçu… Je me moque de ce que vous pensiez ! Oui ce sont des gosses, et alors ?… Un comportement d'adultes ? Vous vous êtes laissé surprendre ?… Des incapables, voilà ce que vous êtes ! Ce n'était pas compliqué, pourtant ! Tout ce que vous aviez à faire, c'était enregistrer leur conversation avec ce Goodfellow et les cueillir à la sortie !… Non, ne faites plus rien, surtout. Quelqu'un d'autre va reprendre l'affaire. Vous vous mettrez sous ses ordres…

Le général raccrocha rageusement et essaya de retrouver son calme en arpentant la pièce.

Ses hommes n'étaient de toute évidence pas adaptés à une mission en Europe. Certes, ils avaient réussi la partie observation de l'opération et tenaient des enregistrements à sa disposition. Ça, c'était pour lui, Rob B. Walker. Parce qu'il voulait savoir ce qu'on lui cachait. Parce qu'il voulait comprendre. Mais le MJ-12 attendait autre chose de sa part : les gosses, les gosses en personne ! Il n'avait plus le choix : il devait faire appel au mercenaire qu'il tenait en réserve à Paris pour un plan B. Et employer les grands moyens.

Le général s'était laissé surprendre. Il avait sous-estimé les gamins. Il fallait réagir, et reconsidérer les éléments du dossier rouge. Il se félicita d'avoir prévu de quoi rebondir.

– Numéro 13 ? dit-il sèchement dans le combiné. Ici Numéro 12. L'opération de Londres s'est mal passée… Je me moque que vous vous en doutiez !… Non, mes hommes ont assuré, la question n'est pas… J'ai du mal à vous comprendre, votre accent est très fort… Oui, c'est exactement ça : vous êtes désormais en charge de l'opération. Fowler et Fisher seront sous vos ordres. Je vais faire surveiller les principales gares et les aéroports de Londres et de Paris. À la moindre apparition des gosses, je vous fais signe et vous intervenez. Mais n'oubliez pas : je les veux vivants !

Agustin raccrocha et alluma aussitôt une cigarette. Une toux rauque lui déchira immédiatement les poumons. Il allait crever s'il continuait à fumer autant. Mais c'était plus fort que lui.

Enfin, il venait de recevoir le coup de téléphone qu'il attendait. Il savait que Numéro 12 courait à l'échec en confiant son opération de Londres à des agents gouvernementaux qui n'avaient jamais eu la réputation d'être discrets. En sous-estimant les mômes, aussi. Mais il n'avait rien dit. Il voulait que son employeur se tourne vers lui. En tout cas, s'il s'était personnellement rendu à Londres, ces sales mômes ne lui auraient pas échappé.

Il écrasa son mégot dans le cendrier aux trois quarts plein trônant sur la table, au milieu de la chambre qu'il louait dans un quartier populaire de Paris. Les hôtels de luxe, ce n'était pas son truc. Question de style.

Agustin avait le sourire. Maintenant, il avait deux hommes à lui, comme cet enfoiré de Clarence autrefois. Chef, ça allait lui plaire ! Dès que ces bons à rien de Fowler et de Fisher seraient à portée de main, il les giflerait pour les punir de leur échec.

Soudain, une terrible douleur lui vrilla le cerveau. Comme une mèche de perceuse qui lui aurait perforé le crâne et qui vrombirait juste derrière ses yeux. Il ouvrit en tremblant le tube qu'il conservait dans la poche de sa veste et avala deux cachets. Il dut attendre plusieurs minutes avant que le mal s'estompe partiellement. Maudits gamins ! Engeance du diable !

L'épisode de la grotte de Saint-Maurice lui revint en mémoire, comme après chaque crise. Alors qu'il les tenait presque, les gosses l'avaient assommé par-derrière. Il avait retrouvé ses esprits à l'hôpital de Valence, où Clarence l'avait abandonné comme un chien. Il avait subi un sérieux traumatisme. Le chirurgien l'avait mis en garde contre des séquelles possibles, lesquelles n'avaient pas tardé à se manifester, sous la forme de douleurs violentes à la tête que seuls de puissants et dangereux médicaments parvenaient à calmer. Sa haine pour Violaine, Claire, Arthur et Nicolas s'en était trouvée décuplée.

Il se promit, dès qu'il en aurait le temps, d'aller dans la première église venue pour allumer un cierge à la Vierge. Il tenait enfin sa vengeance ! Numéro 12 le lui avait dit : les gosses devaient être capturés vivants. Mais lui, Agustin, il se réjouissait à l'idée de les tuer tous les quatre, avec son couteau, lentement, artistiquement. Ça n'arrangerait pas ses maux de tête, mais, son honneur vengé, il serait enfin en paix avec lui-même.

Il s'allongea sur le lit et prit son mal en patience. Les jeunes aiment le mouvement. Ils ne tarderaient pas à s'agiter sous l'œil délateur d'une caméra de vidéosurveillance.

Mes geôliers pensent que parce que je m'obstine, je ne tiens pas à la vie. Ils se trompent. Ce qui compte ce n'est pas la vie, c'est ce que l'on fait d'elle...

(Extrait de *Considérations intempestives*, par Eduardo Milescu.)

8
Arcanum proferre : révéler un secret

Le dragon se posa lourdement sur le sol. Elle sentit son souffle brûlant. Malgré la terreur qui la saisit, elle se força à ouvrir les yeux. Elle ne distingua pas grand-chose. Une créature énorme se tenait devant elle. Un corps de reptile, deux pattes trapues à l'arrière, deux ailes immenses traînant par terre, un cou musculeux, long et mobile, une tête de tortue à laquelle on aurait ajouté une mâchoire de phoque et dont on aurait remplacé les yeux par des braises. Pas de mains, seulement une griffe sur chaque aile, pour s'accrocher aux pics ou aux tours. Le dragon feula et elle crut qu'elle allait mourir. Mais il la saisit et, dans un effort qui lui arracha un nouveau feulement, il s'éleva dans les airs et l'emporta en direction de la crypte...

Violaine sursauta. Elle s'était assoupie quelques secondes dans son fauteuil pendant que les autres s'installaient à leur tour dans le carré première classe de l'Eurostar, seules places libres dans le premier train en partance et obtenues en versant un substantiel supplément. Quel rêve étrange ! Elle resta songeuse en constatant qu'elle réussissait à garder son calme, après avoir vécu par l'esprit des choses si terrifiantes. Peut-être parce qu'elle n'avait pas rêvé assez longtemps, ou bien parce que ce n'était pas un vrai sommeil ? Elle s'ébroua.

– Vous avez vu ? dit fièrement Nicolas. On est encore passés les doigts dans le nez avec nos faux passeports !

– Personne ne nous attendait à la gare, fit remarquer Violaine. Ce qui confirme que Clarence n'est pas dans le coup. Ou bien qu'on se trompe depuis le début : après tout, peut-être que c'était Goodfellow la cible.

– Bon, fit Arthur en se frottant les mains, puisqu'on parle de Goodfellow, on le déballe ce paquet ? Sinon, j'ouvre un livre de sudokus. C'est tranquille les premières classe, mais moi, il faut que j'occupe mon cerveau impitoyable !

Arthur avait l'air en forme. Ou bien faisait semblant de l'être. Violaine lui en fut reconnaissante. Elle ne se sentait pas la force de tout prendre encore sur ses épaules.

Elle posa sur la table du carré l'objet que le vieil homme traqué leur avait remis quelques heures auparavant.

– On dirait une énorme tablette de chocolat, dit Nicolas.

– Ça t'arrangerait bien, hein ? le taquina Claire.

– Le chocolat contient des molécules de bonheur, répondit le garçon impassible. C'est donc un ingrédient indispensable pour ne pas complètement déprimer en votre compagnie... Aïe !

– Ça t'apprendra à être plus gentil, rétorqua Claire après l'avoir frappé.

Pendant ce temps, Arthur faisait un sort à l'emballage. Il sortit du paquet un vieux livre épais, abîmé et à la couverture jaunâtre, ainsi qu'un cahier rempli d'une écriture serrée.

Quelque part dans les Visayas – Philippines. Autour du grand yacht ancré à bonne distance des barques de pêcheurs patrouillaient des hommes armés en combinaison de plongée, juchés sur des jet-skis. C'était le matin, et le soleil tapait déjà fort. Une faible houle clapotait contre la coque blindée au Kevlar. Au loin, derrière la langue de sable de la plage, des cocotiers balançaient leurs feuilles effilées au-dessus des cahutes en bois du village.

Dans le vaste carré lambrissé de bois rare, assis dans de confortables fauteuils, dix hommes devisaient à l'abri d'un masque blanc. Les climatiseurs ronronnaient discrètement, offrant aux conversations un fond sonore feutré.

– Bien, dit celui qui semblait diriger les débats, voilà un problème réglé. À propos de problème, Majestic 3, où en sommes-nous avec nos « Quatre Fantastiques » ?

– J'ai une mauvaise nouvelle, Majestic 1, annonça un homme rondouillard élégamment vêtu. Les enfants nous ont échappé à Londres. Mais Walker a de la ressource, il va les retrouver.

— Nous l'espérons tous, conclut Majestic 1. Passons au point suivant…

— Qu'est-ce que c'est ? demanda Nicolas en observant avec curiosité le livre qu'Arthur avait extirpé du paquet.

L'ouvrage, broché, avait la taille d'un semi-poche. Les feuilles écornées et jaunies dégageaient une odeur de vieux papier. Sur la couverture, le titre apparaissait en lettres gothiques, au-dessous du nom de l'auteur.

— *Le Devisement du monde*, déchiffra Claire.

— C'est le récit des voyages de Marco Polo en Asie, précisa immédiatement Arthur. Une édition ancienne on dirait.

Les autres ouvrirent des yeux ronds.

— Quel rapport avec les extraterrestres ? s'étonna Nicolas.

— Je n'en ai aucune idée, dit Arthur en ouvrant le cahier. L'explication se trouve certainement là-dedans.

Il se plongea aussitôt dans la lecture des notes écrites par Goodfellow. Nicolas en profita pour récupérer le livre.

— Ce bouquin pue le moisi, fit-il remarquer en le secouant. En tout cas, rien n'a été glissé à l'intérieur.

— Fais voir, ordonna Violaine au garçon qui s'en défit de mauvaise grâce.

Elle fit défiler les pages devant ses yeux.

— Pas de feuille cachée au milieu du texte comme dans le livre d'Ézéchiel, annonça-t-elle déçue.

— Ça serait trop facile, commenta Nicolas en reprenant le livre.

— Alors Arthur ? demanda Claire. Tu trouves quelque chose ?

— Patience, les filles. C'est long et Goodfellow écrit tout petit !

— Fais-nous signe quand tu auras quelque chose, soupira Violaine.

— Moi, en attendant, je vais lire les aventures de Marco Polo, dit Nicolas.

— Pourquoi toi ? objecta Claire.

— Priorité au plus jeune, répondit Nicolas qui ne semblait pas près de céder.

— Justement, intervint Violaine, tu es peut-être trop jeune pour ce qu'il y a dedans, il vaut mieux qu'on le lise d'abord.

— Hors de question, s'obstina Nicolas. C'est moi qui l'ai pris en premier, vous attendrez votre tour.

Claire et Violaine cédèrent à contrecœur et se mirent à bavarder, guettant une réaction des garçons plongés dans leur lecture.

— C'est assez barbant, soupira Nicolas. Ce type n'a sûrement pas lu Rimbaud pour écrire aussi mal.

— Plutôt normal pour quelqu'un qui a vécu il y a sept siècles ! se moqua Claire.

Nicolas lui lança un regard noir et s'apprêta à répondre. Mais Arthur ne lui en laissa pas le temps.

— C'est incroyable ! s'exclama-t-il tout à coup.

Arthur avait l'air ébahi. Il resta un moment sans bouger, le regard perdu dans le vide.

— Tu as découvert quelque chose ? demanda Violaine avec impatience.

— Plutôt, oui ! répondit Arthur en se secouant. Je vais vous résumer ce que j'ai appris…

Ils l'écoutèrent avec attention.

— Ce cahier, commença Arthur, comporte deux parties. La première est consacrée au mystère extraterrestre. D'abord, Goodfellow en dresse un historique. Un historique qui commence en 1947. Pourquoi cette date ? C'est l'époque des premières soucoupes volantes observées dans le ciel de l'Idaho, ainsi que du fameux incident de Roswell. Vous vous rappelez ? Claire a trouvé tout ça sur Internet.

— C'est l'histoire de la soucoupe volante qui s'est écrasée au Nouveau-Mexique ? dit Nicolas. Avec dedans un corps d'extraterrestre que l'armée a décortiqué, c'est ça ?

— Pour la plupart des spécialistes, c'est un canular, rappela Claire.

— Exact, confirma Arthur. D'ailleurs, Goodfellow émet de sérieux doutes sur toutes ces affaires. Si 1947 reste une date-clé, c'est pour d'autres raisons, qu'il ignore. Quoi qu'il en soit, l'histoire moderne des extraterrestres commence vingt ans avant les missions Apollo ! Souvenez-vous, l'US Air Force lance ensuite plusieurs études sous la pression d'une opinion publique qui se passionne pour le sujet : *Sign* en 1948, *Grudge* en 1949, *Blue Book* en 1951.

— Mais *Blue Book* prend fin en 1968 et conclut à l'absence de preuves de l'existence extraterrestre, rappela Claire. À la même époque, les mille pages du rapport Condon, une commission scientifique civile chargée de statuer sur ce mystère, parviennent au même résultat.

— Qu'est-ce que Goodfellow pense de tout ça ? demanda Violaine.

— C'est maintenant que ça devient vraiment intéressant, reprit Arthur. Pour Goodfellow, ces projets officiels ou semi-officiels, cette agitation autour des extraterrestres, eh bien tout cela n'est que du vent.

Il y eut un silence.

— Du vent ? répéta Claire. Que veux-tu dire ?

— Et les extraterrestres sur la Lune ? renchérit Nicolas, choqué.

— Goodfellow reste obscur, répondit Arthur. Il pense que le mystère extraterrestre est un leurre que l'on agite sous les yeux du public pour dissimuler autre chose.

— Ça devient touffu, grogna Violaine. Donc, si je comprends bien, les Américains auraient fait des pieds et des mains pour cacher l'existence d'extraterrestres sur la Lune, extraterrestres qui, en fin de compte, n'existeraient pas...

— Waouh, la prise de tête ! commenta Nicolas.

— Goodfellow a cru autrefois détenir un grand secret, continua Arthur. Il s'est rendu compte plus tard qu'il était dérisoire par rapport à la vérité. Une vérité qu'il imagine démentielle mais qu'il n'a, malgré tous ses efforts, jamais découverte. Pour résumer, il sait aujourd'hui qu'il ne sait rien.

— Le seul qui pourrait nous aider en est incapable, c'est bien ça ? dit Claire d'une voix désabusée.

— Pas tout à fait, annonça Arthur en ménageant son effet. Dans la deuxième partie de son cahier, Goodfellow parle longuement des Templiers.

— Les Templiers, tu veux dire les moines-chevaliers qui vivaient en Europe au Moyen Âge ? demanda Nicolas.

— Oui, confirma Arthur. Goodfellow a consacré des années à les étudier !

— Attends, intervint Violaine, pas si vite. Tu peux me dire ce que les Templiers, vieux de huit cents ans, viennent faire dans cette histoire ?

— Je vais essayer, dit Arthur. J'ai lu pas mal de bouquins sur le sujet, vous savez ?

— On s'en doute…

— Je ne vais pas jouer au prof, continua-t-il, mais pour faire court, l'ordre des Templiers a été créé par des chevaliers français à la suite de la première croisade, au début du XIIe siècle. Cet ordre a connu ensuite un essor considérable, en Terre sainte bien sûr où il gardait les routes et participait à toutes les batailles, mais également en Europe. Au début du XIVe siècle, les Templiers disposaient en Occident de dix mille commanderies. Ils contrôlaient les principaux réseaux bancaires. Si le Temple était un ordre religieux et une milice, il fonctionnait également comme une entreprise, du genre multinationale ! De plus, l'Ordre échappait à toute juridiction et à toute imposition, et dépendait directement du pape. C'était quasiment un État souverain et presque une Église indépendante ! Jusqu'en 1307 où le roi de France Philippe le Bel et son ami le pape Clément V se sont entendus pour dissoudre l'Ordre, emprisonner ses membres, confisquer ses biens et envoyer au bûcher le grand maître Jacques de Molay.

— Je ne comprends toujours pas pourquoi Goodfellow fait intervenir les Templiers, insista Violaine, incrédule.

— Laisse parler Arthur, dit Nicolas, il n'a pas terminé !

— C'est vrai, dit Arthur avec un sourire en coin. La thèse de Goodfellow est étonnante. Elle s'appuie sur la fin tragique des Templiers, qui comporte de nombreuses zones d'ombre, et sur deux éléments principaux : la disparition des archives de l'Ordre et le port de La Rochelle. Il faut savoir que les archives du Temple n'ont jamais été retrouvées. Ensuite, parmi les nombreux ports dont disposait l'Ordre, celui de La Rochelle, sur l'Atlantique, pose problème : il ne servait à rien ! Trop au sud pour des communications avec l'Angleterre, trop au nord pour relier le Portugal où l'Ordre était solidement implanté. Pourtant, en 1307, la veille de l'arrestation des Templiers, trois chariots transportant des coffres mystérieux ont quitté le Temple de Paris pour La Rochelle où leur chargement a été embarqué par des navires de l'Ordre qui ont pris la mer et disparu à jamais.

— Il y avait quoi dans ces coffres ? s'enquit Nicolas dont les yeux brillaient.

— Le trésor du Temple, répondit Arthur. Ne va pas t'imaginer des pièces d'or et des bijoux : ce trésor comportait certainement les fameuses archives évaporées.

Des documents qu'il fallait mettre à tout prix en lieu sûr.

— Pourquoi ces archives étaient-elles si importantes ? demanda à son tour Claire que le récit captivait.

— Durant presque deux siècles, reprit Arthur, les Templiers ont eu un accès privilégié au monde et à ses secrets. Des secrets, d'après Goodfellow, si énormes qu'ils ne devaient pas tomber entre toutes les mains. Mais j'en viens maintenant à son hypothèse. Tenez-vous bien : si farfelu que cela paraisse, c'est dans les coffres du Temple que se trouverait la réponse au mystère d'Apollo 11 !

— N'importe quoi, soupira Violaine.

— Ça paraît difficile à croire, renchérit Claire. En plus, le trésor des Templiers, ce n'est pas nouveau comme délire !

— Moi ça me plaît bien, dit Nicolas. Les histoires de chevaliers, j'adore !

— Laissez-moi terminer, intervint Arthur, vous jugerez ensuite. Car une question reste en suspens : où sont partis les navires templiers chargés du trésor de l'Ordre ?

— Comment on pourrait le savoir ? demanda Violaine en haussant les sourcils. On n'est pas historiens. Ni devins.

— On peut répondre à la question en en posant une deuxième, poursuivit Arthur. À quoi servait réellement le port templier de La Rochelle ?

— Allez, craqua Nicolas, ne nous fais pas languir !

— Sur le grand tympan de la basilique templière de Sainte-Madeleine, à Vézelay, commença mystérieusement Arthur après un bref coup d'œil dans le cahier de Goodfellow, on peut voir un homme pourvu d'oreilles immenses et vêtu de plumes. Dans les Archives nationales, sur l'un des sceaux de l'Ordre saisi par les gens de Philippe le Bel en 1307, il y a un homme vêtu d'un pagne et coiffé de plumes, brandissant un arc. Au-dessus, on peut lire l'inscription *secretum templi*, « secret du Temple ».

— Alors ? le pressa Claire.

— Vous ne devinez pas ? Eh bien les Templiers connaissaient l'existence des Indiens plus de deux siècles avant la découverte du Nouveau Monde par Christophe Colomb ! Ils se sont rendus régulièrement en Amérique depuis le port de La Rochelle, échangeant armes et savoir-faire technique contre l'argent des mines côtières, argent qui leur permettait de consolider leur pouvoir en Europe ! C'était ça, le secret des Templiers...

Washington, DC – États-Unis. Rob B. Walker écoutait attentivement l'enregistrement de la conversation entre Goodfellow et les « Quatre Fantastiques ». Qu'est-ce que c'était que cette histoire d'extraterrestres ? Et de Lune ? Pourquoi ces gosses se sentaient-ils si concernés ? Le général tapota son bureau d'une main agacée. Il avait deviné juste : cette affaire de gosses à retrouver en cachait une autre, beaucoup plus sulfureuse. En liaison avec les extraterrestres. Les petits bonshommes verts, ce n'était pas son truc, mais il avait entendu parler de l'affaire Roswell, de la Zone 51, des apparitions de soucoupes volantes et des mystérieux enlèvements dans les zones rurales. Il se promit de se renseigner plus avant. Pour l'heure, il devait retrouver ces mômes, les capturer et les livrer sains et saufs au MJ-12. Il se demanda comment Agustin allait s'y prendre, et s'il allait réussir. Parce qu'une chose au moins crevait les yeux dans cette affaire : ces gosses n'avaient rien d'ordinaire...

Nicolas, Violaine et Claire se regardèrent, ahuris.
– Tu veux dire que l'Europe commerçait avec l'Amérique au Moyen Âge ? s'étonna Claire, incrédule.
– Je veux dire, enfin Goodfellow veut dire, que l'argent utilisé en Europe par les Templiers venait d'Amérique, des côtes d'Amérique du Sud plus précisément, et que le port de La Rochelle servait à son importation, répéta Arthur.
– Et les archives ? demanda Violaine.
– En 1307, les archives du Temple ont suivi tout simplement la route inverse ! Anticipant la tragédie à venir, l'Ordre s'était assuré en Amérique des bases de repli. Les Amérindiens ont-ils trouvé et détruit ces archives ? Les conquistadors les ont-ils récupérées ? Goodfellow pense que l'Ordre a tout prévu et qu'il a mis son trésor à l'abri, loin des dangers et des convoitises. Sans doute les Templiers pensaient-ils simplement attendre que les choses se calment en France. En ce cas, ils avaient sous-estimé l'ampleur de la tragédie. Où qu'ils aient pu être cachés, ces coffres y sont sûrement encore !

— Mais comment Goodfellow a-t-il su tout cela ? s'exclama Violaine, pas encore convaincue. Ce n'est pas du tout ce que l'on apprend à l'école !

— Goodfellow a effectué des recherches très poussées, répondit Arthur. Son cahier est une mine d'informations. Il s'est servi des travaux de nombreux historiens. Mais surtout, il a eu accès à ceci.

Arthur arracha le livre des mains de Nicolas et le brandit.

— Cet exemplaire du *Devisement du monde* est la copie d'une édition introuvable ! Tout le monde connaît Marco Polo, mais moins les conditions dans lesquelles son célèbre récit fut rédigé. Marco Polo a dicté ses souvenirs pendant qu'il était en prison à Gênes, en 1298, à un écrivain originaire de Pise, Rustichello. Le livre est constitué de chapitres qui retracent cinq itinéraires. Le plus mystérieux reste le cinquième itinéraire, qui n'est pas le résultat d'expériences personnelles. Il semble le fruit de ouï-dire, de récits rapportés. Par des camarades de captivité ? Peut-être. Et le fait que l'un d'eux soit un ancien marin templier n'est pas dénué d'intérêt ! Je vais y revenir... Il existe plus de cent quarante manuscrits établis à partir de la version originelle. Ces textes sont différents les uns des autres : nombre, ordre, contenu des chapitres. Pour ne rien arranger, un homme du nom de Thibaut de Chépoix a rendu visite à Marco Polo à Venise. Comme par hasard en 1307 ! Il s'est arrangé pour se faire donner une copie du *Devisement* qu'il a fait corriger et largement distribuer. Or, dans les versions établies à partir de là, il semble que les derniers chapitres, certainement inspirés par l'ancien templier emprisonné avec Marco Polo, aient été supprimés, comme s'ils étaient gênants ! Goodfellow a mis la main sur une version antérieure à l'intervention de Thibaut de Chépoix, c'est-à-dire une version comportant les chapitres disparus.

– Des chapitres qui parlent des Templiers ! s'exclama Nicolas.

– Des Templiers en Amérique, compléta Arthur, Templiers que Marco Polo désigne sous le nom de Tecpantlaques. Mais ce n'est pas tout. Pendant que les archives de l'Ordre voguaient vers l'Amérique, en 1307, de nombreux templiers gagnaient le Portugal où le roi Denys leur offrait asile et protection. Puis, en 1320, les Templiers ont été en quelque sorte nationalisés et ont pris le nom d'ordre du Christ. Du coup, le *secretum templi* est devenu aussi le secret du roi du Portugal. Car il existait une carte du Nouveau Monde, dressée par l'Ordre déchu. Cette carte, comme peut-être l'argent des Templiers, explique en partie comment le petit Portugal a pu devenir ensuite la première puissance maritime du monde !

– On s'égare, là, soupira Violaine.

– Pas du tout ! s'insurgea Arthur. On sait que Christophe Colomb a pu consulter avant son voyage la carte du roi du Portugal. Colomb possédait par ailleurs un exemplaire, annoté par ses soins, du *Devisement du monde*. Plus troublant encore : Magellan a, lui aussi, eu accès à la fameuse carte des Templiers. Mais c'est après la lecture du *Devisement du monde* qu'il a décidé d'appareiller en direction du détroit qui porte aujourd'hui son nom.

— Tu peux conclure ? le supplia Violaine. Je commence à avoir mal à la tête.

— Si tu veux avoir encore plus mal, ironisa Nicolas, je te conseille d'essayer de lire le pavé de Marco Polo !

— Je termine, annonça Arthur. J'ai été un peu long mais je voulais que vous compreniez le cheminement suivi par Goodfellow avant de connaître sa conclusion ! Pour lui, les coffres templiers contiennent un ou plusieurs secrets en rapport, je ne sais pas comment, avec la mystification des missions Apollo. Ces coffres se trouvent en Amérique. Grâce au *Devisement du monde* et à la fameuse carte du roi du Portugal dont il existe aujourd'hui des copies, Goodfellow a pu identifier l'endroit précis où ils se trouvent.

Il agita le cahier sous le nez de ses amis.

— Alors, qu'est-ce que vous en dites ?

— Pourquoi est-ce que Goodfellow n'a pas essayé d'aller lui-même à la recherche du trésor ? s'étonna Nicolas.

— Par manque de temps, répondit Arthur en haussant les épaules. Ou par frousse. Les deux sans doute : Goodfellow est un homme traqué.

— Moi je dis que cette histoire ne nous concerne plus s'il n'y a rien à découvrir sur la Lune, annonça abruptement Claire. Goodfellow l'affirme : les extraterrestres, c'est n'importe quoi ! Une illusion. À laquelle nous avons cru…

Elle semblait tout à coup désespérée.

— Je ne suis pas d'accord avec toi, objecta doucement Violaine. Les documents que l'on a trouvés sur le mont Aiguille existent ! On en a assez bavé pour le savoir... Et puis, Goodfellow affirme aussi que les coffres cachés renferment l'explication du mystère. Il faut en avoir le cœur net. Je propose, moi, de suivre la piste qu'il a tracée jusqu'à ce fameux trésor !

Son ton énergique galvanisa ses amis. Même Claire redressa la tête.

— Moi, dit Nicolas, je trouve qu'on progresse. On cherchait une piste, on en a une ! Et puis ça me plaît, l'idée de repartir sur la trace des chevaliers !

— Je suis avec Violaine, dit Arthur. Goodfellow a vraiment réfléchi au problème, on ne part pas à l'aveuglette.

— Et on part où ? finit par demander Claire en se ralliant elle aussi à la proposition de Violaine.

— Au Chili, répondit Arthur, d'un ton qui mit un terme à la discussion.

Il fallait conclure, en effet. Une migraine des grands jours couvait depuis un moment dans le tréfonds de son crâne, allumée par le voyage, Goodfellow et les informations du carnet. Il se tassa dans son fauteuil, sous le regard désolé de ses amis, et rabattit son blouson sur sa tête, attendant l'orage, le déferlement de la douleur qui le laisserait pantelant et démuni comme un nourrisson...

CXCIV. Clair-de-lune

[...] Mais nous cesserons de parler d'Argoun et nous vous parlerons du pays de Piaui.

(Marco Polo, *Le Devisement du monde*, fin du chapitre 194 tel qu'il est écrit dans le manuscrit des Ghisi, antérieur aux manipulations de Thibaut de Chépoix.)

9
Deprendere : surprendre, intercepter

Je me suis rendu compte que mes trois petits singes boudaient. Je les délaissais au profit des chiffres ! J'avais troqué mon mur contre des grilles, me disaient-ils sans parler. J'ai regardé Alfred mais il gardait ses mains devant les yeux. J'ai essayé de raisonner Achille mais il ne voulait rien entendre. Je me suis tourné vers Anatole mais il a refusé d'ouvrir la bouche. Alors, une fois rentré dans notre tanière, poussé et tiré par mes fidèles amis, j'ai demandé un feutre, un morceau de mur et la permission de gribouiller. La crise était passée mais je tremblais encore pas mal, c'est vrai. J'avais essayé de rester stoïque, mais tous ces métros et tous ces trains, ces espions et ces Templiers, cela faisait beaucoup. Beaucoup trop. Chers petits singes ! J'ai passé toute la nuit avec eux, et au matin, on s'était réconciliés...

– Il reste du Nutella quelque part ? lança Arthur à la cantonade après avoir ouvert quelques placards dans la cuisine.

– Regarde du côté de la cafetière, répondit Antoine sans se retourner.

Assis dans le salon de son appartement de la Butte aux Cailles, sur l'un des coussins entourant une table basse, Antoine faisait face à Violaine, Claire et Nicolas. Son visage exprimait la stupéfaction.

– Tu peux répéter, Violaine ? J'ai sans doute mal compris !

– Je disais, répéta la jeune fille en le regardant dans les yeux : Antoine, on a besoin de toi pour aller au Chili.

Antoine se leva, maîtrisant un mouvement d'humeur.

– C'est dingue ! Vous débarquez ce matin, « Bonjour Antoine », « Je peux prendre une douche, Antoine ? », « Il reste du Nutella, Antoine ? », « Tu nous emmènes au Chili, Antoine ? » !

– On n'a pas dit : « Tu nous emmènes au Chili », le coupa Violaine, mais : « Tu nous accompagnes au Chili », c'est pas pareil.

– Je ne vois pas ce que ça change, répondit Antoine qui s'échauffait.

– La différence est flagrante, pourtant, dit Arthur en posant sur la table le pot déjà largement entamé qu'il avait enfin déniché. Dans le premier cas c'est toi qui as la main, dans l'autre c'est nous.

Antoine respira à fond pour retrouver son calme. Violaine fit les gros yeux à Arthur.

— Qu'est-ce que j'ai dit ? s'étonna le garçon dont les traits tirés indiquaient qu'il n'avait pas beaucoup dormi. Ce n'est pas vrai ?

— Si, reconnut-elle, mais il y a des façons de le dire.

— Ce n'est pas le problème, dit Antoine le plus posément possible. Arthur a une franchise inimitable que j'apprécie… généralement. Mais bon Dieu, Violaine, il y a des limites à mon ouverture d'esprit !

Antoine s'était mis à marcher de long en large dans la pièce.

— Depuis le jour où ces faux policiers ont débarqué chez moi pour m'assommer et essayer de vous enlever, j'ai compris qu'il fallait faire, avec vous, le deuil de la logique et de la raison. J'aurais pu régler le problème en refusant de vous aider quand vous êtes revenus. Mais je ne l'ai pas fait et je me demande bien pourquoi !

— Parce que tu nous aimes bien ? dit Claire avec un sourire hésitant.

Violaine les avait prévenus dès le départ : Antoine ne s'étonnait jamais de rien. Pourtant, c'est vrai qu'ils n'y allaient pas de main morte !

Antoine continua comme s'il n'avait pas entendu.

— Vous débarquez régulièrement pour prendre une douche ? D'accord. Vous refusez de me dire où vous logez ? Soit. Chaque fois que je vous vois, vous m'avez l'air en bonne santé alors je ne dis rien. Et puis vous m'avez demandé de vous ouvrir un compte bancaire, avec une carte internationale, s'il vous plaît. Ça, c'était déjà limite. Il faut que j'aie une sacrée confiance en toi, Violaine ! Remarquez, je ne vous pose pas de questions et pourtant il y aurait de quoi. Je suis tombé hier sur un de vos relevés de compte. Je ne sais pas ce que vous trafiquez, mais vous êtes plus riches que moi !

Nicolas pouffa. Antoine le foudroya du regard.

— Moi je ne trouve pas ça drôle, dit-il sèchement avant de se tourner à nouveau vers Violaine. Et maintenant, vous voulez que je vous serve de chaperon jusqu'au Chili ! Vous ne trouvez pas que vous poussez le bouchon un peu loin, là ?

— Pour l'argent, se défendit Violaine, on a rien fait de malhonnête, je te jure ! C'est Arthur, il gagne des championnats de sudokus sur Internet...

— On sait qu'on te demande beaucoup, dit Claire en levant sur Antoine ses grands yeux bleus. Après, on ne t'embêtera plus, promis. C'est vrai que des mineurs peuvent prendre l'avion tout seuls. Mais on leur pose des questions. C'est plus compliqué. Il vaut mieux voyager avec un adulte.

— Plus compliqué, ricana Antoine. Qu'est-ce qu'il ne faut pas entendre ! Est-ce qu'il y a une seule chose pas compliquée avec vous ?

— On te paye le billet, continua Violaine en prenant un ton suppliant. S'il te plaît, Antoine, on a que toi sur qui compter !

La jeune fille avait mis tout son cœur dans sa requête. C'était la seule arme qu'elle pouvait utiliser avec Antoine. Jamais elle n'utiliserait son étrange pouvoir sur lui, elle se l'était juré !

Antoine comprit qu'il allait céder. Il se sentait dépassé, comme toujours. Face à ces quatre gosses, il avait le sentiment dérangeant que sa propre existence ne pesait pas grand-chose. Leurs soucis devenaient, sans qu'il puisse l'expliquer, des priorités.

Il ne se défendit plus que pour la forme.

— Enfin, j'ai un travail moi !

— Ça ne sera l'affaire que de quelques jours, dit Nicolas pour enfoncer le clou. Un simple aller-retour. Tu es architecte indépendant, tu n'as même pas de copine : tu peux t'absenter sans te faire gronder ! Alors profites-en.

— Merci, Nicolas, de me rappeler que la fille que j'aimais m'a quitté pour un autre, grimaça Antoine. C'est très délicat de ta part.

— Je suis désolé, ce n'est pas ce que je voulais… essaya de se rattraper Nicolas, consterné.

— C'est la faute de ma sœur, intervint Violaine. Elle n'aurait jamais dû partir.

— Bah, laissez tomber. Vous avez raison. Si je ne profite même pas de cette liberté-là, je passerai vraiment à côté de tout !

Vaincu, Antoine vint se rasseoir.

— Vous ne voulez pas me dire, au moins, pourquoi vous devez absolument aller au Chili ?

Ils secouèrent la tête tous les quatre.

— Et vous êtes sûrs que je ne peux pas rester avec vous, une fois sur place ?

Ils hochèrent la tête avec un bel ensemble.

— Arrêtez, dit Antoine qui ne put s'empêcher de rire, on dirait ces petits chiens qu'on voit à l'arrière des voitures !

— Alors c'est oui ? insista Violaine.

– Comment est-ce que je pourrais refuser quelque chose à ma petite sœur ?

– Ex-petite sœur, corrigea Violaine pour l'embêter, avant de se pencher et de l'embrasser furtivement sur la joue.

– Bon, réclama Antoine, maintenant dites-moi : le départ est prévu pour quand ?

– Pour samedi, annonça Arthur. Un vol direct pour Santiago. Claire a pris des billets électroniques sur Internet.

– Pour moi aussi ? demanda Antoine surpris.

– On savait que tu finirais par dire oui, avoua Violaine avec un sourire désarmant.

– Tu ne vas pas te plaindre ! poursuivit Nicolas. Samedi, c'est pas tout de suite, ça te laisse le temps de faire ta valise.

– Pas bien grosse, hélas, soupira Antoine après avoir gratifié le garçon d'un coup de coussin. Pourquoi est-ce que vous me donnez toujours l'impression que ma vie était plate jusqu'à ce que je vous rencontre ?

Washington, DC – États-Unis. Le général Rob B. Walker avait le visage fermé. Il repensait à cet Agustin Najal, sur qui reposait désormais le succès de la mission. Le mercenaire avait beau lui avoir été recommandé par un collègue ravi de ses services, il ne l'aimait pas. Il n'aimait pas le ton qu'il employait pour lui parler et encore moins la façon dont il avait accueilli l'échec de l'opération londonienne. D'accord, le général avait commis une faute : il avait choisi ses hommes en fonction de leur loyauté plus que de leur fiabilité. Cependant, il déniait totalement à un simple mercenaire le droit de lui faire la leçon ! Maintenant, il était obligé de s'en remettre à ce Latino chafouin et de lui laisser la bride sur le cou. Il n'aimait pas ça du tout.

En trente ans de carrière, il avait appris à juger les hommes. Il n'avait jamais vu ce Najal mais quelque chose dans sa voix le rendait nerveux. L'homme n'était pas net. Enfin, c'était trop tard. Il ne lui restait plus qu'à prier, ou à réviser ses plans de fond en comble. Le MJ-12 aurait-il la patience d'attendre ? Il en doutait.

Son téléphone sonna et le tira brusquement de ses réflexions.

– Allô ? Oui, je reconnais votre voix... L'échec de ma mission ? Mais comment avez-vous fait pour... Une dernière chance, très bien... Je comprends... Les jeunes toujours vivants, évidemment...

Rob B. Walker resta sur place, sans bouger, un long moment après la fin de la communication. Décidément, ce n'était pas son jour ! Il aurait mieux fait de rester chez lui devant un match de base-ball, en sirotant une bière.

Le MJ-12 savait. L'échec de Londres n'était plus un secret. Cela voulait dire que son téléphone était sur écoute, ou bien que ses fidèles agents faisaient leur rapport en double exemplaire. Les deux, peut-être.

Rob B. Walker déglutit. Il prenait peu à peu conscience de l'importance du jeu auquel il jouait. Car enfin, il était général trois étoiles, un homme important que l'on aurait dû respecter. Pas un citoyen lambda que l'on espionne ! L'espace d'un instant, il se sentit dans la peau d'un simple troufion soumis aux caprices d'un sergent-chef. Majestic 3 lui avait sèchement fait comprendre qu'il n'avait plus droit à l'erreur. Ce qui lui était apparu quelques jours plus tôt comme un test, une forme adulte de bizutage, se transformait progressivement en affaire beaucoup plus sérieuse.

Le général secoua la tête et retrouva ses esprits. Qui n'avance pas recule : une règle de base. Or les regrets ne faisaient pas avancer. Que risquait-il s'il échouait ? De ne pas figurer dans le cercle des initiés ? Il serait terriblement déçu, certes, mais il s'en remettrait. Pour l'heure, la partie n'était pas encore finie. Même s'il avait confié son destin à Agustin Najal, un type auquel il n'aurait même pas dû prêter un trombone ! En attendant, il assemblait patiemment les pièces du puzzle qu'on voulait lui cacher. S'il parvenait à en savoir plus sur les dessous de la mission « Quatre Fantastiques », il pourrait toujours négocier ses informations ! Assurer ses arrières : encore une règle qu'il avait toujours respectée.

CXCV. Le pays de Piaui

Le pays de Piaui se trouve outre-océan. Il faut par l'est un nombre de jours si grand qu'il n'est pas possible de les compter. Mais par l'ouest, trente jours de navigation suffisent. On raconte qu'un Roi Blanc vit dans les montagnes, au bord d'un lac grand comme une mer. Son palais de pierre est recouvert d'or. On y parvient en remontant un fleuve, à travers une région peu hospitalière. Mais revenons au pays de Piaui. Les gens qui l'habitent sont de petite taille et ont le teint de la couleur du cuivre. On les appelle Tupis et je vous assure que c'est un étonnement de les voir se fondre en un instant au milieu des arbres ! Ils vivent le long du fleuve et dans la lagune. Ils utilisent pour chasser d'étranges tubes et des flèches propulsées par leur seul souffle. Les Tupis exploitent des mines d'argent et fabriquent des lingots qu'ils entassent en un lieu appelé Panco. Là, des navires venant d'une terre située à l'ouest nommée Tula les chargent en échange de couteaux d'acier. Ces hommes sont blancs et barbus et sont appelés Tecpantlaques par les Tupis de Piaui. Mais j'ai fini de vous parler de cette contrée et je parlerai dorénavant des Tecpantlaques qui sont étonnants, vous verrez comment.

(Marco Polo, *Le Devisement du monde*, manuscrit des Ghisi, chapitre 195.)

10
Is datus erat locus : c'était le lieu du rendez-vous

Le premier type que j'ai tué, c'était un Chilien. Ça aurait pu être un Américain ou un Chinois. C'était juste un type qui n'avait pas choisi le bon moment pour s'égarer dans Comodoro Rivadavia. J'ai été dénoncé mais on ne m'a pas arrêté. On m'a félicité. Les nouveaux maîtres du pays aimaient ce genre de manifestations patriotiques. Moi, avec l'argent que j'avais piqué au Chilien, j'ai commencé à faire ma pelote. J'ai saigné deux caïds dans mon quartier qui se prenaient pour des durs. Au couteau, pour changer. Le soir même, plusieurs gars sont venus spontanément m'offrir leurs services. J'ai vite pris le contrôle des quartiers environnants. J'ai laissé pas mal de cadavres derrière moi, mais ils sont passés inaperçus au milieu des purges du nouveau régime. Je n'oubliais pas, de temps en temps, de faire personnellement la peau d'un militaire. Au fusil, debout. En souvenir de mon pote Pablo. Je crois que j'en ai flingué un de trop. On a commencé à s'intéresser à moi d'un peu trop près. Je suis parti aux États-Unis, il y avait du boulot pour des types comme moi. C'était dommage, la ville était enfin mienne. Je n'ai jamais pu en profiter…

Agustin rugit de joie. Les mômes avaient pris leur temps mais ils avaient fini par mettre le nez dehors ! Ils étaient à l'aéroport de Roissy et arpentaient le hall du terminal 2E.

L'information que Numéro 12 venait de lui transmettre datait d'une demi-heure à peine. Compte tenu des délais d'enregistrement imposés par les compagnies aériennes, ils étaient sûrement venus très en avance. Agustin avait immédiatement demandé que l'on décortique les listes de passagers pour tous les vols en partance du terminal 2E. Il aurait pu le faire lui-même depuis son ordinateur qui disposait des mots de passe nécessaires, mais il n'aimait pas l'informatique et cela lui aurait pris trop de temps. Il s'était juste contenté de passer commande, pour lui et ses sbires, de billets électroniques sur les derniers vols de la soirée. Tokyo pour les Américains. Rio de Janeiro pour lui. Une précaution indispensable pour pouvoir pénétrer, si les fugitifs les y obligeaient, dans la zone d'embarquement.

Il déplia son téléphone portable.

– Foolish ? Fresbee ?

Il se félicitait d'avoir rappelé les deux hommes à Paris.

– On se retrouve à l'aéroport Charles-de-Gaulle, terminal 2E. Le plus rapidement possible.

Bien. L'affaire pouvait se régler en moins de deux heures. Il lui faudrait ensuite, depuis le Brésil, regagner l'Argentine fissa. Il disposait là-bas de contacts qui lui assureraient une relative sécurité. Le temps que son employeur se calme, ce qui risquait de prendre du temps, vu ce qu'il allait faire aux gosses.

Il ouvrit sa valise et prit le temps d'y ranger ses affaires, soigneusement pliées. Il abandonna sous le matelas son pistolet-mitrailleur qui ne lui serait d'aucune utilité à l'aéroport. Puis il vérifia qu'il portait toujours, glissé dans un étui contre sa jambe, le couteau en fibre de carbone. Si les gosses avaient déjà passé le contrôle de sécurité, l'obligeant à gagner à son tour la zone d'embarquement, son arme de carbone ne déclencherait aucune alarme. En cas de fouille systématique ou s'il sentait les policiers tendus, il s'en déferait avant et achèterait après une bouteille de vin ou de bière, qu'il irait casser sur une cuvette de WC, dans les règles de l'art. Un tesson bien fait, manié avec dextérité, ça valait presque un couteau !

Le téléphone sonna. Le visage d'Agustin s'assombrit en apprenant que les noms des gosses n'apparaissaient sur aucun vol. Cela signifiait soit qu'ils n'avaient pas prévu de prendre un avion, soit qu'ils utilisaient de fausses identités. Il allait donc devoir improviser.

Il quitta la chambre, héla un taxi et promit au chauffeur un gros pourboire s'il parvenait rapidement à Roissy.

Quelque part dans la mer de Sulu – Philippines. La conversation des hommes masqués était devenue plus informelle, en même temps qu'ils avaient les uns après les autres gagné le pont supérieur. Le soleil avait disparu et le soir avait apporté, en même temps que l'obscurité, un peu de fraîcheur. Des serveurs en livrée passaient avec des plateaux remplis de petits-fours et de verres de champagne. Le bateau fendait les vagues, bousculant les algues phosphorescentes et abandonnant dans son sillage des milliards d'étoiles.

Majestic 1 s'approcha de Majestic 3.

— Vous semblez soucieux. Craignez-vous un nouvel échec de la part de Walker ?

— Je crains davantage, avoua Majestic 3 en s'épongeant le front. Pas de Walker mais du mercenaire qu'il a engagé. Ce Najal est un homme instable, indépendant dans le mauvais sens du terme. D'après mes sources, il aurait déjà eu affaire aux enfants dans le passé. Ses intentions sont indiscernables. J'en viens presque à souhaiter qu'il échoue.

— Ce Walker n'est pas un bon choix, en définitive.

— Chaque jour qui passe nous le confirme, hélas...

— On peut choisir son siège ? demanda Nicolas à l'hôtesse qui, derrière son comptoir, enregistrait les sacs à dos mis sous plastique.

— Hélas non, répondit-elle en lui souriant mais en évitant de le regarder dans les yeux, gênée par ses lunettes d'aveugle. Le vol est complet en classe Tempo. Par contre, poursuivit-elle pour Antoine, j'ai réussi à vous mettre tous à côté.

Elle était bien mignonne avec ses cheveux bouclés et ses yeux verts.

— C'est très gentil, mademoiselle, la remercia Antoine.

— Quand on peut rendre service, pourquoi ne pas le faire ? répondit-elle en lui jetant un regard appuyé.

— Fais gaffe, lui souffla Nicolas dans l'oreille, elle te drague !

– Ils sont à vous tous les trois ? plaisanta l'hôtesse.

– Heureusement que non, soupira-t-il. Je ne suis que le tonton. Et il y en a un quatrième qui roupille sur un banc !

– Eh bien, bon voyage et bon courage ! termina-t-elle en lui tendant les coupons d'enregistrement. J'ai surligné en jaune la porte et l'heure de l'embarquement.

– C'est adorable ! Il vous arrive de passer une soirée à Paris ? Je connais un restaurant qui… Ehhhhhh !

Violaine et Claire l'avaient tiré en arrière et l'entraînaient hors du périmètre d'enregistrement, sous le rire de la jeune femme.

– M'enfin, qu'est-ce qui vous prend ? s'étrangla-t-il. Mais lâchez-moi !

– On te lâchera quand on sera loin de cette femme, annonça Violaine. Tu n'es pas ici pour batifoler mais pour veiller sur nous, tonton !

– Exactement, confirma gravement Claire qui, comme son amie, ne tenait en réalité pas à rester trop longtemps sous l'œil des caméras, plus nombreuses près des comptoirs d'enregistrement.

– D'accord, les filles, d'accord ! dit Antoine en se dégageant, avec un léger rire. Je n'avais pas compris…

– Compris quoi ? continua Violaine en le fixant, les mains sur les hanches.

– Oh rien, dit-il franchement amusé. Vous êtes jalouses, c'est tout.

– Jalouses ? s'exclamèrent en même temps les deux filles.

– Dans tes rêves ! lui balança Violaine.
– Oui, dans tes rêves, répéta Claire offusquée.

Antoine fit un clin d'œil à Nicolas qui arborait un franc sourire.

– Au lieu de dire n'importe quoi, tu ferais mieux de nous offrir à boire, exigea Violaine, boudeuse.

L'ambiance feutrée d'un bar était plus propice à la discrétion que la lumière aveuglante du hall.

– Après tout, se vengea Claire, on t'offre le voyage !
– Il y a un café, là, dit Nicolas. On a largement le temps de se poser.
– Très bien, se rendit Antoine de bonne grâce, on récupère Arthur, on lui enlève son bandeau, ses boules dans les oreilles, et on y va !

– Foolish, Fresbee ! Où étiez-vous passés ?
– Nous, c'est Fowler et Fisher, répondit l'un des deux hommes avec une voix excédée. On a fait un tour dans le terminal en vous attendant.
– Vous les avez repérés ?
– Pas encore. Il y a beaucoup de monde. Des groupes, surtout.
– Bien, termina Agustin. On se sépare. Le premier qui les voit appelle les autres sur la fréquence 2. Messieurs, en chasse !

Assis dans un fauteuil de plastique bleu au centre du terminal, dissimulé derrière un magazine, Clarence observait tranquillement la petite bande qui venait d'entrer dans un café. Il aimait ces ambiances d'aéroport, froides, impersonnelles, le brouhaha qui montait jusqu'aux poutres métalliques du plafond, le dallage clair et lisse balayé sans conviction par des employés écrasés par la démesure de la tâche. Il aimait observer les gens qui passaient en poussant des chariots remplis de bagages, les passagers inquiets plantés sous le panneau annonçant les vols. Au milieu de toute cette agitation, il avait, lui, la satisfaction de rester immobile et d'attendre. Aujourd'hui plus que n'importe quel jour ! S'il avait pu relâcher son attention, il serait même allé s'offrir une coupe de champagne. Cela ne lui arrivait pas souvent mais, aujourd'hui, il était très content de lui.

Il avait retrouvé la petite bande sans passer un seul coup de téléphone, sans même ouvrir son ordinateur ! Il s'était contenté de réfléchir. Quatre gosses livrés à eux-mêmes dans Paris, même s'ils n'étaient pas ordinaires, avaient besoin d'aide pour survivre. L'aide d'un adulte, puisque cette société était une société d'adultes. Et qui connaissaient-ils dans la capitale ? Cet imbécile d'Antoine, celui de l'appartement de la Butte aux Cailles, qu'Agustin avait proprement assommé le mois dernier ! Clarence avait donc monté une planque. Il avait attendu mais il n'avait pas été déçu : la bande avait fini par débarquer, sac au dos, tous excités comme des puces. Il aurait pu les intercepter au pied de l'immeuble. Les tuer, même, s'il avait voulu, sans qu'ils aient le temps de bouger le petit doigt. Mais il ne l'avait pas fait. Il avait profité de ce moment unique où ils étaient à sa merci sans qu'ils le sachent jamais. Puis il les avait laissés partir.

Pour pouvoir les suivre. Parce qu'il voulait savoir ce que tramaient les renardeaux qui leur valait l'attention d'une agence.

Une filature discrète dans le métro et le RER l'avait conduit jusqu'ici. Maintenant, dans un peu moins de trois heures, Violaine, Claire, Nicolas, Arthur et leur chaperon allaient s'envoler pour Santiago du Chili. Pourquoi ? La curiosité de Clarence était aiguisée au plus haut point. Il décrocha son téléphone et appela le service de réservation d'Air France.

— Ça vous va, ici ? s'enquit Antoine en désignant une table en bois dans un coin du bar.

L'endroit restait ouvert sur le terminal mais contrastait agréablement avec le gigantisme aseptisé du hall. L'ambiance y était presque chaleureuse.

— Parfait ! répondit Violaine.

Antoine fit un signe au serveur. Ils passèrent commande.

— C'est la première fois que je vais prendre l'avion, dit Nicolas. C'est flippant !

— Pour tout le monde c'est la première fois, précisa Arthur. Il faut bien des premières fois.

— Oui, continua Nicolas, mais de temps en temps, les premières fois sont aussi les dernières. Regarde, les salsifis par exemple, je n'en ai mangé qu'une seule fois. Imagine que l'avion s'écrase ? Ou qu'il explose en vol ?

— Quel rapport avec les salsifis ?

— Aucun, c'était un exemple de première et de dernière fois.

Antoine trouvait l'échange très drôle. Il envisagea d'apporter son grain de sel, mais Violaine leva les yeux au ciel.

– Stop, par pitié ! Vous allez me rendre folle ! Arthur, tu as pris tes sudokus ?

– Oui. Une grammaire et un dictionnaire d'espagnol, aussi. Et puis j'ai mon nécessaire-à-dodo ! Ne t'inquiète pas, Violaine, tout ira bien.

– J'espère, grogna-t-elle, parce qu'il est interdit de fumer ET de dessiner des singes dans les toilettes des avions…

– À propos de toilettes, annonça Nicolas, il faut que j'y aille.

– Moi aussi, dit Arthur en se levant.

Violaine et Claire échangèrent un regard apitoyé.

– Et après, ils vont se moquer des filles, soupira Claire.

Au même moment, le serveur apporta les commandes.

– On ne vous attend pas, les prévint Violaine. Tant pis pour vous !

Clarence ignora la file d'attente qui grossissait de minute en minute devant l'enregistrement des bagages. Il s'approcha du comptoir réservé aux première classe et aux classe affaires.

– Clark Kent, annonça-t-il en tendant son passeport, je viens de réserver par téléphone la dernière place en première classe !

L'hôtesse pianota sur son clavier sans manifester d'émotion particulière. Clarence constata une fois de plus que l'identité civile de Superman, qu'il s'était amusé à faire figurer sur son faux passeport, laissait les gens indifférents.

– Effectivement monsieur Kent, confirma la jeune femme. Vous avez seulement ce petit sac ? Pas de bagages ?

Le sac en question contenait le matériel dont il ne se séparait jamais. Surtout pas pendant une planque.

– Disons que je suis parti un peu précipitamment !

Elle lui tendit son coupon.

– Nous serons ravis de vous offrir à bord tout ce dont vous pourriez avoir besoin pendant le vol, lui assura la jeune femme.

– Je n'en doute pas une seconde, mademoiselle.

Durant tout le temps de l'enregistrement, Clarence n'avait pas quitté des yeux le bar dans lequel Violaine et ses amis étaient entrés.

Il retourna s'asseoir au même endroit. Cette position centrale lui convenait parfaitement. En se penchant légèrement en avant, il distinguait même les renardeaux autour d'une table en bois, qu'un serveur vint garnir de verres et de tasses. Il vit Arthur et Nicolas sortir du bar et se diriger vers les toilettes toutes proches.

« Laurel et Hardy », songea-t-il amusé en suivant des yeux l'improbable duo.

Qui savait, parmi les milliers de personnes présentes dans le terminal, que l'un de ces enfants pouvait derrière ses grosses lunettes de soleil ridicules voir l'intérieur de votre corps et que l'autre disposait d'un cerveau à faire griller de jalousie un ordinateur ? Personne ! Et qui aurait pu se douter que, là-bas, sagement assise devant son verre de sirop, une jeune fille avait le pouvoir de vous faire haïr votre meilleur ami, tandis que sa copine était capable d'escalader une falaise de cent mètres de haut en moins de 0,2 seconde ? Personne... Lui seul, Clarence, était dans le secret. Oh, il avait payé cher pour cela : son équipe était désintégrée et ses dernières certitudes avaient volé en éclats. Le jeu en valait-il la peine ? La joie sincère qu'il éprouvait à les retrouver semblait indiquer que oui !

Un mouvement suspect mobilisa immédiatement son attention. Deux hommes s'apprêtaient à entrer dans les toilettes où Arthur et Nicolas venaient de disparaître. Deux hommes portant un costume inimitable...

– Les types de Londres ! murmura Clarence.

Novembre 2001, une loi américaine (Aviation and Transportation Security Act) oblige les transporteurs aériens à transférer vers la base de données IBIS, via le réseau APIS, les données personnelles des passagers et membres d'équipage des vols pour les États-Unis. Juin 2002, une autre loi exige des compagnies aériennes l'accès direct aux systèmes de réservation et aux dossiers personnels des passagers, sans que ceux-ci en soient informés ; la Commission européenne donne son feu vert en mars 2003. Février 2003, une nouvelle loi américaine autorise le transfert de ces données à la CIA et au FBI. Avril 2005, toutes ces dispositions sont étendues aux vols du monde entier...

On pourrait s'étonner de la facilité avec laquelle les Américains arrivent à imposer leurs exigences au niveau mondial. Mais qui sait, par exemple, que dans le domaine des technologies de l'information, la dépendance à l'égard des États-Unis est totale ? Qui sait que le registre de référence permettant au système internet de fonctionner est détenu par un ordinateur unique, et que ce serveur-racine se trouve en Virginie ? Un seul clic et tous les .fr cessent de fonctionner. De quoi obtenir bien des concessions dans un monde gouverné par les réseaux et l'échange de données…

(Extrait du *Monde sous surveillance*, par Phil Riverton.)

11
Perversus, a, um :
renversé, tourné à l'envers

Des images de mon enfance reviennent me hanter. J'espère que ce n'est pas le signe d'une mort prochaine ou, pire, d'une sénilité précoce ! Je me revois par exemple jouant à la guerre dans les bois, des branches accrochées à mes vêtements pour me fondre au milieu des feuilles, sautant avec mon fusil en plastique sur mon pauvre frère terrifié. Ou bien dans les carrières de sable, creusant des marches sur les parois et m'élevant à des hauteurs faramineuses sous son regard angoissé. Rudy était plus âgé mais de santé trop fragile pour faire un compagnon de jeu convenable. À sa décharge, il n'a jamais rapporté aux parents mes extravagances ni les risques que je prenais. Nos moments de complicité, nous les trouvions le soir. Je le rejoignais dans sa chambre. Je m'allongeais sur la moquette, sur le dos, les mains derrière la nuque, prêt à partir dans d'autres univers. Alors Rudy choisissait un livre et il me le lisait…

Clarence jura. Il disposait de très peu de temps pour agir. Il vérifia le contenu de ses poches et constata avec soulagement que la cagoule de soie dont il s'était muni quand il surveillait l'appartement d'Antoine, dans la perspective d'une intervention physique, était toujours là. Il s'était débarrassé de son pistolet, trop compromettant, en arrivant à l'aéroport. Mais son absence ne le dérangeait pas. Quand on est entraîné à tuer avec un cure-dents, on se trouve rarement démuni !

Il se tourna vers sa plus proche voisine, assise à deux fauteuils de lui.

— Puis-je vous confier mon sac le temps de me rendre aux toilettes ?

Un sourire tint lieu d'acquiescement. Il roula le plus serré possible la revue derrière laquelle il se cachait et, armé de cette matraque improvisée, s'élança en direction des sanitaires.

— Comment tu la trouves, Claire ? demanda Nicolas en se collant devant un lavabo.

— Mieux, répondit Arthur sans hésiter. Elle est moins absente.

— Depuis qu'on bouge à nouveau, elle a repris des couleurs !

— Il lui fallait de l'action, peut-être. Claire entretient avec le mouvement des rapports particuliers. L'immobilité n'a pas l'air de lui convenir.

— L'immobilité ne convient à personne, conclut Nicolas, espiègle, en appuyant sur le poussoir du distributeur de savon. Sauf aux légumes comme toi !

Arthur n'eut pas le loisir de répondre. La porte des toilettes s'ouvrit brutalement et deux hommes cagoulés firent irruption. L'un resta près de l'entrée et s'empressa de couvrir d'un tissu noir la caméra en faction au-dessus de la porte. L'autre se précipita vers eux, tenant deux bâillons dans la main.

Nicolas poussa un cri. Mais si ce n'est constater que l'homme avait deux fausses dents et un pistolet sous sa veste, ses capacités extraordinaires ne lui servaient présentement pas à grand-chose ! Il serra les poings et se prépara à accueillir leur agresseur.

Arthur au contraire comprit immédiatement qu'ils étaient cuits. Il n'y avait personne d'autre dans les toilettes. Quant à Violaine et Claire, les seules qui auraient pu intervenir, elles étaient trop loin.

Il se demanda juste qui étaient ces hommes, ce qu'ils leur voulaient et allaient leur faire. Il ne chercha même pas à se défendre.

Clarence tourna la poignée et constata que la porte était bloquée de l'intérieur. Il recula de un mètre, vérifia que personne alentour ne lui accordait d'attention particulière et balança son pied de toutes ses forces contre la porte.

L'homme resté à l'entrée fut violemment bousculé et beugla un *« Hell ! »* qui fit se retourner son comparse. Entre-temps Clarence avait enfilé sa propre cagoule et s'était glissé à l'intérieur.

Il commença par vérifier la caméra au-dessus de lui. Hors service. Ces types connaissaient leur boulot. Puis il se laissa tomber au sol, évitant de justesse la balle tirée par un pistolet à silencieux qui alla se perdre dans le mur. Il roula vers le premier, le faucha avec la jambe et, d'un coup sec sur la trachée avec la revue transformée en matraque, lui régla son compte. L'autre le mit en joue. Avec une rapidité stupéfiante, Clarence lui lança le magazine au visage. L'homme fit un mouvement pour se protéger et recula. Cela suffit à Clarence pour arriver jusqu'à lui et lui asséner un coup précis dans l'entrejambe. Un second coup à la gorge acheva le travail. Clarence était à peine essoufflé.

Sans un regard pour Arthur et Nicolas, stupéfaits, qui n'avaient pas bougé d'un pouce, il fit un dernier roulé-boulé vers la sortie. Devant eux, il ne pouvait pas se permettre de marcher, ni même de courir : ils l'auraient identifié tout de suite à son boitillement. Or, il ne tenait pas à être reconnu. Pour conserver une longueur d'avance, il devait bénéficier de l'effet de surprise.

Il s'apprêtait à quitter les lieux quand la porte s'ouvrit encore. Il eut juste le temps de se plaquer contre le mur.

– Qu'est-ce que vous foutez ? Vous deviez m'attendre ! Je...

L'intrus resta interdit en découvrant la scène. Il portait lui aussi une cagoule, mais Clarence reconnut immédiatement sa voix. Surpris, il hésita. Il se ressaisit quand l'homme se pencha et se redressa, un couteau à la main. Clarence lui donna un coup sur la nuque. Assommé, l'homme alla percuter un urinoir. Clarence s'éclipsa.

Quelques instants plus tard, ayant récupéré son sac et remercié la gentille voisine, il marchait tranquillement en direction d'un marchand de journaux. Il avait perdu sa revue dans la bataille, et une bonne revue était toujours d'une grande utilité. Ça sautait aux yeux, parfois ! Il s'amusa de sa propre plaisanterie. Un peu d'action, rien de tel pour garder le moral.

– Il faut partir, vite ! annonça Nicolas, à bout de souffle, en rejoignant les autres.
– Vous n'avez même pas bu vos verres, s'étonna Antoine.
– Laisse tomber les verres ! répliqua Arthur. On a voulu nous enlever dans les toilettes ! Il ne faut pas rester là !
Les autres ne bougèrent pas, éberlués.
– Allez, grouillez, quoi ! s'énerva Nicolas en lançant des regards derrière lui.
Ils réagirent enfin et se levèrent précipitamment. Entraînés par Nicolas et Arthur, ils coururent presque jusqu'à l'entrée de la zone sous douane.
Antoine joua, là encore, son rôle d'accompagnateur, et les formalités se déroulèrent sans anicroche. Les faux passeports passèrent comme des vrais et, mis à part Nicolas qui, dans l'affolement, avait oublié des pièces dans sa poche, personne ne déclencha la sonnerie du portique.
Ils repérèrent la porte par laquelle ils devaient embarquer et s'assirent à l'écart, dans des fauteuils d'où ils pouvaient surveiller la zone.
Se sentant enfin en sécurité, Arthur résuma pour leurs amis qui brûlaient d'impatience l'incroyable scène à laquelle ils avaient assisté.

— C'est dingue, commenta Violaine comme à son habitude. Deux hommes masqués se jettent sur vous, un troisième entre et vous sauve, un quatrième arrive et se fait assommer. Vous êtes sûrs que ce n'est pas une mauvaise blague ?

— Sûrs et certains, dit Nicolas dont le cœur battait encore la chamade. Pourquoi on inventerait une histoire pareille ?

— Vous n'avez reconnu personne ? demanda Claire. Ce n'était pas Clarence ?

— Comment veux-tu qu'on le sache ? répondit Nicolas. Ils portaient tous des cagoules.

— Vous auriez pu leur enlever, pour voir qui c'était, regretta Violaine.

— Ouais, désolés d'avoir paniqué ! railla Nicolas. On a surtout pensé à s'enfuir, ma vieille ! Et tu aurais fait la même chose à notre place !

— Peut-être, grogna-t-elle. En tout cas, j'aurais su tout de suite si c'était Clarence.

Antoine décida d'intervenir.

— Bon, c'est fini les parlotes ? Si on se comportait enfin en personnes responsables ?

— Qu'est-ce que tu veux dire ?

— Que les bêtises ont assez duré ! Il est plus que temps d'aller voir la police et de tout lui raconter !

— Lui raconter quoi ? intervint Claire. Tu as vu comme c'était efficace, la dernière fois que tu as eu affaire à elle ?

— Les types qui sont après nous se moquent bien de la police, continua Violaine. Ils sont capables de tout, on le sait, on a eu l'occasion de le vérifier. Toi aussi, Antoine ! Tu as encore une bosse derrière la tête.

— En tout cas, dit tranquillement Arthur, ce n'est pas moi qui irai expliquer d'où viennent nos passeports.

— Il y a plus difficile à expliquer, continua Nicolas en regardant Antoine. La présence d'un homme avec quatre jeunes fugueurs recherchés par la police suisse, par exemple.

— Tu… s'étrangla Antoine. Mais c'est du chantage !

— Non, tenta d'expliquer Violaine. Nicolas disait juste ça pour te faire comprendre qu'on a tous quitté la légalité. Emportés par les circonstances, peut-être, mais on ne peut compter que sur nous-mêmes maintenant.

Antoine était abasourdi.

— Ça veut dire que je n'ai pas le choix, c'est ça ? Que je suis obligé, que je le veuille ou non, de rester votre complice ?

Le silence qui accueillit ses questions fut éloquent. Antoine se leva.

— Je vais aller m'acheter une bière. J'ai besoin d'un remontant.

Il s'éloigna, légèrement voûté.

— Parfois je me déteste, se désola Violaine.

— Ce n'est pas ta faute, la consola Claire en mettant un bras autour de ses épaules. Ce n'est la faute de personne. C'est comme ça, c'est tout.

— Je ne comprends pas, dit Nicolas en secouant la tête. Ça n'a pas de sens. Londres, et puis ici. Et ce gars qui est venu à notre secours ! Qu'est-ce qu'on nous veut, à la fin ? La dernière fois, on avait volé un livre et des types voulaient le récupérer. C'était clair ! Mais maintenant, je ne vois pas.

— Moi non plus, avoua Arthur.

— Qu'est-ce qu'on va faire ? demanda Claire.

— Ce qu'on sait faire de mieux, finalement, soupira Violaine. Remonter la piste, résoudre le mystère. Sans se laisser prendre ni dépasser.

— Il n'y a même plus la vie du Doc dans la balance, fit remarquer Nicolas.

— Non, reconnut Violaine. Ce coup-ci, il y a nos propres vies.

Antoine revint alors que les hôtesses présentes devant la porte d'embarquement invitaient les premières classe et les classe affaires à se présenter en priorité. Il n'adressa pas la parole au petit groupe, se contentant de boire sa bière à petites gorgées. Mais quand on appela les autres passagers à monter à bord, il se dirigea avec eux vers la passerelle.

— Du champagne, monsieur ?

Clarence sourit à l'hôtesse qui lui présentait la bouteille.

— Volontiers, mademoiselle. Dites-moi, combien de temps va durer le vol jusqu'à Santiago ?

— Environ douze heures cinquante. Désirez-vous autre chose ?

— Pour l'instant, tout est parfait.

Il inclina son fauteuil vers l'arrière. Il fallait bien l'avouer, les passagers de première classe ne faisaient pas le même voyage que ceux de seconde ! Il leva son verre à un convive imaginaire et vida sa coupe.

Bien. Il disposait de presque treize heures pour réfléchir à cette invraisemblable affaire et mettre au point un plan d'action.

Que voulait-on à ces enfants ? Qui tirait les ficelles cette fois ? Pas le colonel Black. Ni le Grand Stratégaire, bien sûr. Ce dernier l'avait relancé sur la piste des gamins et ce n'était pas son style de jouer double jeu. Quant au premier, il l'aurait contacté, lui avant tout autre, pour prendre en main l'opération ! Il fallait chercher ailleurs, du côté des agences américaines : FBI, CIA, NGA. S'il avait eu le temps, il aurait fait parler les hommes en cagoule. Tant pis. Il finirait bien par le savoir.

Ce qui le surprenait le plus, c'était la présence d'Agustin dans l'histoire. Il l'avait reconnu, tout à l'heure, malgré son masque et sa voix déformée. La dernière fois qu'il l'avait vu, l'Argentin gisait inconscient sur un lit d'hôpital. Il s'en était sorti, donc. Mais il n'avait pas écouté ses conseils, qui étaient de prendre sa retraite et de disparaître. Qu'est-ce qu'il manigançait maintenant ? Clarence ne put s'empêcher de sourire. Celui qui avait loué les services d'Agustin ne savait pas à quoi il s'exposait ! Agustin était incontrôlable. C'était un élément de plus en sa faveur.

Agustin reprit ses esprits au moment où l'homme du service d'entretien poussait un cri de surprise. Le mercenaire se releva tant bien que mal, en proie à des vertiges. Heureusement, son catogan avait amorti le choc.

Il commença par assommer l'ouvrier pétrifié, puis il secoua Fowler et Fisher, plus amochés. Celui qui les avait attaqués n'y était pas allé de main morte ! Ils retirèrent leurs cagoules et quittèrent les toilettes en chancelant.

Agustin pensa tout de suite au coup de téléphone qu'il allait devoir passer. Numéro 12 ne serait pas content. Il s'en moquait, mais ça le rendait fou de rage d'avouer son échec à cet Américain stupide ! Seulement, il n'y avait pas d'autre moyen pour pouvoir reprendre la traque que de faire profil bas devant son employeur. Alors tant pis, il jouerait ce rôle, même s'il n'était pas très doué pour la comédie…

— Tu es fâché ? demanda Violaine à Antoine, qui était son voisin de siège dans l'avion.

Claire dormait déjà, fauteuil baissé, pelotonnée dans sa couverture. Arthur compulsait le dictionnaire d'espagnol et Nicolas, écouteurs vissés dans les oreilles, regardait un film sur son écran individuel.

— Non, répondit Antoine. Je suis perdu, c'est tout.
— On est là, tu sais.
— Je sais. C'est le monde à l'envers…

Mes geôliers me disent que ma libération est possible. Mais notre société meurt de cette résignation à ce qui n'est que possible…

(Extrait de *Considérations intempestives*, par Eduardo Milescu.)

12
Vehiculum, i, n :
moyen de transport

« Mais ici, on est chez nous ! » j'ai dit à Boule-de-poils. Je le trouvais rigolo avec ses yeux jaunes et sa bouche, ouverte sur le rembourrage en laine. « Nooooooon Claiiiiiire. Iciiiiii on est chez euuuuuux. » Les lèvres en tissu de mon lapin en peluche bougeaient consciencieusement. Il faisait beaucoup d'efforts pour articuler ! Aussi je le comprenais, mais je ne saisissais pas ce qu'il voulait dire. Cependant, il semblait si malheureux que je n'ai pas eu le cœur de lui poser d'autres questions. « Bon, alors on va rentrer chez nous, je lui ai répondu. C'est par où ? » Il a tourné la tête vers la fenêtre. Je me suis levée en le tenant dans mes bras. « Tu peux marcher ? » Boule-de-poils m'a fait signe que non. J'ai enfilé mes chaussures et j'ai ouvert la fenêtre de ma chambre donnant sur le jardin. J'ai décroché un volet. Ce n'était pas facile avec une seule main, surtout quand on n'est pas bien grande. Et puis j'ai sauté dehors…

— On avait dit Santiago, répéta Claire. Santiago, c'est tout.

— Je ne peux pas vous laisser seuls, soupira Antoine. On est en Amérique du Sud, les rapts d'enfants sont courants et...

— Ah bon ? ironisa Nicolas. Nous, on avait cru remarquer que les enlèvements, c'était plutôt une spécialité franco-suisse !

— Ne t'inquiète pas, poursuivit Violaine en s'efforçant d'être rassurante. Le Chili est un pays tranquille.

— Tout ça, c'est à cause de Marco Polo, expliqua Nicolas.

Antoine adressa au garçon un regard mi-surpris mi-inquiet. Violaine reprit la parole pour conclure.

— Tu es irremplaçable, Antoine. C'est vrai, tu as été adorable de nous aider. Mais on doit faire le reste du voyage seuls. C'est comme ça.

Antoine était près d'insister mais quelque chose le retint : la certitude qu'il ne parviendrait pas à faire entendre raison à Violaine.

Son regard erra un moment dans le hall d'arrivée de l'aéroport de Santiago-Benitez. Beaucoup moins grand que celui de Roissy, il était propre et moderne. Il vit Arthur devant le guichet de change, qui conversait sans problème apparent avec l'employé. Son appréhension diminua d'un cran.

— Alors ? dit-il en écartant les mains en signe d'impuissance. On se sépare là ?

— Ton avion pour Buenos Aires part bientôt, non ? demanda Claire.

— Je n'ai pas encore regardé le billet mais j'ai le temps, je crois.

— Tu repars dans trois heures et onze minutes, dit Arthur, de retour avec une liasse de pesos. On t'a pris ensuite un Buenos Aires-Paris pour demain soir. Tu auras le temps de faire un peu de tourisme.

— Trop gentil, répondit Antoine, grinçant. Mais j'aurais préféré faire du tourisme ici, avec vous.

— Il paraît que les Argentines sont très jolies, lui glissa Nicolas avant de recevoir une claque sur la tête de la part de Claire.

— Bon, décida Violaine, plus on traîne et plus c'est difficile.

Elle s'approcha d'Antoine et l'embrassa, appuyant sur sa joue un baiser plus long que d'habitude. C'était sa façon à elle de lui exprimer sa reconnaissance. Puis Claire le prit dans ses bras et lui murmura un « Merci » vibrant de sincérité. Nicolas se laissa même aller à lui faire la bise. Arthur, lui, lui tendit une main maladroite qu'Antoine serra avec chaleur.

— Prenez soin de vous, leur dit-il d'une voix étranglée tandis qu'ils s'éloignaient.

Ils furent assaillis à la sortie de l'aéroport par une nuée de chauffeurs de taxi. Claire et Violaine eurent une réaction de panique en voyant tous ces gens qui cherchaient à les emmener avec eux. Arthur géra la situation de son mieux et, sans comprendre comment, ils suivirent un homme jusqu'à sa voiture, noire au toit jaune.

– Il fait nettement plus chaud qu'en France, se réjouit Nicolas.

La chaleur qui les attendait aux portes de l'aéroport, en même temps qu'une multitude de fragrances inconnues, avait été leur premier contact avec le Chili, et ils s'étaient regardés, surpris et excités.

– Ça ne durera pas, lui dit Arthur. Plus on va aller vers le sud et plus il va faire froid.

– L'inverse de chez nous, quoi.

– Oui, en France c'est le début du printemps, dans l'hémisphère Sud le début de l'automne.

– Alors c'est pour ça que je me sens tout mélancolique ! plaisanta Nicolas.

Ils s'entassèrent dans le taxi avec leurs sacs. La voiture quitta l'aéroport, les odeurs de chaud et la foule des chauffeurs. Elle s'engagea sur une portion d'autoroute et prit la direction de la ville.

Washington, DC – États-Unis. Rob B. Walker fulminait. L'interception à l'aéroport avait échoué elle aussi ! Sa seule satisfaction était le ton presque penaud qu'Agustin avait employé pour lui faire son compte rendu.

Bon sang ! Désormais, les « Quatre Fantastiques » se trouvaient, pour une raison inconnue, quelque part au Chili. Les chances de les retrouver étaient minimes. En plein Londres, ils avaient filé à l'anglaise. Puis ils s'étaient envolés au beau milieu d'un aéroport. Dans un pays grand comme le Chili, il leur suffisait de se faire tout petits ! Non, l'affaire était très mal engagée.

Heureusement, il avait réagi sans perdre de temps.

D'abord, il avait réussi, par recoupements, à retrouver l'identité sous laquelle voyageaient les enfants et donc à identifier leur destination. À cette occasion, il avait découvert l'existence d'Antoine. Il avait décidé de garder cette information sous le coude. Posséder un coup d'avance pouvait être salutaire dans le jeu qu'il menait avec le MJ-12.

Après, il avait confié à Agustin le soin de débusquer les enfants. L'homme était sud-américain, autant exploiter tous les atouts ! Il lui avait également demandé de tout faire pour découvrir la raison de cette fuite au Chili. Les gosses jouaient une partie dangereuse avec le MJ-12. Les enjeux devaient être considérables ! Cela devenait capital de les connaître.

Ensuite, il avait envoyé Fisher et Fowler cueillir Goodfellow chez lui pour lui soutirer toutes les informations. Le vieil homme possédait certainement des pièces du puzzle, et dût-il en crever, il les livrerait !

Enfin, il avait allumé un cigare. Les longues bouffées qu'il avait tirées avaient ramené le calme dans son esprit. Garder la tête froide, un indispensable préambule à toute action.

— Tu as bien précisé « terminal Alameda » au chauffeur du taxi ? demanda Violaine à Arthur après avoir jeté un coup d'œil sur leur guide du Chili, feuilleté et refeuilleté.

— Oui, répondit le garçon qui regardait avidement par la vitre de la voiture. Ne t'inquiète pas, je connais le guide par cœur.

Comme chaque fois devant la nouveauté, Arthur était partagé entre l'envie de tout voir et celle de se protéger. C'était exactement comme avec une pâtisserie bourrée de crème et de sucre : on payait par des heures de digestion lourde le plaisir de quelques minutes. Le choix était donc facile ! En théorie. Car en pratique, la pâtisserie était bien plus excitante que la perspective d'une bonne digestion…

Ils abandonnèrent l'autoroute et pénétrèrent dans l'une de ces zones urbaines périphériques, tristes et laides, propres à toutes les mégapoles. Ils furent frappés par l'absence d'immeubles. Les zones d'habitation étaient constituées de maisons regroupées en quartiers distincts. Beaucoup tenaient davantage de la cabane que de la villa !

À l'entrée de la capitale, la route se transforma sans crier gare en large avenue totalement encombrée. Des coups de klaxon retentissaient à chaque instant. Des crieurs de journaux se disputaient les trottoirs. Ils s'arrêtèrent à un feu rouge et eurent la surprise de voir un jongleur déambuler au milieu des voitures puis quémander une pièce aux automobilistes.

– C'est dingue ! s'exclama Nicolas.

– Il y a beaucoup trop de monde partout, grogna Violaine.

Les yeux écarquillés, ils découvraient autour d'eux ce que signifiait être vraiment à l'étranger !

Le taxi finit par se ranger le long d'un trottoir, sous un concert de klaxons désapprobateurs. Violaine, Claire, Arthur et Nicolas s'en extirpèrent avec soulagement.

– On ne sera pas seuls, annonça Nicolas.

Émergeant du métro, de bus ou de taxis, des hommes, des femmes et des enfants, charriant ou traînant d'énormes bagages, convergeaient vers l'une des entrées du gigantesque terminal de bus. Ils étaient arrivés.

– C'est un métro français, crut bon de préciser Arthur. La France aime bien les transports à Santiago ! Eiffel, le papa de la fameuse tour, a dirigé la construction de la gare centrale au XIXe siècle.

Tandis qu'Arthur payait le chauffeur avec l'impression désagréable de se faire gruger, ses trois amis échangèrent un regard amusé. Arthur avait tant lu sur le Chili pour préparer le voyage ! Ils ne couperaient pas à tous ses commentaires…

Ils pénétrèrent ensemble dans la gare routière.

– ¡ *Permiso* ! ¡ *Permiso* ! lança Arthur pour s'excuser en se frayant un passage dans la foule.

Dans la vaste cour intérieure, des dizaines de bus étaient à l'arrêt, arrivaient ou partaient, sous l'œil attentif des passagers en attente sur les quais. Les garçons s'amusèrent, ravis, de cette nouvelle agitation. Violaine et Claire s'inquiétaient surtout de sécurité.

À leur grand soulagement, il n'y avait pas de caméra dans le terminal.

Agustin s'agita dans son fauteuil inconfortable. L'avion trouvé au dernier moment pour suivre les fuyards faisait escale à Bogota. Il perdait du temps, beaucoup de temps. Il n'était plus question de Brésil ni de Comodoro Rivadavia pour le moment ! L'Argentin fulmina. Le Chili. Il ne manquait plus que ça. Non seulement il détestait ce pays et ses habitants, mais surtout il savait comme il y était facile de disparaître dans la nature. L'Amérique du Sud, ce n'était pas l'Europe et encore moins les États-Unis ! En Argentine, il aurait pu compter sur des amis, sur un réseau. Au Chili, il était recherché par la police. À cause du meurtre d'un Chilien, à Comodoro Rivadavia, quand il était jeune. Il se félicita de voyager sous une fausse identité.

Agustin essaya de voir les bons côtés de la situation. Il poursuivait l'affaire seul. Fowler et Fisher s'étaient vu attribuer une autre mission par Numéro 12. Il aurait donc les coudées franches ! Sauf que, désormais, son employeur ne souhaitait plus seulement un enlèvement. Il voulait savoir pourquoi les mômes étaient partis là-bas. Agustin avait d'abord ricané. Mais, après réflexion, il s'était dit que s'il parvenait à fournir des informations à Numéro 12, celui-ci serait moins furieux en apprenant la mort des gosses. Seulement, il fallait d'abord leur remettre la main dessus, et Agustin ne voyait pas trop comment. À tout hasard, il avait contacté ses amis argentins. Ceux-ci lui avaient promis d'être vigilants. Il fallait dire que la somme d'argent qu'il avait offerte en récompense incitait à ouvrir l'œil. Il lui faudrait de la chance. Beaucoup de chance.

– C'est dingue ! s'exclama à nouveau Nicolas qui n'en revenait pas de l'animation régnant dans la gare routière. Quand on pense à la France… Vous vous rappelez ce bus que l'on a pris à Montélimar pour aller à La Bégude-de-Mazenc ? On était seuls !

– Au Chili, il n'y a presque pas de trains, expliqua Arthur. Et surtout, les gens ont beaucoup moins de voitures. Il y a quinze millions quatre cent deux mille habitants au Chili et presque cinq millions de pauvres. Le bus reste donc le principal moyen de transport. On aura aucun mal à trouver ce qu'on cherche !

Il se dirigeait déjà vers le hall où se trouvaient les guichets des principales compagnies. Ses amis lui emboîtèrent le pas.

Ils firent la queue devant l'enseigne de Tur-Bus, qui desservait, à en croire le guide Gallimard, tout le sud du pays de façon régulière.

Quand vint leur tour, Arthur commença par exposer leurs intentions.

– ¡ *Hola ! Por favor. A cuánto…* non, zut ! *¿ A qué hora hay un bus para el sur ?*

Son espagnol était chaotique mais l'employé patient. L'homme poussa la gentillesse jusqu'à se renseigner auprès de collègues d'une autre compagnie. Un bus partait en fin d'après-midi pour la ville d'Osorno, plaque tournante des bus pour le grand Sud. Là, ils auraient une correspondance presque immédiate pour la suite de leur voyage.

Arthur paya, en liquide bien sûr, les premiers billets.

– C'est pas trop cher ? s'inquiéta Violaine.

– Le trajet nous revient à 8 800 pesos chiliens par personne, répondit Arthur en quittant le guichet. Avec un taux de change à environ 690 pesos pour un euro, on va faire presque mille kilomètres pour moins de treize euros.

— Ça aussi, ça nous change de la France, commenta Claire.

— Bon, moi, je n'ai pas envie de poireauter encore une heure debout, grommela Nicolas. Vous n'avez qu'à me laisser les sacs, je les surveillerai pendant que vous achèterez les derniers billets. Assis !

— Fainéant ! lui lança Claire. Tu vas rester assis pendant treize heures dans le bus jusqu'à Osorno, ça ne te suffit pas ?

— Laisse-le, dit Violaine. On est loin de chez nous, tout seuls. Dans une drôle de galère, encore une fois ! Alors essayons plutôt de nous serrer les coudes. Et puis les sacs nous encombrent…

— Je plaisantais, comme on plaisante toujours, s'excusa Claire avec un sourire.

— Je sais, Claire, je sais. Mais c'est déjà assez difficile comme ça.

Nicolas s'installa dans un coin avec les bagages. Les autres prirent place dans la file des passagers qui patientaient devant le guichet de Bus-Sur.

Clarence s'assura que ni le garçon près des sacs ni les trois jeunes gens qui faisaient la queue à l'autre bout du hall ne pouvaient le voir. Rassuré, il se dirigea vers le guichet Tur-Bus sans un regard pour la file d'attente. Il bouscula légèrement les deux jeunes filles présentes devant le comptoir et s'adressa à l'employé dans un espagnol parfait. Les récriminations fusèrent derrière lui mais il n'en eut cure. D'un ton autoritaire, il demanda où partaient les jeunes Français qui venaient de prendre des billets, et à quelle heure. Le guichetier hésita, mais pour éviter que la situation ne s'envenime avec les autres passagers, il préféra donner rapidement les informations, avec une moue désapprobatrice. Clarence le remercia et s'éloigna sous les insultes. Il s'appuya contre un pilier au centre du hall, déplia un journal acheté à l'aéroport et, à l'abri des regards, considéra sa marge de manœuvre.

Il était impossible de monter dans le même bus que les renardeaux. Un autre autocar, avant ou après ? C'était hors de question. Les perdre des yeux trop longtemps, c'était les perdre tout court. Quand il avait pris un taxi pour les suivre depuis l'aéroport, il avait insisté auprès du chauffeur pour qu'il ne se laisse pas distancer ! Non, la meilleure solution était de louer une voiture. Une voiture confortable. Il avait largement le temps puisque les gamins ne partiraient qu'en fin d'après-midi. Seulement, avant, il devait prendre ses précautions.

Clarence quitta le pilier et, profitant des mouvements de passagers, s'approcha de Nicolas, furtif comme une ombre.

Le garçon se sentait fébrile. Il vivait une vraie aventure ! Enfin ! Bien sûr, leur quête des documents cachés par le Doc, avec Clarence et ses hommes sur leurs traces, ça aussi ça avait été une aventure. Une sacrée aventure, même. Mais il manquait à la Drôme le côté exotique, dépaysant, indispensable à l'idée qu'il se faisait de l'aventure. Des gens différents, des odeurs étrangères, une lumière plus crue, il découvrait ça, ici au Chili.

C'était effrayant, mais si excitant ! Le simple fait, par exemple, que l'on parle autour de lui une langue qu'il ne comprenait pas, le plongeait dans la perplexité et le ravissement.

Nicolas se leva pour voir s'il n'apercevait pas ses amis.

Soudain, quelqu'un le bouscula par-derrière. Il perdit l'équilibre et se rattrapa de justesse à l'un des sacs, mais ses lunettes furent projetées à terre. Il ferma instinctivement les yeux pour ne pas se trouver submergé par le soudain afflux de lumière.

– Eh, vous pouvez faire attention, non ? cria-t-il avant de se rendre compte que le maladroit ne comprenait sûrement pas le français.

L'homme qui l'avait bousculé ramassa les lunettes et les lui rendit, grognant des excuses en espagnol. Nicolas les chaussa et cligna les yeux. L'homme avait disparu. Il n'eut pas le temps de s'en occuper davantage, ses amis revenaient.

– Ça y est ! annonça Arthur triomphalement. Nos places sont réservées dans le bus de demain matin, à Osorno. Miracle de l'informatique…

– C'est bête, mais je n'imaginais pas ce pays si développé, avoua Claire.

– Il ne l'était pas du temps des Templiers, intervint Nicolas qui avait déjà oublié sa mésaventure. Ils auraient été bien contents d'avoir des bus pour se déplacer !

– Remarque stupide, répondit Arthur en haussant les épaules.

– Quoique, ça aurait pu être amusant ! Que dites-vous de ça : « Sachez que dans ladite contrée où des hommes pilotent comme s'ils souffraient de folie, il existe des chariots qui se meuvent par leur propre force sur les routes et vous amènent du nord vers le sud le temps pour un cheval boiteux de guérir sa colique. On les appelle Haut-au-buste et c'est merveille que de les voir filer comme le vent dans un fracas de tonnerre. Mais je veux parler maintenant des désagréments qu'ont les voyageurs à rester moult heures sur leur séant... »

Violaine, Claire et Arthur rirent de bon cœur.

– Alors là, bravo Nicolas ! dit Claire tandis que le garçon saluait un public imaginaire.

– Plus vrai que nature, reconnut Arthur en faisant mine d'applaudir. Chapeau Nicolo !

Clarence quitta le terminal et arrêta un taxi. Il devait louer une voiture et faire quelques courses indispensables. Ce n'était pas son premier séjour à Santiago, il savait où aller. Mais avant, il lui fallait s'assurer que les renardeaux ne s'évanouiraient pas dans la nature.

Assis sur le siège arrière du taxi, il sortit de son sac un minuscule GPS. Les seize chiffres d'identification de la puce RFID VeriC dernière génération, qu'il avait discrètement collée sur une branche des lunettes de Nicolas, clignotèrent aussitôt. Il appuya sur une touche et les chiffres se transformèrent en un petit point rouge qui resta immobile sur la carte du quartier de l'Alameda.

C'était parfait. Même s'il les perdait, il était à présent en mesure de les retrouver !

CXCVI. Les Tecpantlaques

Les Tecpantlaques commercent donc avec les Tupis, échangeant du fer contre de l'argent. Leurs navires sont grands et solides, ce qui est compréhensible et fortement nécessaire pour traverser l'océan. J'ajoute que les Tecpantlaques sont de bons navigateurs et voici comment. Un passage au sud permet de changer d'océan et de traverser le monde. Dans ce passage, une seule vague peut engloutir cent vaisseaux. C'est également un labyrinthe et le navire qui s'y égare ne retrouve jamais sa route. Les Tecpantlaques connaissent bien ce passage. Ils y ont même établi des fortins. Mais nous allons vous parler de choses nouvelles.

(Marco Polo, *Le Devisement du monde*, manuscrit des Ghisi, chapitre 196.)

13
Invita ope : par une aide involontaire

Un funambule. J'en ai vu un, une fois, la seule fois où je suis allé au cirque. Je n'ai vu que lui. Pourtant il y avait des lions et des éléphants, des acrobates et des trapézistes, des clowns aussi, brrrr, j'ai peur des clowns, ils ne m'ont jamais fait rire ! Et moi je n'avais d'yeux que pour le funambule qui marchait entre terre et ciel sur un fil presque invisible, avec la seule aide d'un immense balancier. C'est ce que je suis devenu aujourd'hui, je crois. Je marche sur un fil, le fil de la raison, tendu au-dessus de l'abîme de la folie. Avec trois singes sur les épaules, une pile de livres dans une main et des bouchons d'oreilles dans l'autre. « Mesdames et messieurs ! » hurle le nain présentateur avec son chapeau haut de forme et ses grosses lunettes noires. « Après la sylphide cinglée dansant une valse avec le vent, après la dompteuse bougonne et ses serpents invisibles, voici le funambule sudokiste et sa troupe de singes handicapés ! »…

Le bus s'était traîné en jouant des coudes hors de Santiago. Il avait emprunté des rues où l'on aurait hésité à s'aventurer à vélo, s'était arrêté à plusieurs reprises pour prendre des passagers au bord de la route. À présent, il fonçait en direction du sud, sur l'autoroute Panaméricaine. Au milieu d'une interminable plaine.

— Et voilà, dit simplement Arthur. On est partis pour de bon.

— J'aime bien le bus, dit Nicolas en hochant la tête.

— Le bus, le train, le métro, de toute façon tu aimes tout, ne put s'empêcher de le taquiner Claire.

Violaine soupira.

— On va devoir supporter ça pendant treize heures ?

— Beaucoup plus, ma vieille, la corrigea Arthur. Il y a neuf cent treize kilomètres jusqu'à Osorno et ensuite deux mille cent soixante-dix-sept kilomètres jusqu'à Punta Arenas !

— Ça veut dire qu'on va passer trois jours dans le bus, grogna Violaine. Pas de chance : le seul livre qu'on a pris avec nous, c'est celui de Marco Polo et on l'a tous lu, enfin, parcouru. Eh bien, on va rattraper notre sommeil en retard !

— Il faut voir le bon côté des choses, dit Arthur. Je vais potasser le dictionnaire, ma grammaire, et faire des progrès considérables en espagnol !

— Moi, rester tranquille, ça me va, ajouta Claire.

— Quelqu'un peut me rappeler pourquoi on n'a pas pris l'avion ? demanda Nicolas.

— Pour des raisons de discrétion, répondit Arthur. Je

souhaite bien du plaisir à nos poursuivants ! Pas de caméras au terminal, billets payés en liquide, non, vraiment, il faudrait une sacrée malchance.

Clarence quitta à son tour la capitale chilienne à bord d'un véhicule de location noir, aux vitres teintées. La puissante voiture se coula dans le trafic dense de la fin d'après-midi. Il consulta le GPS. Le bus des renardeaux se trouvait à plusieurs kilomètres, sur la Panaméricaine. Il était inutile de se rapprocher davantage, pour ne pas se laisser surprendre par les arrêts impromptus. Et puis, il pouvait les rattraper en quelques minutes. Il régla la climatisation et se détendit. La traque prenait des airs de vacances.

Nicolas se tourna vers Arthur.
– Tu te rappelles, à Aleyrac, quand on a vu arriver Clarence et ses gorilles ? Là aussi on se croyait en sécurité ! Ça ne les a pas empêchés de nous retrouver.
Arthur haussa les épaules.
– Autant mettre toutes les chances de notre côté. On a été grillés à Roissy. Nos fausses identités ne tiendront pas dix minutes quand ils auront consulté les fichiers passagers. Alors on ne va pas leur mâcher le travail, hein ?
– Puisqu'on parle travail, en profita Violaine légèrement sarcastique, quel est le programme à Punta Arenas ? Parce qu'on a du pain sur la planche : il faut d'abord trouver les coffres des Templiers, chercher ensuite dans les parchemins quelque chose en rapport avec les vols

Apollo, et enfin découvrir dans quelle mesure on est concernés !

— Je n'arrive pas à intégrer l'idée qu'il puisse y avoir un lien entre les Templiers et les extraterrestres, dit Claire en secouant la tête.

— Il n'y a peut-être pas d'extraterrestres, avança Nicolas.

— Ni de Templiers, compléta Violaine. En tout cas ici, au Chili.

— Je me demande ce qu'on va trouver dans la forteresse des Tecplan… Tlecpan… des Templiers ! dit Nicolas. À part des ennuis, bien sûr. On finit toujours par tomber sur des ennuis !

— Peut-être les fameuses archives, peut-être rien du tout, ajouta Claire. Est-ce qu'elle existe au moins, cette forteresse ?

— La seule façon de le savoir, répondit Arthur, c'est de suivre jusqu'au bout les indications de Goodfellow.

— Ce qui veut dire, en termes de plan d'action ? insista Violaine.

— Goodfellow n'a jamais mis les pieds où nous allons, répondit Arthur agacé. Avant de faire des plans, il faut attendre d'être sur place et de voir nous-mêmes à quoi ressemble la région.

— Ne te fâche pas, dit Claire en posant sa main sur le bras d'Arthur. On te fait confiance. On est juste excités, c'est normal !

— Je ne suis pas fâché, répondit le garçon en lui rendant son sourire. Mais pas excité non plus. Seulement inquiet.

Laissé seul à ses pensées, Arthur ferma les yeux. Oui, il était inquiet et il y avait de quoi. Ce n'était pas comme si c'était la première fois qu'ils fuyaient. Ils savaient ce qu'ils risquaient. Dans la Drôme, Claire avait failli y passer... Oui, ils fuyaient à nouveau. Même si ce n'était pas au hasard, ils fuyaient quand même, pourchassés par des hommes décidés, capables de tout. Le pire, et Nicolas avait raison sur ce point, c'est qu'ils ne savaient même pas pourquoi on leur en voulait ! Des policiers suisses ? On ne traquait pas des fugueurs ! Est-ce que c'était à cause du cahier de Goodfellow ? Arthur n'arrivait pas à le croire. Ce cahier était certainement inconnu de leurs poursuivants. Autrement, il aurait été facile de le voler directement au vieil homme. Autre possibilité : les Templiers avaient survécu jusqu'à aujourd'hui sous la forme d'une société occulte chargée de protéger leurs secrets. Arthur rit silencieusement. C'était grotesque. On n'était pas dans un film ni dans une bande dessinée !

Le garçon ne cessait de songer aux Templiers. Ils occupaient son esprit depuis Londres. Lui non plus, il ne comprenait pas le lien qui les unissait aux mystères de la Lune. Il avait effectué des recherches avant de partir, mais elles n'avaient rien donné. Elles avaient simplement conforté ses intuitions : au faîte de sa puissance, l'Ordre avait découvert, acheté ou recueilli, de nombreux secrets. Des secrets dangereux. L'un d'eux pouvait se rapporter à l'arnaque des missions Apollo. Il contenait même peut-être les informations après lesquelles ils couraient. Des secrets de sept cents ans.

C'était invraisemblable ! Voilà pourquoi ils n'avaient pas d'autre choix que d'aller eux-mêmes chercher la vérité. Pour savoir qui ils étaient ? Arthur n'en était pas sûr. Et lui, où en était-il ? À la demande de Violaine, il avait pris davantage de place dans la bande. Jusqu'à jouer par moments le rôle de chef. Un rôle qui lui plaisait plus qu'il ne voulait bien se l'avouer…

Clarence avait le bus en visuel. La nuit l'avait incité à se rapprocher. Les véhicules s'étaient faits plus rares sur l'autoroute, en raison peut-être des péages successifs concédés à des sociétés privées. Clarence inséra un CD dans le lecteur et le piano de Gould jouant Bach envahit l'habitacle, chassant la fatigue et repoussant la nuit plus loin.

L'hôtesse réveilla Agustin en déposant un plateau-repas sur sa tablette.

– Je pourrais avoir une autre bouteille d'eau ? grogna l'Argentin.

Il déboucha le tube du médicament qui ne le quittait pas et avala deux comprimés à la fois. Le coup qui l'avait assommé dans les toilettes de l'aéroport n'avait pas arrangé ses maux de tête ! Agustin se massa la nuque. Il avait reçu un sacré choc ! Un de plus.

Au départ, il avait immédiatement pensé à l'un des petits monstres. Ce coup en traître lui rappelait furieusement l'épisode de la grotte ! Mais Fisher l'avait détrompé. C'était un homme, un homme seul, qui les avait attaqués tous les trois. Un professionnel. Et là,

Agustin ne comprenait pas. Les mômes avaient-ils engagé un garde du corps ? Non. Était-il victime d'une guerre interne aux services de renseignements américains ? C'était beaucoup plus probable. Foutus Yankees ! Il en avait parlé à Numéro 12. Celui-ci avait eu l'air surpris, avant de lui promettre de se renseigner. Qu'il se renseigne ! C'était son boulot après tout.

Mer de Sulu – Philippines. Majestic 3 n'arrivait pas à trouver le sommeil. Malgré la climatisation qui marchait à plein, il se sentait fiévreux. La chaleur le tuait à petit feu, c'était le cas de le dire. Il sourit faiblement. Heureusement, ils quittaient les Philippines demain ! Il sortit de sa cabine et grimpa sur le pont du yacht. L'obscurité s'était faite plus profonde. Il respira à pleins poumons l'air tiède de la nuit. Le ronronnement des moteurs qui entraînaient le bateau vers sa destination mystérieuse l'apaisa.

Le Chili… Qu'est-ce que les enfants allaient faire au Chili ? Une explication lui vint immédiatement à l'esprit mais il la repoussa. C'était impensable. Comment auraient-ils pu apprendre l'existence de… Non, c'était idiot. Et pourtant, pour quelle autre raison avaient-ils entrepris ce voyage ? Il regrettait à présent de ne pas s'être personnellement chargé de l'opération « Quatre Fantastiques ». Mais on ne s'improvise pas homme d'action ! Il soupira. Le général Walker était un crétin. Il ne restait plus qu'à espérer qu'il soit un crétin un tout petit peu efficace.

La nuit était tombée et le bus roulait à tombeau ouvert sur une autoroute presque déserte. Le paysage, dehors, n'apparaissait plus que furtivement, dans la lumière des phares. Le steward leur avait distribué des coussins et des couvertures. Nicolas et Arthur s'étaient assoupis, comme l'ensemble des passagers. Seules Violaine et Claire veillaient encore, chuchotant entre elles.

— Pauvre Antoine, dit Claire. Je le revois, tout malheureux, à l'aéroport. Il m'a fait de la peine.

— Et moi donc ! soupira Violaine. Il est tellement gentil avec nous. Tu connais beaucoup de gens, toi, qui auraient accepté de nous accompagner à Santiago ?

— Et de repartir en nous laissant seuls simplement parce qu'on le lui a demandé ? précisa Claire. Non, aucun.

Violaine se dit qu'Antoine était vraiment une belle personne, dotée de qualités rares. Comment Adèle avait-elle pu le laisser tomber ? Décidément, elle ne pourrait jamais comprendre sa sœur. C'était étrange. Elle n'arrivait pas à associer dans sa tête l'idée de « sœur » avec l'image d'Adèle ! À sa place s'imposait le visage souriant de Claire. Elle se tourna vers elle et remarqua que Claire la regardait fixement.

— J'ai quelque chose qui cloche ?

— Je pensais à Antoine. À la façon dont il s'est laissé persuader de nous aider. C'était presque trop facile. Comme s'il y avait été obligé...

Le visage de Violaine blanchit tout à coup. Elle prit une expression horrifiée.

— Tu ne penses tout de même pas que... que j'oserais utiliser son dragon contre lui ?

– Bien sûr que non, se récria son amie. Je me demandais juste si…

– Si quoi ?

– Non, laisse tomber, c'est idiot.

– Vas-y, Claire. Tu en as trop dit ou pas assez.

Claire hésita. Elle chercha ses mots.

– Peut-être que ton chevalier, enfin, ton moi astral, enfin, je ne sais pas comment l'appeler !

– Je comprends. Continue.

Violaine serrait et desserrait convulsivement les poings. Elle avait très peur d'entendre l'hypothèse de Claire.

– Peut-être que ton chevalier se passe de ton avis. Peut-être qu'il agit sur les dragons des autres, à ton insu, pour t'aider. Une aide inconsciente. Mais c'est juste une idée, comme ça !

Violaine resta interdite. Ce que Claire venait d'exprimer était énorme. Elle découvrait tous les jours de nouvelles choses sur son… son pouvoir. Les dragons, de leur propre initiative, transmettaient des émotions aux autres dragons ; cela était arrivé avec les clochards. Son chevalier fantôme pouvait-il agir de même ? Avait-il poussé Antoine à agir pour lui plaire ? Pourquoi pas, après tout. Mais si c'était vrai, elle avait trahi sa promesse : celle de ne jamais s'en prendre à Antoine !

Cette idée lui faisait tourner la tête. Que maîtrisait-elle si elle ne contrôlait même pas son propre ectoplasme ? Et dans ce cas, les risques qu'elle prenait en manipulant celui des autres pouvaient…

Elle hoqueta de surprise. Une pensée brûlante lui était venue, balayant tout le reste.

Ses amis ! Ses amis n'étaient pas à l'abri !

Violaine gémit sous le choc de cette découverte. Qu'avait bien pu faire son chevalier astral avec ses amis ? Du mal ? Renforcer leurs troubles ? Non. Une main glacée s'empara de son cœur et le broya. Au contraire. Son chevalier avait soufflé à Claire, à Nicolas et à Arthur de l'aimer ! Il les avait obligés à devenir ses amis ! Tout s'expliquait et devenait évident. Elle s'était longtemps demandé ce qu'ils pouvaient bien lui trouver, pourquoi ils lui pardonnaient son caractère épouvantable. La réponse venait de lui être brutalement révélée.

Elle refusa d'y songer davantage. C'était monstrueux ! C'était… la fin de tout. Maintenant, qu'allait faire le chevalier à son insu ? Si Nicolas, Claire ou Arthur l'énervait, est-ce qu'il la vengerait ? Elle ne le voulait pas. Il fallait arrêter ça, à tout prix. Elle avait fait assez de dégâts comme ça.

Elle rabattit sur elle sa couverture et se tourna contre la vitre.

— Ça va, Violaine ? s'inquiéta Claire.

— Ça va, grogna-t-elle. J'ai juste sommeil.

— Tu es sûre ? insista Claire qui avait vu le visage de son amie se décomposer petit à petit. Si tu veux encore parler, n'hésite pas, même si je m'endors. Dire les choses, c'est déjà un peu y répondre. Tu n'auras qu'à me secouer !

Violaine répondit par un dernier grognement. Elle

aurait été incapable d'articuler un mot. Son corps tout entier était parcouru de frissons.

Londres – Angleterre. La jeune femme traîna les pieds dans le couloir et ouvrit la porte d'entrée. Sous le porche se tenaient deux hommes en costume sombre. L'un avait un gros hématome sur la figure. L'autre portait une minerve. Leur visage était tendu.

– Fisher, se présenta le premier. On vient voir Harry Goodfellow.

Ce n'était pas une requête mais une simple information. La fille le comprit instantanément et s'écarta pour les laisser entrer. L'homme qui s'appelait Fisher la prit par le bras. Elle ne chercha pas à résister.

– Ne perdons pas de temps. Vous allez nous conduire jusqu'à sa chambre.

Elle ahana en grimpant les escaliers, poussée par les deux hommes. Elle montait rarement aux étages. Elle s'occupait de l'accueil, pas du ménage dans les chambres.

– M. Goodfellow… n'a pas… quitté la pension… depuis hier, les informa-t-elle en reprenant son souffle sur le palier du quatrième.

Elle désigna une porte. Fisher s'avança et tambourina dessus.

– Ouvre, Goodfellow, on sait que tu es là.

Il tapa encore mais personne ne vint ouvrir. Fowler donna une tape sur l'épaule de la fille.

– Vous avez un double des clés, je suppose.

Elle fouilla fébrilement dans ses poches et sortit un

trousseau qu'elle tendit à Fisher. Celui-ci trouva le passe et ouvrit grand la porte.

Les rideaux étaient tirés. La pièce était dans la pénombre. On devinait la forme d'un corps allongé sur le lit.

Fisher s'approcha de la fenêtre et tira les rideaux pour faire entrer la lumière.

– Debout, Goodfellow ! On t'emmène en balade !

Mais Goodfellow restait immobile. Fisher jura. Il enleva les couvertures, dévoilant un amoncellement d'oreillers. Puis il balaya la pièce du regard. Vide. Même la valise n'était plus là. Goodfellow avait disparu.

Nous avons toujours affronté courageusement les crises qui nous menaçaient.

Rappelez-vous Kennedy... Mais rappelez-vous aussi Nixon, dont les imprudences avaient indirectement provoqué la déclassification, en 1976, de dossiers que nous avions heureusement eu le temps d'expurger. Rappelez-vous Carter, en 1977, qui avait promis la divulgation de tous les secrets détenus par la NASA ; nous avions dû intervenir auprès de son directeur, Frosch, pour désamorcer cette stupidité. Rappelez-vous Reagan, pourtant largement réceptif à nos inquiétudes, et sa gaffe de l'année dernière.

Le vrai danger ne vient pourtant pas de l'extérieur. Lorsque Majestic 9 est parti, en 1952, et a cru se protéger en confiant certaines informations au journaliste Brender, nos prédécesseurs ont tout juste eu le temps d'intervenir. Quand Majestic 11 nous a abandonnés, il y a trois ans, nous ne lui avons laissé aucune chance de nous trahir. Il en sera de même pour tous les déserteurs.

Je sais, messieurs, que notre tâche est inhumaine. Mais elle doit être faite. Prenez cela comme une fatalité ou un honneur…

(Extrait d'un discours de Majestic 1, prononcé lors d'une réunion du MJ-12 en 1986.)

14
Pertinax, acis :
qui ne lâche pas prise

D'abord, elle avait cru que le dragon était venu la dévorer. Lorsqu'elle fut emportée dans la crypte, elle se demanda si le monstre allait la livrer en pâture à ses congénères. Mais quand celui-ci la déposa en douceur sur la roche labourée par les griffes des monstres, elle ne sut que penser. Une douzaine de dragons l'entouraient, fébriles et excités. Ils l'observaient avec curiosité. Que fallait-il faire ? Parler n'aurait servi à rien. Rester immobile ? Peut-être. Cela aurait été le plus raisonnable. Pourtant, elle choisit de ramper sur le sol. Comme un dragon. En direction de celui qui était venu la chercher. Elle grimaça sous l'effort mais parvint à se mettre debout. Se mettre debout ! C'était la première fois qu'elle y arrivait. Puis elle tendit le bras et sa main caressa les écailles du cou qui s'était baissé vers elle. Les autres dragons feulèrent de joie...

Violaine s'agita sur le fauteuil et laissa échapper un gémissement. Claire la secoua, doucement, jusqu'à ce qu'elle se réveille.

– On arrive à Osorno, dit-elle.

Le bus venait de quitter l'autoroute et traversait une zone commerciale faiblement éclairée. Il faisait nuit. Le steward avait allumé les plafonniers et récupérait oreillers et couvertures. Les passagers, tirés pour la plupart de leur sommeil, bavardaient à voix haute, ou bien, collant leur visage contre la vitre, assistaient à l'arrivée en ville. Magasins aux rideaux de fer tirés, trottoirs luisants d'une pluie récente, fouillis inextricable des fils électriques enjambant partout la chaussée pour grimper à l'assaut des murs…

– Ouf! souffla Nicolas en s'étirant. J'ai dormi presque tout le temps, je crois.

– Moi juste à la fin, dit Arthur en mettant un peu d'ordre dans la masse hirsute de ses cheveux.

Violaine était toujours blottie dans sa couverture, au fond de son siège. Le steward n'avait pas insisté pour la lui reprendre. Les yeux de la jeune fille, grands ouverts, étaient perdus dans le vague. Claire s'apprêta à dire quelque chose mais se retint au dernier moment. Mieux valait la laisser se réveiller en douceur.

Le bus quitta l'avenue Errazuriz et pénétra bientôt dans la cour mal goudronnée du terminal principal d'Osorno. Celui-ci semblait minuscule comparé à Santiago, mais il pouvait malgré tout accueillir une bonne dizaine de bus sur son quai.

En quittant le véhicule, les jeunes gens furent surpris

par la fraîcheur et l'humidité de la nuit. Cette dernière était presque palpable autour d'eux. Nicolas passa le doigt sur la tôle du bus et le retira trempé. Ils s'empressèrent de récupérer leurs bagages dans les soutes et enfilèrent leurs vestes polaires.

Claire tenait Violaine par le bras. En quittant son siège, elle avait compris que quelque chose n'allait pas. Violaine n'était pas épuisée : elle était en état de choc !

Claire ressentit tout de suite l'ironie de la situation. C'était Violaine, d'habitude, qui la tenait par le bras. Mais son amie, si forte encore la veille, ressemblait à présent à un zombie.

Claire commençait à s'inquiéter sérieusement. Et à s'en vouloir, aussi. Qu'est-ce qui lui avait pris de parler d'Antoine ? D'accord, cette histoire de docilité étonnante la troublait, elle avait ressenti le besoin d'en faire part à son amie. Mais Violaine était suffisamment angoissée par son pouvoir sur les dragons sans qu'on en remette une couche ! Non, elle avait commis une erreur et elle allait devoir la réparer.

Claire conduisit Violaine à l'intérieur de la gare routière et la força à s'asseoir sur un banc en bois. Le bâtiment, étroit, était tout en longueur. L'éclairage approximatif ne parvenait pas à dissimuler l'aspect défraîchi des lieux.

– Ça va, Violaine ?
– Ouais…

Cela tenait plus du grognement que de la voix. Cependant, Claire fut soulagée de l'entendre. Les deux garçons vinrent aux nouvelles.

– Qu'est-ce qui lui arrive ? chuchota Nicolas en prenant soin de ne pas être entendu de Violaine.

– Elle n'est pas bien, répondit évasivement Claire.

– Je ne suis pas stupide, se vexa-t-il, je le vois qu'elle ne va pas bien !

– En fait, on a parlé de dragons cette nuit. Je crois que Violaine a peur de provoquer une catastrophe en continuant à les manipuler.

– Possible. C'est pas la première fois que ça la travaille. Mais je ne l'ai encore jamais vue dans cet état !

Claire entraîna Nicolas en direction d'une boutique, au milieu du hall. Elle commanda quatre cafés qui leur furent servis dans des gobelets en carton.

– Quelque chose de chaud nous fera du bien, affirma-t-elle comme pour se convaincre.

Pendant ce temps, Arthur s'était assis à côté de Violaine.

– Ça n'a pas l'air d'aller fort, ma vieille. Si tu veux parler, je suis là. Si tu préfères te taire, eh bien, je suis là aussi !

Pas possible d'être plus maladroit. C'était pourtant le moment d'être convaincant ! La Violaine qu'il avait sous les yeux ressemblait beaucoup à celle qui avait craqué, dans la grotte de Saint-Maurice. Il l'avait calmée en la prenant dans ses bras. Mais là, la situation était différente. Ses angoisses semblaient… plus intérieures.

Violaine esquissa un sourire timide.

– Je sais.

Arthur lui prit la main et la tapota, avant de la serrer

fort dans la sienne. La communication avait été établie. C'était tout ce qui comptait pour l'instant.

Claire et Nicolas revinrent avec les cafés. Violaine accepta le sien et tint le gobelet entre ses doigts, sans bouger, comme pour les réchauffer.

– Notre bus est arrivé ? lança Nicolas pour chasser le silence.

– C'est trop tôt, répondit Arthur, ravi de passer à un autre sujet.

Il était important que Violaine ne se sente pas l'objet unique de leur attention. La vie continuait, le plus normalement possible. Ce n'était pas la première fois que l'un d'entre eux faisait une crise !

– On a plus de deux heures d'attente, poursuivit-il. J'ai cru comprendre qu'Osorno n'était pas le terminus de la ligne. Au fait, vous saviez que la ville a été fondée en 1553 et qu'elle a été détruite plusieurs fois au cours de révoltes des Indiens Mapuches ? Et qu'une forte communauté allemande y est installée depuis 1846 ?

Ils prêtèrent une oreille distraite au commentaire d'Arthur. Mais son ton rassurant joua son rôle. Claire et Nicolas se sentirent mieux.

– Dire qu'on va encore passer près de trente heures dans un bus… soupira Nicolas.

– Ça sera différent, précisa Arthur, on va rouler en plein jour. Au début en tout cas. On va pouvoir regarder les paysages ! Des lacs, des montagnes, des forêts magnifiques…

Ils continuèrent à discuter, jetant régulièrement un

regard sur Violaine. Mais la jeune fille restait muette et semblait loin. Très loin d'eux, de la gare, de leur voyage.

À peine débarqué à Santiago, Agustin héla lui aussi un taxi. Mais il n'avait pas l'intention de se rendre au centre-ville. Il choisit au contraire de se rendre directement dans un hôtel proche de l'aéroport. Il ne comptait pas dormir mais il avait besoin de se poser, de prendre une douche. De passer de nombreux coups de fil, aussi. Et de rester au contact. Près des avions pour être prêt à repartir, si les gamins se manifestaient.

Il s'engouffra dans le taxi, maussade. Il n'était pas au bout de ses peines.

Washington, DC – États-Unis. Rob B. Walker était soucieux. Il aurait dû être en colère mais il ne l'était pas. Certes, l'échec de ses hommes à Paris était catastrophique. Pourtant, c'était un autre problème qui le préoccupait.

Qui était cet homme qui avait volé au secours des gamins dans l'aéroport ? Un professionnel, s'il fallait en croire Agustin. Le mercenaire soupçonnait un agent des services rivaux. C'était possible, lui-même y avait immédiatement pensé. Le MJ-12 était suffisamment retors pour jouer sur deux tableaux. Mais lorsqu'il avait téléphoné à Majestic 3, celui-ci avait semblé sincèrement surpris et fort contrarié. Le général en avait conclu qu'un troisième joueur avait rejoint la partie. Le MJ-12 n'était donc pas infaillible ! Et il existait des gens qui n'avaient pas peur de s'opposer à lui… Le jeu devenait complexe.

En homme obstiné et pragmatique, le général avait décidé de conduire la mission jusqu'au bout, et de ramener dans ses filets les gosses, ainsi que tous les renseignements possibles à leur sujet. C'est pourquoi le grain de sable de l'aéroport le dérangeait. Et qu'il était soucieux.

Le téléphone sonna, le tirant de ses pensées. Il se renversa en arrière dans le fauteuil et étendit ses jambes sous le bureau.

– Disparu ? Comment ça disparu ?... Des coussins sous une couverture... Je vois... Non, inutile. Il est sûrement loin... Non. Vous rentrez par le premier vol.

Rob B. Walker raccrocha et respira à fond. Goodfellow s'était évanoui dans la nature, et avec lui de précieuses informations. Enfui, ou enlevé par le troisième joueur. Pourquoi pas par le MJ-12 ? Il ricana. Que lui restait-il maintenant ? Agustin ! Tout reposait entièrement sur les épaules de cet homme qu'il n'aimait pas.

Il ouvrit un coffret réfrigéré posé sur le bureau et s'empara d'un cigare.

– Ils sont là mes petits renardeaux, murmura Clarence en ajustant sa paire de jumelles.

Il avait garé le 4 X 4 aux vitres teintées sous le couvert des arbres qui séparaient le parking de la cour des bus.

Il était arrivé en même temps qu'eux à Osorno. Il les avait vus descendre de l'autocar, prendre leurs bagages et se réfugier à l'intérieur de la gare routière. Violaine ne lui avait pas semblé bien réveillée !

Une heure plus tard, Clarence vit un bus aux trois quarts vide faire son entrée dans la cour et se ranger en face de la bande, vautrée sur les bancs du quai d'embarquement. Les enfants s'ébrouèrent, confièrent leurs sacs au steward qui les rangea dans la soute en échange d'un ticket, puis grimpèrent à bord.

Clarence soupira. Ce bus-là, comme l'autre, semblait confortable. Les renardeaux allaient pouvoir dormir ! Il les envia. Lui n'aurait pas cette chance. Il s'était autorisé quelques brèves haltes sur la Panaméricaine, le temps de sombrer dans un sommeil sans rêve interrompu par la sonnerie du réveil. Oh, il avait l'habitude. Bien sûr, il aurait pu se fier au GPS, s'offrir une bonne nuit à l'hôtel et les rattraper ensuite. Mais il n'avait jamais fait totalement confiance à la technologie. Ni à ces drôles de gamins, d'ailleurs. Il ne voulait pas prendre le risque de rattraper un bus vide, avec une paire de lunettes sous un siège…

Clarence jeta un coup d'œil plein de regrets aux *Considérations intempestives* de Milescu. Heureusement, il lui restait la musique, Gould et Bach pour lui tenir compagnie. Et puis du café.

Il tapota affectueusement le thermos posé à côté de lui et démarra à la suite du bus, le laissant prendre une distance suffisante. La journée s'annonçait longue.

Mes geôliers me traitent souvent de rêveur et d'entêté. Ils ont raison. C'est le doux entêtement et l'obsession rêveuse qui renversent les montagnes…

(Extrait de *Considérations intempestives*, par Eduardo Milescu.)

15
Limes, itis, m. : limite, frontière

« Alors, où est-ce qu'on va ? » j'ai demandé à Boule-de-poils. « Il faut trouver la pooooorte, Claiiiiiire », il m'a répondu de sa drôle de voix. « La porte ? – Là-baaaas, près du frêêêêêne. » J'ai marché jusqu'au frêne, en bordure du jardin. Je n'allais jamais dans ce coin-là. Je préférais le cerisier, plus proche de la maison, sur lequel je pouvais grimper. J'ai senti Boule-de-poils s'agiter dans mes bras. « Viiiiiite, il faut faire viiiiiiite ! La lune, elle va s'en alleeeeeer. » J'ai regardé dans le ciel. La lune, pleine, était menacée par un énorme nuage tout noir. « Et alors ? » Il ne m'a pas répondu. Je me suis arrêtée de marcher et j'ai fixé ses yeux jaunes. « Dis-moi au moins pourquoi je dois venir avec toi. » Il m'a rendu mon regard. « Tu viens d'un autre monnnnnnnde, Claiiiiiiire. Si tu restes dans celui-làààààà, tu mourrrrrrras. » Soudain, j'ai vu le frêne frissonner et la terre s'ouvrir devant mes pieds. Une fissure, une faille d'à peu près ma taille. Et puis j'ai entendu du bruit derrière moi…

Claire sursauta. À côté d'elle, Violaine venait de bouger dans son sommeil. Son visage était trempé de sueur, comme si la jeune fille avait de la fièvre. Claire sortit un mouchoir de sa poche et le passa doucement sur le visage de son amie. Violaine ouvrit les yeux.

– Qu'est-ce que… Où on est ?

Elle regarda autour d'elle comme un animal pris au piège, avant de s'accrocher au bras de Claire.

– Tout va bien, Violaine. On a passé la frontière argentine et quitté la région des lacs. Maintenant, on longe les Andes, plein sud.

– Tu aurais dû voir ça, dit Nicolas en se penchant vers elle, les couleurs d'automne dans les montagnes. Les arbres étaient magnifiques ! On a pensé à toi.

Violaine sembla se détendre et posa sa tête contre l'épaule de Claire.

– Je fais des cauchemars, souffla-t-elle d'une voix hachée. D'horribles cauchemars.

Ce qui ne l'empêcha pas de sombrer à nouveau, très vite, dans un sommeil agité.

Claire se mordilla les lèvres. Le sommeil de Violaine était une fuite. Il fallait que leur amie soit vraiment mal pour préférer ses cauchemars à la réalité !

Elle s'enfonça dans son fauteuil. Au moins, ses problèmes à elle étaient relégués au second plan. C'était une bonne chose. Elle avait conscience d'être un poids pour ses amis. Toujours à traîner la jambe, à s'évanouir pour un rien, fragile comme un souffle d'air ! Le mois qu'ils avaient passé dans leur planque, à Paris, avait été le pire de tous. Elle s'était lentement étiolée, jusqu'à ne plus pouvoir faire un pas sans l'aide de Violaine ou de Nicolas. Le règne sans partage du goudron et du béton était-il en cause ? Non, finalement, puisqu'elle se sentait mieux alors qu'elle n'avait pas touché un arbre ou une fleur depuis des jours. La vie souterraine, alors ? Ou bien l'immobilité ? Les deux, peut-être. Car depuis qu'ils avaient quitté les sous-sols et qu'ils s'étaient mis en mouvement, elle avait retrouvé du tonus. Ce qui tombait plutôt bien. Si Violaine ne sortait pas bientôt de sa torpeur, elle-même n'aurait pas assez de toute son énergie pour veiller sur son amie et participer aux recherches !

Les recherches... Elle n'y croyait qu'à moitié, à ces mensonges templiers. Bien sûr, comme les autres, elle avait besoin d'un alibi pour avancer. Mais plus qu'eux, elle possédait l'ardent désir de trouver une réponse aux questions qui la taraudaient depuis toujours ! Elle était persuadée, non, elle le savait, que tous les quatre ils n'étaient pas d'ici. Restait à découvrir d'où ils venaient...

Une sonnerie de téléphone tira Agustin de la salle de bains. Il avait somnolé quelques heures dans sa chambre d'hôtel et se sentait d'attaque. Il termina de se frictionner les cheveux avant de décrocher.

– Où ça, tu dis ? demanda-t-il en écarquillant les yeux. Le poste-frontière sur la route 215, près de Bariloche ? C'est une excellente nouvelle ! Merci, vieux !... Bien sûr, je n'ai qu'une parole. Je note... Tu recevras l'argent directement sur ce compte, oui.

Agustin raccrocha, un sourire victorieux aux lèvres. Il avait invoqué la chance ? Elle venait de répondre présent ! Et vite, en plus. Il fallait avouer que quatre jeunes Français voyageant seuls à cette saison étaient faciles à repérer. Surtout s'ils franchissaient la frontière argentine, dans un bus chilien à destination de Punta Arenas, par exemple !

Pauvres Chiliens. Obligés, pour se rendre chez eux dans l'extrême Sud, de passer par l'Argentine. Tout ça à cause d'un champ de glace infranchissable.

Agustin rit à gorge déployée. Il était d'excellente humeur.

Il commença par réserver une place sur le prochain vol Santiago-Punta Arenas. Intervenir en Argentine, sur le trajet du bus, était tentant, mais il craignait de manquer de temps. Il aurait pu confier la tâche de les intercepter à d'autres que lui. Cependant, il tenait à garder l'entière maîtrise des événements. Non, mieux valait débarquer directement à Punta Arenas, avoir une longueur d'avance pour préparer l'accueil des petits monstres.

Il composa ensuite un numéro à Comodoro Rivadavia, se félicitant d'avoir toujours maintenu des liens avec sa ville natale et la pègre locale.

Cette opération allait lui coûter de l'argent mais cela n'avait pas d'importance. Il en avait beaucoup et ce n'était pas le sien !

Décidément, la journée s'annonçait sous les meilleurs auspices.

Clarence étouffa un juron. Sur le bas-côté de la route bordée par les pierres et la broussaille, un policier argentin lui faisait signe de s'arrêter. Il hésita un bref instant puis enclencha le clignotant et freina. Voyager en Argentine avec une plaque chilienne, à bord d'un véhicule luxueux de surcroît, n'était pas ce qui se faisait de mieux pour passer inaperçu. Mais il s'agissait certainement d'un contrôle de routine. Il était inutile, donc, de faire les quelques centaines de kilomètres restants poursuivi par une voiture de police !

Jusque-là, il avait réussi à suivre sans le moindre problème le bus qui conduisait les gosses à Punta Arenas.

Sur la route 215, d'abord, au milieu d'un somptueux paysage de lacs et de forêts embrasées par les feux de l'automne.

Sur la route 40, ensuite, entre la plaine aussi plate et vaste que la mer et la silhouette presque animale de la cordillère.

Puis sur la route 20 à travers la pampa, aride et déserte, où il avait aperçu quelques-uns de ces mythiques gauchos menant leurs troupeaux de moutons brouter l'horizon.

Sur la route 3, enfin, le long d'une côte atlantique monotone et pelée, où il n'avait croisé qu'une seule voiture.

Rien d'étonnant, donc, à ce qu'il soit arrêté par des policiers désœuvrés. Il espérait seulement qu'ils ne chicaneraient pas trop, le laissant rapidement poursuivre son chemin. Parfois, l'oisiveté peut mener au zèle.

– Voici mes papiers et ceux du véhicule, dit Clarence

d'une voix aimable à l'homme qui s'était approché d'un pas nonchalant.

Ce dernier le fixa longuement derrière des lunettes de soleil qui lui donnaient un air de policier américain. Puis il prit les documents et les lut attentivement.

Clarence sentit immédiatement venir les ennuis. Son instinct, encore et toujours ! Il regretta aussitôt de s'être arrêté.

— Je ne vois pas sur l'assurance le volet nécessaire aux Chiliens pour circuler en Argentine, dit l'homme avec un grand sourire.

— Ah bon, il faut une assurance spéciale ? répondit Clarence sincèrement étonné. Le loueur de voitures ne m'a pourtant rien précisé !

Un second policier sortit de la voiture garée à l'abri d'un vallon, invisible depuis la route. Il s'avança, l'air de rien, une main sur la crosse de son pistolet.

— Vous me prenez pour un imbécile ? dit le premier policier qui avait cessé de sourire. Je n'aime pas ça.

Clarence fouilla dans la poche de son pantalon et en sortit des dollars.

— Écoutez, tout cela est ridicule, répondit-il en adoptant un ton conciliant. Je suis sûr qu'il y a moyen de s'arranger.

Il savait que la corruption gangrenait de nombreuses administrations en Argentine. La police en faisait partie. Et la situation semblait avoir encore empiré, depuis l'ahurissante crise financière de l'an 2000 qui avait précipité le pays au bord du gouffre. S'en tirerait-il avec de l'argent ?

En voyant le second policier sortir une arme de son étui et le mettre en joue, il comprit que non. Ces hommes voulaient plus. La voiture, sa carte bancaire peut-être. Il soupira. Pendant ce temps, le bus continuait à rouler, emportant les renardeaux loin de lui. C'était franchement pas de chance.

– Quelle heure est-il ? demanda Nicolas à Arthur.
– Presque huit heures du soir. Pourquoi ?
– Il fait encore jour, fit remarquer le garçon à son ami.
– Joie des voyages aux confins du monde austral… répondit Arthur.

Nicolas se tut. Il semblait soucieux. Quand il ouvrit de nouveau la bouche, ce fut pour chuchoter.

– Tu comprends ce qu'elle a, Violaine ?
– Non. Enfin si. Tu sais, vivre en permanence au milieu des dragons, j'imagine que ce n'est pas facile. Tu connais le problème, toi. Moi aussi. On le connaît tous ! Il ne se passe pas une journée sans que j'envie mes petits singes, sans que je souhaite ne plus voir, ne plus entendre, ne plus parler. Quand je suis trop fatigué, quand ça me submerge, je ressemble étrangement à Violaine en ce moment !
– Je comprends, dit Nicolas en hochant gravement la tête. Mais Violaine, c'est Violaine. Elle s'occupe de nous. Elle n'a pas le droit de nous abandonner !

Arthur lui passa un bras fraternel autour des épaules.

– Justement, Nicolas. C'est vrai qu'elle est forte. Mais elle aussi a le droit de craquer. Et dans ces moments-là, c'est à nous d'être présents.

– Tu as raison, évidemment, grommela-t-il. Mais j'espère quand même qu'elle va vite redevenir comme avant.

Nicolas tourna son regard vers l'extérieur et plissa les yeux sous ses lunettes. Le jour finissant éclairait encore l'immensité de paysages, plats jusqu'à l'infini. Qu'est-ce qu'ils allaient faire si Violaine restait comme ça, prostrée ? C'était elle qui veillait sur le groupe, c'était elle qui savait ce qu'il fallait faire ! Arthur avait beau jouer son rôle, parfois il n'était pas vraiment crédible. En fait si, mais seulement quand Violaine était là et lui donnait de son charisme. Si Violaine ne revenait pas, il serait orphelin une troisième fois.

Il avait déjà été abandonné deux fois. La première, c'était lorsque ses parents l'avaient conduit à la Clinique du Lac. Ils s'en étaient débarrassés avec la conscience sauve. À force de réfléchir, il avait pu le comprendre. La peur peut engendrer des réactions disproportionnées. Il était même prêt à leur pardonner ! Mais le deuxième abandon avait sonné le glas de sa mansuétude. Morts dans les bois au cours d'une fugue… C'était vraiment ce que croyaient leurs parents ? Ils l'avaient vraiment accepté ? Sans se battre, sans lancer de recherches, sans remuer ciel et terre ? Il n'en avait jamais parlé avec les autres, mais il savait que ses amis en avaient gros sur le cœur. Étaient-ils en colère ? Sans doute que non. Lui en tout cas ne l'était pas. Il était déçu. Il était triste. Très triste. Alors si Violaine leur faisait cette mauvaise blague de renoncer elle aussi, le monde s'arrêterait sûrement de tourner…

CXCVII. L'île des géants

Sur une grande île proche du passage des Tecpantlaques vivent des géants idolâtres vêtus de peaux de bêtes qui courent plus vite que des chevaux. Il y a là des prairies et de nombreuses forêts qui regorgent de gibier. Ces géants manifestent une grande habileté au maniement de l'arc. Le pouvoir appartient à des hommes qui ont un rapport étroit avec la nature. Les géants troquent de la viande contre du poisson avec une tribu de pêcheurs qui vit sur des pirogues où ils conservent leur feu. Je vais vous dire une horreur : si le feu s'éteint, les gardiennes meurent. Tout ce que je viens de vous raconter, ce sont les us et coutumes des habitants de ce passage dans le sud du monde, qui permet de changer de mer. Mais je vais encore parler des Tecpantlaques.

(Marco Polo, *Le Devisement du monde*, manuscrit des Ghisi, chapitre 197.)

16
Vincibilis : convaincant, persuasif

On dira ce qu'on veut, mais franchement, la nuit est plus belle que le jour. La nuit et le noir. Le reste n'est que douleurs ! Depuis qu'on est au Chili, je me régale. J'ai l'impression que les nuits, même si elles sont plus courtes, sont ici plus neuves que chez nous ! À Paris, l'obscurité n'existe pas, elle est tuée par les réverbères, les enseignes clignotantes, les bâtiments qui se goinfrent d'énergie électrique. D'accord, les hommes ont peur du noir, ce n'est pas une nouveauté, mais il ne faut pas exagérer. Pas tricher, plutôt. Parce qu'ils ont peur du noir, c'est vrai, mais également de la pleine lumière. Celle qui montre les gens et les choses tels qu'ils sont vraiment. Alors ils vivent en clair-obscur, « fuyant les froides ténèbres et l'impitoyable clarté, pour se réfugier sous la tutelle de l'ombre », comme l'a dit je ne sais plus qui dans un livre dont j'ai oublié le titre, je n'ai pas la mémoire d'Arthur, moi ! Parfois je m'interroge : qui sommes-nous ? Des êtres humains ? Claire est-elle si folle que ça en posant la question ? Moi aussi je crains la pleine lumière mais pour d'autres raisons, et je n'ai pas peur du noir. J'aime la nuit. Le reste n'est que couleurs…

— Ouf! C'était loin, le bout du monde! s'exclama Nicolas alors que le bus s'immobilisait enfin devant les bureaux de Bus-Sur, dans la rue José-Menéndez.

— Punta Arenas n'est pas exactement le bout du monde, corrigea Arthur.

— Je sais, je me comprends.

Ils descendirent tous les quatre du véhicule. Le ciel était gris. Un petit vent, incisif, les fit frissonner.

— Bon, on fait quoi?

Nicolas s'était naturellement tourné vers Violaine, mais son regard était absent et elle tremblait, de froid ou d'autre chose.

Ce fut Claire qui répondit, d'une voix hésitante:

— Il faut trouver une chambre d'hôtel. Violaine a besoin de se reposer.

— C'est une bonne idée, acquiesça Arthur. De là, on partira en reconnaissance et on mettra au point un plan d'action. Tu en dis quoi, Nicolas?

— Ça me va. Je prendrais bien une douche!

Le steward sortit les sacs de la soute. Ils les récupérèrent en échange des tickets. Ils s'empressèrent d'enfiler leurs vestes de montagne. Claire aida Violaine à passer la sienne.

À l'arrivée du bus, des hommes, des femmes et même des enfants attendaient les passagers en brandissant des pancartes « *Hospedaje* » qui invitaient les sans-toit à louer une chambre chez eux. Un homme jovial les aborda franchement, alors que la bande s'apprêtait à quitter les lieux à la recherche d'un hôtel.

— *¿Hospedaje?* Propre. Pas cher, leur dit-il dans un mauvais anglais.

– Pourquoi il nous parle anglais ? demanda Nicolas.

– Pour lui, on est des touristes, expliqua Arthur. Et un touriste, ça parle anglais.

Le garçon échangea avec l'homme quelques mots en espagnol.

– Il nous propose deux grandes chambres chez sa mère qui vit seule, traduisit Arthur à ses amis. Avec libre accès à la cuisine et à la salle de bains.

Nicolas fit une moue dubitative.

– Je préférerais un hôtel.

– Pas question, dit Claire. On nous demandera nos passeports. Alors que je suis sûre que ce type s'en moque totalement tant qu'on paye.

– Je suis d'accord, opina Arthur. Et puis une chambre chez l'habitant, ça peut être utile pour obtenir des informations.

L'homme ayant annoncé un prix très raisonnable, Nicolas finit par grommeler son consentement. Arthur donna le feu vert à leur hôte, qui leur fit signe de le suivre. Ils lui emboîtèrent le pas. Violaine n'avait rien dit. À peine si elle s'était intéressée à la discussion. Elle marchait au milieu de ses amis comme un automate.

Ils rejoignirent la place centrale en empruntant des rues tracées au cordeau.

Arthur s'arrêta devant une statue représentant Magellan. Aux pieds du navigateur, deux Indiens en bronze semblaient l'implorer.

– Elle date de 1920, dit-il. Le quatre centième anniversaire de la découverte du détroit. Enfin, de la découverte officielle !

Leur logeur s'était arrêté et les attendait sans s'impatienter. La place était ceinte d'édifices majestueux et d'anciens palais bourgeois qui évoquaient plus la fin d'une époque qu'une gloire présente. Arthur leur montra les plus importants en évoquant rapidement quelques détails appartenant au passé. Car l'ancienne ville de tous les possibles, le port d'attache des aventuriers de tout poil, la capitale des colons richissimes, vivait désormais au rythme paisible du tourisme et des activités pétrolières. Un coup d'œil sur la cathédrale néoromantique, puis ils emboîtèrent à nouveau le pas de leur hôte. Ils quittèrent peu à peu le centre pour des rues moins fréquentées, en direction du port.

– On arrive bientôt ? demanda Nicolas. Mon sac commence à être lourd !

L'animation des artères principales avait désormais cédé la place à un silence pesant.

– Vous ne trouvez pas ça étrange ? s'étonna Claire. Il n'y a pas de maisons, ici, seulement des entrepôts...

Une voix retentit alors dans leur dos.

– Perspicace, la sorcière !

Ils firent volte-face. Devant eux se tenaient Agustin et, en retrait, deux hommes qui avaient l'air de parfaites brutes.

– Le vampire, hoqueta Claire.

– Vampire ? reprit Agustin en secouant la tête. Non, non. ¡ *Madre mía* ! Les monstres, c'est vous. Moi, je suis le chasseur de monstres. N'inversons pas les rôles.

Arthur jeta un regard derrière lui, mais la route était coupée. L'homme qui les avait conduits jusqu'ici ne souriait plus du tout. Il avait jeté sa pancarte et brandissait à la place un pistolet. Ils s'étaient bien fait avoir !

Agustin sortit un paquet de cigarettes de sa poche et s'en alluma une.

— Mon employeur, commença-t-il, voudrait savoir pourquoi vous êtes venus jusqu'ici. Je suis sûr qu'il attendait de moi que je vous surveille discrètement, mais ce n'est pas mon truc. Je ne suis pas assez patient.

Il fit une pause.

— Et puis vous êtes trop malins. Ça, mon employeur ne le sait pas. Vous vous seriez débrouillés pour me filer entre les doigts à la première occasion. Non, moi j'ai une autre idée.

Il tira sur sa cigarette.

Arthur commençait à sentir des gouttes de sueur perler sur ses tempes. Ce type était complètement cinglé. Il balaya les alentours du regard avant de se traiter mentalement d'idiot. Qu'est-ce qu'il espérait, une intervention divine ? Seule Violaine aurait pu faire quelque chose, et encore ! Le vampire connaissait ses capacités, leurs capacités. Celles de Claire également, qui avait intérêt à prendre en compte ce paramètre si elle comptait agir.

— Alors voilà, reprit Agustin en écrasant sa cigarette. Je préfère que vous me racontiez tout maintenant. On est dans un endroit tranquille, entre nous, bref, c'est un environnement qui incite aux confidences ! Mais vous pouvez également choisir de vous taire. Je me demande si ce n'est pas ce que je préférerais...

Un couteau apparut dans sa main et il s'amusa à jouer avec la lame.

« Franchement cinglé, oui », se répéta Arthur en reculant d'un pas.

Les hommes de main d'Agustin s'étaient emparés des sacs. Ils les vidèrent sur le quai, sans se soucier de la casse éventuelle. Puis ils fouillèrent les garçons. Claire caressa un instant l'espoir que Violaine profiterait de l'occasion. Il suffisait de s'emparer d'un seul dragon pour renverser la situation ! Mais les Argentins ne s'approchèrent ni d'elle ni de Violaine.

– Rien d'intéressant, Agustin, rapporta l'un des hommes, penché au-dessus des affaires répandues sur le ciment du quai. Vêtements, fric, duvets, dictionnaire, cahier, bouquin… Peut-être les filles ? Il faudrait les fouiller.

Il ponctua sa proposition d'un rire malsain.

– C'est trop dangereux, fais-moi confiance, répondit Agustin.

Apparemment déçu, l'homme lança *Le Devisement du monde* à Agustin qui le feuilleta distraitement avant de le jeter.

– Tant pis pour vous les gosses, reprit Agustin en souriant. Par qui je commence ?

– Par moi, dit Claire en s'avançant bravement.

Violaine était hors jeu mais il restait peut-être une chance.

Plus proche du vampire, elle pourrait peut-être… Rapide comme un serpent, Agustin sortit de sous son manteau un pistolet-mitrailleur et le braqua sur les trois autres.

– Toi, tu bouges seulement un doigt et je transforme tes amis en passoires.

Sa voix vibrait d'une haine à peine contenue. De sa main libre, il fit signe à Nicolas d'avancer.

– C'est lui que je vais dépecer en premier. Il va tellement crier que vous vous arracherez les oreilles pour ne plus l'entendre.

– C'est inutile, dit Arthur le cœur battant à se rompre. Je vais tout vous dire.

Derrière, Violaine s'était accroupie et serrait ses genoux entre ses bras, les yeux baissés.

Le poste de police où Clarence avait été conduit, menotté, se trouvait à proximité de la route, à l'écart de la ville. C'était un bâtiment ancien mais fonctionnel. Cinq hommes se partageaient l'unique pièce du poste. De l'endroit où se trouvait Clarence, sur une chaise, on apercevait la porte d'une cellule et rien d'autre. Les toilettes étaient à l'extérieur.

– Alors, *gringo*, on attend. Tu veux nous mettre en colère ?

Clarence ne répondit pas. La dernière fois qu'il avait ouvert la bouche pour essayer de temporiser, il s'était ramassé un coup qui lui avait fendu la lèvre.

Il avait vu juste. Ces policiers, profitant de leur isolement, avaient monté une affaire juteuse : ils détroussaient les automobilistes en se servant de leur fonction. Quelques billets pour les plus pauvres, davantage pour les plus riches, encore plus pour les étrangers. Alors les riches étrangers... Ils avaient flairé en lui le gros pigeon et ne semblaient pas près de le lâcher.

L'un des policiers lui donna un nouveau coup de poing.

– Ça y est, tu nous as mis en colère.

Dans d'autres circonstances, Clarence aurait éclaté de rire. Il avait été entraîné à résister aux interrogatoires menés par des professionnels, ce n'était pas ces cinq minables qui allaient l'impressionner ! Mais il perdait du temps, beaucoup de temps.

Il avait cru pouvoir s'en tirer avec un dessous-de-table. Résultat ? On l'avait dépouillé de ses papiers, de son GPS et de son argent. Son sac avait été, de façon succincte heureusement, fouillé, et son ordinateur confisqué. Maintenant, on voulait qu'il crache le code de sa carte bancaire.

Vraiment, il avait mal apprécié la situation ! Il se trouvait à présent menotté les bras dans le dos, et ces brutes gardaient toujours une main sur la crosse de leur arme. Il devait se résigner à attendre le bon moment. À préparer le bon moment. À provoquer le bon moment.

Il jugea qu'il était temps. Il avait suffisamment encaissé, sa réaction serait crédible. Du moins, il l'espérait. Il s'effondra sur lui-même, en gémissant.

– Je… vous dirai… tout ce que vous voulez savoir, mais ne recommencez pas à me frapper… s'il vous plaît !

Les policiers ricanèrent, tout à leur triomphe.

– C'est bien, *gringo*. Jouer le dur, ça ne t'allait pas. Allez, tout va bien se passer maintenant que tu es devenu raisonnable.

Le ton de voix s'était radouci. Après l'avoir effrayé, ils le rassuraient. Ils étaient ses ennemis, ils devenaient des amis. Les seuls capables de tout arranger.

Clarence s'engouffra dans ce pauvre subterfuge psychologique.

– Écoutez… oui, je serai raisonnable et… est-ce que je pourrais avoir quelque chose à boire ? Et puis aller aux toilettes ? S'il vous plaît !

– Gregorio va te préparer un maté et Pedro t'accompagnera pisser, dit le meneur. Je ne voudrais pas que tu dégueulasses notre palace !

Les cinq hommes éclatèrent d'un rire gras. Clarence se contraignit à afficher un sourire reconnaissant.

Le nommé Pedro l'empoigna par la chemise et le poussa sans ménagements hors du poste. Clarence ne s'était pas trompé : les toilettes étaient bien à l'extérieur, dans une petite cabane, au fond de la cour dans laquelle on avait garé son 4 X 4.

Devant la porte en planches des latrines, le policier sortit de sa poche la clé des menottes et détacha Clarence.

– Pas de bêtise ! Je reste derrière la porte et j'ai un pisto…

Clarence saisit le bras du policier et le brisa d'une simple torsion. Il n'eut même pas le temps de crier. Clarence lui empoigna brutalement la tête et lui rompit les vertèbres. L'homme glissa sur le sol. Clarence se massa les poignets, se pencha et récupéra l'arme que le policier portait à la ceinture.

– Rectification, Pedro : tu avais un pistolet.

Clarence revint sur ses pas sans se presser en vérifiant

l'arme qu'il avait dans les mains. Puis il entra dans le poste. Il y eut des cris, suivis de quatre détonations. Quelques instants plus tard, Clarence réapparut avec sa veste et son sac.

Il grimpa dans sa voiture et alluma le GPS. Bon sang, les gosses étaient déjà à Punta Arenas ! Il démarra en trombe, faisant crisser les pneus sur les graviers de la cour.

Il avait franchi la frontière depuis un moment, roulant à nouveau sur les routes chiliennes, quand le GPS émit une sonnerie inhabituelle. Clarence s'arrêta au bord de la route et essaya de comprendre ce qu'il voyait. Il tapota l'écran mais ce n'était pas une erreur : la petite bande, Nicolas ou ses lunettes, n'étaient plus sur la terre ferme. Ils avaient quitté la ville à bord d'un bateau...

Mes geôliers me reprochent à la fois de ne pas me défendre et de ne pas céder. C'est que je ne suis pas assez sérieux pour donner des leçons et je le suis trop pour en recevoir...

(Extrait de *Considérations intempestives*, par Eduardo Milescu.)

17
Vaco, are : être vide, être vain

Je l'ai compris plus tard, en grandissant, mais Rudy était un génie. Il n'allait plus à l'école depuis longtemps. Des professeurs venaient à la maison. Sa chambre était remplie d'appareils électriques et électroniques que je l'avais vu fabriquer lui-même. Des armées de petits soldats de plomb, surveillés par une figurine de Goldorak, que Rudy adorait, montaient une garde vigilante autour de son lit, acceptant de rompre l'encerclement seulement pour moi, à l'heure de ma lecture. Des piles de livres avaient peu à peu envahi l'espace restant, au point que notre père s'était résigné à leur abandonner une partie du salon. La dernière année qu'il passa avec nous, Rudy s'était pris de passion pour les ouvrages de stratégie et les jeux vidéo. Un jour, des hommes portant des lunettes noires vinrent chez nous. La discussion avec nos parents dura longtemps et, à la fin, notre mère pleurait. Notre père avait le visage sombre. Il s'enferma avec Rudy dans sa chambre. Quand ils en sortirent, Rudy portait une valise. Il partit avec les hommes aux lunettes noires. C'est ce soir-là, le premier que je passais sans lui, que j'ai su que j'aimais mon frère. Mon frère Rudy, mon frère chéri...

Clarence gara le 4 X 4 sur un parking à proximité du port. Il avait effectué des calculs en se fiant aux relevés du GPS et en avait conclu que Violaine et ses amis étaient partis des embarcadères utilisés par les pêcheurs. Il prit son sac et verrouilla le véhicule, avant de gagner les quais à son tour, d'un pas rapide.

Les policiers véreux lui avaient fait perdre un temps précieux. Clarence savait qu'il ne servait à rien de se lamenter, mais ce coup du sort l'avait terriblement énervé. À la recherche d'un informateur, il gardait les mâchoires serrées, arpentant le ciment qui s'effritait par endroits sous les attaques de la mer, du vent et du froid.

Il tomba sur un vieux marin en train de réparer un filin, à bord d'un solide bateau de pêche. L'homme ne tarda pas à lui faire des confidences. Surtout après que Clarence, qui ne voulait pas gaspiller davantage de temps, eut agité sous son nez la promesse de pesos. Quatre jeunes gens, deux garçons et deux filles, étaient bien venus ici en fin de matinée. Mais ils n'étaient pas seuls. Quatre hommes les accompagnaient, des Argentins. Le marin se racla la gorge et cracha par-dessus bord. L'un des Argentins, un type maigre avec une vilaine toux, avait loué les services de Mimic pour une promenade en mer, dans le détroit de Magellan.

« Agustin ! » pensa immédiatement Clarence. Avec la frontière à deux pas, son ancien comparse jouait presque à domicile. Il pouvait compter sur des amis. Et s'il travaillait, comme il le soupçonnait, pour une agence américaine de renseignements, il disposait également de moyens importants. N'empêche que c'était fort de sa part d'avoir mis si vite la main sur les renardeaux. Clarence lui rendit mentalement hommage. Puis il se concentra sur ses propres moyens d'action.

– Le détroit de Magellan, tu dis ?

Clarence vérifia l'écran du GPS. C'était effectivement la direction indiquée. Nicolas avait encore ses lunettes sur le nez ! Un bon point. Il sortit ensuite de son sac une épaisse liasse de billets et se tourna vers le pêcheur qui en resta bouche bée.

– Tu connaîtrais quelqu'un qui voudrait m'emmener faire un tour en mer, moi aussi ? Pas dans une vieille barque pourrie, bien sûr !

Le vieil homme hocha frénétiquement la tête et désigna l'embarcation dans laquelle il se trouvait. C'était un de ces bateaux de pêcheur faits pour la haute mer, puissants et robustes, que l'on rencontre dans tous les bons ports de pêche australs.

– C'est celui de mon fils, expliqua-t-il. Il n'y en a pas de meilleur à Punta Arenas. Mon fils n'est pas là aujourd'hui mais je peux te conduire. Je connais le détroit comme ma poche, aussi bien que Mimic, mieux même !

– Alors marché conclu, dit Clarence en lui donnant l'argent. Fais le plein, prends un tonneau de fuel en plus, de quoi te couvrir et préviens ta femme s'il t'en reste une : on ne rentrera sans doute pas avant demain. Vite !

Dans un coin du bateau, à l'avant, Arthur, Nicolas, Claire et Violaine étaient serrés les uns contre les autres. Assis sur les planches humides, blottis contre le parapet, ils étaient occupés à se tenir chaud. La température chutait en même temps que le soleil descendait sur l'horizon. L'écume que soulevait l'étrave retombait en fines gouttelettes sur le pont. Le vent, enfin, pénétrait sous les blousons et les pulls, achevant de les glacer. Ils grelottaient.

Claire surtout, qui était agitée par d'interminables frissons. Le froid s'immisçait entre ses vêtements et la brûlait comme des piqûres d'épingles. Mais le découragement la pétrifiait tout autant. C'était fini, elle le savait. Il n'était plus question de Templiers ni d'extraterrestres, encore moins de coffres et d'archives. Cet enlèvement signait la fin de leur équipée et, à moins d'un miracle, leur propre mort. Quelle clémence pouvaient-ils attendre du vampire ? Aucune. Agustin les haïssait, c'était lisible jusque sur son visage ! Oui, un miracle.

Claire regarda Violaine qui semblait indifférente à tout, même au froid. Ils avaient essayé, ensemble, de tirer leur amie de sa léthargie. En vain. À leur grand désarroi, elle s'obstinait à regarder le vide, ne réagissant même plus à leurs paroles. La situation n'était déjà pas brillante. Elle devenait catastrophique.

– Hé ! toi ! rugit l'homme en se plantant devant eux.

Arthur leva les yeux. Il savait que c'était à lui qu'on s'adressait. Ce n'était pas la première fois. La petite bande en effet restait livrée à elle-même, sauf quand Mimic avait besoin de détails pour la navigation. On lui amenait alors Arthur qui, se rappelant avec précision les détails figurant sur le cahier de Goodfellow, les communiquait au pêcheur. Celui-ci hochait gravement la tête et transcrivait les informations du garçon sur une carte marine. Arthur surprit à plusieurs reprises son regard à la fois désolé et inquiet. Le Chilien avait sûrement compris que les jeunes gens n'étaient pas à son bord de leur plein gré. Mais il avait également vu les armes que portaient les hommes, et il n'avait rien dit. Il ne s'était pas rebellé quand Agustin lui avait signifié qu'ils ne rentreraient pas aujourd'hui. Tout au plus avait-il sensiblement ralenti l'allure, pour économiser le carburant.

– J'arrive, répondit Arthur en se levant péniblement.

Claire et Nicolas se serrèrent machinalement contre Violaine pour combler le vide et repousser le froid.

Nicolas non plus n'était pas en forme. Il se délitait même à grande vitesse depuis qu'il avait compris que Violaine resterait prostrée. Il se frottait fréquemment les yeux, signe que sa vision échappait progressivement à son contrôle. Claire s'attendait à une crise imminente. Comme si elle avait besoin de ça…

– On atteindra bientôt l'île de Santa Inés, annonça Agustin à Arthur en pénétrant dans la cabine où les Argentins s'étaient entassés, à l'abri du vent glacé. Explique au capitaine où il doit aller. Pas d'embrouille, hein ? Sinon…

Cela faisait longtemps qu'Arthur ne songeait plus à embrouiller le vampire. Leurs chances de survivre étaient déjà bien assez minces.

– C'est une crique, dit-il en s'adressant à Mimic d'une voix rauque. Au sud de l'île…

Clarence ne quittait pas l'avant du bateau que le vieux pêcheur poussait à vive allure au milieu du chenal. Le paysage autour d'eux était étonnant. Une végétation luxuriante, suintant une froide humidité, dévalait les pentes jusqu'à la limite de l'eau salée où des roches rouges et noires lui succédaient. Des fjords étroits invitaient régulièrement à s'engager dans une exploration hors du temps, dans un autre monde, un univers d'eau et de pierre, d'arbres et de brumes, de silence et de grelottements. L'obscurité qui s'avançait augmentait encore cette impression de s'être fourvoyé dans un ailleurs absolu.

— « Il n'y a plus que la Patagonie, la Patagonie, qui convienne à mon immense tristesse, la Patagonie, et un voyage dans les mers du Sud… » murmura-t-il.

Mais Blaise Cendrars n'avait jamais mis les pieds ici ni dans aucun Sud.

— Alors que moi, « Je suis en route, j'ai toujours été en route… » continua-t-il, à l'adresse des paysages immobiles.

Puis Clarence aperçut un phoque et suivit sa course des yeux jusqu'à ce que l'animal disparaisse en plongeant. Son regard se perdit dans les eaux que fendait l'étrave.

Il faisait nuit noire quand le bateau de Mimic pénétra dans la crique décrite par Arthur. Le garçon avait été rappelé dans la cabine dès qu'ils s'en étaient approchés.

— ¡ Bacán ! s'exclama le pêcheur. J'ignorais complètement l'existence de ce coin ! Et pourtant, je suis déjà venu de nombreuses fois à Santa Inés. Le vieux Rolf en avait parlé à mon père, et à d'autres pêcheurs, mais personne ne l'écoutait. Il paraît qu'à la fin de sa vie, il radotait un peu…

Agustin se contenta de répondre en grognant quelque chose à propos des interminables voyages en bateau.

Le grondement du moteur Diesel se répercutait sur les parois rocheuses de l'anse. Après plusieurs heures de mer agitée, la tranquillité des eaux paraissait surnaturelle.

Mimic échoua son bateau en douceur, par l'avant, sur une plage de sable noir tout au fond de la baie. Il était convenu qu'il reste à bord, sous la surveillance d'un des Argentins.

– Enfin ! soupira Agustin qui préférait nettement, semblait-il, la terre ferme à la mer.

Il envoya Arthur chercher le reste de la bande et, sans attendre, sauta du bateau.

Claire retrouva avec soulagement elle aussi la stabilité du sol. L'eau n'était pas vraiment son élément. Même si, à la fin et malgré de nombreux frissons, elle avait récupéré des forces et du courage dans le vent qui soufflait et soulevait par endroits des gerbes d'écume. Serrant Violaine contre elle et tenant Nicolas par la main, Claire suivit le groupe en direction d'un gigantesque amas de rochers.

Les pieds de Nicolas s'enfonçaient dans le sable. Des images de vacances au bord de la mer surgirent du passé. Ses parents lisaient, allongés en maillot de bain sous le parasol et sur des serviettes. Lui, il était assis sur le sable et il construisait un château fort. En fermant les yeux, il pouvait encore sentir l'odeur de crème solaire de sa mère, entendre le rouleau des vagues heurter la

plage, les cris d'autres enfants poursuivant un ballon…
Il secoua la tête. Ces souvenirs n'étaient pas les bienvenus. Surtout maintenant, alors que Violaine allait de plus en plus mal et qu'Arthur jouait l'otage auprès du vampire. Il pressa la main de Claire et marqua un temps d'arrêt. Ça commençait ! Sous ses yeux, les formes sombres se transformaient en taches de couleur, puis redevenaient ce qu'elles étaient, avant de disparaître à nouveau. Sa vision jouait à la bascule sans qu'il le décide. Il détestait ça !

— Tes yeux ? demanda simplement Claire qui comprenait ce qui lui arrivait.

— Oui, grommela Nicolas. Ça va passer, ça finit toujours par passer. Faudra juste m'aider à avancer.

Claire rassembla son courage. Si elle flanchait, ils seraient trois à en souffrir. Serrant les dents, guidant ses amis de son mieux, elle accéléra pour ne pas se laisser distancer.

Arthur marchait devant. Il se sentait reposé. Ses maux de tête l'avaient laissé tranquille pendant le trajet en bateau. Est-ce que c'était l'effet des exercices cérébraux auxquels il s'était astreint sur le pont ? Ou bien le ronronnement régulier du moteur qui l'avait apaisé ? En ce cas, il faudrait peut-être installer un diesel dans leur planque à Paris ! S'ils s'en sortaient. Car ce n'était pas franchement gagné. Dès qu'Agustin aurait ce qu'il voulait, il les éliminerait tous les quatre. Il ne se faisait aucune illusion.

— Alors ? grogna Agustin, impatient, en le bousculant. C'est par où ?

— Je cherche, répondit Arthur le plus calmement possible. Ce n'est pas facile, il fait nuit, on ne voit rien.

Dans sa prodigieuse mémoire, les détails fournis par Goodfellow avaient clignoté comme autant de signes de piste. À sa profonde stupéfaction, tout collait absolument. Le cahier qu'ils avaient dû abandonner au milieu de leurs affaires, sur le quai de Punta Arenas, fourmillait d'indications totalement exactes. En tout cas jusqu'à leur arrivée sur l'île. Après, c'était beaucoup plus flou.

Ils quittèrent la plage et traversèrent une zone de rochers, dans laquelle ils errèrent un moment. Enfin, après de nombreux détours, une énorme porte taillée dans un bloc de pierre apparut dans les faisceaux des lampes torches, au pied d'une falaise blanche.

Le bloc pesait certainement des tonnes. Un symbole qu'Arthur identifia comme une croix templière était gravé en haut, à droite. Les gonds de la porte gigantesque étaient en fer. Close, il leur aurait été impossible de l'ouvrir. Mais elle penchait piteusement sur le côté, comme si elle avait été arrachée, soufflée par une explosion.

Arthur eut un sinistre pressentiment.

— Et maintenant ? demanda Agustin qui s'était glissé juste devant lui.

— Maintenant, je n'en sais pas plus que vous, répondit Arthur d'un ton détaché. J'imagine qu'il faut entrer.

Réfrénant un mouvement de recul, Agustin s'avança et promena le faisceau de sa lampe à l'intérieur. Pourquoi fallait-il toujours, quand il était avec ces maudits gosses, qu'il y ait des grottes ? Il détestait ça. C'était un mauvais présage.

– On y est ? chuchota Claire qui, avec les deux autres, avait rejoint Arthur devant l'entrée monumentale.

– C'est le fortin des Tecplan… Tecpantlaques, l'endroit secret dont parle Marco Polo ? demanda Nicolas. Mes yeux me jouent des tours, mais je distingue quand même une porte. C'est génial !

Le garçon était terriblement excité.

– Oui, c'est le fortin, répondit Arthur, le visage sombre.

– Alors, continua Nicolas, on va trouver à l'intérieur le trésor des Templiers, hein ?

– Je ne sais pas. La porte, elle a été arrachée.

Une lumière annonça le retour d'Agustin. Il avait retrouvé toute son assurance.

– C'est bon, on peut y aller, dit-il.

Les uns après les autres ils franchirent le seuil et, empruntant des escaliers taillés dans la roche, pénétrèrent sous terre.

La lumière des lampes éclaira bientôt un lieu extraordinaire. Ce qui n'était à l'origine qu'une caverne naturelle de vastes dimensions avait été transformé par des bâtisseurs inspirés en un édifice incroyable. Utilisant l'architecture de la grotte, avec des pierres taillées et du ciment, les Templiers avaient érigé au creux de la montagne une véritable commanderie. L'ensemble, murs, piliers et voûte, parfaitement intégré à la caverne, tenait à la fois du château fort et de la cathédrale. La petite bande resta ébahie. Les Argentins eux-mêmes semblaient saisis par la beauté de l'endroit.

– Un bon point pour Goodfellow, chuchota Claire. La fameuse forteresse secrète des Templiers existe !

– Et le trésor ? dit Nicolas. Si la forteresse existe, il existe aussi !

Sous l'effet de l'excitation, le cafouillage de sa vision s'était atténué. Nicolas récupérait peu à peu le contrôle de ses yeux. Par prudence, et parce que passer d'un mode à l'autre était épuisant, il cliqua sur l'option infrarouge et la verrouilla. Dans les ténèbres souterraines, c'était la plus appropriée !

– Il vaut mieux qu'il existe, répondit Arthur en se mordant la lèvre. Sinon, le vampire sera furieux.

Les hommes d'Agustin commencèrent à fouiller la grotte. La bande fut emmenée dans un coin et laissée à l'écart.

– Cet endroit me semble bien vide, soupira Arthur.

Son regard s'attarda sur les murs et les piliers faiblement éclairés. Il repéra, sculptés sur un chapiteau, la croix templière ainsi qu'un autre symbole templier plus rare : une triple enceinte, formée de trois carrés concentriques unis entre eux par quatre lignes droites perpendiculaires. Il montra la sculpture à Claire ainsi qu'à Nicolas, qui en repéra immédiatement d'autres dans la salle.

Un homme d'Agustin fit tout à coup de grands gestes, dans le fond.

– Ça continue par là ! Il y a un couloir !

Agustin vint les chercher. Il leur fit signe, avec sa mitraillette, de les suivre. Ils prirent avec lui une galerie creusée dans la roche et débouchèrent dans une autre pièce, une grotte naturelle elle aussi, mais petite et grossièrement aménagée. Aussi vide que la première. Agustin se tourna vers les quatre jeunes gens et les foudroya du regard.

Une voix surexcitée retentit alors dans le couloir.
– Agustin ! On a trouvé quelque chose…

Clarence se pencha au-dessus des empreintes qui indiquaient un piétinement sur le sable. Il avait repéré le bateau d'Agustin de l'autre côté de la plage. Il étouffa la lumière de sa lampe avec la paume de sa main, avant de l'éteindre complètement. La piste était facile à suivre. Il laissa à ses yeux le temps de s'accoutumer à l'obscurité, puis dégainant le pistolet pris au policier argentin, il marcha sans bruit en direction des rochers et de la falaise blanche.

Poussés sans ménagements par Agustin, ils retournèrent dans la grotte-cathédrale.

Contre un mur de pierres noircies par le temps, une rangée de grandes caisses en bois, cerclées de fer rouillé, pourrissait tranquillement.

– Le trésor ! s'émerveilla Claire. Enfin…

Nicolas lui prit le bras. Sa vision lui révélait, *en même temps qu'un large halo bleuté*, la vérité.

– Non… murmura-t-il. Il n'y a rien.

Agustin ouvrit lui-même les coffres, les uns après les autres. Ils étaient vides. Il referma le couvercle du dernier d'un geste rageur.

– Alors ? demanda Agustin en se tournant vers Arthur. J'attends vos explications !

La déception était terrible pour la petite bande. Des caisses vides ! Au moins, sur le mont Aiguille, le coffret qu'ils avaient découvert, même s'ils n'avaient pas pu en profiter, contenait des documents… Une sensation d'écœurement les saisit, comme un coup de poing à l'estomac. Seule Violaine restait égale à elle-même, désespérément absente.

– On ne savait pas, répondit Arthur au prix d'un énorme effort. On a juste trouvé dans un livre la promesse d'un trésor et des indications pour se rendre ici. On est aussi déçus que vous.

Il jugea avec bon sens que ce n'était pas la peine d'évoquer Goodfellow et les Templiers. Tout en parlant au vampire, il remarqua une inscription latine gravée sur le couvercle du dernier coffre, ainsi qu'un motif à demi effacé : une lune, un croissant de lune. Il rangea ces détails avec tous les autres, dans un coin de sa mémoire.

Pendant ce temps, Agustin avait retrouvé son calme. Il eut tout à coup l'air de réfléchir.

– Un livre, hein ? Pas très précis, tout ça. C'est gênant, car voyez-vous, mon employeur exige des réponses précises et vous semblez incapables d'en donner. De mon côté, j'ai promis à un vieil ami de vous tuer…

Nicolas était au bord de la panique. Les histoires de vampire l'avaient toujours terrifié. Ce gars, Agustin, était carrément flippant. Est-ce qu'il allait boire leur sang quand il les aurait tués ? Pour retrouver un peu de courage, il se rapprocha de Claire.

C'est à ce moment précis que Violaine sortit de sa torpeur.

La jeune fille poussa un cri qui s'étrangla dans sa gorge. Ses yeux s'écarquillèrent et elle inspira profondément, cherchant à reprendre son souffle comme si elle était restée des jours entiers en apnée. Elle se tourna à droite puis à gauche, essayant de comprendre où elle se trouvait. Puis elle tomba en sanglotant dans les bras de Claire.

Agustin ricana.

— Ça fait quelque chose, hein ? Savoir qu'on va crever, pas de sentiment plus terrible !

— Ça va aller, Violaine, murmura Arthur. On est là, tous les trois.

— Oui, répéta Nicolas qui se serrait contre elle, les larmes aux yeux. On est là et on t'aime !

Derrière eux, Agustin prenait à tort la scène qui se déroulait sous ses yeux pour une manifestation de peur et jouissait de son effet.

— Vous me fendez le cœur, finit-il par lâcher avec un sourire cruel. Je n'aime pas les compromis mais je ferai une exception, pour une fois. Je vais garder en vie le garçon qui sait tout pour mon employeur, et liquider les trois autres pour tenir ma promesse ! Qu'en dites-vous ?

Une détonation claqua comme un coup de tonnerre dans la grotte et l'homme qui se tenait à côté d'Agustin s'effondra en gémissant.

— Personnellement, dit une voix dans l'ombre, je pense que tu es complètement cinglé. Lâche ton arme, Agustin.

La détonation puis les mots, sortis de la pénombre, agirent sur la bande comme un coup de fouet.

— Clarence... murmura Violaine d'une voix tremblante. C'est Clarence là-bas, dans l'ombre. Je le sais...
— Si c'est Clarence, on n'a pas intérêt à s'attarder dans le coin ! les bouscula Nicolas. Ça va chauffer méchamment.

CXCVIII. Description des forts tecpantlaques

Sachez-le, les Tecpantlaques ont des fortins en pierre sur toute la côte, au nord et au sud du pays Piaui jusque dans le passage entre les océans. Ils y cachent leurs secrets. C'est dans le passage, à l'ouest, au creux d'une île à forme de chameau, que se trouve une forteresse particulière qui bénéficie de toutes leurs attentions et qui abrite un grand trésor. Il y a aussi, dit-on, loin vers l'ouest quand on a traversé le monde, tout au bout du deuxième océan, une construction tecpantlaque admirable érigée au cœur d'un chapelet d'îles connues sous le nom de Vijayas. Mais nous en finirons ici avec cette histoire.

(Marco Polo, *Le Devisement du monde*, chapitre 198 tel qu'il se termine brutalement dans le manuscrit des Ghisi.)

18
Tenebrio, onis, m. : un ami des ténèbres

« Qu'est-ce que tu fais dehors, ma chérie ? Tu n'as pas vu qu'il faisait nuit ? » « Tu vas attraper froid, regarde, tu n'as même pas mis de manteau ! Pourquoi es-tu sortie ? » « On t'avait pourtant défendu de sauter par la fenêtre ! » « Oh, tu as de la terre partout ! » « Qu'est-ce que tu as fait à ton lapin ? Il a la bouche décousue ! Et ses yeux, on dirait qu'ils ont fondu, tu as joué avec un briquet ? » Voilà tout ce qu'ont trouvé à dire mes parents lorsqu'ils m'ont surprise dans le jardin, à côté du frêne. J'ai regardé Boule-de-poils, consternée. Mais je n'avais plus dans les mains qu'une peluche comme les autres, sale et déchirée. La porte s'était refermée au moment où j'allais rentrer chez moi, dans mon vrai chez-moi, et Boule-de-poils, le vrai Boule-de-poils, était parti. J'étais à nouveau seule. Ils avaient tout gâché. J'ai expliqué ça à mes parents, entre deux sanglots. Lorsque, des années plus tard, je leur ai révélé ma nature de *sylphide, ils m'ont conduite à la Clinique du Lac. Cette fois, ils se sont contentés de m'emmener voir une psychiatre, qui a conclu à l'invention d'un ami et d'un monde imaginaires parce que je n'avais pas de petit frère. Les adultes me désespèrent. Ils ont des yeux et ils sont incapables de voir…*

Claire trébucha quand Nicolas bondit en avant. Elle serra plus fort encore la main de Violaine dans la sienne et emboîta le pas au garçon, sans réfléchir. Ils profitèrent de l'absence de réaction d'un Agustin tétanisé par le coup de feu pour s'engouffrer dans le couloir menant à la deuxième salle.

— On va droit dans un cul-de-sac ! haleta Claire.

— Le problème, c'est qu'entre la sortie et nous, il y a Clarence et Agustin, rétorqua Nicolas sans ralentir.

Mais ils n'avaient pas de lumière et ils progressaient avec difficulté.

— Arrêtez, vous me faites pitié, soupira le garçon. Arthur, prends la main de Violaine, et toi, Claire, ne me lâche pas.

— À quoi bon ? dit Arthur. On va bientôt tomber sur un mur !

— C'est là que tu te trompes, répondit joyeusement Nicolas. Il y a une issue, une porte secrète, dans le fond. Je l'ai vue tout à l'heure.

Les paroles de Nicolas leur insufflèrent un nouvel espoir. Ils serrèrent les dents.

— Ça va ? demanda Claire à Violaine qui respirait bruyamment à son oreille.

– Oui. Mais je suis crevée... Si je m'écoutais, je me laisserais tomber par terre et je m'endormirais aussitôt. Qu'est-ce qui s'est passé ?

– Tu étais malade... répondit Claire en cherchant son souffle. Agustin nous a enlevés à notre arrivée à Punta Arenas... Là on est chez les Templiers, mais le trésor s'est envolé... Le reste plus tard. Trop compliqué...

Ils parvinrent au fond de la grotte. Au-delà, il n'y avait plus qu'un mur de pierre et le rocher. Ils entendirent plusieurs détonations, lointaines, puis le crépitement d'une rafale de mitraillette.

– Vite, Nicolas... le supplia Claire.

– Ça vient, ça vient !

Derrière ses lunettes, Nicolas distinguait parfaitement la porte, *violette*, au milieu des pierres *bleues*, ainsi que le couloir conduisant à l'extérieur, *un extérieur tapissé de nuances rougeâtres*. Mais il ne parvenait pas à trouver le mécanisme d'ouverture.

À force de tripoter les aspérités du bâti, il entendit un déclic et une fissure apparut dans la paroi.

– Aidez-moi à pousser, dit Nicolas en ahanant sous l'effort, c'est coincé !

Ils s'y mirent tous les quatre et le bloc finit par bouger, libérant une ouverture suffisante pour qu'ils puissent passer. On distinguait, au fond d'un tunnel grossier creusé dans la roche, la clarté des étoiles.

Violaine frémit. Brutalement immergée dans l'action, elle n'avait pas eu le temps d'avoir peur. Mais cet antre plongé dans l'obscurité, avec comme seule lueur le bout du tunnel, la ramena brutalement à des angoisses qu'elle n'avait plus éprouvées depuis son séjour forcé dans la grotte de Saint-Maurice. Sa gorge se serra. Les dragons allaient venir. Ils allaient surgir du plus noir de la nuit et les emmener tout au fond de la caverne, là où ils ont leur nid. Là où ils se rassemblent en des nœuds démoniaques. Non, jamais ils ne quitteraient cet endroit…

Claire poussa un cri. Le faisceau d'une lampe les surprit comme des animaux apeurés. Ils restèrent figés.

– Plus rien ne vous sauvera, à présent, fit une voix qu'ils connaissaient bien.

Une voix rauque teintée d'un fort accent espagnol.

– Agustin, articula péniblement Arthur.

– Qu'est-ce que vous avez fait à Clarence ? cria Violaine.

Sa voix se cassa à la fin de la question.

– Moi ? rien, ricana Agustin. Mon ami s'en est occupé. J'ai mieux à faire de mon côté.

Il jeta par terre son pistolet-mitrailleur, vide, et brandit un couteau. La vue de cette lame, plus effrayante que n'importe quelle arme à feu, les tira de leur paralysie. Arthur et Violaine, côte à côte, détalèrent aussitôt par la porte entrouverte.

Claire et Nicolas allaient s'engouffrer à leur suite quand Agustin, vif comme un serpent, attrapa Nicolas par le bras. Le garçon poussa un cri et se débattit frénétiquement, en vain. La poigne du vampire était solide.

Claire sentit un étrange sentiment l'envahir. Elle avait déjà vécu cette scène ! Enfin, quelque chose d'approchant. Elle était petite alors. Elle s'était enfuie dans le jardin avec son lapin en peluche à la recherche d'une porte vers un autre monde. Ses parents l'avaient rattrapée, ils avaient tout gâché. Mais elle était enfant, alors sa colère n'avait pas duré. Seulement aujourd'hui, elle était grande, et la colère qu'elle sentait gronder en elle contre le vampire qui voulait leur interdire le passage était grande elle aussi. Trop grande pour qu'elle puisse la contenir. Ses yeux, ses grands yeux bleus et doux, s'assombrirent et se durcirent. Elle jeta un regard de haine pure sur Agustin.

Je fais un pas, un tout petit pas et j'ai sous les yeux le vilain couteau brandi par le méchant vampire. C'est amusant, le vampire tourne la tête pour me voir, mais il ne regarde pas dans la bonne direction. C'est vrai que j'étais là, mais je suis partie depuis longtemps. Il est si lent ! J'ai envie d'essayer quelque chose : je vais laisser mon doigt, celui qui a l'ongle le plus pointu, devant son œil. Comme ça, s'il continue, il va se faire mal tout seul !

Agustin hurla. Une pointe lui avait ravagé l'œil. Il lâcha le couteau et porta la main à son visage. Il la retira poisseuse de sang. La sorcière, c'était la sorcière ! Elle lui avait crevé l'œil ! Elle allait le payer.

Il prit Nicolas par le cou et s'apprêta à l'étrangler.

Bas les pattes, vilain vampire ! Il ouvre la bouche, pour parler ou pour mordre, mais moi j'ai le temps d'enlever un par un tous les doigts qui retiennent Nicolas et de tirer mon ami en arrière. Tiens, en supplément, je casse le dernier doigt. C'est pour toi, Boule-de-poils !

Agustin poussa un nouveau hurlement de douleur. Une seconde plus tôt il était sur le point de tuer le morveux, et maintenant le môme était à un mètre de lui. En plus, le petit doigt de sa main gauche pendait sur le côté, presque arraché. Il avait laissé tomber sa lampe, qui s'était brisée sur le sol. Bon sang ! Il allait y laisser sa peau !

Le vampire a l'air paniqué, il ne comprend pas ! Hi hi ! Je m'amuse bien ! Je… qu'est-ce qui m'arrive ? Je… tout tourne autour de moi. Je suis tombée, je crois. Couchée par terre. Je vais dormir. Si fatiguée ! On m'agrippe, on me traîne sur le sol… Je me laisse faire. Si fatiguée…

— Ne bouge pas, ne parle pas, chuchota Nicolas à l'oreille de Claire.

Le garçon utilisait toutes ses forces pour l'emmener à l'écart, loin d'Agustin. Sans lampe, le vampire n'aurait plus le moyen de les repérer. S'ils restaient silencieux !

Claire venait de lui sauver la vie. Elle avait bougé à sa façon, et elle s'était vidée de son énergie. La jeune fille, étendue par terre, tremblante, n'aurait certainement pas la force de marcher toute seule avant longtemps. Un problème après l'autre : le plus urgent était de survivre à Agustin.

Mais l'Argentin ne pensait qu'à s'enfuir. Il tituba, se rattrapa contre le mur qu'il longea jusqu'à l'entrée du passage secret. Il disparut dans le tunnel.

— Où sont les autres ? demanda brusquement Violaine alors qu'ils foulaient déjà le sable noir de la plage, respirant à pleins poumons l'air libre retrouvé.

Arthur s'arrêta de courir et regarda en arrière, cherchant en vain Claire et Nicolas au milieu des ombres.

— Je croyais qu'ils nous suivaient ! paniqua-t-il. J'étais

persuadé qu'ils étaient juste derrière nous ! J'ai été trompé par l'écho de notre propre course...

— Il faut faire demi-tour, dit Violaine. Ils sont restés à l'intérieur. Il faut aller les chercher.

Elle avait l'impression qu'elle ne pourrait pas faire un pas de plus. Pourtant, elle réussit à suivre Arthur qui rebroussait chemin vers le tunnel et le chaos de rochers. Elle avait le souffle court. La tête lui tourna un bref instant. Elle se mordit la lèvre jusqu'au sang pour retrouver sa lucidité. Claire et Nicolas avaient besoin d'eux. Ce n'était pas le moment de tomber dans les pommes comme une fillette !

Ils s'arrêtèrent net en apercevant une silhouette qui marchait dans leur direction. C'était Agustin.

— Trop tard ! gémit Violaine en se prenant la tête entre les mains. Il... Il les a sûrement...

— Calme-toi, Violaine, dit Arthur en déglutissant. Tu connais Nicolas et tu sais ce dont Claire est capable. Je suis sûr qu'ils s'en sont tirés !

Agustin avançait toujours. Il tenait un mouchoir taché de sang sur son œil. Il s'arrêta devant eux et sortit un pistolet de derrière son dos.

— ¡ *Madre de Dios* ! Petites crevures ! Je vais vous abattre comme des chiens !

— Qu'est-ce que vous leur avez fait ? hurla Violaine.

Agustin esquissa un rictus cruel.

— Tu parles de la sorcière et du gamin aveugle ?

Il mit son pouce contre sa gorge et fit signe qu'il les avait égorgés. Puis il leva son arme.

Un déferlement de rage s'empara de Violaine.

Claire et Nicolas, morts. Clarence, mort. Bientôt Arthur et elle, morts. Non, c'était davantage que de la colère. C'était une émotion terrible, inconnue, qui la submergeait, et contre laquelle elle ne pouvait lutter. Elle ne se sentit plus faible du tout. Au contraire.

Elle tomba à genoux dans le sable, provoquant chez Agustin un mouvement de recul étonné. La tête de Violaine dodelinait, comme celle d'un voyageur endormi dans un train. Arthur tendit la main vers elle. Mais avant qu'il ait pu terminer son geste, le corps de son amie se tendit comme un arc. Son visage pivota en direction de l'homme qui les menaçait. Ses yeux, révulsés, étaient devenus blancs.

Le chevalier resplendissait sous les étoiles qui piquetaient le ciel. Il ajusta son heaume immaculé, brandit son bouclier étincelant et dégaina son épée de lumière. Puis, après l'avoir saluée en s'inclinant, il quitta Violaine et marcha sur le dragon noir qui feulait. Un jet de flammes visa le chevalier, qui se protégea derrière le bouclier avant de se fendre et de toucher le monstre au flanc.

Agustin hoqueta de surprise. Ses yeux s'arrondirent et sa bouche s'entrouvrit.

Vif comme l'éclair, le dragon essaya de planter ses crocs acérés dans la gorge de son adversaire. Mais le chevalier se protégea avec son gantelet, et envoya un coup de poing qui étourdit la bête.

Agustin tressaillit. Ses bras tombèrent le long du corps et sa main laissa échapper le pistolet.

Le dragon reculait. De noir il était devenu gris. Ses feulements étaient des cris de peur. Il essayait de se mettre à l'abri des coups que le chevalier asténait de plus en plus fort. Assommé par le bouclier, il oublia d'esquiver le nouvel assaut. L'épée le toucha au cœur. Le dragon poussa un râle d'agonie et commença à se dissoudre, petit à petit, à la façon de la brume dispersée par le soleil et le vent.

Violaine se contracta une dernière fois, laissa échapper un long soupir et bascula vers l'avant dans le sable. Arthur se précipita.

– Qu'est-ce qui s'est passé ? la pressa-t-il en l'aidant à se relever. Tu vas bien ?

Violaine ne répondit pas. Elle s'accrocha convulsivement à lui et se mit à pleurer, doucement, tout doucement. Sonné lui aussi par l'intensité de la scène à laquelle il avait assisté, il décida de remettre ses questions à plus tard.

Tout en réconfortant Violaine, il observa Agustin.

Le vampire n'avait pas bougé. Il était resté debout et s'était simplement voûté, ses bras pendant toujours inutilement. De la bave coulait à présent de sa bouche entrouverte, et son œil, son œil intact était vide. Il ne regardait rien.

Arthur sentit un frisson d'horreur le gagner. Il y avait dans ce regard une terreur indicible. Dans quel enfer Violaine l'avait-elle projeté ? Il préférait ne jamais le savoir.

Il consolait toujours Violaine quand un mouvement attira son attention du côté des rochers. Il se tordit le cou pour essayer de distinguer quelque chose. Puis il vit Nicolas et Claire, l'un peinant à soutenir l'autre.

– Violaine ! hurla-t-il. C'est Claire et Nicolas, ils sont vivants !

– Vivants ? balbutia-t-elle en relevant la tête.

– Oui, vivants !

S'il n'avait pas été obligé de soutenir la jeune fille, il aurait dansé la gigue sur la plage.

Les quatre amis s'étreignirent, comme pour s'assurer qu'ils étaient là, ensemble, eux et non leurs fantômes.

– On a cru, en ne vous voyant pas derrière nous… commença Violaine.

– Claire m'a tiré des pattes d'Agustin, expliqua Nicolas en serrant plus fort la main de la jeune fille épuisée. Mais après, il a fallu se planquer.

– Moi c'est Violaine qui m'a sauvé la vie, répondit Arthur.

– Heureusement qu'on a les filles avec nous dans ces moments-là, hein ? dit Nicolas. Ça vaut le coup de les supporter le reste du temps !

– Attends un peu qu'on ait retrouvé nos forces ! le menaça Violaine.

Claire ne répondit rien. Mais son sourire valait tous les commentaires. Ils s'en étaient sortis, encore une fois. C'était un vrai miracle.

Claire et Nicolas prirent alors seulement conscience de la présence d'Agustin, figé dans l'obscurité comme une statue, à quelques pas d'eux. Ils eurent un moment de panique, mais Arthur les rassura.

– Violaine lui a fait passer un sale quart d'heure, résuma-t-il. Il… il n'est plus dangereux. Mais ne le regardez pas, ne regardez pas ses yeux !

Claire posa un regard interrogateur sur Arthur, puis sur Violaine, mais elle n'eut pas d'autres précisions.

— Et les brutes qui étaient à ses ordres ? s'inquiéta Nicolas en regardant furtivement autour de lui, comme s'il craignait de les voir surgir.

— Pas vus, dit Arthur. Mais tu as raison, il faut ficher le camp, le plus vite possible. Par n'importe quel moyen, ajouta-t-il en tournant la tête vers la mer.

In occultis locis... (Dans des lieux cachés...)

(Morceau de phrase gravé à côté d'un motif en forme de croissant de lune, sur l'une des caisses vides entreposées dans la grotte de l'île de Santa Inés.)

19
Navem deducere :
mettre un navire à la mer

J'ai découvert un nouveau jeu, il s'appelle « la chasse aux fantômes ». Il suffit de se fixer un objectif : des documents cachés dans une montagne ou bien un trésor dissimulé sur une île, par exemple. Ensuite, il faut une piste : des énigms débiles ou bien un récit cousu de fil blanc. Ah, ne pas oublier des méchants, qui essayent de vous voler et même accessoirement de vous tuer. Bien. Ensuite, il faut remonter cette piste jusqu'au bout. Pour l'instant, rien que de très banal. Mais au moment où l'on prend les documents, ou bien qu'on ouvre la malle au trésor, pouf ! Plus rien ! Du vide ! Du vent ! C'est ça, la « chasse aux fantômes ». Cela fait deux fois que j'y joue. Oh, il y a de bons moments, je ne dis pas. Mais on finit quand même par se lasser...

— Je vois très bien le moteur, annonça Nicolas. Il est rouge vif. Il palpite comme un cœur dans la nuit.

— Je sais que tu aimes la poésie, dit Claire, mais ce n'est pas la peine d'en faire des tonnes. On s'en moque, du moteur ! On voudrait savoir s'il y a du monde à bord.

La petite bande s'était approchée le plus discrètement possible du bateau qui les avait conduits à Santa Inés, avec Agustin. Il tanguait au bord de la plage, le nez planté dans le sable, ballotté par des vaguelettes.

— Seulement le pilote, bougonna Nicolas.

— Tu es sûr ? demanda Violaine.

— Sûr et certain. Je ne vais pas vous décrire ce que je vois puisque vous n'aimez pas quand je m'attarde, mais il y a un seul homme sur ce bateau.

— Et alentour ? s'enquit Arthur.

Nicolas balaya les environs du regard, avant de le poser sur son ami.

— C'est désert. Il y a bien quelques crustacés enfouis dans le sable et un ou deux oiseaux dans les rochers, mais pas d'animaux à deux pattes.

— Tiens, au fait, dit Arthur en fronçant les sourcils, tu as enlevé tes lunettes ?

— Je les ai perdues dans la grotte, rectifia Nicolas avec un air malheureux. Je les portais depuis des années, elles vont me manquer. Surtout tout à l'heure, quand il fera jour !

— On t'en achètera d'autres à Punta Arenas, lui promit Arthur.

— On n'y est pas encore, à Punta Arenas, intervint

Violaine. Et plus on attend, plus on a de risques de voir arriver les hommes d'Agustin.

— Qu'est-ce que tu proposes ? lui demanda Claire dans un murmure.

Elle éprouvait une joie farouche à prononcer ces simples mots. Des mots qu'elle avait cru ne jamais pouvoir prononcer à nouveau. Car « qu'est-ce que tu proposes » signifiait en réalité : tu es Violaine, c'est toi qui nous guides, on te suivra les yeux fermés !

— Je vais grimper à bord et demander à ce type de nous faire un brin de conduite, répondit Violaine. Croyez-moi, je serai très convaincante !

Elle avait insisté sur le « très ». Violaine quitta le rocher derrière lequel ils s'abritaient et marcha vers le bateau. Ses amis n'eurent pas le temps de réagir.

— On dirait qu'elle a repris du poil de la bête, notre Violaine, lança Nicolas.

Il avait déverrouillé le mode coloré, sitôt leur amie partie.

— Elle n'a fait qu'une bouchée d'Agustin, tout à l'heure ! confirma Arthur. Je n'ai rien vu mais j'imagine que le dragon de cette ordure a reçu une belle correction.

— Il est mort, dit Claire.

— Qui est mort ? demanda Nicolas, interdit.

— Le dragon du vampire. Violaine l'a tué.

— Ah bon ? Tu sais ça comment, toi ? s'étonna Nicolas.

— Je le sais, c'est tout.

Un silence gêné s'instaura. Ils venaient de comprendre que, pour les sauver, Violaine avait fait quelque chose de terrible.

Nicolas détourna son attention du côté du bateau. Il se concentra et sa vision changea de nouveau. Bien. Tout fonctionnait normalement ! La nuit disparut, laissant à nouveau place aux couleurs. L'une de ces couleurs, *rouge, très rouge*, s'agitait, *sur un fond bleu*.

– Je la vois, elle est sur le pont, elle nous fait signe de venir ! s'exclama-t-il.

Soutenant Claire encore très faible, ils s'empressèrent de rejoindre le bateau. Mimic était avec Violaine et aida les garçons à hisser Claire.

– Je ne parle pas espagnol, expliqua rapidement Violaine, mais j'ai bien compris qu'il était soulagé de me voir.

Tandis qu'ils s'installaient dans la cabine, Arthur échangea quelques mots avec le pêcheur.

– Il dit que l'homme resté avec lui a brusquement monté le son du talkie-walkie, avant de se précipiter sur la plage en jurant. À mon avis, ils étaient tous branchés sur la même fréquence. Il a dû assister à l'intrusion bruyante de Clarence dans la grotte ! Mimic dit aussi qu'il aurait pu repartir, mais il ne l'a pas fait à cause de nous…

– Annonce-lui qu'on n'attend plus personne, le coupa Violaine. Quittons cet endroit, vite. Il me donne la chair de poule maintenant.

Le pêcheur ne se le fit pas dire deux fois. Il démarra, enclencha la marche arrière et le puissant moteur arracha le bateau à la plage.

Quelques instants plus tard, ils naviguaient au milieu de la crique, en direction du chenal principal.

Mimic confia aux garçons le soin de préparer un café dans la minuscule cambuse. Nicolas fouilla dans le coffre à outils et dénicha une paire de lunettes de soudeur qui lui donnait l'air inquiétant mais lui permit de circuler normalement sous la lumière des ampoules électriques.

Ils burent chacun à leur tour le liquide brûlant dans un quart en métal, grignotant des biscuits trouvés dans un placard. Arthur prit le temps de raconter à Mimic une histoire de trésor et d'aventuriers cupides qui s'étaient entre-tués pour des caisses vides. Mais le pêcheur ne se montra pas très curieux, comme s'il voulait éviter d'être impliqué davantage. Quoi qu'il pût réellement en penser, il accepta l'explication en hochant la tête.

Puis ils se réfugièrent tous les quatre à l'arrière, abandonnant leur pilote à une solitude qui lui était coutumière.

– Comment tu te sens, Violaine ? s'enquit Arthur.

– Mieux, répondit la jeune fille en esquissant un sourire. Ça m'a fait du bien de boire un truc chaud et de grignoter.

– Tu nous as fait très peur, ces derniers jours, tu sais !

– Je suis désolée. C'est difficile à expliquer…

Elle avait perdu d'un seul coup son ton énergique. Arthur lui adressa un sourire d'encouragement. Elle prit une grande inspiration et se lança :

– On parlait d'Antoine, avec Claire, et de sa gentillesse. Quand Claire m'a dit que, peut-être, j'influais sans le savoir sur son dragon, ça m'a terrifiée, vous comprenez ? Parce que si je faisais ça avec Antoine, je le faisais peut-être avec les autres. Avec vous, aussi. C'est horrible ! Vous êtes ce que j'ai de plus précieux au monde !

Elle n'eut pas le courage d'en dire plus.

— Tu as peur d'influer sur nos dragons à nous ? dit doucement Arthur.

Elle garda les yeux baissés et hocha plusieurs fois la tête.

— Peur de vous manipuler, oui, avoua-t-elle dans un murmure. Vous allez me détester, et vous aurez raison.

— Tu crois qu'on est tes amis parce que tu veux qu'on soit tes amis ? s'offusqua Nicolas. C'est idiot, comme idée !

— Non, répondit Violaine avec désespoir, ce n'est pas idiot. C'est sûrement ce qui s'est passé quand on s'est rencontrés. Je me sentais tellement seule, à la clinique !

— Ce n'est pas tout à fait vrai, dit Claire d'une voix faible.

Ils tournèrent vers elle des visages intrigués.

— Nous aussi on était seuls, continua-t-elle. Et si nos dragons s'étaient trouvés ? S'ils avaient fraternisé, en même temps que l'on devenait amis ? Dans ce cas, ce sont nos propres dragons qui auraient influé sur nous !

— Claire a raison, appuya gravement Arthur.

— C'est chouette, cette idée de dragons qui s'embrassent ! renchérit Nicolas.

— Tu te trompes, Claire, murmura Violaine. Vous vous trompez tous sur mon compte. Je suis une sale égoïste et j'oblige les autres à faire mes caprices…

– Tu sais quel est ton problème ? reprit Claire.

Violaine fit non de la tête. Ses cheveux, emmêlés, lui donnaient un air encore plus perdu, encore plus triste.

– Tu te sens responsable de tout. Tu refuses que les autres puissent faire leurs propres choix. Bon, tu le pousses peut-être un peu, mais si Antoine ne voulait pas nous aider, il ne nous aiderait pas. Et si on ne t'aimait pas, tu ne pourrais pas nous obliger à t'aimer. Tu te donnes trop d'importance !

– Tu crois ? demanda Violaine, envahie par un timide sentiment d'espoir.

– Bien sûr ! répondit Nicolas à la place de Claire. Et si je n'étais pas déjà ton ami, après tout ce que tu viens de dire, je me battrais pour le devenir.

– Ah bon ?

– Tu ne supportes pas l'idée de faire du mal à ceux que tu aimes. Tu manques en crever, même ! C'est une sacrée preuve d'amitié, non ?

La tension qui avait saisi Violaine en cours de discussion s'évanouit. Elle se sentit tout à coup terriblement soulagée. Qu'elle était donc stupide ! Quand on avait la chance de pouvoir compter sur des amis, des amis géniaux, on leur faisait confiance ! Elle aurait dû leur parler, leur confier ses craintes et ses doutes, au lieu de se complaire dans sa culpabilité et de se renfermer sur elle-même. Tout ce temps perdu à fuir la réalité ! Elle avait combattu son chevalier de brume, de toutes ses forces. Il était même à deux doigts de se désintégrer quand elle avait refait surface, dans la grotte. En refusant d'assumer ce qu'elle était, Violaine avait failli perdre son double astral et se transformer en… en chose. Comme Agustin.

Elle frissonna. C'était la première fois qu'elle tuait un dragon. Dans le cas de ce fou dangereux d'Agustin, elle n'avait pas eu le choix, elle le savait bien. Mais c'était une expérience éprouvante. Elle espérait bien ne plus jamais avoir à le refaire.

— J'ai une question, dit encore Claire. Comment est-ce que tu t'es… réveillée, tout à l'heure ? Il s'est passé quelque chose de particulier ?

— Oui, répondit Violaine songeuse. C'est la présence de Clarence, dans la grotte. Je l'ai sentie, bien avant qu'il parle. C'est lui, l'homme sans dragon, qui a provoqué un choc chez moi. Une vraie décharge électrique, même !

— Vous êtes opposés et liés, comme le positif et le négatif en électricité, ou le yin et le yang, dit Claire. Oui, c'est la bonne explication.

— En tout cas, il m'a sauvé la vie, constata Violaine. Même sans le vouloir. Un jour de plus et je terminais comme… comme Agustin.

— À propos de vie sauve, demanda Nicolas, vous pensez que c'est Clarence, l'homme mystérieux de l'aéroport ?

— C'est très possible, reconnut Arthur. Il est bien venu à notre secours dans la grotte, tout à l'heure. On n'a pas tant d'amis que ça !

— Ami, ami, tu y vas fort, grogna Nicolas. Il nous a quand même traqués pendant des jours, dans la Drôme, avec sa meute de chiens enragés !

— On était à sa merci au mont Aiguille, rappela Violaine. Il nous a laissés partir. Il a même dit qu'il aimait bien l'idée qu'on fasse partie de sa vie.

— J'aimerais autant qu'ils se soient tous entre-tués, dit rageusement Nicolas. Bon débarras !

« Et moi, j'espère que Clarence est encore vivant », pensa Violaine en croisant les doigts pour conjurer le mauvais sort.

— Les coffres vides, demanda Claire, c'était ceux des Templiers ?

— Les coffres vides ? s'étonna Violaine. C'est vrai, j'ai manqué un épisode !

— Je te raconterai tout plus tard, ne t'inquiète pas, la rassura Claire.

— Les Templiers avaient aménagé cette grotte pour en faire un repaire secret, continua patiemment Arthur. Rappelle-toi, la fameuse forteresse de l'île en forme de chameau que Marco Polo évoque au sujet des Tec-pantlaques !

— Ah bon, l'île a une forme de chameau ?

— Peu importe, continua Arthur. C'est dans cette grotte que les archives du Temple ont été cachées. On en a eu la preuve avec les coffres.

— Des coffres vides, se lamenta Nicolas.

— Ils sont vides parce que quelqu'un est venu ici avant nous, répondit Arthur. Tu as vu la porte d'entrée : elle avait été forcée.

— Quelqu'un qui aurait compris avant Goodfellow où il fallait chercher le trésor des Templiers ?

— Sans doute, oui. Ou bien quelqu'un qui aurait découvert cet endroit par hasard et qui…

Arthur s'interrompit tout à coup et poussa une exclamation de surprise.

– Ça va ? s'inquiéta Nicolas.

– Oui, très bien. Ne bougez pas, il faut que je vérifie quelque chose avec Mimic.

Arthur se précipita dans la minuscule cabine de pilotage. Il en revint quelques instants plus tard, la déception inscrite sur le visage.

– Qu'est-ce qui se passe ?

– À l'aller, expliqua le garçon, j'étais dans la cabine avec Mimic et les autres. Mimic a parlé d'un certain Rolf qui connaissait cette crique. Rolf Grierson. C'était un gars du coin, qui pêchait du temps du père de Mimic. Malheureusement, il est mort depuis plus de cinquante ans.

– Tu penses que c'est lui qui aurait pu s'emparer du trésor ? comprit Nicolas.

– Pourquoi pas ? En tout cas, il a pu apprendre quelque chose. Maintenant…

– Il avait des enfants ? demanda Claire.

– Mimic ne lui connaît pas de famille.

– Ça vaut le coup de faire des recherches, annonça Violaine. On pourrait éplucher l'annuaire. Faire un tour au cimetière, aussi. Ce Rolf, il est enterré à Punta Arenas ?

Arthur hocha la tête, maussade. Le spectre d'un retour peu glorieux dans les sous-sols parisiens commençait à s'immiscer dans tous les esprits.

– On est vraiment obligés d'aller au cimetière ? demanda craintivement Claire.

Son intervention dissipa le malaise qu'ils commençaient tous les quatre à ressentir.

– C'est un endroit approprié pour enterrer nos espoirs, non ? répondit Arthur.

– Et c'est à moi qu'on reproche de faire de la poésie ! ironisa Nicolas.

– Si Rolf Grierson a une tombe, des gens s'en occupent peut-être, expliqua Violaine en s'adressant à Claire. Notre marge de manœuvre se réduit à vue d'œil ! C'est une piste à ne pas négliger.

Mes geôliers me demandent parfois si j'ai de la haine pour eux. Mais ils ne la méritent pas. Ils devront se contenter de mon indifférence...

(Extrait de *Considérations intempestives*, par Eduardo Milescu.)

20
Sepulcra legere :
lire les inscriptions funéraires

Elle était bien. Heureuse, peut-être. Pour la première fois de sa vie elle se sentait protégée, non, elle se sentait… aimée. Elle gigota et les corps qui l'entouraient s'écartèrent délicatement. Une tête énorme se pencha au-dessus d'elle, puis une autre et encore une autre. Elle les regardait dodeliner dans le noir. Elle n'avait pas peur. Ils étaient ses frères, ses sœurs, ses pères, ses mères. Elle tendit la main et caressa d'autres cous. Les dragons feulèrent doucement puis ronronnèrent. Les monstres rampaient et s'étiraient dans la crypte dans de sourds crissements d'écailles. De temps en temps, une paire d'ailes brassait l'air humide de la caverne, quelques battements pour faciliter une reptation. Elle aimait cette rencontre du cuir et du vent. En fermant les yeux, elle pouvait s'imaginer en train de voler au-dessus des nuages, cramponnée au cou d'une créature. Elle soupira d'aise…

Violaine se réveilla quand le bateau entra dans le port. Il faisait jour depuis plusieurs heures mais sa fatigue était telle que rien n'aurait pu l'empêcher de dormir. Elle s'étira. Ses amis, eux, étaient déjà sur le pont. Elle ne se le rappelait pas précisément, mais elle avait le souvenir d'un rêve agréable. Elle se sentait bien. Elle se leva et quitta la cabine pour rejoindre les autres, juste à temps pour assister aux manœuvres d'accostage.

Les adieux à Mimic sur le quai furent sobres. Le pêcheur était pressé de retrouver sa femme, certainement très inquiète. Il leur demanda s'ils comptaient aller voir la police et parut soulagé quand ils répondirent par la négative. Ils se serrèrent la main. Puis Mimic, rentrant les épaules pour s'abriter du vent, s'éloigna à grandes enjambées.

– Drôle de bonhomme, dit Arthur. Pas causant mais sympathique.

– Pas très curieux, surtout, rétorqua Nicolas. Moi, à sa place, j'aurais posé des tas de questions ! Des enfants enlevés, une île mystérieuse, des coups de feu, il y a de quoi s'étonner, non ?

– Il y a des gens qui préfèrent éviter les ennuis, dit Claire. En tout cas, il a été vraiment chic avec nous.

– Sans lui, renchérit Violaine, on serait encore à Santa Inés.

Ils restèrent un moment immobiles, comme s'ils avaient du mal à réaliser qu'ils étaient à Punta Arenas. Puis ils pensèrent à leurs affaires, éparpillées plus loin sur le quai. Ils s'y rendirent, fermant leurs blousons jusqu'au col. Le ciel s'était chargé de nuages que le vent poussait devant lui comme un troupeau de moutons. Il faisait froid.

Ils constatèrent sur place que leurs affaires avaient disparu.

– Fichons le camp, proposa Nicolas. J'ai l'impression que les fantômes d'Agustin et de ses sbires traînent dans les parages !

Washington, DC – États-Unis. Rob B. Walker essaya encore une fois de joindre Agustin. Le téléphone sonnait mais personne ne décrochait. La dernière fois qu'ils s'étaient parlé, Agustin était sur le point de s'emparer des « Quatre Fantastiques ». Il se trouvait alors à Punta Arenas, dans le sud du Chili. Autant dire que le général attendait avec impatience des nouvelles du mercenaire ! Mais il se faisait tard. Il décida de rappeler Agustin depuis sa voiture.

Rob B. Walker se leva et prit un dossier sur son bureau. Il avait rassemblé à l'intérieur tout ce qu'il avait appris au sujet des « Quatre Fantastiques ». Des gosses d'apparence ordinaire mais capables de choses extraordinaires. Comme inquiéter le MJ-12. Et lui échapper ! Avec en prime une histoire d'extraterrestres, en liaison avec des mystères lunaires… Pas de quoi dénoncer un complot, non. Mais intéresser les journalistes, ça sûrement !

Il glissa le dossier dans sa mallette, quitta son bureau et appela l'ascenseur pour descendre au parking. À cette heure-ci, la circulation serait fluide dans la capitale.

La petite bande quitta le port et regagna la place centrale, en suivant à rebours l'itinéraire de la veille.

Claire eut le sentiment de jouer dans l'un de ces films où les acteurs reviennent sur leurs pas et leurs actes par la grâce d'un retour rapide. Sauf que là, ce qui était fait était fait. On pouvait toujours défaire un mauvais sort, mais pas changer les événements qu'il avait causés. Elle n'en revenait pas d'avoir crevé l'œil du vampire, dans la grotte. Certes, elle n'était pas elle-même. Elle avait agi sous l'effet d'une très grande colère. Et le vampire était un être ignoble. Mais ça lui ressemblait si peu, cette violence ! Tandis que Violaine… Elle regarda furtivement son amie qui marchait tête baissée sur le trottoir. Ce n'était pas la première fois qu'elle usait de son pouvoir de manière brutale. À la clinique, elle avait fait passer un mauvais quart d'heure au docteur Cluthe. Dans l'église d'Aleyrac, Violaine avait salement amoché l'ogre, l'ami américain de Clarence. Et là, sur la plage de Santa Inés, elle avait carrément réglé son compte au vampire. Elle l'avait même puni d'une manière terrible : en tuant son dragon, son double, en brûlant une partie de son âme. Oui, la puissance de Violaine grandissait, en même temps que ses capacités de destruction…

Ils s'arrêtèrent en chemin dans un magasin qui vendait des articles de sport, et Nicolas put bientôt arborer de splendides lunettes de glacier, nettement moins incongrues que les lunettes de soudeur que Mimic lui avait abandonnées.

– Il faudra que l'on achète des vêtements, dit Violaine.

Il reste de l'argent ? J'ai donné à Nicolas tout ce que j'avais pour ses lunettes.

— Arthur m'avait confié la moitié de la cagnotte, répondit Claire. C'était une bonne idée. Les hommes du vampire ne m'ont pas fouillée.

— On reviendra faire du shopping, promit Arthur. Mais si on veut consulter l'annuaire puis aller au cimetière, il ne faut pas perdre de temps.

Ils s'engagèrent sans plus tarder dans la rue Bories. La poste centrale, repérée à leur arrivée, était ouverte, et Arthur y trouva l'annuaire de la ville. Hélas, il n'y avait aucun Grierson à Punta Arenas.

— Il reste la tombe, rappela Violaine pour prévenir les déceptions.

Ils remontèrent en silence l'avenue Bulnes jusqu'au cimetière. Que feraient-ils si Rolf Grierson ne s'y trouvait pas ? Ils préférèrent retarder le moment d'y penser.

— Voilà, dit Arthur en franchissant la porte de l'enceinte, on y est. C'est le troisième cimetière de la ville. Il a été ouvert en 1894.

Les allées étaient larges et couvertes de gravier. Des ifs et des cyprès, taillés avec soin, faisaient ressortir la blancheur des tombes et des mausolées.

Lorsque le ciel était bleu, le contraste devait être saisissant.

— J'avais oublié que je n'aimais pas les cimetières, murmura Claire.

C'était dans un cimetière qu'Agustin l'avait poursuivie la première fois avec sa mitraillette. Elle avait cru sur le moment que les morts sortiraient de terre pour aider le vampire à l'attraper.

– Comment on va faire pour trouver la tombe de Grierson ? demanda Nicolas. Ça a l'air immense !

– Tu as raison, reconnut Arthur. Je crois qu'on ferait mieux d'aller demander de l'aide.

Arthur se dirigea vers la cahute du gardien, située à côté de l'entrée. Il en revint très vite, avec un grand sourire.

– Ce type connaît le cimetière comme sa poche ! Le vieux Grierson est bien enterré là. Suivez-moi…

Claire, Violaine et Nicolas lui emboîtèrent le pas, soulagés.

En cheminant au milieu des tombes, ils passèrent à côté d'un grand mur blanc. Une statue se dressait là, un Indien, métallique, sa nudité seulement voilée par un pagne. Les bras ballants, il semblait attendre. Attendre pour l'éternité, le visage empreint de tristesse. Ses mains étaient usées par les caresses. À ses pieds, des montagnes de fleurs. Autour de lui, des centaines de plaques accrochées au mur, ex-voto offerts en prière ou en remerciement.

– C'est qui ? demanda Claire.

– Je crois que c'est l'Indiecito, le petit Indien, répondit Arthur. C'est une statue qui a été érigée en 1969, à la mémoire des Indiens qui vivaient autrefois en Terre de Feu, avant que les Blancs les fassent disparaître. Marco Polo parle d'eux dans son livre, rappelez-vous : les géants du fameux passage. C'étaient les derniers de leur espèce.

– Et les plaques sur les murs, elles servent à quoi ? s'enquit Nicolas.

– Les gens viennent demander à l'Indiecito de les aider, de plaider leur cause au ciel, répondit encore Arthur. Ils pensent que les souffrances de son peuple lui valent là-bas une place privilégiée.

– C'est émouvant, dit Claire en s'approchant et en caressant elle aussi la main de l'Indiecito.

– On continue ? proposa Violaine.

Arthur hocha la tête et continua de guider le petit groupe au milieu du labyrinthe de tombes. Le garçon s'immobilisa bientôt devant l'une d'elles. Une croix était gravée dans le coin gauche, au-dessus d'un nom et de deux dates.

– « Rolf Grierson, 1888-1952 », déchiffra-t-il. C'est lui.

– Vous avez vu ? dit Nicolas en désignant le splendide bouquet qui ornait la pierre tombale.

– Des fleurs ! s'exclama Claire, ravie. Quelqu'un fleurit sa tombe ! Il possède encore de la famille à Punta Arenas.

– Arthur, tu ne veux pas retourner voir ce gardien qui connaît le cimetière comme sa poche ? suggéra Violaine. Je suis sûre qu'il a beaucoup à nous apprendre…

Le taxi déposa les quatre amis devant une belle maison des faubourgs de Punta Arenas. C'était une construction majestueuse datant des années 1940. Elle étalait un faste artificiel au milieu d'un grand jardin aux allures de parc.

– C'est là, tu es sûre ?

— On verra bien, dit Violaine en agitant la cloche qui pendait devant la grille.

Ils entendirent un bruit de pas sur le gravier et un vieil homme fit son apparition. Il avait le teint buriné, des cheveux blancs coiffés en arrière. Il s'aidait d'une canne pour marcher.

— Vous êtes Alfonso Carrera ? demanda Arthur. Le neveu de Rolf Grierson ?

— C'est moi, répondit-il avec rudesse. Qu'est-ce que vous me…

Il se troubla, comme pris d'un malaise. Derrière la grille, Violaine le fixait d'un regard intense.

— Mais je manque à tous mes devoirs, reprit Alfonso Carrera sur un tout autre ton. ¡ *Señoritas, caballeros* ! Soyez les bienvenus !

Il ouvrit et s'effaça courtoisement pour les laisser entrer.

— Tu n'as plus besoin de toucher les gens pour amadouer leur dragon, hein ? chuchota Nicolas en passant à côté de Violaine.

Elle acquiesça d'un mouvement de tête avant de le suivre.

Alfonso les fit asseoir dans le salon. Les fenêtres, qui donnaient sur les arbres du parc, laissaient entrer la lumière à flots.

— Puis-je vous offrir à manger ? À boire ?

Arthur fut chargé de transmettre un oui collectif.

— Ça a du bon, le domptage de dragons, se réjouit Nicolas en voyant le vieil homme revenir avec un plateau rempli de chaussons farcis.

– Ce sont des *empanadas* que le boulanger m'a livrées ce matin, dit Alfonso avant de repartir chercher des verres et du jus d'orange en brique. Elles sont toutes fraîches ! Les grosses sont au fromage, les petites à la viande et les moyennes aux fruits de mer.

Arthur fit la traduction. Ils s'empiffrèrent sans vergogne sous le regard bienveillant du Chilien.

– Mangez, mangez, dit-il amusé. J'en ai encore à la cuisine.

Lorsqu'ils furent enfin rassasiés, Arthur ne perdit pas de temps à jouer les diplomates. Leur hôte était, grâce à l'intervention de Violaine, tout à fait réceptif.

– Monsieur Carrera, Rolf était bien votre oncle ?
– Absolument, confirma Alfonso.

Claire, Nicolas et Violaine saisissaient la teneur de la conversation sans qu'Arthur ait besoin de traduire.

– Votre oncle Rolf a découvert un trésor, annonça Arthur en pesant ses mots. Un trésor caché depuis des siècles sur l'île de Santa Inés.

Le vieil homme se leva, en proie à une violente émotion.

– Vous ne pouvez pas savoir ça ! Je...

Le chevalier chatouilla le mufle du dragon. Le monstre posa sa large tête sur son épaule et commença à ronronner.

– Vous avez raison, dit Alfonso, brusquement radouci, en se rasseyant.

Il poussa un soupir et son regard se perdit dans le vague.

– J'adorais mon oncle, commença-t-il, et c'était réciproque. Il s'est davantage occupé de moi que mes propres parents. Il faut dire qu'il n'a jamais eu d'enfants. C'est pour cela qu'il m'a désigné comme héritier dans son testament. Je ne suis pas un ingrat, vous savez ? Je lui rends régulièrement visite au cimetière.

– Continuez, dit doucement Arthur.

– Je ne sais presque rien ! Seulement qu'un jour, j'avais dix ans environ, mon oncle est revenu très excité de l'une de ses pêches. Il avait découvert quelque chose sur une île du détroit, à l'ouest. Si c'était un trésor, comme vous dites, il l'a vendu très cher. Une partie de cet argent a été utilisée pour faire construire la maison dans laquelle nous nous trouvons. L'autre partie a été placée. Des placements fructueux, qui me permettent de vivre dans l'aisance aujourd'hui.

– Votre oncle est mort en 1952, c'est cela ? demanda Arthur.

– Oui. Il est mort en mer, au cours d'une pêche.

– Il ne vous a jamais dit précisément ce qu'il avait trouvé sur cette île ?

– Jamais. Je crois que cette histoire le mettait mal à l'aise. Mais des années plus tard, en rangeant ses affaires, au grenier, j'ai trouvé des lettres. Elles m'ont surtout éclairé sur les mauvais rapports de mon oncle avec le reste de la famille !

Il eut un petit rire.

– Il y avait également, perdues au milieu des autres, deux lettres en anglais. Je ne parle pas cette langue. Mais je les ai gardées. Vous voulez les voir ?

Violaine, Claire et Nicolas s'agitèrent et firent des signes explicites à leur ami.

– Bien sûr qu'on veut les voir, répondit Arthur avec un sourire radieux.

Alors qu'il quittait hier dans la soirée son bureau de Washington, le général Rob B. Walker a été victime d'un grave accident. Sa voiture a été percutée par un camion dont les freins avaient lâché et le général est mort sur le coup. Les pompiers, arrivés rapidement sur place, ont pu extraire le corps du véhicule avant qu'il ne s'enflamme. C'est une disparition tragique. Officier d'une haute valeur morale, aux états de service impressionnants, il avait été décoré à de nombreuses reprises pour son comportement exemplaire au combat…

(Extrait d'un article paru dans le *Washington Times*, le lendemain de l'équipée à Santa Inés.)

21
Vestigo, are : suivre à la trace, chercher partout

Dois-je me fier à des impressions ? Ce n'est pas ce que je fais d'habitude ! Cependant, il me semble que je me laisse moins submerger par les débordements de mon cerveau. Ou alors qu'il déborde moins, façon de voir les choses. En tout cas, chiffres et singes, lectures et exercices, m'apparaissent moins immédiatement nécessaires. Pourquoi ? En analysant froidement la situation, je suis parvenu à la conclusion suivante : j'aime les responsabilités. J'entends Nicolas d'ici : « Tu débloques, vieux, ça n'a rien à voir ! C'est quoi le lien entre ton cerveau-éponge et les responsabilités, comme tu dis ? » J'aurais du mal à répondre. Comment établir une relation cohérente de cause à effet ? Pourtant, savoir qu'à ma façon je suis responsable de mes amis atténue mes maux de tête. Penser à eux m'empêche de ne penser qu'à moi. Comme une porte vers l'extérieur pour que la pression intérieure retombe. S'oublier pour se retrouver, et si c'était ça ?

Arthur prit les lettres que lui tendait Alfonso.

— Eh bien, soupira ce dernier, c'est l'heure d'aller travailler. Je vérifie chaque jour dans mes comptes l'honnêteté de mon banquier ! Si vous avez besoin de moi, n'hésitez pas à me déranger : mon bureau est à l'étage.

Il s'éloigna en traînant la jambe.

— Merci Violaine, dit Arthur. C'est mieux d'être seuls pour lire ces lettres.

— Mais je n'ai rien fait ! protesta-t-elle. Il est parti de sa propre initiative. Il ne faut pas tout me coller sur le dos, non plus !

— J'avais oublié ton autre problème, dit Claire. Tu es susceptible !

— Moi ! Bien sûr que non, je ne suis pas…

— Bon, intervint Nicolas, on peut laisser Arthur lire les lettres ?

— Voilà, commença Arthur. La première lettre est écrite à la main. C'est en réalité un brouillon, écrit par l'oncle d'Alfonso. Elle date de 1939 et s'adresse à un M. Majestic. Il n'y a pas d'adresse.

— Un brouillon ? s'étonna Nicolas.

— L'anglais de Rolf Grierson n'est pas terrible, il y a beaucoup de ratures. Dans cette lettre, donc…

— Dans ce brouillon ! rappela Nicolas.

— Dans ce brouillon de lettre, corrigea Arthur en soupirant, Rolf Grierson cherche à vendre ce qu'il a récupéré à Santa Inés. Écoutez : « J'ai essayé d'inventorier le contenu des coffres mais j'ai dû renoncer, la plupart des parchemins sont écrits en latin. Beaucoup de documents, heureusement, sont groupés par thèmes et possèdent un titre. Un curé d'ici que je connais bien a traduit ces titres pour moi, sans savoir bien sûr d'où je les tenais. Je joins quelques-uns de ces titres en annexe, pour vous mettre l'eau à la bouche. Un ami m'a affirmé en effet que vous seriez prêt à mettre le prix pour posséder ces documents. Le prix fort. Je suis un homme raisonnable, monsieur Majestic, je suis sûr que nous pourrons nous entendre. » Ensuite, il indique qu'il a pris soin de mettre son trésor à l'abri, et il donne des modalités de paiement.

– C'est tout ?
– C'est tout. La deuxième lettre vient des États-Unis. Elle est tapée à la machine et date de 1952. L'auteur est anonyme. Il y a juste le signe « M9 » à la fin.
– Qu'est-ce qu'elle dit ? demanda Nicolas. Ne nous fais pas languir !
– Elle met Rolf en garde contre une menace. « Je viens de me plonger dans les documents que vous nous avez confiés il y a treize ans. Ce que j'y ai découvert m'a bouleversé. Je suis convaincu que certaines informations doivent être divulguées. J'ai pris mes dispositions. Un journaliste va porter l'affaire sur la place publique. Malheureusement, je crains que mon action, prise contre l'avis des autres, vous mette en danger. Aussi, c'est mon devoir de vous avertir. Prenez garde désormais. Soyez vigilant. M9. »

Ils restèrent silencieux, méditant sur ce qu'ils venaient d'apprendre.

– Pour résumer, dit Arthur, on a la preuve que c'est bien l'oncle d'Alfonso qui a forcé la cachette des Templiers et récupéré le contenu des caisses.

— On sait aussi qu'il a vendu sa prise à un homme qui s'appelle Majestic, intervint Nicolas.

— Un pseudonyme, assura Violaine.

— C'est évident, dit Arthur, et je vais même plus loin : Majestic désigne plusieurs individus, peut-être des Américains puisque la seconde lettre a été postée des États-Unis. Ce mystérieux M9 a eu accès aux documents vendus par Rolf, il dit « nous » et il parle « des autres ».

— S'il y a un M9, proposa Nicolas, il y a certainement un M1, un M2 et ainsi de suite. Ils doivent être au moins neuf !

— C'est tout à fait possible, reconnut Arthur.

— L'oncle d'Alfonso est mort quand, déjà ?

— En 1952... Bon sang, c'est la même date que la lettre ! Drôle de coïncidence.

— C'est facile de provoquer un accident en mer, lâcha Nicolas.

Il y eut un silence.

— Donc, continua Violaine, Rolf récupère les documents, il les vend à des gens qui se font appeler Majestic et il a un accident. Il laisse derrière lui cette maison, de l'argent et deux lettres qui ne nous avancent pas à grand-chose. C'est plutôt décevant, comme conclusion !

— Tu as parlé d'une annexe, non ? demanda Claire en fronçant les sourcils. De titres traduits du latin. Tu sais, quand Rolf évoque les documents récupérés sur Santa Inés...

Arthur retourna la lettre écrite par le vieux Rolf.

Quelques lignes, presque indéchiffrables, figuraient au dos.

– Je vais essayer de vous lire ça : « Révélations au sujet des évangiles cachés, Chapitres apocryphes du livre d'Ézéchiel, Les secrets de la divine proportion, L'origine véritable des Bestiaires et autres Livres de Monstres, Les enfants mêlés… »

Ils restèrent stupéfaits.

– « Les enfants mêlés »… lâcha Claire d'une voix étranglée. C'est nous !

– Du calme, tempéra Arthur, essayons de garder la tête froide.

– « Mêlés », répéta Nicolas, mêlés à quoi ? Je ne comprends pas.

– À une histoire de fous, commenta Violaine qui ne voulait pas s'emballer.

– Tu te rends compte ? s'obstina Claire qui tremblait d'émotion. On parle de nous dans ces archives !

– On parle sûrement de nous également dans les « Livres de Monstres », grogna Violaine. Mais comment le savoir ? Les coffres des Templiers sont vides !

Arthur restait pensif. Le croissant de lune gravé sur le coffre à côté du morceau de phrase en latin, dans la grotte de Santa Inés, lui revint immédiatement en mémoire. Il était convaincu à présent de l'existence d'un lien entre la lune et les Templiers.

– Tu en penses quoi ? lui demanda Nicolas.

– La liste évoque le livre d'Ézéchiel, répondit Arthur. C'est le livre d'Ézéchiel qui nous a fait quitter la clinique et nous a lancés dans cette aventure ! Cela fait beaucoup de coïncidences... Je pense que Goodfellow a raison : les archives templières sont reliées au mystère des missions Apollo. Quant à ces « enfants mêlés », c'est troublant...

Il jeta un regard appuyé à Claire.

— C'est troublant, poursuivit-il, mais insuffisant.

— Les mystères s'additionnent, dit Violaine. Franchement, je ne sais pas quoi penser.

— Ces lettres, et surtout cette liste, c'est une nouvelle piste, hasarda Claire.

— Des pistes, des pistes, on en suit depuis le début ! se lamenta Nicolas. À quoi est-ce qu'elles mènent ? À rien !

— Je ne suis pas d'accord, répondit Arthur en se tournant vers son ami. Je crois, moi, que ces pistes mènent à quelque chose. Quand on est partis à la recherche des documents cachés par le Doc, on voulait sauver le Doc, c'est tout. Et puis on a découvert qu'on était bien ensemble, qu'on formait un groupe et qu'on était différents des autres. C'est pour cela, pour comprendre pourquoi on est différents, qu'on a suivi la piste donnée par Goodfellow. Mais c'est toujours par rapport à nous ! C'est ça que j'ai compris, c'est ça que je retire : en suivant ces pistes, on se découvre nous-mêmes. En remontant le passé, on se construit un avenir.

— Bravo Arthur, dit Violaine. C'est, traduit avec des mots, exactement ce que je ressens !

— Alors on continue, asséna Claire d'une voix forte. Il faut aller au bout de la piste, il faut retrouver ces archives !

– Moi je veux savoir ce qui s'est réellement passé sur la Lune, ajouta Nicolas.

Tous les quatre vibraient à présent à l'unisson. Les voies du mystère étaient tortueuses, labyrinthiques, mais ils ne s'en sortaient pour l'instant pas trop mal. Ils ne s'étaient jamais égarés. Ne restait plus qu'à trouver la sortie, et la lumière…

– Je propose de parler de tout ça au Doc, dit Violaine. Même s'il s'inquiète parfois un peu trop pour nous, il a toujours été de bon conseil.

– C'est une très bonne idée, renchérit Arthur.

– D'accord, approuva Claire à son tour.

– Parfait ! dit Nicolas en se frottant les mains. En attendant, si on allait chercher Alfonso pour qu'il nous apporte encore des *empanadas* ?

Clarence se tenait à l'avant du bateau. La mer était plus agitée qu'à l'aller mais il n'en avait cure.

Son bras gauche, immobilisé dans un pansement de fortune, le faisait souffrir. Il avait eu à peine le temps de se jeter au sol pour éviter la rafale lâchée par Agustin, en réponse à son ultimatum. Sa lampe s'était brisée en tombant et un éclat de rocher l'avait touché au bras. Quand il s'était relevé, Agustin avait disparu.

Il n'avait eu aucun mal en revanche à éliminer les deux gorilles. Le premier n'avait pas pensé à se débarrasser de sa torche et avait fait une cible parfaite. L'autre avait déboulé dans la caverne en soufflant comme un bœuf. Il lui avait brisé la nuque.

Puis il avait cherché Agustin dans la grotte. Il avait

trouvé la deuxième salle, puis le tunnel derrière la porte dérobée, tout cela sans lampe, ce qui constituait un exploit. Agustin, il l'avait découvert sur la plage. Enfin, ce qui restait d'Agustin. Il avait beau ne pas l'aimer, il avait malgré tout éprouvé un choc. Lequel des quatre gosses l'avait mis dans cet état ? Violaine, sans doute. Clarence avait mentalement remercié le chamane tadjik de l'avoir mis hors de sa portée en défaisant l'écharpe de brume* ! Et puis, par pitié pour Agustin, en souvenir de leur ancienne amitié, il avait mis fin à sa demi-vie...

Il avait ensuite entendu le bruit d'un moteur qui s'éloignait. Les gamins étaient repartis avec le pêcheur réquisitionné par Agustin. Il avait rejoint son propre bateau, dissimulé un peu plus loin. Le vieux marin l'attendait. Il ne pouvait pas faire autrement puisque Clarence avait emporté, en quittant son bord, une pièce du moteur ! De toute façon, son pilote avait refusé de reprendre la mer de nuit, à cause des récifs. Clarence en avait conclu qu'il connaissait la région moins bien que Mimic...

Clarence en avait profité pour retourner dans la grotte, avec une nouvelle lampe. Il avait découvert les coffres poussiéreux. De très vieux coffres, vides depuis longtemps. Il imagina la déception de Violaine et des autres. Qu'est-ce qui se trouvait là de si important qui justifiait les risques qu'ils avaient pris ? Il n'aurait de réponse à ses questions qu'en retrouvant leur trace, ce

---

* Voir *Phænomen*, livre I.

qui ne serait pas facile. Il avait en effet ramassé la paire de lunettes de Nicolas à l'entrée du tunnel. Son GPS ne lui était plus d'aucune utilité. Il allait devoir imaginer autre chose.

Il se pencha et sortit son ordinateur du sac. Il sentit dans sa poche le téléphone portable récupéré sur le corps d'Agustin. Une fois craqués les codes d'accès, l'appareil se révélerait une source d'informations précieuse !

Il se connecta ensuite sur le réseau satellitaire et rédigea un message au Grand Stratégaire pour lui rendre compte des événements. *In occulto*. Il sourit. L'époque où, enfants, ils s'amusaient, Rudy et lui, à se donner les surnoms de Minos et de Grand Stratégaire lui paraissait terriblement proche ! Clarence profita du message pour demander deux ou trois services au Grand Stratégaire. Son cher grand frère ne lui avait jamais rien refusé…

Mêler (v. tr.) 1. Unir, mettre ensemble (plusieurs choses différentes), réellement ou par la pensée, de manière à former un tout. 2. Mettre en désordre. 3. Mettre ensemble…

(Dictionnaire *Le Robert*, extrait.)

Conclusio, onis, f. : épilogue

Quelque part dans les montagnes Rocheuses – États-Unis. Des gardes armés et camouflés patrouillaient autour du luxueux chalet planté au milieu d'un sauvage décor de pins. Cent mètres plus loin, sur une vaste plateforme de béton parfaitement intégrée aux rochers, deux hélicoptères Apache étaient posés, prêts à intervenir.

Derrière les vitres blindées et opacifiées du salon tourné vers la vallée, onze personnes portant un masque blanc siégeaient autour d'une table ronde en bois massif.

– Tout d'abord, commença Majestic 1 en se levant, je voudrais saluer le retour parmi nous de Majestic 7. C'est moi qui lui ai demandé de rentrer avant la fin de sa mission. Son avis nous sera utile aujourd'hui.

Des murmures approbateurs circulèrent autour de la table. Majestic 7 se leva et salua l'assemblée.

– Bien, reprit Majestic 1. Avant de passer à l'ordre du jour, je laisse la parole à Majestic 3 qui est en charge de l'opération « Quatre Fantastiques ».

– Je porte sur mes épaules le poids d'un échec désagréable, dit Majestic 3 d'une voix contrite. C'est moi, en effet, qui ai eu l'idée de confier l'aspect pratique de l'opération au général Rob B. Walker, en lui faisant miroiter une place à notre table. Son dossier était pourtant excellent.

— Mais il a échoué, intervint Majestic 1. Que ceci nous serve de leçon, messieurs. Le meilleur dossier du monde ne nous dira jamais quel homme se cache derrière.

— Le dossier Walker est définitivement clos, reprit Majestic 3 en appuyant sur le mot « définitivement ». Mais l'incompétence du général n'est pas seule en cause. Ses hommes, en effet, se sont heurtés sur le terrain à une difficulté non identifiée. Les enfants ont bénéficié à plusieurs reprises de l'aide d'un professionnel inconnu. Jusqu'à présent, l'enquête menée de mon côté n'a débouché sur rien.

— Voilà un point qui mérite toute notre attention, dit Majestic 1, soutenu par de nouveaux murmures. Qu'une force puisse s'opposer à nos projets est une chose. Cela nous est déjà arrivé, et même récemment, asséna-t-il en se tournant vers Majestic 7. Après tout, personne ne peut savoir que nous sommes derrière certains événements. Mais que nous soyons incapables, avec les moyens dont nous disposons, d'identifier cette force, voilà qui est plus inquiétant. Je propose que Majestic 5 s'emploie à régler ce problème.

Un homme de haute stature se leva et inclina le buste devant ses pairs, signifiant qu'il acceptait cet honneur.

— Autre chose, ajouta Majestic 3. Goodfellow s'est

une fois de plus envolé dans la nature. Et là encore, impossible de remettre la main dessus. Il bénéficie sans nul doute d'une protection. La même que celle dont disposent les enfants ?

— Nous ne pouvons nous permettre de sous-estimer nos mystérieux adversaires, reconnut Majestic 1 en se tournant vers Majestic 5 qui hocha la tête.

— Walker a pu suivre la trace des enfants jusqu'au Chili, continua Majestic 3. Je sais qu'une interception était prévue mais qu'elle a échoué. Depuis, plus de nouvelles.

Majestic 5 demanda la parole. Sa voix était puissante et grave.

— Vous pensez tous la même chose que moi ? Les enfants seraient-ils partis sur la trace des archives Grierson ?

— Cela semble évident, bien qu'incompréhensible, répondit Majestic 1. Ils n'avaient aucun moyen d'y parvenir, et aucune raison d'y aller.

— Pourtant, ils l'ont fait et ils ont réussi, intervint Majestic 7.

— Et cela n'a aucune importance. Ils n'ont rien pu trouver là-bas. Cela fait longtemps que nos prédécesseurs ont fait le ménage ! Sait-on où se trouvent les enfants en ce moment ?

— Non, avoua Majestic 3. Nous ne savons rien.

— Nous allons tout reprendre à zéro, annonça Majestic 1. Je suggère que Majestic 7 mette ses ressources à la disposition de Majestic 3 sur l'opération « Quatre Fantastiques ».

Majestic 7 se crispa imperceptiblement.

– Si l'assemblée le souhaite…

– Affaire réglée ! Faisons maintenant le point sur notre engagement dans les conflits afghan et irakien…

– Alors ? demandèrent Violaine, Claire et Nicolas à Arthur qui venait de sortir d'une cabine téléphonique à l'angle de la place centrale de Punta Arenas.

– Je suis tombé sur la secrétaire, Mlle Vandœuvre. Le Doc s'est absenté il y a deux jours, et ils ne savent pas quand il va revenir.

– Ça n'arrange pas nos affaires, grimaça Violaine. Il nous a peut-être laissé un message sur Internet ?

– On va aller vérifier, dit Arthur. J'ai repéré un cybercafé, pas loin.

Ils chargèrent sur leur dos des sacs flambant neufs.

– Alors, on rentre ou pas ? demanda Nicolas en accélérant pour se retrouver à la hauteur de Violaine.

– Je n'en sais rien, avoua la jeune fille. Il faut qu'on en discute.

– Génial ! Un conseil de guerre, comme chez les Indiens !

– Le problème, si on rentre, annonça Arthur, c'est qu'on va se retrouver traqués. Dès l'aéroport, d'ailleurs, puisque nos identités sont certainement éventées. Les types qui nous en veulent ont l'air très décidés, et ce n'est pas la… l'élimination d'Agustin qui va les arrêter.

– Oui, objecta Violaine, mais si on ne rentre pas, on va où ? Je vous rappelle que la piste s'arrête là, à Punta Arenas, avec deux lettres et une liste !

— C'est toujours mieux que la dernière fois, fit remarquer Nicolas. Clarence nous avait tout piqué !

— Pour moi, dit Arthur, c'est évident. La lune et les extraterrestres, Goodfellow et les Templiers, Grierson et le trésor de Santa Inés : tout semble converger vers cet inquiétant Majestic.

— Tu suggères que l'on parte à la recherche de M. Majestic ? demanda Claire qui lui tenait la main.

— Oui, répondit Arthur sans hésiter. Pour trouver des réponses.

— Pour rester en vie aussi, ajouta lugubrement Violaine. On est condamnés à aller de l'avant, vous ne comprenez pas ? Renoncer, ce n'est pas seulement se retrouver à la merci des cinglés qui nous poursuivent. C'est aussi régresser, se retrouver face à nos démons !

Ils frissonnèrent. Violaine disait vrai : on n'arrêtait pas une quête tant qu'elle n'avait pas abouti, sous peine de perdre son âme. Et eux, ils cherchaient encore la leur !

— On se la joue « La Bande des Quatre contre M. Majestic », alors ? conclut Nicolas sans grand enthousiasme.

Les autres hochèrent la tête.

Le soleil était sur le point de se coucher. Perçant les nuages, quatre rayons illuminèrent brièvement l'horizon. Le vent forcit et fit trembler les branches des grands araucarias. Puis le soleil plongea dans l'océan.

Ils parvinrent bientôt devant la vitrine d'un café presque désert. Le froid s'était fait plus vif. Ils entrèrent avec leurs sacs et tirèrent des chaises devant un écran que le serveur, mal rasé et débraillé, vint allumer en chantonnant. La salle était petite mais chaleureuse, décorée avec goût. C'était certainement, plus tard dans la soirée, un lieu de rendez-vous pour la jeunesse de la ville.

– On a un message ? demanda Arthur qui voyait mal à cause des reflets.

– Oui, dit Claire devant le clavier.

– Un message du Doc ?

– Non.

La jeune fille était médusée.

– De qui, alors ? s'impatienta Arthur.

– De Goodfellow, finit-elle par lâcher. C'est un message de Goodfellow ! Il a des choses à nous dire. Il veut nous revoir.

Ils prirent le temps de digérer la nouvelle.

– Comment est-ce qu'il a eu notre adresse électronique ? s'étonna Arthur.

– Peut-être le Doc, hasarda Claire.

– C'est un piège, prévint Nicolas. On veut nous piéger, comme à Londres !

– Ou alors, dit Violaine, Goodfellow veut vraiment nous aider. Il nous a laissé son cahier, non ? C'était une vraie preuve de confiance !

– Il nous donne un rendez-vous ?

– À Santiago, articula Claire. Et il est déjà en route.

Dehors, par-delà les nuages et insensible au vent, la lune en quartier offrait au ciel un mince sourire d'argent.

La récupération des inestimables documents de M. Grierson et les découvertes qu'ils ont générées ont poussé le président Roosevelt, et après lui le président Truman, à créer et consolider, pour les exploiter et les protéger, une structure non officielle portant le nom de MJ-12. Elle est composée de douze membres, les Majestics (en hommage au pseudonyme choisi par notre premier contact), qui se cooptent au sein de l'élite scientifique, politique et militaire du pays. Cette structure est au-dessus des lois et ne doit rendre de comptes qu'au Président lui-même…

(Extrait d'une commémoration du MJ-12 ayant eu lieu en 1949 pour des raisons inconnues.)

En des lieux obscurs

1
Noctuabundus, a, um : qui voyage pendant la nuit

Et si mon cerveau n'était pas un cerveau ? Je m'explique : certains animaux vivent aux crochets d'autres animaux. C'est le cas des coucous, qui poussent hors du nid les oisillons des autres pour prendre leur place. Et celui des ténias, ces vers immondes qui colonisent les intestins. Les arbres non plus n'échappent pas aux parasites. Le lierre étouffe patiemment le chêne, les chenilles processionnaires bouffent les pins. Et si un parasite avait pris la place de mon cerveau ? Si mon crâne était squatté par une sorte d'éponge, par exemple ? Ou mieux : un horrible poulpe ? Brrr ! Un poulpe qui, aussi à l'aise dans ma tête que dans un vaisseau spatial, appuierait sur des boutons avec ses tentacules visqueux : « Photocopie de ce livre ! » « Stockage de ces soixante parfums ! » « Enregistrement des conversations de la table d'à côté ! » « Projection d'un rêve plus vrai que nature pour qu'Arthur pète les plombs ! » Sale poulpe...

Arthur se prit les pieds dans une racine et trébucha. Sa chaussure fit : « Splotch » en s'enfonçant dans la boue. Il étouffa un juron et se rétablit de justesse, grâce à la tige d'une fougère géante.

– Reste avec nous, vieille branche ! lança Nicolas derrière lui.

Que Nicolas trouve encore la force de plaisanter donna à Arthur l'énergie de continuer. Il arracha son pied de la vase dans un horrible bruit de succion. Il se retourna et vérifia que Violaine et Claire, l'une tirant l'autre, ne s'étaient pas laissé distancer. Puis il serra les dents et reprit la progression. Le soir tombait, il fallait encore avancer. Ce serait toujours ça de moins à faire demain.

Arthur marchait en tête du groupe depuis qu'ils avaient quitté la rivière et le bateau à fond plat pour s'enfoncer dans un sous-bois humide aux allures de jungle. Leur guide, un Indien amazonien vêtu d'un simple pagne et peint comme s'il partait en guerre, s'arrêtait souvent pour les attendre. Son visage n'exprimait ni impatience ni lassitude. Lorsque la troupe était reconstituée, il repartait sans rien dire.

Arthur se demanda pour la millième fois pourquoi il avait dit oui, avec les autres, à la proposition de Nicolas… D'accord, après la tragédie de l'île de Santa Inés et le fiasco de leur rencontre avec Alfonso, ils ne savaient plus où ils en étaient. Ni ce qu'ils devaient faire. Les secrets des Templiers avaient disparu, volés par l'oncle d'Alfonso et vendus à de mystérieux assassins. Même le Doc ne répondait pas au téléphone ! Ils étaient à Punta Arenas comme dans un cul-de-sac, seuls et sans but.

« Et si on partait à la recherche du "palais du Roi Blanc vivant dans les montagnes, au bord d'un lac grand comme une mer", que Marco Polo décrit dans son *Devisement du monde* ? avait proposé Nicolas. Les archives templières s'y trouvent peut-être, après tout ! »

Sur le moment, ils avaient trouvé l'idée géniale. Le temps d'identifier et de localiser au Brésil le fameux pays de Piaui dont parlait déjà Marco Polo, de reprendre courage et de regrouper les bagages, c'était parti ! Direction, les plaines marécageuses, les herbes suintant l'humidité et les jolies rivières émeraude.

« On y parvient, à ce fichu palais, en remontant un fleuve, à travers une région peu hospitalière. » Peu hospitalière... Marco Polo avait le sens de l'humour ! C'était l'enfer, oui. Voilà deux jours qu'ils transpiraient dans la moiteur des forêts brésiliennes et chacun avait déjà arraché de ses mollets une douzaine de sangsues.

La nuit tombait à grande vitesse. Le guide fit halte au sommet d'un tertre. Le sol paraissait ici plus sec qu'ailleurs. Claire et Violaine s'y laissèrent tomber sans cacher leur soulagement.

– Ouf ! dit Violaine. Je n'en peux plus...

– Moi j'ai les pieds qui ressemblent à des éponges, gémit Claire en ôtant ses chaussures puis ses chaussettes, qu'elle entreprit d'essorer.

Elles jetèrent un regard noir à Nicolas.

– Ben quoi ! se défendit-il. On a voté, on était tous d'accord ! Pas la peine de me faire la gueule !

– Il a raison, dit Arthur. Essayons de garder le moral.

D'après notre guide, nous devrions arriver demain à la cité perdue où se trouve le palais du Roi Blanc.

— Tu parles l'amazonien, maintenant ? demanda Violaine, dubitative.

— J'ai profité du trajet en bateau pour apprendre quelques mots, s'excusa presque Arthur. Notre guide est tupi, ce qui veut dire que…

— On s'en fout, conclut laconiquement Violaine. Le principal, c'est que tu arrives à lui parler.

Arthur n'insista pas. La mauvaise humeur ne tarderait pas à se dissoudre dans le soulagement de s'être arrêtés, de pouvoir reposer ses jambes, de manger. C'est après en avoir bavé que l'on appréciait les choses simples. Que l'on renouait avec l'essentiel.

Ils se regroupèrent autour du feu allumé par l'Indien. Avec l'arrivée brutale de la nuit, la température avait chuté, contrastant avec la chaleur moite du jour. L'humidité faisait le reste et les quatre jeunes gens claquaient des dents, blottis dans leur couverture.

— On arrive demain, t'es sûr ? demanda Claire d'une voix faible.

— Oui, répondit Arthur tout en sachant qu'ils n'arriveraient que le surlendemain, au mieux, vu leur vitesse de progression.

Mais la jeune fille avait besoin d'être rassurée.

Ils grignotèrent sans appétit les provisions que leur guide transportait dans un sac à dos rudimentaire. Arthur s'étonna de leur trouver si peu de goût. La conversation mourut rapidement, chacun se renfermant sur sa fatigue et ses douleurs. Ils installèrent les moustiquaires et le bivouac. Des grognements tinrent lieu de « bonne nuit » et bientôt le guide se retrouva seul éveillé, à remuer les braises dans le foyer, silencieux, perdu dans d'insondables pensées.

Arthur se réveilla le cœur battant. Le feu était éteint depuis longtemps et l'Indien dormait dans un hamac dressé à l'écart. Quelque chose avait brutalement tiré le garçon de son sommeil. Ce n'était pas une bête, non. Ni un bruit de la forêt. C'était quelque chose d'intérieur. La certitude d'avoir oublié un truc important. Mais quoi ? Il ne parvenait pas à s'en souvenir. C'était si inhabituel qu'il en resta le souffle coupé. Bon sang ! L'oubli était un sentiment qui lui était totalement étranger. Ça lui était arrivé une fois déjà, dans la Drôme. Lorsqu'il avait « oublié » leur carte sur une pierre, dans l'église d'Aleyrac. Il lui avait fallu des heures pour s'en remettre. Cette fois encore, il se sentait complètement désarçonné. Il décida de réagir et de se lever, de faire quelques pas pour se calmer.

Il jeta au passage un regard à ses compagnons, allongés près de lui, et resta interdit. Claire et Nicolas semblaient dormir profondément mais la couche de Violaine était vide. Où avait-elle disparu ? Arthur tâtonna le duvet abandonné. Il était froid. Violaine l'avait quitté depuis longtemps. Il hésita à réveiller Nicolas et Claire. Ils étaient tous crevés, inutile d'en rajouter. Tant pis, il se débrouillerait tout seul. Il enfila son pull et laça ses chaussures. Puis il éclaira le sol alentour avec sa lampe torche. Soulagé, il découvrit bientôt les empreintes de pas de la jeune fille. Elles prenaient la direction de l'ouest et étaient parfaitement visibles. Il s'engagea sans plus attendre sur les traces de Violaine.

Il marchait depuis un quart d'heure environ, suivant la piste sans difficulté, quand il entendit des bruits sur sa droite. C'était un animal, de bonne taille à en croire le froissement des branches. Il y avait des jaguars, des jaguars féroces dans cette région du Piaui ! Leur guide l'avait confirmé. Nicolas aurait pu le vérifier, en réglant sa vision au-delà du rideau végétal. Mais le garçon n'était pas là. Et puis, à quoi cela aurait-il servi ? Si l'animal avait voulu attaquer, Nicolas ou pas, rien n'aurait pu l'en empêcher ! Il ne restait plus qu'à espérer qu'il s'agisse d'autre chose, ou d'un jaguar repu…

Arthur continua sa progression, en se demandant ce qui avait bien pu se passer dans la tête de Violaine pour qu'elle s'éloigne ainsi du campement.

Arthur captura bientôt dans le faisceau de sa lampe, au pied d'un second tertre, un bloc de pierre taillée couvert de mousse. Il le contourna et découvrit un mur gigantesque à moitié éboulé. Les blocs étaient terriblement massifs. Il avait fallu une grande habileté pour les ériger de la sorte.

– La cité perdue, murmura Arthur en proie à une excitation grandissante.

Leur guide s'était planté sur toute la ligne. Encore un jour ou deux, leur avait-il assuré. Or les ruines n'étaient qu'à une demi-heure de l'endroit où ils s'étaient arrêtés ! Ou alors, c'était lui qui n'avait pas compris. Enfin, cela n'avait pas d'importance, ils touchaient au but !

Une chose l'étonnait, cependant. Comment Violaine avait-elle su que la cité était si proche ? Une révélation de ses dragons, c'était évident. Mais dans ce cas, pourquoi ne leur avoir rien dit ? C'était étrange. Aussi étrange que cette chose qu'il avait oubliée et qui le titillait, prête à fondre sur sa mémoire.

Arthur hésita à retourner chercher les autres. Il décida de vérifier au préalable qu'il s'agissait bien de la fameuse cité du Roi Blanc. Nicolas serait suffisamment grognon d'avoir été réveillé, autant que ce ne soit pas pour rien.

Il escalada la muraille effondrée, disloquée par les lianes et l'humidité. Il tomba et jura plusieurs fois, s'étonnant de ne pas trouver trace du passage de Violaine. S'aidant de ses mains, il parvint au sommet de la colline.

Il eut d'abord un mouvement de recul. Puis ses yeux s'agrandirent de stupéfaction. Une église, une église templière parfaitement conservée, reconnaissable à la croix de l'Ordre qui ornait le sommet du clocher, occupait le centre de l'esplanade. Des torches étaient plantées en terre et éclairaient des dizaines d'Indiens gisant sur le sol. Morts. Devant eux se tenait Violaine. Elle était nue. Belle. Farouche. Sauvage. Et elle riait en tournant sur elle-même dans une danse folle. Tout autour, feulant de joie, des dragons tordaient dans les airs leurs grands corps de brume. Arthur mit une main devant sa bouche pour ne pas hurler. C'étaient ces monstres que Violaine voyait à longueur de temps ? Pas étonnant, du coup, qu'elle soit si sombre ! Et les hommes, les cadavres, sur le tertre, c'était Violaine qui les avait tués ? Il manqua défaillir. Puis son attention revint sur la jeune fille et les ectoplasmes qui l'étreignaient de manière presque obscène. À ce moment, Violaine le vit. Elle stoppa net ses déhanchements. Un rictus déforma son visage.

– Bonsoir Arthur ! Quel vent mauvais t'amène ?

La gorge du garçon se serra. Il essaya de parler mais aucun son n'en sortit. Violaine fit quelques pas dans sa direction. Il détourna les yeux. Elle était toujours nue et terriblement belle. Il essaya de rebrousser chemin pour fuir, mais ses jambes ne lui obéissaient plus.

– Arthur le sage, Arthur qui-sait-tout…

Elle caressa son visage du bout des doigts. Il commença à trembler.

– Ces hommes sont venus jusqu'à moi pour s'offrir en sacrifice, continua Violaine. Es-tu comme eux ? Veux-tu partager leur sort ? La morsure de mes dragons est indolore…

Arthur voulut secouer la tête, mais il ne put faire le moindre mouvement. Il fallait pourtant qu'il fasse quelque chose. Violaine était devenue folle, folle à lier.

– Claire et Nicolas vont venir eux aussi, susurra la jeune fille à son oreille. Je les attends. Tu veux les attendre pour mourir ?

Oui, complètement folle. Et lui il était à sa merci, comme le seraient bientôt ses amis. Comment avaient-ils pu en arriver là ? Tout s'était si bien passé jusqu'à présent ! Ils avaient pris le bus, puis le bateau, puis leurs chaussures, pour aller au rendez-vous. Quelle idée, ce rendez-vous ! Goodfellow devait tanguer du ciboulot pour leur avoir donné un rendez-vous ici. Un rendez-vous… Mais bien sûr ! Arthur poussa un cri qui se transforma en râle. Ce n'était pas la mort qu'ils auraient dû rencontrer dans ce coin perdu du Brésil, mais Goodfellow. Goodfellow qui les avait convoqués à la cité blanche. Non, à la cité perdue du Roi Blanc. Goodfellow ?

Il se rappela soudain. Un éblouissement, comme un voile qui se déchire. *Goodfellow leur avait donné rendez-vous à Santiago* ! Par Internet ! Un courriel laissé sur leur messagerie ! Arthur se maudit intérieurement. Que de temps perdu… Goodfellow devait les attendre depuis des jours. Il fallait se mettre en route tout de suite ! Convaincre Claire et Nicolas serait facile. Ils en avaient tellement marre de la jungle qu'ils diraient oui à n'importe quoi pour en sortir. Le plus dur serait Violaine. Comment allait-il s'y prendre pour la rhabiller ? Et pour ses dragons ? Car il fallait ranger les dragons de Violaine dans une valise. Pas n'importe quelle valise : une valise en peau de crocodile. Arthur rit doucement. Des dragons dans le ventre d'une valise en croco. Il trouvait ça très drôle !

Puis la silhouette de son amie devint floue tandis que les volutes de brume se dispersaient. Le temple vacilla sur ses bases, comme attaqué par un tremblement de terre…

Arthur se réveilla définitivement en clignant des yeux, les mains crispées sur les accoudoirs, penché en avant pour échapper à des doigts invisibles. Il lui fallut plusieurs minutes pour émerger totalement. Il se laissa retomber dans son siège, reprenant son souffle comme après une plongée en apnée. Quel cauchemar horrible ! Jamais encore il n'en avait fait de pareil. Il tourna la tête vers Nicolas qui dormait dans le fauteuil voisin du sien. Les deux filles, à côté, étaient elles aussi endormies. Arthur frissonna en fixant Violaine, blottie dans sa couverture. Comment une amie pouvait-elle vous inspirer des rêves aussi atroces ? Il s'en voulut aussitôt. Après tout, c'était ses rêves et son inconscient à lui, Violaine n'y était pour rien. Une bouffée de chaleur l'envahit en la revoyant danser, nue, près du temple barbare. Oui, il ne pouvait s'en prendre qu'à lui-même. Éventuellement à ses hormones, visiblement surchauffées par les longs trajets en autocar…

Il choisit de ne pas se rendormir et alluma la liseuse au-dessus de sa tête. Le bus filait dans la nuit noire, les emportant vers Santiago et leur mystérieux rendez-vous avec Goodfellow. Arthur espéra de toutes ses forces que le vieil homme fût réellement en mesure de les aider…

Les enfants ont souvent le sentiment que leurs rêves sont des voyages, des incursions dans une autre dimension d'où l'on revient la plupart du temps terrifié et épuisé. C'est cette certitude d'avoir affaire à une autre forme de réalité qui explique que les plus jeunes ont naturellement peur de la nuit. Le sommeil abrite des monstres bien plus réels que ceux de la télévision. Et puis cette sensation s'estompe au fur et à mesure que l'on grandit. Parce que notre cerveau, dans un puissant réflexe de survie, échafaude des coupe-feu de plus en plus efficaces, à la façon dont les antivirus protègent nos ordinateurs de menaces bien réelles.

Parfois cependant, ces barrières tombent et l'on se réveille dans son corps d'adulte en transpirant et en haletant comme un enfant, secouant la tête pour se débarrasser de peurs que l'on croyait oubliées depuis longtemps. Dans ces moments-là, on aimerait pouvoir compter sur une présence rassurante, une présence qui, malheureusement, se dérobe à l'adulte qu'on est devenu…

(Extrait de *Fées et lutins*, par Samantha Cupplewood.)

2
Loca editiora : les hauteurs

Allait-elle passer le reste de sa vie dans cette caverne, dans l'obscurité froide et la puanteur de ses chers dragons ? C'est ce qu'elle commençait à se demander. Elle se sentait bien, détendue, protégée. Mais elle s'ennuyait. La griserie du premier contact s'estompait. Elle tourna machinalement son regard vers le fond de la caverne et fronça les sourcils, surprise. Il lui sembla apercevoir une porte, une porte qu'elle n'avait jamais remarquée, derrière l'amoncellement des dragons lovés les uns contre les autres. Une porte en bois, dans un encadrement de pierres disposées en ogive. Elle trouva ça étrange. Puis elle se rappela que la grotte où se tenaient les dragons se terminait en crypte. Un tombeau souterrain, bâti par des mains d'hommes. Elle ressentit l'impérieux besoin de s'en approcher. Quand ils comprirent son intention, les dragons s'agitèrent nerveusement et lui barrèrent le passage. Elle renonça momentanément à son projet. Mais l'attitude de ses hôtes et gardiens avait aiguisé sa curiosité. Elle attendrait un moment plus propice…

9 jours 9 heures 9 minutes avant contact.

– Je déteste revenir sur mes pas, dit simplement Violaine tandis que l'autocar se garait le long du quai.

Violaine s'était réveillée au moment où le véhicule pénétrait dans la vaste cour du terminal Alameda. La tête encore pleine de rêves confus, elle s'étira comme un chat. Son regard bleu foncé, intense sous la mèche de cheveux châtains, plongea par la fenêtre et inspecta les alentours. Elle fit une moue d'ennui.

– La boucle est bouclée, ajouta plus positivement Claire. On était là il y a quelques jours : une minute et une éternité !

Claire songea à ce qu'ils avaient vécu en si peu de temps et la tête lui tourna. Elle lui tourna encore plus quand elle essaya de se lever. Finalement, Claire accepta de bon cœur l'aide de son amie pour descendre. Autant Violaine paraissait solide, autant Claire semblait fragile, avec ses fins cheveux blonds bougeant au moindre souffle d'air, sa silhouette diaphane et ses yeux grands ouverts comme sous l'emprise d'un étonnement permanent.

– Ouais, une éternité, je suis bien d'accord, grogna Nicolas. Ces trajets en bus sont interminables ! Heureusement qu'il faisait nuit et que la nuit, on dort…

Le garçon allait avoir quatorze ans mais on lui en donnait dix ou onze. Quant au plus étonnant chez lui, on ne savait pas si c'était ses cheveux, blancs à force d'être blonds, ses lunettes de glacier qu'il n'enlevait jamais ou bien cette incroyable faculté à bougonner en permanence.

— Je ne sais pas si c'est vraiment une chance, les trajets de nuit, commenta pour sa part Arthur en bâillant.

Le grand garçon trop maigre se frotta les yeux, rouges de fatigue, puis passa la main dans sa tignasse brune avant de renoncer à y mettre de l'ordre. Arthur n'avait pas voulu se rendormir après son étrange rêve, il en payait à présent le prix.

Ils récupérèrent leurs sacs dans la soute et se dirigèrent vers la sortie.

— On prend un taxi ? demanda Nicolas.

— Non, répondit Violaine. Le métro. Ça sera moins cher et plus discret. Arthur connaît le plan par cœur, hein, Arthur ?

La jeune fille avait retrouvé son autorité naturelle. L'hébétude qui l'avait saisie sur la route de Punta Arenas et de Santa Inés n'était plus qu'un mauvais souvenir. Arthur, par contre, semblait avoir à son tour contracté le virus : il était ailleurs, déconnecté, le regard étrangement fixé sur Violaine.

— Arthur, ça va ? s'impatienta-t-elle. Tu nous couves un pétage de plomb ?

— Non, ça va, tout va bien, répondit-il précipitamment pour cacher son trouble.

— Tu es tout rouge, insista Nicolas, inquiet. Tu es sûr que ça va ?

— J'ai chaud, expliqua Arthur. Et j'ai mal dormi dans le bus.

Il s'engouffra le premier dans la bouche de métro en se fustigeant intérieurement. Ce n'était pas bon de garder à l'esprit, une fois réveillé, les rêves que l'on faisait la nuit !

Des amoureux s'embrassaient sur un banc. Arthur éprouva un fugace sentiment d'envie. Était-il si différent de ces garçons qui riaient ? Qu'est-ce qui l'empêchait de se poser, lui aussi, sur un banc, avec une fille normale ? Avec laquelle il aurait parlé de tout sauf d'extraterrestres, de Templiers et d'assassins ? Un regard vers Violaine lui apporta une réponse évidente et il chassa vite cette pensée.

En fermant les yeux et en se fiant aux bruits familiers, il put se croire un moment revenu à Paris. Mais la chaleur qui les attendait lorsqu'ils regagnèrent la surface, les odeurs particulières à Santiago et les panneaux interdisant la route aux carrioles tirées par des chevaux lui confirmèrent qu'ils étaient encore au Chili.

Ils franchirent le rio Mapocho, réduit en cette saison à sa plus simple expression, traversèrent le quartier de Bellavista en direction du *cerro* San Cristobal qui dominait la ville. C'était l'endroit que Goodfellow avait choisi pour le rendez-vous.

– C'est drôle, je suis presque contente de le revoir, dit Claire.

– Moi, je suis vraiment curieux d'apprendre ce qu'il veut nous dire, dit Nicolas. Faire tout ce trajet pour nous, ça paraît dingue.

– C'est surtout inquiétant, dit Violaine en haussant les épaules. Pour moi, ça pue le piège.

– Tu en dis quoi, Arthur ? demanda Claire.

Le garçon émergea de ses réflexions et secoua la tête, gêné. Il jeta un regard à Violaine. Heureusement qu'elle n'avait pas le pouvoir de lire dans les pensées ! Ce rêve était vraiment débile. Et obsédant, très obsédant.

– Ce que j'en dis ? répéta-t-il en se raclant la gorge. Je me demande comment Goodfellow a obtenu notre adresse électronique. Voilà une question capitale ! Cette adresse n'est connue que de nous et du Doc.

– Et de n'importe quel hacker, railla Violaine. Tu imagines quoi ? Que des types assez habiles pour nous suivre jusqu'à Punta Arenas seraient incapables de dénicher une bête adresse électronique ? Tu te ramollis, Arthur !

– Holà, du calme ! intervint Nicolas. On est sur la même longueur d'onde, d'accord ? On fera gaffe, on a l'habitude. Pas la peine de se bouffer le nez !

Arthur resta choqué par les paroles de Violaine. La jeune fille n'était pas une tendre, elle ne l'avait jamais été. Mais jusqu'à présent, même s'il était tranchant, elle donnait simplement son avis, alors que là elle avait essayé de l'imposer. Et puis elle l'avait personnellement attaqué, lui… C'était nouveau, il n'aurait su dire ce que cela signifiait. Peut-être que, finalement, elle lisait vraiment dans les pensées ! Il ne parvint même pas à se faire sourire.

Enfin, ils arrivèrent au pied du *cerro*.

Nicolas sentit l'excitation monter. Jouer les James Bond, c'était vraiment génial ! Prenant son rôle au sérieux, il se glissa furtivement hors de l'antique funiculaire, caché parmi les touristes. Puis il se dissimula derrière un arbre et observa la terrasse, qui offrait effectivement un incomparable point de vue sur Santiago et les montagnes alentour. Des magasins de souvenirs et deux bars empiétaient sur l'espace avec des présentoirs de cartes postales et des chaises en plastique. Il y avait peu de monde à cette heure-ci. Aussi Nicolas repéra-t-il facilement Goodfellow sur l'un des bancs. Vêtu d'un ensemble léger de couleur beige, le visage abrité sous un chapeau, le vieil homme semblait profiter du majestueux panorama. Un premier bon point : Goodfellow ne leur avait pas posé de lapin. Mais Nicolas n'avait pas terminé sa mission. Il ferma les yeux. Lorsqu'il les rouvrit, le monde avait changé. Les apparences, formes, contours avaient disparu pour être remplacés par des taches de couleur, cernées de flou. Seule apparaissait l'essence des choses, une essence que nul mur n'aurait pu lui cacher. Nicolas balaya les environs de sa vision modifiée. L'époque lui semblait loin où il devait batailler pour passer d'un mode à l'autre ! Bon, il y avait eu le cafouillage de l'île de Santa Inés, mais ils étaient tous exténués et perturbés par l'attitude prostrée de Violaine. Ça ne comptait pas vraiment. Il mit du temps à traiter toutes les images qui lui parvenaient. Des hommes, *silhouettes rougeâtres*, dans les bâtiments, *derrière les parois bleutées*, ou sous les arbres du parc, *sur fond jaune*. Vérifier qu'aucune d'elles ne présentait d'attitude louche ou agressive, déceler la présence d'armes. Pour se dévoiler et aborder Goodfellow en toute sécurité, avec les autres.

Satisfait de son examen, il quitta le poste d'observation et retourna au funiculaire. Comme convenu, il accrocha discrètement un mouchoir blanc à l'avant de la rame prête à redescendre. Tout était en ordre. Ils pouvaient venir le rejoindre.

Le vieil homme se retourna en les entendant arriver.
– La vue est belle, Goodfellow ? attaqua Violaine sans préambule.
– Suffisamment pour attendre sans s'ennuyer, répondit-il avec naturel.
Un sourire naquit sur ses lèvres.
– Comment ça va, depuis la dernière fois ?
– On se débrouille, dit Nicolas. Et on ne s'ennuie pas non plus, grâce à vous. Ou bien à cause de vous. Et de votre carnet.
Goodfellow se tapa brusquement sur la cuisse, les faisant sursauter.
– Vous avez pu aller sur l'île ? J'en étais sûr, je le savais ! Alors ? s'enquit-il frémissant d'excitation. Dites-moi, racontez-moi !
– Plus tard, coupa sèchement Violaine avant que les autres aient pu dire quoi que ce soit. Vous allez d'abord nous expliquer pourquoi des espions vous surveillaient à Londres. Et quel est votre rôle dans cette histoire.
Goodfellow soupira. Les jeunes gens avaient posé leurs sacs et l'entouraient, debout, comme pour l'empêcher de s'enfuir. Mais ce n'était pas son intention. Ce n'était même plus du tout d'actualité. Il avait déjà sauvé sa conscience en les tirant des pattes des espions à Londres, puis sa carcasse en faussant compagnie à ses tourmenteurs. Pour s'échapper une dernière fois, une

ultime fois, il n'aurait eu qu'à enjamber le parapet et se laisser tomber dans le vide. Ce qui était bien entendu hors de question : on n'abandonne pas une partie à l'approche de son dénouement…

— Londres, c'était un traquenard, lâcha-t-il. Et j'étais l'appât.

— Qui étaient les chasseurs ? demanda Violaine en le fixant, bras croisés.

— Je ne sais pas, répondit Goodfellow avec sincérité. Pas précisément. Des gros bras de la NASA, peut-être. Des Américains, en tout cas. Ils m'ont obligé à coopérer. Ils étaient sûrs que vous viendriez.

— Qui nous dit que vous n'êtes pas avec eux ? demanda Nicolas.

— Je vous ai sauvés à la pension, en vous indiquant la porte de derrière. Rappelez-vous.

— Ça pouvait très bien être un piège, asséna Violaine. Pour nous pister.

Goodfellow sembla soudain désemparé.

— Tout ce que je pourrais dire ne suffira pas à vous convaincre, souffla-t-il. Je vous demande juste de m'écouter. Vous ferez ce que vous voudrez ensuite.

— On vous écoute, monsieur Goodfellow, dit Arthur d'une voix calme qui contrastait avec la nervosité de Violaine.

— J'ai réussi à échapper aux hommes de la NASA pendant des années, commença le vieil homme sur le ton de la confession. La chance ne suffit pas à l'expliquer, encore moins les efforts dérisoires que j'ai pu déployer. En fait, quelqu'un me protégeait ! Parfois, je trouvais de l'argent dans ma boîte aux lettres, ou bien un passeport, l'adresse d'une nouvelle cachette. Toujours au bon moment. J'ai essayé, bien sûr, de découvrir qui avait intérêt à veiller sur moi. En vain. Je n'étais qu'un homme déchu, traqué, qui s'était débarrassé des documents qui auraient pu le rendre important. Mais cette protection tombée du ciel, j'en ai profité sans complexe. Et j'en profite encore !

Il se tut. Les jeunes gens attendaient la suite.

– Qu'est-ce que vous voulez dire ? le pressa Violaine.

– J'ai moi aussi faussé compagnie à mes gardiens, à Londres, expliqua-t-il. J'avais pris la précaution de cacher mes papiers et de l'argent dans une boîte aux lettres, à quelques rues de la pension. Lorsque j'ai voulu les récupérer, ils n'y étaient plus. À la place, il y avait une grosse enveloppe et, à l'intérieur, des passeports, une liasse de dollars et un billet d'avion. Pour le Chili. Il y avait une lettre, aussi. J'ai reconnu la prose de mon mystérieux protecteur. Celui-ci me demandait de vous venir en aide… Je sais, ça peut paraître fou mais je vous assure que c'est vrai ! Il me disait que c'était un moyen de payer ma dette à son égard. Sur le dos de l'enveloppe, il y avait votre adresse électronique… Voilà, vous savez tout. Je suis à Santiago depuis plus de deux semaines et je consulte ma messagerie trois fois par jour, dans l'espoir que vous me contactiez. Et que vous m'expliquiez ce qui se passe.

Un silence accueillit la dernière phrase de Goodfellow. Claire, Nicolas, Arthur et même Violaine, qui s'était enfin départie de son attitude hautaine, étaient stupéfaits…

Clarence tapotait de la main droite la tablette dépliée devant lui. Prenant ce geste machinal pour un appel, une hôtesse se présenta pour s'enquérir de ses besoins. Il en profita pour demander une bouteille d'eau, puis s'enfonça confortablement dans le fauteuil en prenant soin de ne pas brusquer son bras gauche, encore douloureux. Les première classe étaient vides et cela lui convenait parfaitement. Rien de tel que le calme et la solitude pour réfléchir. Il récapitula dans sa tête les derniers événements.

Il était sorti du guet-apens de l'île de Santa Inés sans trop de casse ; un bras blessé par un éclat de rocher était peu cher payé ! Il avait fait le ménage, comme un bon nettoyeur, et avait récupéré le téléphone satellite de son ancien comparse, Agustin, qui n'en avait plus besoin où il se trouvait désormais : sous quatre-vingts centimètres de sable bien tassé. Dans la bataille, il avait perdu la trace des enfants. Seul le dieu des causes perdues aurait pu l'aider à les localiser, et encore ! Il n'avait donc pas cherché à les débusquer. On ne lève pas des fantômes... Il s'était plutôt intéressé au téléphone d'Agustin.

Grâce à l'aide du Grand Stratégaire, il avait réussi à en craquer les codes. Il avait ainsi découvert l'existence d'un certain Numéro 12, alias Rob B. Walker, général d'active de l'armée américaine, récemment transformé en hamburger trop cuit. Les deux affreux qu'il avait corrigés dans les toilettes de l'aéroport de Roissy étaient donc bien des agents de la sûreté militaire. Restait à savoir de qui le général Hamburger était la marionnette. Parce que, dans ce monde cruel, ce n'était jamais les marionnettistes qui brûlaient.

Clarence avait hésité. Sa seule piste sérieuse le conduisait aux États-Unis, à Washington. Très loin, vraisemblablement, des quatre gamins qui avaient en un temps record monopolisé toute son attention. Mais, il l'avait vérifié une fois déjà, on avait parfois plus de chance de parvenir jusqu'à eux par des voies détournées. Pour trancher dans le vif de son indécision, il avait sorti de sa poche le livre qui serait son nouveau compagnon de quête. Les *Préceptes de hussard* de Gaston de Saint-Langers, capitaine méconnu du Premier Empire, figuraient dans sa bibliothèque au panthéon des œuvres majeures. Il avait ouvert le livre au hasard. Quelques heures plus tard, il embarquait en direction de Santiago puis des États-Unis…

Quand la vue est bouchée, petit, prends ton cheval et grimpe sur une hauteur.

(Extrait de *Préceptes de hussard*, par Gaston de Saint-Langers.)

3
Committere se itineri : se risquer à un voyage

« *Ici l'agent triple zéro. Je suis à mon poste, Madame M. Rien n'échappera à mon regard d'aigle, vous pouvez compter sur moi. Après tout, le contact est un vieillard sénile. Rien à voir avec l'attaque de la base secrète sur l'île de la Désolation où m'attendait Sourire-de-hyène, l'affreux agent de l'organisation des Vampires ! En ce moment même, je suis tranquillement caché derrière un pilier, équipé des lunettes à infrarouge et rayons X bricolées par le génial Q. Dès que la mission sera achevée, dites à Moneypenny de me préparer des tartines de Nutella et un chocolat chaud, non, au shaker, pas à la cuillère...* » Ça, c'est le genre de délire que je me tapais quand j'étais môme. Bien obligé, j'étais tout seul, personne ne voulait jouer avec moi. Je faisais peur aux autres avec mes lunettes. Et pas qu'à mes copains. La fois où j'ai demandé pourquoi le papa de Rémi avait des vis en métal dans la hanche, alors que même sa femme l'ignorait, j'ai décroché le pompon. Pour me consoler, je me dis que James Bond aurait bien aimé avoir les mêmes lunettes que moi...

9 jours 4 heures 50 minutes avant contact.
– C'est bête, ironisa Nicolas, la surprise passée. On comptait justement sur vous pour les explications !

Goodfellow porta sur le garçon un regard pénétrant.

– Quand je parlais d'expliquer ce qui se passait, dit-il, je ne pensais pas à vous et encore moins à l'identité de mon protecteur. J'ai passé la moitié de ma vie à essayer de la découvrir, en vain. Je me doute bien que vous n'en savez pas plus que moi !

– Alors quoi ? cracha Violaine à nouveau offensive. Qu'est-ce que vous attendiez ?

Surpris par la virulence de la jeune fille, Goodfellow eut un mouvement de recul. Arthur décida que c'était le moment d'avoir une conversation avec Violaine. Sans lui laisser le temps de réagir, il prit son amie par le bras et l'entraîna plus loin.

– Tu peux me dire ce qui se passe ? commença-t-il en la regardant en face. Pourquoi tu es agressive comme ça ? Tu voles dans les plumes de ce pauvre homme qui a fait l'effort de venir jusqu'ici, tu nous fais à tous les gros yeux. Depuis notre départ de Punta Arenas, on dirait que tu en veux à la terre entière !

Arthur semblait vraiment fâché et Violaine se calma aussitôt.

– Je suis désolée, dit-elle avec une vraie sincérité dans la voix. C'est juste que… Je ne sais pas. Je m'emporte plus facilement qu'avant. Peut-être parce que j'en ai marre, aussi. Marre des mensonges, marre des intrigues, marre du temps perdu à courir derrière du vent. Je suis vraiment à cran, tu comprends ?

– Ce n'est pas en t'énervant que les choses iront mieux, la raisonna Arthur. Moi aussi je ressens ça, je suis fatigué d'être baladé à droite et à gauche. Mais il faut te reprendre ! Si tu craques, c'est la fin. Pour toi et pour nous.

Violaine hocha la tête.

– Ça va, j'ai compris. Je vais me maîtriser.

Arthur lui adressa un sourire de remerciement.

– Ne nous lâche pas, hein ? On a besoin de toi !

Elle esquissa en retour un sourire un peu forcé puis ils rejoignirent les autres qui les attendaient.

– Ce que j'essayais de dire, reprit immédiatement Goodfellow en fixant Violaine, c'est que je ne comprends pas ce qu'on attend de moi. Mon protecteur me demande de vous aider, soit. Je lui dois bien ça. Mais de quelle façon ? Vous me semblez beaucoup plus débrouillards que moi !

– Est-ce que ce protecteur vous a donné des passeports pour nous aussi ? demanda Arthur.

Goodfellow fit un signe affirmatif de la tête.

– Dans l'enveloppe, il y avait des papiers d'identité avec vos photos. Et de faux noms, bien sûr.

– Encore plus dingue ! s'exclama Nicolas.

– Vous seriez venu jusque-là pour nous donner des papiers ? dit Arthur sans y croire.

– Non, objecta Violaine en adoptant enfin une attitude constructive. Pas besoin de M. Goodfellow pour un simple travail de passeur. Ce type, le protecteur, il aurait très bien pu faire déposer les passeports dans un hôtel et nous transmettre les coordonnées par Internet.

— Et si M. Goodfellow possédait quelque chose d'autre qui nous serait utile ? avança Claire de sa voix ténue. Quelque chose qu'il serait seul à posséder ?

— À quoi penses-tu ? l'encouragea Nicolas.

— C'est vous qui nous avez donné le carnet et le livre de Marco Polo, dit-elle au vieil homme. Avec eux, nous sommes allés aussi loin qu'il était possible. Vous connaissez peut-être le moyen d'aller au-delà.

Goodfellow ne répondit pas tout de suite.

— Peut-être, jeune fille, peut-être, finit-il par reconnaître. Mais je ne sais ni où vous êtes allés ni ce que vous avez découvert. Ce serait plus facile de faire le tri parmi les informations que je possède si vous me racontiez votre aventure.

Arthur, Violaine, Claire et Nicolas se regardèrent furtivement.

— Allons nous asseoir au bar, proposa Arthur en désignant des chaises autour d'une table en plastique blanc, à l'écart. On sera mieux pour parler. Et puis on risque d'avoir soif…

Jackson, Wyoming – États-Unis.

Le petit homme rondouillard faisait les cent pas dans son vaste bureau, qui occupait une grande partie de l'étage. Un garde du corps, impassible, se tenait sur le balcon, à portée de vue mais hors de portée de voix. Les conversations qui avaient lieu ici réclamaient une discrétion absolue. Un autre garde, sur le perron, surveillait les escaliers. Dehors, un commando protégeait le ranch qui dressait ses murs de bois blanc dans la solitude de la campagne. Un paysage d'arbres fruitiers en fleurs et de prairies verdoyantes conférait au lieu de la sérénité et une grande douceur.

Majestic 3 était agacé. Il avait l'impression de tourner en rond dans l'affaire des « Quatre Fantastiques ». La collaboration de Majestic 7 aurait dû en toute logique la faire avancer plus vite. Or ce n'était pas le cas. Le dossier était au point mort. Les gosses restaient introuvables malgré les moyens déployés. Un soupçon avait même effleuré Majestic 3. À plusieurs reprises il lui avait semblé, en effet, que son homologue ne mettait pas le meilleur de lui-même dans cette opération. Qu'il s'amusait à la freiner. C'était une impression, bien sûr, mais elle était dérangeante. À quoi jouait donc Majestic 7 ?

Le petit homme sortit un mouchoir de sa poche et s'épongea le front. Il avait chaud malgré l'air frais pulsé par le climatiseur. Il avait tout le temps chaud. Il s'approcha d'une fenêtre et contempla les montagnes au loin. Il aimait venir ici pour se reposer, loin de l'agitation de ses fonctions officielles au Sénat et de celles, officieuses, au MJ-12. Ces moments étaient d'autant plus précieux qu'ils étaient rares. Dans quelques heures, un hélicoptère viendrait le chercher et le ramènerait dans les remous de la course du monde. Il retourna à son bureau. Il avait encore du travail et il voulait marcher au milieu des arbres du parc avant de repartir.

9 jours 3 heures 57 minutes avant contact.
Goodfellow se renversa sur sa chaise et siffla d'admiration. Le récit que venaient de faire les jeunes gens l'avait estomaqué.

– C'est incroyable ! Ainsi la commanderie templière de Santa Inés existe bel et bien ! Plus fort encore : vous avez pénétré à l'intérieur ! Vous êtes les premières personnes à le faire depuis presque sept cents ans, vous le savez ?

– Pas les premières, hélas ! déplora Arthur.

– D'accord, continua Goodfellow, les archives secrètes qui y étaient entreposées ont disparu. Mais vous avez vu les coffres ! C'est donc qu'elles étaient là. D'ailleurs, vous avez retrouvé celui qui les avait prises !

– Son héritier, précisa encore Arthur. Après, la piste s'arrête.

– Pas tout à fait, dit Violaine. On sait que Rolf Grierson, l'oncle d'Alfonso, a vendu les archives à des Américains. Des meurtriers qui se cachent sous le nom de Majestic.

Goodfellow resta songeur.

– Majestic est un nom qui ne m'est pas inconnu, finit-il par révéler. Mais je ne sais pas quoi en penser. On parlait beaucoup, à une époque, parmi les passionnés d'extraterrestres, d'un groupe occulte portant ce nom, constitué par le gouvernement pour dissimuler la vérité. Il s'est avéré plus tard que c'était un canular. Mais dans ce milieu, il a toujours été très difficile de distinguer le vrai du faux. Peut-être que Majestic a existé, et même qu'il existe encore. Comment savoir ?

– Une fois de plus, soupira Claire, la piste que nous croyions tenir ne nous mène pas à grand-chose.

– Bah ! dit Goodfellow, le plus important, pour l'instant, c'est que vous soyez sains et saufs. Vous avez eu beaucoup de chance !

Violaine, Arthur, Claire et Nicolas ne s'étaient pas étendus sur les circonstances exactes de leur enlèvement et de leur fuite. Ils avaient insisté sur leur capture, leur détention et avaient inventé des dissensions parmi leurs ravisseurs pour expliquer une confusion propice à leur évasion. Ils avaient également volontairement omis de signaler l'existence de Clarence, leur propre protecteur, qui était d'ailleurs peut-être mort comme Agustin l'avait dit. Mais Agustin aimait mentir. Ils n'avaient pas non plus relaté leur confrontation avec le vampire, encore moins son issue. Cependant, ils étaient d'accord avec Goodfellow : d'une certaine manière, ils avaient eu de la chance.

– Alors ? interrogea Nicolas.

Goodfellow était perdu dans ses pensées. Il en sortit en secouant la tête d'un air malheureux.

– Nous avons bien avancé mais ce n'est pas suffisant, hélas ! Il manque des éléments concrets. De quoi suivre une piste cohérente.

Les quatre jeunes gens affichèrent clairement leur déception.

– Peut-être qu'on a oublié des détails, dans notre récit ? suggéra Claire en lançant un regard pénétrant à ses amis.

Arthur se rembrunit. Devaient-ils tout raconter ?

Est-ce que leurs peurs et leurs souffrances allaient brusquement, comme un mécanisme secret, déclencher une ouverture dans le mur contre lequel ils se cognaient une fois encore ? À cette image, les parois de la grotte des Templiers apparurent machinalement dans son esprit. Puis une idée le traversa. Un détail, comme l'appelait Claire, s'imposa à lui et sembla tout à coup important.

– Dans la grotte, commença-t-il, il y avait des symboles sculptés.

– Quel genre de symboles ? demanda Goodfellow en se penchant vers lui.

– Des croix templières. Vous savez, celles à huit pointes.

– Ah oui ! fit-il déçu. On en trouve fréquemment sur les bâtiments templiers.

– Il y avait aussi un autre signe, continua Arthur. Je ne l'avais jamais vu avant.

– Je m'en souviens ! s'exclama Nicolas. Tu nous l'as montré : c'était trois carrés l'un dans l'autre, concentriques, unis entre eux par quatre lignes droites perpendiculaires.

Le garçon dessina le symbole par terre avec un morceau de bois mort. Les mains de Goodfellow se mirent à trembler légèrement.

– La triple enceinte, murmura-t-il. Le symbole templier par excellence.

– Il symbolise quoi ? demanda Nicolas.

– Le temple de Salomon, les secrets de l'initiation druidique, les trois ordres de la société… On ne sait pas trop. Le propre des symboles, c'est de pouvoir signifier beaucoup de choses !

– Et pour nous, monsieur Goodfellow, il signifie quoi ? dit Claire qui sentait le vieil homme particulièrement troublé.

– Peut-être l'élément qui nous manquait pour continuer.

– Expliquez-vous, dit Violaine en fronçant les sourcils.

– Ce symbole est à la fois plus rare et plus éloquent que celui de la croix de l'Ordre. Autant la croix est volontiers arborée à la face du monde, autant la triple enceinte est réservée aux initiés...

– Donc ?

– Donc, les lieux templiers marqués de ce symbole occupent une place particulière dans la géographie de l'Ordre. Mais ils se situent essentiellement en Europe et en Terre sainte. Or il se trouve que j'ai également vu cette triple enceinte ailleurs, en un lieu beaucoup plus inhabituel...

– Où ça ? demanda Nicolas frémissant de curiosité.

– Aux Philippines. C'était il y a de nombreuses années, mais j'étais déjà passionné par l'histoire des Templiers. C'est pour cela que la découverte de ce symbole gravé sur une pierre, dans cet endroit parfaitement incongru, m'avait marqué...

Aéroport de Manille – Philippines.

Jack la Belette cessa la filature du couple de touristes lorsque celui-ci monta dans la berline dépêchée par un grand hôtel de la ville. Il avait senti quelque chose de suspect chez ce couple. Pas assez cependant pour continuer lui-même la traque et quitter son poste. Il disposait d'informateurs dans les principaux hôtels de Manille. Il revint donc sur ses pas tout en donnant par téléphone des consignes au sujet du couple suspect. Une bonne chose de faite. Il sifflota et fit jouer ses muscles sous la chemisette hawaïenne qu'il affectionnait.

Il aimait ce boulot, renifler les embrouilles, démasquer les curieux, filtrer les infiltrés ! Les terminaux de l'aéroport étaient son lieu de travail. Majestic 2 le payait très cher pour ses intuitions et pour son total manque de scrupules lorsqu'il s'agissait de faire disparaître les dangers potentiels. Le Sanctuaire devait être protégé et lui, Jack, comme les autres « belettes » chargées du sale boulot par l'organisation, était en première ligne.

Il posa au sol son sac de voyage factice et s'adossa à un pilier. Puis il sortit une cigarette de sa poche et reprit sa surveillance patiente.

9 jours 3 heures 41 minutes avant contact.
La révélation du vieil homme jeta un froid. L'idée semblait si absurde qu'ils se demandèrent si Goodfellow n'était pas brusquement devenu fou.

– Qu'est-ce que les Templiers seraient allés faire aux Philippines ? s'étonna Violaine.

– Les Templiers semblent aimer les lieux secrets, confirma Arthur. Mais là, c'est quand même pousser un peu loin, non ?

Le sourire de Goodfellow s'élargit. Il semblait à présent beaucoup plus sûr de lui.

— Jamais trop loin avec les Templiers ! Les choses sont à présent lumineuses, les enfants. Marco Polo ! C'est Marco Polo qui détient une fois encore la torche qui éclairera notre route !

Violaine leva les yeux au ciel mais se pencha avec les autres vers le vieil homme pour mieux entendre ce qu'il avait à leur dire.

Goodfellow prit une inspiration et cita de tête un extrait du *Devisement du monde* :

— « C'est dans le passage, à l'ouest, au creux d'une île en forme de chameau, que se trouve une forteresse particulière qui bénéficie de toutes leurs attentions et qui abrite une grande fortune. » Cette forteresse, vous l'avez trouvée, tout comme les coffres, symboles de cette grande fortune. En ce cas, on peut penser que la fin du chapitre 198 est également vraie !

— « Il y a aussi, dit-on, loin vers l'ouest quand on a traversé le monde, tout au bout du deuxième océan, une construction tecpantlaque admirable érigée au cœur d'un chapelet d'îles connues sous le nom de Vijayas », récita à son tour Arthur.

— Exactement ! s'exclama Goodfellow. Ces îles sont faciles à situer : il s'agit des Visayas, anciens comptoirs fondés par des ressortissants de l'Empire javanais de Sri Vijaya, qui font aujourd'hui partie des Philippines !

— Alors les Templiers seraient bien allés jusqu'aux Philippines ? s'étonna Nicolas. On trouvait que l'Amérique, c'était déjà pas mal !

— Pourquoi seraient-ils allés aussi loin, et par l'ouest ?

dit Arthur. C'était une sacrée aventure pour les vaisseaux de l'époque !

– C'est justement la question, répondit Goodfellow. Pourquoi ? L'explication est toute simple : et si un autre trésor dormait là-bas ? Je veux dire : toutes les archives secrètes du Temple n'étaient peut-être pas à Santa Inés ! Les Templiers étaient prudents, ils ont pu ne pas mettre tous leurs œufs dans le même panier. Je suis stupide de ne pas avoir fait le lien plus tôt. J'étais focalisé sur Santa Inés et l'Amérique. Mais des réponses nous attendent également aux Philippines ! La « construction tecpantlaque admirable » nous livrera ses secrets ! Il faut absolument que nous nous rendions sur place.

– Votre commentaire attire deux remarques, lança laconiquement Violaine. La première : on s'emballe à partir d'un symbole que vous avez vu sur un vieux mur il y a des années, d'un bout de texte de rien du tout et surtout de nombreuses suppositions ! La seconde : j'ai bien entendu un « nous » ?

– Tu ne crois quand même pas que je vais rater cette occasion ? ricana Goodfellow. J'ai déjà manqué la visite de Santa Inés ! Et puis vous aurez besoin de moi : je suis le seul à pouvoir vous mener à l'endroit où j'ai vu le symbole. Enfin, je connais bien les Philippines, j'y ai séjourné pendant ma cavale.

– C'est grand, les Philippines, lâcha Arthur après un temps de silence. Les Visayas aussi. Marco Polo n'a pas laissé beaucoup d'indications. Comment être sûr qu'il n'y a pas plusieurs bâtiments portant le symbole de la triple enceinte ?

– Tu as raison, acquiesça Goodfellow. Une recherche digne de ce nom ne se fait jamais par défaut ! Mais maintenant que, grâce à vous, le voile de ma stupidité est déchiré et le fil des évidences renoué, nous pouvons chercher de l'aide ailleurs. J'appelle pour prendre le relais de Marco Polo un autre explorateur : Fernand de Magellan.

Ils ouvrirent grand leurs oreilles, subjugués presque malgré eux par les talents de conteur du vieil homme.

– Magellan naît en 1480, noble et portugais. C'est d'abord un soldat, puis, à partir de 1505, un marin, qui participe à toutes les campagnes des Indes orientales. En fait, c'est surtout un aventurier aux visées très personnelles. En 1511, il perd son grade d'officier pour s'être cru seul maître à bord. En 1513, il disparaît au cours d'une bataille contre les Maures, au Maroc. En 1517, tombé en disgrâce à la cour de Manuel Ier pour d'obscures raisons, Magellan quitte le Portugal pour l'Espagne et se met au service de Charles Quint. J'abrège, je suis désolé, mais l'important vient après ! Magellan, en effet, soumet au jeune roi le projet d'ouvrir une nouvelle route des épices par l'ouest. Ce dernier est emballé et accepte de financer l'expédition. Voilà pour la version officielle. Mais il y en a une autre : Magellan aurait mis la main sur une vieille édition du *Devisement du monde* et sur une copie de la carte cédée au roi du Portugal par les Templiers.

– Vous en parlez dans votre carnet ! le coupa Arthur.

– Manuel Ier réagit assez mal à la trahison de Magellan. Il tente d'empêcher ce voyage par voie diplomatique d'abord, puis militaire en envoyant deux flottes intercepter l'expédition. Elles échouent. Magellan, lui, ne se contente pas de l'appui de Charles Quint. Il peut aussi compter sur l'évêque Juan de Fonseca et le riche marchand Cristobal de Haro. En échange de quelles promesses, de quels secrets ? De quelles richesses ? Bref, l'expédition lève les voiles le 20 septembre 1519. Cinq navires, deux cent trente-sept hommes d'équipage pour un périple sans doute fondé sur « un bout de texte de rien du tout », comme tu l'as dit tout à l'heure, Violaine.

La jeune fille ne releva pas.

– Trois mois plus tard, le 13 décembre, les bâtiments atteignent la baie de Rio de Janeiro. La côte brésilienne est sous contrôle portugais. Rien d'étonnant quand on connaît l'histoire américaine des Templiers ! Magellan aurait sûrement voulu voir de ses propres yeux les fortins tecpantlaques, mais les Portugais sont vigilants et le navigateur est contraint de descendre au sud, sur la côte de la Patagonie argentine, pour hiverner. C'est là qu'il aperçoit les premiers Tehuelches, Indiens de grande taille qui lui font instantanément penser aux « géants idolâtres vêtus de peaux de bêtes » évoqués par Marco Polo. Il comprend qu'il est sur la bonne voie et il se montre d'autant plus impitoyable en réprimant les mutineries qui se succèdent. Après la perte d'un premier navire égaré au cours d'une reconnaissance, Magellan trouve enfin le fameux passage des Tecpantlaques qui permet de passer d'un océan à l'autre. Il s'y engage en octobre 1520. Là, dans le dédale des fjords, entre les récifs et les hauts-fonds, il tente vainement de découvrir la « forteresse abritant une grande fortune » laissée par les Templiers. Un mois de recherche qui lui coûte encore deux navires. Finalement, il abandonne ces eaux sinistres et fait voile vers son but véritable : les îles Vijayas et la « construction admirable » des mêmes Tecpantlaques. Il y parvient le 28 mars 1521, au prix de grandes souffrances. Il débarque d'abord, par erreur, à Samar, puis gagne l'île de Cebu, au cœur des Visayas actuelles. Là, il se lie avec le rajah Humabon qui se convertit rapidement au catholicisme. Commence alors une conquête systématique des îles avoisinantes, comme si l'explorateur cherchait quelque chose de précis. C'est sur celle de Mactan que Magellan trouve la mort, le 27 avril 1521, tué par des indigènes. Après ça, l'histoire de l'expédition perd de son intérêt, pour nous en tout cas.

— C'est à Mactan que vous avez vu le symbole ? demanda Violaine, impressionnée malgré elle par cette leçon d'histoire venue éclairer le présent, leur présent.

— À Cebu, corrigea Goodfellow, juste à côté. Alors ? Partants, les enfants ?

— Ouais, dit Nicolas la mine grave. Moi en tout cas, je suis partant !

— Tu es partant pour tout, de toute façon, commenta Claire en souriant. Ce n'est pas ce qu'on te demande : est-ce que l'histoire de M. Goodfellow te paraît convaincante ?

— De toute façon, répondit le garçon en haussant les épaules, on nage depuis le début en plein délire. Les Templiers par-ci, les Templiers par-là ! Bientôt, on apprendra que ce sont aussi les Templiers qui m'ont fait renvoyer de l'école !

Un fou rire s'empara des jeunes gens et du vieil homme, balayant la tension accumulée pendant ces heures de discussion. L'affaire était entendue. Une nouvelle complicité venait de naître sur les hauteurs de Santiago.

Il faut, pour mieux comprendre l'ampleur du mystère Magellan, s'attarder un moment sur Enrique de Malacca. De son vrai nom Panglima Awan, c'est un esclave que Magellan acheta pendant son séjour dans les Indes orientales. De toute évidence, l'homme était originaire des Philippines actuelles, vraisemblablement des Visayas puisqu'il servit plus tard d'interprète auprès du roi de Cebu, Humabon.

Panglima, ou plutôt Enrique, accompagna son maître Magellan partout pendant près de dix ans, au Portugal, en Espagne et même sur la *Trinidad*, navire amiral de l'expédition.

Certains y verront un hasard. D'autres penseront avec stupeur que l'incroyable explorateur avait préparé depuis le début l'expédition de sa vie. D'autres enfin se diront que l'on ne déploie pas tant d'efforts pour de simples perspectives commerciales et regretteront que le coup de sagaie sur l'île de Mactan ait peut-être privé le monde de révélations plus stupéfiantes encore que la possibilité d'un tour du monde…

(Extrait de *Tisseurs d'histoires*, par Eusèbe Gustave.)

4
Convivii dicta, orum, n. pl. : propos de table

C'est étrange comme le temps, que l'homme croit avoir enfermé dans toutes sortes de mécanismes d'horlogerie, reste une entité vaporeuse, intangible et illusoire ! Une minute de bonheur et une minute de souffrance ont-elles la même durée ? Une heure vécue éveillé vaut-elle une heure passée endormi ? Je pense souvent, le cœur serré, à ces années gaspillées de l'enfance, quand on se croit riche encore d'une vie à venir. Aujourd'hui que le compte à rebours est lancé, je maudis les heures perdues à attendre. C'est la vraie différence entre l'homme et ses dieux : un dieu a tout son temps pour exister. Il ne reste à l'homme, pour la même chose, qu'à se jeter follement dans le peu de temps qui lui est imparti...

9 jours 1 heure 2 minutes avant contact.
Suivi par ses jeunes amis, Goodfellow entra dans l'hôtel de béton rose fuchsia où il avait établi ses quartiers, en plein cœur du secteur tranquille et ombragé de Lastarria.
– Tu sais, dit Nicolas à Arthur tandis qu'ils péné-

traient dans le bâtiment ; je crois que Violaine en pince pour toi.

Arthur haussa les épaules tout en vérifiant que la jeune fille n'était pas à portée de voix.

– Qu'est-ce que tu racontes ? Et d'abord, qu'est-ce que tu en sais ?

Nicolas se tapota le bout du nez.

– Le flair, vieux, le flair !

– Tu délires. Tu as vu comment elle me parle ? On dirait que je l'énerve rien que d'être là. Tu devrais te remettre à lire de la poésie, ça te faisait du bien !

– Et toi tu rougis ! Ça veut dire que tu voudrais, en fait, que je dise la vérité !

– Ce n'était pas la vérité, là ?

– Je n'ai pas dit ça. J'ai dit que Violaine en pinçait pour toi et tu as fait semblant d'être blasé, alors qu'en réalité toi aussi tu en pinces pour elle ! Je me trompe ?

– Tu sais quoi, Nicolas ? À la réflexion, le monde dans lequel vit Claire me paraît moins bizarre que le tien…

La petite bande s'appropria immédiatement l'appartement. Les filles se précipitèrent dans la salle de bains tandis qu'Arthur et Nicolas se jetaient sur les sandwichs que Goodfellow avait commandés au bar en passant.

– J'avais oublié que l'on a faim tout le temps quand on est jeune ! dit Goodfellow amusé.

Il refusa d'un geste l'assiette que lui tendit Arthur.

– À mon âge, on a faim et soif d'autre chose.

– Pourquoi vous ne commandez pas ce que vous aimez, alors ? s'étonna Nicolas.

Le vieil homme rit franchement.

– Je ne parlais pas de nourriture ! Je pensais à des choses plus abstraites, s'adressant à l'âme plus qu'au ventre. Comme la vérité, par exemple.

– Il n'y a pas d'âge pour avoir faim de vérité, monsieur Goodfellow, objecta Arthur.

– Tu as raison, mon garçon, tu as sacrément raison ! Malheureusement, cette faim devient plus pressante quand on vieillit, parce qu'on manque de temps pour l'assouvir…

– C'est agréable de se sentir propre ! dit Claire en secouant ses cheveux pour les faire sécher tandis qu'elle rejoignait Violaine dans la chambre.

– C'est surtout agréable d'être de nouveau en piste, ajouta Violaine. Même si le coup des Philippines, je ne le sens pas. Enfin, c'est mieux que rien. Cette histoire, elle ne pouvait pas s'arrêter comme ça, à Punta Arenas, Paris ou Santiago, dans un cul-de-sac, quoi !

– Pourquoi tu ne le sens pas ?

– Le plan de Goodfellow repose sur trop de si et de peut-être. Qu'est-ce qu'on nous demande de croire, cette fois ? Les allégations d'un vieil homme et des suppositions historiques. Je trouve ça hasardeux. Foireux, si tu veux le mot exact qui me vient à l'esprit !

– Et lui ? Son… dragon, risqua Claire après une hésitation, il t'inspire quoi ?

– Mon instinct me dit, en revanche, qu'on peut se fier à lui, éluda Violaine. Mais si je me trompe, si c'est un piège, il le payera cher, crois-moi !

Quand les deux filles rejoignirent leurs amis, le regard d'Arthur se posa automatiquement sur Violaine. Il s'en rendit compte et s'en voulut.

– Eh bien, soupira-t-il, il ne manque qu'une chose pour que tout soit parfait : pouvoir fermer les yeux…

– Tu vas avoir le temps, dit Goodfellow en posant le téléphone. Je viens de réserver nos billets : nous partons demain pour les Philippines. Le trajet sera long, il faudra faire escale à Toronto et à Hong Kong. Mais si on veut éviter les États-Unis et l'Europe, où les aéroports font sûrement l'objet d'une surveillance particulière, on n'a pas le choix !

– Vous pensez vraiment que c'est à ce point ? soupira Claire.

– J'ai l'habitude d'être traqué, ma fille. Mieux vaut toujours s'attendre au pire.

– Moi ça ne me changera pas, dit Violaine. Je m'attends toujours au pire.

« Nous aussi, chère Violaine, depuis quelque temps », pensa très fort Arthur. Puis il s'adressa à Goodfellow :

– J'ai réfléchi à ce que vous nous avez dit, pendant la descente dans le funiculaire.

– Je t'écoute, Arthur, répondit le vieil homme en tournant vers lui un regard attentif.

– On va commencer nos recherches dans la ville de Cebu…

– Tout à fait, acquiesça-t-il vigoureusement. C'est là-bas que j'ai vu le symbole de la triple enceinte, sur l'un des vestiges espagnols. Ce qui semble logique puisque nous suivons Magellan et que c'est à Cebu qu'il a débarqué, plantant une croix le 4 avril 1521 pour marquer la conversion au christianisme du chef Humabon. Qu'est-ce qui te dérange ?

— Rien, se défendit Arthur. Mais je pense qu'on devrait également s'intéresser au parcours de Miguel Lopez de Legazpi, le chef de l'expédition espagnole de 1565 aux Philippines, qui s'est, comme par hasard, précipité lui aussi dans les Visayas pour s'en rendre maître…

— Et bien ? le coupa Goodfellow. L'aventure de Legazpi vient renforcer nos suppositions ! Lui aussi s'est installé à Cebu !

— Eh il a laissé des trucs, du genre de ceux de Magellan ? demanda Nicolas.

— Legazpi a surtout laissé un fort, dit Goodfellow, le fort San Pedro. Mais les lieux historiques se trouvent tous dans le même quartier.

Arthur s'apprêtait à reprendre la parole, mais devant l'enthousiasme et l'assurance du vieil homme, il renonça. Il aurait bien le temps de confier à Goodfellow ce qui lui trottait dans la tête.

— Donc, résuma Violaine, si j'ai bien compris, on grattouille et on farfouille au milieu de tous ces vestiges à la recherche d'un symbole laissé par des types morts il y a quatre cents ans, un symbole découvert récemment par M. Goodfellow. Et ensuite ?

— Je me trompe où je sens chez toi une légère ironie, teintée d'un soupçon de doute ? se moqua Nicolas.

— Sens ce que tu veux, répondit-elle en haussant les épaules. Mais je ne comprends pas très bien à quoi ce symbole peut nous conduire. Les Templiers auraient laissé un lieu de la taille de celui de Santa Inés dans une ville comme Cebu, sans qu'on l'ait jamais découvert ?

– Tu n'as pas tout à fait tort, reconnut Goodfellow qui semblait malgré tout extrêmement confiant. Mais ce lieu doit être plus petit ou encore plus secret que l'autre ! Ou alors, nous trouverons les indices nécessaires pour remonter jusqu'à la véritable « construction tecpantlaque admirable ».

Violaine n'ajouta rien mais fit une moue particulièrement expressive.

– Des indices je ne sais pas, reprit Nicolas sur un ton cette fois désabusé. Mais des ennuis, ça, je peux le prédire sans risque d'erreur !

Clarence marchait sans se hâter sur le trottoir de la 9e Avenue. La ville de Washington lui était familière. Il avait donné rendez-vous à son contact dans un bar bien américain, aux portes de Chinatown et à proximité de l'International Spy Museum. Le musée de l'Espionnage international. Il avait trouvé ce clin d'œil amusant ! Tout en marchant les mains dans les poches, respirant l'atmosphère printanière, il constatait à quel point un Européen débarquant aux États-Unis pouvait se sentir déphasé. Même lui, qui avait pourtant l'habitude de ces sauts culturels, s'était senti moins dépaysé dans l'univers halluciné de la Patagonie. Il y avait ici quelque chose de dérangeant dans la démesure, et surtout dans la façon dont l'homme s'était approprié cette démesure, sans humilité, de façon sans gêne et grossière.

Clarence poussa la porte et pénétra dans l'établissement. La décoration jouait avec le chrome et le Formica blanc pour donner une atmosphère très années 1970. Il repéra immédiatement, seul à une table et se mordant l'intérieur de la joue, un homme massif d'une quarantaine d'années qui arborait une belle barbe rousse et un coûteux blouson en cuir. John Graham était déjà arrivé. Pas étonnant, la perspective d'empocher dix mille dollars incitait à l'exactitude ! John Graham était pompier quand il n'était pas en civil. Comme tous les pompiers, il lui arrivait d'éteindre des incendies, de sauver les chats des grands-mères et de sortir les cadavres des voitures. Parfois même des cadavres de généraux.

– Clark Kent, dit Clarence en lui tendant la main.
– Sans blague ! Vous n'avez pas trouvé autre chose ?
– Ah ! Vous avez remarqué ? Ça me soulage ! Vous n'imaginez pas à quel point je suis déçu d'ordinaire par la réaction des gens quand je balance ce nom.

Clarence s'exprimait sans le moindre accent. Il prit place à table avant même que Graham le lui propose. Le colosse se tortilla sur son siège.

– C'est pas votre vrai nom, hein ?
– Évidemment, répliqua Clarence sèchement. Mais on s'en fout tous les deux, n'est-ce pas ? On n'a pas besoin de nom quand on vient avec dix mille dollars ! J'espère par contre que vous n'avez pas oublié mon enveloppe. Et qu'elle est complète. Parce que moi, je connais votre nom. Et je sais qu'il est vrai.

Le ton avec lequel il prononça les deux dernières phrases fit pâlir son interlocuteur.

— Rassurez-vous, monsieur Kent, se hâta de dire Graham en posant sur la table une grande enveloppe brune. C'est tout ce qu'il y avait dans la mallette. Je vous jure !

Clarence prit l'enveloppe et l'ouvrit. Elle contenait deux minces dossiers. L'un était noir et rassemblait des notes, essentiellement manuscrites. Elles étaient signées par Rob B. Walker et ressemblaient à des comptes rendus d'enquêtes. À plusieurs reprises, Clarence remarqua la mention : MJ-12. Il referma le premier dossier, pensif. Deux mots étaient inscrits sur la couverture rouge du second : « Quatre Fantastiques ». À l'intérieur, des documents divers mais précis concernaient les renardeaux.

— C'est ce que vous vouliez ? demanda anxieusement Graham.

Clarence hocha distraitement la tête.

— Quelqu'un d'autre sait que vous possédez ces documents ?

Le colosse s'insurgea vigoureusement.

— Je l'ai déjà dit à vos amis ! Mes collègues étaient trop occupés avec le corps. C'était pire après que la voiture et le camion ont pris feu ! J'ai trouvé la mallette sur le trottoir, à moitié ouverte. Éjectée par le choc. Je l'ai prise sans réfléchir et je l'ai mise dans la camionnette, en me disant que je la donnerais plus tard aux flics. Et puis j'ai oublié de le faire, dans l'attente d'une opportunité comme celle-là.

— C'est un oubli qui vous rapporte cinq mille dollars, commenta Clarence en lui tendant une enveloppe.

– Mais on avait dit… s'offusqua Graham avant de se tasser sur son siège, cloué par le regard pénétrant de Clarence.

Clarence sortit une deuxième enveloppe de sa poche et continua, imperturbable.

– Et voici cinq mille autres dollars pour un second oubli : vous ne nous avez jamais vus, ces documents et moi. Est-ce que c'est clair, John Graham ?

Le pompier acquiesça vigoureusement en déglutissant avant d'empocher l'argent. Pour ce prix-là, il était prêt à bien des choses. Mais surtout pas à mettre en colère l'homme qu'il avait en face de lui.

Clarence glissa les dossiers dans son sac et quitta le café. Le MJ-12 ! Si c'était bien ce à quoi il pensait, c'était plus grave que prévu. Il était pressé de contacter son *big brother* personnel. Le Grand Stratégaire avait défriché pour lui le terrain autour du meurtre déguisé de Rob B. Walker. Ses hommes avaient même débusqué ce Graham. Non, son frère était trop impliqué pour faire machine arrière. Il lui dirait ce qu'il voudrait savoir.

Arlington, Virginie – États-Unis.
Dans les sous-sols du Pentagone, onze personnages portant un masque blanc étaient réunis autour d'une grande table rectangulaire. L'un d'eux faisait son rapport aux autres qui l'écoutaient avec attention. Sauf peut-être Majestic 3, perdu dans des pensées moroses. Son tour allait venir et il n'avait rien de bon à annoncer…

– Merci, Majestic 9, l'assemblée est satisfaite, dit Majestic 1 avant de se tourner sur sa gauche. Écoutons maintenant Majestic 3, en charge du dossier « Quatre Fantastiques ».

– Comme vous le savez, commença le petit homme en se levant, la voix étouffée par son masque, nous avons perdu la trace des enfants au Chili. Grâce à nos réseaux, nous avons pu retracer une partie de leurs faits et gestes. Il est à présent certain qu'ils se sont mis en quête des archives Grierson.

Des murmures se firent entendre autour de la table. Majestic 3 attendit qu'ils cessent avant de reprendre.

– Évidemment, cette quête ne peut les conduire nulle part. Leurs traces, en tout cas, s'arrêtent à Punta Arenas. Malgré nos efforts, nous ne savons pas où ils se trouvent en ce moment. Au Chili, vraisemblablement. Nous maintenons en effet une surveillance maximale dans les aéroports et une chose est sûre : ils n'ont pas encore pris l'avion.

– Avez-vous au moins des nouvelles de Goodfellow ? demanda Majestic 1 que l'on sentait contrarié.

– Hélas ! pas la moindre, avoua Majestic 3 en secouant la tête.

– Permettez, cher collègue, que je nuance cette affirmation, intervint Majestic 7.

Les regards de l'assemblée se portèrent sur l'homme d'un certain âge qui venait de prendre la parole. Majestic 3 était sidéré. Que signifiait cette intervention ? Majestic 7 n'était-il pas son partenaire ?

– Goodfellow a pris l'avion sous une fausse identité, il y a deux semaines de cela, révéla Majestic 7 d'une voix calme. Pour Santiago.

– Excellent ! dit Majestic 1. Voilà qui nous remet en piste. Trouvez Goodfellow, Majestic 3, et vous aurez les enfants.

Majestic 3 salua sèchement du buste et se rassit, ulcéré. Comment Majestic 7 avait-il pu lui faire ça ? Il venait de le ridiculiser. Pire, au lieu de jouer le jeu et de se comporter en équipier, il utilisait ses propres informations dans un but personnel. Lequel ? Ça sautait aux yeux : devenir Majestic 6, peut-être même 5 ! Mais pour cela, il faudrait son aval, et il n'était pas près de l'accorder avant une sévère mise au point.

Majestic 5 profita du désordre pour se lever. Dominant l'assemblée de sa haute taille, il demanda la parole.

– Nous vous écoutons, Majestic 5, approuva le maître de l'assemblée. Avez-vous du nouveau sur nos mystérieux adversaires ? Je dois avouer que cette affaire est celle qui me préoccupe le plus.

– Justement, répondit Majestic 5 de sa voix rauque. Contrairement à mes deux collègues, j'avance à grands pas dans la mission qui m'a été confiée. Je vous demande l'autorisation de convier à la prochaine réunion un homme qui a des révélations à faire. Et qui pourrait éventuellement prétendre à tenir le rôle du douzième Majestic !

– Autorisation accordée, dit Majestic 1 après avoir recueilli le sentiment général.

« C'est le bouquet ! songea amèrement Majestic 3. Quelle soirée ! Une autre séance de cette sorte et Majestic 1 se demandera sans rire pourquoi je suis encore numéro 3... »

D'où nous vient cette obsession, cette fascination pour les théories du complot qui fleurissent spontanément après chaque événement important ? Une princesse meurt dans un accident alors que son chauffeur était saoul : complot. Un président est tué par un déséquilibré : complot. Deux tours s'effondrent comme des châteaux de cartes après avoir été percutées par des avions : complot. Des sommités scientifiques jurent leurs grands dieux que les ovnis sont une farce : complot.

Facile ! Et difficile de démêler le faux du vrai. Car crier au complot permet aussi de masquer le complot quand il existe. Un chauffeur saoul, d'accord ; mais quelqu'un l'a-t-il saoulé, et pourquoi ? Un déséquilibré, soit ; mais était-il manipulé, et qui y avait intérêt ? Des avions dans des tours trop molles, peut-être ; mais les a-t-on laissés faire, voire aidés, et dans quel but ? Les ovnis, une farce, certes ; mais pourquoi tant d'insistance pour en convaincre les gens ?

Alors les uns crient au scandale, au n'importe quoi tandis que les autres voient des manipulations derrière le moindre incident. Et les comploteurs potentiels se frottent les mains.

D'un côté, il y a nos contemporains, dépassés par la course du monde, pour qui donner du sens aux événements devient un besoin vital. De l'autre se trouvent des manipulateurs aux visées lointaines ou immédiates, au-dessus de la morale et des lois pour parvenir à leurs fins…

(Extrait d'*Enquêtes occultes*, par Kevin Brender.)

5
Sollicito, as, are : ébranler, troubler, inquiéter

Je rêve beaucoup en ce moment. Des rêves étranges que je ne faisais pas avant. Pas des cauchemars, non, comme ceux qui assaillent cette pauvre Violaine. Des rêves, de vrais rêves éveillés, ceux qui sont si perturbants qu'on ne sait pas si ce qu'on vient de vivre s'est réellement passé. La dernière fois, j'ai rêvé que je marchais avec mes amis dans une rue, quelque part. Je marchais et je perdais consistance. Mes bras, mes jambes, mon corps tout entier devenaient peu à peu transparents comme du cristal. J'étais la seule à m'en rendre compte mais je disparaissais. Je devenais de plus en plus légère. Le cristal de mes jambes se changeait en brume. La conversation de mes amis s'estompait, s'éloignait. Je m'évaporais, comme de la rosée au soleil du matin...

8 jours 4 heures 11 minutes avant contact.

Claire sentit immédiatement que les choses allaient dégénérer...

Violaine était sur les nerfs depuis leur départ de l'hôtel. Enfin, plus encore que d'habitude. Goodfellow et les garçons avaient dormi dans le salon, laissant la chambre aux filles. Claire avait entendu son amie bouger toute la nuit et gémir continuellement dans son sommeil. Elle avait hésité plusieurs fois à la réveiller puis avait renoncé. Certains rêves laissent moins de traces quand on les vit jusqu'au bout. En se levant, Violaine n'avait adressé la parole à personne, se contentant de plonger le nez dans son bol et de grogner pour répondre aux questions. Elle avait bouclé son sac la première et couvert les traînards de regards désapprobateurs. Le chauffeur du taxi qui les emmenait à l'aéroport avait ensuite eu la mauvaise idée de la complimenter sur ses jolis yeux. Claire avait senti son amie à deux doigts de l'étrangler. Alors maintenant, les douaniers qui s'étaient mis en tête de fouiller leurs bagages de cabine après le passage aux rayons X, c'était la goutte d'eau qui allait faire déborder le vase. Claire le savait. Et elle le redoutait.

– ¿ *De donde venis, lolas*? commença le plus jeune en s'adressant aux deux filles avec un sourire ravageur.

– Arrête ton baratin, fouille-merde, dit Violaine entre ses dents. Tu te crois irrésistible avec ta tronche de premier de la classe ?

Le douanier ne comprenait pas le français mais le ton de la jeune fille était sans équivoque. Le Chilien perdit son sourire. Il soupira et commença à sortir l'un après l'autre tous les objets que contenait le petit sac de cabine de Violaine. Ce qui s'annonçait comme un contrôle de routine devenait une fouille en règle. Derrière le comptoir voisin, Arthur, Nicolas et Goodfellow assistaient impuissants à la scène. Claire leur adressa un regard inquiet.

– Je crois que Violaine est en train de faire des bêtises, confia Arthur aux deux autres.

– Ça risque de chauffer ! ajouta Nicolas avec un grand sourire.

– Ce n'est pas drôle, le reprit sévèrement Arthur. Tu sais ce qu'elle est capable de faire quand elle est en colère !

– Votre amie n'a pas l'air dans son assiette, renchérit Goodfellow. Elle me semble nerveuse, depuis le jour de notre rencontre sur San Cristobal. Pour tout dire, j'ai le sentiment qu'elle me reproche quelque chose chaque fois qu'elle ouvre la bouche !

– Elle a connu des moments très difficiles, ces derniers temps, tenta d'expliquer Arthur.

– Ça y est ! s'exclama Nicolas. Ça va barder !

De l'autre côté de la vitre qui séparait les passagers prêts à embarquer de la zone de contrôle, l'un des douaniers venait de saisir le bras de Violaine.

Claire comprit que l'incident était inévitable. Elle se pencha aussitôt vers son amie.

– Convaincs-le simplement de nous laisser partir, lui chuchota-t-elle à l'oreille.

Mais Violaine tarda à répondre. Ses yeux étaient emplis de colère. En face, les trois douaniers tressaillirent comme sous l'effet d'une décharge électrique.

– Ce sont eux qui ont commencé, lâcha-t-elle d'une

voix éraillée. Pourquoi est-ce qu'ils ne nous ont pas laissées partir ? Je vous l'ai promis, Claire. Personne ne se mettra en travers de notre route.

Les trois hommes, yeux écarquillés, semblaient en proie à une terreur profonde. Quel combat le chevalier de Violaine menait-il contre leurs dragons ? Claire préférait ne pas l'imaginer ! Elle essaya de tirer son amie vers elle.

À peine fut-elle entrée en contact avec Violaine que des images floues et des sons étouffés pénétrèrent dans son esprit. Elle se figea sous le coup de la surprise.

Je vois ! C'est incroyable mais je vois ! Je vois des spirales de brume grise se tordre sous les assauts terribles d'un ectoplasme noir. Noir comme l'encre de certaines nuits trop profondes. C'est affreux. Je crois que je vais crier…

Violaine entendit ce cri. *Les formes fantomatiques aussi, qui cessèrent leur bataille pour se tourner vers Claire.*

Violaine tituba et, s'arrachant à celui qui la tenait, tomba en arrière. Claire la rattrapa de justesse.

Les douaniers revinrent brutalement à eux. La tête leur tourna un moment et ils échangèrent un regard étonné. Puis, comme si rien ne s'était passé, ils reportèrent leur attention vers les jeunes filles. Les voyant chanceler, ils arborèrent une mine soucieuse.

– *¿Todo va bien ?*

– Ça va, *gracias*, répondit Claire qui tentait de soutenir Violaine. Un coup de fatigue, c'est tout. Il fait très chaud ici. *¡ Mucho calor !* Vous avez fini ? *¿Terminado ?* On peut s'en aller ?

Les trois hommes se montrèrent excessivement prévenants et les accompagnèrent hors de la zone de contrôle où elles furent accueillies par Arthur et Nicolas. Goodfellow, jouant parfaitement son rôle d'adulte responsable, rassura les fonctionnaires dans un espagnol académique et les remercia pour leur aide.

– Qu'est-ce qui s'est passé ? demanda Nicolas. Il y en a un qui t'a pris le bras et après, plus rien. On aurait dit un tableau ! Personne ne bougeait.

– Violaine a... convaincu les douaniers de nous laisser passer, répondit Claire avant que son amie ne puisse ouvrir la bouche. Ça a pris plus de temps que prévu, c'est tout.

Arthur masqua une moue dubitative. À l'air gêné de leur amie, il devinait que les choses ne s'étaient pas passées de cette façon. Mais si Claire jugeait bon de couper court aux explications, il respecterait son choix. Il faisait confiance à son jugement. Peut-être que Violaine était sous le choc, ou bien encore trop agitée. En ce cas, mieux valait en effet remettre les explications à plus tard.

– J'ai bien cru que tu allais essayer de passer en force, insista Nicolas.

– La force n'est pas toujours la meilleure solution pour régler les problèmes, asséna Claire sèchement.

Violaine baissa les yeux. Arthur fit un signe discret à Nicolas pour l'avertir que leur amie avait besoin de repos. Mais Goodfellow décida de ne pas laisser passer l'occasion.

– Bon, dit-il d'un ton à présent sévère, cessons de

jouer à nous mentir. Vous n'êtes pas assez idiots pour me croire idiot, n'est-ce pas ? Alors j'aimerais que l'on ait une discussion, une vraie, et que vous m'expliquiez qui vous êtes. Ou ce que vous êtes. Je suis traqué en même temps que vous, désormais. Ça me donne le droit de savoir.

Arthur soupira. Il savait que cette conversation devrait avoir lieu à un moment ou un autre. Il aurait préféré que ce soit le plus tard possible.

– Violaine et moi on a besoin d'aller aux toilettes, annonça diplomatiquement Claire.

– Vous n'aurez qu'à nous rejoindre là-bas, dit Arthur en montrant des fauteuils vides à l'écart. On vous attendra en discutant, Nicolas, M. Goodfellow et moi.

– Eh ! ajouta Nicolas. Faites gaffe, c'est parfois dangereux les toilettes !

Les deux filles s'éloignèrent, sans un regard pour lui, en direction des *baños*.

– Ben quoi, se justifia le garçon en haussant les épaules, je plaisantais, ce n'est pas interdit que je sache !

Dès qu'elles furent seules, Violaine lâcha Claire et s'appuya sur un lavabo. Elle se passa un grand coup d'eau sur le visage. Ses mains tremblaient.

– Qu'est-ce qui s'est passé, tout à l'heure ? demanda-t-elle.

Elle regardait Claire dans le miroir. Elle n'osait pas le faire en face. Son aura d'assurance agressive avait complètement disparu.

– Ton chevalier essayait de tuer les dragons des

douaniers. Je ne pouvais pas te laisser faire. Tu as vu ce que tu as fait au vampire, sur la plage ? Agustin le méritait sans doute, et tu n'avais pas le choix. Mais tu ne peux pas infliger une chose aussi… horrible à tout le monde, sous le prétexte qu'ils ne font pas ce que tu veux !

La voix de Claire, assurée au départ, avait dérapé petit à petit pour se perdre dans un murmure.

– Tu les as vus ? demanda Violaine. Je veux dire, tu as vu les dragons ? Et mon chevalier ?

– Oui, murmura Claire. Enfin presque. J'ai vu des formes vaporeuses. Quand je t'ai touchée.

– C'est incroyable, dit Violaine en secouant la tête.

– Ce qui est incroyable, c'est qu'ils m'ont vue aussi. Ça les a autant surpris que moi, je crois.

Violaine se retourna brusquement et fixa Claire avec un regard dans lequel brillait la peur.

– Tu me crois cinglée ? Dis, Claire, tu crois que je suis en train de devenir folle ?

– Je ne sais pas, répondit-elle en se détournant, incapable de soutenir ce regard. Mais tu as changé depuis Santa Inés. Tu… tu me fais peur. Aux autres aussi.

Violaine se mordit les lèvres jusqu'au sang. Elle hésita, les yeux remplis de larmes, puis elle s'approcha de Claire. La jeune fille ouvrit ses bras et Violaine s'y précipita.

– Je ne sais pas ce qui m'arrive, parvint-elle à dire entre deux sanglots. Vous… vous avez peur de moi. C'est terrible. Je me fais horreur.

– On va t'aider, lui promit Claire qui sentait ses yeux

s'embuer à leur tour. Mais il faut que tu te calmes. Il faut que tu te calmes, tu comprends ? Tes pouvoirs ont grandi. Ils peuvent causer des ravages. Tu comprends ?

Violaine hocha plusieurs fois la tête, blottie contre l'épaule de son amie.

— C'est le côté obscur de ta force, ma jeune padawan, essaya de plaisanter Claire en imitant la voix de maître Yoda. Du côté obscur il faut te méfier !

Violaine se mit à rire, un rire timide mais qui les libéra toutes deux.

— Merci, Claire, dit-elle en s'essuyant les yeux. Je suis désolée, j'ai trempé ton pull !

— Ce n'est pas grave. N'hésite pas à le tremper quand tu voudras. Ça voudra dire qu'on est toujours amies…

Goodfellow n'en revenait pas. Les révélations que lui faisaient les deux garçons, tranquillement, comme si c'était le récit d'une journée banale, le médusaient.

— Si je comprends bien, dit le vieil homme en s'adressant à Nicolas, quand on était dans ma chambre à Londres, tu as vu les hommes qui nous espionnaient dans l'immeuble d'en face. En regardant à travers les murs !

— Pour résumer, on peut dire ça, acquiesça Nicolas.

— Et toi, Arthur, tu as appris le tagalog en une nuit avec une méthode achetée hier dans une librairie…

— Je me suis dit que ça pouvait être utile de comprendre le philippin, puisqu'on va aux Philippines, confirma Arthur. Mais il ne faut pas exagérer, je ne suis pas un expert en tagalog. Je me débrouille, sans plus.

— Sans plus, répéta Goodfellow, songeur. Quant à Violaine, elle peut manipuler les gens grâce à leurs auras.

— Dans l'esprit c'est ça, dit Arthur. Sans mauvais jeu de mots.

— Pas mal ! le félicita Nicolas en joignant un clin d'œil.

— Claire, enfin, se déplace à la vitesse de la lumière.

— C'était une image, seulement une image.

— Bon sang ! dit Goodfellow soudainement.

— Qu'est-ce qu'il y a ? demanda Arthur en fronçant les sourcils.

— Vous vous étonnez encore qu'on en ait après vous ? Vous ne vous rendez pas compte ! Si ce que vous me dites est vrai, c'est tous les services secrets de la planète que vous devriez avoir sur le dos !

Clarence referma son ordinateur. Il quitta le cyberespace du restaurant où il avait déjeuné, la mine sombre. Il prendrait désormais beaucoup plus de précautions pour entrer en contact avec son frère ! Le Grand Stratégaire venait en effet de lui confirmer ses pires craintes : le MJ-12, croque-mitaine célèbre dans le milieu des Agences, existait bel et bien. Il existait même tellement qu'il avait manipulé le général Walker et son homme de main, Agustin. Un croquemitaine. Le terme était le bon puisque le MJ-12 s'intéressait de près aux gamins. Que le Grand Stratégaire garde un œil attentif sur cette organisation en disait assez sur l'importance de la menace. Clarence n'avait obtenu ces renseignements qu'en jouant sur la fibre affective. Son brave frère Rudy estimait qu'en se rapprochant dangereusement de l'entité MJ-12, Clarence outrepassait le rôle de protecteur qu'il lui avait confié. Cette inquiétude était une preuve supplémentaire du danger que représentait l'adversaire.

Clarence hésita sur la conduite à adopter. Se mettre au vert, comme le lui avait conseillé le Grand Stratégaire, en attendant d'hypothétiques nouvelles de ses renardeaux ? Ou alors se mettre en chasse, comme le loup qu'il était, et courser non plus des renards mais des lions ? Un sourire carnassier vint éclairer à nouveau son visage tandis qu'il marchait sur le trottoir pour regagner le motel confortable réservé pour la nuit. Ce serait la chasse, bien sûr ! Mais il allait avoir besoin d'aide. D'une aide physique. Et il savait où en trouver…

New York – États-Unis.

L'assemblée était presque au complet. Il ne manquait plus, autour de la vaste table de bois verni, que Majestic 5 et son mystérieux invité. Majestic 3 fit quelques pas, ignorant ostensiblement Majestic 7, et se planta devant les vitres blindées de la pièce qui dominait la ville, tout en haut de la tour. Il aimait cette tradition qui voulait que l'on changeât régulièrement d'endroit pour se réunir. Une tradition reposant sur des principes de sécurité mais qui avait l'avantage du dépaysement.

Un brouhaha lui signala l'arrivée des retardataires. Majestic 3 retourna à sa place, sans se presser. Tous les regards se portèrent alors sur l'homme qui accompagnait Majestic 5 et qui était le seul à avoir le visage découvert. L'homme était grand, très grand, plus encore que Majestic 5. Sa figure semblait avoir été taillée à coups de serpe et quelque chose dans son regard, vert, lui conférait une expression dédaigneuse.

– Messieurs, commença Majestic 5, je vous présente le colonel Black. Black travaille pour la NSA. Il dirige le fameux département « Combat, nucléaire et espace ».

– Nous vous connaissons bien, dit Majestic 1, même si vous ne nous connaissez pas. Je vous en prie, asseyez-vous. Bienvenue au MJ-12, colonel !

La géolocalisation est un procédé qui permet de déterminer la position géographique d'un internaute à partir de son adresse IP. GeoPoint, développée dans la Silicon Valley par la société Quova, est la base de données la plus importante au monde. Elle recense plus d'un milliard d'adresses aujourd'hui actives sur Internet. Cette base de données est notamment utilisée par cinq des six plus grands sites web pour identifier en temps réel l'origine de leurs utilisateurs. Il est possible, à partir de l'adresse IP qui identifie chaque ordinateur, le rendant unique, de déterminer avec un taux de fiabilité de 99,9 % le pays d'origine de l'internaute, mais aussi sa ville, avec un taux qui varie entre 85 % (pour un pays en voie de développement) et 97 % (pour un pays développé). Au-delà, il est nécessaire d'utiliser d'autres techniques de triangulation, basées par exemple sur les points d'accès d'un réseau Wi-Fi ou les antennes d'un réseau cellulaire.

Un moyen de plus pour surveiller les gens et contrôler les actes de la vie quotidienne, une pierre en moins dans le socle de nos libertés. Cela sous couvert d'une transparence généralisée, supposée nous protéger, mais qui tend à rendre la vie privée suspecte : « Vous avez donc des choses à cacher ? » Cette mise au pas progressive d'Internet, le dernier média indépendant, et de ses usagers, est révélatrice de la paranoïa de nos dirigeants obnubilés par le contrôle. Contrôle qui, en s'appuyant sur la peur, s'accroît au détriment de la liberté. « Ceux qui abandonnent une liberté essentielle pour une sécurité temporaire ne méritent ni la liberté ni la sécurité », disait Benjamin Franklin. À méditer…

(Extrait du *Monde sous surveillance*, par Phil Riverton.)

6
Fortunæ se committere : se confier à la bonne fortune

C'est finalement plutôt agréable de se retrouver dans la peau d'un enfant. Ne se soucier de rien, c'est bien le privilège de l'enfance, non ? Évidemment, en tant qu'enfant, on ne fait pas tout ce qu'on veut. Mais il y a un prix à toute chose. Quand on devient adulte, on est seul à décider et seul on doit assumer les conséquences de ses actes. C'est à la fois grisant et terrifiant. Terrifiant quand on n'a rien demandé à personne, et surtout pas à grandir trop vite. Notre fuite de la clinique a duré deux jours, notre fugue deux mois. Il n'en a pas fallu plus pour vieillir de dix ans. Goodfellow, en reprenant les rênes, nous offre un retour en arrière, une pause, un interlude inespéré… Violaine a l'air de s'en accommoder, tant mieux. Je n'aurais pas voulu gérer une autre confrontation. Je sais que j'ai eu le dessus de justesse, la dernière fois, sur le cerro San Cristobal. La prochaine ne sera pas facile. Surtout après le coup de l'aéroport ! Je trouve que Goodfellow ressemble beaucoup au Doc. Il est rassurant sans être autoritaire. J'avais peur que notre petit groupe le considère comme un intrus, un indésirable. Au contraire, je crois que, pour des raisons diverses, nous avons tous fini par l'accepter…

6 jours 13 heures 6 minutes avant contact.

Arthur considéra avec inquiétude les corridors du terminal, mais Goodfellow les guida avec assurance dans l'aéroport labyrinthique. Leur vol pour Mactan était déjà annoncé. Ils dénichèrent des sièges libres sous un grand ventilateur qui brassait avec nonchalance un air brûlant et s'y installèrent dans l'attente de l'embarquement.

– Combien de temps faut-il pour aller là-bas ? demanda Claire à Goodfellow.

– Une heure environ. Plus une demi-heure de taxi pour rejoindre Cebu.

– Mactan, c'est l'île où Magellan a été tué ? demanda Nicolas.

– Tué par les hommes du chef Lapu-Lapu, intervint Arthur.

– Exact, confirma Goodfellow avec un regard admiratif pour le garçon. D'ailleurs, la grande ville de Mactan qui s'appelait Opon a été rebaptisée Lapu-Lapu City en 1961.

Nicolas se prit la tête entre les mains.

– Non, dites-moi que je rêve ! Ils sont deux à présent ! Au secours !

Son exclamation provoqua enfin les sourires du groupe.

L'attention du garçon fut vite attirée par les gens qui l'entouraient et qui, comme la petite bande, attendaient un avion. Les Philippins étaient plus typés que les Chiliens. Ils présentaient différents caractères asiatiques que dominait cependant une indéniable origine malaise. Ils parlaient cette langue, le tagalog, ou bien une autre proche. Mais ils étaient habillés comme on pouvait l'être en Europe l'été, c'est-à-dire en jean et en bermuda, chemisette et tee-shirt. C'était le contraste entre la différence et la ressemblance qui fascinait Nicolas.

Il fronça tout à coup les sourcils. Un peu plus loin, contre un pilier, un homme les observait. C'était un Occidental, plutôt costaud, vêtu d'un pantalon léger et d'une chemise colorée. Un sac posé à ses pieds indiquait que lui aussi attendait d'embarquer. Dès qu'il se sentit examiné à son tour, l'homme se replongea dans la lecture du magazine qu'il tenait à la main. Un magazine en anglais. Nicolas hésita. Devait-il parler aux autres de cet homme ?

« Tu deviens parano, mon vieux, se morigéna-t-il. Ce n'est pas parce qu'un type te regarde qu'il est forcément sur tes traces ! Il faut dire aussi qu'on forme un groupe qui attire plutôt l'attention... »

La voix d'Arthur le tira de ses rêveries.

– On va commencer par quoi, à Cebu ?

– On va commencer par chercher un hôtel, répondit Goodfellow. Un hôtel convenable pourvu de douches en état de marche !

Le vieil homme s'attira immédiatement le regard reconnaissant des deux filles.

– Ensuite, ma foi, continua-t-il, nous nous laisserons guider par mes souvenirs. Et notre bonne étoile !

– Espérons que personne n'aura trouvé cet endroit avant nous, dit Violaine d'un ton toujours fortement dubitatif. Tout le monde le cherche quand même depuis des centaines d'années !

– Au contraire, Violaine, personne ne le cherche plus depuis longtemps ! C'est même notre principal atout, répondit Goodfellow en étudiant une nouvelle fois le visage, trop tendu à son goût, de la jeune fille. Le symbole templier reliant l'île de Santa Inés à celle de Cebu est, certes, un fil ténu. Mais l'idée que Magellan, s'appuyant sur les notes de Marco Polo et peut-être d'autres informateurs que nous ne connaissons pas, puis que Legazpi, quarante ans plus tard, soient venus précisément ici, à Cebu dans les Visayas, renforce ce lien. Cela fait beaucoup trop de coïncidences. Allons, Violaine, un peu d'enthousiasme ! Une seconde chance s'offre à nous : celle de mettre la main sur les secrets du Temple !

Violaine n'insista pas, au grand soulagement de tous.

– Si les Templiers n'existent plus depuis le XIVe siècle et que les vestiges de Cebu datent du XVIe siècle, monsieur Goodfellow, ça veut dire que les Espagnols ont repris à leur compte ces fameux secrets ?

– Tout à fait, Claire ! C'est ce que j'explique dans mon carnet : au moment de leur persécution par Philippe le Bel en 1314, les derniers Templiers se sont réfugiés, avec leurs secrets, au Portugal. Des secrets que les Espagnols ont récupérés ensuite grâce au changement de camp de Magellan.

– Moi, penser que des gens aient pu se transmettre un secret sur plusieurs siècles, ça ne me choque pas, dit Nicolas. Mais ce que je voudrais bien comprendre, c'est le rapport entre ces gens qui vivaient au Moyen Âge et les missions Apollo…

— Toi aussi tu as lu mon carnet, Nicolas. Donc tu sais que je ne sais pas ! Mais je suis sûr qu'un secret relie ces événements entre eux. Ce n'est qu'en suivant le fil qu'on aura une chance de comprendre.

— Et nous, qu'est-ce qu'on a à voir là-dedans ? questionna Violaine. Pourquoi on nous traque comme des animaux ?

— Je me demande sérieusement si, pour le coup, ce n'est pas une vraie coïncidence, répondit Goodfellow. Vos… particularités suffisent à justifier la traque dont vous êtes l'objet. Vous vous êtes trouvés au mauvais endroit au mauvais moment, c'est tout.

Arthur étouffa une remarque mordante. Lui non plus ne croyait pas aux coïncidences ! L'explication de Goodfellow était trop simpliste. Mais il n'avait pas de suggestion en réserve, aussi évita-t-il de lancer la polémique.

Le vieil homme tendit l'oreille ; un haut-parleur crachotait quelque chose en tagalog.

— Ça y est, on embarque !

Nicolas fut le premier à se lever. Machinalement, il chercha des yeux l'homme qui les observait tout à l'heure, près du pilier. Il avait disparu. Nicolas se sentit bêtement rassuré. Puis il chassa l'inconnu de ses pensées et alpagua Goodfellow.

— Vous avez vécu longtemps aux Philippines, monsieur Goodfellow ? Parce que vous vous débrouillez drôlement bien en philippin !

– J'ai vécu longtemps un peu partout, mon garçon. Dont deux années aux Philippines, il y a déjà trop longtemps. Le souvenir de cette période n'est pas le plus désagréable ! Les malheurs sont souvent moins pénibles au soleil.

Puis il fixa les quatre jeunes gens avec un regard implorant.

– Écoutez, les enfants, j'ai une faveur à vous demander. Je voudrais que vous m'appeliez Harry, tout simplement. Parce que avec « monsieur Goodfellow » à chaque phrase, on ne va jamais s'en sortir !

– D'accord, Harry, dit Arthur en lui rendant son sourire. On va essayer !

– Ouais, acquiesça à son tour Violaine en grommelant. À condition qu'il se calme, lui aussi, avec « les enfants »…

New York – États-Unis.

La tour qui hébergeait la réunion des Majestics présentait un aspect banal au milieu des autres immeubles du quartier. Mais sa structure était considérablement renforcée et les panneaux vitrés du dernier étage étaient blindés. Quant aux différentes voies d'accès, elles étaient gardées par des hommes armés et vigilants.

L'assemblée réunie autour de la table était particulièrement attentive. La voix grave du colonel Black répondait sans hésiter aux questions de Majestic 1. Ils venaient d'aborder un sujet qui les intéressait tous beaucoup.

– L'homme dont vous nous parlez, ce Grand Stratégaire. Est-ce votre interlocuteur habituel ?

– Non, répondit Black avec assurance. Il n'intervient qu'à certaines occasions.

– De quel genre ?

– Du genre déconcertant. Généralement, des affaires qui ne semblent pas importantes. Mais ce n'est pas à moi d'en juger ! C'est lui le patron.

Un brouhaha agita l'assemblée. Le regard de Majestic 1 s'éclaira d'une lueur de triomphe.

– Si je comprends bien, continua-t-il, vous pensez que le Grand Stratégaire est votre patron ? Le grand chef de la NSA ?

– Je suppose, oui, répondit Black en haussant les épaules. Il possède tous les codes d'accès, à tous les niveaux.

Visiblement, il ne comprenait pas où son interlocuteur voulait en venir.

– C'est étrange, dit Majestic 1 en pesant ses mots. Parce que voyez-vous, colonel, les deux seuls patrons de la NSA s'appellent Keith B. Xander et John C. Ingis. Vous les connaissez, tout le monde les connaît. Pourquoi se cacheraient-ils derrière un nom de code ?

Black accusa le coup.

– On a tous pris l'habitude de travailler avec le Grand Stratégaire, se défendit-il. C'était si évident qu'on ne s'est jamais posé la question. Ou plutôt ça nous paraissait anormal, et même vexant, d'avoir des chefs connus de tout le monde ! L'existence du Grand

Stratégaire nous rassurait : on était bien une Agence différente, plus secrète que les autres.

Majestic 1 hocha la tête. Il s'adressa à l'assemblée.

— Messieurs, je crois que nous tenons une piste sérieuse. Majestic 5, que je félicite en notre nom à tous, va s'attacher à la remonter. Je suis sûr qu'en mettant la main sur ce Grand Stratégaire, nous débusquerons le mystérieux adversaire qui s'acharne depuis quelque temps à nous mettre des bâtons dans les roues. Je vais également activer mes réseaux personnels et trouver les renseignements qui nous seront utiles.

Il tourna vers Black son masque lisse et blanc.

— Merci, colonel. Vous nous aurez été d'une grande aide aujourd'hui. Majestic 5 restera en contact avec vous. La chaise de Majestic 12 est actuellement disponible. Si vous nous donnez satisfaction, eh bien, vous pourrez rejoindre la plus secrète de toutes les Agences non officielles !

Il y eut quelques rires. Black se leva, salua l'assemblée et fit mine de sortir. Il se ravisa au dernier moment.

— Je ne sais pas si ça peut vous aider, dit-il après une hésitation vite balayée, mais le Grand Stratégaire faisait souvent appel aux services d'un mercenaire du nom de Clarence Amalric. Minos, de son nom de code. Il sera peut-être plus facile à trouver que le Grand Stratégaire.

Majestic 1 hocha encore une fois la tête. Cette fois, Black sortit pour de bon.

Le 13 février 1565, venu du Mexique espagnol, Miguel Lopez de Legazpi débarque dans les Visayas avec cinq navires et quatre cents hommes. Curieusement, il s'arrête d'abord dans l'île de Bohol, avant de se rendre à Cebu. Plus curieux encore est l'étrange personnage qui accompagne Legazpi, qui le guide et le conseille. Il s'agit d'Andrés de Urdaneta, marin soldat dans sa jeunesse puis moine au couvent mexicain de Saint-Augustin. Le même Urdaneta qui découvrit, à la fin de sa vie, la route permettant aux navires de naviguer d'ouest en est malgré les alizés. L'homme est, il est vrai, un redoutable marin, qui n'hésite pas, au début de sa carrière, à s'aventurer dans les eaux troubles du détroit de Magellan…

Quel secret détient ce moine-soldat, qui conduit Legazpi à pacifier en priorité, de manière parfois inattendue, les Visayas centrales ? Que veut dire Legazpi quand il écrit à propos d'Urdaneta : « Il a éclairé l'expédition, tant sur le plan spirituel que temporel » ? Pourquoi les Portugais tentent-ils avec tant d'acharnement de prendre le contrôle de la région en 1567 alors qu'au même moment Urdaneta, accompagné du propre fils de Legazpi, rencontre par deux fois Philippe II d'Espagne ? On aurait bien aimé connaître les motivations profondes des Portugais et, surtout, savoir quelle était la teneur des échanges entre le roi d'Espagne et le vieux moine…

(Extrait de *Tisseurs d'histoires*, par Eusèbe Gustave.)

7
In ordinem cogere : remettre à sa place

Est-ce que Rimbaud est déjà venu aux Philippines? Je ne pense pas. C'est dommage, il y aurait trouvé la matière pour un poème du genre « Soleil et chair brûlée » ou bien « Rêve d'hiver ». La chaleur est là, étouffante, elle domine, elle n'a aucun adversaire sérieux, c'est la super-prédatrice. Pour la combattre : un ventilateur et une bouteille d'eau glacée. Je n'ai trouvé aucune autre parade pour l'instant… Cette histoire de chaleur, ça me rappelle la fois où le feu, dans la cheminée de mon grand-père, s'est transformé en démon. On a tous passé ce genre de moment, le regard perdu dans la contemplation des flammes, hypnotisés par leur danse rouge, jaune et bleu, blanc parfois. J'étais un p'tit gars, à l'époque. Brusquement, le feu a cessé d'être ce qu'il était. Sous mes yeux, qui avaient basculé en mode multicolore, il y avait un halo de couleurs, proches de celles que je voyais un instant auparavant, mais moins vives, plus nuancées, plus… pixelisées! Et sous sa robe de flammes mouvante, un démon me souriait. Je me souviens du cri que j'ai poussé avant de me réfugier contre mon grand-père, qui riait aux éclats parce qu'il croyait qu'une étincelle m'avait effrayé. Les démons. Maintenant que j'y pense, ils sont toujours là, cachés derrière les voiles colorés. C'est juste que je fais exprès de ne pas les voir...

6 jours 7 heures 13 minutes avant contact.
– Et maintenant ? demanda Nicolas.
– On est allés au fort San Pedro et à l'église San Agustin, qui sont les plus vieux monuments de Cebu, récapitula Goodfellow en tirant vers l'arrière son chapeau de toile et en s'épongeant le front. Je crois qu'on a fait le tour.
– On n'a pas retrouvé le fameux symbole templier, conclut Violaine avec un air de « je vous l'avais bien dit ! ».
– Effectivement, reconnut Goodfellow, contrarié. Je sais que c'est ici que je l'ai vu, mais impossible de me rappeler où exactement !
– Sénilité plus chaleur, bonjour les dégâts, marmonna Violaine sans qu'il l'entende.
– Alors, répéta Nicolas, on fait quoi, maintenant, si on a déjà tout passé en revue ?
– Je propose qu'on cherche un endroit pour s'asseoir et qu'on boive quelque chose de frais, dit Goodfellow sans se départir de sa bonne humeur. On l'a amplement mérité !
– Ouf ! lâcha Claire, heureuse à l'idée de reposer ses jambes.

Ils dénichèrent un bar agréable proche du front de mer, le plus à l'écart possible de l'avenue côtière et de la pollution des pots d'échappement. Ils s'adjugèrent la table placée sous un grand ventilateur. Si elle n'avait pas été libre, ils auraient été prêts à se battre pour l'avoir !

– Nicolas a raison, dit Violaine : c'est quoi la suite du programme si ce qu'on cherche n'est pas ici ?

– Holà, du calme ! C'était une simple reconnaissance, rien d'autre, répondit Goodfellow en regardant avidement la bière que le serveur apportait avec les jus de mangue commandés par la bande. Mais si vous êtes fatigués, moi je retourne explorer les murs du fort et de l'église. Je ne suis pas fou, j'ai vraiment vu ce signe quelque part !

C'était bien ce qui dérangeait Arthur. Il ne mettait pas en doute les affirmations de Goodfellow au sujet du symbole qu'il avait vu sur un vestige espagnol des Visayas. Mais un détail ne collait pas. Et plus il y pensait, plus il se demandait si leur ami n'était pas victime d'une certaine confusion mentale.

Un martèlement de doigts sur la table ramena l'attention du garçon sur Violaine. Malgré ses petites piques et quelques grommellements, elle était docile et silencieuse depuis leur arrivée aux Philippines. Trop docile ? Il la sentait loin d'eux, libre à tout moment d'agir à sa guise et selon ses propres règles. Arthur savait qu'il pouvait compter sur Claire si Violaine disjonctait à nouveau, mais Claire elle-même pouvait craquer à tout moment. Son regard passa de l'une à l'autre, puis s'attarda sur les seins de Violaine que le tee-shirt mettait généreusement en valeur. Il s'empourpra et détourna la tête. Le rêve qu'il avait fait dans le bus pour Santiago avait laissé plus de traces qu'il le pensait !

— Je viens avec vous, Harry, dit Arthur malgré sa lassitude.

Il lui fallait se retrouver en tête à tête avec le vieil homme pour lui soumettre l'idée qu'il avait eue à Santiago et qui lui semblait, à présent, tout à fait cohérente.

— Nous, on va à l'hôtel, annonça Violaine sans consulter les deux autres. Je rêve d'une douche et d'une sieste sous le ventilateur.

Les mots « douche » et « ventilateur » firent leur effet, et Claire et Nicolas oublièrent de s'insurger contre le ton impérieux de leur amie.

— On devrait commencer par la façade du fort et celle de l'église, proposa le garçon à Goodfellow, pour détourner ses pensées de Violaine. C'est la première chose qu'on regarde, en visite. C'est peut-être là que vous avez aperçu le symbole !

— C'est une bonne idée, embraya immédiatement Goodfellow. En plus, ce sont les parties les mieux conservées !

Excité à présent à l'idée de reprendre les fouilles, Goodfellow termina rapidement son verre. Suivi d'Arthur, il quitta les autres en leur donnant rendez-vous à l'hôtel.

— Ils ont un côté agaçant, ces deux-là, dit Violaine lorsqu'ils furent partis.

— Bah ! tu connais Arthur, répondit Nicolas du tac

au tac. Il en fait toujours trop ! Et puis ils bossent à notre place, alors de quoi on se plaint ?

— C'est pas de ça que je parlais. C'est le genre responsable qu'ils se donnent que je déteste. Avec eux, j'ai l'impression d'être une gamine. Et puis quoi, on se débrouillait bien sans adulte, jusque-là !

— Il y a quand même eu le Doc, Antoine et puis Clarence, relativisa Claire. Il y en a toujours eu un pour veiller sur nous, ça nous a plutôt réussi.

Violaine lui jeta un regard peu convaincu.

— Mouais, peut-être. Mais plus ça va et moins j'aime ça.

— Tu n'aimes pas quoi ?

— Qu'on me dise ce que je dois faire. Vous venez ? On sera mieux à l'hôtel que dans ce bar pouilleux.

Elle se leva et ils lui emboîtèrent le pas.

« Et toi, chère Violaine, pensa tristement Claire en lui prenant le bras, nous laisses-tu seulement libres de nos choix ? »

— Attendez une minute ! s'exclama Nicolas.

— Quoi ? Qu'est-ce qu'il y a ?

— Le type, là-bas, de l'autre côté de la rue, avec une chemise de toutes les couleurs... Zut ! il vient de disparaître.

— Eh bien ?

— Je l'ai déjà vu. À l'aéroport, à Manille, pendant qu'on attendait l'avion de Cebu. Il nous observait !

— Tu es sûr que c'est le même ?

— Certain ! Là encore, il nous épiait. Il s'est éclipsé quand il a vu que je le regardais.

— C'est ennuyeux, dit Violaine, le visage sombre. Ça voudrait dire qu'on est repérés à nouveau.

— Comment c'est possible ? murmura Claire en pâlissant.

Violaine haussa les épaules.

— Depuis le début on se demande comment ils font pour nous trouver. On n'a jamais de réponse, mais ils nous trouvent et c'est ça l'important.

— Il va falloir en parler à Harry, dit Nicolas. On a moins de temps qu'on le pensait.

Le soir tombait lorsque Arthur et Goodfellow, épuisés pour de bon, prirent le chemin du retour. Il n'était pas tard mais, sous les tropiques, le soleil avait une fâcheuse tendance à disparaître à heure fixe entre la fin d'après-midi et le début de soirée. Ils rentraient bredouilles, la déception clairement inscrite sur leur visage.

— Je ne comprends pas, dit Goodfellow l'air sincèrement navré. J'étais pourtant sûr…

Il secoua la tête.

— En fait, je ne sais plus, avoua-t-il. Peut-être que je me suis imaginé avoir vu cette sculpture de triple enceinte ! J'ai peut-être confondu mes souvenirs avec la photo d'un livre.

Arthur sentit que le moment était propice pour avancer sa théorie. Il se racla la gorge.

— Vous avez peut-être confondu vos souvenirs entre eux, Harry.

— Que veux-tu dire ? demanda Goodfellow en l'observant avec un regard perçant.

— Et si ce n'était pas à Cebu que vous aviez vu le symbole ?

— Pas à Cebu ? répéta-t-il interloqué. Impossible ! Je te rappelle que c'est à Cebu que Magellan a débarqué et que Legazpi ensuite…

Arthur le coupa.

— Non. Ce n'est pas à Cebu que Legazpi a débarqué en premier, mais… sur l'île de Bohol ! Quant à Magellan… Qu'est-ce qu'il y a entre Bohol et Cebu ? L'île de Mactan, que Magellan a voulu soumettre !

— Mais c'est exact ! D'ailleurs Miguel de Legazpi, en débarquant à Bohol en 1565, n'a pas fait la même erreur que Magellan, poursuivit Goodfellow qui comprenait peu à peu où Arthur voulait en venir. Il a conclu un pacte avec le chef Sikatuna et tous les deux ont bu quelques gouttes de leur sang mélangé dans un bol en bois au-dessus d'une peau de bête.

— Un geste assez peu chrétien ! commenta Arthur.

— Mais accompli, sans aucun doute, avec la bénédiction de son conseiller Urdaneta. Ce geste lui a ouvert les portes de l'île…

Goodfellow se frappa le front avec le plat de la main.

— C'est sûrement à Bohol que j'ai vu le symbole ! Sur une des églises de l'île !

— Ça collerait parfaitement, ajouta Arthur, heureux de voir le visage du vieil homme s'éclairer à nouveau : c'est à Bohol que l'on trouve les plus vieilles églises des Philippines !

— C'est encore vrai ! s'exclama Goodfellow, ravi. Tu es un compagnon précieux, Arthur. Allons retrouver les autres. J'ai honte ! Je dois leur présenter au plus vite les excuses d'un vieux gâteux.

Arthur se sentait soulagé. Sa mécanique cérébrale n'était pas trop rouillée ! Quant à celle de Goodfellow, stimulée par des éléments concrets, elle se remettrait naturellement en place quand ils débarqueraient à Bohol.

Il pressa le pas, obligeant le vieil homme à se dépêcher. Il avait hâte à présent de retrouver Violaine, Nicolas et Claire. Il ne se sentait pas tranquille quand il était loin de ses amis…

Banlieue d'Abilene, Texas – États-Unis.
Matt Grimelson fit sauter le pancake dans la poêle d'un geste machinal. C'était un matin comme il y en avait tous les jours depuis qu'il était rentré. Il regarda encore une fois par la fenêtre qui donnait sur le pavillon voisin, un pavillon comme il y en avait des milliers dans le coin. Matt mesurait plus de deux mètres et pesait pas loin de cent vingt kilos. Le repos auquel il était contraint depuis des mois avait arrondi sa silhouette, mais la couche de graisse dissimulait les muscles d'un homme habitué à l'action. Le colosse soupira et donna un autre coup de poêle.

– Mattie ! Mon pancake !
– Ouais, m'man ! hurla-t-il en faisant glisser le pancake dans une assiette.

Il quitta la cuisine en claudiquant. Une femme énorme était avachie dans le canapé du salon, devant la télévision. Matt déposa l'assiette sur la table basse encombrée d'emballages divers, vides pour la plupart.

– Tu n'as besoin de rien d'autre ? lui demanda-t-il gentiment.

Son visage poupon parsemé de taches de rousseur s'était éclairé d'un sourire un peu idiot.

– Non, tu es un bon garçon, répondit-elle sans se détourner de l'écran. Tu as vu le docteur Braddy aujourd'hui ?

– C'était hier, corrigea-t-il avec douceur. Il a dit que mes jambes étaient presque guéries. Tout va bien, maman.

Elle émit un grognement approbateur. Sachant qu'elle ne dirait rien de plus, Matt repartit dans la cuisine et calma sa nervosité en faisant la vaisselle. Il n'avait pas été franc avec sa mère. En effet, l'une des fractures avait mal évolué et il serait condamné à boiter toute sa vie. Il en avait eu la confirmation lors de sa dernière visite au médecin. Et ça, il ne pouvait pas le dire à sa mère.

Le téléphone émit une sonnerie stridente. Sans doute dérangée dans son émission, Mme Grimelson décrocha et répondit d'une voix impatiente.

– Mattie ? cria-t-elle. C'est pour toi ! C'est un M. Minos !

Le cœur du géant s'arrêta de battre. Il dut se rattraper au rebord de l'évier pour ne pas tomber. Puis il recouvra ses esprits et se précipita dans le salon. Il arracha presque le combiné des mains de sa mère.

– Boss ? bredouilla-t-il. Boss, c'est vous ?

Des larmes coulaient à présent le long de ses joues.

– Je suis tellement content, boss, vous pouvez pas

savoir !… Bien sûr que je suis libre… Pas de problème, j'arrive le plus vite possible… Et je prends mon matos, bien sûr, boss. À bientôt, boss !

Lorsqu'il raccrocha, son visage joufflu resta figé sur une expression extatique.

– C'était le boss, dit-il à sa mère qui n'avait pas quitté la télé des yeux. Il a besoin de moi…

Quand il n'y a pas de mur derrière toi, petit, mieux vaut avoir des amis.

(Extrait de *Préceptes de hussard*, par Gaston de Saint-Langers.)

8
Persuasibiliter : d'une manière persuasive

La porte du fond de la crypte l'intriguait de plus en plus. Elle pulsait, par moments, mais c'était peut-être seulement dans son esprit. À d'autres moments, elle laissait échapper des rais de lumière, et Violaine en avait conclu qu'elle ouvrait sur l'extérieur. C'était pour cela, sans doute, que ses chers dragons ne voulaient pas qu'elle s'en approche. Elle tournait de fréquents regards vers cette porte qui, à présent, l'obsédait totalement. Mais elle ne parvenait qu'à provoquer l'énervement de ses gardiens. L'un d'eux en bouscula un autre et s'attira en retour des feulements furieux. L'heure n'était pas à la fête, dans la crypte, depuis qu'elle avait fait mine de gagner la porte. Elle restait donc sagement dans son coin, et prenait soin de ne pas s'éloigner du monstre qui l'avait emportée dans ses griffes et qui semblait encore veiller sur elle…

5 jours 8 heures 51 minutes avant contact.
Violaine secoua la tête, essayant d'échapper au sommeil qui la harcelait. Elle se leva et quitta le banc sur lequel elle s'était installée pour assister au départ du

ferry. La ville de Cebu s'éloignait petit à petit. Elle s'aperçut qu'il y avait des collines à l'arrière-plan. Elle fut surprise par le nombre d'immeubles émergeant des différents quartiers de la ville. Mais c'est le ciel, rempli de nuages noirs, qui retint son attention.

— Cebu est quand même une des grandes villes des Philippines, dit Arthur, comme s'il avait lu les pensées de Violaine. Près d'un million d'habitants. Il faut bien les mettre quelque part !

Le grand garçon l'avait rejointe sans bruit. Ses traits tirés et des cernes sous les yeux indiquaient qu'il n'avait pas beaucoup dormi. Il surprit une expression exaspérée sur le visage de Violaine. Son cœur se serra.

— Quelque chose ne va pas ? demanda-t-il en se forçant à sourire.

— Non, tout va très bien. On se tape des jours d'avion, la visite d'églises immondes et de vieux murs écroulés, des températures qui n'existent sur aucun thermomètre et des hectolitres de fumée d'échappement. Et tout ça pour rien, parce qu'un vieux fou n'a plus sa tête ! Qui nous dit qu'il ne gâtouille pas encore une fois et que c'est vraiment à Bohol qu'il a vu le signe des Templiers ? Pour l'instant, on n'a pas avancé d'un iota dans notre quête ! Ah ! si, j'oubliais : on sait combien il y a d'habitants à Cebu. Merci, Arthur.

Le garçon n'essaya pas de la couper pendant sa diatribe. Il s'abîma dans la contemplation des remous créés par l'hélice.

— C'est une façon de voir les choses, répondit-il. Tu voudrais faire quoi, à la place ?

– Nous mettre en chasse. Trouver ceux qui nous traquent. Les interroger. Les éliminer.

Un frisson glacé saisit Arthur malgré la chaleur. Il y avait dans la voix de la jeune fille une dureté épouvantable.

– L'homme que Nicolas a aperçu hier ne s'est pas remontré, intervint Claire en agrippant le bras de Violaine. En plus, nous ne sommes pas certains qu'il en a après nous. Le chemin que nous suivons avec Goodfellow reste notre meilleure chance de toucher au but et tu le sais.

Le contact avec son amie parut calmer Violaine.

– De toute façon, grommela-t-elle, les dés sont jetés. J'espère que le vieux va vite retrouver la mémoire et son signe sculpté parce que, pour l'instant, c'est pas une partie de plaisir.

Elle se dégagea doucement de l'emprise de Claire et rentra s'asseoir à l'intérieur du bateau. Arthur et Claire échangèrent un regard.

– Elle est vraiment en train de changer, murmura la fille diaphane. Il s'est passé quelque chose quand elle a tué le dragon du vampire, à Santa Inés. Comme si elle avait basculé ailleurs.

– Je m'en suis rendu compte, confirma Arthur sur le même ton. J'ai l'impression que ce changement concerne également son pouvoir sur les dragons.

– Violaine peut devenir extrêmement dangereuse, confirma Claire dont le teint avait pris une couleur de cendres. À l'aéroport, si je ne l'avais pas retenue, elle aurait tué les douaniers.

– Tu veux dire leurs dragons ?

– Non. Je crois bien qu'elle aurait pu les tuer vraiment. Je ne sais pas comment, mais j'en ai la certitude. Lorsque j'ai posé ma main sur elle, je me suis retrouvée en contact avec son monde, avec le monde des dragons de brume. C'était fascinant. Et horrible.

Les mains de Claire se mirent à trembler. Arthur les prit entre les siennes.

– C'est à nous de veiller sur elle, dit-il en soupirant. Ça ne sera pas facile, mais on se débrouillera. Elle n'a que nous ! Et nous, on a besoin d'elle. On a toujours eu besoin d'elle.

Claire hocha la tête.

– Tu sais, ajouta-t-elle, je crois que tu devrais intervenir plus souvent. Violaine t'aime bien…

Arthur la dévisagea avec un regard effaré.

– Ah non, tu ne vas pas t'y mettre toi aussi ! Vous vous êtes donné le mot avec Nicolas ?

– Fais-moi confiance. Je sais que les apparences sont contre moi mais je suis une fille tout de même ! Et il y a des trucs que les filles comprennent.

– Violaine t'a dit quelque chose ?

– Mais… tu rougis ma parole !

– Alors ? la pressa-t-il.

– Elle m'a juste dit à plusieurs reprises, quand elle était… normale, qu'elle avait surpris certains de tes regards. Des regards qui l'avaient troublée.

Arthur ne répondit rien. Il regarda un moment la porte par laquelle Violaine avait disparu.

– C'est drôle que tu me dises ça. Parce que moi, j'ai plutôt l'impression qu'elle m'aime de moins en moins…

Claire décocha à Arthur un sourire lumineux et l'embrassa sur la joue. Puis, sans rien dire, de sa démarche hésitante, elle rejoignit Violaine à l'intérieur.

— Elle n'a pas tort, fit Nicolas en s'approchant.

— Qui ça, Claire ? dit Arthur, méfiant, en se demandant si Nicolas avait entendu leur conversation.

— Non, Violaine. On pourrait leur mener la vie dure, aux salauds qui nous pourchassent. C'est vrai, ça, on a des pouvoirs et on ne les utilise pas ! On pourrait aussi piller des banques. Moi je repérerais les alarmes, Violaine neutraliserait les gardes et Claire récupérerait l'argent dans les caisses sans que personne s'en aperçoive. Toi, tu serais le cerveau, tu planifierais les attaques et tu gérerais le pactole.

Arthur en resta sans voix.

— Tu penses vraiment ce que tu dis ? hoqueta-t-il enfin.

— Disons que c'est une idée parmi d'autres. Ça nous changerait des chasses au trésor, genre jeu de piste où on découvre à la fin un coffre vide !

— Alors tuer des gens, c'est aussi la meilleure solution pour toi ? s'offusqua Arthur.

— Claire, Harry et toi vous ne croyez pas à mon histoire de type louche qui nous suit depuis Manille. Violaine si. Elle pense qu'on pourrait prendre l'initiative pour une fois. Marcher sur la fourmilière. Les morts, c'est autre chose. Comment on dit, déjà ? Ah oui, des dommages collatéraux ! Après tout, on a essayé plusieurs fois de nous tuer, non ? Alors pourquoi on serait gentils ?

– Tu ne te rends pas compte, dit Arthur en secouant la tête.

Nicolas vit que son ami avait l'air sincèrement peiné. Il se mordit la lèvre. Pourtant, pour être franc, il pensait ce qu'il disait. Enfin, une partie au moins. Surtout au sujet des banques. Ça pouvait être très marrant ! Il se voyait en Billy the Kid du XXIe siècle !

– Je me rends parfaitement compte, conclut Nicolas en retrouvant son sérieux. Et dans ce qu'a dit Violaine, tout n'est pas à jeter. Tu devrais y penser.

Jackson, Wyoming – États-Unis.
Quelqu'un frappa à la porte. D'une voix étouffée, Majestic 3 l'invita à entrer. Quelques instants plus tard, dissimulé lui aussi derrière un masque, Majestic 7 pénétrait dans le bureau, sous le regard vigilant des gardes restés à la porte.

– Je vous remercie d'être venu, commença Majestic 3 en se portant à sa rencontre et en lui tendant la main.

Le visiteur serra la main du petit homme avec vigueur. Majestic 7 n'était plus tout jeune mais il émanait de sa personne une grande énergie.

– On ne refuse pas une invitation dans un tel cadre, répondit-il avec une pointe d'ironie. Assister à l'arrivée du printemps au milieu des vergers est un réel privilège.

Majestic 3 fit mine de balayer le compliment de la main.

– À force de privilèges, on finit par ne plus s'apercevoir qu'ils en sont. Moi je préfère parler des devoirs qui les justifient.

Majestic 3 s'arrêta, laissant planer un silence lourd de sous-entendus. Puis il choisit une attaque frontale. L'heure n'était plus aux finasseries.

– À quoi jouez-vous, Majestic 7 ? dit-il en le fixant derrière son masque.

– Que voulez-vous dire ?

– Ne me prenez pas pour un imbécile. D'abord, cette information concernant Goodfellow que vous m'avez cachée, me faisant passer au sein de l'assemblée pour un incapable. Ensuite, le peu d'ardeur que vous mettez à retrouver la trace des enfants. Je veux des explications.

Majestic 7 prit son temps pour répondre.

– En ce qui concerne Goodfellow, commença-t-il, je suis désolé. C'est vrai que j'ai agi précipitamment et que je vous ai mis dans l'embarras. C'était stupide de ma part. L'information m'est parvenue peu de temps avant la réunion. J'aurais dû vous en faire part immédiatement.

Il parlait sans hâte, en insistant sur chaque mot. Des mots qui semblaient frappés au coin du bon sens. Majestic 3 se sentit troublé. Son interlocuteur cherchait à l'embobiner, c'était clair. Puis tout se brouilla dans son cerveau. Quand il reprit le contrôle de ses pensées, les choses étaient devenues évidentes. Limpides. Son adjoint pour l'opération « Quatre Fantastiques » n'avait jamais voulu le doubler ! Pourquoi l'aurait-il fait ? Majestic 7 était son meilleur ami et son plus fidèle soutien ! Il se sentait à présent pleinement rassuré. Toute cette histoire était un malentendu, un bête malentendu.

– Quant à vos soupçons me concernant, cher ami, poursuivit Majestic 7 avec une voix presque métallique, ils sont totalement infondés. Je souhaite retrouver ces enfants autant que vous. J'espère que vous le comprenez. Vous le comprenez, n'est-ce pas ?

Majestic 3 faillit s'écrier qu'il le comprenait. Il se retint de justesse. Il s'en voulait terriblement d'avoir pu penser, même un instant, que Majestic 7 n'était pas de son côté. Jamais il n'aurait pu compter sur un meilleur allié !

Majestic 7 prit le temps de calmer sa respiration. Certaines « discussions », où il se devait d'être persuasif, lui demandaient un gros effort. Lorsqu'il se sentit mieux, il reprit, d'une voix normale, sans intonations particulières et, surtout, sans le magnétisme qui imprégnait chacune de ses phrases précédentes :

– Vous vouliez me dire autre chose ?

Majestic 3 sursauta.

– Je... Non. Ou plutôt si. Avez-vous déjeuné ?

– J'ai préféré voyager le ventre vide. Les trajets en hélicoptère me réussissent mal.

– Je vais vous faire servir un repas dans le jardin. Les arbres sont tous en fleurs. Ils sont magnifiques, cette année !

La nouvelle doctrine spatiale des États-Unis telle que la décrit la New Space Policy est intéressante à plus d'un titre. En effet, il y est clairement affirmé que « *la sécurité nationale des États-Unis dépend de façon critique de leur capacité spatiale et cette dépendance continuera de croître. Les États-Unis préserveront leurs droits et leur liberté d'action dans l'espace ; dissuaderont les autres d'empiéter sur ces droits ou de se doter de la capacité de le faire ; répondront à toute forme d'ingérence ; et nieront, si nécessaire, aux adversaires le droit à l'acquisition d'une force spatiale propre à menacer l'intérêt national américain. Les États-Unis s'opposeront au développement de nouvelles législations ou de restrictions cherchant à interdire ou à limiter l'accès des États-Unis à l'espace ou à l'usage de l'espace ».*

L'idée que l'intérêt national américain supplante les droits de tous n'est pas nouvelle. L'agression de la Serbie et de l'Irak, au mépris du droit international et des décisions de l'ONU, ou encore l'impunité dont bénéficient les ressortissants américains à l'égard du Tribunal pénal international n'en sont que les exemples les plus récents et les plus visibles.

Ce qui est nouveau, par contre, c'est qu'il ne soit plus fait mention, comme dans les textes précédents, d'un espace civil et commercial fondé sur une coopération internationale. En raison du droit du plus fort, les États-Unis se réservent l'espace comme un gigantesque terrain de jeux privé. Ils auraient tout aussi bien pu réquisitionner les eaux internationales du globe, cela n'aurait pas été plus énorme.

Alors pourquoi cette évolution ? Encore le syndrome du 11 septembre et la peur des terroristes de l'espace ? La crainte que la Chine pousse ses cercles d'influence jusque dans les étoiles ? Peut-être. Mais il existe une autre explication : à l'heure où l'espace commence à devenir véritablement accessible, les États-Unis ont peut-être des choses à cacher. Sinon, ils ne se garderaient pas le droit d'en interdire, ou du moins d'en contrôler l'accès…

(Extrait d'*Enquêtes occultes*, par Kevin Brender.)

9
Lapideus, a, um : en pierre, dur

Je repasse souvent dans ma tête l'épisode de l'aéroport. Dans les moindres détails. Parce qu'il faut que je réfléchisse sérieusement à sa signification et à ses troublantes implications. Je ne parle ni de la colère ni des actes de Violaine, non. Mais du fait que j'ai eu accès à son monde. Un accès inexplicable, lourd de conséquences. Je n'étais pas à ce moment précis une simple spectatrice. Les dragons de brume m'ont vue. Ils savaient que j'étais là. Ce qui veut dire qu'ils auraient pu m'attaquer, et que j'aurais eu la possibilité de me défendre. Je suis persuadée que Violaine n'a pas mesuré la portée de l'événement. De plus, cet épisode est en train d'agir chez moi à la façon de la madeleine de Proust. Des souvenirs que je croyais perdus reviennent me hanter. Et dans ces souvenirs, j'apercevais des choses que les autres ne voyaient pas...

5 jours 3 heures 3 minutes avant contact.
Claire pénétra avec soulagement dans l'église. La température y était nettement plus supportable qu'à

l'extérieur. Nicolas la guida jusqu'à un banc posé le long du mur.

— Je te laisse, dit-il comme pour s'excuser.

— Ne t'inquiète pas, je reprends juste des forces et je vous rejoins.

Elle regarda son ami partir d'un pas pressé. Elle avait menti et Nicolas le savait bien : elle était épuisée et totalement incapable de reprendre l'examen minutieux du vieux bâtiment auquel Arthur et Goodfellow les avaient astreints ! La fraîcheur relative lui fit du bien. L'église était grande, déserte et vide, sans charme particulier. Ça aurait très bien pu être une grange, si ce n'était le chœur, rococo à souhait et l'orgue de bambou, à l'étage. L'intérêt de l'église de Baclayon résidait surtout dans son clocher indépendant, qui se dressait juste à côté, et dans le fait que c'était le plus vieil édifice religieux des Philippines. Il avait été érigé par des jésuites en 1595, moins de trente ans après le passage de Legazpi. C'est là que Goodfellow espérait trouver le symbole templier qu'ils avaient vainement cherché à Cebu, inspectant les lieux pierre après pierre, sans autre résultat pour l'instant que d'avoir été obligés de boire des litres d'eau.

Claire cessa malgré elle de songer à ses amis en train de fouiller et ses pensées repartirent vers les statues en bronze, sur le front de mer, qui jouaient dans un défi au temps la scène du pacte de sang conclu entre Legazpi et le chef local Sikatuna. Car c'était près de Baclayon que le navigateur avait d'abord posé le pied avant de gagner Cebu ! Qu'un conquistador ait pu, sans a priori, mettre de côté ses propres croyances pour accepter celles des indigènes, cela l'avait profondément touchée.

Claire fit défiler ensuite dans sa tête les images de leur arrivée au port de Tagbilaran. La capitale de Bohol était une ville encombrée, saturée de voitures et de fils électriques posés n'importe où et n'importe comment. Legazpi, lui, avait eu une autre vision de l'île à son arrivée ! Claire se dit qu'elle aurait préféré boire un peu de sang plutôt que d'avaler la fumée de tous ces pots d'échappement... Heureusement, ils s'étaient engouffrés dans un taxi et avaient quitté les lieux au plus vite, filant le long de la côte vers l'est. Renouant le fil de sa mémoire, Goodfellow les avait guidés jusqu'à Baclayon, quelques kilomètres plus loin.

Sa rêverie ramena Claire au travail que ses amis effectuaient à l'extérieur, dans une chaleur pénible. À sa grande surprise, Violaine avait accepté de bonne grâce son rôle d'apprentie archéologue. Claire ne savait plus quoi penser. Leur amie était tantôt soumise, tantôt rebelle, tantôt adorable et tantôt infecte. Aussi les sentiments de Claire oscillaient-ils désormais entre une confiance héritée des moments vécus ensemble et une peur émanant de l'avenir. Peur de quoi ? De la perdre, en y réfléchissant calmement. Elle savait qu'un autre aussi en souffrait ; les yeux d'Arthur parlaient pour lui. Il vivait difficilement cette transformation de Violaine en étrangère. Quant à Nicolas... Qui savait ce que pensait vraiment Nicolas derrière ses airs de clown ?

Puis elle entendit des bruits de pas. Quelqu'un était

entré dans l'église. Elle tourna la tête et aperçut un homme qui se dirigeait tranquillement vers l'autel. C'était un Occidental du genre balèze, habillé comme un touriste avec une chemisette aux couleurs criardes et un pantalon de toile claire. Plusieurs détails éveillèrent immédiatement la méfiance de Claire. D'abord, l'homme ne portait pas l'appareil photo ou la caméra habituels du touriste. Ensuite, il lui avait souri, sans avoir l'air surpris par sa présence. Enfin, il ressemblait furieusement à l'individu que Nicolas leur avait décrit et qui les suivait depuis Manille ! Le cœur battant, Claire s'apprêtait à se lever pour s'enfuir quand l'homme s'adressa à elle.

– *Red-hot, isn't't ?*

Il se signa devant la croix puis observa la jeune fille avec un grand sourire. Claire comprit qu'elle ne pourrait pas quitter l'église. L'homme s'avançait déjà vers elle. Elle décida de gagner du temps.

– Je ne comprends pas l'anglais !

– *How !* fit l'homme ravi avant de reprendre avec un accent monstrueux : Française ? Jack adore Française !

– Ah oui ? fut tout ce qu'elle trouva à répondre.

– Alors, continua-t-il en s'asseyant à côté d'elle sur le banc qui grinça sous son poids, tu et petits camarades jouer à l'*archeology* ? Pas très raisonnable !

– Pourquoi vous dites ça ?

Il fit semblant de soupirer.

– Jack avoir *friends* pas aimer fouineurs. Fouineurs comme vilaines bêtes, tout abîmer ! Alors *friends* engager belette pour chasser vilaines bêtes.

Il éclata de rire, très content de sa démonstration.

— Et vous êtes cette belette, heu, Jack ?

Il hocha vigoureusement la tête avant de darder sur Claire un regard féroce.

— *Yeah*. Alors tu dire quoi chercher ici avec petits camarades.

— Dites-moi d'abord qui sont ces « amis » qui vous ont engagé. Je suis sûre que... Aïe !

L'homme venait de lui prendre le bras et le serrait dans sa main puissante.

— Jack poser les questions.

Claire sentit les larmes lui monter aux yeux. Ses amis à elle étaient dehors, tout proches ! Et ils ne pouvaient pas l'aider. C'était un cauchemar...

— Ça y est ! J'ai trouvé quelque chose !

Arthur passait et repassait la main sur la pierre couverte de lichen noir qu'il venait de découvrir, à hauteur de genou, sur le mur ouest du clocher. Ses amis se dépêchèrent de le rejoindre. D'une main tremblante, le garçon désigna le symbole de la triple enceinte. Goodfellow poussa un rugissement triomphal.

— Je savais que je n'étais pas fou !

Nicolas se jeta dans les bras du vieil homme et ils dansèrent en riant.

Indifférent à cette manifestation de joie, Arthur continuait à gratter la pierre. Sous ses efforts, un croissant de lune sculpté accompagné d'une phrase en latin émergea bientôt du lichen.

— J'ai déjà vu ça à Santa Inés, dit-il tandis que ses

amis retrouvaient leur sérieux. Sur une des caisses en bois des Templiers, il y avait le même croissant de lune, accompagné du début de la phrase : *In occultis locis...*

— Ce qui signifie, poursuivit Goodfellow : « En des lieux obscurs » ou « secrets... »

— Là, c'est la phrase complète ! reprit Arthur. L'usure avait effacé la fin, sur la caisse : ... *stellæ occultantur.* « Les étoiles se cachent ».

— Super ! grimaça Violaine. Et maintenant ?

Arthur et Goodfellow échangèrent un regard.

— Eh bien, c'est un progrès indéniable, répondit le vieil homme en se raclant la gorge. C'est la preuve irréfutable du lien entre l'île patagone des Tecpantlaques et cette île philippine où sont venus Magellan, Legazpi et les jésuites qui ont construit cette église.

— Je ne comprends pas, dit la jeune fille en fronçant les sourcils. Ce n'est pas cette église, la « construction tecpantlaque admirable » ?

— Non, reprit patiemment Arthur. Cette église a été construite au XVIe siècle. Les Templiers sont venus ici au XIVe siècle.

— Ce qui veut dire que la construction templière n'existe peut-être même pas, conclut-elle désabusée.

— La « construction tecpantlaque admirable » existe ! martela Goodfellow. Vous avez vu de vos yeux, à Santa Inés, la « forteresse particulière » annoncée par Marco Polo. Pourquoi la suite de son récit serait-elle fantaisiste ? Seulement cette construction est cachée et bien cachée, c'est évident. Tout ce qui peut nous y conduire est le bienvenu.

— On a l'habitude des énigmes et des jeux de piste, commenta Nicolas en prenant un air blasé. Vous êtes sûrs que le Doc n'a pas un ancêtre templier, par hasard ?

Le rire fatigué d'Arthur répondit à la plaisanterie du garçon.

— Je propose que l'on poursuive les recherches, dit Goodfellow. Arthur a trouvé une pierre gravée, il y en a peut-être d'autres. Mises côte à côte, les pièces du puzzle nous raconteront tout, vous verrez !

Claire commençait sérieusement à paniquer. L'homme ne desserrait pas l'étau autour de son bras. S'il continuait, il lui briserait les os comme des brindilles.

— Je ne comprends pas ce que vous voulez, gémit-elle.

— Travail de belette, c'est repérer fouineurs, suivre fouineurs, éliminer fouineurs si fouineurs dangereux. Jack repérer vous à Manila. Instinct a dit de suivre tu et petits camarades. Mais Jack pas savoir encore si tu et petits camarades dangereux.

— Vous vous trompez ! Nous ne sommes pas des fouineurs ! Nous sommes venus en vacances aux Philippines avec notre professeur d'histoire, balbutia Claire qui, malgré la douleur qui lui vrillait le bras, réfléchissait à toute vitesse. C'est parce que sa femme est philippine. Nous nous intéressons beaucoup à l'histoire espagnole. C'est vrai, je vous jure !

L'homme parut réfléchir puis relâcha le bras de la jeune fille.

– Peut-être vrai. Quoi chercher petits camarades, dehors ?

– Ils dessinent un plan détaillé du clocher. C'est le plus vieux bâtiment des Philippines. On veut faire un exposé dessus, pour l'école.

– Ça vrai, très vieux, reconnut l'homme en sortant une cigarette de sa poche et en l'allumant avec un briquet métallique. Mais toujours problème.

Claire retint sa respiration.

– Jack peut-être tromper. Continuer à surveiller petits camarades et si vraiment pas dangereux, vie sauve. Mais pas tu. Pas possible, tu comprendre ?

Elle secoua la tête vigoureusement en le fixant de ses grands yeux implorants.

– Tu voir Jack. Visage de Jack. Pas chanceuse... Mais si tu pas bouger, pas avoir mal. Rapide. Jack professionnel.

Il tendit sa main gauche vers la gorge de Claire.

L'arrivée d'un groupe de touristes avait ralenti les recherches qui reprirent de plus belle sitôt qu'ils furent repartis. Bientôt, Nicolas hurla quelque chose. Le garçon bondissait, surexcité, devant une pierre qu'Arthur nettoyait soigneusement.

– Je les ai trouvées, cette fois c'est moi qui les ai trouvées !

– Trouvées quoi ? demanda Violaine en accourant.

– Les étoiles, répondit Arthur.

Sous la couche de crasse, en effet, trois étoiles finement sculptées commençaient à apparaître.

– Comment tu as fait pour les voir ? commença Violaine avant de secouer la tête. Non, c'est une question idiote, tu les as vues, c'est tout.

– Nous disposons à présent de deux précieux indices, récapitula Goodfellow en félicitant le garçon d'une claque sur l'épaule. L'un qui parle de « lieux secrets » et « d'étoiles qui se cachent », l'autre qui montre justement ces étoiles.

– Ça ne signifie rien. Il existe sûrement d'autres indices, suggéra Violaine. Oh, je sens le truc interminable !

– Je ne crois pas, objecta le vieil homme. Avant que Nicolas nous appelle, on avait regardé partout. On commençait d'ailleurs à désespérer ! Et puis, ces deux indices ont une vraie cohérence. Il y en a un qui annonce, l'autre qui indique, l'un ne fonctionnant pas sans l'autre.

– Si on tourne l'énigme de façon logique, proposa Arthur, les lieux secrets pourraient être la fameuse « construction admirable » des Templiers. En ce cas, on la trouverait là où « les étoiles se cachent ».

Une illumination le traversa.

– La pierre aux étoiles se trouve où ? demanda-t-il.

– Ben, là, dit Nicolas en la montrant sous ses yeux.

– Je veux dire géographiquement ?

Goodfellow sortit une boussole de sa poche.

– Ouest-sud-ouest.

– Si on lui tourne complètement le dos pour faire disparaître les étoiles, ça donne donc est-nord-est. Qu'est-ce qu'il y a dans cette direction ?

– Les fameuses Chocolate Hills, dit Goodfellow

après avoir déplié une carte. Mille deux cent soixante-huit mamelons couverts de grandes herbes marron.

– Des… mamelons ? hésita Nicolas en faisant une moue dégoûtée.

– Des collines en forme de cône, précisa Arthur. De gigantesques taupinières. D'après les photos du guide, le paysage est extraordinaire.

– C'est loin ? demanda Violaine qui ramassait déjà ses affaires.

– Cinquante-quatre kilomètres jusqu'au point de vue principal situé sur le complexe touristique de Carmen, dit Arthur. Environ quatre heures de bus, moins si on loue un taxi.

– Alors va pour le taxi, dit Violaine. On a perdu assez de temps. Et puis on a les moyens, pas vrai Harry ?

Goodfellow ne trouva rien à redire.

– Je fonce chercher Claire ! annonça Nicolas. Il faut qu'elle voie le signe des Templiers, et puis les étoiles et la phrase latine, avant de partir !

Claire vit la main de l'assassin s'approcher de son cou. Instinctivement, elle ferma les yeux. *Voilà, c'est fini. C'est donc ça, la mort ? Cette impression de drap froissé, de lumière blanche ? Pourquoi est-ce que je respire encore ? Il faut que je regarde, que je regarde à quoi ça ressemble…* Lorsqu'elle les rouvrit, la main de Jack était figée à quelques centimètres d'elle. *Non, pas la mort. Juste l'intervalle. L'intervalle pendant lequel tout est possible. L'intervalle qui m'appartient…* Elle glissa sur le banc hors de portée et vint se camper devant l'homme qui avait essayé de la tuer, aussi immobile qu'une statue de cire au musée Grévin. La fumée de sa cigarette elle-même restait en suspension dans l'air. *Je n'aime pas les méchants messieurs. Les méchants messieurs doivent être punis. Celui-là n'est pas un vampire mais il est mauvais quand même. Autrefois on chassait le mal avec le feu…* La main de Claire vint prendre la cigarette des doigts de l'assassin. *Ce qui se passe dans l'Intervalle possède son propre sens. Je suis Autre et rien n'est pareil. Je suis ma propre loi…* Avec le même détachement qu'au moment de crever l'œil d'Agustin dans la grotte de Santa Inés, elle approcha le bout rougeoyant du visage de l'homme et le planta dans un œil puis dans l'autre. *Voilà, c'est mieux comme ça. Le méchant monsieur ne pourra plus voir les autres le voir. Comme ça, il n'aura plus jamais besoin de tuer…* Elle fit un pas en arrière, deux, puis elle s'écroula à côté de la porte, inanimée.

Un hurlement en provenance de l'église fit tressaillir Goodfellow, Arthur et Violaine qui se mirent aussitôt à galoper vers l'entrée. Nicolas, plus proche, fut le premier à se précipiter à l'intérieur. Le spectacle qu'ils découvrirent les plongea dans la stupeur. Claire était allongée sur le sol, évanouie, et un homme se roulait par terre au pied d'un banc, les mains sur les yeux, gémissant et accusant un démon de l'avoir torturé…

Clarence referma son ordinateur d'un geste sec. La colère avait chassé son inquiétude. Sans s'en rendre compte, il serra les mâchoires. Si Rudy disait vrai (et il n'avait aucune raison de ne pas le faire, c'était quand même le Grand Stratégaire!), son vieux camarade, le colonel Black, était passé à l'ennemi. Pire, Black possédait des informations qui, manipulées par des mains averties, pouvaient mettre son frère en danger. Rudy lui avait encore une fois demandé de se faire oublier. Mais Clarence avait déjà pris sa décision, une décision qu'il verrouilla définitivement. Personne ne ferait de mal à Rudy. Il traquerait ces salopards un par un et il leur ferait la peau. Quitte à saigner la moitié des États-Unis!

Il consulta sa montre. Le bus en provenance d'Abilene devait arriver en ce moment même. Clarence quitta le café, traversa la gare routière et s'approcha du quai sur lequel venait de se garer un autobus gris dans un grand chuintement d'air décompressé. Un colosse en bras de chemise s'extirpa du véhicule, faisant grincer les ressorts des suspensions. Matt s'était élargi pendant sa convalescence. Lorsqu'il aperçut Clarence, son visage s'illumina.

– Boss! Je suis si content!

Il peinait lamentablement à trouver ses mots. Pour dissimuler son embarras, il alla récupérer un énorme sac de sport dans la soute puis revint devant son patron, un grand sourire idiot aux lèvres. Clarence fronça les sourcils.

– Tu boites?

– Un souvenir de ma chute dans la source, boss. Mais je marche encore très bien! Je me suis entraîné, je suis en pleine forme!

Le géant ne souriait plus. Il affichait au contraire

une détresse poignante. Clarence sentit dans la voix de Matt la peur d'être renvoyé, d'être abandonné à nouveau. La détresse de son ancien complice, qui révélait ses sentiments plus qu'aucun mot n'aurait su le faire, réconforta Clarence autant qu'elle l'amusa.

– Eh bien, mon vieux, on forme une jolie équipe d'éclopés ! Allez viens, je t'offre une bière. On a des choses à se dire.

Matt poussa un soupir de soulagement et lui emboîta le pas.

– J'en reviens pas, boss, dit Matt pour la troisième fois en jouant avec son verre vide. Je n'imaginais pas ça de la part d'Agustin. Vous avez bien fait de lui régler son compte ! Mais ces gosses qu'on poursuivait, boss, vous les avez aidés ?

– Je n'ai pas le temps de t'expliquer, Matt. Je te demande de me faire confiance. Je sais que la fille qui s'appelle Violaine t'a fait du mal. Mais les choses ne sont pas aussi simples qu'on le voudrait. Enfin. Rassure-toi, il n'est pas question de gamins cette fois-ci.

Matt ne comprenait rien à cette histoire, mais il était soulagé de ne pas avoir à protéger lui aussi la sorcière. Il tendit l'oreille.

– On a un problème qui s'appelle Black, commença Clarence. C'est un colonel qui bosse pour la NSA et pour d'autres personnes moins recommandables.

– Un agent double ?

– Tu as tout compris, Matt. Il faut qu'on s'en occupe, qu'on sache ce qu'il sait et qu'on le liquide. Ça te va ?

– Ça me va, répondit Matt avec un grand sourire. J'aime quand les choses sont claires ! Le Grand Stratégaire est dans le coup ?

Le visage de Clarence s'assombrit.

– Oui, il est dans le coup.

– Alors j'imagine qu'on sait déjà où trouver ce colonel ?

– Oui.

Clarence n'ajouta pas qu'il n'avait pas eu besoin de Rudy pour ça. Black et lui étaient de vieilles connaissances, trop vieilles peut-être puisque son camarade semblait avoir oublié à quel point lui, Clarence, détestait les mouchards…

Quand faut y aller, petit, faut y aller.

(Extrait de *Préceptes de hussard*, par Gaston de Saint-Langers.)

10
Se avertere : se détourner, se tourner d'un autre côté

J'ai encore rêvé d'elle cette nuit. Ce n'était pas un cauchemar, non. Tout le contraire, même ! Du coup, le cauchemar, c'est quand je me réveille et que je la vois. Lointaine. Distante. Froide. Une drôle de lueur dans le regard, comme si elle n'était pas seule à l'intérieur d'elle-même. Pourquoi est-ce que je ne faisais pas ces rêves quand elle était encore accessible, presque gentille ? D'un autre côté, j'aurais alors peut-être été tenté d'aller la voir et de lui parler. De mettre mon cœur à nu, pourquoi pas ? Alors que maintenant, aucun risque de faire une chose aussi idiote…

5 jours 1 heure 49 minutes avant contact.
— Tu te sens mieux ? demanda Arthur à Claire qui reprenait doucement ses esprits, allongée sous un arbre à proximité du clocher.
— L'assassin… Il faut faire attention…
— Ne t'inquiète pas, il est toujours dans l'église. Il a hurlé un moment puis il s'est évanoui. À cause de la

douleur, certainement. Violaine est restée pour le surveiller.

– Où est Nicolas ? demanda-t-elle en regardant péniblement autour d'elle. Et Harry ?

– Ne t'agite pas, reste allongée, la gronda gentiment le garçon. Ils sont partis à Baclayon pour louer une voiture. Moins on traînera ici et mieux ça vaudra.

– Oh oui !… Vous avez trouvé quelque chose ?

– Le symbole de la triple enceinte !

– C'est vrai ? Alors Harry…

– Il avait raison et on a bien fait de le suivre. Mais ce n'est pas tout !

Il lui raconta l'épisode de l'inscription latine et des étoiles sur le clocher, ainsi que la déduction qu'ils avaient tirée de cette découverte.

– Il y en a combien de ces Chocolate Hills ? demanda Claire après un instant de réflexion.

– Mille deux cent soixante-huit.

– Ça fait beaucoup.

Arthur ne trouva rien à répondre. Claire venait de résumer en une phrase toute la difficulté de l'étape suivante.

Un bruit de klaxon précéda une Jeep couverte de breloques tintinnabulantes qui se gara dans l'herbe devant eux.

– Claire ! s'exclama Nicolas en surgissant du côté passager.

Le garçon se précipita vers elle.

– Je suis content que ça aille mieux !

– Bah, répondit-elle, heureuse de le voir, vous devez

commencer à avoir l'habitude de mes évanouissements !

— Installons-la dans la voiture, dit Goodfellow en ouvrant la toile arrière. J'ai prévenu la police, elle ne va pas tarder à arriver. Il faut partir. Arthur, où est Violaine ?

— Elle surveille l'église. Je vais la chercher.

— Aide-moi d'abord à transporter Claire.

Quelques minutes plus tard, le petit groupe au complet, Goodfellow s'engagea sur la route de Carmen et fit crisser les pneus.

— Le type dans l'église n'a pas bougé d'un cheveu, dit abruptement Violaine.

— Est-ce qu'il est… mort ? s'inquiéta Claire en s'agitant sur le siège arrière.

— Non.

— Comment tu le sais ?

— Je le sais, c'est tout, grogna Violaine. Est-ce que je demande à Arthur comment il arrive à retenir mille choses inutiles à l'heure ou à Nicolas comment il voit les vers de terre ?

— Lâche-nous, tu veux ? rétorqua Nicolas agacé. Vas-y Claire, on t'écoute.

— Cet homme a essayé de me tuer, révéla la jeune fille dans un souffle.

Un silence grave accueillit cette déclaration.

— Il parle un mauvais français. C'est un Américain, je crois. Jack… Il disait qu'il était une belette, qu'il surveillait les fouineurs et qu'il les éliminait s'ils étaient dangereux.

Goodfellow et Nicolas échangèrent un regard entendu.

– Dangereux pour quoi ? Pour qui ? questionna Violaine.

– Je ne sais pas. Il n'en a pas dit plus. Il a voulu m'étrangler, par sécurité, parce que je l'avais vu. Je... J'ai réagi sans réfléchir. J'étais très fatiguée. Je crois que je lui ai brûlé les yeux avec sa cigarette.

Arthur retint un hoquet de surprise. Plus rapide, Violaine tapota l'épaule de Claire en hochant la tête.

– Tu as bien réagi, ma grande. Il ne faut plus se laisser faire.

Arthur hésita à tempérer l'enthousiasme de Violaine puis, sentant qu'elle n'attendait que ça pour lancer de nouvelles piques, il renonça. Ça devenait pénible de se tenir sur la défensive sans arrêt.

– Ah ! dit triomphalement Nicolas. Du coup, vous me devez des excuses !

– Pourquoi ça ?

– Parce que j'avais raison ! On nous suivait bien depuis Manille !

– Cela pose un problème inattendu, intervint Goodfellow. Cet homme ne travaille sûrement pas seul. A-t-il prévenu quelqu'un de notre présence ? Si oui, alors nous n'avons pas beaucoup de temps avant que d'autres assassins se lancent à nos trousses.

– Il faut fouiller mille deux cent soixante-huit collines, soupira Claire. Si on arrive à en explorer, mettons, vingt par jour, il ne nous faudra pas moins de deux mois !

Nicolas et Goodfellow se regardèrent à nouveau.

— Vous savez quelque chose que nous ne savons pas ? leur lança Arthur, agacé par leur manège.

— En fait, répondit Goodfellow en sortant de la poche de sa chemise une carte de la région et en la donnant à Nicolas qui la déplia, nous avons travaillé pendant que vous vous reposiez ! Pas vrai mon garçon ?

— Oui ! répondit Nicolas avec un grand sourire. Harry a discuté avec tout un tas de gens en cherchant une voiture à louer. Il a appris des choses très intéressantes !

— Le tagalog ouvre en effet bien des portes ! dit le vieil homme avec un regard dans le rétroviseur pour Arthur.

— Bref, continua Nicolas en montrant un endroit sur la carte, il existe une zone au milieu de ces collines. Une zone franchement à part des circuits touristiques. Les gens d'ici évitent de s'en approcher. Ils disent que c'est le repère des *wack-wack* et des *aswang*.

— Des quoi ? demanda Arthur.

— Des sorciers et des vampires, traduisit Goodfellow. Plusieurs fois, les cadavres de villageois égarés ou trop curieux ont été retrouvés à la limite de cette zone, le corps vidé de leur sang. Les autochtones ont une peur terrible de l'endroit et l'évitent comme la peste.

— Vous croyez à ces histoires, vous ? lança Violaine avec une moue de dédain.

— Et pourquoi pas ? réagit Claire depuis sa banquette. On a déjà croisé la route d'un vampire, d'un ogre et d'un loup-garou !

— Du calme, dit Goodfellow conciliant, du calme. Bien sûr que je crois à ces histoires ! Même s'il ne faut peut-être pas en chercher l'origine dans la magie noire. Ce qui est sûr, c'est que des individus protègent farouchement cet endroit de toute intrusion. L'homme qui a essayé de tuer Claire en est une preuve supplémentaire ! Il ne nous reste plus qu'à découvrir pourquoi.

— Pas besoin de fouiller une à une les taupinières, c'est déjà ça, dit Claire soulagée.

— Le secteur en question concerne une dizaine de collines, confirma Goodfellow. Je pense qu'en nous rendant à proximité, nous pourrons encore affiner la zone de recherche. Si les talents de Nicolas sont bien ceux qu'il prétend.

— Je ne prétends rien, se récria le garçon en cherchant des yeux l'appui d'Arthur.

Mais Violaine le devança et approcha son visage de celui du vieil homme.

— Pourquoi vous dites ça ? demanda-t-elle, les yeux plissés. Vous n'avez pas confiance ?

On la sentait en position d'attaque. Arthur se fustigea d'avoir été si lent à réagir à l'appel muet de Nicolas. S'il avait pris tout de suite le contrôle de la discussion, celle-ci aurait pu être constructive. Maintenant, Dieu seul savait jusqu'où Violaine pouvait aller ! Il retint sa respiration.

Mais Goodfellow ne se laissa pas démonter.

— Garde ton agressivité pour les heures qui viennent, dit-il à la jeune fille d'une voix tranquille. Tu crois m'impressionner ? Moi, ce que j'ai vu jusqu'à présent, c'est surtout une bande de gosses susceptibles et capricieux, pas plus ! Tu ne crois pas qu'il est grand temps de me montrer ce que vous avez dans le ventre ? Je veux voir les enfants extraordinaires que traquent tous les services secrets de la planète ! Sinon, je reprends mes cliques et mes claques et je retourne à ma cavale solitaire. Au moins, je n'aurais plus à supporter votre mauvaise humeur et toutes vos chamailleries.

Claire, aussi anxieuse qu'Arthur, guetta la réaction de Violaine. Mais la jeune fille, désarçonnée, ne réagit pas. Elle se contenta de se rasseoir à sa place en grommelant. De toute évidence, Goodfellow avait marqué un point !

Le colonel Black commit une première erreur : troublé par les extraordinaires perspectives que lui ouvrait sa rencontre avec le MJ-12, il oublia de vérifier si le bout de papier à cigarette qu'il coinçait tous les jours dans la porte en quittant son appartement était en place. S'il l'avait fait, il se serait rendu compte que non et il n'aurait pas commis la seconde erreur. Black se rendit en effet directement dans le salon, se débarrassa de son arme sur le canapé et prit une bouteille de bourbon dans un meuble près de la télé. Lorsqu'il entendit la voix de Clarence derrière lui, c'était trop tard.

– Toujours accro au mauvais whisky, Everett ?

Black prit son temps pour se retourner. Son grand corps, souple et musculeux, était tendu comme un ressort. Mais Clarence se tenait hors de portée. Le colonel ne se relâcha pas pour autant. Son regard gris se posa sur son ancien camarade de promotion, un sourire narquois sur les lèvres.

— Tiens ! Quand on parle du loup, dit-il simplement de sa voix grave.

— Tu as parlé récemment de moi à quelqu'un, Everett ? Ça m'intéresse. Tu me racontes ?

Black prit sa décision. S'il n'agissait pas tout de suite, il était foutu. Cet imbécile de Clarence, sûr de lui comme à son habitude, ne brandissait même pas d'arme. Le colonel mit en branle tous ses réflexes acquis au cours de longues années d'exercices. Il bondit sur Clarence avec une vitesse stupéfiante. Il ressentit aussitôt un choc terrible au niveau de l'épaule. Déséquilibré, Black trébucha, renversant dans sa chute une colonne de CD et une pile de journaux.

— Quel impardonnable rustre je fais, dit Clarence en secouant la tête. J'avais oublié de te présenter Matt, un bon ami à moi. Matt, dis bonjour au colonel !

— Bonjour, colonel, fit une grosse voix depuis l'entrée de la cuisine.

Black, écarquillant les yeux de douleur, aperçut une espèce de géant goguenard qui pointait dans sa direction un pistolet de gros calibre équipé d'un silencieux. Il regarda son épaule droite. Elle était déchiquetée. Il aperçut même des débris d'os dans la plaie ouverte et grimaça en détournant le regard. L'artère n'avait pas été touchée. Le géant du nom de Matt connaissait son affaire.

Clarence s'approcha en boitant de Black qui gisait au sol. Il avait gardé les mains dans les poches de sa veste de chasse noire.

– Tsss, tsss, fit-il en s'asseyant dans le canapé. Je me doutais bien que tu allais faire l'idiot. Bah ! ce n'est pas grave. Il te reste une deuxième épaule. Pour l'instant en tout cas. Tu vois, mon ami Matt n'est pas du genre à faire le travail à moitié. Mais il t'a interrompu : tu allais me dire quelque chose ? Du genre, confession d'un mouchard ? Je t'en prie, commence et ne t'arrête surtout pas.

Black, haletant, fixa Clarence dans les yeux. Ce qu'il y découvrit lui ôta toute envie de tergiverser. Il soupira et se traîna au milieu des disques et des revues éparpillés sur le sol jusqu'au fauteuil, contre lequel il s'adossa, face au mercenaire.

– Je peux avoir un whisky ? dit-il en se tenant l'épaule et en étouffant un gémissement. Ça risque d'être long.

– Bien sûr. Matt, apporte deux verres ! Et méfie-toi de ce type comme de la peste. Un homme qui balance un camarade est capable de toutes les bassesses…

4 jours 23 heures 25 minutes avant contact.
La Jeep roulait aussi vite que le permettait l'état de la route en direction de la zone interdite délimitée sur la carte.

– On arrive bientôt ? demanda Nicolas en se tortillant sur son siège. Parce que c'est gentil de beaucoup boire pour lutter contre la chaleur, mais toute l'eau ne part pas en transpiration !

– Bientôt, promit Goodfellow.

Devant eux, juchés à l'arrière d'un camion transportant des poutres de bois, cinq Philippins, foulard noué sur la tête, les regardaient en riant.

– Je ne vois pas pourquoi ils se marrent, dit Violaine d'un ton neutre.

– Les Philippins aiment rire de tout et de rien, répondit Goodfellow. Ils ont une bonne nature. C'est indispensable pour survivre, quand on est confronté à une existence difficile.

– Tu entends ça, Violaine ? insista Nicolas. Rire est indispensable pour survivre dans les difficultés !

La jeune fille ne répondit pas, préférant laisser son regard errer parmi la végétation luxuriante qui prenait d'assaut la route depuis les bas-côtés.

Enfin, le véhicule quitta la route principale et s'engagea sur une piste qui serpentait au milieu des collines, à l'écart de tout lieu habité. Goodfellow ne tarda pas à s'arrêter et fit descendre tout le monde, au grand soulagement de Nicolas qui s'éclipsa discrètement. Puis il cacha la Jeep dans un buisson épais, avant de balayer les traces de pneus trahissant la manœuvre.

– Il vaut mieux marcher à partir de là, déclara Goodfellow. Le bruit d'un moteur s'entend de loin dans ce genre de vallée.

Puis, indiquant la colline la plus proche :

– L'idéal, ça serait de grimper là-haut pour faire le point. Moi, je déclare forfait tout de suite. J'aurai déjà du mal à vous suivre sur le plat ! Je garderai les sacs et tiendrai compagnie à Claire. Il vaut mieux qu'elle économise ses forces, elle aussi.

– Bon, les autres, vous venez ? lança Nicolas qui

avait réapparu et se dirigeait avec enthousiasme vers le mamelon.

Arthur prit le temps de récupérer une bouteille d'eau dans son sac. Puis Violaine et lui rejoignirent le garçon et ils commencèrent l'ascension. Ils s'efforcèrent de rester le plus possible à l'ombre. L'exercice était cependant éprouvant. En se retournant, Arthur aperçut Claire et Goodfellow sur le chemin. Il les envia.

Ils montaient tous trois en silence, pour économiser leur souffle, s'aidant des branches, puis des arbustes et enfin des touffes d'herbe.

– Eh bien ! dit Arthur en atteignant le sommet.

Puis aucun mot ne lui vint. Les brochures ne mentaient pas, c'était un paysage vraiment étonnant. Unique. Des centaines et des centaines de collines dressaient leurs formes arrondies sur une vaste plaine, à perte de vue. La forêt, extrêmement dense, couvrait certains des mamelons mais s'arrêtait la plupart du temps à leur pied, laissant place à de grandes herbes sèches dont la teinte brune rappelait celle du chocolat. Il se dégageait de ce site une impression étrange : celle de se trouver brusquement ailleurs, sur une autre planète.

– Waouh ! fut tout ce que Nicolas trouva à dire.

– Comment c'est possible, ça ? demanda Violaine en se tournant vers Arthur qui, sans le vouloir, évita son regard.

– Il y a deux millions d'années, expliqua le garçon en se laissant tomber dans l'herbe, l'île était recouverte par la mer. Une couche de sédiments s'est formée. Ensuite, quand les eaux ont baissé et que cette couche a émergé, l'acidité des pluies a peu à peu façonné le paysage. Voilà pour le comment. Mais aucun scientifique n'est en mesure d'expliquer le pourquoi de ces formes. C'est ce que dit le guide, en tout cas.

– On dirait des monuments, dit pensivement Violaine. Dressés à la gloire de quelque chose ou de quelqu'un. Ou alors, des bosses faites dans une tôle par un géant enfermé sous la terre. Ou encore des moignons, tendus dans une adoration.

– Moi je vois de grosses taupinières, ajouta Nicolas. Ou des fourmilières, élevées par des fourmis géantes.

– Autels ou fourmilières, peu importe. J'espère simplement que des Templiers sont vraiment venus jusqu'ici, commenta pensivement Arthur.

– Qu'est-ce qu'on fait maintenant ? demanda Nicolas.

– On sort la carte, on essaye de se repérer et on va rejoindre les autres, pour faire le maximum de chemin avant que la nuit tombe, répondit Arthur d'un ton las.

Quelque part dans les montagnes Rocheuses – États-Unis.

La table ronde en bois massif qui trônait au centre de la pièce semblait presque vide en l'absence de Majestic 3, Majestic 7 et Majestic 5, retenus ailleurs par les impératifs de leur mission. À l'extérieur, un hélicoptère s'envola presque silencieusement et Majestic 1 accompagna du regard, à travers les vitres blindées, sa descente dans la vallée.

– Bien, commença-t-il. J'ai des révélations à vous faire au sujet de ce mystérieux Grand Stratégaire dont nous a parlé le colonel Black lors de notre dernière réunion.

Les autres Majestics étaient suspendus à ses lèvres.

– Pour cela, il faut remonter aux années 1970. Rappelez-vous, l'affaire du Watergate et le président Nixon piégé par les manigances du FBI, contraint de démissionner pour éviter un scandale. Cette vilaine affaire, que nous n'avions pas vue venir, nous avait porté préjudice en permettant l'instauration en 1976 de la loi sur la liberté de l'information et la divulgation de documents sensibles. Nous avions alors habilement manœuvré et rien d'important n'était parvenu à la connaissance du public. Mais je m'écarte du sujet ! Revenons à Nixon. Juste avant de partir, rempli d'une colère froide, Nixon s'est juré de prendre sa revanche sur les grandes Agences d'État qui l'avaient abandonné ou trahi. Dans le plus grand secret, il a mis en place une structure minuscule, discrète mais redoutablement efficace, destinée à lutter contre les abus et les passe-droits du FBI et autres CIA. Cette structure est dirigée depuis le début par des hommes de l'ombre, exceptionnellement intelligents, qui n'ont de comptes à rendre qu'au président lui-même. Et celui-ci ne confie le secret qu'à son successeur. Cependant, la nature humaine étant ce qu'elle est, des personnes de l'entourage présidentiel entrent parfois dans la confidence ! D'après mes sources encore, l'individu actuellement en charge de cette structure parallèle utilise le nom de code de « Grand Stratégaire ».

Les révélations de Majestic 1 provoquèrent une grande agitation.

— Comment cela est-il possible ? rugit quelqu'un. Nous dépendons nous aussi du Président ! Nous aurions été au courant !

— Sauf si le Président se méfie de nous, répondit Majestic 1 sur un ton presque amusé qui ramena immédiatement le calme. Et il a de bonnes raisons de le faire ! Nous avons pris depuis longtemps, disons, une certaine autonomie. Comment lui reprocher de garder des secrets quand nous-mêmes nous en avons pour lui ?

Un silence gêné plana sur l'assemblée, que Majestic 1 rompit rapidement.

— Allons, pas de remords, je vous en prie ! Et laissez-moi vous annoncer une bonne nouvelle : grâce aux grandes oreilles du colonel Black, nous sommes parvenus à localiser la base à partir de laquelle opère ce Grand Stratégaire. Plusieurs unités spéciales se dirigent en ce moment même vers le nord de la Nouvelle-Angleterre. Le problème devrait être réglé dans moins de vingt-quatre heures. Le MJ-12 sera bientôt à nouveau l'unique secret des présidents…

Plus encore que l'assassinat de John Kennedy en 1963, le scandale du Watergate qui conduisit le président Richard Nixon à démissionner en 1974 reste l'exemple le plus célèbre de l'effroyable puissance des grandes Agences américaines…

C'est en effet Mark Felt, directeur adjoint du FBI et intime d'Edgar Hoover, qui déclenche en 1972 l'affaire du Watergate en utilisant deux journalistes du *Washington Post*. Il s'agit d'une « histoire très bizarre » (les mots mêmes du président Nixon) qui met en scène une équipe d'espions maladroits chargés de poser des micros au siège du parti démocrate. Arrêtés, ces apprentis espions déclenchent, avec leurs dépositions accablant leur hiérarchie, une réaction en chaîne. Une commission d'enquête sénatoriale est créée dont les auditions sont, comme s'il fallait préparer l'opinion, retransmises à la télévision. Lorsque Nixon s'abrite derrière le secret défense pour ne pas livrer, comme c'était son devoir, certaines pièces à la justice, les jeux sont faits. Le directeur de la CIA, Richard Helms, sollicité discrètement par Nixon pour contrer les manœuvres du FBI, se désolidarise de la Maison-Blanche. Après s'être farouchement défendu, seulement soutenu par quelques fidèles grognards, Richard Nixon préfère donner sa démission pour éviter la procédure de destitution. Son vice-président, Gerald Ford, lui succède et le gracie immédiatement, lui évitant le déshonneur...

On peut imaginer l'amertume de Nixon et, en proportion, la joie des Agences. Quel était le véritable enjeu du départ de Nixon ? Il reste aussi difficile à déterminer que celui de la mort de Kennedy. Mais les deux présidents avaient en commun des qualités qui passaient pour de vilains défauts aux yeux des patrons d'Agence : ils étaient intelligents et ils aimaient penser tout seuls...

(Extrait d'*Enquêtes occultes*, par Kevin Brender.)

11
Quæro, is, ere : chercher à savoir, demander

J'ai réfléchi depuis la dernière fois. Et si ce n'était pas des taches de couleur que je voyais ? S'il s'agissait d'autre chose ? Du genre dragon ? Ça paraît dingue au premier abord, mais Violaine voit et peut toucher les dragons des gens, c'est-à-dire leur essence ou leur âme, en fait je ne sais pas quoi exactement. Mes couleurs ? Peut-être qu'elles ne sont pas autre chose. Plus qu'une simple signature thermique, pourquoi ne seraient-elles pas elles aussi l'âme, le vrai visage des choses et des gens ? Bon, je me connais, j'ai des idées souvent farfelues ! Et je ne suis pas comme Claire, je ne suis pas facile à convaincre. Non, il faut que j'y réfléchisse encore...

4 jours 19 heures 38 minutes avant contact.
— Celle-là, dit Nicolas en désignant une colline imposante que le reste de la bande devinait seulement au milieu de l'obscurité.

Un mince croissant de lune les éclairait juste assez pour qu'ils se distinguent entre eux.

– Tu es sûr de ne pas te tromper ?

Le garçon aurait volontiers haussé les épaules s'il n'était pas allongé dans une position inconfortable, les joues et la nuque chatouillées par des herbes. Il se contenta de grommeler, avant de répondre à Goodfellow :

– C'est la seule colline qui est creuse. Il y a bien quelques constructions sur les autres, alentour, mais je pense que ce sont des postes de garde, des abris à sentinelles.

– Tu peux voir ce qu'il y a à l'intérieur ? demanda Arthur.

Nicolas secoua la tête. Le garçon avait enlevé ses lunettes noires et Arthur aperçut un instant ses étranges yeux gris aux reflets de métal.

– Seulement des taches de couleur floues. Je suis trop loin. Il ne faut pas exagérer, je n'ai pas de jumelles greffées sur les yeux !

Ils se turent. Goodfellow essaya de bouger pour voir au-delà des herbes qui couvraient le petit mamelon où ils s'étaient prudemment embusqués, à proximité de la zone interdite. Il ne réussit qu'à se faire mal aux coudes. Ce qui n'était pas malin, puisqu'il avait déjà mal partout ailleurs ! Crapahuter dans la jungle, ce n'était plus de son âge. Il étouffa une quinte de toux. Ses poumons le brûlaient. Il avait forcé dans la montée et en payait à présent le prix. Claire l'observait, inquiète, mais il la rassura avec un de ses bons sourires.

– Combien tu as vu de sentinelles ? demanda Violaine qui restait concentrée sur leur objectif.

— Quatre sur la colline de gauche et trois sur celle de droite, répondit Nicolas sans hésiter. Les postes ne sont pas tous occupés. Par contre, il y a une dizaine de soldats qui montent la garde devant ce qui semble être l'entrée principale, au pied de la colline creuse. Ça risque d'être chaud !

Goodfellow jura d'une voix rauque.

— Des soldats, tu dis ?

— En tout cas, ils ont les mêmes fusils que dans les films américains.

— Des M16, précisa Goodfellow songeur. L'affaire devient sérieuse. Plus que je le pensais. Il faut que cette colline abrite quelque chose de sacrément précieux pour justifier un tel déploiement ! Je commence à croire pour de bon à cette histoire de villageois assassinés...

— Ils ont des vampires avec eux, vous croyez ? demanda Claire, inquiète.

— Pourquoi ça ? s'étonna le vieil homme.

— Les cadavres vidés de leur sang...

— Non, Claire, répondit-il avec un sourire qu'il ne put réprimer. Il s'agit d'une mise en scène pour effrayer les gens. Pour leur enlever l'envie de venir traîner dans le coin.

La jeune fille ne parut pas plus rassurée.

— J'ai bien peur, annonça Goodfellow avec résignation, que notre aventure s'arrête là. Tant qu'il s'agissait de piste à remonter et d'énigmes à résoudre, on avait nos chances, on était dans la course. C'était un jeu, un jeu sérieux, un jeu d'adultes, mais un jeu malgré tout. Maintenant, on ne fait plus le poids. Quatre gosses et un vieillard face à une petite armée, il faut arrêter de rêver !

Un silence désapprobateur accueillit ses paroles.

– On vous a déjà raconté l'histoire de l'ogre, du vampire, du loup-garou et des quatre petits nains, monsieur Goodfellow ? dit Violaine d'une voix étonnamment douce qui les fit tous sursauter.

Goodfellow lui jeta un regard interdit.

– Non, je… Non.

– C'est une histoire un peu longue. Mais sachez qu'à la fin, ce sont les petits nains qui gagnent. Vous croyez que Claire a imaginé son agression dans l'église ? Que c'est une intervention divine qui l'a tirée des pattes de ce sale type ? Ce n'est plus un jeu depuis longtemps, Goodfellow, ça n'en a jamais été un et vous le savez. Alors faites un caprice à votre tour et partez si vous le voulez, personne ne vous retient. Quant à nous, eh bien on va aller voir ce qu'il y a là-bas.

– Ouais, bien répondu ! acquiesça Nicolas. J'aime quand tu parles comme ça. Violaine, le retour ! Tatatinnnnn !

Claire adressa un sourire à son amie. Même Arthur dut reconnaître, en lui-même, que la Violaine qui venait de parler ressemblait fort à celle qu'ils connaissaient et qu'ils aimaient.

– Ce n'était pas dans mes intentions de vous abandonner, rétorqua Goodfellow vexé. Si on ne se replie pas ensemble, alors on avance ensemble. Je reste.

– Excellent ! commenta Nicolas que la perspective de l'action excitait.

Il donna une bourrade au vieil homme, trop fatigué pour s'offusquer.

– Harry, vous allez finir par faire partie de notre bande ! continua-t-il. Bon, je ne vous cache pas qu'il y a des épreuves d'admission. Vous arrivez à manger combien de pots de Nutella à la suite ?

– Nicolas ! intervint Arthur. Reste sérieux, s'il te plaît. Tu as bien parlé tout à l'heure d'une entrée principale ?

– Absolument, confirma Nicolas en accentuant son sourire.

– Donc, il existe une entrée secondaire.

– Bravo, mon cher Watson ! Toi non plus tu ne me déçois pas, Arthur. Ah, si vous pouviez être tout le temps comme ça…

– Abrège !

– Sur le flanc gauche, à mi-hauteur, j'ai repéré un conduit d'aération qui débouche dans la végétation. Impossible de le voir sans vision spéciale. C'est sans doute pour ça qu'il n'est pas gardé !

– On peut y accéder sans se faire tirer dessus ?

– Il suffit d'éviter les postes de surveillance. Ce qui est un jeu d'enfant ! Enfin, un jeu d'enfant extraordinaire…

Clarence se fit ouvrir la porte du taxi par un groom et pénétra d'un pas assuré dans le hall, décidément trop moderne, du Park Hyatt Washington. Lui-même préférait les atmosphères classiques, peut-être un rien désuètes mais chaleureuses, tout le contraire de cet hôtel de luxe pour gens affairés et touristes pressés. Bah ! après tout, ce n'était pas lui qui y résidait. Le choix de cet établissement, en tout cas, révélait quelques traits du caractère de l'homme avec qui il avait rendez-vous. Et celui-ci lui était de moins en moins sympathique…

Il jeta à peine un regard sur les arbres étranges prisonniers de leur paroi de verre et pressa l'allure en direction de l'accueil éclairé par des panneaux de lumière blanche.

— Everett Black, annonça-t-il au réceptionniste. M. Smith m'attend dans sa chambre. Dites-lui que je suis venu avec les excellents gâteaux qu'il apprécie tant.

Le garçon composa immédiatement un numéro. Clarence espéra que les informations arrachées à Black l'autre nuit étaient exactes. Excepté la confirmation que le MJ-12 connaissait son existence ainsi que celle de Rudy, c'était tout ce qu'il avait pu obtenir de son ancien camarade de classe : un nom, un lieu et une date de rendez-vous, ainsi qu'un mot de passe. Si Black l'avait grugé, c'était foutu. Seuls d'autres cadavres pouvaient désormais lui tirer les vers du nez !

Clarence se mit à rire silencieusement. Peut-on rire de tout ? se demandent les domestiques peureux, terrorisés à l'idée de déplaire à leurs maîtres. Bien sûr qu'on peut ! C'est d'ailleurs préconisé par ce vieux hussard de Saint-Langers lui-même. Même sale, le rire reste le propre de l'homme…

— M. Smith vous attend, monsieur Black. Dans la suite présidentielle, au dernier étage.

– Suite présidentielle, dernier étage, répéta Clarence dans ce qui ressemblait à un bouton sur le col de sa veste.

Le réceptionniste leva un sourcil mais Clarence se dirigeait déjà vers les ascenseurs.

Il arriva à destination le temps d'un battement de paupières, dans un silence irréprochable. Il dut se plaquer contre le mur du couloir pour laisser passer un employé de l'hôtel particulièrement corpulent, vêtu d'un curieux blouson de ski, qui déboucha avec son aspirateur du deuxième ascenseur presque en même temps que lui. Clarence s'approcha de la suite présidentielle.

Comme prévu, la porte s'ouvrait sur l'intérieur. Prenant soin de rester sur le côté, hors de portée de l'œilleton, il donna plusieurs coups secs contre le bois précieux, selon une fréquence indiquée par le pas-du-tout-regretté colonel Black.

Clarence entendit des bruits de pas à l'intérieur. La porte s'entrouvrit sur un homme taillé comme une armoire à glace. Le garde du corps chercha des yeux Clarence, tapi contre le mur. Il arrêta son attention sur l'employé qui maniait l'aspirateur avec brutalité sur la moquette. C'était le moment. Encore quelques secondes et le garde comprendrait que quelque chose ne tournait pas rond. Clarence fit un signe à l'homme dans le couloir. Celui-ci lâcha aussitôt l'aspirateur et bondit, projetant en avant son impressionnante masse musculaire. La porte s'ouvrit complètement, se brisant sous l'impact qui projeta le garde du corps en arrière.

Le faux employé roula sur le sol du vestibule. Dans un mouvement fluide, il sortit une arme de son étui et tira sur le garde hébété. Un deuxième garde du corps eut à peine le temps de surgir de la pièce mitoyenne. Clarence était entré à son tour et l'élimina d'un coup de feu silencieux. Puis, sans ralentir, il enjamba les corps.

– Matt, souffla-t-il au passage, l'entrée.

Le géant récupéra un chargeur plein dans une poche de son blouson et se posta derrière la porte défoncée, prêt à empêcher toute intrusion.

Dans la pièce voisine, assis devant un bureau, un homme de grande taille pianotait frénétiquement sur un ordinateur portable, cherchant visiblement à effacer des dossiers. Un masque blanc était posé à côté de lui. Clarence, sans réfléchir, tira dans l'écran. L'ordinateur émit un bruit étrange avant de s'éteindre, brutalement.

– Jouer à la GameBoy, à votre âge ! Ce n'est pas très sérieux, lança-t-il joyeusement.

Pâle comme un mort, l'homme se tourna vers Clarence.

– Qui êtes-vous ? demanda-t-il d'une voix rauque.

Clarence avait déjà vu cet individu. À la télévision. C'était un personnage politique, ou bien un homme d'affaires. Peut-être un juge. Cela n'avait aucune importance.

– Vous me connaissez sous le nom de Minos, monsieur Smith. Monsieur Majestic devrais-je dire. Je me trompe ?

L'autre ricana.

— Mon pauvre ami. Vous ne savez pas où vous mettez les pieds ! Vous êtes un homme mort.

— Rectification, dit Clarence pas le moins du monde impressionné. Le colonel Black est un homme mort. Quant à vous, vous l'êtes presque. Moi je suis bien vivant et je vais vous en donner une preuve.

Il pointa son arme vers le plancher et tira. Majestic 5 hurla. Son pied gauche venait de disparaître, haché menu par une balle dum-dum.

— Il me reste cinq balles, monsieur Smith. Je les fabrique moi-même. Aussi, je souhaite autant les économiser que vous voulez garder vos membres. Je suis sûr, maintenant que nous nous connaissons mieux, que vous allez me confier quelques secrets.

Majestic 5 eut un rire nerveux et le regarda bien en face.

— Vous vous croyez fort, monsieur Amalric, parvint-il à articuler malgré la douleur. Peut-être parce que vous comptez sur votre Grand Stratégaire pour vous tirer du pétrin dans lequel vous venez de vous mettre. Grave erreur, vous savez ? En ce moment même, votre patron vit ses derniers instants. Et vous ne tarderez pas à le suivre.

Trop rapidement pour que Clarence ait le temps de réagir, il porta une main à ses lèvres, glissant dans sa bouche une capsule qu'il croqua violemment. Majestic 5 se raidit aussitôt sous l'effet du poison fulgurant.

— Merde, dit seulement Clarence en laissant retomber son bras qui tenait le pistolet.

Sans perdre un instant, il sortit d'une poche son

téléphone portable et composa un numéro d'urgence qu'il n'aurait jamais cru devoir utiliser. Rudy allait déguster, il fallait le prévenir ! Il compta les sonneries avec appréhension. Personne ne décrocha. C'était déjà trop tard.

– Merde, répéta-t-il encore.

Le regard de Clarence se troubla un instant puis il redevint froid. Comme de la glace…

Quand tout part en eau de boudin, petit, ris un bon coup, c'est tout ce qui reste à faire…

(Extrait de *Préceptes de hussard*, par Gaston de Saint-Langers.)

12
Mortalis, e : sujet à la mort

Qu'est-ce qui fait d'un individu un homme libre ? Des centaines de philosophes se sont posé la question sans jamais apporter de réponse convaincante. Parce que la liberté s'expérimente plus qu'elle se pense, sans doute. Moi qui ne suis pas philosophe mais seulement un homme à la vie bien remplie, je propose à ceux que cette interrogation taraude la piste suivante : l'homme sans chaînes n'existe pas, ou alors c'est celui qui repose six pieds sous terre. Est libre au contraire l'homme qui connaît ses chaînes, qui s'efforce de les choisir le moins pesantes possible, et qui enfin en supporte le poids avec courage. J'ai cru, il y a longtemps, me libérer en quittant ma famille et je suis tombé dans les griffes de mon travail. Je m'en suis évadé en révélant le secret d'un mensonge et je suis devenu prisonnier de ma fuite. C'est seulement aujourd'hui que j'ai compris qu'en liant mon destin à celui de ces enfants, j'avais agi pour la première fois en homme libre. Parfois, les actes qui nous paraissent fous sont peut-être les plus raisonnables...

4 jours 18 heures 2 minutes avant contact.
– Ahhh ! Et merde !
– Chut, Harry, taisez-vous ! chuchota Arthur en faisant les gros yeux à Goodfellow qui se relevait péniblement après avoir glissé.
– Désolé, répondit le vieil homme penaud.
– Regardez où vous mettez les pieds ! lança Nicolas au reste de la bande qui le suivait tant bien que mal dans la pénombre du couvert végétal.
– On fait ce qu'on peut, tu sais, répondit Claire sur le même ton. On ne s'appelle pas tous Œil-de-lynx !
– Ouais, eh bien faites gaffe quand même, parce que si on attire l'attention des sentinelles, lynx ou pas, on aura tous la fourrure trouée…

Ils progressaient tous les cinq depuis plus d'une heure, le garçon au regard métallique guidant tant bien que mal une colonne maladroite qui se heurtait aux pierres couvertes de mousse et aux branches tombées sur le sol. Nicolas avait choisi un itinéraire qui traînait en longueur mais qui les éloignait le plus possible des gardes et de leur vigilance.

Arthur se sentait troublé. Cette marche dans ce qui ressemblait beaucoup à une jungle lui rappelait, à chaque pas, le rêve étrange qu'il avait fait dans le bus de retour vers Santiago. Un temple redoutable l'attendait-il dans les profondeurs de cette colline ? C'était complètement idiot. Arthur secoua la tête, furieux contre lui-même. Mais il eut du mal à arrêter le flot de ses pensées. Et si Violaine se mettait à jouer le même rôle que dans son rêve ? Dans la même tenue ? Il eut soudain très chaud et regretta de ne plus marcher dans le lit du ruisseau. Il se serait volontiers aspergé d'eau froide.

Goodfellow trébucha encore une fois.

— Faisons une pause, proposa Claire qui voyait bien que, malgré tous ses efforts, le vieil homme ne parvenait plus à tenir le rythme.

— Plus on traîne et plus on a des chances de se faire repérer, dit Nicolas en secouant la tête.

— Et plus on trébuche, plus on fait du bruit, rétorqua Claire. On ne s'arrêtera pas longtemps, c'est juste pour reprendre notre souffle.

Nicolas soupira mais obtempéra quand même. Ils firent halte sous un arbre de taille modeste, au feuillage fourni.

Claire s'attarda un moment sur la silhouette du garçon. Nicolas n'était plus tout à fait le même. Il avait grandi. Peut-être était-elle seule à s'en rendre compte, mais il avait pris quelques centimètres. Ce n'était plus le gosse de la clinique. Bien sûr, il restait exaspérant et touchant en même temps, mais ses réflexions ironiques contenaient à présent cette maturité brouillonne de l'enfant engagé sur un chemin adulte. Il changeait comme ils changeaient tous. Enfin, ce n'était pas tout à fait vrai. Elle ne percevait aucune amélioration, aucune évolution chez elle. Violaine changeait (c'était même le problème !), Arthur aussi qui passait de plus en plus de temps plongé dans ses pensées et qui contrôlait de mieux en mieux les maux de tête qui l'agressaient. Mais pas elle. Oh ! elle n'était pas plus mal en point que d'habitude, non. Elle se sentait même en meilleure forme qu'à l'époque où ils étaient restés longtemps cachés dans leur planque souterraine, au beau milieu de la ville. Mais elle ne voyait aucune issue à son mal et cette obscurité liée à l'avenir la tourmentait. Même si (elle reporta son attention sur le vieil homme) elle avait en ce moment d'autres motifs d'inquiétude.

Goodfellow retint un cri de douleur quand il s'assit sur une grosse branche à moitié pourrie. Ses muscles le faisaient horriblement souffrir. Il lui semblait qu'il ne pourrait jamais aller plus loin. Et pourtant, il s'était déjà dit la même chose une demi-heure plus tôt, ce qui ne l'avait pas empêché d'avancer. Finalement, le plus dur dans un voyage, une expédition ou une escapade, c'était seulement la décision de partir ! Les vers d'un poète qu'il avait aimé dans sa jeunesse lui revinrent tout à coup en mémoire. Il les murmura du bout des lèvres, pour oublier ses jambes douloureuses et son souffle trop court.

— Partir, pour ne plus revenir… Échapper à l'étreinte glacée des jours imbéciles…

— Qu'est-ce que vous dites, Harry ? lui demanda gentiment Claire qui ne le quittait pas des yeux.

Elle était la mieux placée dans le groupe pour savoir combien il était difficile de peiner derrière les autres. Elle éprouvait un mélange de compassion et d'admiration pour Goodfellow, qui encaissait sa souffrance sans se plaindre.

— Rien, ma belle, répondit-il doucement. C'est de la

poésie, pas très bonne, mais c'est la seule qui me revient. Je me sens mieux ! Il faudrait repartir maintenant, avant que mes vieux muscles se refroidissent.

Nicolas l'entendit et lui adressa un regard reconnaissant. Il donna le signal. Ils reprirent leur progression en direction du conduit d'aération, détecté quelques heures auparavant du haut de leur poste d'observation.

– Chut ! intima soudain le garçon qui se tenait en tête de colonne. Arrêtez-vous et pas de bruit ! Je crois que j'ai vu quelque chose, un peu plus loin, devant nous…

Imitant Nicolas, ils s'accroupirent et s'efforcèrent de calmer leur respiration. Autour d'eux, tout semblait tranquille. Mais ils faisaient confiance à leur guide.

– Je me suis trompé, reconnut Nicolas après quelques minutes. J'avais cru que… C'est ma vision, elle se brouille. Ça arrive quand je suis fatigué. Allez, on repart, mais gardez l'œil ouvert !

– Tu en as de bonnes, grogna Violaine. On n'y voit pas à trois mètres.

– C'était une façon de parler, ce que tu peux être soupe au lait ! Et puis si vous n'y voyez rien, tant mieux. Les sentinelles, elles non plus, ne doivent pas voir grand-chose.

Une rafale d'arme automatique déchira le silence.

– Ahhhhhhh !

Claire hurla, terrorisée. L'espace d'une seconde, elle se revit dans la grotte de Saint-Maurice, le vampire Agustin vidant son chargeur dans le noir pour les tuer.

Instinctivement, elle porta la main à son épaule. Elle n'avait pas été touchée mais elle sentait la douleur de l'ancienne blessure se réveiller. Elle fut bousculée par Violaine et elle se retrouva avec les autres sur le sol, la tête dans les mains. Des balles se mirent à pleuvoir, frappant les arbres, fauchant les branches, déchiquetant les feuilles. Arthur avait plongé dans un buisson. Recroquevillé, il laissa passer l'orage meurtrier, se raidissant à chaque impact, s'attendant à recevoir un bout de métal dans le corps.

Puis le silence revint aussi brusquement qu'il s'était enfui.

Arthur s'obligea à se redresser. Il crut qu'il n'arriverait jamais à quitter son abri.

– Tout le monde va bien ? haleta-t-il en cherchant ses amis des yeux.

Il entendit sangloter sur sa droite.

– Claire ? C'est toi ? Tu… tu es blessée ?

Il rampa aussitôt dans sa direction et vit que Violaine et Nicolas étaient déjà auprès d'elle. Mais leur amie était indemne. Penchée sur le corps immobile de Harry Goodfellow, elle pleurait sans retenue.

– Il est mort… Ils l'ont tué… Ils l'ont tué… répéta Claire entre deux sanglots.

Le vieil homme, moins rapide qu'eux, n'avait pas eu le temps de se coucher. Touché à deux reprises, sa mort avait été immédiate.

– Mort ? dit Arthur d'une voix tremblante. Ce n'est pas possible. Non, ce n'est pas possible. Nicolas, dis-moi que ce n'est pas vrai !

Le garçon ne répondit pas. Le visage fermé, Nicolas se demandait comment il avait pu ne pas voir. Comment ses yeux avaient pu le trahir encore une fois, menant ses amis au désastre. Il ressassait tout ça dans son crâne, inlassablement, indifférent à ce qui l'entourait.

Pendant ce temps, devant eux, la forêt s'était brusquement illuminée. Des voix lançaient des appels. Des hommes approchaient.

– Ils vont le vider de son sang ! se mit à murmurer Claire les yeux écarquillés. Ils viennent le prendre ! Les vampires ! Il faut les en empêcher !

– Ne t'inquiète pas, gronda Violaine. Ils ne le prendront pas. Ils ne prendront aucun d'entre nous.

La jeune fille ne semblait pas choquée. Elle avait de la terre et des feuilles dans les cheveux, mais aucune peur dans le regard. De la colère, plutôt. Beaucoup de colère. Arthur hésita à s'approcher d'elle et à la prendre par les épaules pour la secouer, pour lui demander ce qu'elle comptait faire. Mais qu'est-ce qui pouvait être pire que le drame qui venait de les frapper ? Pire que la menace qui fondait sur eux en ce moment ? Violaine était la seule désormais à pouvoir les sauver, et quel qu'en soit le moyen, Arthur s'en moquait à présent. Après tout, peut-être que Violaine et Nicolas avaient raison : ils avaient été projetés dans un monde d'adultes, il fallait suivre les règles que les adultes avaient édictées. Des règles violentes. Comment on disait, déjà ? Ah ! oui, qui sème le vent récolte la tempête. Aussi Arthur choisit-il de laisser Violaine mener les choses à sa manière. Il ne dit rien. Il s'assit à côté de ses amis, se boucha les oreilles et ferma les yeux.

Violaine s'accroupit sur le sol. Elle resta immobile un moment, plongée dans une concentration intense. Puis elle redressa la tête, lentement, et poussa un grognement de bête. Ses doigts s'enfoncèrent dans la terre, profondément. Ses yeux se révulsèrent.

Le chevalier de brume se leva, emplissant la clairière de sa présence formidable. Il jeta au sol son casque, arracha sa cotte de mailles, brisa le bouclier contre son genou et lança au loin son épée. Puis des poils noirs et drus envahirent son corps nu. Des muscles saillants déformèrent sa silhouette. Sa bouche se transforma en gueule garnie de crocs tandis que des griffes tranchantes remplaçaient les ongles au bout de ses doigts. Le chevalier hurla et ce fut un hurlement de loup qui sortit de sa gorge. Puis il se tourna vers les dragons des soldats, inquiets, qui ondulaient à quelques pas. Il disparut dans leur direction, une lueur sauvage dans le regard et le visage éclairé par un sourire carnassier...

Les bruits de la poursuite cessèrent peu à peu. Sans un cri. Sans une plainte. Sans les bruits habituels d'une lutte. Dans le silence terrible qui s'instaura, les lumières des torches électriques, immobiles, éclairaient les arbres, suscitant un théâtre d'ombres et de fantômes.

– Violaine ?

Sous le regard indifférent de Nicolas et celui, indécis, de Claire, Arthur s'était approché de la jeune fille qui venait de rompre sa transe.

– Violaine ? répéta-t-il. Ça va ?

Elle ouvrit les yeux, papillotant des paupières. Elle regarda Arthur, puis Claire et Nicolas, avec une expression d'étonnement. Puis son menton se mit à trembler et elle pleura. Elle pleura longtemps, blottie dans les bras d'Arthur et réconfortée par Claire, à deux pas du corps sans vie de Harry Goodfellow.

Newport, Vermont, Nouvelle-Angleterre – États-Unis.

Le colonel Brett donna le signal de l'assaut. Aussitôt, les cinquante hommes de la section spéciale se déployèrent autour des bâtiments de la grosse ferme qui constituait leur objectif. Tout était étonnamment calme à cette heure. C'était un endroit charmant, isolé, entouré de prairies et de forêts qui évoquaient tout à fait certains paysages de la vieille Europe. Le lac Memphremagog, en contrebas, étirait sa silhouette longiligne en direction du nord et du Canada. Brett se dit que, quel que soit l'ennemi qu'ils étaient venus débusquer ici, et surtout quoi qu'il ait pu faire, c'était un homme de goût.

Une estafette vint le distraire dans ses pensées.

– Mon colonel, lieutenant Maws au rapport !

– Repos. Parlez, lieutenant.

– Les bâtiments sont déserts, mon colonel. Mais pas depuis longtemps. Les douches sont encore humides et les réfrigérateurs sont remplis. La section 3 a découvert un bunker au sous-sol, bourré d'informatique. Évacué lui aussi.

– Du matériel à récupérer ? demanda Brett sans illusion.

– Non, mon colonel. Un processus d'autodestruction a tout bousillé, d'après le sergent Richie.

– Continuez les recherches. Demandez à la section 2 de patrouiller dans les bois et à la section 4 de fouiller les berges du lac.

Le colonel Brett étouffa un juron. De toute évidence, ils étaient arrivés trop tard. Pas de beaucoup, visiblement, mais trop tard quand même. Leur cible avait-elle reçu des informations extérieures, ou bien les avait-elle repérés grâce à un système d'alerte élaboré qui aurait échappé à leur vigilance ? Dans tous les cas, le « big chief » n'allait pas apprécier…

> Partir
> pour ne plus revenir
> Échapper
> à l'étreinte glacée
> des jours imbéciles
> Marcher
> le long des quais
> Fouler
> l'herbe fragile
> et les fleurs fanées
> Oublier
> que l'on naît
> rangé dans les rayonnages
> d'un magasin de bricolage

S'en aller
sur des rails rouillés
jusqu'au bout du tunnel
voir si la lumière est belle

(Extrait de *Poèmes mineurs*, par John Rainbow.)

13
Evanesco, is, ere : s'évanouir, disparaître

Quand j'ai commencé à marcher, je me le rappelle maintenant, ma mère poussait des cris désolés. Je me cognais sans raison contre les murs, me mangeais les portes, renversais les pots de fleurs. Un problème de psychomotricité, avait diagnostiqué le médecin appelé en désespoir de cause à la maison. Je ne m'attarderai pas là-dessus, je n'ai rien de nouveau à révéler. Je voudrais par contre faire un gros plan sur « l'Intervalle ». Sur ce moment, cet instant extrêmement précis qui sépare chacun de mes pas, de mes gestes, quand je me déplace toute seule. Parce que si je me cogne contre le mur, c'est que je n'ai pas marché dans la pièce. J'ai marché ailleurs, dans un Intervalle qui, peut-être, n'appartient même pas à ce monde. Et dans cet Intervalle, il y a des choses. Des ombres, des mouvements. Cet Intervalle est habité...

4 jours 15 heures 36 minutes avant contact.
Claire tenait fermement la main de Violaine et celle de Nicolas. Arthur marchait en tête, les tirant tous

trois derrière lui. Violaine avait repris conscience mais restait totalement apathique. Quant à Nicolas, il s'était muré à l'intérieur de lui-même. Claire faisait de son mieux pour rester forte. Sans l'énergie que déployait Arthur, elle aurait renoncé et se serait laissée aller au désespoir. Combien de fois avait-elle vécu une telle scène ? Ses amis sombrant, l'un après l'autre, dans de terribles léthargies provoquées par l'usage de leurs… pouvoirs ? Elle pensa à ce mot presque avec dégoût.

Quand Arthur et elle avaient réussi à remettre Violaine debout et à convaincre Nicolas de les suivre, ils s'étaient d'abord dirigés vers les lumières aperçues au milieu des arbres. Ils avaient buté contre des corps immobiles couchés sur le sol, des corps de soldats ou de mercenaires, c'était difficile à dire. Ni Arthur ni elle n'avaient voulu savoir s'ils étaient encore en vie. Ils avaient récupéré des lampes ainsi qu'une paire de jumelles à vision nocturne. Puis ils avaient continué dans la direction que Nicolas leur avait indiquée avant l'attaque.

Tout en marchant, les bras tiraillés par le poids de Violaine et de Nicolas, Claire essayait d'imaginer ce qui s'était réellement passé sous ces arbres. Sans contact direct avec Violaine, elle n'avait rien pu voir et devait se contenter d'imaginer. Ce qui était plus terrible encore. Qu'avait fait son amie cette fois ? Il n'y avait aucun zombie parmi les victimes. Cela signifiait qu'aucun dragon n'avait été tué. Quoi alors ? Le chevalier de brume avait-il trouvé un moyen pour s'en prendre directement aux humains ? C'était trop monstrueux pour continuer à y songer. Mieux valait attendre que Violaine retrouve ses esprits et leur parle.

— Je crois que c'est là, dit Arthur sans prendre la peine de baisser la voix.

D'éventuelles sentinelles auraient été prévenues depuis longtemps par la lueur des torches avec lesquelles ils cherchaient l'entrée du tunnel. Violaine avait bien fait le ménage.

Arthur écarta une branche et dévoila une grille qui fermait un conduit bétonné s'enfonçant en pente douce dans le ventre de la colline. Il était suffisamment grand pour qu'ils puissent s'y glisser en se courbant.

Claire jeta un coup d'œil à son amie et fut rassurée. Dans son état, Violaine ramperait sous terre sans ressentir d'angoisse et sans se poser de question !

— On y va ? demanda Arthur après avoir décroché puis tiré la grille plus loin.

Ce n'était pas une vraie question. Claire hocha la tête. Le garçon prit la tête de la colonne qui pénétra dans le tunnel.

Nicolas émergea de ses sombres pensées pour constater qu'ils ressemblaient tous les quatre à des fourmis rentrant dans leur fourmilière. Des fourmis, oui, voilà ce qu'ils étaient, des fourmis qui se prenaient pour des éléphants, gonflant fièrement leur poitrine ! Avant d'exploser lamentablement. Une rafale, une simple rafale et ce pauvre Harry était mort. Une seconde avant il avait mal aux jambes, une seconde après il ne sentait plus rien du tout. Lui qui avait passé sa vie à glisser, en artiste, entre les mailles du filet, il avait été bêtement cloué au sol par le métal d'une balle. Comme un papillon épinglé sur une planche. Et c'était lui, Nicolas, qui l'avait condamné en relâchant sa vigilance !

Le garçon ressentit le besoin terrible d'exprimer la colère et l'impuissance qui le taraudaient. Il donna un grand coup de poing contre la paroi du tunnel. La douleur lui arracha un cri.

– Nicolas, calme-toi ! dit Arthur en faisant volte-face aussi vite qu'il put dans le tunnel étroit.

Nicolas s'était recroquevillé sur lui-même, son poing blessé contre la poitrine. Arthur s'approcha de lui et murmura des paroles apaisantes qui finirent par produire leur effet. Nicolas hocha plusieurs fois la tête aux injonctions de son ami. Il finit par accepter la main qu'il lui tendait et se redressa.

Claire et Violaine se tenaient en retrait, dans la pénombre, la première se mordant les lèvres devant la détresse du garçon, la seconde émergeant lentement de la stupeur dans laquelle l'avait mise sa transe prolongée.

– On continue ou on rebrousse chemin ? demanda alors doucement Arthur.

Nicolas desserra les mâchoires en respirant un grand coup.

– Derrière nous, il y a le cadavre de Harry, dit-il d'une voix rauque. On continue !

– On continue, confirma Claire en adressant aux garçons un regard volontaire.

Violaine hocha à peine la tête mais son assentiment fut le bienvenu. Ils étaient dans un piteux état, choqués, sales, épuisés. Seulement ils étaient encore ensemble.

Clarence raccrocha, perplexe. Il avait eu raison d'insister, d'appeler encore et encore le numéro d'urgence qui le reliait directement à son frère. À la treizième tentative, il avait été terriblement soulagé d'entendre la voix de Rudy dans le téléphone. Encore plus d'apprendre qu'il avait échappé à un assaut en règle et qu'il se trouvait à présent hors de danger.
— Comment as-tu su qu'ils venaient ?
— Mon métier consiste à savoir, lui avait répondu laconiquement Rudy.
En déchiffrant les propos de son frère, Clarence comprit qu'ils n'étaient cependant pas passés loin de la catastrophe. Il avait donc proposé à Rudy de le rejoindre. Pour assurer sa sécurité. Celui-ci avait ri, ce qu'il faisait rarement. Il lui avait promis qu'il se débrouillait très bien tout seul et avait repoussé son offre. Mais il avait retrouvé tout son sérieux pour lui annoncer la suite : Clarence devait se remettre en chasse et retrouver les enfants. Impérativement.
— Pourquoi s'occuper de ces gosses alors que toi et moi courons un grand danger ? avait demandé Clarence, plus par curiosité que par étonnement.
— Parce que ces enfants courent un plus grand danger que nous. Et parce que leur venir en aide, c'est le meilleur moyen actuellement de faire mal au MJ-12.
Le Grand Stratégaire avait ensuite raccroché, lais-

sant Clarence seul avec ses interrogations. Le mercenaire comprenait que s'intéresser à nouveau aux mômes pouvait faire diversion et agacer suffisamment les Majestics pour les détourner de Rudy. Mais il ne parvenait pas à comprendre pourquoi le MJ-12 tenait à ce point aux gosses. Il savait qu'il n'aurait pas de réponse avant de leur avoir mis la main dessus.

Clarence prit sur le bureau ce qui restait de l'ordinateur de Majestic 5 et, Matt sur les talons, il quitta la suite présidentielle.

4 jours 14 heures 18 minutes avant contact.
Le tunnel n'était pas très long. Il débouchait dans une vaste salle fortement éclairée. Arthur se laissa glisser prudemment sur le sol, suivi par ses amis. Ce qu'ils virent était si incroyable qu'ils en restèrent tous les quatre pantois.

Ils se trouvaient au cœur de la colline, dans une caverne gigantesque dont ils avaient du mal à distinguer le plafond. Étayant la roche noire, des murs de pierre taillée, des ogives et des arcs-boutants transformaient la grotte en cathédrale. On se serait cru dans les tréfonds de Santa Inés, à une échelle deux ou trois fois supérieure. Sauf qu'il ne s'agissait plus d'une forteresse mais d'une église. Une église occupée, habitée et aménagée. En effet, renforçant les constructions médiévales, des structures métalliques et d'épais panneaux de Plexiglas conféraient à l'ensemble une étonnante touche futuriste. À deux endroits, au centre, des puits avaient été creusés et équipés de ces ascenseurs grillagés que l'on voit parfois dans les mines. Sur le pourtour, cinq modules de verre et de plastique alimentés par un réseau de câbles constituaient des pièces isolées, bureaux ou laboratoires, nimbées d'une inquiétante lueur bleutée.

— Waouh ! fut tout ce que Nicolas trouva à dire.

Puis ils se rendirent compte qu'ils étaient seuls dans le complexe. Enfin, seuls à se tenir debout. Tout autour d'eux, des corps gisaient sur le sol. On aurait dit une scène de film catastrophe. Des corps d'hommes et de femmes en blouse blanche, en tenue de travail ou en uniforme militaire. Fauchés en pleine activité. L'un d'eux tenait un plateau qui s'était répandu dans la poussière quand il s'était écroulé. Une autre avait renversé sa tasse de café sur sa chemise. Aucun garde n'avait déverrouillé son arme. Quelque chose était arrivé, d'extrêmement violent et de très rapide. C'était comme si une vague invisible avait balayé la pièce, chassant devant elle toute vie. Ils frissonnèrent et se rapprochèrent instinctivement les uns des autres.

Claire se retint pour ne pas crier. Arthur se tourna vers Violaine, le visage incrédule.

— Ne me regardez pas comme ça, dit-elle d'une voix fatiguée. Ils ne sont pas morts.

— Qu'est-ce que tu leur as fait ?

— Moi, rien. J'ai lâché mon chevalier sur leurs dragons.

— Il les a tués ? demanda Claire en retenant son souffle.

— Non, répondit Violaine après une hésitation. Non,

il ne les a pas tués. Il les a effrayés. Les dragons se sont enfuis.

— Enfuis ? C'est possible, ça ? dit Nicolas.

— La preuve que oui, idiot. C'est pour ça que je pense qu'ils ne sont pas morts. Ils doivent se trouver dans un état de catalepsie, ou un truc comme ça. Ils se réveilleront sans doute quand leurs dragons reviendront.

— Sans doute… Ça veut dire que ce n'est pas sûr ?

— Écoute, Claire, je n'ai ni l'envie ni la force de me disputer avec toi. Non, je ne suis sûre de rien. C'est la première fois que je fais ça, que mon chevalier s'éloigne de mon corps et qu'il se retrouve livré à lui-même.

Elle préféra taire la transformation du chevalier en loup-garou. Lorsqu'elle avait pris les choses en main, tout à l'heure, son ectoplasme lui avait volé sa colère et s'en était servi pour se transformer en quelque chose de brutal. De sauvage. Pour tout dire, il s'était échappé et n'était revenu que parce qu'il l'avait bien voulu. Elle ne l'avait jamais contrôlé. Et ça, ses amis n'étaient sûrement pas disposés à l'entendre.

— Il les a peut-être tués, ces dragons, dit encore Claire.

— Est-ce qu'ils ressemblent à Agustin, tous ces gens ? Hein, Claire, dis-moi !

— Arrêtez de vous disputer, leur intima Arthur. C'est facile à vérifier.

Surmontant sa répugnance, il s'approcha d'un corps et se pencha au dessus.

— Il est vivant ! annonça-t-il, le soulagement inscrit sur le visage. Il respire, faiblement mais il respire !

Claire ferma les yeux comme pour remercier une présence invisible. Violaine, qui avait bloqué sa respiration, lâcha un soupir.

– Je vous l'avais dit.

– Bon, qu'est-ce qu'on fait ? On est dans la « construction tecpantlaque admirable », non ? les bouscula Nicolas qui, depuis qu'il avait fui ses idées noires, craignait de les retrouver. On n'était pas censés trouver des coffres comme à Santa Inés, avec d'autres archives à l'intérieur ?

– Je ne sais pas, avoua Arthur. Good… Harry l'aurait su, lui. Mais d'après ce qu'on peut constater, je crois qu'il se passe ici des choses étonnantes. Je ne parle pas des gens par terre, je pense à ces installations qui valent à mon avis largement les archives de Santa Inés !

– Quoi qu'on décide de faire, il faudrait aller vite, hasarda Claire. On ne sait pas quand les dragons vont revenir. Si tous ces gens se réveillaient brusquement, on serait dans une situation très délicate…

– Les dragons ne reviendront pas tant que Violaine sera dans le secteur, la rassura Arthur. Nicolas, tu ne pourrais pas utiliser ta vision pour…

Les mâchoires serrées du garçon, qui avait remis ses lunettes en pénétrant sous la colline, lui indiquèrent qu'il était inutile de lui demander ce genre d'aide. Pas après le drame que sa vision défaillante avait provoqué ! La culpabilité le tourmentait, mieux valait le laisser tranquille avec ses yeux.

– Arthur a raison, confirma Violaine. On ne risque rien. Et s'il y a eu ici des coffres datant du Moyen Âge, ça fait longtemps qu'ils ont été remplacés par des trucs plus modernes, dit-elle en désignant les modules rangés contre la paroi. On trouvera peut-être des infos dans l'une de ces pièces vitrées.

Arthur releva avec surprise que Violaine, pour une fois, allait dans son sens. Il en ressentit un léger picotement du côté du cœur, plutôt agréable.

– Je suggère qu'on se dépêche quand même, dit Nicolas. Si ce n'est pas pour les dragons, alors au moins pour ça, expliqua-t-il en montrant une lampe qui clignotait rageusement contre un mur, à la façon d'une alarme silencieuse...

New York – États-Unis.
Majestic 1 tapa du poing sur la table. Les conversations moururent aussitôt. Le coucher de soleil sur la ville était magnifique depuis le haut de la tour, mais personne n'avait le cœur à regarder le spectacle.

– L'opération menée hier soir en Nouvelle-Angleterre s'est soldée par un échec, commença-t-il en confirmant le bruit qui courait avant le début de la réunion. Le colonel Brett est arrivé trop tard. Le Grand Stratégaire nous a filé entre les doigts.

Majestic 6 leva la main.

– Pouvons-nous retrouver sa trace ? Je veux dire, en avons-nous les moyens ?

– Oui. Mais cela prendra du temps et il sera désormais sur ses gardes.

Majestic 1 laissa le silence envahir la pièce avant de reprendre :

– Pour continuer avec les mauvaises nouvelles, messieurs, j'ai le regret de vous annoncer la mort de Majestic 5.

Des exclamations de stupeur retentirent. Visiblement, tout le monde n'était pas au courant.

– Son corps a été retrouvé dans une chambre d'hôtel, à Washington. D'après nos informations, il a reçu la visite du mercenaire connu sous le nom de Clarence Amalric, alias Minos.

– Le mercenaire a-t-il pu apprendre quelque chose à propos de notre organisation ? demanda un homme au nom de l'assemblée.

– Nous l'ignorons, reconnut Majestic 1. Majestic 5 a réussi à s'empoisonner, c'est tout ce que nous savons. Mais son ordinateur personnel a disparu.

Un brouhaha naquit de nouveau autour de la table.

– Si au moins nous avions de bonnes nouvelles du côté des enfants ! s'exclama Majestic 1 pour couvrir les autres voix.

Majestic 3 détourna la tête, gêné, contrairement à Majestic 7 qui soutint le regard de Majestic 1 sans ciller.

À ce moment-là, un homme leva brusquement la main, l'oreille collée à son téléphone portable. Les masques blancs se tournèrent vers lui, dissimulant inquiétude ou curiosité. Majestic 2 ne s'occupait que d'une seule chose, capitale pour le MJ-12.

– Majestic 2, nous vous écoutons.

– Cela vient du Sanctuaire. L'alarme s'est mise en route. Et personne ne répond.

Un silence de mort s'abattit sur l'assemblée.

4 jours 13 heures 9 minutes avant contact.

— Il y a un ordinateur du genre costaud par ici, dit Claire en jetant un regard prudent par une vitre du cinquième module, désert. C'est peut-être une sorte de terminal.

— Les autres pièces ressemblent surtout à des laboratoires, confirma Violaine. Il y a des éprouvettes et des bouts de cailloux sur des tables.

— Tentons notre chance dans celle-là, alors, proposa Arthur. Qui y va ?

— Stop ! s'exclama Nicolas. Personne ne va nulle part.

Derrière le rideau bleuté de la porte, une toile d'araignée chatoyante semblait prendre appui sur chaque objet de la pièce. Comme cela arrivait fréquemment sous l'effet de la fatigue et du stress, la vision du garçon venait de basculer sans qu'il le décide.

— Il y a dans cette pièce un système d'alarme extrêmement complexe, expliqua-t-il à ses amis étonnés. Il a dû se mettre en route en même temps que l'alerte générale. Je devine à peine le réseau tellement il est subtil.

— Quelle importance ? dit Violaine en haussant les épaules. On peut faire hurler toutes les sirènes du monde, personne ne viendra !

— C'est plus compliqué, intervint Arthur. Imagine que l'alarme provoque la destruction immédiate du système ? Ou qu'elle soit reliée à des pièges mortels ?

— En tout cas, grogna-t-elle, ça confirme qu'on ne s'est pas trompés : s'il y a quelque chose d'important à prendre, c'est dans ce module.

— J'y vais, annonça Claire après avoir affermi sa voix.

Le regard de ses amis ne la trompa pas. Ils espéraient qu'elle le propose et en même temps, ils le redoutaient.

– Elle nous refait le coup du mont Aiguille ! dit Nicolas en se frottant les yeux pour essayer de voir à nouveau normalement.

Il venait de faire allusion à l'incroyable escalade que Claire, contre l'avis de ses amis, avait réalisée pour récupérer la boîte contenant les documents à l'origine de toute cette aventure.

– Ça ne m'avait pas si mal réussi, fit-elle avec une grimace. Vous avez une autre idée ?

Personne ne répondit parce qu'ils savaient tous que Claire seule pouvait franchir le réseau de protection. L'heure n'était plus aux tergiversations. Les enjeux avaient considérablement grimpé depuis le mont Aiguille.

– Est-ce utile de te dire de faire attention ? soupira Arthur.

– C'est toujours utile. Vous pouvez me souhaiter bonne chance, aussi !

Sans attendre de réponse, Claire prit une inspiration, ouvrit la porte et se glissa dans la pièce. *Je suis légère, aussi légère qu'une brise nocturne, je marche au milieu de la toile d'araignée subtile, sans faire frémir le moindre fil de lumière. Un pas de côté pour ne pas piétiner celui-ci, une contorsion pour éviter celui-là, hop je saute par-dessus et je me faufile par-dessous ! C'est fatigant mais je vois une chaise, je vais m'asseoir et me reposer.* Elle expira et se retrouva assise sur une chaise d'informaticien, devant le clavier de l'ordinateur.

– Elle a réussi ! jubila Nicolas de l'autre côté de la vitre.

– Il faut maintenant qu'elle arrive à pénétrer le système informatique, relativisa Arthur. Ça sera sans doute moins facile.

Claire appuya sur une touche pour réveiller la machine. Une demande de code clignota aussitôt sur l'écran. C'était un code à douze signes, qui donnait toutes les apparences d'être incraquable.

– Évidemment, murmura-t-elle pour elle-même. Le réseau doit être encore mieux protégé que la pièce qui l'abrite…

Elle prit le temps de réfléchir. Il fallait oublier l'approche classique. Sa seule chance était de surprendre la machine. La surprendre, oui. Et comment surprenait-on quelque chose qui vous attendait par-devant ? En passant par-derrière.

Claire avisa l'armoire blindée qui abritait le corps de l'ordinateur. Elle se leva et fit un pas dans sa direction. Droit devant. Sans hésiter.

Je flotte maintenant dans le couloir cerné de flou qui raccourcit les distances. Je ne dois pas avoir peur. Pas sauter. Pas courir non plus. Au contraire, pour la première fois de ma vie, je vais m'arrêter et regarder autour de moi. Prendre le temps. Je suis dans l'Intervalle. Dans le passage. Je suis bien. Pourquoi est-ce que je ne savais pas que j'étais bien quelque part ? Les choses de la vraie vie, celles de la réalité que je viens de quitter en tout cas, sont déformées, mais elles sont là, mouvantes, fluides, palpables. Et si le monde entier se trouvait dans l'Intervalle ? Et si j'en étais la maî-

tresse ? Tiens, qu'est-ce que c'est ? Une armoire. Non, pas une armoire mais le cœur d'un réseau informatique. Je le sens qui palpite. Si je m'en approchais ? Allez, un tout petit pas. Voilà, maintenant je suis dans ce cœur. Tout autour de moi pulse et vit. Les fils, les puces et autres composants s'agitent doucement devant moi, comme les tentacules d'un animal bienveillant. Je me sens inspirée, tout à coup, je vais appeler ce cœur l'Ordipieuvre ! Ça a l'air de lui plaire. Un de ses tentacules me caresse le visage. Mais je ne suis pas là pour faire des papouilles à une machine ! Qu'est-ce que je cherche, déjà ? Ah oui ! le code, le code d'entrée pour pénétrer dans le système. Mes amis en ont besoin. Peux-tu m'aider, Ordipieuvre ? Je prends ton rougeoiement comme un acquiescement. D'ailleurs, tu me touches le front et traces dessus douze signes, les douze signes dont j'avais besoin. Je les sens qui traversent l'os et s'insinuent dans mon crâne, pour venir s'imprimer en douceur dans mon esprit. Merci ! Je peux rentrer maintenant. Ou plutôt sortir. Sortir de l'Intervalle. Il suffit de faire un pas en arrière.

Elle trébucha et se rattrapa de justesse, le cœur battant, au dossier de la chaise.

Elle s'assit, tremblante. Cinq lettres et sept chiffres flottaient dans sa mémoire, presque palpables et déjà brumeux. Inquiète à l'idée qu'ils puissent disparaître, elle s'empressa de taper le code sur le clavier. Lorsqu'elle appuya sur la touche envoi, l'ordinateur se mit à ronronner dans l'armoire.

– Merci, Ordipieuvre, murmura-t-elle instinctivement.

Elle remit cependant à plus tard l'analyse de ce qu'elle

venait de vivre. Le temps pressait. Elle chercha dans le disque dur les dossiers classés prioritaires puis dénicha dans un tiroir une clé-mémoire pour les copier, en priant pour que tout fonctionne. Elle se voyait mal réitérer son exploit ! Enfin, elle se leva et refit le chemin à l'envers, comme si le système d'alarme n'avait jamais existé.

– Ehhhh ! Préviens quand tu te déplaces ! s'exclama Nicolas en la voyant surgir de nulle part.

– Tu n'as pas eu de problème ? la questionna Arthur. On a eu tous les trois l'impression que tu avais disparu, l'espace d'une seconde.

– J'ai toujours été là, le rassura Claire en souriant. Et j'ai trouvé des trucs intéressants !

Elle eut à peine le temps de montrer la clé-mémoire à ses amis avant de s'évanouir, totalement épuisée.

À l'heure où la NASA parle sérieusement de reprendre ses missions lunaires, on apprend avec stupéfaction que les enregistrements vidéo originaux du premier alunissage de juillet 1969 ont été « égarés »… Cette vidéo, qui comprend notamment la marche sur la Lune des deux astronautes d'Apollo 11 Armstrong et Aldrin, avait été retransmise depuis la Lune vers les stations de suivi du vol en Californie et en Australie. Ces images avaient été ensuite envoyées vers le centre spatial de Houston et redirigées vers le reste du monde. Ces enregistrements sont-ils rangés quelque part, oubliés dans des cartons ou bien tout simplement… volés ? Sont-ils devenus des secrets d'État le jour où la technologie a permis de mettre en évidence sur la bande certains détails gênants ? Des détails montrant ce que les astronautes auraient réellement vu sur la Lune, ou bien accréditant définitivement la thèse du plus grand canular de l'histoire...

(Extrait d'*Enquêtes occultes*, par Kevin Brender.)

14
Viscereus, a, um : qui est dans les entrailles

Je n'arrête pas de penser à ce qui nous arrive. Comment se boucher encore les yeux ? Nous sommes en voie de disparition ! De désintégration, de désagrégation. Nous nous évanouirons bientôt, éradiqués par les hommes dont nous bousculons les règles, ou par la nature si nous continuons à bafouer ses lois. Qu'importe. La première perte sera celle de nous-mêmes. Nous en tant que groupe, nous en tant qu'amis. Nicolas, Claire, Violaine ! Nous ne nous parlons plus et quand nous le faisons, c'est pour constater que nous n'avons rien à nous dire... Pourtant, au-delà des mots, au-delà de l'engrenage qui nous a pris dans ses roues terribles, je continue à vous vouer un amour profond. Vous mes amis ! Toi Nicolas, mon petit frère. Toi Claire, ma chère sœur. Toi Violaine, mon double et mon démon...

2 jours 9 heures 52 minutes avant contact.
Arthur repoussa la porte de la chambre du bout du pied et posa le carton sur la table bancale qui, avec les lits métalliques superposés et les quatre chaises rapié-

cées, constituait leur seul luxe du moment. Il étira ses bras douloureux. Les pales du ventilateur fixé au plafond brassaient un air lourd dans la pénombre de la pièce. Claire, Violaine et Nicolas dormaient toujours. Arthur les envia. Il avait été réveillé tôt ce matin par la chaleur et l'excitation.

Sur le bateau, il avait dû ronger son frein. Les trente-six heures de traversée entre Bohol et Manille avaient été particulièrement pénibles. Chacun était resté plongé dans ses propres pensées et lui-même, après de vaines tentatives pour aborder des sujets urgents, avait sagement cédé. Faire le point lui paraissait essentiel, mais après les épreuves qu'ils avaient traversées, peut-être fallait-il d'abord remettre de l'ordre à l'intérieur de soi. Le garçon espérait que ses amis avaient joué le jeu et que le silence dans lequel ils s'étaient enfermés n'était pas une nouvelle fuite. Violaine avait-elle accepté l'idée que ses pouvoirs, en plus de lui échapper, modifiaient sa personnalité ? Nicolas avait-il enfin digéré la défaillance qui avait coûté la vie à Harry Goodfellow ? Arthur n'aurait pu le dire. Il savait seulement que Claire, elle, s'était reposée. Son exploit dans le module informatique de la caverne des Templiers l'avait considérablement affaiblie. À tel point qu'ils avaient dû la porter toute la nuit à travers la forêt, au milieu des collines, jusqu'à la piste puis la route principale où une camionnette poussive, arrêtée en agitant les bras, avait bien voulu les emmener à Baclayon. Harry disparu, la Jeep était devenue inutile et elle terminerait sans doute sa vie comme épave dans son buisson. Bref, tout cela s'était traduit par des heures de calvaire. Heureusement que Claire ne pesait pas lourd ! Pas plus lourd qu'un courant d'air, avait dit Nicolas.

Ils avaient ensuite pris le bus pour gagner Tagbilaran. Une fois au port, le bateau leur avait semblé la meilleure solution pour rentrer discrètement à Manille. De même qu'un hôtel de catégorie inférieure dans Malate, le quartier des touristes, leur avait paru approprié pour passer inaperçus, une fois dans la capitale…

Depuis la mésaventure vécue par Claire à Baclayon, ils savaient qu'ils étaient à nouveau traqués. L'alarme clignotant à l'intérieur de la colline leur avait confirmé qu'ils allaient l'être avec acharnement. On ne découvrait jamais rien impunément, alors quelque chose d'aussi énorme ! Ils n'avaient même pas pris le temps de creuser une tombe pour le malheureux Goodfellow, se contentant de le tirer lui aussi à l'abri d'un buisson. Quelle ironie… Le vieil homme était mort à quelques pas d'une installation incroyable, qui allait livrer ses secrets dans un moment. Si les paresseux daignaient se lever !

Arthur tira le rideau et la lumière jaillit dans la pièce, arrachant des grognements aux dormeurs.

— Il est presque midi, annonça le garçon. Je suis sûr que vous avez faim !

Il retourna vers la table et sortit du carton des bananes, des pancakes et des jus de fruits en bouteille. Ainsi qu'un ordinateur portable flambant neuf.

— Tu n'as pas perdu de temps, lui fit remarquer

Violaine en dégringolant du lit superposé et en jetant un coup d'œil à la machine.

Elle bâilla, s'approcha de la table et prit un pancake qu'elle mâchonna. Depuis l'épisode de la colline, elle était presque redevenue comme avant. Ce qui ne manquait pas de troubler davantage Arthur.

– Le temps joue plutôt contre nous, répondit-il en toussotant. Tu veux du jus de mangue ?

Elle acquiesça. Pendant ce temps, Claire quittait à son tour le lit, aidée par Nicolas. Arthur déballa le reste des victuailles. Ils mangèrent sans appétit et parlèrent de l'inconfortable trajet en bateau qui les avait conduits jusqu'à Manille, retardant à dessein le moment de vérité. Puis ils débarrassèrent la table et Arthur alluma l'ordinateur.

– Le vendeur l'a configuré, précisa-t-il. Il a aussi installé tous les logiciels dont on pourrait avoir besoin.

– Tu as fait comment pour payer ? demanda Nicolas en s'offrant un rabiot de pancake.

– Avec l'argent de Harry. Là où il se trouve, il n'a pas besoin de son portefeuille, dit simplement Arthur, indifférent à la soudaine pâleur du garçon et au regard de reproche de Claire. À toi l'honneur, termina-t-il en se tournant dans la direction de la jeune fille.

Claire sortit de sa poche la clé-mémoire comportant les dossiers volés et la connecta au portable.

– Je me suis dépêchée, dit-elle en se mordillant les lèvres. J'ai choisi les fichiers sans vraiment réfléchir.

Elle tapota le trackpad. La clé-mémoire s'ouvrit et Claire ressentit un soulagement immédiat. Tout ce qu'elle avait copié dans l'ordinateur central venait de faire son apparition sur l'écran.

— On commence par lequel ?

— Celui-là, dit Arthur après avoir passé les fichiers en revue. Celui qui s'appelle « Genesis ».

— Pourquoi ? demanda Nicolas.

— « Genesis », ça veut dire Genèse, ou Commencement si tu préfères. Logique, non ?

Claire cliqua sur le fichier. Plusieurs pages de texte apparurent sur l'écran.

— C'est en anglais, fit Nicolas, déçu.

— Je vais vous le traduire au fur et à mesure, le rassura Arthur. Voyons, que dit le paragraphe d'introduction... Oui, j'ai eu du flair ! C'est un historique, une sorte de récapitulatif, un rapport destiné aux nouveaux Majestics.

— Majestics ! s'écria Nicolas. Ce sont eux qui ont acheté les archives templières de Santa Inés au vieux Grierson avant de le liquider !

— C'est un rapport sur quoi ? s'impatienta Violaine.

— Sur un plan, un projet secret qui justifie l'existence même des Majestics, répondit Arthur. Laissez-moi le temps de lire, quand même ! Voilà, ouvrez grand vos oreilles : le rideau va se lever, les zones d'ombre vont disparaître, emportées par la lumière éclatante...

— Tu en fais pas un peu trop, là ? dit Claire en souriant.

— Je traduis ce qui est écrit, c'est tout... Ah, il semblerait que les Templiers soient le point de départ de l'histoire.

— Ça, on le savait, dit Violaine.

— Ce qui est nouveau, par contre, enchaîna Arthur sans lui laisser le temps de faire un autre commentaire, c'est la découverte que les Templiers ont faite, quelque part en Terre sainte, de chapitres apocryphes du livre d'Ézéchiel.

— Le livre d'Ézéchiel, se réjouit Nicolas. Ça colle ! Tout est parti de lui, c'est normal qu'on y revienne. Les choses retrouvent leur cohérence !

— Hum ! je continue, reprit Arthur qui préféra ne pas contredire la logique particulière de son ami. Les informations contenues dans ces chapitres censurés, corroborées par des évangiles cachés également trouvés par les Templiers, ont profondément secoué l'Ordre.

— Les chapitres apocryphes, les évangiles cachés… Ils faisaient partie des archives secrètes de Santa Inés, non ? dit Claire.

— Tu as raison, confirma Arthur en fronçant les sourcils. Ça confirme que tout ce nous avons vu, tout ce que nous avons vécu d'étrange ces derniers mois est directement lié aux Templiers, à leurs découvertes et à leurs archives.

— Mais qu'est-ce qui a pu bouleverser les Templiers à ce point ?

Arthur, penché jusque-là sur l'écran de l'ordinateur, ressentit tout à coup le besoin de s'en écarter. Il se renversa en arrière, les yeux écarquillés, le souffle coupé.

— Alors là, accrochez-vous, annonça-t-il d'une voix enrouée par la surprise. Ces chapitres et ces morceaux d'évangiles évoquent l'existence sur la terre d'une porte permettant d'accéder au paradis et à l'enfer…

Pour de vrai, je veux dire, pas de façon symbolique ou mystique !

– Non… Tu rigoles ! s'exclama Nicolas incrédule.

– Pas du tout ! Du moins, c'est ce qui est écrit là. Cette porte, façonnée dans une roche noire extrêmement dure, donnait accès à une dimension parallèle. Une dimension où vivent peut-être vraiment un diable et un dieu… Enfin ça, c'est le commentaire d'un scientifique.

– Pourquoi « donnait » ?

– Eh bien tout simplement parce que cette porte a disparu il y a quelques milliers d'années. Engloutie dans les entrailles de la terre au cours d'une gigantesque secousse sismique.

Un nouveau silence accueillit la révélation d'Arthur.

– Les Templiers, continua le garçon dont l'excitation allait croissant, après de nombreux calculs et avec l'aide d'érudits chinois, ont réussi à déterminer l'endroit où cette fameuse porte se trouvait autrefois : une île hérissée de collines étranges, de morceaux de terre attirés par la Lune comme de la paille de fer par un aimant. Il faut savoir que les collines de Bohol en effet, car il s'agit bien d'elles, reposent en partie sur une roche noire d'une nature inconnue. C'est pour cette raison que les Templiers y ont construit un temple : constatant rapidement l'impossibilité de retrouver la porte engloutie, disparue au fond d'une crevasse volcanique, ils ont essayé de tailler eux-mêmes une nouvelle porte dans la roche noire !

– Mais pourquoi ? demanda Nicolas éberlué.

– Dans l'espoir d'accéder directement au ciel. De se

retrouver physiquement, de leur vivant, face à face avec Dieu. D'avoir la réponse à toutes leurs questions.

– Carrément mégalo, commenta Violaine.

– C'est pour ça, alors, les puits creusés au centre de la caverne ! comprit tout à coup Nicolas. J'aurais pu me forcer et jeter un coup d'œil ! Le travail des mineurs doit être hallucinant.

– En tout cas, ajouta Claire, on sait maintenant que ce n'étaient pas les archives du Temple que cherchaient Magellan et Legazpi aux Philippines. C'était cette fameuse porte !

– Les Majestics également, reprit Arthur. Après avoir mis la main sur les archives de Santa Inés, ils se sont empressés de retrouver cette caverne et ils s'y sont installés, essayant à leur tour de façonner une nouvelle porte.

– Ça a dû être plus facile, avec les moyens modernes, dit Violaine.

– Détrompe-toi. Cette roche est vraiment très dure. Et puis les représentations de la porte originale, que les Templiers ont réussi à rassembler au cours de leurs recherches, sont très incomplètes.

– Alors ? l'encouragea Claire qui se mordillait toujours les lèvres.

– Alors, devant l'échec de leurs tentatives, les Majestics ont eu une autre idée.

– Laquelle ? le coupa Nicolas vibrant d'impatience.

– Ils se sont demandé d'où pouvaient bien provenir la première porte et cette étrange roche noire.

– Les extraterrestres ! s'exclama encore le garçon.

— C'est ça ! ironisa Violaine. Un tour de magie des petits hommes verts !

— Laissez parler Arthur, intervint Claire en faisant les gros yeux.

— En fait, les scientifiques embauchés par Majestic se sont intéressés aux formes curieuses des collines, continua Arthur impassible. Comme toi, Violaine, ils ont trouvé qu'elles ressemblaient... comment tu disais déjà ? Ah oui ! à des monuments dressés à la gloire de quelque chose, à des moignons tendus dans une adoration. Ils ont alors tourné leur attention vers la lune.

— La Lune ! bondit encore Nicolas.

— Plusieurs hypothèses ont été émises concernant l'origine de la Lune. La plus répandue avance qu'elle serait née de la collision entre la Terre et un astéroïde.

Arthur fouilla dans son sac et en sortit un stylo et un bloc.

— Je vais vous faire un dessin, vous comprendrez mieux. Donc, l'astéroïde percute notre planète. Il

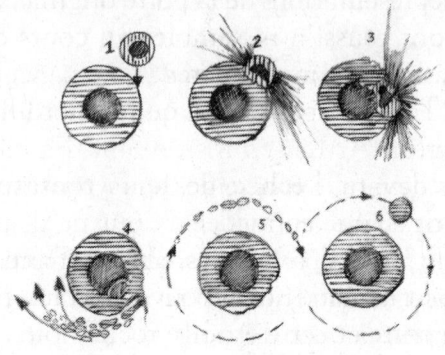

arrache des roches au manteau terrestre et les projette dans l'espace. Ces roches se regroupent autour des restes de l'astéroïde, puis sous l'effet de la rotation forment à nouveau une sphère : la Lune.

— Impressionnant, reconnut Violaine sans abandonner son scepticisme. Et... ça nous mène à quoi ?

— Eh bien, la porte et la roche noire que l'on trouve dans le sous-sol de Bohol auraient été apportées sur terre par l'astéroïde au moment de la collision. Des échantillons prélevés sur la Lune ont récemment été datés de vingt milliards d'années. Ça nous fait presque remonter aux débuts de l'univers ! Mais ça, à l'époque, les Majestics ne pouvaient pas le savoir. Ils se sont contentés de recouper les informations collectées par les Templiers et de suivre l'intuition de leurs scientifiques, à savoir qu'il existait peut-être sur la Lune, constituée en partie de la roche noire de l'astéroïde, d'autres portes semblables à celle qui avait été déposée sur terre...

— Ça paraît complètement fou, dit Claire en secouant la tête.

— Il faut avoir le cerveau dérangé pour concevoir une idée pareille ! renchérit Violaine.

— Ah oui ? fit Arthur en frissonnant. Eh bien cette idée n'a pas paru folle longtemps aux Majestics ! Écoutez ça : grâce à une technologie dont ne disposaient évidemment pas les Templiers, ils ont lancé dans le plus grand secret un programme spatial antérieur de plusieurs années à celui d'Apollo !

— À l'insu de la NASA ?

– Oui ! Et c'est l'explication de la confusion avec les extraterrestres.

– Confusion ? hoqueta Claire. Comment ça ?

– Les premiers essais des équipes de Majestic ont débuté en 1947, annonça Arthur triomphant. Ça ne vous dit rien ?

– 1947, l'époque des premiers rapports sur les ovnis… rappela Nicolas.

– En tout état de cause, continua Arthur, les Majestics ont entretenu cette idée d'extraterrestres pour dissimuler leurs propres expériences spatiales.

– Mais alors, comprit brusquement Violaine, les lumières sur la Lune vues par les astronautes… C'étaient celles des équipes de Majestic à la recherche des portes dimensionnelles !

Un silence stupéfait accueillit ces dernières révélations. Elles éclairaient de manière brutale l'énigme qui les avait entraînés au bout du monde. Même Claire, qui pourtant nourrissait encore des espoirs au sujet des extraterrestres, ne parvint pas à se sentir déçue tellement cette histoire était énorme.

– Et… ils les ont trouvées, ces portes ? demanda finalement Nicolas.

– À en croire le rapport que j'ai sous les yeux, oui. Elles étaient enfouies superficiellement, comme si leur nature même les poussait à toujours refaire surface.

– Elles doivent être gigantesques !

– Elles le sont sûrement, confirma Arthur. Sinon ils auraient eu beaucoup de mal à les repérer. Seulement, d'après ce que je lis, les trouver n'a pas suffi. La joie de la découverte passée, Majestic s'est vite heurté à un problème.

Ils retinrent leur souffle.

– Les équipes de Majestic ne sont toujours pas parvenues à les ouvrir, ou à les activer, pour utiliser leur propre terme ! Il leur manque une clé, une clé particulière dont ils ne connaissent ni la forme ni la matière. Ils supposent pourtant qu'elle doit être excessivement ancienne.

– Une clé… comme une clé ? demanda Nicolas.

– Peut-être. Mais les scientifiques de Majestic penchent plutôt, maintenant, pour une sorte de manuel d'utilisation. Un manuel transmis de génération en génération depuis des milliers d'années, certainement gravé ou peint, dessiné sur plusieurs objets ou monuments.

– Pourquoi plusieurs ?

– Pour éviter que les précieuses informations ne soient perdues, Nicolas. La principale activité des Majestics consiste donc à écumer la planète à la recherche des objets archéologiques les plus anciens, n'hésitant pas au besoin à encourager les conflits et à profiter des guerres pour envoyer leurs équipes fouiller les zones intéressantes. Le texte évoque à demi-mot l'Afghanistan et l'Irak, pour les opérations les plus récentes.

– C'est effrayant, dit Claire en réprimant un tremblement. Ces Majestics ont l'air terriblement puissants !

– Suffisamment en tout cas pour imposer leurs priorités aux autorités américaines, ajouta Violaine, songeuse.

— Quand on cherche à entrer en contact avec Dieu, dit sobrement Arthur, toute autre considération doit sembler dérisoire.

— Et les Templiers dans tout ça ? Pourquoi les Majestics se sont-ils installés dans la cathédrale sous la colline ?

— Je pense que le lieu templier leur sert de laboratoire secret. Ça ne doit pas être facile de travailler sur la Lune ! Une partie des analyses est peut-être faite avec les échantillons contenus dans le sous-sol. Ça expliquerait en tout cas la présence des savants et des militaires.

— Waouh ! dit Nicolas, résumant l'état d'esprit général. Il faut que je mange un pancake pour me remettre de toutes ces émotions !

De nombreuses questions leur brûlaient encore les lèvres. Ils se tournèrent avidement vers les autres fichiers rapportés par Claire. Hélas ! ce qu'ils découvrirent était incompréhensible au regard de leurs propres connaissances scientifiques. Mais Claire finit par apercevoir un fichier qui avait glissé sous les autres.

— Là, dit-elle d'une voix hésitante en désignant deux mots sous une icône. C'est de l'anglais mais… il y a le mot « enfant », hein ?

Arthur plissa les yeux.

— « Enfants mêlés », précisa-t-il en se raclant la gorge.

Ils se regardèrent tous les quatre, le cœur battant.

– Clique dessus ! ordonna Violaine.

Claire s'exécuta d'une main tremblante. Des cris de frustration accueillirent la page presque blanche qui s'ouvrit. Le fichier était vide. Vide, à l'exception d'une note.

– « Dossier récupéré et bloqué dans l'attente des résultats de l'opération *Clinique du Lac* », traduisit un Arthur stupéfait.

– Qu'est-ce que ça veut dire ? demanda Claire d'une voix étranglée.

– Ça veut dire, répondit Violaine d'un ton qui ne présageait rien de bon, que quelqu'un que l'on connaît bien nous doit des explications…

Armstrong/Aldrin : « Ces choses sont géantes. Non, non, non, ce n'est pas une illusion d'optique. Personne ne va croire ça ! »

Houston (Christopher Craft) : « Quoi… quoi… quoi… ? ! Qu'est-ce qui se passe bon sang ! Qu'est-ce qui ne va pas ? »

Armstrong/Aldrin : « Ils sont ici sous la surface. »

Houston : « Qu'est-ce qu'il y a ? Émission interrompue ; contrôle des interférences appelle Apollo. »

Armstrong/Aldrin : « Nous avons vu des visiteurs. Ils étaient ici pendant un moment, et observaient les instruments. »

Houston : « Répétez votre dernière information. »

Armstrong/Aldrin : « Je dis qu'il y avait d'autres engins spatiaux. Ils sont alignés de l'autre côté du cratère. »

Houston : « Répétez… Répétez… »

Armstrong/Aldrin : « Nous allons sonder cette orbite… de 625 à 5... relais automatique connecté... Mes mains tremblent tellement que je ne peux rien faire. Filmer ça ? Mon Dieu, si ces satanés appareils photo captent quelque chose, on fera quoi ?... »

Extrait d'un dialogue confidentiel entre la mission Apollo 11 et la base américaine de Houston, intercepté et enregistré par un radio amateur branché sur la fréquence, après que l'un des astronautes a aperçu une lumière dans un cratère lors du survol de la Lune.
(Extrait d'*Enquêtes occultes*, par Kevin Brender.)

15
Umbra, æ, f. : ombre, protection, apparence

J'avais toujours rêvé de faire ça. Réagir aux hurlements d'une sirène d'urgence, courir dans un tunnel étroit jusqu'à un embarcadère secret et me glisser dans les entrailles d'un engin futuriste. Ah, se retrouver dans une cabine de pilotage, entouré d'instruments de navigation de toutes les couleurs ! Certes, un sous-marin n'est pas un vaisseau spatial, pas plus qu'un lac n'est le vide intersidéral et le Québec la confédération de Véga. Mais c'est la première fois de ma vie que je côtoie le danger d'aussi près. C'est aussi la première fois que je me sens réellement dans la peau du Grand Stratégaire. Pour cela, je ne remercierai jamais assez les Visages Blancs du MJ-12. Et le colonel Brett, bien sûr, qui s'est cru si malin en utilisant la fréquence des services secrets militaires que j'ai personnellement aidé à mettre au point...

New York – États-Unis.
– Et le Grand Stratégaire ? cria quelqu'un pour couvrir le brouhaha qui agitait depuis un moment la salle de réunion.

Majestic 1 hésita à répondre. Il avait essayé à deux reprises de calmer les esprits, sans résultat. Échouer contre un ennemi insaisissable, perdre un membre du MJ-12 représentaient des accidents dont il pouvait se débrouiller. Mais une intrusion dans le Sanctuaire ressemblait à un véritable séisme ! Pour la première fois, le MJ-12 était touché dans sa chair, en plein cœur. Il y avait de quoi être traumatisé !

Majestic 1 cria à son tour pour se faire entendre.

– Eh bien quoi, le Grand Stratégaire ?

Les conversations baissèrent d'un ton.

– Le commando qui a investi le Sanctuaire pourrait-il avoir été envoyé par le Grand Stratégaire ? En représailles ? Ou bien à la suite des informations arrachées à Majestic 5 ?

La pertinence des questions que Majestic 3 venait de poser incita l'assemblée à revenir au calme et à reporter son attention sur les protagonistes. Majestic 1 remercia mentalement Numéro 3 pour son intervention. Et son habileté !

– Certainement pas à cause de Majestic 5, répondit-il d'une voix assurée, et encore moins en représailles. Les trois actions se sont déroulées en même temps. Quant à l'implication du Grand Stratégaire, si elle ne peut être exclue, elle semble improbable. D'après toutes les informations auxquelles j'ai eu personnellement accès, son domaine exclusif reste le renseignement. Pas le mouvement.

– Alors qui, bon sang ? cria quelqu'un.

– Des agents dormants sont censés monter la garde

autour du Sanctuaire ! s'indigna un autre Majestic. À quoi cela sert-il de payer grassement des « belettes » si elles ne font pas leur boulot ?

– Nous attendons d'une minute à l'autre le compte rendu du colonel Swan que Majestic 2 a envoyé sur place avec une équipe de choc, répondit Majestic 1 pour couper court aux questions. Si les intrus sont encore là-bas, ils seront vite neutralisés. Dans le cas contraire, les enregistrements du système de surveillance nous fourniront leur identité. Comme vous le savez, aucun flux capable de trahir notre existence ne peut sortir du Sanctuaire. Nous devons donc attendre que le colonel récupère ces enregistrements.

Il fit un signe vers la porte et des serveurs en tenue blanche entrèrent avec des plateaux, proposant des encas et des rafraîchissements. Les membres du MJ-12 se levèrent les uns après les autres et les conversations repartirent sur un ton moins virulent. Grâce à Majestic 3, Majestic 1 avait repris le contrôle de la situation.

– Merci, glissa-t-il au petit homme qui s'essuyait le front sous son masque. Votre intervention fut salutaire.

– Pas de quoi. Il fallait bien obliger tout le monde à retrouver son sang-froid ! Quoi de mieux pour cela qu'une confrontation, un duel d'où vous deviez sortir vainqueur ?

Ils récupérèrent une flûte de champagne et firent quelques pas pour s'éloigner des autres. Ils se retrouvèrent près de la baie vitrée, à contempler la ville. Les lumières naissaient les unes après les autres sur fond de crépuscule. Le soir était là, la nuit arrivait.

— Vous êtes brillant, mon ami, reprit Majestic 1. Je ne comprends pas pourquoi vous piétinez ainsi dans votre mission. Retrouver des enfants, si spéciaux soient-ils, ce n'est pourtant pas une affaire compliquée !

— Majestic 7 s'en occupe, répondit abruptement Majestic 3, des accents de ferveur dans la voix. Majestic 7 a pris le problème en main. Il va tout régler !

Majestic 1 fronça les sourcils. Qu'est-ce que Majestic 7 venait faire dans la discussion ? Et que signifiait ce ton exalté ? Son intuition lui hurla de se méfier. Il y avait quelque chose d'inquiétant là derrière. Quelque chose qui, dans des circonstances ordinaires, aurait capté toute son attention. Mais les circonstances étaient tout sauf ordinaires. Il n'eut pas l'occasion de s'interroger davantage car Majestic 2, entouré des autres membres du MJ-12, lui adressait des signes fébriles.

— Le colonel Swan est en ligne ! cria-t-il.

Majestic 3 et lui-même se hâtèrent de le rejoindre.

— Il a investi le secteur, continua Majestic 2. Tous les hommes qui travaillaient dans le Sanctuaire gisent à terre, tous sans exception, vivants mais frappés d'une inexplicable léthargie. Une équipe médicale est en train de s'en occuper. Il va sûrement falloir les rapatrier.

Majestic 1 eut un geste d'impatience.

— Est-ce qu'on a volé quelque chose ?

— Il semblerait que non. Le système d'autodestruction du réseau informatique ne s'est pas déclenché.

Ah ! Swan a récupéré les disques des caméras intérieures. Il a installé un relais à l'extérieur. Les enregistrements vont nous parvenir dans quelques instants.

Majestic 2 actionna une télécommande. Un écran géant descendit du plafond et la lumière diminua dans la pièce. Des images apparurent bientôt, de qualité médiocre. Les Majestics purent ainsi voir leurs hommes s'affairer dans le Sanctuaire et s'effondrer tous en même temps sur le sol, inanimés. Comme cela durait, Majestic 2 passa en mode accéléré.

– Là ! s'exclama Majestic 1.

Sur le film revenu à vitesse normale, quatre silhouettes pénétraient dans la caverne par un conduit d'aération.

– Ça alors…
– Bon sang mais… ce sont eux !

Sous leurs yeux incrédules, les enfants qu'ils traquaient depuis des semaines se promenaient dans le Sanctuaire, tranquillement, comme des touristes curieux.

– C'est une plaisanterie ? rugit Majestic 1.
– Non, dit doucement Majestic 3. Ce sont bien eux, je les reconnais.

Stupéfaits, ils virent Arthur se pencher sur un corps et se relever, l'air soulagé. Ils les regardèrent déambuler au hasard puis fixer leur attention sur le module abritant le réseau informatique. Un angle mort les dissimula un moment aux caméras qui n'étaient pas autorisées à surveiller les unités de recherche. Lorsque les enfants réapparurent, ils portaient la fille aux cheveux blonds qui avait elle aussi perdu connaissance. Ils repartirent par le même chemin. Majestic 2 coupa la transmission.

– Qu'est-ce qu'ils ont utilisé pour neutraliser les gardes ? Un gaz ?
– Vous pensez qu'ils ont pu pénétrer dans le module ?
– Où sont-ils repartis ?

Les questions fusaient, laissant Majestic 1 indifférent. Il observait Majestic 7 qui s'était éloigné pour consulter les messages sur son téléphone. Quelque chose clochait avec Majestic 7. Mais il n'aurait su dire quoi. Il allait s'approcher de lui pour en avoir le cœur net quand Majestic 2 bondit vers lui pour lui glisser une information confidentielle.

– Notre « belette » en poste à Manille a été retrouvée dans un hôpital de Cebu, les yeux brûlés, débitant des propos incompréhensibles au sujet de démons qui l'auraient torturée…

Majestic 1 contracta ses mâchoires. Un voile de colère troubla son regard. Il jeta violemment son verre qui se brisa sur le sol, provoquant un silence stupéfait.

– Cette fois, c'en est trop ! rugit-il. Ces gosses nous ont fait courir assez longtemps ! Ils disposent maintenant d'informations mettant en péril notre organisation ! Je vous demande, toutes affaires cessantes, de joindre vos forces et vos moyens pour les retrouver et les neutraliser ! Définitivement.

– Je ne pense pas que… essaya d'objecter Majestic 3 avant d'être cloué sur place par le regard de Majestic 1.

– Si nous ne pouvons les avoir avec nous, au moins

nous ne les aurons pas contre nous, asséna Majestic 1 d'une voix glacée. Considérez ce fiasco comme le vôtre, Majestic 3. Je veux des nouvelles positives dans quarante-huit heures ! termina-t-il en s'adressant aux autres. Est-ce que je me suis bien fait comprendre ?

Puis il jeta un regard furieux à Majestic 7 qui le lui rendit tranquillement. Le chef du MJ-12 aurait juré que son subordonné souriait sous son masque. Et ce sourire ressemblait fort à un défi.

Sur la route, quelque part entre Magog et Montréal – Québec.

Le Grand Stratégaire se tenait à l'arrière d'une fourgonnette noire équipée d'une station d'écoute de haute technologie. Il poussa un léger soupir et ôta les écouteurs de ses oreilles. Il en avait assez entendu. Les appareils continueraient de toute façon à enregistrer les propos qui se tenaient au même moment dans la tour new-yorkaise. Plus important, le serveur, qui avait installé les micros indécelables, avait également réussi à prendre des clichés numériques des membres du MJ-12. Les masques cachaient peut-être les visages mais ils ne dissimulaient pas toutes les données anthropométriques. Le Grand Stratégaire imprima les photos et les glissa dans une enveloppe. Il joignit une sélection d'enregistrements audio, ainsi qu'une lettre qu'il avait écrite le matin même. Il cacheta le tout et inscrivit dessus au stylo feutre noir : Clarence Amalric, Plaza Athénée, Paris. Puis il confia le paquet à un homme assis en face de lui, qui hocha gravement la tête avant de le ranger dans son sac, à côté d'un passeport et d'un billet d'avion…

2 jours 8 heures 12 minutes avant contact.

– Alors ? demanda encore une fois Nicolas.

– Un peu de patience, répondit Claire assise devant l'ordinateur de l'hôtel, un engin antédiluvien connecté à Internet par une poignée de fils. Le Doc ne campe pas devant son écran !

Le groupe avait investi le petit salon dans lequel se trouvait l'ordinateur, au rez-de-chaussée de l'hôtel, en face du comptoir. Un climatiseur qui aurait dû partir à la retraite depuis un siècle peinait à rafraîchir l'atmosphère dans un bruit de moteur d'avion. La moquette, sale et élimée, n'avait sans doute jamais connu d'aspirateur et sentait vaguement le moisi.

– Je n'arrive pas à y croire, répéta encore Violaine. Le Doc, de mèche avec Majestic !

– On en a déjà parlé, intervint Arthur. Il ne faut pas s'emballer. Rien ne nous dit qu'il était au courant ! C'est peut-être une coïncidence…

– Une coïncidence, tu parles !

– Il a été enlevé par Clarence et sa bande, il ne faut pas l'oublier, rappela Nicolas.

– Et ça signifie quoi ? rebondit Violaine. Qu'il est coupable ou qu'il est innocent ?

– Il a été enlevé parce qu'il avait en sa possession des documents compromettants pour Majestic, dit Arthur. Ça en fait plutôt une victime, selon moi.

– Ouais, dit Violaine pas convaincue le moins du

monde. En tout cas, c'est pas clair. Le Doc nous cache des choses.

— Sur ce point, je suis d'accord avec Violaine, lâcha Nicolas.

— Un dossier confidentiel sur les enfants mêlés, une opération concernant la Clinique du Lac… On est pleinement concernés, cette fois, résuma Claire.

— C'est rageant ! grogna Violaine en serrant les poings. On est à deux doigts de savoir, de comprendre. On nous vole encore la vérité !

— Moi je trouve cette histoire bourrée d'ironie, dit Nicolas avec un sourire. Le livre d'Ézéchiel caché dans la clinique nous a envoyés, comme les Templiers, au bout du monde. Et au bout du monde, on s'aperçoit que la réponse se trouve à la clinique. Suisse-Angleterre-Chili-Philippines-Suisse. Un tour du globe pour rien !

— Pas d'accord, dit Claire en secouant la tête. Si on ne s'était pas rendus en Angleterre, puis en Patagonie, on n'aurait jamais découvert de raisons pour aller aux Philippines. Et sans Philippines, pas de clinique. Les choses ont un sens, Nicolas. Malheureusement, on le découvre souvent trop tard.

— Résumons, proposa Arthur : on ne sait toujours pas pourquoi on nous traque mais on connaît maintenant l'identité de ceux qui le font. On connaît également leur secret et leur objectif : ouvrir des portes qui se trouvent sur la Lune et qui conduiraient vers d'autres dimensions. On sait aussi que les Templiers avaient consacré un de leurs dossiers à de mystérieux « enfants mêlés ». Un dossier rouvert à notre époque par les Majestics et connecté à la clinique où nous étions relégués… Le lien m'échappe entre l'histoire de la Lune et celle de ces « enfants mêlés ». Mais il me semble que cette dernière nous concerne bien plus que l'autre.

– On s'est peut-être trouvés au mauvais endroit au mauvais moment, comme le pensait Harry, suggéra Nicolas.

– Et si on avait été manipulés par Goodfellow ? s'exclama Violaine. Après tout, c'est son carnet qui nous a conduits au Chili. Et c'est avec lui que nous sommes venus aux Philippines !

– C'est une possibilité, reconnut Arthur en hochant la tête. Je n'y avais pas pensé.

– Harry n'est plus en mesure de passer aux aveux, répondit Claire en soupirant. Moi, je lui accorde le bénéfice du doute. Je l'aimais bien.

– Ça ne change rien, s'offusqua Violaine. Je…

Claire leva brusquement la main. Un message venait d'apparaître dans leur boîte aux lettres électronique.

– Le Doc ? s'enquit Arthur.

– Le Doc, confirma Claire gravement.

Ils lurent tous les quatre :

« Vous avez raison, il est grand temps qu'on se parle. Je ne suis pas entièrement libre de mes mouvements, pas suffisamment en tout cas pour vous rejoindre à Manille. Je vous propose un rendez-vous après-demain à 14 h 30, Paris-Gare de Lyon, sous l'arbre de la voie D. Votre avion part dans six heures. Billets et passeports vous attendent au gui-

chet des Philippines Airlines, au nom de Dulac. Faites attention à vous. Votre "Doc" Barthélemy. »

— Comment sait-il que nous sommes à Manille ? dit Claire éberluée.

— Il y a vraiment un arbre sur la voie D ? s'étonna Nicolas.

— Sois un peu sérieux, le gronda Arthur. C'est grave.

— Quel Doc serait capable de nous fournir un billet et des passeports en quelques heures ? cracha Violaine. Pas le nôtre, en tout cas.

— Tu veux dire que c'est un piège ? lui demanda Nicolas. Que ce n'est pas le Doc qui nous a écrit ?

— Avec un jeu de mots comme « Dulac », c'est forcément le Doc, répondit Arthur qui en aurait volontiers souri s'il n'avait pas senti Violaine à deux doigts de basculer. Violaine suggère plutôt que le Doc que l'on croyait connaître n'existe peut-être pas. Qu'il n'a jamais existé.

— Le Doc nous aurait joué la comédie, alors, dit Claire qui paraissait très déçue.

Elle sentit les larmes perler sous ses paupières. Le sol était en train de vaciller.

— Non, s'indigna-t-elle faiblement. C'est impossible. D'abord Harry, ensuite le Doc. Je ne veux pas le croire. Je refuse !

— Il n'y a qu'un moyen d'en avoir le cœur net, annonça Arthur. C'est d'aller à ce rendez-vous. Après tout, il n'y a rien qui nous retient ici, n'est-ce pas ?

Personne ne répondit. Violaine gardait les mâchoires serrées. Nicolas réconfortait Claire. Une fois de plus, les événements décidaient à leur place.

Dans la nuit du 11 décembre 1947, l'Anglais Hodgson observa au télescope des points lumineux sur la face sombre de notre satellite. Peu de temps après, un astronome britannique du nom de H. P. Wilkins vit apparaître un objet lumineux qui semblait survoler le sol lunaire dans la région du cirque d'Aristarque. Sept semaines plus tard, le Dr James Bartlett enregistra un phénomène analogue, toujours dans cette même région de la Lune.

Le 29 juillet 1953, John O'Neill se crut le jouet d'une hallucination. Il venait de repérer dans son télescope, sur le fond désertique de la mer des Crises, la silhouette d'un pont immense. Une construction qui devait mesurer dix-huit kilomètres de long. Le Dr H. P. Wilkins déclara sans la moindre ambiguïté qu'il avait lui-même constaté, un mois à peine après O'Neill, la présence de la structure insolite. Un peu plus tard, le Pr Patrick Moore révélait à son tour qu'il avait observé par deux fois le pont fantastique !

Le 6 mai 1954, le Pr Frazer Thompson observa sur la Lune des implantations ressemblant fort à des pistes d'atterrissage. Une brèche jamais observée auparavant dans la ceinture du cirque Piccolomini formait une longue bande rectiligne, large de trois cents mètres et qui ressemblait à une piste d'envol...

De doux rêveurs, n'est-ce pas ? Ou bien d'attentifs observateurs !

Le problème, c'est qu'à force d'avoir peur des manipulations, nous nous révélons incapables de choisir entre le vrai et le faux. Et si c'était ça, le stade ultime de la manipulation ?

(Extrait d'*Enquêtes occultes*, par Kevin Brender.)

16
Tonitruum, i, n. : coup de tonnerre

Je me suis souvent demandé ce que je ferais si je devais me reconvertir. Devenir chasseur de primes et traquer les délinquants de la côte ouest ? Fonder une société de sécurité et toucher des millions pour envoyer des mercenaires se battre à la place des soldats ? Ouvrir un bureau de détective privé à New York ou à Londres et fourrer mon nez dans l'intimité des gens ordinaires ? Rempiler pour le compte d'une Agence, entraîner les hommes de main d'un dictateur africain, diriger une bande de voyous pour le compte d'un mafieux russe ? Rien de tout ça ! J'achèterais un joli appartement à Paris, dans un joli quartier. Le jour, j'écrirais mes Mémoires, je me promènerais le long de la Seine et, assis dans un bistrot du Quartier latin, je regarderais passer les badauds. Le soir, j'assisterais Bernard dans sa salle d'armes. La nuit enfin, incapable de dormir, j'essayerais de comprendre mon rôle dans l'étrange histoire de ces enfants étonnants, happés par leur destin et pourtant tellement désireux de vivre leur propre vie…

Clarence récupéra distraitement son sac sur le tapis roulant du terminal de l'aéroport de Roissy-Charles-de-Gaulle. Les formalités d'entrée sur le territoire français furent vite expédiées, son passeport consulté d'un regard négligent. Clarence, lui, ne prêta aucune attention au douanier. Il avait la tête ailleurs. Il se dirigea vers la sortie la plus proche et grimpa dans le premier taxi libre qu'il trouva, créant un mouvement de protestation dans la file d'attente.

– C'est pour vous si vous filez à cette adresse tout de suite, dit-il au chauffeur en brandissant une liasse de billets de vingt euros et un morceau de papier.

Ébahi, l'homme démarra sans réfléchir, essuyant au passage des insultes destinées à son passager. Insultes qui laissèrent Clarence parfaitement indifférent. Il aurait volontiers roulé directement vers la gare de Lyon, mais il devait d'abord récupérer une arme. Il y avait trop de monde sur ce coup-là et les enjeux étaient élevés. Il espérait simplement ne pas arriver trop tard.

Le taxi roulait à vive allure en direction de Paris. Calé au fond de son siège, Clarence se remémora les derniers événements.

Suivant les instructions de Rudy, il avait envoyé à une adresse canadienne le disque dur de l'ordinateur récupéré dans la chambre d'hôtel de feu M. Smith. Puis il avait attendu des précisions sur la suite de l'opération. Il aurait voulu pouvoir encore compter sur Matt, mais la mère du colosse et un infarctus en avaient décidé autrement. Quittant son rôle de tueur pour celui de fils attentionné, Matt était reparti à Abilene prendre soin de sa maman, en pleurant comme un gosse sur le quai de la gare routière. Clarence lui avait donné un bon paquet de dollars et une accolade émue. Puis il s'était retrouvé seul. Heureusement, le signal du Grand Stratégaire n'avait pas tardé. Son cher frère le conviait à une course contre la montre. Il avait réussi à déterminer le lieu et l'heure d'un rendez-vous auquel les quatre mômes devaient se rendre. Cette information était accompagnée d'une mise en garde : il y aurait sûrement des trouble-fête. Clarence avait à peine eu le temps de sauter dans un avion…

Le taxi venait d'entrer sur le boulevard périphérique. John, dans son appartement du XIXe arrondissement, devait s'étonner de son retard. Il serait déçu d'apprendre qu'il n'aurait pas le temps de faire la réclame de tous ses joujoux. Clarence prendrait à son fournisseur les armes dont il avait l'habitude et il n'essayerait même pas de marchander. Oui, John serait certainement déçu.

1 heure 34 minutes avant contact.

« Drôle d'idée, ce rendez-vous au milieu de la foule », pensait Nicolas sans quitter ses amis des yeux.

Suivant les recommandations de Violaine, ils s'étaient séparés en attendant de voir apparaître le Doc près du palmier. Car il y avait bien un arbre devant la voie D, même s'il était dans un pot ! Il était 14 h 22 et le rendez-vous avait été fixé à 14 h 30. Violaine pensait qu'il serait plus facile d'échapper à un piège s'ils ne se présentaient pas en groupe. Mais elle voyait des pièges partout. Nicolas, lui, n'arrivait pas à croire que le Doc puisse être un sale type. Qu'il leur ait dissimulé des choses, d'accord. Mais qu'il ait voulu leur faire du mal ! Non, Nicolas continuait à avoir foi en lui. Et il espérait que la discussion à venir dissiperait tout malentendu ! Ce qui le troublait, malgré tout, c'était la facilité avec laquelle le Doc avait organisé leur retour à Paris…

« Nicolas a l'air soucieux », se dit Claire en observant le garçon qui tripotait ses lunettes noires.

Presque aussitôt, elle prit conscience de l'absurdité de sa remarque. Soucieux, ils l'étaient tous. Fébriles aussi. Qu'est-ce que le Doc allait leur dire ? Comment expliquerait-il les passeports et les billets d'avion à leur nom qui les attendaient à l'aéroport de Manille ? Plus important encore : qu'avait-il à voir avec l'opération « Clinique du Lac » dont ils avaient trouvé la mention en fouillant les fichiers informatiques récupérés à Bohol ? Claire savait qu'ils approchaient de la vérité. Alors, soucieuse elle aussi ? Non. Terrifiée, plutôt…

« On n'aurait pas dû lâcher Claire », se morigéna intérieurement Arthur en voyant la jeune fille vaciller comme un roseau au milieu des passagers.

Une fois de plus, il avait laissé Violaine mener les affaires à sa guise. Une Violaine dont il avait, avec angoisse, suivi l'évolution depuis le message du Doc. Hélas ! leur amie semblait à nouveau prêter l'oreille à ses démons. Alors il aurait dû, peut-être, continuer à s'opposer à ses décisions, pour offrir une alternative, endosser l'armure de la sagesse et de la raison. Mais il ne savait plus si c'était lui le sage ou bien Violaine. Il en avait assez de réfléchir en permanence, d'extrapoler, de prévoir. Violaine agissait à l'instinct. Et pour tout dire, ça leur avait mieux réussi que ses propres plans hasardeux ! Arthur se prit la tête entre les mains. En plus, il y avait tous ces gens, ce vacarme répercuté par la structure métallique de la vaste halle. Il était trop excité pour se concentrer et se protéger convenablement des agressions extérieures. Il n'avait plus qu'une hâte : que le Doc apparaisse et reprenne tout en main...

« Un aveugle, un brin d'herbe et un tambour, murmura le loup-garou dans sa tête. Ce sont eux tes amis ? »

Violaine cligna des yeux avant de les reporter sur Arthur, le plus proche d'elle. Ses pupilles gardaient une effrayante fixité.

« Je ne sais pas si ce sont encore mes amis, répondit-elle de la même façon. Ils me paraissent si faibles, si fragiles ! »

« Qu'attends-tu alors ? » gronda à nouveau la voix.

« Ils sont tout ce que j'ai », dit-elle encore avant de secouer la tête, comme pour se débarrasser de quelque chose.

Elle laissa échapper un gémissement. Un couple de voyageurs la regarda d'un air inquiet. Violaine s'en moqua éperdument. Le loup-garou était parti. Elle respirait mieux. Elle s'aperçut alors que Nicolas lui faisait signe, de façon insistante. Elle tourna son regard vers le quai : le Doc était arrivé.

Arthur, Claire, Violaine et Nicolas convergèrent en

direction du palmier et de l'homme qui se trouvait dessous. Il s'agissait bien du Doc, avec ses lunettes à monture fine et sa veste ouverte sur sa sempiternelle chemise à carreaux. Mais un Doc qui ne souriait pas du tout.

— On est contents de vous voir, attaqua tout de suite Violaine. Pas pour les mêmes raisons que d'habitude.

— Vu les termes de votre message, je m'en doute, répondit Barthélemy d'une voix lugubre. Alors allons droit au but.

Sa raideur désarçonna quelque peu les jeunes gens qui échangèrent un regard. Sans plus attendre, c'est Arthur qui posa la question :

— Qui êtes-vous, Doc ? On veut dire, qui êtes-vous vraiment ? Parce que le Doc qu'on connaît n'aurait pas pu savoir qu'on se trouvait aux Philippines, encore moins nous procurer de faux passeports…

Ils le fixèrent tous les quatre, intensément. Le Doc ne laissa transparaître aucune émotion lorsqu'il prit la parole :

— Je vous répondrai plus tard à ce sujet. Je…

Violaine explosa.

— Stop, Doc ! Vous n'avez pas compris, je crois. Aujourd'hui, c'est nous qui fixons les règles. Vous allez répondre à nos questions les unes après les autres. Nous ne sommes plus à la Clinique du Lac, nous ne sommes plus vos petits cobayes, vos enfants mêlés à je ne sais quelle magouille !

Cette fois, le Doc ne cacha pas sa stupéfaction.

— Vous avez réussi à… laissa-t-il échapper avant de faire face à la colère de Claire.

– Réussi à quoi ? À survivre ? À découvrir que vous nous avez trompés ?

– Le Doc vient seulement de comprendre qu'on a découvert beaucoup de choses, intervint Arthur. N'est-ce pas ? Vous ne croyez pas qu'on devrait trouver un autre endroit pour discuter de ça ?

– Non, Arthur, dit Barthélemy en secouant la tête. Cette foule autour de nous, c'est ce qui peut nous arriver de mieux.

– Il y a quelque chose qui cloche ? s'inquiéta Nicolas en regardant autour d'eux.

– Laisse tomber, dit hargneusement Violaine. Il essaye encore de détourner la discussion. J'ai bien envie de…

– Ça suffit, la coupa Arthur avec une autorité dont il ne se serait pas cru capable. Puisque vous pensez qu'on est aussi bien là pour parler, on vous écoute, Doc.

Violaine se renfrogna. Le docteur Barthélemy jeta un dernier regard circulaire autour d'eux puis sembla se décider.

– Tout ne se passe pas exactement comme je l'aurais souhaité, avoua-t-il. J'aurais voulu plus de temps et de sérénité pour aborder ces sujets. Peut-être que je m'y prends un peu tard !

– Mieux vaut tard que jamais, lâcha Nicolas.

Le Doc eut son premier sourire.

– Tu as raison. Bon. Par quoi est-ce que je commence ?

– Ce que vous voulez, Doc, lui dit Claire, touchée par son désarroi.

Violaine n'intervint pas. Elle se contenta de jeter un

regard noir sur le Doc. Les autres étaient suspendus à ses lèvres.

— La première fois qu'on la voit, dit-il doucement, on a du mal à en croire ses yeux, hein ?

— De quoi est-ce que vous parlez ?

— Mais de la caverne des Templiers, Arthur, sous la colline, à Bohol !

Même Violaine en resta stupéfaite.

— Comment ça ? Vous… vous y êtes allé ? bégaya Nicolas.

— Plusieurs fois. J'ai eu accès également aux ordinateurs qui s'y trouvent.

— Alors… vous êtes au courant pour les portes sur la Lune ?

Le Doc hocha la tête en regardant Claire.

— Vous vous êtes bien fichu de nous avec vos extraterrestres, grinça Violaine. Vous saviez depuis toujours que c'étaient des hommes de l'organisation Majestic qui étaient là-haut. Les fameuses lumières sur la Lune… Ce sont eux qui ont empêché les astronautes d'Apollo de se poser !

— Je voulais juste placer les choses hors de votre portée, se justifia-t-il. Pour votre sécurité. Comme ces pots de confiture qu'on met en haut de l'armoire, pour éviter une indigestion aux enfants.

— Pas de chance, dit encore Violaine, c'est l'inverse qui s'est passé. Et on a effectivement un gros poids sur l'estomac, maintenant.

— Pourquoi, Doc ? Pourquoi ces mensonges ? demanda Claire avec un regard de reproche.

Barthélemy prit une inspiration.

– Le MJ-12, ou les Majestics comme vous préférez, ont découvert dans les archives des Templiers l'existence de portes ouvrant sur d'autres dimensions. Après une enquête approfondie, le MJ-12 a décidé de consacrer l'essentiel de son temps à la recherche de ces mystérieuses portes qu'ils ont finalement, au prix d'efforts technologiques gigantesques, réussi à localiser sur la Lune et à atteindre des années avant les missions Apollo.

– Ça paraît dingue d'imaginer que la NASA n'était pas au courant ! dit Nicolas.

– Pas quand on connaît la puissance du MJ-12, répondit le Doc désabusé. Et sa culture du secret. Aujourd'hui, les choses ont partiellement changé. La NASA travaille en collaboration avec l'organisation des Majestics.

– Ça a dû leur coûter un max d'argent, ce programme secret, s'étonna encore le garçon. Il y avait un trésor templier, au milieu des archives ?

– Le MJ-12 est né à la fin des années 1930, expliqua le Doc. Une conséquence directe de la découverte des fameuses archives de Rolf Grierson. Dans le chaos de la guerre mondiale, l'organisation s'est constitué une gigantesque cagnotte qui lui a permis, plus tard, de lancer son programme. Avec l'aide de savants russes et allemands qu'elle n'a eu, après la débâcle, aucun mal à convaincre.

– Vous savez aussi pour Grierson ! s'exclama douloureusement Arthur. Il y a quelque chose que vous ne savez pas ?

— Laisse-moi continuer, fit le Doc d'un ton presque suppliant.

— Ces Majestics, dit Nicolas sans tenir compte de l'intervention du Doc, ce sont un peu les maîtres du monde, alors !

— Un peu, Nicolas, juste un peu. Ils pourraient le devenir, s'ils ne restaient pas prisonniers de leurs obsessions... La puissance du MJ-12, en effet, est soumise à ses propres objectifs. Le reste ne l'intéresse pas, ou très peu. C'est pour cela que ses interventions dans les affaires du monde restent ponctuelles et chaotiques, en apparence du moins.

— Je ne comprends pas. Pourquoi dépenser tant d'énergie, d'argent et même de vies humaines pour ces portes ?

— Qui sait, Claire, qui sait ? répondit le Doc en portant sur la jeune fille un regard ému. Par curiosité probablement. L'homme a toujours besoin de savoir ce que cachent les portes fermées. Le problème, c'est quand il n'arrive pas à les ouvrir ! Les Majestics se sont mis à chercher le moyen de forcer ces portes. Ils ont envoyé leurs équipes partout dans le monde à la recherche d'artefacts archéologiques susceptibles d'agir comme des clés ou bien d'en révéler le secret, ne reculant devant rien, même quand les gouvernements étaient réticents. Tout cela au nom d'un intérêt supérieur : il fallait savoir. Savoir ce qu'il y avait derrière les portes.

— Ces clés n'étaient pas les bonnes, n'est-ce pas ? dit Arthur.

— Non. C'est alors que les savants travaillant pour le compte des Majestics ont décidé de reprendre le problème depuis le début. Si le mystère des portes avait été révélé par les Templiers, celui de la clé pouvait l'être aussi ! Ils ont donc exploré méthodiquement l'ensemble des archives templières, accordant leur attention à tous les dossiers. Tous. Et celui des enfants mêlés en faisait partie.

Ils retinrent leur souffle, tous les quatre.

— Vous risquez d'avoir un choc, les avertit le Doc qui hésitait à poursuivre.

— On est prêts, Doc, le rassura Nicolas.

— Prêts à tout entendre, confirma Arthur dont le cœur battait la chamade. Mais parlez, s'il vous plaît, parlez !

— Dans ce dossier, reprit le Doc avec réticence, il était question de peuples non humains, de peuples très anciens qui vivaient sur terre avant l'apparition de l'homme. Ces peuples avaient ensuite cohabité avec lui, en plus ou moins bonne intelligence, pendant des dizaines de milliers d'années. Les humains avaient intégré ces peuples dans leur environnement, leurs mythes et leurs religions qui glorifiaient la terre et la nature. Tous avaient leur place dans le monde d'alors. Jusqu'à l'arrivée de nouvelles religions qui prétendirent soumettre la terre au ciel, remplacer le naturel par le surnaturel et faire de l'homme la référence unique…

— Les Templiers ont avalé ça sans s'offusquer ? s'étonna Arthur. Ils étaient chrétiens, pourtant !

— Les Templiers étaient surtout sur la piste de voies

nouvelles. L'histoire des portes le prouve assez ! Je ne pense pas que cette théorie les ait dérangés. D'autant qu'ils s'en faisaient seulement les rapporteurs...

– Continuez, Doc, l'implora Claire.

– Je continue, rassure-toi. Je suis allé trop loin pour faire machine arrière... Peu à peu rejetés, donc, et pourchassés, les peuples anciens n'eurent pas d'autre choix que de fuir. Mais où aller ? Ils ne pouvaient quitter la terre, qui était leur seul monde. Alors ils se réfugièrent dans une dimension parallèle. Dimension où ils vivent sans doute encore, en invisibles voisins, à l'insu des hommes. Seulement, des dizaines de milliers d'années de cohabitation et d'échanges, ça laisse forcément des traces.

– Des traces ? répéta Nicolas, éberlué.

– Des traces... Ainsi de temps en temps naissent parmi les hommes des enfants qui possèdent certaines caractéristiques des peuples anciens. Voilà ce qu'avaient appris et consigné les Templiers, dans le plus grand secret.

Claire se retint pour ne pas hurler de joie. En quelques phrases, le Doc venait d'apporter la preuve qu'elle n'était pas folle, qu'elle ne l'avait jamais été. Tous ses délires au sujet des sylphes, des dryades, des vampires et des garous étaient bel et bien ancrés dans une réalité. Une réalité disparue mais une réalité quand même, resurgissant ici et là, au hasard d'une naissance, d'une rencontre ou d'une quête. Ses divagations étaient des intuitions, ses hallucinations des inspirations ! Ça changeait tout.

– Et les Majestics ? s'enquit Arthur qui craignait de comprendre.

– À la lecture de ce dossier, les Majestics se sont dit que, si ces fameux enfants existaient, ces enfants porteurs de caractères non humains, alors ils possédaient peut-être également le pouvoir de leurs lointains ancêtres : celui d'accéder à d'autres dimensions.

– Et donc d'ouvrir les fameuses portes, termina Arthur qui ne put maîtriser le tremblement de sa voix. Les enfants mêlés seraient ainsi la clé qu'ils convoitent depuis un demi-siècle. Et qu'ils se sont mis à chercher dans les endroits susceptibles d'accueillir des enfants trop étranges, comme la Clinique du Lac…

Claire sortit de son exaltation et poussa un petit cri horrifié.

– Des clés ? Des instruments ? C'est donc tout ce qu'on est à leurs yeux ?

Elle eut brusquement envie de pleurer. Mais personne n'essaya de la réconforter. L'attention de ses amis était tout entière tournée vers le docteur Barthélemy, qui semblait à présent soulagé d'un grand poids.

– C'est bien beau toutes ces histoires, Doc, mais il est temps de répondre à notre première question, dit Violaine d'un ton tranchant. Comment avez-vous eu ces informations ? Qui êtes-vous vraiment ?

La jeune fille ne semblait pas le moins du monde touchée par les révélations du Doc. Barthélemy soupira, vaincu.

– C'est vrai, vous avez posé tout à l'heure la question centrale. Mais si j'y avais répondu tout de suite, peut-être n'auriez-vous pas écouté ce que je devais vous dire… Je m'appelle vraiment Pierre Barthélemy. Je suis aussi psychiatre. Mais au sein du MJ-12 auquel j'appartiens depuis maintenant vingt ans, on me connaît sous le nom de Majestic 7.

Il existe bien deux manières opposées d'appréhender le monde.

À l'ancienne, c'est-à-dire comme on le faisait avant l'arrivée des grandes religions. Le monde est sa propre origine. Hommes et dieux font partie d'un tout. Ils respectent les lois naturelles et sont soumis à leur propre destin. Chez les hommes, toutes les croyances sont acceptées en vertu de la multiplication des chances face à ce destin qui régit toutes choses. C'est le règne du multiple et de l'acceptation.

Ou bien à la moderne. Le monde est créé par une entité extérieure toute-puissante. Les hommes sont ses créatures préférées. Elles lui sont soumises et en échange reçoivent le monde en jouissance. L'autre devient celui qu'il faut convaincre et contraindre. C'est le règne de l'unique, de l'exclusif et de l'exclusion…

(Extrait de *Fées et lutins*, par Samantha Cupplewood.)

17
Tempestas, atis, f. : moment, malheur, tempête

Tout me paraît plus simple, étonnamment, depuis que je me suis arrêtée dans l'Intervalle et que j'ai pris la peine de l'explorer. J'ai lu, il y a longtemps, une nouvelle d'Edgar Poe qui démontrait que les choses les mieux cachées étaient celles qu'on avait sous les yeux. Comme c'est vrai ! Je vis depuis plus de quinze ans dans un monde qui n'est pas le mien, rêvant d'un retour impossible à une terre que je n'ai jamais quittée. Alors que la dimension faite pour moi se trouve sous mes yeux depuis toujours : l'Intervalle. Il suffit que j'avance un pied, une main pour m'y trouver. Pour me retrouver, pleine et entière, irradiant d'énergie, enfin capable du geste juste…

59 minutes avant contact.
– Je ne comprends plus rien, gémit Claire, brisant le silence stupéfait qui avait suivi l'incroyable aveu du Doc.

Dans la gare, la vie suivait son cours. Des gens passaient, chargés d'énormes bagages, s'arrêtaient, repartaient. Eux seuls restaient immobiles. Cinq rochers au pied d'un palmier, un îlot au milieu d'un océan de mouvements. Le monde, leur monde, venait de s'écrouler. Comme dans certains films, l'agitation alentour sembla se ralentir, presque s'arrêter puis accélérer soudain, jusqu'au tournis. Les sons paraissaient surgir d'ailleurs, totalement décalés.

Puis la voix de Pierre Barthélemy, apparemment décidé à ne rien leur cacher, les ramena à la terrible réalité.

— J'ai été d'une certaine façon recruté par le MJ-12 après l'affaire Goodfellow. J'ai alors eu le choix entre deux solutions : vivre ou mourir. J'ai choisi l'option la plus sage. Depuis, j'ai eu le temps de m'en féliciter. Et de m'en mordre les doigts.

— Qu'est-ce que vous voulez dire ?

— Je veux dire, Arthur, que lorsqu'on côtoie les puissants et les secrets de ce monde, c'est pour le meilleur mais aussi pour le pire. On ressent la jubilation d'être dans les coulisses du spectacle. Et les remords nés de ce qu'il a fallu faire pour y parvenir.

— Vous avez… tué des gens ? demanda Claire en se mordant la lèvre.

— Non, non. J'en ai même sauvé ! Goodfellow, par exemple. Mais j'ai été le complice silencieux de bien des horreurs…

— Le mystérieux protecteur ! s'exclama Nicolas en claquant des doigts. C'était vous ! Vous avez protégé Harry de vos propres amis !

— J'ai aidé Harry de mon mieux pendant des années.

Mais il était menacé par la NASA et la CIA, qui ne sont pas mes amis. Ni mes ennemis, d'ailleurs. Tu vois Nicolas, mon rayon, ça a toujours été la diplomatie, les contacts, les tâches qui demandent de la psychologie.

– La Clinique du Lac, intervint abruptement Violaine, c'était une de ces tâches ? Vous étiez chargé par vos petits copains de nous trouver ?

Le Doc tourna vers elle son regard vif.

– Pas vous en particulier. Mais oui, c'est vrai, j'ai pris ce poste dans le but d'identifier d'éventuels enfants mêlés. Nous ne savions pas s'ils existaient mais, comme l'a dit Arthur, si c'était le cas, il devait bien s'en trouver un ou deux dans cet établissement de la dernière chance !

– Et alors ?

– Alors j'ai commencé par nier l'évidence. Avec vous, j'avais tous les jours sous les yeux la preuve de l'existence de ces enfants mêlés, mais je me refusais à l'accepter. Jusqu'à cette absurde histoire d'enlèvement.

– Pour qui travaillait Clarence ? demanda impatiemment Arthur.

– Pour la NSA, une sorte de CIA spécialisée dans le renseignement.

– Ils vous avaient découvert, c'est ça ?

Barthélemy secoua la tête.

– Même pas. Il s'agissait d'un stupide concours de circonstances. J'avais gardé les documents de Goodfellow par nostalgie, parce qu'ils étaient l'élément fondateur de ma nouvelle vie. La NSA a eu vent de l'existence de ces documents et a décidé de les récupérer pour son propre compte. Dans quel but, je l'ignore. Mais je me suis retrouvé en fâcheuse posture. J'ai failli y laisser ma peau. J'en rigole encore ! À quoi me servait, drogué et menotté dans une chambre d'hôtel à Genève, d'être l'un des maîtres du monde, comme dit Nicolas ? En réalité, cet épisode a été capital pour moi.

— Comment ça ? demanda Arthur en fronçant les sourcils.

— D'abord parce que je suis revenu sur terre. J'ai redécouvert l'humilité, Arthur ! Entre les mains de ces bandits, je n'étais qu'un homme qui ne disposait même pas de sa propre existence... Ensuite parce que, à l'écoute de vos exploits, le voile s'est enfin déchiré. Pour survivre à toutes ces épreuves, vous ne pouviez pas être ordinaires. J'ai repris mes analyses à votre sujet et j'en suis arrivé à la conclusion que vous étiez bel et bien, chacun à votre manière, des enfants mêlés. Vos troubles, vos déphasages, vos handicaps, tout vient de cette part non humaine qu'il vous a fallu découvrir et accepter...

— Pourquoi ne pas nous l'avoir dit avant ? demanda Claire les larmes aux yeux. Si vous saviez ce qu'on a vécu, et enduré !

Barthélemy se racla la gorge, ennuyé.

— Qu'est-ce que ça aurait changé, Claire ? Savoir ne vous aurait pas épargné les épreuves...

— Vous êtes gonflé de dire ça, lança Violaine avec colère, alors que vous vous vautrez depuis vingt ans dans toutes les compromissions dans l'espoir de savoir ! Savoir ce qu'il y a derrière les portes de la Lune !

– Tu as raison et tu as tort, Violaine, répondit le Doc en s'efforçant d'être conciliant. C'est vrai : comme les autres, je me suis pris au jeu des portes. J'ai œuvré en ce sens et je ne le regrette pas. Mais ce jeu a été bouleversé il y a quelques mois. La donne a changé. L'ardent désir de savoir me dévore toujours, mais mon regard s'est détourné de la lune.

– C'est nous, hein ? reprit Violaine, sarcastique. Ça vous excite, les enfants mêlés ! Hein, Doc ?

– Fais attention à ce que tu dis et à ce que tu insinues, lui rétorqua Barthélemy, le visage sombre. Je ne suis pas sûr d'aimer. Mais c'est vous, en effet, qui monopolisez mon attention.

– En tant qu'objets d'étude ? dit Arthur avec un mince sourire qui se voulait ironique.

Barthélemy le regarda longuement avant de répondre.

– Pas seulement, mais il y a de ça. C'est grâce à vous, en effet, que j'ai trouvé le courage de pratiquer sur moi-même les analyses qui vous étaient destinées.

– Pourquoi, Doc ?

– Pour savoir. C'est bien le péché des Majestics, n'est-ce pas ? Et j'en suis arrivé à la conclusion que j'étais moi aussi, dans une moindre mesure, un enfant mêlé.

Les yeux de Claire s'arrondirent d'étonnement. Le Doc continua, sans leur laisser le temps de réagir :

– Gamin, tout le monde m'adorait. Je n'ai jamais été puni de ma vie. J'ai toujours réussi mes examens, sans beaucoup travailler. Je me suis orienté vers la psychiatrie parce qu'il me semblait que les gens n'avaient pas de secret pour moi. Lors de ma comparution devant le MJ-12, j'ai été coopté d'emblée, à l'unanimité, ce qui n'était jamais arrivé. Entre les mains des hommes de la NSA, malgré les drogues, j'ai réussi à leur faire croire que je ne savais rien... Je développe une empathie anormale et si je m'en rends compte depuis longtemps, ce n'est que récemment que j'ai compris pourquoi : parce que dans mes veines coule aussi une part, certes modeste mais bien réelle, de sang ancien !

– On serait en quelque sorte... parents ? risqua Claire.

– Je le savais ! jubila Nicolas. Vous ne pouviez pas être quelqu'un de mauvais !

– Ah oui ? ricana Violaine. Alors pourquoi est-ce que ses petits amis nous traquent ? Qui leur a dit que nous étions ceux qu'ils cherchaient ?

Elle tourna vers le Doc un visage clairement suspicieux.

– Après mon enlèvement, j'ai envoyé un rapport sur vous au MJ-12, avoua piteusement Barthélemy. Je reconnais que je me suis précipité. Je n'avais pas encore compris que moi-même...

– Vous essayez de nous embrouiller ? dit sèchement Violaine. Vous pensez que c'est honnête d'utiliser ses dons contre... ses propres neveux ? Hein, tonton ?

– Je ne vous embrouille pas, répondit Barthélemy que l'on sentait sur le point de perdre patience. J'essaye simplement de vous faire comprendre mon dilemme ! D'un côté il y a le MJ-12 et la loyauté à mes camarades, de l'autre il y a vous, l'affection sincère que je vous porte et le désir que j'ai de comprendre mes propres origines. J'ai fait ce que j'ai pu pour vous protéger. Sans mon intervention, vous seriez depuis longtemps entre les mains de nos savants !

– Vos savants, répéta Violaine, méprisante.

Arthur sentit que la tension montait dangereusement chez leur amie. Il devinait qu'elle était à deux doigts de commettre une bêtise. Plus grave : il savait qu'il ne pourrait rien faire pour l'en empêcher.

– Au fait, continua-t-elle, vous savez que votre protégé, Goodfellow, est mort, tué par vos gardes, dans votre base de Bohol ?

Elle avait volontairement insisté sur les « vos » et « votre ». Barthélemy soupira.

– Oui, je l'ai appris. Son corps a été retrouvé à l'extérieur, à proximité du conduit d'aération que vous avez utilisé pour pénétrer sous la colline. Pauvre Harry. Il n'a jamais su, toutes ces années, que je me tenais derrière lui, le protégeant de mon mieux. J'ai pourtant cru l'avoir perdu après qu'il s'est bêtement fait prendre en se rendant à l'enterrement de sa mère. Mais il s'en est tiré, ce qui m'a causé les ennuis que vous savez avec la NSA. J'ai toujours pensé qu'il y avait une bonne fée qui l'aimait.

– Elle ne l'a pas suivi aux Philippines, en tout cas, dit Nicolas, le visage rembruni. C'est moche. C'était vraiment un homme bien.

– Oui, un homme bien, répéta distraitement Barthélemy en jetant un nouveau regard inquiet autour de lui.

– Vous attendez quelqu'un, Doc ? lui demanda insidieusement Violaine. Des amis à vous, pressés de nous emmener faire un tour à Bohol ?

La voix de la jeune fille commençait à dérailler. Ses amis l'observèrent avec appréhension.

– Qu'est-ce que tu vas imaginer ? Tu me crois capable de...

– C'est ça ! J'ai compris ! s'excita-t-elle. Depuis tout à l'heure, vous nous retenez avec des salades, le temps que vos hommes arrivent !

– Violaine ! s'écria le Doc soudain effrayé par l'éclat mauvais de son regard. Tu te trompes. Si je surveille les alentours, c'est parce que j'ai peur d'avoir été suivi. J'ai dit tout à l'heure que les choses ne se passaient pas comme je le voulais et c'est vrai ! Majestic 1 se méfie de moi. Il me fait suivre. J'ai réussi pour l'instant à échapper à ses hommes mais... Ahhhhhh !

Les yeux de Violaine avaient changé. Ils avaient été remplacés par des braises. On aurait dit que le crâne de la jeune fille abritait une entité effroyablement étrangère, une entité qui se servait d'elle pour exister. Violaine avait empoigné le bras du Doc.

– Finis les mensonges, gronda-t-elle. Vous nous avez trahis. Vous allez payer...

Elle accentua sa pression. Face à elle, Barthélemy était livide. La bouche ouverte, les yeux exorbités, il fixait le vide au-dessus de Violaine. Autour d'eux, les gens crurent à une dispute et s'écartèrent lentement. Puis précipitamment, comme si quelque chose en eux les poussait à fuir loin de la jeune fille aux cheveux châtains.

Arthur et Nicolas se regardèrent, anéantis. Une formidable force émanait de la jeune fille et les contraignait à assister, impuissants, à la suite des événements.

Alors Claire s'approcha d'eux. Son visage était étonnamment serein.

– Ne vous inquiétez pas. Je vais aller aider notre Doc. Aider Violaine aussi. Elle est partie, je dois la ramener.

Puis elle fit un pas en avant et posa sa main sur l'épaule crispée de son amie. Le temps d'un battement de cils, Claire se retrouva…

… *en enfer. Autour de Violaine crépitait un incendie de flammes rouges. Sur les bords se tordaient les écharpes de brume des passagers gagnés par l'affolement. Le dragon du Doc faisait courageusement face à un monstre de cauchemar : un gigantesque loup-garou au regard terrifiant, grondant de rage, les crocs maculés de sang et dégoulinant de bave.*

« Mais ce sont des morceaux d'armure, là, au milieu des poils ! C'est sûrement le chevalier de Violaine, il s'est transformé en bête sauvage. Oh, le dragon du Doc, il est blessé ! C'est complètement stupide. »

Claire avait annoncé ça tranquillement, à voix haute. Le dragon et le loup-garou se tournèrent vers elle, interloqués. La jeune fille était restée elle-même, silhouette humaine et diaphane, nimbée d'un étrange halo doré. Elle fit un pas et le temps se ralentit à l'intérieur du champ de brume. Les flammes calmèrent leur danse folle. Elle caressa la joue hirsute du loup-garou et déposa un baiser sur son mufle souillé. Puis elle s'avança vers le dragon et posa une main sur sa blessure. Le sang cessa de couler.

« Vous êtes ici chez moi. Et je vous interdis de vous battre. Est-ce que c'est compris ? »

Un gémissement la fit se retourner. Le loup-garou entamait sa métamorphose, il redevenait chevalier. Un chevalier aux beaux cheveux dégringolant sur les épaules, le corps habillé par la lueur des flammes changeantes. Le dragon se pencha vers la jeune fille et lui souffla un air chaud dans le cou, comme pour la remercier. Claire sourit à l'un et à l'autre. Puis elle fit un pas en arrière.

Arthur et Nicolas se tenaient prêts. Ils la soutinrent au moment où elle lâcha Violaine.

– Tu as réussi, Claire, lui dit Nicolas en la réconfortant. Tu as réussi !

Légèrement titubant, les yeux papillotant comme s'ils sortaient d'un mauvais rêve, le Doc et Violaine reprenaient progressivement le contrôle d'eux-mêmes.

– Je... Qu'est-ce qui s'est passé ? balbutia Barthélemy en se prenant la tête entre les mains.

Autour d'eux, les passagers avaient fait un grand cercle et les regardaient avec une hostilité mêlée de crainte.

– Je me sens vide, souffla Violaine en venant chercher d'elle-même l'épaule d'Arthur.

Une série de cris hystériques retentit au même moment dans le hall. Des hommes couraient. Une agitation, qui tourna vite à la confusion, s'empara de la gare. Arthur pensa immédiatement à Violaine. La confrontation invisible avait peut-être laissé des traces et effrayé les dragons des gens présents dans la gare, comme à Bohol, sous la colline. Mais Nicolas le détrompa.

— Des hommes armés, dit le garçon dont le regard modifié traversait à présent la foule. Certainement les agents de Majestic que guettait le Doc !

— Il faut filer ! s'exclama douloureusement Arthur. Claire, comment tu te sens ? Et toi, Violaine ?

— Ça ira, répondit courageusement Claire. Il faudra bien.

— J'ai connu pire, gémit péniblement Violaine. Enfin, je crois.

— Le Doc ? s'enquit Arthur.

— Il vient de s'effondrer sur des valises, répondit Nicolas. Il n'est pas en état de nous suivre.

— Tant pis, dit Arthur d'une voix lasse. Ce sont ses amis, après tout. Il s'en sortira avec une salade et deux énigmes. Nous, par contre…

— On y va ! décida Nicolas.

— Et nos sacs ? demanda Claire dans un murmure.

— Laisse tomber les sacs. On ne fera pas cent mètres si on doit les porter.

Profitant de la panique, ils coururent le long des quais en direction des escaliers menant au sous-sol, vers le métro.

La NASA prévoit d'installer d'ici 2025 une base permanente sur le pôle sud de la Lune. Depuis la fin du programme Apollo en 1972, les priorités de l'agence spatiale américaine ont été la construction puis l'exploitation des navettes spatiales. Il s'agit donc d'un important changement de stratégie. « L'exploration lunaire fera progresser la connaissance de la terre et du système solaire », ont fait savoir les scientifiques du Conseil national de la recherche. Les responsables de la NASA n'ont fourni aucune précision concernant le coût d'une base permanente, se contentant d'indiquer que le budget global de l'agence spatiale serait respecté. D'après le calendrier prévisionnel de la NASA, les premiers essais devraient avoir lieu en 2009. Le premier vol habité est prévu en 2014, puis une première mission lunaire en 2020. Les équipages effectueront d'abord plusieurs courts séjours. À partir de 2024, les astronautes devraient séjourner de manière permanente, effectuant par roulement des missions d'une durée de six mois.

Les naïfs s'attendriront en se disant que la lune continue à faire rêver les grands enfants que sont les États-Uniens. Les autres mettront immédiatement cette annonce en relation avec la nouvelle doctrine spatiale de la superpuissance et en déduiront qu'il risque de se passer des choses peu romantiques sur notre bel astre argenté ! Un autre signal d'alarme, que peut entendre quiconque connaît le capitalisme américain : près de quarante millions de km^2 de la surface lunaire ont d'ores et déjà été mis en vente par une société spécialisée dans ce genre de transactions inhabituelles…

(Extrait d'*Enquêtes occultes*, par Kevin Brender.)

18
Cælum, i, n. : ciel, voûte, phénomène

Je ne l'ai pas dit aux autres pour ne pas faire d'histoire. Tout est déjà si compliqué ! Mais j'ai vu, moi aussi. J'ai vu ce qui s'est passé dans le secret de la brume ! J'ai vu les deux monstres s'affronter, j'ai vu la lumière qui les a calmés. Enfin, quand je dis que j'ai vu, j'ai surtout deviné des formes au milieu de l'explosion des couleurs dans la gare. Je m'étais d'ailleurs promis de réfléchir au truc qui relie les couleurs et l'âme des gens ou des choses, mais j'ai oublié. Alors je ne sais pas. Pourquoi ai-je pu assister à cette scène ? Mystère. En tout cas, c'était la première fois. Est-ce que ça signifie quelque chose ? Peut-être. Que je serai bientôt prêt, je pense. Prêt à quoi ? Je n'en sais rien, mais prêt malgré tout...

28 minutes avant contact.
— Activez, allez ! cria Nicolas à ses amis qui avaient du mal à se frayer un passage au milieu de la foule. Ils nous ont vus, ils nous courent après !

Heureusement, ils connaissaient tous les quatre parfaitement les lieux et se dirigèrent sans hésiter vers la ligne 14 du métro, aux passages fréquents. Arthur soutenait Claire. Violaine récupérait vite et elle n'eut bientôt plus besoin de l'aide du garçon.

— Vite, vite, s'énerva Nicolas en trépignant devant les portes vitrées.

Enfin, une rame fit entendre son grondement. Ils se précipitèrent à l'intérieur de la voiture, priant de toutes leurs forces pour que leurs poursuivants arrivent trop tard. Ils virent avec soulagement les portes se refermer et le train démarrer, au moment même où les hommes armés foulaient le quai.

— Ouf ! soupira Nicolas. C'était juste !

— Ils nous ont vus ? demanda Violaine.

— Oui, répondit Arthur. L'un d'eux nous a montrés du doigt.

— On aura le temps d'atteindre notre planque, vous croyez ?

— Franchement, ça m'étonnerait, dit Arthur. À cette heure-ci, il y a des rames chaque minute. On n'aura jamais assez d'avance. Et puis, escalader le grillage près des voies, c'est un peu chaud en plein jour. Quant aux alentours du parking souterrain, ils sont à découvert.

— Tu proposes quoi ? demanda Violaine en lui portant, pour la première fois depuis bien longtemps, un regard emprunt de confiance. On descend au prochain arrêt et on se cache dans le parc ?

— Non, répondit Arthur en dissimulant son trouble. Les hommes de Majestic penseront peut-être à la même chose. Il vaut mieux aller jusqu'à la station Bibliothèque. Avec un peu de chance, ils se sépareront ! On tentera notre chance dans les petites rues, comme la dernière fois avec Clarence, mais dans l'autre sens. En direction de la Butte aux Cailles.

— Trop tard, j'en étais sûr ! murmura Clarence entre ses dents.

Il avait débarqué dans un hall de gare en proie à la panique. Les gens se bousculaient, hurlaient, cherchaient à gagner les sorties. Clarence se trouva pris en plein milieu d'un courant humain qui l'empêcha d'aller de l'avant. Il ne parviendrait à rien de cette façon-là. Il sortit de la poche de sa veste un brassard jaune et le passa rapidement autour de son bras. Puis il brandit son pistolet et se mit à crier : « Police ! », provoquant un léger reflux devant lui puis un corridor ténu où il put s'engouffrer en jouant des coudes. À proximité des quais désertés, il identifia immédiatement les trouble-fête dont lui avait parlé Rudy. Arme au poing également, ils couraient en direction du métro. Clarence en compta sept.

— Et merde ! lâcha-t-il en s'élançant à nouveau.

S'il était arrivé seulement quelques minutes plus tôt, il aurait pu prendre la main. Maintenant, il allait ramer pour retrouver le contrôle de la situation. Tout en maudissant John qui n'avait pu s'empêcher de marchander le pistolet semi-automatique qu'il convoitait, il se concentra sur la poursuite.

21 minutes avant contact.

La petite bande se hâta dès l'ouverture des portes en direction des escaliers mécaniques conduisant à la surface.

– Ce métro, c'est vingt mille lieues sous la terre ou quoi ? s'énerva Nicolas en gravissant les marches de métal.

Ils débouchèrent à l'extérieur sous un ciel maussade.

– On est revenus chez nous, constata simplement Claire en contemplant les tours de la Grande Bibliothèque.

– Et on n'a pas le droit d'y aller, conclut Arthur laconiquement en calant le bras de la jeune fille sur son épaule.

Violaine s'interposa avec douceur.

– Laisse, Arthur, je vais te remplacer. Je me sens assez forte, maintenant.

Il hésita mais le sourire de la jeune fille fut suffisamment convaincant. Il refusait encore de le croire tant ses espoirs avaient été déçus plusieurs fois, mais il semblait bien que leur Violaine soit définitivement revenue.

– D'accord, accepta-t-il en hochant la tête. On changera de rôle dans un moment.

Il rejoignit Nicolas à la tête du groupe. Ils remontèrent la rue du Chevaleret puis s'engagèrent dans celle de Domrémy, tournant résolument le dos à la bibliothèque et à leur refuge souterrain.

– Je ne sais pas ce que tu as fait tout à l'heure, murmura Violaine à l'oreille de son amie, mais j'ai le sentiment d'émerger d'un cauchemar vraiment glauque !

– Je suis allée te chercher, répondit doucement Claire.

– Me chercher ? s'étonna-t-elle. Mais j'ai toujours été là !

Claire secoua lentement la tête.

– Non. Tu t'étais perdue. Le problème, c'est que je ne savais pas comment faire pour te ramener. Jusqu'à tout à l'heure.

– Explique-toi, je ne comprends rien.

– L'épisode avec le vampire, sur la plage de Santa Inés, a libéré des forces terrifiantes qui sommeillaient en toi. Tu as lutté, mais chaque jour elles se sont renforcées. Elles ont fini par te dominer. Tu étais toi et une autre à la fois. Une autre de plus en plus présente, que je n'aimais pas. Qu'Arthur et Nicolas n'aimaient pas non plus.

– Comment tu as fait ?

– J'ai fait ce que tu nous avais conseillé de faire au début : j'ai apprivoisé ton dragon. Avec une caresse et un baiser.

Violaine en resta estomaquée.

– Tu as eu accès aux dragons ?

– Aux dragons et plus encore : à la matrice dans laquelle ils évoluent ! Moi aussi je me suis trouvée, Violaine ! J'ai découvert le monde d'où je viens...

Clarence déboucha sur le quai du métro au moment où une rame arrivait. Les sept mercenaires, comme il s'était amusé à les surnommer pendant sa course, trépignaient devant les portes. Clarence en conclut que les enfants avaient réussi à emprunter le train précédent. Il en fut soulagé. L'un des hommes, un téléphone portable vissé sur l'oreille, semblait attendre des informations.

D'un pas rapide, le pistolet rangé dans la poche, Clarence descendit les escaliers et se positionna un peu plus loin sur le quai. Juste avant la fermeture des portes, il grimpa dans une voiture, à portée de vue des mercenaires. Les stations se succédèrent sans qu'ils bougent. Visiblement, ils disposaient d'un contact qui avait accès au réseau de caméras des stations.

Quand il comprit à leurs mouvements qu'ils descendraient à l'arrêt Bibliothèque, Clarence rejoignit sans se hâter une grappe de jeunes gens impatients qui se pressait vers l'avant du train. Il pouvait encore reprendre l'avantage.

Clarence se tint prêt lorsque le métro freina. Il avait discrètement fixé le silencieux au bout de son pistolet. Il sortit au milieu du groupe surexcité, juste en face des escaliers mécaniques. Profitant de la bousculade, en prenant soin de ne pas se faire remarquer, il trouva le temps de tirer deux coups de feu sur les mercenaires qui avaient jailli ensemble du milieu de la rame. Deux d'entre eux tombèrent au sol, forçant leurs comparses stupéfaits à s'arrêter.

– Les sept mercenaires ne sont plus que cinq, murmura-t-il gaiement en empruntant l'escalier mécanique et en tournant ostensiblement le dos à la scène.

Lorsqu'il risqua un coup d'œil discret, ce fut pour s'apercevoir que les cinq survivants avaient abandonné leurs camarades sur le sol et emprunté un autre escalator, de l'autre côté du quai. Clarence jura et grimpa quatre à quatre les marches conduisant à l'extérieur.

15 minutes avant contact.

– C'est à mon tour, maintenant, dit Arthur en venant prendre Claire par le bras.

– Je ne suis pas fatiguée, tu sais, répondit Violaine.

– C'est pour aller plus vite. Ça ira mieux si on alterne régulièrement.

– Il a raison, appuya Claire. Je vous ralentis déjà beaucoup.

– Ne dis pas de bêtises, répliqua Arthur qui ne put cependant s'empêcher de regarder derrière eux.

Ils approchaient de la rue Xaintrailles qu'ils avaient empruntée quelques semaines plus tôt. Des badauds se pressaient ici et là sur les trottoirs, encore peu fréquentés à cette heure-ci de l'après-midi. Aux yeux des passants, ils étaient un groupe de jeunes comme les autres. En apparence, bien sûr.

Arthur sentit une boule dans sa gorge. Comme il aurait aimé avoir le temps de bavarder avec Violaine, d'essayer de retrouver la complicité qui les unissait, de la faire rire, de laisser son cœur s'emballer ! C'était injuste, terriblement injuste. Le seul temps qui leur était accordé, c'était celui de se rendre compte de ce qu'ils n'avaient jamais eu. Et ils n'avaient jamais eu droit aux mêmes joies, aux mêmes plaisirs simples que les jeunes gens de leur âge...

Clarence tira. D'où il se trouvait, il défendait intégralement le pont que les mercenaires semblaient vouloir absolument traverser. Son coup de feu n'égratigna qu'une cornière métallique. Trois des mercenaires se mirent soudain à courir sur l'avenue de France, abandonnant la rue de Tolbiac à leurs comparses. Ceux-ci continuaient à tenir Clarence en joue. Ça ne faisait pas son affaire ! Certes, il gardait solidement sa position mais il en était devenu prisonnier. De plus, il ignorait où les enfants étaient partis. Ce qui n'était pas le cas, manifestement, des trois sprinters qui s'en allèrent chercher une passerelle plus loin pour revenir dans la rue du Chevaleret, en contrebas du pont. Clarence pensa une fraction de seconde qu'ils allaient essayer de le prendre à revers. Mais ces hommes ne s'intéressaient pas à lui. Ils traquaient les fugitifs, à n'importe quel prix. Leurs deux comparses étaient restés sur place non pour l'éliminer mais pour le neutraliser… Il fallait agir et vite !

Un cycliste passa à ce moment sur le pont. Clarence surgit de son recoin et, d'un coup d'épaule, projeta le malheureux à terre, obligeant la camionnette qui le talonnait à freiner brutalement. Clarence tira un coup de feu en direction des deux hommes embusqués puis se faufila à l'arrière de la camionnette arrêtée en pleine voie. Une poignée de secondes plus tard, les mercenaires s'élançaient à la poursuite de Clarence. Ils s'accroupirent prudemment derrière le véhicule de livraison, dont le hayon était curieusement entrouvert, et cherchèrent leur ennemi des yeux. Puis ils moururent silencieusement d'une balle dans la nuque.

– Plus que trois, dit sobrement Clarence en s'extirpant de l'arrière de la camionnette encombrée de légumes.

4 minutes avant contact.

Soudain, un bruit de course fit se retourner la petite bande. Trois hommes les poursuivaient, à quelques centaines de mètres. Ils brandissaient des pistolets, sans se soucier des cris des gens se plaquant contre le mur à leur passage.

– Ce sont eux… dit simplement Nicolas, tout pâle.

Ils se mirent à courir à leur tour et débouchèrent rapidement sur la place Jeanne-d'Arc.

– L'église ! cria instinctivement Arthur.

Ils se ruèrent sur le flanc de l'édifice et grimpèrent les marches en direction d'une grande porte en bois. Mais ils ne purent, hélas ! l'atteindre, à cause de la grille qui en bloquait l'accès… De l'autre côté de l'église, c'était devant une porte semblable, au fronton de laquelle était inscrit *Domus Dei*, qu'ils avaient donné rendez-vous au Doc quelques semaines plus tôt. Il y avait un siècle. Une éternité.

Violaine secoua rageusement les barreaux.

– C'est trop bête ! Trop bête !

Arthur s'approcha d'elle, le visage défait.

– On a fait ce qu'on a pu. C'est fini maintenant. Viens…

Violaine céda et posa sa tête contre la poitrine du garçon.

– C'est trop bête, répéta-t-elle en sanglotant tandis qu'Arthur la serrait contre lui.

Nicolas vint mettre sa main dans celle de Claire.

– Qu'est-ce que tu regardes ? lui demanda-t-il d'une voix qui tremblait.

– *Porta cæli*, déchiffra la jeune fille en montrant l'inscription sculptée au-dessus du porche. La porte du ciel…

Puis ils entendirent des détonations derrière eux et le temps s'arrêta.

Contact.

Lorsque je me promène dans la forêt ou sur les falaises au bord de l'océan, au milieu des landes fouettées par le vent ou le long des ruisseaux, je ressens une indicible présence. Non pas la présence invisible de quelque entité mystérieuse mais bien une présence. Globale. Prégnante et fugitive. Apaisante et stimulante. Une toile d'araignée immense dont je serais le seul point d'attache tangible. Je pense que ce sentiment émane de la vieille essence des peuples anciens. Un sentiment qu'ils nous auraient laissé avant de s'en aller, pour que nous n'oubliions pas ce que nous sommes seulement, et tout ce que nous sommes…

(Extrait de *Fées et lutins*, par Samantha Cupplewood.)

19
Trajectio, onis, f. : traversée du ciel par les étoiles, action de passer

Si tout était à refaire, je m'entraînerais à peindre les dragons en rose et je donnerais à mon chevalier le visage d'Arthur. Je couperais ma frange et je jetterais à la poubelle mon pull trop grand. Je tiendrais le compte de mes sourires pour arriver à trois cents par jour. J'apprendrais à jouer aux cartes et à faire des gâteaux au chocolat. Je dirais à Antoine qu'il est le grand frère que j'ai jamais eu et à Goodfellow que je l'aimais bien, même s'il était vieux. Avec mon argent de poche, j'achèterais une nouvelle chemise au Doc. Je tirerais une dernière fois la langue au docteur Cluthe. Je prendrais le temps de respirer les fleurs. Si tout était à refaire…

Violaine s'arracha des bras d'Arthur.
– C'est vraiment trop bête, gronda-t-elle en se précipitant de toutes ses forces contre la grille.
À la surprise générale, celle-ci céda sans difficulté.
– Bravo ! s'exclama Nicolas. C'est vraiment toi la meilleure !

— Dépêchons-nous, dit Arthur. Je ne sais pas ce qui se passe avec les types qui nous poursuivent mais il faut en profiter.

Violaine poussa la porte, qui s'ouvrit elle aussi facilement. Ils s'engouffrèrent à l'intérieur et refermèrent le lourd vantail de bois, le calant avec le dossier d'une chaise traînant à côté. Puis ils se retournèrent.

— C'est bizarre, chuchota Nicolas. Ça ne ressemble pas à une église.

Les alentours immédiats étaient constitués de murs enduits d'un ciment gris qui cédait la place, un peu plus loin, à une roche granuleuse et sombre. Les chaises en bois de la nef disparaissaient rapidement, avalées par le sol inégal. Une lumière blafarde se frayait tant bien que mal un passage à travers un vitrail exigu, avant de se perdre dans la pénombre épaisse.

— Qu'est-ce que c'est que ça ? s'étonna Arthur. On dirait… une grotte !

Ils restaient blottis près de la porte, essayant de deviner ce que cachait l'obscurité qui les environnait.

Le cœur de Violaine battait la chamade. Elle savait très bien où ils étaient. Elle l'avait su dès que la porte s'était refermée. Mais elle ne comprenait pas comment ils avaient fait pour s'y retrouver.

— On est dans une grotte, confirma-t-elle d'une voix étranglée. La grotte de mes cauchemars.

— Je ne comprends pas, avoua Nicolas en enlevant ses lunettes noires. La grotte de tes cauchemars, tu veux parler de Saint-Maurice, dans la Drôme, là où Agustin le vampire nous a tiré dessus ?

– Non, Nicolas, répondit-elle doucement. Je parle bien de la grotte dans laquelle je me retrouve quand je m'endors et que je rêve. Sauf que dans mes rêves, je suis clouée au sol ou prisonnière des dragons.

– C'est impossible, répliqua Arthur en secouant la tête. Impossible. Tu veux dire qu'en ce moment même on est en train de rêver, et qu'en plus on est dans ton rêve à toi ?

– Non, ce n'est pas ce que je dis. Je dis que cet endroit ressemble à la grotte de mes rêves. Alors soit tu as raison et on fait tous le même rêve, soit mes rêves reproduisent un lieu réel, un lieu dans lequel on se trouve en ce moment.

– C'est compliqué, résuma Nicolas, et drôlement flippant ! Je propose qu'on ressorte. Tant pis pour les gugusses qui nous attendent dehors, ils me font moins peur que cet endroit.

– Tu as raison, acquiesça Arthur en dégageant la chaise. On n'a qu'à se rendre ! Le Doc trouvera bien le moyen de nous aider. Il nous doit bien ça.

Il tenta d'ouvrir la porte. Elle était bloquée. Solidement fermée de l'extérieur.

– Bon, ça règle le problème, dit sobrement Claire. Maintenant, essayons de réfléchir. Manifestement, nous ne sommes pas dans l'église Notre-Dame-de-la-Gare que l'on voyait sur la place il y a quelques minutes.

– On est où, alors ? demanda Nicolas qui regardait encore la porte avec regret. Un rêve, c'est pas très concret !

– Violaine l'a dit, on est dans un endroit qu'elle

connaît pour l'avoir vu en rêve, continua Claire. Moi, j'ai ma petite idée… Rappelez-vous ce que le Doc nous a révélé au sujet des peuples anciens et des enfants mêlés !

– Les peuples anciens n'ont pas quitté la terre mais ils se sont réfugiés dans une autre dimension, résuma Arthur. Ils avaient le pouvoir d'ouvrir les portes entre différents niveaux de réalité.

– Un pouvoir dont ont hérité leurs lointains descendants, les enfants mêlés ! compléta Claire. Ça paraît évident, non ?

– Tu veux dire qu'on aurait, sans le vouloir, ouvert une porte ? Qu'on serait dans une autre dimension ?

– Oui, Arthur, continua la jeune fille. À mon avis, face au danger et sous la pression de la peur ou de la colère, Violaine a ouvert cette porte. Une porte vers un autre monde.

Claire rayonnait.

– Heu, tu veux dire qu'on a quitté la réalité humaine pour ça ? dit Nicolas en fixant les ténèbres. Je ne suis pas sûr qu'on gagne au change !

– Claire a raison, dit soudainement Violaine. Sur toute la ligne. Je tourne ça dans ma tête depuis tout à l'heure. J'ai effectivement ouvert une porte. Il n'y a pas d'autre explication.

Arthur tourna vers elle un visage bouleversé.

– Nicolas aussi a raison ! Cet endroit est sinistre, Violaine. Sinistre et terrifiant. Il n'y a rien de bon pour nous ici.

– Il n'y a rien de bon ici pour personne, dit Violaine d'un ton apaisant. Vous croyez que les peuples anciens n'ont pas songé à se protéger quand ils sont partis ? Nous ne sommes pas encore dans leur dimension. Nous sommes dans le couloir qui y mène, un couloir gardé par des dragons…

— Génial ! s'exclama Nicolas en éclatant d'un rire nerveux. Alors on est condamnés à mourir de faim près de cette porte, coincés entre des tueurs et des monstres !

— Je connais le chemin qui conduit à la deuxième porte, affirma tranquillement Violaine. Quant aux dragons… Je pense que je m'en sortirai !

— Et nous ? s'inquiéta Arthur.

— Il suffira de rester ensemble, répondit Violaine après une seconde d'hésitation qui n'échappa pas au garçon.

— Très bien, soupira-t-il. On te fait confiance.

— Claire, prends la main de Nicolas. Moi, je vais prendre celle d'Arthur.

Puis elle s'avança résolument en direction des ténèbres.

Elle trébucha au départ sur les aspérités rocheuses du sol, le temps que son regard s'accoutume à l'obscurité. Derrière elle, ses amis suivaient en silence et seule leur respiration hachée trahissait la peur qui les étreignait. Le noir était poisseux, oppressant. Violaine se retourna et vit s'éloigner la faible lumière jaillissant du vitrail. Pas de doute, elle était bien dans l'univers de son cauchemar récurrent ! Mais elle était debout, et elle n'était pas seule. Elle commençait à se dire que les choses seraient peut-être plus faciles qu'elle le pensait quand elle entendit le premier feulement.

– C'était quoi, ça ? chuchota Nicolas, paniqué.

– Un dragon, répondirent en même temps Claire et Violaine.

Un deuxième cri, rauque et puissant, déchira la pénombre.

– Et… tu es sûre que ça va aller ? demanda encore le garçon d'une voix faible.

– Ne t'inquiète pas, tout va bien se passer, répondit-elle sans pouvoir s'empêcher d'enfoncer ses ongles dans la paume d'Arthur.

Non, tout n'allait pas bien se passer, en conclut Arthur qui décida cependant de garder pour lui ses appréhensions.

Ils entendirent une chose énorme brasser l'air au-dessus de leur tête. Puis une odeur de charogne assaillit leur odorat. Le feulement qui déchira le silence fut si puissant qu'il les rendit sourds un bref instant.

– Tout va bien se passer, gémit Nicolas. Tu parles ! On va se faire bouffer, oui !

– Tais-toi, lui ordonna Violaine d'un ton sec.

La bête qui les avait survolés se posa lourdement sur le sol. Dans la pénombre, ils devinèrent le dragon plus qu'ils le virent. Seuls ses yeux jaunes, infiniment inquiétants, ne laissaient planer aucun doute sur sa présence devant eux.

– Ne bougez pas, dit encore Violaine en faisant un pas en direction du monstre.

C'était un conseil inutile. Personne n'avait envie de remuer, ne serait-ce qu'un orteil. Ils osaient déjà à peine respirer.

Violaine tendit une main tremblante en direction de la bête qui sifflait méchamment entre ses dents pointues. Jusqu'à présent, ses cauchemars lui paraissaient presque réels. Elle était en train de se rendre compte que « réel » était un cran au-dessus de « presque réel » ! Elle surmonta son dégoût et toucha un front hérissé d'écailles gluantes. Le dragon se calma aussitôt et donna sur la joue de la jeune fille un bref coup de langue. Tout en essuyant la bave sur son visage, soupirant de soulagement, elle appela les autres.

– Posez votre main sur sa tête, leur dit-elle. Ne soyez pas effrayés.

– Pas effrayés, grogna Nicolas en s'avançant, tu en as de bonnes ! Tu as vu le dentier ? Brrrrr !

Il posa néanmoins sa main à son tour sur la tête du dragon. Le monstre cligna des yeux, comme si le garçon, après avoir passé l'épreuve, recevait la permission de passer.

Claire répéta le même geste. Cette fois-ci, le dragon, dans un geste de déférence, eut l'air d'incliner sa grosse tête. Gravement, la jeune fille salua également la bête.

– À toi, Arthur, annonça Violaine.

– Tu verras, c'est facile ! l'encouragea Nicolas.

Le cœur d'Arthur battait à toute volée. Il avait l'intuition que ça ne se passerait pas bien. Jamais il ne s'était senti aussi loin de ses amis ! Il avait l'impression qu'ils étaient en train de basculer d'un côté de la pente et lui de l'autre.

Appelé de nouveau par Violaine, il fit un pas vers le dragon. Qui braqua son regard de mort dans sa direction. Qui ouvrit la gueule, menaçante. Et qui gronda. Arthur se figea, les yeux agrandis par l'horreur.

– Qu'est-ce qui se passe, Violaine ? demanda Nicolas terriblement inquiet.

– Je ne sais pas ! Je ne comprends pas ! Je…

– Mais si, la coupa Claire plus pâle que jamais. C'est limpide. Le dragon est là pour empêcher les humains d'accéder à la dimension des peuples anciens…

– Mais Arthur est comme nous, un enfant mêlé ! hurla Nicolas en saisissant le col de Violaine. Il doit passer ! Sa place est de l'autre côté !

– Le Doc aussi est un enfant mêlé, murmura encore Claire. Mais faiblement. Plus humain que non humain. Comme Arthur…

– Comme Arthur, répéta Violaine hagarde.

– Mais qu'est-ce qu'il va lui faire ? hurla Nicolas en la secouant. Qu'est-ce qu'il va lui faire, ta saloperie de dragon ?

– Il va le tuer, murmura-t-elle. Il va le tuer !

Arthur ne bougeait pas. Il aurait dû mourir de peur sous le regard terrible du monstre qui se dressait devant lui, près de frapper. Non. Au contraire, il se sentait bien. Détaché. Les hurlements de ses amis lui parvenaient de très loin. Il ne quitterait jamais ce couloir et il le savait. Cela n'avait pas d'importance. Ils avaient enfin trouvé la réponse après laquelle ils couraient. Et maintenant, après mille tourments et autant de souffrances, après avoir affronté l'incompréhension, la cruauté, l'indifférence et la peur, les enfants mêlés retournaient dans le monde qui les attendait. Les véritables enfants mêlés.

Car il venait enfin de le comprendre et c'était cette certitude qui le comblait à quelques instants de la mort : au contraire de ses amis, il était d'abord un humain. Ensuite seulement, il était autre chose. Le dragon aussi le savait et c'est pour cela qu'il ne le laisserait pas passer. Il s'en moquait désormais. Enfin, pas tout à fait. Il aurait bien voulu savoir si Violaine avait des sentiments pour lui… Il ferma les yeux et attendit le bon vouloir du dragon.

– Non !

Violaine s'était interposée entre l'animal et le garçon. Le dragon battit des ailes, furieux.

– Il est de notre sang, cria-t-elle, il vient avec nous !

Le dragon essaya d'écarter Violaine d'un coup de patte. Elle l'évita et, sans hésiter, répliqua en le frappant de toutes ses forces.

– C'est moi qui décide ! hurla-t-elle à l'adresse du monstre interdit. Je suis la maîtresse des dragons ! Vous devez faire ce que je dis !

Le dragon recula en feulant, le regard mauvais. Violaine agrippa Arthur par le bras et le tira en avant.

– En route, vite !

Sans lâcher son ami, elle se mit à courir et les entraîna tous vers le fond de la grotte, en direction de la crypte qu'elle connaissait si bien. Derrière eux, le dragon prit son vol.

– Il nous poursuit ! gémit Nicolas.

– Bien sûr qu'il nous poursuit, haleta Violaine. Il fait son travail.

– Mais tu as dit que…

– Dans le monde des humains, je suis la maîtresse

des dragons. Ici, les dragons n'ont pas de maîtres. Seulement des chouchous…

Comme elle s'y attendait, la crypte était envahie par les corps de dragons lovés les uns sur les autres. Leur arrivée créa une énorme agitation. Ils slalomèrent au milieu des bêtes gigantesques qui ne comprenaient rien à ce qui se passait.

– Qu'est-ce qu'on fait là, bon sang ! se plaignit Nicolas en serrant encore plus fort la main de Claire.

– Allez ! Allez ! cria Violaine pour obliger ses amis à continuer.

Elle avait parié sur le moment de panique parmi les dragons pour déstabiliser celui qui les poursuivait. Elle distingua bientôt la porte en bois de ses rêves, pulsant de façon surnaturelle dans un encadrement de pierres en ogive. Elle s'y précipita, les autres dans son sillage.

La porte était fermée. Au-dessus, comme gravée au fer rouge dans la pierre, une inscription latine luisait et repoussait les ténèbres.

– *In occultis locis stellæ occultantur*… lut Nicolas. On est en terrain connu !

– En terrain inconnu, plutôt, commenta Violaine. Cette porte est la dernière chose que je connais ici. Je ne m'en suis jamais approchée. Je ne sais même pas comment l'ouvrir.

– Je vais m'en occuper, dit Claire d'une voix assurée.

– Génial ! Mais dépêche-toi, dit Nicolas, ça s'agite derrière…

Tenus à distance par le feu des lettres gravées, les dragons s'excitaient de plus en plus. Leur colère était à deux doigts de se déclarer plus forte que le respect de la porte. À deux doigts de se déchaîner.

Tandis que Claire posait ses mains contre les planches de bois, Violaine se serra contre Arthur.

– Je ne sais pas si je dois te remercier, lui avoua Arthur à voix basse. L'accueil, de l'autre côté, sera peut-être le même que celui du dragon…

– Alors je te défendrai comme je t'ai défendu contre le dragon, répondit-elle en plongeant son regard dans le sien.

Impulsivement, Arthur approcha ses lèvres de celles de son amie et l'embrassa. Un baiser fougueux et maladroit auquel Violaine répondit en fermant les yeux. Mille dragons pouvaient bien les attendre derrière cette porte, pensa Arthur, il s'en moquait désormais, éperdument.

Nicolas, lui, n'avait d'yeux que pour Claire. La jeune fille rayonnait. La porte devant elle s'illuminait, fondait, se désagrégeait au sein d'une intense lumière dorée. Derrière eux, les dragons gémirent et reculèrent précipitamment.

– Waouh ! dit simplement Nicolas.

Claire lui sourit et lui tendit la main.

– On rentre chez nous, Nicolas. On rentre chez nous !

La lumière devint aveuglante. Elle déferla par la porte brutalement ouverte, submergea les ténèbres de la grotte puis reflua, entraînant Claire, Nicolas, Violaine et Arthur. Lorsque la crypte retrouva son aspect normal, les dragons feulèrent de dépit. Les enfants avaient disparu.

Clarence se laissa tomber à genoux sur les escaliers de pierre blanche, devant la grille hermétiquement close. Il était arrivé trop tard. En retard de quelques malheureuses minutes. Il jeta un bref regard sur les trois mercenaires, gisant sur le trottoir devant l'église, dans une flaque de sang. Trois balles avaient suffi. Mais, tirées trop tard, elles ne signifiaient plus rien.

Des larmes roulèrent sur ses joues quand il se pencha sur le corps des enfants, recroquevillés sur les marches. Claire souriait, ses grands yeux bleus rivés à jamais sur le ciel, un trou rouge au niveau du cœur. La tête sur son épaule, Nicolas semblait dormir comme un bébé. Le coup de feu avait brisé ses lunettes, il fermait les paupières. En contrebas, Arthur serrait Violaine contre lui et Violaine le serrait contre elle. Qui avait voulu protéger l'autre ? La mort les avait fauchés ensemble.

Clarence se redressa. La police allait arriver, il ne devait pas rester ici. Il regarda une dernière fois la scène terrible pour la graver définitivement dans sa mémoire, puis il se détourna et quitta la place. Il ne fit pas un geste pour essuyer ses larmes, laissant le vent de sa course les sécher et les incruster sur sa peau.

Sur le charnier des champs de bataille, crache sur les lâches, salue l'ennemi et pleure tes frères, petit…

(Extrait de *Préceptes de hussard*, par Gaston de Saint-Langers.)

Conclusio, onis, f. : épilogue

Clarence erra longtemps dans un Paris maussade, marchant dans les rues au hasard, croisant des gens comme il aurait pu croiser des fantômes. Lorsque la pluie se mit à tomber, fine, discrète, il tourna son visage vers le ciel et ferma les yeux. Il imagina la même pluie laver le visage des enfants qu'il n'avait pas su sauver et qui gisaient sur le flanc d'une église, à quelques mètres de leurs meurtriers. Des larmes coulèrent à nouveau sur ses joues, se mêlant à l'eau ruisselant du ciel. Pouvait-on vivre dans un monde vide ? Continuait-on à exister sans personne pour nous voir ? Ces gamins avaient fait irruption dans sa vie à la façon d'un boulet de canon, ravageant tout sur leur passage. Trois mois plus tôt, il ignorait totalement leur existence et maintenant il ne parvenait plus à s'imaginer sans eux. Un de ses auteurs fétiches avait-il déjà décrit une ironie pareille ?

Ravalant son amertume, il reprit sa marche sans but. Tout autre que lui aurait d'abord songé à sa peau, se serait enfui ou aurait au moins tenté de se déguiser avant d'arpenter la ville. Les abords de l'église Notre-

Dame-de-la-Gare n'avaient pas été déserts tout à l'heure, plusieurs personnes s'étaient mises à courir et à hurler au moment des coups de feu. Mais Clarence s'en moquait. D'abord parce qu'il avait remarqué que les gens ne se souvenaient jamais de lui. Ils étaient incapables de fournir une description de sa personne, quand ils parvenaient à remarquer sa présence ! Il attribuait ça à l'escamotage de son écharpe de brume par le vieux chamane afghan. C'était bien pratique. Mais ce n'était pas la seule raison pour laquelle Clarence déambulait sans crainte. L'autre raison était qu'il se moquait d'être attrapé. Emprisonné. Frappé. Condamné. Tué. Il se sentait l'âme d'un rônin, d'un samouraï sans maître et sans honneur. Il avait failli. Il n'avait pas su protéger les petits. Gaston de Saint-Langers lui aurait jeté un regard de mépris.

La nuit le ramena du côté de l'avenue Montaigne et du Plaza Athénée. Il comptait seulement prendre un whisky au bar de l'hôtel, dissoudre dans l'alcool les pensées qui lui taraudaient le cœur, dans un endroit familier. Le sourire du garçon à l'accueil le ramena brusquement à la réalité. Son instinct reprit le dessus et lui souffla de prendre garde.

– Monsieur Kent ! Heureux de vous revoir. Votre chambre habituelle est prête.

Clarence s'approcha du comptoir.

– Une chambre que j'ai réservée… personnellement ?

Sa question intrigua le garçon qui marqua un temps d'arrêt.

– Un instant, monsieur Kent. Je vérifie… Ah, c'est

juste ! Ce n'est pas vous qui avez effectué la réservation mais un certain M. Rudy.

Un début de sourire vint détendre les traits contractés de Clarence. Rudy… C'était bien son genre ! Le monde lui parut brusquement un peu moins vide. Comment avait-il pu oublier qu'il avait un frère ? Un frère qui, de surcroît, pensait à lui.

– Une enveloppe pour moi, j'imagine ?

– Parfaitement, s'empressa le garçon. Voilà, monsieur. Vous n'avez pas de bagages ?

– Perdus à la gare de Lyon, répondit-il machinalement en ouvrant l'enveloppe.

– Souhaitez-vous que l'on fasse acheter de quoi vous dépanner ce soir ?

– C'est une bonne idée. Faites pour le mieux.

Il s'éloignait déjà du comptoir, inventoriant les documents envoyés par Rudy, quand le garçon le retint :

– Monsieur Kent ! J'allais oublier… Quelqu'un est venu pour vous tout à l'heure. Il n'est pas reparti, il doit toujours vous attendre au bar.

Clarence marqua un temps d'arrêt. Les flics, déjà ? Non, c'était trop tôt. Les sbires du MJ-12 ? C'était plus vraisemblable. Il rangea l'enveloppe dans une poche de son manteau, s'assura de la présence de son pistolet sur le côté et traversa le hall en direction du bar de l'hôtel.

Assis dans un fauteuil au pied d'une colonne de bois clair l'attendait un homme fatigué, un homme qu'il ne se serait jamais attendu à revoir. Et surtout pas ici. Clarence marqua sa surprise par un temps d'arrêt.

– Asseyez-vous, monsieur Amalric. Vous me semblez avoir besoin d'un remontant !

– Docteur Barthélemy… Vous êtes décidément un homme étonnant.

Clarence choisit un fauteuil en face du Doc et s'y laissa glisser.

– Un whisky, je présume ?

– Vous présumez bien, Doc. *Single malt, of course !*

– *Of course…*

Le serveur attentif vint prendre la commande tandis que Clarence observait Pierre Barthélemy. Rudy avait glissé une ou deux feuilles à son sujet dans l'enveloppe. Vu la teneur du dossier, cela ne pouvait signifier qu'une chose…

– Alors, Doc, depuis combien de temps travaillez-vous pour le MJ-12 ? attaqua-t-il d'emblée.

– Ça alors ! Vous aussi vous êtes étonnant ! s'exclama Barthélemy. Ma foi, qu'est-ce que je gagne à tergiverser ? J'appartiens au MJ-12 depuis trop longtemps, Clarence. Beaucoup trop.

Le serveur apporta deux verres. Barthélemy prit le sien et le leva.

– À Violaine, Claire, Arthur et Nicolas, dit-il d'une voix qui s'étrangla. Puissent-ils enfin être heureux, où qu'ils se trouvent.

Clarence leva son verre à son tour.

– À ces pauvres gosses, oui, à ces pauvres gamins.

Ils vidèrent leur verre d'un trait. Clarence fit signe au serveur de remettre ça.

– Je ne sais pas quel a été votre rôle dans cette affaire,

dit-il. Je l'apprendrai sûrement un jour et je verrai alors ce que je ferai. Mais les gosses vous aimaient bien, Doc. Ça plaide en votre faveur.

– Je les ai trahis, Clarence, avoua douloureusement Barthélemy. D'une certaine façon, je les ai trahis.

– Et moi je les ai abandonnés, ricana Clarence. Incapable d'arriver à temps pour leur sauver la vie !

Il y eut un silence. Deux verres pleins apparurent sur la table. Ils les levèrent sans rien dire et les vidèrent à nouveau.

– Est-on condamné à trahir et abandonner ceux qu'on aime ? lança Clarence. C'est ça, la leçon à tirer ?

– La leçon, dit Barthélemy en secouant la tête, c'est qu'on se croit libre quand on ne voit plus ses chaînes. Je me suis cru libre d'aider des enfants, mais au moment de leur tendre la main, mes chaînes m'en ont empêché…

– C'est l'orgueil qui rend aveugle, dit Clarence. J'ai imaginé que je pourrais protéger ces gosses envers et contre tout. Je n'ai pas de chaînes pesantes à mes poignets, mais je n'ai pas su courir assez vite pour intercepter leurs meurtriers.

Ils restèrent tous deux plongés dans leurs pensées, jusqu'à ce que le serveur apporte la troisième tournée.

– Pourquoi êtes-vous venu ici, Doc ?

– Je voulais passer un moment avec le seul homme sur terre capable de comprendre mon chagrin. Et de le partager.

– Vous ne vous êtes pas trompé.

– Je me trompe rarement. Quand je me trompe, par contre, je mords la poussière.

– Buvez encore un peu, dans ce cas. Le whisky est souverain pour enlever l'amertume de la bouche.

– Qu'allez-vous faire, Clarence ? Car il y a désormais un Avant et un Après, n'est-ce pas ?

– J'avais pensé m'installer à Paris pour écrire et regarder le temps passer, mais aujourd'hui, je ne sais pas. Pourquoi ? Vous avez un boulot à me proposer ?

Barthélemy eut un rire triste.

– Il y a des places à prendre au MJ-12, vous savez ? Une véritable hécatombe, ces derniers temps ! Il paraît même qu'une voix au téléphone aurait incité Majestic 1 à se suicider, cet après-midi…

Clarence plissa les yeux et fixa le Doc.

– Je suis sûr que si l'on poussait plus avant l'enquête, on se rendrait compte que le coup de téléphone venait de Paris. Vous semblez être quelqu'un de redoutable, Doc. Peut-on se fier à un homme dangereux ?

– Oui, répondit sans hésiter Barthélemy. En tout cas, un autre homme dangereux peut le faire. Un homme sur lequel on n'aurait pas de prise, par exemple.

Clarence rit doucement.

– On a tous nos trucs et nos petits secrets.

– Alors, qu'en pensez-vous ?

– À quoi jouez-vous, Doc ? Vous savez très bien ce qui se passe quand on introduit un loup dans une bergerie.

– Il se trouve, cher Clarence, que je suis joueur dans l'âme. Et qu'un peu de changement ne m'a jamais fait peur. L'ordre et le chaos sont indissociables. Sans leur confrontation permanente, tout s'écroule. Alors ?

Clarence tapota l'accoudoir de son fauteuil.
– Vous comptez vous y prendre comment ?
– Ce n'est pas un problème. Par un heureux concours de circonstances, je devrais être ce soir promu numéro 3. Je vous verrai très bien en numéro 7 !

Clarence plongea son regard glacé dans celui, pétillant, de Barthélemy. Le Doc soutint l'échange sans broncher. Clarence se détendit et lui octroya un bref sourire. Puis il leva son verre, aussitôt imité par le Doc. Ils trinquèrent encore.
– Aux enfants !

« Majesticlarence vous promet une joyeuse pagaille, mes gamins ! annonça intérieurement le mercenaire. Une pagaille planétaire, en votre honneur ! »

La lueur des réverbères repoussait à grand-peine, au-dehors, la noirceur d'une nuit sans lune. Les deux hommes se rapprochèrent et discutèrent à voix basse. L'étrange lumière du plafonnier projeta contre la vitre leur silhouette déformée. L'ombre chinoise d'un loup et celle d'un renard commencèrent alors à comploter contre l'univers…

Fusillade mortelle dans le XIIIe arrondissement.

C'est en fin de compte sept corps qu'auront ramassés les policiers de la brigade anticriminelle dépêchée hier dans le secteur. Deux corps au sein même de la station de métro Bibliothèque, deux autres au niveau du pont de la rue de Tolbiac, trois enfin sur un trottoir de la place Jeanne-d'Arc…

Les enquêteurs ont d'abord suspecté un règlement de compte

mafieux. Mais l'intervention de l'ambassade des États-Unis ces dernières heures laisserait supposer une affaire internationale impliquant des membres des services secrets…

Des témoins affirment avoir aperçu un homme user d'une arme à plusieurs reprises entre la station de métro et la place Jeanne-d'Arc, mais semblent incapables d'en donner une description précise…

Des taches de sang, enfin, ont été relevées sur des marches de l'église Notre-Dame-de-la-Gare. Ces traces de sang restent mystérieuses pour les enquêteurs puisqu'elles ne correspondent à aucun des corps retrouvés. D'autres personnes ont-elles été blessées ? Un témoin a raconté aux enquêteurs avoir vu une gargouille en pierre se poser sur les marches et se transformer en dragon. Il a été aussitôt conduit dans un centre de dégrisement. Jusqu'à présent, le mystère reste entier…

(Extrait d'un article paru en première page du *Parisien*, le lendemain de la fusillade.)

Table des matières

Phænomen 7
Prologus, i, m. : prologue 9
1. *Draco, onis,* m. : serpent fabuleux 10
2. *Simius, ii,* m. : singe 22
3. *Colorari* : prendre des couleurs 31
4. *Aura, æ,* f. : vent léger 40
5. *Liber, bri,* m. : livre 49
6. *Fuga, æ,* f. : fuite 58
7. *Lupus, i,* m. : loup 72
8. *Tumulus, i,* m. : butte, hauteur 82
9. *Captare* : donner la chasse 93
10. *Introrsus* : à l'intérieur 102
11. *Incendere* : mettre le feu 110
12. *Subterraneus, a, um* : qui est sous terre 120
13. *Signum, i,* n. : signe, indice 133
14. *Argutiæ, arum,* f. pl. : jeux d'esprit 144
15. *Esse in via* : être en route 156
16. *Fons, fontis,* m. : source 167
17. *Tabernaculum statuere* : monter une tente 180
18. *De laude militiæ* : un éloge de la chevalerie 191
19. *Vulgare* : révéler un secret 202

20. *Spelunca, æ,* f. : grotte *211*
21. *Ad lunam* : au clair de lune *224*
22. *Ascendere* : monter, s'élever *235*
23. *Retribuere* : donner en échange *248*
Conclusio, onis, f. : épilogue *257*

Plus près du secret *265*
1. *Instare* : poursuivre, importuner *267*
2. *In occulto* : dans le secret *278*
3. *Comparativo, onis,* f. : confrontation *289*
4. *Locum mutare* : se déplacer *300*
5. *Londinium, ii,* n. : Londres *312*
6. *Paries, etis,* m. : mur, muraille *324*
7. *Cogitare* : méditer, remuer dans son esprit *337*
8. *Arcanum proferre* : révéler un secret *345*
9. *Deprendere* : surprendre, intercepter *362*
10. *Is datus erat locus* : c'était le lieu du rendez-vous *371*
11. *Perversus, a, um* : renversé, tourné à l'envers *383*
12. *Vehiculum, i,* n. : moyen de transport *393*
13. *Invita ope* : par une aide involontaire *407*
14. *Pertinax, acis* : qui ne lâche pas prise *420*
15. *Limes, itis,* m. : limite, frontière *428*
16. *Vincibilis* : convaincant, persuasif *437*
17. *Vaco, are* : être vide, être vain *447*

18. *Tenebrio, onis*, m. : un ami des ténèbres 462
19. *Navem deducere* : mettre un navire à la mer 473
20. *Sepulcra legere* : lire les inscriptions funéraires 484
21. *Vestigo, are* : suivre à la trace,
　　　　　　　chercher partout 495
Conclusio, onis, f. : épilogue 504

En des lieux obscurs 511
1. *Noctuabundus, a, um* : qui voyage
　　　　　　　pendant la nuit 513
2. *Loca editiora* : les hauteurs 524
3. *Committere se itineri* : se risquer à un voyage 535
4. *Convivii dicta, orum*, n. pl. : propos de table 551
5. *Sollicito, as, are* : ébranler, troubler, inquiéter 563
6. *Fortunæ se committere* : se confier
　　　　　　　à la bonne fortune 575
7. *In ordinem cogere* : remettre à sa place 584
8. *Persuasibiliter* : d'une manière persuasive 594
9. *Lapideus, a, um* : en pierre, dur 603
10. *Se avertere* : se détourner, se tourner
　　　　　　　d'un autre côté 617
11. *Quæro, is, ere* : chercher à savoir, demander 632
12. *Mortalis, e* : sujet à la mort 642
13. *Evanesco, is, ere* : s'évanouir, disparaître 653
14. *Viscereus, a, um* : qui est dans les entrailles 670

15. *Umbra*, æ, f. : ombre, protection, apparence 685
16. *Tonitruum*, i, n. : coup de tonnerre 697
17. *Tempestas*, atis, f. : moment, malheur, tempête 711
18. *Cælum*, i, n. : ciel, voûte, phénomène 723
19. *Trajectio*, onis, f. : traversée du ciel par les étoiles, action de passer 733

Conclusio, onis, f. : épilogue 745

Erik L'Homme
L'auteur

Erik L'Homme est né en 1967 dans les montagnes du Dauphiné. Après une enfance drômoise et des études à l'université de Lyon, il part pendant plusieurs années, sac au dos, à la découverte du monde. De retour en France, il se lance dans un doctorat d'histoire et civilisations, avant de travailler comme journaliste dans le domaine de l'environnement. Le succès de ses romans pour la jeunesse (*Le Livre des Étoiles*, *Phaenomen*, *Terre-Dragon*, la série *A comme Association* écrite avec Pierre Bottero notamment) lui permet aujourd'hui de partager son temps entre l'écriture et les voyages.

Du même auteur chez Gallimard Jeunesse

Le Livre des Étoiles
  1 - Qadehar le sorcier
  2 - Le Seigneur Sha
  3 - Le Visage de l'Ombre

Contes d'un royaume perdu

Les Maîtres des Brisants
  1 - Chien-de-la-lune
  2 - Le Secret des abîmes
  3 - Seigneurs de guerre

Cochon rouge

Des pas dans la neige

A comme Association
    1 - La Pâle lumière des ténèbres
    3 - L'Étoffe fragile du monde
    5 - Là où les mots n'existent pas
    6 - Ce qui dort dans la nuit
    7 - Car nos cœurs sont hantés
    8 - Le Regard brûlant des étoiles

Le Regard des princes à minuit

Terre-Dragon
    1 - Le Souffle des pierres
    2 - Le Chant du Fleuve
    3 - Les Sortilèges du vent

Nouvelle Sparte

Masca, Manuel de survie en cas d'Apocalypse

Découvrez d'autres romans
d'Erik L'Homme

———————

dans la collection

LE LIVRE DES ÉTOILES
QADEHAR LE SORCIER

n° 1207

Guillemot est un garçon du pays d'Ys, situé à mi-chemin entre le monde réel et le Monde Incertain. Mais d'où lui viennent ses dons pour la sorcellerie que lui enseigne Maître Qadehar? Et qu'est devenu *Le Livre des Étoiles*, qui renferme le secret de puissants sortilèges? Dans sa quête de vérité, Guillemot franchira la Porte qui conduit dans le Monde Incertain, peuplé de monstres et d'étranges tribus…

A COMME ASSOCIATION
1. LA PÂLE LUEUR DES TÉNÈBRES

n° 1686

13, rue du Horla. Antenne parisienne de l'Association. Cette mystérieuse organisation veille à canaliser les débordements des Anormaux dans le monde humain. Nouvel agent stagiaire, Jasper, lycéen à l'humour corrosif, est recruté pour ses dons exceptionnels en sorcellerie. Sa première mission: démanteler un trafic de drogue chez les vampires…

TERRE-DRAGON
I. LE SOUFFLE DES PIERRES

n° 1768

Sur un territoire déchiré par les vents vivent d'étranges tribus soumises au règne d'un invisible Roi-Dragon. Le jour où Ægir, l'enfant à la peau d'ours, échappe aux guerriers qui le gardent en cage, le destin du royaume bascule. Traqué sans relâche, Ægir croise la route de Sheylis, une apprentie sorcière chassée de son village. Un sortilège va bientôt unir les deux adolescents contre leur volonté...

LES MAÎTRES DES BRISANTS
L'INTÉGRALE

n° 1859

Lorsqu'ils embarquent comme stagiaires sur le vaisseau de Chien-de-la-lune, Xâvier le stratège, Morgane la devineresse et leur ami Mârk ignorent la périlleuse mission de leur capitaine: contrer la flotte du Khan qui menace de prendre le contrôle de la galaxie. Sur eux repose désormais la survie de l'empire…

Le papier de cet ouvrage est composé de fibres naturelles, renouvelables, recyclables et fabriquées à partir de bois provenant de forêts gérées durablement.

Mise en pages : Nord compo

Loi n° 49-956 du 16 juillet 1949
sur les publications destinées à la jeunesse
ISBN : 978-2-07-513577-1
Numéro d'édition : 376042
1er dépôt légal : octobre 2019
Dépôt légal : octobre 2020

Imprimé en Espagne par Novoprint (Barcelone)